AF278168

Mañana, y mañana, y mañana

Gabrielle Zevin

MAÑANA, Y MAÑANA, Y MAÑANA

Traducido del inglés por Núria Molines Galarza

 TUBOLSILLO

Título original: *Tomorrow, and Tomorrow, and Tomorrow*

Se reconoce con gratitud el permiso de Harvard University Press para reproducir «That Love is all there is» J 1765/F 174. Fuente: *The Poems of Emily Dickinson: Reading Edition,* edited by Ralph W. Franklin, Cambridge, Mass.: The Belknap Press of Harvard University Press, Copyright © 1998, 1999 by the President and Fellows of Harvard College. Copyright © 1951, 1955, 1979, 1983 by the President and Fellows of Harvard College.

Esta edición se publica mediante un acuerdo con Sterling Lord Literistic y MB Agencia.

Primera edición en TuBolsillo: junio de 2025

Diseño de cubierta: John Gall
Adaptación para esta edición: REGA
Imagen de cubierta: *La gran ola de Kanagawa* (detalle), de Katsushika Hokusai. Museo Metropolitano de Arte, Nueva York

Copyright © 2022 by Gabrielle Zevin
© de la traducción: Núria Molines Galarza, 2023
© de esta edición: TuBolsillo (Grupo Anaya, S. A.), 2025
Calle Valentín Beato, 21
28037 Madrid

PAPEL DE FIBRA
CERTIFICADA

ISBN: 979-13-87739-00-3
Depósito legal: M. 6537-2025
Printed in Spain

De nuevo, para H. C., en el trabajo y en el juego

Que el Amor es lo único que hay
es lo único que sabemos del Amor;
y basta, la carga ha de ser
proporcional a la muesca.

EMILY DICKINSON

I. Enfermedades

1

Antes de que Dédalus se reinventara como Dédalus, fue Samson Dédalus, y antes de ser Samson Dédalus, fue Samson Masur; un cambio progresivo que lo transformó; pasó de ser un chico simpático de aspecto judío a ser un Constructor de Mundos Profesional; y, durante la mayor parte de su juventud, fue Sam, S. A. M. en el paseo de la fama de la máquina recreativa de *Donkey Kong* de su abuelo, pero antes que nada, Sam.

Una tarde de finales de diciembre, cuando se estaba agotando el siglo XX, Sam salió de un vagón de metro y se encontró colapsada la arteria que conducía a las escaleras mecánicas a causa de una masa inerte de gente embobada delante de un anuncio de la estación. Sam llegaba tarde. Tenía una reunión con su tutor académico que llevaba posponiendo más de un mes, pero sobre la que todo el mundo le decía, con toda convicción, que tenía que celebrarse antes de las vacaciones de invierno. Sam no era de multitudes, ni de estar en ellas ni de interesarse por la estupidez que tendían a disfrutar en masa, fuera cual fuera. Pero aquel gentío era inevitable: tendría que abrirse paso a la fuerza si quería que la masa lo escupiera al mundo supraterrenal.

Llevaba un gigantesco abrigo de aviador de lana azul marino que había heredado de su compañero de habitación, Marx, que se lo había comprado el primer año de carrera en la tienda de excedentes de la Armada que había en la ciudad. Marx lo había dejado descomponiéndose en la bolsa de plástico casi un semestre entero hasta que Sam le preguntó si se lo prestaba. Había sido un invierno de lo más desapacible y fue una de aquellas fuertes tormentas marinas de abril (¡abril! ¡Qué locura los inviernos de Massachusetts!) lo que finalmente hizo que se tragase su orgullo y le pidiese a Marx el abrigo olvidado. Sam hizo como que le gustaba el estilo de la prenda y su compañero dijo que si quería se la podía quedar, que es lo que Sam sabía que le diría. Como casi toda la ropa que salía de la tienda de excedentes de la Armada, el abrigo emanaba olor a moho, polvo y sudor de chicos muertos; Sam intentó no especular por qué habría acabado allí aquel abrigo, que era mucho más calentito que el cortavientos que se había traído de California en su primer año de carrera. También pensó que, como le venía muy grande, servía para ocultar su tamaño. Lo único que conseguían el abrigo y su escala ridícula era que pareciera más pequeño y más niño.

Es decir, Sam Masur, a los veintiún años, no tenía la constitución idónea para abrirse paso a empujones entre la gente, por eso, siempre que podía, serpenteaba entre la multitud, sintiéndose un poco como el desgraciado anfibio del videojuego *Frogger*. Se veía mascullando múltiples «perdón» que no decía de verdad. Algo magnífico sobre la manera en que tenía codificado el cerebro, pensaba Sam, era que podía decir «perdón» mientras quería decir «cabrón». A menos que fueran poco fiables o se presentaran de manera clara como lunáticos o canallas, los personajes de novelas, películas y videojuegos estaban pensados para interpretarse por su valor nominal —la totalidad de lo que hacían o lo que decían—. Pero la gente —la gente normal, decente y por lo general honrada— era incapaz de transitar un día sin esa pizca de programación indispensable que permitía decir una cosa queriendo decir otra o incluso sintiendo otra.

—¿No puedes dar la vuelta? —le gritó a Sam un hombre con un sombrero de macramé negro y verde.

—Perdón —dijo Sam.

—Joder, casi lo tenía —masculló una mujer que llevaba a una criatura en un portabebés cuando Sam pasó por delante de ella.

—Perdón —dijo Sam.

De vez en cuando, alguien se iba a toda prisa y dejaba un vacío entre la multitud. Esos vacíos deberían haber sido oportunidades para que Sam escapara, pero, no se sabe muy bien cómo, volvían a llenarse de inmediato con nuevos humanos ávidos de diversión.

Ya estaba a punto de llegar a las escaleras del metro cuando se volvió a ver qué estaba mirando la multitud. Se imagino contándole a Marx el mogollón de gente que había en la estación y a su compañero diciéndole: «¿No te picó la curiosidad saber qué miraban? Hay un mundo de gente y de cosas por descubrir si consigues dejar de ser un misántropo por un segundo». A Sam no le gustaba que Marx lo considerara un misántropo aunque lo fuera, así que se dio la vuelta. Entonces divisó a su vieja amiga Sadie Green.

Tampoco es que no la hubiera visto en todos esos años. Ambos eran habituales de las ferias de ciencias, olimpiadas académicas y otros muchos concursos (oratoria, robótica, escritura creativa, programación). Porque aunque fueras a una escuela pública mediocre del Eastside (Sam) o a una privada elitista del Westside (Sadie), el círculo de niños listos de Los Ángeles era el mismo. En aquellos actos, se intercambiaban miradas de un extremo a otro en salas llenas de empollones; a veces, ella hasta le sonreía, como si quisiera corroborar la tregua, y luego la engullía la vorágine despiadada de niños atractivos y listos que siempre la rodeaban. Chicos y chicas como Sam, pero más ricos, más blancos, con mejores gafas y mejor dentadura. Él no quería ser otro empollón feo que revoloteara alrededor de Sadie Green. A veces, la convertía en villana e imaginaba de qué maneras ella lo había despreciado: aquella vez que se dio media vuelta al verlo; aquella otra en la que apartó la mirada. Pero Sadie no había hecho nada de eso, aunque casi habría sido mejor que se hubiese comportado de esa forma.

Sam se había enterado de que ella había entrado en el MIT y se había preguntado si se cruzaría con ella; a él lo habían admitido en Harvard. Durante dos años y medio, no había hecho nada para forzar un encuentro. Ella tampoco.

Pero ahí estaba: Sadie Green, en carne y hueso. Al verla, casi le entraron ganas de echarse a llorar. Era como la respuesta al problema matemático que no había conseguido resolver durante años y que ahora, con los ojos descansados, veía que tenía una solución de lo más obvia. «Ahí está Sadie», pensó. «Sí.»

Estaba a punto de llamarla, pero no lo hizo. Se sintió abrumado por la cantidad de tiempo que había pasado desde la última vez que habían estado solos. ¿Cómo era posible que una persona siguiera siendo tan joven, igual que él se sabía joven, con datos objetivos, y que a la vez hubiera pasado tanto tiempo? ¿Por qué de repente era tan fácil olvidar lo mal que le había caído? El tiempo, pensó Sam, era un misterio; pero reflexionando un segundo más, se lo pensó mejor. El tiempo era explicable en términos matemáticos; el corazón —la parte del cerebro que representa el corazón— sí que era un verdadero misterio.

Sadie dejó de fijarse en lo que fuera que se estuviera fijando la muchedumbre y ahora caminaba hacia el tren de la línea roja que estaba entrando en la estación.

—¡SADIE! —gritó Sam.

Además del metro que estaba entrando, la estación rugía con los habituales sonidos humanos. Una adolescente tocaba Penguin Café Orchestra con el chelo a cambio de una propina. Un hombre con una tabla sujetapapeles preguntaba con educación a la gente si le podían conceder un momento para hablarles de los refugiados musulmanes de Srebrenica. Junto a Sadie había un puesto que vendía batidos de fruta por seis dólares. La túrmix empezó a zumbar y a propagar el aroma cítrico y de fresas por el rancio aire subterráneo justo cuando Sam la llamó por primera vez.

—¡Sadie Green! —repitió.

Pero ella seguía sin oírlo. Él aceleró el paso todo lo que pudo. Cuando caminaba deprisa, aunque no tuviera mucha lógica, sentía como si estuviera participando en una de esas carreras por parejas en las que vas con una de las piernas atada al otro.

—¡Sadie! ¡SADIE! —Se sintió idiota—. ¡SADIE MIRANDA GREEN! ¡TE HAS MUERTO DE DISENTERÍA!

Por fin, ella se volvió. Escaneó poco a poco la multitud y, cuando divisó a Sam, se le extendió una sonrisa en la cara como en uno de esos vídeos de metraje acelerado que él había visto en la clase de Física del instituto en los que se mostraba cómo florecía una rosa. Era precioso, pensó Sam, y quizá, se temió, un poco de pega. Ella se acercó, aún sonriendo —un hoyuelo en la mejilla derecha, un diastema casi imperceptible entre las dos paletas de arriba—, y él pensó que la muchedumbre parecía apartarse para ella como nunca lo había hecho para él.

—Sam Masur, la que murió de disentería fue mi hermana —dijo Sadie—. Yo estiré la pata de agotamiento por una mordedura de serpiente.

—¡Y por no querer disparar al bisonte! —dijo Sam.

—¡Es que vaya desperdicio! —replicó ella—. Toda esa carne se acaba pudriendo.

Sadie se abalanzó sobre él para abrazarlo.

—¡Sam Masur! No perdía la esperanza de encontrarme contigo.

—Estoy en el listín —dijo él.

—Bueno, no perdía la esperanza de que fuera algo espontáneo —contestó ella—. Y así ha sido.

—¿Qué te trae por Harvard Square?

—El Ojo Mágico, por supuestísimo —dijo con un tono jocoso. Hizo un gesto para señalar el anuncio. Por primera vez, Sam se fijó en el cartel de metro y medio por un metro que había transformado a la gente que iba a trabajar en transporte público en una horda zombi.

El diseño del cartel era un estampado psicodélico con tonos navideños, esmeralda, rubí y dorado. Si te quedabas un rato mirándolo, el cerebro se autoengañaba y veía una imagen 3D oculta. Se llamaba autoestereograma y era fácil crearlos con habilidades de programación algo avanzadas. «¿Esto?», pensó Sam. «Vaya cosas entretienen a la gente.» Gruñó.

—¿No te gusta? —le preguntó ella.

—Eso te lo puedes encontrar en cualquier sala común de las residencias del campus.

—Pero este no, Sam, este es único en…

—Todas las estaciones de metro de Boston.

—¿Quizá en Estados Unidos? —Sadie se rio—. Bueno, Sam, ¿no quieres ver el mundo con ojos mágicos?

—Siempre lo veo con ojos mágicos —le contestó—. Llevo dentro tanta magia infantil que podría explotar.

Sadie señaló a un niño que tendría unos seis años.

—¡Mira lo feliz que está! ¡Lo ha visto! ¡Bien!

—¿Tú lo has visto?

—Aún no —admitió Sadie—. Y ahora sí que tengo que coger el próximo metro o llegaré tarde a clase.

—Claro, aunque te quedan cinco minutos, a ver si te da tiempo a ver el mundo con ojos mágicos.

—Quizá la próxima vez.

—Anda, Sadie, siempre habrá otra clase. ¿Cuántas veces puedes mirar algo y saber que todo el mundo alrededor está viendo lo mismo o al menos su cerebro y ojos están respondiendo al mismo fenómeno? ¿Cuántas pruebas más tienes de que estamos en el mismo mundo?

Sadie sonrió con remordimientos y le dio un golpecito a Sam en el hombro.

—Eso es lo más propio de Sam que podrías haber dicho.

—Es que soy Sam.

Sadie suspiro al oír el traqueteo de su metro alejándose de la estación.

—Si cateo Temas Avanzados de Gráficos Digitales, la culpa es tuya. —Se recolocó para volver a mirar el cartel—. Hazlo conmigo, Sam.

—Sí, señora —obedeció él. Niveló los hombros y clavó la vista al frente. Llevaba años sin estar tan cerca de Sadie.

Las instrucciones del cartel decían que había que relajar la mirada y concentrarse en un solo punto hasta que emergiera la imagen secreta. Si no funcionaba, recomendaban acercarse y luego alejarse despacio, pero en la estación no había sitio para tanto movimiento. En todo caso, a Sam le daba igual la imagen secreta. Se imaginaba que sería un árbol de Navidad, un ángel o una estrella, aunque probablemente no una estrella de David, algo navideño, manido, atractivo para un público generalista, algo pensado para vender más productos de Ojo Mágico. A Sam nunca le habían funcionado los autoestereogramas. Sospechaba que tenía algo que ver con sus gafas. Las gafas, que le corregían una miopía notable, no dejaban que los ojos se relajaran lo bastante para que el cerebro percibiera la ilusión, así que después de un tiempo considerable (quince segundos), dejó de intentar ver la imagen secreta y se dedicó a estudiar a Sadie.

Llevaba el pelo más corto y más a la moda, supuso, pero tenía las mismas ondas caoba de siempre. Las discretas pecas de la nariz eran las mismas, seguía teniendo la piel aceitunada, aunque estaba mucho más pálida que cuando eran unos críos y vivían en California; tenía los labios cortados. Los ojos seguían siendo marrones con motas doradas. Anna, la madre de Sam, tenía los ojos parecidos y en su día le explicó que ese tipo de coloración se llamaba heterocromía. En aquel momento, él pensó que aquello sonaba a enfermedad, algo que podría hacer que su madre muriese. Bajo los ojos de Sadie había medias lunas apenas perceptibles, pero lo cierto es que las tenía desde siempre, incluso de niña. Aun así, le pareció que tenía un aspecto cansado. La miró y pensó: «Esto sí que es un viaje en el tiempo». Es mirar a una persona y verla en el presente y en el pasado a la vez. Ese tipo de trayecto solo funcionaba con las personas a las que uno ha conocido un tiempo considerable.

—¡Lo he visto! —exclamó Sadie. Le brillaban los ojos y tenía una expresión que a él le recordó a cuando tenía once años.

Sam volvió a mirar el cartel.

—¿Lo has visto? —le preguntó ella.

—Sí —dijo él—. Lo he visto.

Sadie lo miró.

—¿Qué has visto?

—Eso —contestó Sam—. Maravilloso, alucinante. De lo más navideño.

—¿Lo has visto de verdad? —preguntó Sadie. Estaba torciendo el morro. Esos ojos heterocrómicos lo miraban alegres.

—Sí, pero no quiero fastidiárselo a nadie que no lo haya visto. —Hizo un gesto hacia la horda.

—Vale, Sam —dijo Sadie—. Muy considerado.

Él sabía que ella sabía que no lo había visto. Le sonrió y ella le devolvió la sonrisa.

—¿No te parece extraño? —dijo ella—. Me da la sensación de que nunca he dejado de verte. Me siento como si bajáramos a esta estación a mirar ese cartel todos los días.

—Lo asimilamos.

—Sí, lo asimilamos. Y retiro lo que he dicho antes. Esto es lo más Sam que podrías haber dicho.

—Sam-soy. Estás... —Mientras hablaba, la túrmix volvió a zumbar.

—¿Qué?

—Estás en la plaza que no es —repitió él.

—¿A qué te refieres?

—Estás en Harvard Square, pero tendrías que estar en otra plaza, en la Central Square o la Kendall; he oído que conseguiste entrar en el MIT.

—Mi novio vive por aquí —dijo ella de un modo que indicaba que no tenía ganas de contarle nada más sobre el tema—, me pregunto por qué a las plazas las llaman plazas si no suele haber plazas de aparcamiento, ¿verdad? —Entraba otro metro—. Es el mío. Otra vez.

—Así funcionan los metros —dijo Sam.

—Cierto. Un metro, y un metro, y un metro.

—En ese caso, lo que es de recibo es que nos tomemos un café —dijo Sam—. O lo que te apetezca si el café te parece demasiado tópico. Un té chai. Un matcha. Kombucha. Champán. Hay un mundo con infinitas posibilidades de bebidas justo encima de nuestra cabeza, ¿lo sabías? Lo único que tenemos que hacer es subir por las escaleras mecánicas y será nuestro.

—Me encantaría, de verdad, pero tengo que llegar a clase, he hecho la mitad de las lecturas, solo me salvaré por la puntualidad y la asistencia.

—Lo dudo —dijo Sam. Sadie era una de las personas más brillantes que conocía.

Ella le dio otro abrazo rápido.

—Me alegro de verte.

Echó a andar hacia el tren y Sam intentó pensar en una manera de detenerla. Si fuera un juego, podría darle al botón de pausa. Podría reiniciar y decir algo diferente; esta vez, las frases correctas. Podría buscar en su inventario el artículo que conseguiría que ella no se marchara.

Ni siquiera se habían dado el teléfono, pensó con desesperación. Su cabeza rebuscaba entre las maneras en las que se podía localizar a una persona en 1995. En los viejos tiempos, cuando Sam era un niño, la gente podía desaparecer de la faz de la tierra para siempre, pero ahora no era tan fácil como antes. Cada vez más, lo único que hacía falta era desear que una persona dejase de ser una conjetura digital para ser carne rebelde. Así, se consoló pensando que, aunque la silueta de su vieja amiga se hacía cada vez más pequeña en la estación, el mundo iba en la misma dirección; que, con la globalización, la superautopista de la información y cosas por el estilo, sería fácil encontrar a Sadie Green. Podía adivinar su dirección de correo electrónico —todas las del MIT seguían el mismo patrón—. Podía buscar en el directorio del MIT que había en internet. Podía llamar al departamento de Ciencias de la Computación —daba por sentado que era eso lo que estudiaba—. Podía llamar a sus padres, Steven Green y Sharyn Friedman-Green, a California.

Aun así, se conocía bien y sabía que era el tipo de persona que nunca llamaba a nadie, a menos que tuviera la absoluta certeza de que el gesto fuera bien recibido. Su cerebro, por lo general, pensaba en negativo. Se inventaría que ella se había mostrado fría, que seguro que ni siquiera tenía clase aquel día, que solo quería librarse de él. Su cerebro insistiría en que si ella hubiera querido verlo, le habría facilitado la manera de contactar. Sam concluiría que, para Sadie, él representaba un período doloroso de su vida y, por tanto, como era natural, no quería verle la cara. O quizá, como había sospechado a menudo, no significaba nada para ella; él había sido la buena acción de una niña rica. Se quedaría un rato pensando en la mención al novio de Harvard Square. Buscaría su número de teléfono, su dirección de correo electrónico, su dirección física y nunca haría nada con esos datos. Así, con pesadumbre fenomenológica, se dio cuenta de que aquella bien podía ser la última vez que viera a Sadie Green; intentó memorizar los detalles de su aspecto al alejarse en una estación de metro un desapacible día de diciembre. Sombrero beis de cachemira, mitones y bufanda. Una tres cuartos color camel que sin duda no era de la tienda de excedentes de la Armada. Vaqueros azules acampanados, bastante gastados, con deshilachados irregulares en los bajos. Deportivas negras con una franja blanca. Cartera de cuero color coñac tan ancha como ella, llena de cosas, de la que asomaba la manga de un suéter color crudo. El pelo, reluciente, algo húmedo, a la altura de los omóplatos. No había nada de la Sadie genuina en esa imagen, decidió Sam. Era indistinguible de cualquiera de las universitarias listas y de bien que había en el metro.

Cuando ella estaba a punto de desaparecer, se volvió y corrió hacia él:

—¡Sam! ¿Sigues dándole a los videojuegos?

—Sí —respondió él con un entusiasmo exagerado—. Pues claro. No paro.

—Toma. —Le dio un disquete—. Ahí va mi juego. Seguro que estás superocupado, pero échate unas partidas si tienes tiempo. Me encantaría saber qué te parece.

Sadie se fue corriendo al vagón y Sam la siguió.

—¡Sadie! ¡Espera! ¿Cómo contacto contigo?

—Mi correo está en el disquete, en el Léeme.

Las puertas del vagón se cerraron y devolvieron a Sadie a su lugar. Sam echó un vistazo al disquete: el título del videojuego era *Solución*. Sadie lo había escrito a mano. Reconocería su letra en cualquier lugar del mundo.

Cuando Sam volvió a su piso aquella noche, no instaló *Solución* de inmediato, aunque lo dejó cerca de la disquetera de su ordenador. Eso sí, le pareció que *no jugar* al juego de Sadie era una gran motivación: se puso manos a la obra con la propuesta de trabajo de final de curso, con la que ya llevaba un mes de retraso y que, en ese punto, ya habría esperado a hacer después de las vacaciones. Su tema, después de muchas cavilaciones, era «Aproximaciones alternativas a la paradoja Banach-Tarski en ausencia del axioma de elección» y, si ya estaba bastante aburrido redactando la propuesta, miedo le daba la montaña que se le haría escribir el trabajo en sí. Había empezado a sospechar que, si bien tenía evidentes aptitudes matemáticas, no le inspiraban demasiado. Su tutor del departamento de Matemáticas, Anders Larsson, que acabaría ganando una medalla Fields, otorgada por descubrimientos excelentes en el campo, le había dicho eso mismo en la tutoría de aquella tarde. Sus palabras de despedida fueron: «Sam, tienes un don increíble, pero ser bueno en algo no es lo mismo que sentir amor por algo».

Comió algo del italiano con Marx —su compañero había pedido de más para que Sam pudiera alimentarse con las sobras mientras él estaba fuera de la ciudad—. Marx volvió a extenderle la invitación de ir a esquiar con él a Telluride durante las vacaciones: «Deberías venirte, de verdad, y si te preocupa lo de esquiar, en realidad casi todo el mundo se pasa el día en la cabaña». Por lo general, Sam no tenía dinero para volver a casa en vacaciones, así que esas invitaciones eran recibidas y rechazadas a intervalos regulares. Después de la cena, Sam empezó sus lecturas para la asignatura de Razonamiento Moral (la clase estaba estudiando la filosofía del primer Wittgenstein, la época anterior a que decidiera que se había equivocado en todo) y Marx se había organizado para escaparse durante las vacaciones de invierno; cuando terminó de hacer la maleta, le escribió una postal por las fiestas y la dejó en el escritorio, con un cheque regalo de cincuenta dólares para la cervecería. Entonces, se fijó en el disquete.

—¿Qué es *Solución*? —preguntó Marx. Cogió el disquete y se lo enseñó a Sam.

—Es el videojuego de una vieja amistad —respondió Sam.

—Ah, ¿de quién? —Llevaban viviendo juntos por lo menos tres años y Marx casi nunca había oído a Sam hablar de ninguna amistad.

—De California.

—¿Vas a jugar?

—Sí, en algún momento, seguro que es una mierda. Le voy a echar un ojo como un favor, nada más. —Sam sintió que traicionaba a Sadie al decir algo así, pero lo más probable era que el juego fuera una mierda.

—¿De qué va? —preguntó Marx.

—Ni idea.

—En todo caso, el título es molón. —Marx se sentó delante del ordenador de Sam—. Tengo unos minutillos, ¿lo arrancamos?

—¿Por qué no? —dijo él. Había pensado jugar solo, pero Marx y él jugaban juntos de vez en cuando. Preferían los títulos de artes marciales: el *Mortal Kombat*, el *Tekken*, el *Street Fighter*. También tenían una campaña de *Dragones y Mazmorras* con la que seguían de vez en cuando. La campaña, en la que Sam era el maestro de las mazmorras, llevaba en marcha más de dos años. Jugar a ese juego en pareja es una experiencia peculiar e íntima y la partida se mantenía en secreto ante el resto del mundo.

Marx metió el disquete en la máquina y Sam lo instaló en el disco duro.

Unas horas más tarde, se habían pasado *Solución*.

—¿Qué cojones ha sido *eso*? —dijo Marx—. Llego megatarde a casa de Ajda, me va a despellejar. —Ajda era el último ligue de Marx, una jugadora de squash turca de metro y medio y modelo ocasional, perfil habitual de los amoríos de Marx—. La verdad, yo pensaba que jugaríamos cinco minutos.

Marx se puso el abrigo, de color camel, como la tres cuartos de Sadie.

—Tu amigo está muy mal de lo suyo. Y quizá sea un genio. ¿De qué me habías dicho que lo conocías?

2

El día que Sadie conoció a Sam, la habían echado de la habitación de hospital de su hermana mayor, Alice. Alice estaba de mal humor como podría estarlo cualquier adolescente de trece años, pero también como cualquier persona que pudiera estar muriéndose de cáncer. Su madre, Sharyn, decía que había que darle mucha cancha, el doble frente tormentoso de pubertad y enfermedad era demasiado para un cuerpo. «Darle mucha cancha» significaba que Sadie tenía que irse a la sala de espera hasta que Alice ya no estuviera enfadada con ella.

Sadie no estaba del todo segura de qué había hecho para provocar a su hermana esta vez. Le había enseñado una foto de la revista *Teen* en la que aparecía una chica con boina roja y le había dicho algo del tipo: «Te quedaría bien algo así». Casi ni se acordaba de lo que le había dicho, pero de un modo u otro, Alice no se lo había tomado bien y le gritó, de manera absurda: «¡Nadie se pone una boina como esa en Los Ángeles! ¡Por eso no tienes amigos, Sadie Green!». Alice se había ido al baño y se había puesto a llorar, sonaba como si se estuviera ahogando, tenía la nariz congestionada y la garganta cubierta de aftas. Sharyn, que había estado durmiendo en el sillón que había junto a la cama, le dijo a su hija mayor que se calmara, que se iba a poner enferma. «Ya estoy enferma», dijo Alice. En ese momento, Sadie también rompió a llorar; sabía que no tenía amigos, pero, aun así, era cruel que su hermana se lo dijera. Su madre le dijo que se fuera a la sala de espera.

—No es justo —replicó Sadie—. No he hecho *nada*. Se le está yendo mucho.

—Sé que no es justo —dijo Sharyn.

Exiliada, Sadie intentó hacerse una idea de lo que había pasado; de verdad pensaba que Alice estaría guapa con la boina roja. Pero, tras reflexionarlo, determinó que, al hacer mención del gorrito, su hermana tuvo que haber pensado que Sadie estaba diciendo algo sobre su pelo, ya ralo por la quimioterapia. Si eso era lo que pensaba Alice, Sadie se sentía mal por haber sacado el tema de la maldita boina. Llamó a la puerta de la habitación del hospital para disculparse. A través del panel de cristal de su ventana, le leyó los labios a su madre: «Vuelve más tarde, Alice está durmiendo».

A eso de la hora de comer, a Sadie le entró hambre y, por tanto, fue sintiendo menos pena por Alice y más por sí misma. Era irritante que su hermana se portara como una capulla y que a la que castigaran fuera a ella. Como le habían dicho muchas veces, Alice estaba enferma, pero no se estaba muriendo. Su tipo de leucemia tenía una tasa de recuperación particularmente alta. Por ahora, había respondido bien al tratamiento y hasta era probable que pudiera empezar el instituto a tiempo, en otoño. Esta vez, Alice solo tendría que estar ingresada dos noches y, según su madre, solo se debía a una «gran cautela». A Sadie le gustaba la frase «gran cautela». Le recordaba a una bandada de cuervos, de gaviotas, a una manada de lobos. Se imaginaba que «cautela» era una especie de criatura; quizá un cruce entre un San Bernardo y un elefante. Un animal grande, inteligente y amistoso en quien confiar para que defendiese a las hermanas Green de amenazas tanto existenciales como de otra clase.

Un enfermero, al fijarse en la niña de once años que estaba en la sala de espera sin ser atendida y obviamente sana, le ofreció un flan de vainilla. Reconoció a Sadie como una de tantas «hermanas de» de las que nadie se ocupaba y le dijo que igual le gustaría ir a la sala de juegos. Había una consola Nintendo que casi nadie usaba las tardes de entre semana, le prometió. Las hermanas tenían una Nintendo, pero Sadie no tenía nada que hacer durante las siguientes tendo, pero Sadie no tenía nada que hacer durante las siguientes cinco horas hasta que Sharyn pudiera llevarla de vuelta a casa. Era verano y ya había acabado de leer por segunda vez *La cabina mágica*, el único libro que se había traído aquel día. Si Alice no se hubiera picado, el día habría estado lleno de sus actividades habituales: ver sus concursos matinales favoritos: *¡Dale al botón!* o *El precio justo*; leer la revista *Seventeen* y hacerse los cuestionarios de personalidad; jugar a *Pioneros de Oregón* o cualquier otro juego educativo que estuviese preinstalado en el portátil de casi diez kilos que le habían dado a su hermana para que se pusiera al día con los deberes; y la infinidad de maneras distendidas que las chicas siempre habían encontrado para pasar tiempo juntas. Puede que Sadie no tuviera muchas amigas, pero nunca había sentido que las necesitase. Alice era su persona favorita en el mundo. No había una persona más lista, más atrevida, más guapa, más deportista, más divertida, más inserte-el-adjetivo-deseado. Para ella, Alice era el no va más. Aunque decían que su hermana se recuperaría, a menudo imaginaba un mundo sin Alice. Un mundo sin bromas compartidas, sin música compartida, sin suéteres compartidos, sin brownies precocinados, sin rozar la piel de su hermana como si nada bajo las sábanas, en la oscuridad y, sobre todo, sin Alice, la custodia de los secretos y vergüenzas más íntimas del inocente corazón de Sadie. No había nadie a quien quisiera más que a su hermana. Ni sus padres ni su abuela. Un mundo sin ella sería un erial, como una fotografía granulada de Neil Armstrong en la Luna; este pensamiento la tenía en vela hasta tarde. Sería un alivio escaparse un rato al mundo de la Nintendo.

Pero la sala de juegos no estaba vacía. Había un chico jugando al *Super Mario Bros*. Sadie pensó que era uno de los niños enfermos, no un hermano o visitante como ella: llevaba pijama, y eso que era de día; había un par de muletas en el suelo, junto a su silla, y tenía el pie izquierdo rodeado de un artilugio que parecía una jaula de aspecto medieval. Estimó que el chico tendría su edad, once, quizá un poco más. Tenía el pelo negro, rizado y enmarañado, la nariz chata, gafas y la cabeza redonda, como sacada de unos dibujos animados. Sadie estaba aprendiendo a dibujar y le habían enseñado a descomponer las cosas en formas básicas. Si hubiera dibujado a ese chico, habría necesitado muchos círculos.

Se sentó de rodillas a su lado y lo observó jugar un rato. Se le daba bien; al final del nivel, consiguió que Mario aterrizara sobre la bandera, algo que ella nunca había logrado. Aunque a Sadie le hubiera gustado jugar, también era placentero ver a alguien tan habilidoso jugando; era como disfrutar de un espectáculo de baile. Él no se volvió para mirarla en ningún momento. De hecho, no pareció darse cuenta de que estaba allí. Ganó la primera batalla contra un gran jefe y aparecieron en pantalla las palabras «PERO NUESTRA PRINCESA ESTÁ EN OTRO CASTILLO». Pausó el juego y, sin mirarla, dijo:

—¿Quieres jugar lo que queda de vida?

Ella negó con la cabeza.

—No. Lo estás haciendo genial. Me puedo esperar hasta que te mueras.

El chico asintió. Siguió jugando y Sadie continuó mirando.

—Antes... No debería haber dicho eso —intervino ella—. Quiero decir, por si te estás muriendo de verdad. Esto no deja de ser un hospital infantil.

El chico, que llevaba a Mario, entró en una zona nublada llena de monedas.

—Esto no deja de ser el mundo, todo el mundo se muere —dijo él.

—Cierto —dijo ella.

—Pero no me estoy muriendo.

—Menos mal.

—¿Tú te estás muriendo?

—No —respondió Sadie—. Ahora mismo, no.

—¿Y entonces, qué te pasa?

—Mi hermana, es ella la que está mala.

—¿Qué le pasa?

—Disentería —contestó Sadie. No le apetecía pronunciar la palabra *cáncer*, destructora de una conversación natural.

El chico la miró como si fuera a hacerle otra pregunta, pero, en vez de eso, le pasó el mando.

—Toma —le dijo—. Total, se me han dormido los pulgares.

Sadie se las ingenió bastante bien para pasarse el nivel, cogió un par de potenciadores de Mario y ganó una vida extra.

—No se te da tan mal —dijo el chico.

—En casa tenemos una Nintendo, pero solo me dejan jugar una hora a la semana —añadió ella—, pero ya nadie me hace caso desde que mi hermana Al se puso enferma…

—Disentería —dijo Sam.

—Sí, este verano se suponía que me iba al campamento espacial de Florida, pero mis padres decidieron que mejor me quedara en casa para hacerle compañía a Al. —Sadie machacó a un Goomba, una de las criaturas que parecen setas, abundantes en *Super Mario*—. Me sabe mal por los Goombas.

—No son más que secuaces —dijo Sam.

—Pero es como si hubieran acabado involucrados en algo que no tiene nada que ver con ellos.

—Esa es la vida de un secuaz. Baja por esa tubería —le indicó Sam—, hay un montón de monedas ahí abajo.

—¡Lo sé! Voy a ello —dijo Sadie—. Al parece que está picada conmigo casi todo el tiempo, así que no sé por qué no he podido ir al campamento espacial. Hubiera sido la primera vez que me iba de campamento de verdad, no solo a pasar el día, la primera vez que iba a volar en avión sola. Total, solo iban a ser dos semanas. —Sadie se estaba acercando al final del nivel—. ¿Cuál es el secreto para aterrizar sobre la bandera?

—Mantén apretado el botón de correr todo lo que puedas, luego agáchate y salta justo antes de estar a punto de caer.

Sadie/Mario aterrizó en lo alto del mástil.

—Ey, ha funcionado. Por cierto, me llamo Sadie.

—Sam.

—Te toca. —Le devolvió el mando—. ¿A ti qué te pasa? —preguntó Sadie.

—Tuve un accidente de coche —dijo Sam—, tengo el pie roto por veintisiete partes.

—Vaya tela —dijo Sadie—. ¿Exageras o va en serio?

—Va en serio. Soy muy preciso con los números.

—Yo igual.

—Pero a veces el número crece un poco porque tienen que romper otras partes para resetearlo. Igual me lo tienen que amputar. No me puedo poner de pie. Ya me han operado tres veces y esto sigue sin ser un pie. Es una bolsa de carne con astillas de hueso.

—Mmm, qué rico —dijo Sadie—. Lo siento, vaya ascazo lo que he dicho. Tu descripción me ha hecho pensar en una bolsa de patatas fritas. Desde que mi hermana enfermó, nos saltamos muchas comidas y tengo hambre todo el rato. Hoy solo me he comido un flan.

—Eres rara, Sadie —dijo Sam, con interés en la voz.

—Lo sé. Sam, espero de verdad que no te tengan que amputar el pie. Por cierto, mi hermana tiene cáncer.

—Creía que tenía disentería.

—Bueno, el tratamiento para el cáncer le da disentería. Lo de la disentería es una especie de broma que tenemos. Conoces el juego de ordenador que se llama *Pioneros de Oregón*, ¿no?

—Posiblemente —Sam evitó admitir su ignorancia de manera abierta.

—Seguro que lo tienen en el aula de informática de tu instituto. Puede que sea mi videojuego favorito, aunque es un poco aburrido. Es sobre la gente del siglo XIX, intentan ir de la Costa Este a la Costa Oeste en una tartana con un par de bueyes; y el objetivo del juego es asegurarte de que nadie del grupo muera. Tienes que darles bastante comida, no ir demasiado rápido, comprar las provisiones adecuadas, cosas así, pero a veces, alguien, incluso tú, se acaba muriendo por una mordedura de serpiente de cascabel o de hambre o...

—De disentería.

—¡Exacto, sí! Y con eso Al y yo siempre nos reímos.

—¿Qué es la disentería? —preguntó Sam.

—Diarrea —susurró Sadie—. Al principio, nosotras tampoco lo sabíamos.

Sam se echó a reír y dejó de reírse de manera igualmente repentina.

—Sigo partiéndome la caja, pero es que me duele cuando me río.

—Prometo no volver a decir nada divertido nunca más —dijo Sadie con una voz extraña, carente de emoción.

—¡Para! Con esa voz me haces reír más. ¿Qué pretendes?

—Parecer un robot.

—Un robot suena así. —Sam hizo su versión de un robot, cosa que hizo que volvieran a partirse de risa.

—¡Se supone que no te puedes reír! —dijo Sadie.

—Se supone que eres tú la que no me tienes que hacer reír. ¿La gente de verdad se muere de disentería?

—En los viejos tiempos, supongo que sí.

—¿Y crees que lo ponían en la lápida?

—No creo que en las lápidas pongan la causa de la muerte.

—En la Mansión Encantada de Disneylandia, sí. Ahora casi me dan ganas de morirme de disentería. ¿Quieres que cambiemos de juego y pongamos el *Duck Hunt*?

Sadie asintió con la cabeza.

—Tendrás que conectar las armas. Están ahí. —Sadie las cogió y las conectó a la consola. Dejó que Sam disparase primero.

—Se te da genial —dijo ella—, ¿tienes una Nintendo en casa?

—No —respondió Sam—, pero mi abuelo tiene una recreativa de *Donkey Kong* en su restaurante. Me deja jugar todo lo que quiero sin pagar y la gracia con los juegos es que, si consigues ser bueno en uno, se te da bien cualquiera. Al menos, eso creo. Todo es cuestión de coordinación ojo-mano y de fijarse en los patrones.

—Estoy de acuerdo. Y... *¿perdona?* ¿Tu abuelo tiene una máquina de *Donkey Kong?* ¡Qué pasada! Me encantan esas recreativas antiguas. ¿Qué tipo de restaurante es?

—Una pizzería.

—*¿Perdona?* ¡Me encanta la pizza! Es mi comida favorita del planeta.

—Y la mía —añadió Sam.

—¿Puedes comer gratis toda la pizza que quieras?

—Básicamente, sí —respondió Sam mientras aniquilaba con destreza a dos patos.

—Es mi sueño. Estás viviendo mi sueño. Sam, tienes que dejar que te acompañe. ¿Cómo se llama el restaurante? Igual ya he estado.

—Pizza Dong & Bong Estilo Nueva York. Dong y Bong son mis abuelos. No es gracioso ni en coreano. Es como llamarse Jack y Jill. El restaurante está en Wilshire, en K-town.

—¿Qué es K-town? —preguntó Sadie.

—Señorita, ¿es usted de Los Ángeles? K-town es Koreatown. ¿Cómo es que no lo sabías? Todo el mundo conoce K-town.

—Sé lo que es Koreatown, pero no sabía que la gente lo llamara K-town.

—En fin, ¿dónde vives?

—En Los Llanos.

—¿Qué son Los Llanos?

—La parte llana de Beverly Hills —respondió ella—. Está bastante cerca de K-town. ¿Ves? ¡Tú tampoco sabías dónde estaban Los Llanos! En Los Ángeles, la gente solo conoce la parte de la ciudad en la que vive.

—Supongo que tienes razón.

Estuvieron charlando amistosamente el resto de la tarde mientras seguían disparando a varias generaciones de patos virtuales.

—¿Qué nos han hecho los patos? —preguntó Sadie en cierto momento.

—Puede que les estemos disparando por comida digital. Nuestros yoes digitales quizá morirían sin esos patos virtuales.

—Aun así, me sabe mal por ellos.

—Te sabe mal por los Goombas. Te sabe mal por todo el mundo.

—Pues sí —dijo Sadie—. También me sabe mal por los bisontes de *Pioneros de Oregón*.

—¿Por?

La madre de Sadie asomó la cabeza por la sala de juegos: Alice quería decirle algo a su hermana, frase clave para decir que la había perdonado.

—Te lo cuento la próxima vez —le dijo a Sam, aunque no sabía si habría una próxima vez.

—Nos vemos —dijo él.

—¿Quién es tu amiguito? —le preguntó Sharyn cuando ya se iban.

—Pues un chico —dijo Sadie, volviéndose a mirar a Sam, que ya estaba otra vez enfrascado en el videojuego—. Ha sido majo.

De camino a la habitación de Alice, Sadie le dio las gracias al enfermero que le había dicho que usara la sala de juegos. El chico sonrió a la madre de Sadie; los buenos modales, a decir verdad, no eran habituales entre las criaturas de la época.

—¿Estaba vacía como te dije?

—No, había un chico. Sam… —Aún no sabía su apellido.

—¿Has conocido a Sam? —preguntó el enfermero, con un interés repentino. Sadie se preguntó si se había saltado alguna norma secreta del hospital ocupando la sala de juegos mientras un niño enfermo había querido usarla. Desde que le detectaron el cáncer a su hermana había muchas normas.

—Sí —intentó explicar ella—. Hemos charlado y jugado a la Nintendo. No parecía importarle que estuviera allí.

—¿Sam, el del pelo rizado y gafas? ¿Ese Sam?

Sadie asintió con la cabeza.

—Tengo que hablar con tu madre —dijo el chico.

—Vete con Alice —le indicó Sharyn.

Sadie se fue a la habitación de su hermana sintiéndose mal.

—Creo que la he liado —anunció.

—¿Ahora qué has hecho? —le preguntó su hermana. Sadie le explicó su teórico delito—. Si te habían dicho que usaras la sala —razonó Alice—, no puedes haber hecho nada malo.

Sadie se sentó en la cama y Alice empezó a trenzarle el pelo.

—Me apuesto algo a que el enfermero quería hablar de otra cosa con mamá —siguió su hermana—. Igual era algo mío. ¿Qué enfermero era?

Sadie negó con la cabeza.

—No lo sé.

—No pasa nada, canija, si al final la has liado, lloras y dices que tu hermana tiene cáncer.

—Siento lo de la boina —dijo Sadie.

—¿Qué boina? Ah, ya, culpa mía. No sé qué me pasa.

—Leucemia, probablemente.

—*Disentería* —la corrigió Alice.

Ya de camino a casa, su madre aún no le había dicho nada de la sala de juegos, por lo que Sadie estaba bastante segura de que el incidente había quedado olvidado. Estaban escuchando una historia en la radio pública sobre la centenaria Estatua de la Libertad y Sadie pensaba en lo terrible que sería si la estatua fuera una mujer de verdad. Lo raro que sería tener gente dentro. Daría la sensación de que esas personas son invasoras, como una enfermedad, como piojos o cáncer. Esa idea la perturbó y se sintió aliviada cuando su madre apagó la radio.

—¿Te acuerdas del chico con el que estabas hablando hoy?

«Allá que vamos», pensó Sadie.

—Sí —respondió bajito. Se dio cuenta de que estaban atravesando K-town e intentó encontrar Pizza Dong & Bong Estilo Nueva York—. ¿He hecho algo malo?

—No, ¿por qué lo dices?

Porque, en los últimos tiempos, siempre se estaba metiendo en líos. Era imposible tener once años, una hermana enferma y que la gente considerara que tu conducta era irreprochable. Siempre decía lo que no tocaba, hablaba demasiado alto o pedía demasiado (tiempo, amor, comida), aunque no reclamase nada más de lo que antes le daban sin problemas.

—Por nada.

—El enfermero me ha contado que sufrió un accidente de coche horrible —continuó su madre—. No le ha dicho más de un par de palabras a nadie en los dos meses que han pasado desde el suceso. Ha tenido unos dolores atroces y es probable que tenga que estar entrando y saliendo del hospital una larga temporada. Es tremendo que te haya hablado.

—¿Sí? A mí Sam me ha parecido bastante normal.

—Lo han intentado todo para que se abra. Terapia, amistades, familia. ¿De qué habéis hablado?

—No sé. Tampoco hemos hablado mucho —dijo, intentando recordar la conversación—. De videojuegos, creo.

—Bueno, esto ya es cosa tuya, pero el enfermero me ha preguntado si podrías volver mañana y hablar de nuevo con él. —Antes de que tuviera tiempo de responder, su madre añadió—: Sé que tienes que hacer servicios comunitarios para tu bat mitzvá del año que viene, estoy segura de que lo más probable es que esto te cuente.

Permitirte jugar junto a otra persona no es un riesgo menor. Implica permitirte ser una persona abierta, exponerte, que te hagan daño. Es el equivalente humano al perro que se pone panza arriba —«Sé que no me harás daño, aunque sé que puedes»—. Es el perro atrapándote la mano con la boca sin llegar a morder. Para jugar hace falta confianza y amor. Muchos años después, unas controvertidas declaraciones de Sam en una entrevista con la web de videojuegos *Kotaku* rezaban: «No hay acto más íntimo que jugar, ni siquiera el sexo». Internet respondió: nadie que haya disfrutado del sexo diría algo así, Sam no debe de estar muy bien de lo suyo.

Sadie fue al hospital al día siguiente, y al día siguiente, y al día siguiente, y luego los días en los que Sam estaba lo bastante bien para jugar, pero lo bastante enfermo como para estar en el hospital. Acabaron siendo grandes compañeros de juegos. A veces competían, pero lo que más les gustaba era compartir la partida con un único personaje, se pasaban el teclado o el mando por turnos mientras hablaban de qué manera podían facilitar el viaje virtual del personaje a través de un mundo lúdico lleno de inevitables peligros. Entretanto, se contaban historias de su relativamente corta vida. Llegados a un punto, Sadie lo sabía todo sobre Sam y Sam, todo sobre Sadie. Al menos, eso pensaban. Ella le enseñó lo que había aprendido de programación en el instituto (lenguaje BASIC y un poco de Pascal) y él le enseñó a dibujar (plumeado, perspectiva, claroscuro). Aunque solo tenía doce años, era un excelente dibujante.

Desde el accidente, Sam había empezado a hacer complejos laberintos escherianos. La psicóloga lo incentivaba, ya que creía que el niño necesitaba una manera de procesar el dolor que llevaba dentro, tanto emocional como físico. Los interpretaba como que Sam estaba dibujando un camino para salir de su situación. Pero la mujer se equivocaba. Aquellos laberintos siempre eran para Sadie. Se los deslizaba en el bolsillo antes de que se fuera. «Te he hecho esto», le decía. «No es gran cosa, pero tráemelo la próxima vez para que vea si lo has resuelto.»

Más tarde, Sam diría que aquellos laberintos fueron sus primeros intentos de escribir videojuegos: «Un laberinto es un videojuego destilado en su forma más pura». Puede que fuera así, pero aquello era revisionista y para darse aires. Los laberintos eran para Sadie. Diseñar un videojuego es imaginarse a la persona que acabará jugándolo.

Al final de cada visita, Sadie, con disimulo, presentaba una hoja de registro de horas para que alguien de enfermería se la firmase.

La mayoría de las amistades no se pueden cuantificar, pero aquel papel le proporcionó un registro del número exacto de horas que había pasado siendo amiga de Sam.

Habían pasado varios meses de aquella amistad cuando la abuela de Sadie, Freda, sacó por primera vez el tema de si su nieta estaba haciendo servicios a la comunidad o no. Freda Green solía llevarla en coche al hospital para que viera a Sam. La señora llevaba un descapotable rojo, de fabricación estadounidense, con la capota quitada si el tiempo lo permitía (cosa habitual en Los Ángeles) y el pelo recogido con un pañuelo de seda. Casi no levantaba ni metro y medio, solo era un par de dedos más alta que la Sadie de once años, pero siempre iba vestida de manera impecable, con ropa hecha a medida que compraba en París una vez al año: blusas blancas almidonadas, pantalones de suave lana gris, jerséis de *bouclé* o de cachemira. Nunca salía sin su arma hexagonal: un bolso de cuero, un labial escarlata, un delicado reloj de pulsera de oro, un perfume de gardenia, unas perlas. Sadie pensaba que era la mujer con más estilo del mundo. Además de su abuela, Freda era una *tiburona* del sector inmobiliario de Los Ángeles, con la reputación de ser aterradora e indefectiblemente escrupulosa en negociaciones comerciales.

—Mine Sadie —le dijo la abuela mientras conducía hacia el este—. Sabes que me encanta llevarte al hospital.

—Gracias, Bubbe, te lo agradezco.

—Pero, basándome en lo que me has dicho, ese chico puede que sea más que un amigo.

La hoja de servicios comunitarios, que se había mojado, asomaba de su libro de Matemáticas. Sadie la remetió.

—Mamá me ha dicho que no pasa nada —replicó la niña a la defensiva—. Todo el personal médico dice que está bien. La semana pasada, su abuelo me dio un abrazo y un trozo de pizza de champiñones. Yo no veo el problema en ninguna parte.

—Sí, pero el chico no sabe nada del acuerdo, ¿me equivoco?

—No. No ha surgido nunca el tema.

—¿Y no crees que quizá haya un motivo por el cual no lo has sacado?

—Cuando estoy con Sam, estoy ocupada —dijo ella con torpeza.

—Cielo, al final puede que acabe saliendo a la luz y que le haga daño si piensa que te lo tomas como si fuera un acto de caridad y no como una amistad verdadera.

—¿Y no puede ser ambas cosas?

—La amistad es la amistad, la caridad es la caridad. Sabes perfectamente que de niña yo estaba en Alemania y has oído las historias, así que no te las volveré a contar, pero te puedo asegurar que la gente que te ofrece caridad nunca es tu amiga. No se puede recibir caridad de una *amistad*.

—No lo había visto así.

Freda le acarició la mano a su nieta.

—Mine Sadie. La vida está llena de encrucijadas morales ineludibles. Debemos hacer lo posible para evitar las que son fáciles de solventar.

Sadie sabía que su abuela tenía razón. Aun así, seguía presentando la hoja con el registro de horas para que se la firmasen. Le gustaba el ritual y le gustaban las alabanzas que recibía del personal de enfermería y a veces también de los doctores y las doctoras, pero también de sus padres y de la gente de su templo. Había también algo placentero en llevar el registro. Para ella, era un juego y no pensaba que tuviera mucho que ver con Sam. *Per se*, no lo estaba engañando; no le ocultaba lo de los servicios comunitarios, pero cuanto más tiempo pasaba, sentía que cada vez era más difícil decírselo. Sabía que la presencia de la hoja de registro de horas hacía que pareciera que ella tenía un motivo ulterior, aunque para ella, la verdad era obvia: a Sadie Green le gustaban los elogios y Sam Masur era el mejor amigo que había tenido.

El proyecto de servicio a la comunidad de Sadie duró catorce meses. Como era de prever, acabó el día en que Sam descubrió su existencia. Su amistad sumó 609 horas más las cuatro del primer día, que no entraban en el cómputo. Un bat mitzvá en el templo Beth El solo requería veinte horas de servicios a la comunidad y las buenas mujeres de la organización Hadassah le concedieron un premio por su excepcional expediente de buenas obras.

3

El seminario de Videojuegos Avanzados se reunía una vez a la semana, los jueves por la tarde, de dos a cuatro. Solo había diez plazas, que se repartían entre el estudiantado según su candidatura. El seminario lo dirigía Dov Mizrah, de veintiocho años; ese era el nombre que aparecía en la guía docente, pero en los círculos de videojuegos lo conocían por su nombre de pila. Se decía que Dov era como los dos Johns (Carmack, Romero), los niños prodigio estadounidenses que habían programado y diseñado *Commander Keen* y *Doom*, fusionados en uno. Era famoso por su melena oscura y rizada, por llevar pantalones de cuero ajustados a las convenciones de videojuegos y, sí, por un juego llamado *Mar Muerto*, una aventura zombi bajo el agua, originalmente para PC, para la que había inventado un motor de gráficos revolucionario, Ulises, que creaba luces y sombras fotorrealistas en el agua. Sadie, y otros quinientos mil frikis más, había jugado a *Mar Muerto* el verano anterior. Dov era el primer profesor que tenía cuyo trabajo había disfrutado *antes* de ir a sus clases, no *porque* había ido a sus clases. El mundillo de los videojuegos, ella incluida como jugadora, esperaba con ansia la secuela y cuando Sadie vio su nombre en la lista de cursos, se preguntó por qué alguien como él había decidido interrumpir una brillante carrera como diseñador de videojuegos para impartir clases.

—Mirad —dijo Dov el primer día de seminario—, yo no estoy aquí para enseñaros a programar. Esto se llama Seminario Avanzado de Videojuegos, estamos en el MIT, ya sabéis programar, y si no… —Señaló la puerta.

El formato de las sesiones se parecía al de una clase de escritura creativa. Cada semana, dos estudiantes presentaban un videojuego, uno simple o una parte de uno más grande, lo que fuera factible programar dadas las limitaciones temporales. El resto de la clase los jugaba y luego los criticaba. Se les pedía que crearan dos videojuegos a lo largo del semestre.

Hannah Levin, la única chica en el seminario aparte de Sadie (aunque esa proporción de chicos-chicas era la habitual en una clase en el MIT) preguntó si a Dov le daba igual en qué lenguaje de programación trabajasen.

—¿A mí qué más me da? Todos son iguales. Ya me pueden chupar la polla. Y lo digo de manera literal. Tienes que conseguir que el lenguaje de programación que estás utilizando te chupe la polla. Tiene que estar a tu servicio. —Dov miró a Hannah—. No tienes polla, así que el coño, lo que sea. Elige el lenguaje de programación que haga que te corras.

Hannah soltó una risilla nerviosa y evitó el contacto visual con el profesor.

—Entonces, ¿Java vale? —preguntó en voz baja—. Sé que hay gente que, no sé, no respeta Java…

—¿Que no respeta Java? Mira, en serio, que le den a quien haya dicho eso. Me da tres cuartos de lo mismo. Tú coge el lenguaje de programación que haga que yo me corra —añadió Dov.

—Sí, pero si hay alguno que prefieras…

—A ver, colega, ¿cómo te llamas?

—Hannah Levin.

—Escucha, Hannah Levin, te me vas relajando. A mí no me interesa decirte cómo hacer tu videojuego. A mí como si te da por utilizar tres lenguajes de programación. Yo lo hago así. Escribo un poco y, si me bloqueo, a veces tiro de otro lenguaje un rato. Para eso sirven los compiladores. ¿Hay más preguntas?

A Sadie el profesor le pareció vulgar, repelente y un poco sexi.

—La idea es que nos vuele la cabeza —siguió Dov—. No quiero versiones de mis juegos ni de otros a los que haya jugado. No quiero ver imágenes bonitas sin una reflexión detrás. No quiero ver código que vaya como un tiro al servicio de mundos que no son interesantes. Odio odio odio odio odio aburrirme. Asombradme. Perturbadme. Ofendedme. Es imposible ofenderme.

Después de clase, Sadie se acercó a Hannah.

—Ey, Hannah, soy Sadie. Vaya tela, qué duro, ¿no?

—Todo en orden —dijo Hannah.

—¿Has jugado a *Mar Muerto*?

—¿Qué es *Mar Muerto*?

—Es su videojuego. Es, bueno, la razón por la que me he matriculado en esta clase. La trama principal es que hay una niña que es la única superviviente de...

—Supongo que tendré que echarle un ojo —la interrumpió Hannah.

—Deberías. ¿A qué juegos le sueles pegar?

Hannah frunció el ceño.

—Ya, sí, tengo que salir pitando. ¡Encantada!

Sadie no sabía por qué se molestaba en intentarlo. Te piensas que igual las mujeres quieren unirse cuando son pocas en un espacio, pero no. Es como si ser mujer fuera una enfermedad que no quisieras pillar. Mientras no te juntaras con las demás, podías darle a entender a la mayoría, a los hombres: «Yo no soy como ellas». Sadie era por naturaleza solitaria, pero incluso a ella le pareció que ir al MIT con un cuerpo femenino era una experiencia aislante. El año que la admitieron, las mujeres suponían algo menos de un tercio de su clase, pero, sin saber muy bien por qué, parecía que fueran incluso menos. A veces sentía que podía pasar semanas sin ver a una chica. Puede que fuera que los hombres, o al menos la mayoría, dieran por sentado que si eras mujer, eras estúpida. O si no estúpida, menos lista que ellos. Funcionaban dando por sentado que era más fácil entrar en el MIT si eras tía y, en términos estadísticos, lo era —las mujeres tenían una tasa de admisión un diez por ciento superior a la de los hombres—. Pero podía haber muchas razones que lo explicaran. Una era la autoexclusión: las mujeres que mandaban una solicitud de admisión al MIT puede que se aplicasen una vara de medir más alta que ellos. La conclusión no debería ser que las mujeres que entraban estaban menos dotadas o eran menos merecedoras de su plaza, y, sin embargo, parecía que así eran las cosas.

Sadie tuvo la buena o la mala suerte de ser la séptima estudiante en presentar un videojuego aquel semestre. Había tenido dificultades para ver qué programar. Había querido hacer toda una declaración de intenciones sobre el tipo de diseñadora que iba a ser. No quería presentar algo que pareciera tópico o demasiado encajado en un género; tampoco demasiado simple, tanto en términos gráficos como lúdicos, pero después de ver las escabechinas que hacía Dov con el resto de la clase, sabía que daba bastante igual lo que presentara. Dov lo odiaba todo. Odiaba las variaciones de *Dragones y Mazmorras*, los RPG por turnos. Odiaba los de plataformas, salvo el *Super Mario*, aunque despreciaba las consolas. Odiaba los deportes. Odiaba los animalitos monos. Odiaba los juegos basados en obras anteriores. Odiaba que hubiera tantos juegos basados en la idea de que uno era cazador o presa. Pero, por encima de todas las cosas, detestaba los shooters, es decir, odiaba la mayoría de los videojuegos que hacían los profesionales o los estudiantes y una parte significativa de los juegos que triunfaban.

—Chavalada —dijo Dov—, sabíais que estuve en el Ejército, ¿no? A vosotros los estadounidenses las armas os parecen románticas de cojones, pero eso es porque no sabéis lo que es estar en la guerra y bajo asedio constante. Es de lo más patético.

Florian, un chico delgaducho que estaba haciendo un posgrado de Ingeniería y cuyo videojuego era el que estaba en ese momento en la picota, dijo:

—Dov, si yo ni soy estadounidense. —Su juego tampoco era un shooter: era un juego de tiro con arco inspirado en sus años compitiendo como joven arquero en Polonia.

—Ya, pero te has mamado los valores del género.

—Pero si en *Mar Muerto* hay tiros.

Dov insistió en que no había tiros en su videojuego.

—Pero ¿qué estás diciendo? —soltó Florian—, si la chica le arrea a uno con un tronco.

—Eso no son tiros —respondió Dov—. Eso es violencia. Una niñita que le zurra a un depredador violento con un tronco es combate mano a mano y es *auténtico*. Un hombre representado por una mano disparando a una serie de secuaces desconocidos es *falso*. Lo que odio no es la violencia, sino los juegos vagos en los que parece que lo único que puedes hacer en la vida es pegarle tiros a algo. Es vago, Florian. El problema con tu juego no es que sea un shooter, sino que es un coñazo. Te voy a hacer una pregunta: ¿lo has jugado?

—Claro que sí.

—¿Te ha parecido divertido?

—No creo que el tiro con arco sea divertido —dijo Florian.

—Bueno, a la mierda con eso, ¿a quién le importa si es divertido? ¿Te pareció que era como hacer tiro con arco?

Florian se encogió de hombros.

—Porque a mí no.

—No sé a qué te refieres.

—Te lo explico: la mecánica de disparo tiene lag. No sé adónde apuntan las mirillas. Tampoco simula para nada el efecto de tensar un arco, que estoy seguro de que conoces. No hay tensión y el dispositivo de aviso entorpece la visión en vez de ayudar. No es más que un juego con algunas imágenes de un arco y una diana. Podría ser un juego de cualquier cosa, hecho por cualquier persona. Además, no has creado ningún tipo de historia. El problema de tu juego no es que sea un shooter, sino que es un shooter malo, sin personalidad.

—Y una mierda, Dov —dijo Florian. Estaba muy pálido y le estaban subiendo los colores de un rosa psicodélico.

—Tío, tranqui. —Le dio un golpe amistoso en el hombro, luego lo arrastró a un agresivo abrazo de oso—. La próxima vez, fracasamos mejor.

Cuando Sadie fue a hacer su primer videojuego, no tenía ni idea de lo que le gustaría a Dov. Empezó a preguntarse si quizá esa era la gracia. No había manera de complacerlo, así que igual la cuestión era hacer algo que por lo menos la entretuviera. Por desesperación y casi ya sin tiempo, hizo un videojuego sobre la poesía de Emily Dickinson. Lo tituló *EmilyBlaster*. Caían fragmentos de versos por la parte superior de la pantalla y se usaba un cálamo para disparar tinta mientras el fragmento bajaba por la pantalla; quien estuviera jugando tenía que disparar a los versos que formaran uno de los poemas de Emily Dickinson. Cuando se terminaba con éxito el nivel acertando varios versos de Emily, se ganaban puntos para decorar una habitación de la casa de la poeta en Amherst.

Porque

DISPARAR

no podía detenerme

DISPARAR

por la

DISPARAR

muerte

La clase entera odió el juego. Hannah Levin fue la primera en decir lo que pensaba: «Bueno… Me ha parecido que algunos gráficos estaban simpáticos, pero la verdad es que el juego era un poco mierda. Era extrañamente violento y también extrañamente bucólico, todo al mismo tiempo. Dov nos dijo que no hiciéramos shooters, pero una pluma que dispara tinta sigue siendo un arma, ¿no?». El resto de los comentarios fueron en la misma línea.

Florian hizo un comentario algo positivo: «Me gusta cuando disparas a las palabras, se convierte en un manchurrón negro de tinta, me gusta el sonido de explosión que has añadido cuando la tinta choca con la pantalla».

Hannah Levin replicó: «A mí me ha parecido y, perdonadme si esto es un poco maleducado, me ha parecido el sonido de un pedo». Se tapó la boca como si acabara de tirarse un cuesco.

Un chico británico llamado Nigel añadió: «Pero creo que técnicamente sonaba más a ventosidad de almeja».

La clase aulló.

—Esperad —dijo Hannah—, ¿qué es una ventosidad de almeja?

La clase aún se rio más, Sadie también.

—Quise trabajar más en el sonido, pero me quedé sin tiempo —se disculpó Sadie, aunque nadie pareció oírla.

—Tíos, calma, a mí tampoco me gusta —dijo Dov—, pero, en realidad, no me parece tan odioso como otros. —Miró a Sadie como si la viese por primera vez (llevaban cuatro semanas de clases). Echó un vistazo a la lista y Sadie supo que se estaba aprendiendo su nombre, se sintió halagada, aunque fuera la CUARTA semana de seminario—. Es una copia de *Space Invaders*, pero con una pluma en lugar de una pistola. Por lo menos, sí que puedo decir que nunca había jugado a esta copia exacta antes, Sadie Green.

Dov jugó otra ronda de *EmilyBlaster* y Sadie supo que eso era otro cumplido.

—Divertido —dijo el profesor en voz baja, pero lo bastante alto para que lo oyese todo el mundo.

Para su segundo juego, Sadie sintió que podía y debía ser más ambiciosa. Esta vez no se peleó con un concepto.

Su juego se desarrollaba en una fábrica en blanco y negro sin rasgos destacados en la que se fabricaban artilugios sin especificar. Te daban puntos por cada aparato ensamblado. Sadie había diseñado la mecánica del juego para que se pareciera a la del *Tetris*, un juego por el que Dov había expresado admiración a menudo. (Le encantaba el *Tetris* porque tenía una esencia creativa; era un juego sobre construir y ver cómo hacer que las piezas encajaran.) A medida que subías de nivel, ensamblabas aparatos con más piezas y más complejos y cada vez tenías menos tiempo para hacerlo. En diversos momentos, aparecía un globo de texto que te preguntaba si querías intercambiar puntos por información sobre la fábrica y el tipo de objetos que se producían. El juego te avisaba de que, si recibías información sobre la fábrica, se aplicaría una pequeña reducción a tu puntuación más alta. Se daba la opción de saltarse tanta información de ese tipo como se deseara.

Según el procedimiento habitual, Sadie distribuyó los disquetes en la sesión anterior a la que le tocaba a ella presentar para que el grupo pudiera jugar durante la semana. A modo de descripción, dijo: «Bueno, eh, mi juego se llama *Solución*, me he inspirado en mi abuela. Jugad y ya me daréis vuestra opinión, seguro que me la dais».

Sadie recibió un correo de Hannah Levin casi cuando acabó el fin de semana. «Querida Sadie: he jugado a tu "juego" y, con toda sinceridad, no sé qué decir. Es desagradable y ofensivo, estás mal de la cabeza. Pongo en copia a Dov en este correo. No sé si podré ir a clase, estoy demasiado alterada. Esta clase ya no es un espacio seguro para mí. Hannah.»

Sadie sonrió al leer el correo. Se tomó un tiempo para redactar la respuesta: «Querida Hannah: No me voy a disculpar si mi juego te ha perturbado. Es la intención y, como dije en clase, me he inspirado en mi abuela».

Hannah contestó: «Que te den, Sadie».

Dov respondió un par de horas más tarde, solo a ella: «Sadie, aún no he jugado. Qué ganas. Dov».

El profesor la llamó al día siguiente:

—Tú y yo sabemos que Hannah Levin es una idiota insufrible, ¿verdad?

Él se había pasado la última hora hablando por teléfono con Hannah, que quería que Dov presentase una queja contra Sadie ante el Comité de Disciplina del MIT. Hannah creía que *Solución* violaba el código de conducta estudiantil, que prohibía todo discurso de odio.

—Creo que la he convencido para que se baje del burro. Es un coñazo de persona —dijo Dov—. ¿Quién tiene tiempo para gente así? Pero felicidades, Sadie Green, tu juego la ha ofendido profundamente.

—Qué locura —respondió ella.

—Creo que no le gustó que le dijeran que era una nazi —dijo Dov.

—¿Has jugado?

—Pues claro. Era mi obligación.

—¿Has ganado?

—Todo el mundo gana. Esa es la genialidad, ¿no?

—Todo el mundo pierde —respondió ella—. El juego trata de la complicidad. —«Genialidad», Dov había dicho «genialidad».

La idea de *Solución* era que si hacías preguntas y no seguías construyendo piezas a ciegas, tendrías una puntuación más baja, pero descubrías que estabas trabajando en una fábrica que suministraba piezas de máquinas para el Tercer Reich. Cuando tenías esa información, podías bajar el rendimiento. También podías hacer los cálculos para saber en qué margen tenías que moverte para que el Reich no lo detectase o bien dejar de producir del todo. Quien no hacía preguntas, el Buen Alemán, recibía la puntuación más alta, pero al final se descubría lo que hacía la fábrica. Aparecía un letrero con caligrafía gótica y decía: «¡Felicidades, nazi! ¡Has ayudado a que el Tercer Reich alcance la victoria! Eres el verdadero Maestro de la Eficiencia!». Y sonaba los *Maestros cantores de Núremberg*, de Wagner. La idea del juego era que si ganabas en puntos, lo perdías en términos morales.

—Mira, me ha encantado. Me ha parecido tronchante.

—¿Tronchante? —Sadie había intentado que fuera aplastante, perturbador.

—Tengo un humor muy negro —dijo Dov—. A la mierda. ¿Quieres un café?

Fueron a una cafetería que había en Harvard Square, cerca del piso de Dov. Sadie no sabía si la quedada sería para hablar de la queja de Hannah, pero en realidad, no hablaron de ella. Sadie le dijo lo mucho que le gustaba *Mar Muerto* y pudo hacerle preguntas bastante técnicas sobre el renderizado de la luz con el motor Ulises. Él respondió sus preguntas y le habló del diseño del juego, cómo le había inspirado su miedo a ahogarse. Sadie le habló de su abuela, de cómo había sido crecer en Los Ángeles, de la enfermedad de su hermana. Hablaron de sus videojuegos favoritos, de niños y de ahora; él la trató como si fueran colegas, cosa que a ella le resultó emocionante. Le daba igual si el Comité de Disciplina la llamaba a capítulo por crear *Solución*. Por vivir ese momento con alguien como Dov, valía la pena.

Él alargó el brazo sobre la mesa y le limpió a Sadie un poco de espuma de café que tenía en el labio.

—Creo que estoy metido en un buen lío —dijo él.

—¿Por lo de Hannah?

—¿Hannah? ¿Esa quién es? —contestó Dov—. Ah, sí, *ella*. No, creo que estoy metido en un lío porque quiero que subas a mi casa y sé que no debería hacerlo.

—¿Por qué no? —respondió ella—. Me gustaría ver dónde vives.

Era la primera relación adulta de Sadie, aunque es cierto que él también era su profesor, pero siendo su amante, era mucho mejor profesor que cuando solo le había dado clases. Aprendió muchísimo de él. Era como estar en las sesiones del seminario todo el rato. La animó a mejorar *Solución*. Le enseñó técnicas para construir motores de juego. «Si puedes evitarlo, no uses el motor de otra persona», la avisó. «Cedes demasiado poder.» A ella le encantaba jugar a videojuegos con él, acostarse con él y contarle sus ideas. Lo quería.

No se enteró de que estaba casado hasta pasados cuatro meses, cuando estaba acabando su segundo año de carrera. Él le dijo que tenía que contarle algo antes de que las cosas se pusieran más serias. Habían planeado que Sadie se pasara el verano en el piso de él.

Le dijo que su mujer estaba en Israel. Estaban separados. Por eso había acabado en el MIT. Ambos necesitaban un parón en su matrimonio.

—¿Y ella sabe de mi existencia? —preguntó Sadie.

—No de manera concreta, pero sabe de la posibilidad de que exista alguien como tú —le contestó él—. No te preocupes, no hay nada turbio.

Y sin embargo, Sadie sentía que lo era. No confiaba del todo en él y sentía que la había engañado para comportarse de manera amoral. Al final, sin darse cuenta, había acabado liada con un hombre casado y, aunque no al principio, ahora sí lo sabía. Y quizá, siendo sincera consigo misma, ya lo sabía. Quizá había sido como la jugadora de *Solución*, quizá no había hecho las preguntas correctas o no había preguntado bastante porque no había querido conocer las respuestas.

Aun así, pasó el verano con él. Lo quería y, en ese punto, estaba un poco enganchada a estar con él. Hizo unas prácticas en Cellar Door Games en Boston y nunca le dijo a nadie de la empresa quién era su novio. En el mundo de los videojuegos, Dov era famoso y ella no quería que el asunto le llegara a la mujer. Estaba tan ocupada ocultando (y teniendo) su historia con Dov que creía que no había dejado mucha huella en Cellar Door. No se sentía creativa y siempre era la primera en irse del trabajo.

Quizá no haga falta decir que Sadie no solo lo protegía a él al no revelar a sus compañeros de empresa quién era su novio, sino a sí misma. En el sector había incluso menos mujeres que en el MIT y no quería ponerse palos en las ruedas antes de haber empezado su carrera. Era injusto, pero las mujeres jóvenes y atractivas que se habían ganado la fama de acostarse con hombres poderosos acababan teniendo cierto lastre profesional. A veces les pasaba que les costaba que se las tomaran en serio cuando dejaban a esos hombres. Ella no quería que su currículum oficioso en el mundo de los videojuegos empezara con las palabras «amante adolescente de Dov Mizrah». Por muy enamorada que estuviera, ya se imaginaba un futuro sin él.

En otoño de su tercer curso, cogió Inteligencia Artificial; Hannah Levin, a quien no había visto desde el seminario de Dov, estaba en el mismo grupo que ella.

—Espero que no haya resentimiento —le dijo Sadie al final de la clase—. Nunca tuve la intención de ofenderte.

—Anda ya. La única razón por la que se hace un videojuego así es para ofender —respondió Hannah—. No fui a por ti porque *tu novio* me convenció para que no lo hiciera y no quería que el asunto me acabara estallando en la cara algún día.

—No era mi novio cuando iba al seminario —añadió Sadie, pero la otra ya estaba saliendo por la puerta.

Sadie no había trabajado en un juego propio desde que había empezado con Dov, aunque de vez en cuando lo ayudaba con el suyo. Era más fácil, en cierto sentido, trabajar con y para él que sacar adelante sus propios proyectos. Sus creaciones le parecían básicas y poco interesantes en comparación con las de Dov. Lo que ella hacía *era* básico y poco interesante. Acababa de cumplir veinte años. A los veinte años, el trabajo de todo el mundo es básico y poco interesante, pero al tener a Dov cerca, se impacientaba con su cerebro veinteañero y la calidad de las ideas que producía.

Llevaba diez meses con él cuando se cruzó con Sam en el metro. Lo vio bastante antes de que él la viera a ella. Ahí estaba: un abrigo demasiado grande tapando su complexión de chiquillo; andares tambaleantes, pero decididos; la mirada fija al frente; estaba casi segura de que Sam no se daría la vuelta ni repararía en ella, y le parecía bien. No había cambiado, era puro. No había hecho las cosas que había hecho ella. Comparada con él, se sentía envejecida y marchita; pensó que, si hablaban, él notaría su decadencia. Pero, no se sabe muy bien por qué, él se dio la vuelta. Cuando la llamó, ella siguió caminando.

Pero entonces la llamó otra vez más: «SADIE MIRANDA GREEN! ¡TE HAS MUERTO DE DISENTERÍA!».

A él podía ignorarlo, pero a esa referencia infantil compartida, no. Era una invitación a jugar.

Se dio la vuelta.

Antes de volver a Israel para las vacaciones de invierno, Dov avisó a Sadie de que no estaría mucho en contacto con ella. «Asuntos familiares», le dijo. «Ya sabes cómo son estas cosas.» Sadie le dijo que todo guay, aunque ya en el momento de decirlo, no estaba segura de si *para ella* estaba todo guay. Sabía que no tenía más opción. Las chicas guais no le preguntaban a su pareja si durante las vacaciones de invierno planeaba ver a su mujer, de la que supuestamente se había distanciado. Si no le parecía guay, igual Dov le ponía fin a la relación y Sadie no lo podría soportar. Había acabado por depender de él. Se daba cuenta, en retrospectiva, de que el año y medio que había pasado en el MIT antes de conocerlo había estado tremendamente sola. No había hecho amistades de verdad. Y pasar de no tener a nadie a tener a Dov al lado era una experiencia intensa. Él era como una luz brillante y cálida que iluminaba todo lo que había en su vida. Ella se sentía iluminada, enchufada. No había nadie mejor para hablar de videojuegos. No había nadie mejor con quien compartir ideas. Sí, lo quería, pero también le gustaba. Se gustaba a sí misma cuando estaba con él.

Recientemente, había sospechado que Dov estaba perdiendo el interés en ella, así que Sadie había intentado hacerse más la interesante. Había intentado vestirse mejor, se había cortado el pelo y se había comprado ropa interior de encaje. Había leído un libro sobre vino para poder hablar con conocimiento de causa durante la cena, como imaginaba que haría una pareja de más edad. Una vez, Dov le dijo, de pasada, lo alucinante que era lo poco que sabían de Israel los judíos estadounidenses; así que Sadie se leyó un libro sobre la fundación de Israel para estar versada en el tema. Pero parecía que daba igual.

A veces sentía como si Dov intentara encontrarle un fallo. Si Sadie se pasaba el día leyendo una novela, él le decía: «Cuando tenía tu edad, yo estaba programando sin parar». O si Sadie era demasiado lenta para terminar una tarea que él le había asignado, le decía: «Eres brillante, pero vaga». Además de trabajar en los videojuegos de él, ella tenía toda la carga lectiva de un curso entero. Si se lo comentaba a Dov, él le decía: «Jamás jamás jamás te quejes». O bien: «Por eso no trabajo con estudiantes». Si ella le hablaba de un videojuego que admiraba y que para él no era para tanto, él explicaba las razones por las que era terrible. Y eso no se aplicaba solo a los videojuegos, sino a las películas, los libros y el arte en general. Llegó un punto en el que ella nunca expresaba de manera directa su opinión sobre nada. Se entrenó para empezar las conversaciones con: «¿Tú qué piensas, Dov?».

Así que todo estaría guay, porque así se toman las cosas las amantes. «Amante», pensó Sadie. Se rio un poco para sus adentros, pensando que era como jugar al juego de otra persona: tener la ilusión de poder elegir, sin verdadera posibilidad de elección.

—¿Por qué la chica brillante se ríe con tanto arrepentimiento? —preguntó Dov.

—Por nada. Llámame cuando vuelvas —le contestó ella.

Sadie estuvo de mal humor y taciturna todo el tiempo que estuvo en California durante las vacaciones. Se notó febril, con desfase horario permanente, agotada. Pasó la mayor parte del parón de invierno durmiendo en su cama de la infancia, bajo sábanas con desvaídas rosas estampadas, leyendo los libros de bolsillo de su adolescencia, llenos de esquinas dobladas.

—¿A ti qué te pasa? —le preguntó Alice—. Está todo el mundo preocupado. —Alice estaba en su primer año de Medicina en la UCLA.

—Estoy bien —dijo Sadie—. Creo que he pillado algo en el avión.

—Bueno, pues a mí no me lo pegues —añadió Alice—. No puedo permitirme ponerme mala.

Alice se negaba a perder un día más de su vida estando enferma.

Sadie sentía que no podía hablar de Dov con nadie de su familia, ni siquiera con su hermana o, quizá, sobre todo con su hermana. Alice, igual que su abuela, detestaba de manera tajante las inevitables zonas grises de la vida.

Alice estudió a su hermana pequeña. Le puso la mano en la frente y luego la miró a los ojos.

—No tienes fiebre, pero creo que *no* estás bien.

—¿A que no adivinas con quién me crucé en Harvard Square? —dijo Sadie para cambiar de tema.

Al final fue Alice la que le contó a Sam lo del proyecto de servicios a la comunidad de Sadie. Su hermana siempre había afirmado que no lo hizo por celos y al final Sadie la creyó. Pero era un secreto a voces que a Alice nunca le gustó la idea de que su hermana pequeña hiciera servicios a la comunidad en el hospital y que le sentó como un tiro que el templo le diera un premio por aquel voluntariado.

Unos tres meses antes del bat mitzvá de Sadie, Alice se cruzó con Sam en el hospital. Había ido para hacerse un rutinario análisis de sangre de seguimiento; llevaba casi un año en remisión; Sam estaba por allí para otra revisión tras una operación en el pie. No se conocían muy bien y, por lo que Alice sabía de él, no le caía especialmente bien. Pensaba que la relación de su hermana con ese chico era rara. Parte era culpa de Sadie. Cuando Alice mostró interés en conocer a su nuevo amigo, ella le dijo que en realidad no era su amigo. Hizo hincapié en la parte del voluntariado de la relación y describió a Sam como un chico «bastante patético». Había una parte de Sadie que no quería que su hermana conociera a Sam y que opinara sobre él con la misma sinceridad con la que Alice tenía por costumbre decir lo que pensaba de sus demás amistades y compañeros y compañeras de clase. Alice era inteligente, pero tenía ese tipo de inteligencia que raya en lo faltón, y con los años, desde el diagnóstico de leucemia, había empeorado. Sadie no quería a Sam visto a través de la lente aguda y a menudo poco compasiva de su hermana.

Así, cuando Alice vio a Sam en el hospital, su primer instinto fue ignorarlo.

—Eres la hermana de Sadie, ¿no? —dijo él—. Soy Sam.

—Sé quién eres —respondió ella.

Una de las muchas doctoras que llevaban a Sam, una ortopeda pediátrica, los vio juntos y confundió a Alice con Sadie, que siempre estaba en el hospital.

—¡Ey, Sam! ¡Hola, Sadie!

—Doctora Tybalt —intervino Sam—, no es Sadie; es su hermana, Alice.

—¡Ay, es verdad! —dijo la médica—. Sois iguales.

—Sí —respondió Alice—, pero yo soy dos años mayor y tengo el pelo más liso, aunque la manera más sencilla de diferenciarnos es que yo no llevo una hoja con el registro de horas.

La conversación acabó cuando el enfermero llamó a Alice. Ya estaban listos para sacarle sangre.

—Nos vemos, Sam —dijo ella.

Sam llamó a Sadie al fijo por la noche.

—Hoy me he cruzado con tu hermana en el hospital.

—Sí, Alice estaba hoy por allí —contestó ella—. Lo siento, iba a intentar ir, pero tenía clase de bat mitzvá. ¿A que no sabes qué juego tengo delante ahora mismo?

—¿Cuál?

—El *King's Quest IV*. He convencido a Bubbe para que me lleve a Babbage, estaba en el expositor un mes antes del lanzamiento. He soltado un grito al verlo. Sam, los gráficos son mucho mejores que los del anterior. Puede que sean mejores que los de *Zelda*.

—Pero dijiste que me esperarías para empezar a jugar.

—En realidad no he empezado. Solo lo he instalado. Y escucha, la música también ha mejorado.

Sadie acercó el teléfono al ordenador para que Sam pudiera escuchar la pista MIDI.

—No se oye muy bien —dijo él—. Oye, Alice me ha dicho una cosa rara...

—Ni caso, ella es así. ES LA PERSONA MÁS MALEDUCADA QUE CONOZCO —gritó lo suficientemente alto para que su hermana la oyese—. ¿Qué te parece, si no te duele mucho el pie y no estás en el hospital, si el domingo Dong Hyun te acerca a mi casa y nos pasamos el KQIV? Si él te trae, estoy bastante segura de que puedo convencer a mi padre para que te lleve a casa en coche.

—No lo sé. Creo que esta vez estaré aquí por lo menos una semana, igual más.

—Guay, bueno, pues igual me puedo llevar yo los disquetes y lo instalamos en...

—Sadie, Alice me dijo algo de que llevabas una hoja de registro de horas o algo así.

Se quedó parada un segundo. Aunque sabía que ese día acabaría llegando, no había preparado lo que diría.

—¿Sadie?

—No es para tanto —dijo ella—. Es un formulario que relleno cuando estoy en el hospital. Creo que todo el mundo lo tiene.

—Ya —contestó él—. Sí... Pero mis abuelos no lo tienen.

—Uy, pues qué raro. ¿Igual lo tienen, pero no te has dado cuenta? O igual... *Igual* es para que los menores puedan visitar a otros menores en el hospital.

—Tiene sentido.

—Por seguridad —improvisó Sadie—. Sharyn me llama para cenar. ¿Te puedo llamar después?

Sadie no lo llamó después. Cinco minutos antes de las nueve, la hora en la que ya no se le permitía llamar a casa, Sam volvió a contactar con ella. Por un momento, Sadie pensó en decirle a su padre que dijera que había salido.

—Pero Sadie, Alice la llamó «una hoja de registro de horas».

—Claro, sí, se registran las horas. Se indica cuántas horas he pasado en el hospital. ¿Por qué estás obsesionado con esto? ¿Le has preguntado a Dong Hyun lo de este finde?

—Pero ¿por qué necesitas saber las horas?

—Yo... —dijo ella—. Para llevar la cuenta de las cosas, supongo. Pausa larga.

—¿Eres una especie de voluntaria?

—Si fuera una voluntaria del hospital, tendría que llevar esa bata que se ponen y yo nunca me pondría algo así.

—¿Y por lo demás?

—Samson, estás siendo un pesado de narices. ¿Podemos cambiar de tema?

—¿He sido una especie de proyecto de servicios a la comunidad?

—Que no, Sam.

—¿Éramos amigos o te daba pena? ¿Era tus deberes o qué, Sadie? ¿Qué he sido para ti? Necesito saberlo.

—Mi amigo. ¿Cómo puedes pensar que has sido otra cosa? Eres mi mejor amigo. —Sadie estaba a punto de llorar.

—No te creo. *Nunca* has sido mi amiga. No eres más que una ricachona gilipollas de Beverly Hills que hace voluntariado y yo soy un chaval pobre que está mal de la cabeza y tiene la pierna jodida. Bueno, pues ya no me hace falta tu ayuda.

—Sam, es difícil de explicar, pero no tiene nada que ver contigo. La hoja era como un juego para mí. Yo... Bueno, supongo que me gustaba ver a cuánto ascendían las horas. —De repente se le ocurrió algo a lo que pensó que Sam respondería—. Iba a por la puntuación máxima. He llegado a 609, pero creo que es más que...

—Eres una mentirosa y una mala persona y... —Nada de eso sonaba lo bastante fuerte—. Eres una... —Buscó mentalmente el peor insulto que había oído—. Una hija de puta —susurró. Nunca había pronunciado en voz alta esa expresión, le pareció exótica, como si estuviera hablando en un idioma extranjero.

—¿Qué?

Sam sabía que llamarla «hija de puta» era un Rubicón. Una vez oyó al novio de su madre decirle eso durante una discusión y ella se quedó de piedra. Después de aquella noche, no volvió a ver a aquel novio, por lo que supo que aquella expresión tenía propiedades profundas y mágicas. «Hija de puta» podía hacer que una persona desapareciera de tu vida para siempre y había decidido que eso era justo lo que quería: olvidar que había conocido a Sadie Green y que él había sido lo bastante patético e imbécil como para pensar que *ella* era su amiga.

—Eres una *hija de puta* —repitió—. No quiero volver a verte jamás.

Colgó.

Sadie se quedó sentada sobre la colcha de rosas estampadas sujetando el teléfono junto a la mejilla, que le ardía. Esa expresión no era propia de Sam y, cuando se la dijo, su voz aflautada le sonó cómica. Su impulso había sido echarse a reír. No era una chica popular en el colegio, pero era una persona fuerte, a la que las cosas le resbalaban, y la mayoría de los insultos le daban tres cuartos de lo mismo. Fea, pesada, rarita, coñazo, estirada, daba igual; pero las palabras de Sam sí que le pasaron la piel. El teléfono empezó a trinar con terquedad, pero fue incapaz de descolgar. Ni siquiera estaba segura de lo que significaba ser una hija de puta. Solo sabía que le había hecho daño a Sam y que probablemente fuese una hija de puta.

Al día siguiente, el padre de Sadie la llevó al hospital. Ella se acercó al mostrador y el enfermero fue a por Sam, pero él se negó a verla.

—Lo siento, Sadie —dijo el enfermero—. Está de mala leche.

Sadie se sentó en la sala de espera y aguardó a que su madre la recogiera dos horas después. Le escribió a Sam una nota usando un par de líneas de BASIC, el lenguaje de programación que Sam y ella estaban aprendiendo:

```
10 LISTO
20 PARA X = 1 a 100
30 IMPRIMIR "LO SIENTO, SAM ACHILLES MASUR"
40 SIG X
50 IMPRIMIR "PORFA PORFA PORFA PERDÓNAME. CON AMOR,
TU AMIGA SADIE MIRANDA GREEN"
60 SIG X
70 IMPRIMIR "¿ME PERDONAS?"
60 SIG X
90 IMPRIMIR "S O N"
100 SIG X
110 PERMITE A = TOMA CT ()
120 SI A = "S" O A = "N" ENTONCES A 130
130 SI A = "N" ENTONCES 20
140 SI A = "Y" ENTONCES 150
150 FIN PROGRAMA
```

Dobló la nota y escribió «léeme» en la cara externa del papel; si ejecutaba el programa en un ordenador, la pantalla se llenaría de letreros de «lo siento, sam». Si él aceptaba sus disculpas, el programa terminaba; si no, se repetía hasta que lo hiciera.

El enfermero dejó la nota en la habitación de Sam y volvió unos minutos más tarde: Sam la había rechazado. Aquella noche, cuando Sadie metió el programa en su propio ordenador, se dio cuenta de que, en todo caso, había cometido un error sintáctico.

Una semana más tarde, fue el turno de Freda de llevar a su nieta al hospital. Sadie no quería confesarle a su abuela lo que había pasado. No quería admitir que tenía razón. Dejó que la llevase al hospital infantil y, cuando llegaron, Sadie no salió del coche.

—¿Qué te pasa, mine Sadie? —le preguntó su abuela.

—La he pifiado —dijo ella con voz triste—. Soy una persona horrible.

Le daba miedo que Freda se pusiera a gritarle, a decirle «ya te lo dije», a insistir en que entrara e intentara pedirle disculpas a Sam, algo que ella sabía que sería en vano. Los adultos siempre pensaban que podían arreglar los problemas de los niños.

Freda se limitó a asentir con la cabeza y abrazarla.

—Ay, cariño mío —le dijo—, debe de ser una gran pérdida.

—Cogió su enorme teléfono móvil y canceló sus planes de la tarde, llevó a su nieta a comer a su restaurante favorito, un italiano destartalado donde todos los camareros coqueteaban con Freda. Pidieron parmigiana de pollo, el plato favorito de la niña, y batidos de helado. La abuela solo hizo un comentario sobre la situación al pagar la cuenta.

—Hay gente como tú y como yo. Nos pasan cosas malas y sobrevivimos. Somos fuertes. Pero con gente como tu amigo, hay que tener una delicadeza especial o igual se rompen.

—¿Yo a qué he sobrevivido, Bubbe? —preguntó ella.

—Al cáncer de tu hermana. Fuiste muy fuerte durante esa época, aunque tu madre y tu padre no te lo hayan dicho tanto como deberían, pero yo me daba cuenta y estoy orgullosa de ti.

—No se parece en nada a las cosas por las que tú has pasado —respondió Sadie, avergonzada.

—No es fácil ser la hermana pequeña, lo sé. También estoy orgullosa de que te hayas hecho amiga de ese chico. Aunque las cosas hayan acabado mal, has hecho algo bueno por él y por ti. Ese muchacho no tenía amigos, estaba lisiado, solo. No has sido una amiga perfecta, pero has sido su amiga y era lo que él necesitaba.

—Ya me dijiste que esto acabaría pasando.

—Bah —cortó Freda—, Bubbe-meise, predicciones de vieja.

—Pero es que lo voy a echar de menos de verdad —dijo Sadie entre lágrimas.

—Igual vuelves a verlo.

—No creo, Bubbe. Ahora me odia.

—No olvides esto nunca, mine Sadie: la vida es muy larga, a menos que no lo sea.

Sadie era consciente de que aquello era una tautología, pero también resultaba ser cierto.

.·.

Dov no la llamó cuando volvió a Cambridge. El día en el que estaba previsto su regreso había pasado hacía tiempo, ya estaban a mediados de enero y las clases estaban a punto de empezar. Sadie no había querido llamarlo, también pensó que sería maleducado acercarse a su piso. Decidió enviarle un correo, que revisó una y otra vez. Al final, a pesar de las revisiones, el resultado no es que fuera muy brillante: «Ey, Dov. He estado jugando al *Chrono Trigger*, hay elementos interesantes».

Él tardó un día en contestar: «Ya he jugado. Aunque tenemos que hablar. ¿Quieres pasarte esta noche?».

Sadie sabía que se estaba vistiendo para su funeral, así que fue toda de negro: vestido, medias, Doc Martens. Quería estar de toma pan y moja. Quería que Dov se sintiera mal por lo que se iba a perder, pero que tampoco fuera muy obvio. Cogió el metro hacia Harvard Square y cuando llegó vio que el anuncio de Ojo Mágico seguía allí, aunque algo cubierto de grafitis y pelado por los lados. El resto del mundo parecía haber perdido el interés en él desde Navidades. Decidió retrasar su llegada al piso de Dov mirando una vez más el anuncio: «Acércate, aléjate. Relaja la mirada».

Fue al lugar mágico y sintió que se le despejaba la mente. Se dijo a sí misma que, independientemente de lo que Dov le dijera, ella no discutiría, no lloraría ni se quejaría.

Cuando llegó al piso, no entró directa, aunque tenía llaves. Llamó al timbre y él bajó a buscarla. Le dio un beso en la mejilla y empezó a ayudarla con el abrigo, pero ella no quiso quitárselo. Quería tener la armadura de esa prenda de cachemira y lana que Freda le había comprado en Filene's Basement el otoño de su primer año en la universidad. «Hará más frío del que te imaginas, mine Sadie. Te lo prometo», le había dicho su abuela.

—Me lo dejo puesto —replicó Sadie. Lo miró a los ojos mientras le decía eso. Se cruzó de brazos. «Soy valiente», pensó.

—Batia y yo vamos a intentar arreglar las cosas —le dijo Dov—. Lo siento mucho.

Iba a pedir una excedencia del MIT, a recoger sus cosas —de repente, Sadie se fijó en las cajas—, a subarrendar su piso; necesitaba que le devolviese la llave. Se volvía a Israel a trabajar en *Mar Muerto II*.

Sadie no iba a llorar.

—Cuando no supe nada de ti, me imaginé que irían por ahí los tiros —lo dijo con voz serena, ensayada. «Tú, calma, eres guay», pensó. Su cabeza repasaba furiosa todas las razones para seguir siendo una tía guay. Puede que algún día necesitara que le escribiera una carta de recomendación si decidía ir a la escuela de posgrado. Igual quería trabajar en una empresa en la que él había trabajado. Igual quería diseñar un videojuego con él. Igual acababa en una mesa redonda con él o él formaba parte del jurado en un premio de videojuegos. Sadie, como Sam, tenía un don para imaginarse en el futuro. Vio un futuro en el que no sería la amante de Dov, pero sí su compañera de trabajo, su empleada, su amiga. Si mantenía la calma, no echaría a perder el tiempo que habían pasado juntos. «La vida es muy larga, a menos que no lo sea», pensó.

—Te lo estás tomando muy bien —dijo Dov—. Me hace sentir fatal. Creo que preferiría que me gritases y chillases.

Sadie se encogió de hombros.

—Ya sabía de antes que estabas casado. —*¿Lo sabía?* Sí, lo sabía aunque hubiese intentado fingir para sí misma y ante él que no. Había visto su biografía en una web emergente de videojuegos, mucho antes de apuntarse a su seminario. Lo buscó en internet después de jugar a *Mar Muerto* el verano antes de su segundo año en la facultad. Se mencionaba que tenía esposa y un hijo. No aparecía cómo se llamaban, por lo que para ella no tenían entidad, cosa que tampoco significaba que no existieran. Él nunca le había hablado del tema, por lo que ella racionalizó su relación con él pensando: «Hasta que me lo cuente, no es cosa mía».

—Es culpa mía —dijo Sadie.

—Ven aquí —dijo él.

Ella negó con la cabeza. No quería que la tocara.

—Dov, por favor.

Ahora que sabía que Sadie no le pondría las cosas difíciles, ella se dio cuenta de que se le ablandaba la mirada; vio que a Dov los ojos se le llenaban de amor y arrepentimiento. Ella quiso recordar así su cara. Se dirigió hacia la puerta.

—Sadie, no hace falta que te vayas, va, que pido tailandés para los dos. Un compañero me ha mandado una versión para prensa de lo nuevo de Hideo Kojima. No saldrá hasta dentro de un año, quizá más.

—¿*Metal Gear III*?

—No lo van a llamar así, será *Metal Gear Solid*. Kojima está decepcionado con las ventas de las versiones anteriores en Estados Unidos, así que no quiere que sea una secuela.

—Pero si esos juegos estaban genial —dijo ella.

—En realidad, está siendo listo, si cree que tiene un exitazo entre manos —añadió Dov—, Sadie, no todo es ser un buen programador o un buen diseñador. Tienes que saber vender y ser un poco *showman*. Ya lo aprenderás cuando te llegue el momento.

Aunque Sadie no estaba de humor para que le dieran lecciones, sin darse cuenta, ya se estaba quitando el abrigo.

—Me gusta el vestido —le dijo él.

Ella había olvidado lo que se había puesto y se sintió mal por la Sadie que había sido hacía una hora cuando había decidido cosificarse vistiéndose así. Se sentó en el escritorio de Dov. Él cargó el juego y le pasó el mando.

Metal Gear Solid era un juego de acción en modo furtivo, lo que significaba que una estrategia ventajosa era evitar que te vieran, salvo para entrar en combate. El jugador pasaba gran parte de la partida aburriéndose; escondiéndose y esperando. A Sadie le pareció que ese relativo tedio del juego era reconfortante. Mientras hacía que su personaje se agachara y se escondiera detrás de cajas, muros o puertas, se dio cuenta de que el modo «furtivo» sería una buena estrategia para ella en ese momento particular. Estaría ahí, en esa habitación, con él, pero sin provocarlo ni interactuar con Dov a no ser que fuera absolutamente necesario. Llegó a una parte del juego en la que el personaje espiaba a un NPC femenino que hacía deporte en ropa interior. El NPC se llamaba Ruth Cohen, nombre que a Sadie le pareció ridículo.

—Anda ya —espetó ella—, la Ruth Cohen de marras en ropita interior.

—¿Puede que a Kojima le vayan las judías?

Sadie se preguntó si la mayoría de los jugadores se pondrían cachondos con eso. A veces tenía que ponerse en la piel de un jugador masculino para llegar a entender un juego. Como tanto le gustaba a Dov decirle: «Cuando juegas, ya no eres una jugadora y punto, eres una constructora de mundos, y si eres una constructora de mundos, tus sentimientos no son tan importantes como los de tus jugadores. Tienes que imaginártelo en todo momento. No hay artista más empático que un diseñador de videojuegos». A Sadie, la jugadora, la escena le pareció sexista y extraña. Al mismo tiempo, Sadie la constructora de mundos aceptó que el juego era obra de una de las mentes más creativas del sector. En aquellos tiempos, las chicas como Sadie estaban condicionadas para pasar por alto cuestiones sexistas y no solo en los videojuegos; no era «guay» señalar esas cosas. Si querías jugar con los chicos, no podían tener miedo a decir ciertas cosas en voz alta si estabas delante. Si alguien decía que el efecto sonoro de tu videojuego parecía un pedo vaginal, tu trabajo era reírte. Pero aquella tarde, Sadie no estaba de humor para reírse.

—Paso de jugar a un juego que es una colección de fetiches de un fulanito.

—Sadie, colega, acabas de describir el noventa y nueve por ciento de los videojuegos, pero las tetas son un poco demasié. Ahí tienes razón. ¿Cómo no se cae de morros? —soltó Dov—. Aun así, Kojima es brillante.

—Sí —dijo Sadie mientras metía a su personaje por un conducto de ventilación.

Llegó la comida tailandesa. Dov siguió con la conversación como si fuera una noche normal y no la última cena. Ella no tenía mucha hambre. Bebió un poco de vino que él le sirvió —ella nunca era muy de beber— y se notó algo mareada, con náuseas distantes, pero no ebria. Se sintió demasiado mareada para soltar alguno de los comentarios inteligentes sobre vino que había aprendido.

—Estás guapa —le dijo él. Se inclinó sobre la mesa y la besó, ella se sintió demasiado cansada para insistir en que si estaba rompiendo con ella, lo menos que podía hacer era dejar que se fuera sin un polvo de despedida. Porque ella era guay, pero no estaba segura de ser *tan guay*, aunque le costaba hablar sin mostrar enfado o tristeza y había llegado hasta ese punto sin sentir ninguna de esas dos emociones.

—Dov —dijo Sadie. Quiso decir que no, pero su boca no pronunció esas palabras, y al final decidió, ¿qué más daba? Se había acostado con él muchas veces. Y le gustaba.

Se quitó las medias, el vestido y la ropa interior, él recorrió su cuerpo con las manos, como evaluándola, como un terrateniente inspeccionando un terreno que está a punto de vender.

—Te voy a echar de menos. Voy a echar de menos esto.

Ella se imaginó que no estaba dentro de su cuerpo, sino en el mundo de *Metal Gear Solid*. El personaje que llevas en ese juego se llama Solid Snake, cuyo principal antagonista es Liquid Snake, que está construido a partir del mismo material genético que tú. En ese instante, Sadie cayó en la cuenta de la profundidad de la cuestión:

sí, ¿acaso hay peor enemiga que una misma? ¿Y no tenía ella la culpa de todo más que Dov? Él le había dicho que se metería en problemas si ella subía a su casa y aun así ella había subido. Si alguien te dice que te vas a meter en problemas, créetelo.

Cuando llegó el taxi, él la acompañó a la calle.

—¿Amigos? —preguntó Dov.

—Claro —respondió ella. Le devolvió su llave sin esperar a que él se la pidiese.

Él la abrazó, la dejó en el taxi y cerró la puerta.

Mientras el vehículo bajaba por Massachusetts Avenue, a ella le entró calor con el abrigo de invierno, como si no pudiera respirar, así que le preguntó al conductor si podía bajar la ventanilla; por la ventanilla, vio un depósito de agua de la fábrica de la New England Confectionery Company, que recientemente habían pintado para que se pareciera a un paquete de obleas Necco, esos discos de colores pastel que casi no saben a nada, tienen tacto de tiza y aspecto religioso. A medida que se acercaban a la fábrica, el aire fue oliendo cada vez más a azúcar y el aroma hizo que Sadie sintiera nostalgia por un dulce que ni siquiera había probado.

4

El día después de Navidad, Sam le envió a Sadie un correo:

> Ey, desaparecida: ¡Me he pasado tu juego dos veces y quiero comentarlo contigo! ¿Quedamos cuando vuelvas de las vacaciones? Saluda de mi parte a nuestra vieja amiga California. S. A. M.
>
> P. D. Me alegro de que nos cruzáramos.

Sadie no contestó enseguida, cosa que tampoco perturbó a Sam. En aquellos tiempos, una persona podía no tener acceso al correo electrónico cuando no estaba en la facultad.

A mediados de enero, ella seguía sin responder y él empezó a preocuparse por si no se le había llegado el mensaje. Decidió mandarle otro.

Mientras esperaba respuesta, volvió a jugar a *Solución*. A esas alturas, se había pasado el juego tres veces, él solo. La primera vez no recabó información, fue simplemente a por los puntos y recibió el título de Gran Colaborador Nazi. La segunda vez, recabó toda la información, pero siguió completando los niveles todo lo rápido que pudo. Le dieron el título de Facilitador. La última vez, recabó toda la información y jugó los niveles todo lo lento que pudo, aunque seguía pasando de nivel. Recibió el título de Objetor de Conciencia y pensó que era el mejor resultado posible que podía obtenerse en el juego, aunque no había trasteado el código para confirmarlo.

Mientras jugaba, empezó a tomar notas. Le parecía una propuesta inteligente, pero también pensó que había cositas que se podían mejorar. Al mismo tiempo, había otros detalles que estaban tan bien que quería asegurarse de que ella lo supiera y que él, que antaño fue su mejor amigo, se había fijado en sus esfuerzos. Ordenó el microfeedback en una tabla de Excel con categorías como *sonidos, desfases, mecánica, prosa, gráficos, ritmo, barra de estado, controles, pensamientos lúdicos generales*. No había decidido si le daría el archivo.

Pero de lo que más ganas tenía era de hablar del juego a un nivel macro. Su mayor apunte era que *Solución* debería ser más complejo. Le parecía fantástico como ejercicio académico, pero ¿no sería incluso mejor que se pudiera desbloquear otra parte del juego si elegías la senda moral? Después de un rato, si usabas los puntos para recabar *cualquier* tipo de información, el misterio era obvio y el juego se volvía repetitivo. ¿No sería mejor que quienes jugaran bastante bien y con bastante moralidad pudieran descubrir cómo desviar la producción de la fábrica? Sam pensaba que la simulación estaba incompleta y, por tanto, no era del todo satisfactoria. Estaba incompleta porque no invitaba a la acción. La única sensación con la que se quedaba uno al final era el nihilismo. Sam entendía perfectamente lo que ella intentaba plantear, pero también era consciente de que tendría que llegar *más lejos* si quería hacer juegos que la gente amase y no solo admirase.

Se sintió animado al ir trabajando en todas esas ideas para Sadie. Se sintió animado como nunca trabajando en «Aproximaciones alternativas a la paradoja Banach-Tarski». Le vinieron las palabras de Anders Larsson: «Ser bueno en algo no es lo mismo que sentir amor por algo». Después de jugar a *Solución*, tuvo claro qué amaría (y qué creía que se le daría bien): le encantaría hacer un juego con Sadie Green. Y en cuanto ella le contestara, él la convencería de que eso era justo lo que debían hacer.

Pasó otra semana y ella seguía sin responder. El período no lectivo de preparación de exámenes había terminado; Sam había terminado los suyos y el siguiente semestre estaba a punto de empezar. Lo normal era que Sam hubiese captado la indirecta y hubiera olvidado que se había cruzado con Sadie Green en el metro, pero el videojuego no se lo permitía. Ella le había dado su videojuego por alguna razón, pensaba, y él tenía que hablar con ella, aunque fuera por última vez. En el archivo Léeme estaba su dirección de correo electrónico, pero también la dirección postal (ningún número de teléfono), que parecía ser un piso en Columbia Street, en un punto equidistante entre Kendall y Central Square. Es decir, no había una manera sencilla de llegar a casa de Sadie desde la parada de metro más cercana. Sam tendría que caminar unos cuatrocientos metros desde la estación, cosa que le resultaba difícil en pleno invierno con la rémora que tenía por pie izquierdo y con las calles irregulares y cubiertas de hielo de Cambridge. Pensó en coger un taxi, pero no se lo podía permitir. Hacía un frío agradable y no tenía obligaciones, así que decidió aventurarse a emprender la caminata. No tenía costumbre de usar su bastón; aunque fuera una necesidad médica, pensaba que era un gesto afectado, como un señor Monopoly de veintiún años, pero en esta ocasión, se lo llevó. Este asunto, pensó, eran negocios.

Llegó al piso de Sadie y llamó al timbre. En el último segundo se preocupó por si la dirección del archivo Léeme era vieja y si habría hecho el viaje en vano.

Al cabo de unos cinco minutos, respondió una compañera de piso. Sam le dijo que estaba buscando a Sadie y la compañera lo miró suspicaz un instante antes de decidir que era inofensivo.

—¡Sadie! —gritó la chica—. Aquí hay un chaval que te busca.

Sadie salió de su dormitorio. Eran las dos de la tarde y Sam notó que la había pillado durmiendo.

—Sam —dijo adormilada—. Ey.

Parecía que no se había duchado. Su sudadera del MIT tenía manchas rojizas y blancuzcas y, aunque le iba holgada, Sam se dio cuenta de que estaba inusualmente delgada. Tenía el pelo apelmazado y sucio, como un animal que ha estado en la naturaleza mucho tiempo. Desprendía —las cosas como son— cierto olor. Sam supuso que era el resultado de un día de dormir hasta tarde.

—¿Estás bien? —le preguntó. Hacía seis semanas, le había parecido que Sadie estaba bien.

—Claro —respondió ella—. ¿Qué haces aquí?

—Yo… —Por un instante, se quedó tan perturbado por esa Sadie que olvidó el motivo de su visita—. He intentado escribirte por correo. Quería hablar contigo de *Solución*. ¿Te acuerdas? Me diste el disquete…

Sadie lo interrumpió dando un suspiro profundo.

—Mira, Sam, no me pillas en buen momento.

Sam estuvo a punto de marcharse, pero no lo hizo.

—¿Puedo…? Me he pegado un buen pateo desde Central Square, sería genial si me dejaras sentarme un minuto.

Ella miró el bastón y su pie.

—Pasa —le dijo desganada.

Sam la siguió hasta su dormitorio. Todas las cortinas estaban corridas, había ropa y basura por todas partes. Aquello no era propio de la Sadie a la que había conocido.

—Sadie, ¿te ha pasado algo?

—¿Y a ti qué más te da? No somos amigos *de verdad*, ¿recuerdas? —Ella negó con la cabeza—. Y es de mala educación no llamar antes de presentarse en casa de alguien.

—Lo siento, no tenía tu número. Y no me contestabas los correos.

—Supongo que voy bastante atrasada con los correos, Samson. —Volvió a meterse en la cama y se tapó la cabeza con el edredón—. Necesito dormir un poco. —Las sábanas amortiguaban su voz—. Ya sabes dónde está la puerta.

Sam apartó algunas prendas de ropa de la silla del escritorio y se sentó.

Sin salir de debajo de las mantas, ella le dijo:

—Vaya ridiculez de abrigo.

Unos segundos después, Sam oyó la respiración regular de Sadie, profundamente dormida.

Echó un vistazo por la habitación. Encima de la cama había un póster de *Turistas*, de Duane Hanson, y en la pared de la cómoda, una ola de Hokusai. Se fijó en un dibujito enmarcado que colgaba sobre el escritorio. Era un laberinto que representaba la ciudad de Los Ángeles. El marco, de delicado bambú tallado, estaba un poco torcido hacia la izquierda. Se levantó y lo puso recto. Encima de la mesa, también vio un disquete con la caligrafía de Sadie: *Emily-Blaster*. Se lo guardó en el bolsillo del abrigo y se fue.

El tarjetón le había llegado en septiembre, más o menos un mes después de que Sam se enterara de lo de los servicios a la comunidad de Sadie y la llamara «hija de puta». *Señor Samson A. Masur,* con letra manuscrita en el sobre. *Sharyn Friedman-Green y Steven Green le invitan al bat mitzva de su hija, Sadie Miranda… El acto será a las diez, seguido de una comida… Se ruega confirmar asistencia…*

La invitación era bastante sencilla, es decir, no era obviamente ostentosa. Cartulina de alto gramaje color crema, texto en relieve, sobre forrado de vitela. Pero Sam era lo bastante mayor para haberse percatado de que las cosas simples a menudo eran las más caras. Se acercó la tarjeta a la nariz y extrajo cierto placer del aroma de aquel papel tan fino. No pensó que oliera a dinero, porque el dinero estaba sucio. Olía a riqueza, a limpio, como un libro de tapa dura de la librería, como la propia Sadie.

Sam dejó la invitación al fondo de su escritorio y examinó el sobre por separado. El papel ofrecía una tentación irresistible. Despegó las juntas con vapor de agua del grifo y convirtió el sobre en una hoja de papel. Sacó su lápiz favorito, un Staedtler Mars Lumograph, y empezó a dibujar un laberinto en el papel rescatado. No siempre sabía lo que dibujaba cuando empezaba un laberinto, pero esta vez se vio trazando una serie de círculos y curvas, y esos círculos, de algún modo, se convirtieron en Los Ángeles. El trazado empezaba en el Eastside, en Echo Park, donde él vivía, y acababa en el Westside, en Los Llanos de Beverly Hills, donde ella vivía. El recorrido atravesaba West Hollywood, subía por las colinas de Hollywood hasta llegar a Studio City y volvía a bajar por las colinas hasta llegar a East Hollywood, Los Feliz y Silver Lake antes de volver a hacer un círculo de regreso a Koreatown y Mid-City. Estaba tan absorto creando aquel laberinto que ni siquiera se dio cuenta de que Dong Hyun había entrado en la habitación. Era tarde y su abuelo olía a pizza, como de costumbre.

—Ese es bueno —le dijo Dong Hyun. Acercó la mano a la invitación que había en el escritorio de Sam—. ¿Puedo?

Al contrario que su abuela, Bong Cha, él siempre pedía permiso antes de tocar las cosas de su nieto.

Sam se encogió de hombros.

—Qué bien que te inviten a sitios —le dijo su abuelo. Él y Bong Cha estaban preocupados por su estado de ánimo desde que había dejado de ver a Sadie. Sam no les decía qué había pasado, solo que ella no era la persona que él creía.

Sam dejó el lápiz y miró a su abuelo.

—Sinceramente, no quiero ir. No conozco a ninguno de los amigos de Sadie.

—Tú eres su amigo.

Él negó con la cabeza.

—No era mi amiga. Solo estaba siendo simpática.

Unas semanas más tarde, Sadie llamó a Sam por teléfono. Llevaban dos meses sin hablar, su voz sonaba aguda y extraña.

—Mi padre necesita saber si vas a venir. No has devuelto la tarjetita para confirmar asistencia.

—No lo sé —dijo Sam—, puede que tenga algo que hacer ese día.

—Bueno, ¿me avisarás cuando lo sepas? Tenemos que saber cuántos menús son o algo así —dijo ella.

—Vale.

—Sam, no puedes estar cabreado conmigo para siempre.

Sam le colgó.

Bong Cha había espiado la llamada desde el teléfono de la cocina y al día siguiente mandó la tarjetita de confirmación de asistencia con una respuesta afirmativa. Le compró a Sam una muda nueva: unos pantalones color caqui, una camisa Oxford color azul, una corbata floreada de algodón y unos mocasines de Bass. Su otro nieto, Albert, le había dicho que eso era lo que se ponían los jovencitos de catorce años para ir a fiestas elegantes. La mañana de la fiesta, le enseñó a Sam la ropa nueva y le informó de que debería ir preparándose para el bat mitzvá.

—¿Por qué lo has hecho? —gritó Sam—. No voy a ir.

—Pero, Sam, mira, le he hecho un regalo a Sadie. —Bong Cha abrió una bolsa de regalo. Había enmarcado el laberinto que su nieto había dibujado con el trayecto de su casa a la de ella y le había puesto un paspartú.

Sam dio un manotazo contra la pared.

—¡No tenías ningún derecho a hacer eso! ¡Son mis cosas! ¡Y Sadie no quiere esta mierda!

—Pero el dibujo era para ella, ¿no? Es muy bonito, Sam —le dijo su abuela—. Estoy segura de que le encantará.

Sam cogió el marco y lo levantó todo lo que pudo. Estaba a punto de reventarlo contra el suelo cuando cambió de idea y lo dejó en la mesita.

El chico subió las escaleras todo digno para irse a su habitación, muy ofendido; aún no podía correr. Cerró de un portazo.

Al cabo de un rato, Dong Hyun llamó.

—Tu abuela solo quiere ayudar —le dijo—, está preocupada por ti.

—Que no quiero ir. Por favor, no me obliguéis. —Sentía que era probable que le diera por llorar, pero estaba decidido a no hacerlo.

—¿Por qué? —preguntó su abuelo.

—No lo sé —respondió Sam. Le daba vergüenza confesarle que su única amiga en realidad no había sido su amiga.

—Creo que tu abuela no tenía derecho a meterse, pero lo hecho, hecho está, y puede que a Sadie le siente mal si no vas.

—A Sadie no le va a sentar mal y, si le sienta mal, me da lo mismo. Es una fiesta gigante. Todos sus amigos ricos estarán allí y los padres de sus amigos ricos también. Ni siquiera se dará cuenta si no voy.

—Creo que sí que se dará cuenta.

Sam negó con la cabeza. ¿Qué sabía Dong Hyun de su vida?

—Me duele el pie —dijo Sam. Nunca se quejaba del dolor, por lo que sabía que si jugaba esa baza, su abuelo no lo presionaría para hacer nada—. Me duele todo el rato. Es que no puedo.

Dong Hyun asintió.

—Si te parece bien, me acercaré a dejar el regalo en la fiesta. Creo que le gustará lo que le ha preparado tu abuela.

—Sus padres le pueden comprar lo que quiera. ¿Para qué va a querer una tontada que he dibujado en el reverso de un sobre?

—Supongo que —añadió Dong Hyun— porque sus padres pueden comprarle cualquier cosa que quiera.

. .
.

Que el Amor es

DISPARAR

lo único que hay

DISPARAR

es lo único que sabemos

Sam estaba a punto de disparar a *Amor* cuando Marx entró en su habitación para preguntarle si quería salir a cenar.

—¿Qué es eso? —le preguntó su compañero de piso.

—Otro de los juegos de mi amiga. No es tan bueno como *Solución*, pero tiene su aquel —le informó Sam.

Marx se sentó a su lado y Sam le pasó el teclado para que pudiera jugar una partida.

Porque

DISPARAR

No podía

DISPARAR

Dejar de

DISPARAR

amablemente

Explotó un frasco de tinta en la pantalla que indicaba que Marx, al haber disparado por accidente al verso que no tocaba, había perdido una vida.

—Es el videojuego de poesía más violento al que he jugado nunca —dijo Marx.

—¿Has jugado a más juegos de poesía?

—Bueno, técnicamente no. Tu amiga tiene talento. Y es rara.

Marx Watanabe y Sam habían nacido en 1974, cosa que los hacía un año mayores que la mayoría de la promoción de 1997. Marx se había tomado un año sabático para trabajar en el fondo de inversiones de su padre; Sam se había quedado atrás por el tiempo que había pasado en el hospital. A primer golpe de vista, no tenían gran cosa en común y, con toda probabilidad, que compartieran el año de nacimiento fue la razón por la que les asignaron la misma habitación el primer año.

La disposición de las habitaciones dobles de la residencia Wigglesworth era tal que un cuarto podía estar diseñado para funcionar como dos habitaciones individuales —con zona de paso en una de ellas— o como habitación individual compartida con una zona común. Marx era bastante sociable y, antes de conocer a Sam, esperaba convencerlo para distribuir la habitación de manera que tuvieran una zona común, que sería lo idóneo para tener compañía.

Sam llegó a la habitación antes que Marx, así que Marx conoció las pertenencias de su compañero de piso antes que a él: un ordenador de sobremesa ya viejo con una pegatina de *Doctor Who* en un lado y una de *Dragones y Mazmorras* en el otro; una maleta grande, machacada, de plástico duro y color celeste de American Tourister (que acabaría llena de ropa ligera poco práctica); un bastón negro, un pequeño bambú en una maceta con forma de elefante. El aura que desprendía aquello era: *habitación individual*.

Cuando Sam por fin volvió a la habitación, Marx no pudo evitar sonreír. Con su cara dulce y redonda, ojos claros y una mezcla de rasgos caucásicos y asiáticos, su nuevo compañero parecía un personaje de anime. Astro Boy o uno de tantos ocurrentes hermanos pequeños del mundo del manga. En cuanto a su estilo personal, parecía Oliver Twist durante los años del ladronzuelo Artful Dodger si Oliver Twist hubiera sido de California del Sur y un camello de marihuana de poca monta en lugar de carterista. Tenía el pelo oscuro y rizado, con la raya en el medio, con un corte recto justo por encima de los hombros. Llevaba gafas de montura fina al estilo John Lennon, pero de las baratas; y una parca de tela de cáñamo basto y de rayas, de las que venden en México. Llevaba los vaqueros agujereados y desteñidos, casi blancos; combinaba sus sandalias Teva con unos gruesos calcetines blancos de deporte.

—Me llamo Sam —le dijo con la voz algo aflautada, como si le faltase algo de aire—. Tú debes de ser Marx, ¿no? Por casualidad, ¿no sabrás dónde es mejor comprar sábanas y toallas para que me salgan más baratas?

—No te preocupes —dijo Marx, sonriéndole al dibujo animado que había cobrado vida—. Tengo dos de sobra de todo.

—¿De verdad? ¿Seguro? —preguntó Sam—. No quiero abusar.

—Somos compis de cuarto. Lo mío es tuyo.

Y así fueron las cosas. Marx ayudaba a Sam en todo al tiempo que parecía que no lo ayudaba en nada. Y así, de manera milagrosa, se materializaban abrigos en bolsas de plástico, esperando a que

Sam preguntara por ellos. Siempre aparecían vales de regalo para restaurantes cuando Sam no podía volver a casa por vacaciones. Y cuando quedó claro que Sam tenía dificultades para subir por las escaleras de la residencia donde les habían asignado el dormitorio, en la que el ascensor funcionaba solo a veces, Marx anunció su intención de vivir fuera del campus. Casi ningún estudiante de Harvard vivía en la ciudad y él dijo que entendería que Sam no quisiera irse con él. Cuando el alquiler del piso nuevo con ascensor resultó tener un precio bastante más alto que el de la residencia, Marx dijo que se quedaba con la habitación más grande (que, por cierto, no es que fuera mucho más grande); Sam podía seguir pagando lo mismo que en el campus. (El dormitorio más pequeño tenía vistas al río Charles.) Y cuando Sam no llamaba a casa con suficiente frecuencia, era su compañero quien se ocupaba de levantar el teléfono y contactar con los Lee, en Los Ángeles. «Halmeoni y halabeoji», saludaba a los abuelos en coreano. «Nuestro chico está bien.» (El padre de Marx era japonés y su madre era coreana estadounidense.)

¿Por qué narices hacía esas cosas por ese chico tan extraño que a la mayoría les parecía algo molesto? Le caía bien. Se había pasado la infancia entre gente rica y supuestamente interesante y sabía que las verdaderas mentes inusuales no eran fáciles de encontrar. Sentía que en el momento en el que Harvard los convirtió en compañeros de habitación, Sam se había convertido en responsabilidad suya. Así, lo protegía y hacía que el mundo le resultara un poco más amable y a él no le costaba casi nada. Su vida había estado siempre tan llena de abundancia que era una de esas personas que consideraban natural cuidar a quienes le rodean. En este caso, lo que Marx recibía a cambio era el placer de su compañía.

Sam se había acostumbrado tanto a la ayuda de Marx que tal vez ni se daba cuenta de que la recibía, menos de lo que debería. Y no era habitual, tal vez ni siquiera tuviera ningún precedente, que le pidiera algo; mucho menos, consejo.

—Siempre sabes lo que hay que hacer —dijo Sam mientras observaba a su compañero asesinando la poesía de Emily Dickinson—. Con la gente, me refiero.

—¿Me estás diciendo que no sé lo que tengo que hacer cuando se trata de otras cosas? —contestó Marx de broma.

Sam describió lo que había visto en el piso de Sadie.

Marx le confirmó lo que él ya sabía:

—Me da que tu amiga está deprimida.

—¿Y qué se hace en esos casos?

Marx puso el juego en pausa, miró a su amigo con una mezcla de seriedad y diversión. A veces parecía que Sam no tenía veintiún años, sino muchos menos.

—Pues llamas a sus padres o se lo dices a alguien de su facultad.

Sam negó con la cabeza.

—No sé si la cosa está tan mal y me da la sensación de que sería invadir su privacidad.

Marx sopesó esa información.

—Es esa buena amiga tuya, ¿no?

—Era mi mejor amiga, pero nos peleamos.

—Entonces, te aconsejo que sigas pasándote por su casa. Eso es lo que yo haría si fuera mi amiga.

—Yo creo que no quiere verme por allí. —Sam hizo una pausa—. No se me da bien ir a sitios donde molesto.

—Eso da igual. Esto no va de ti. Tú pásate por allí todos los días para ver cómo está.

—¿Y si no quiere hablar conmigo?

—Que sepa que estás ahí y, si puedes, llévale unas galletas, un libro, una peli. La amistad —añadió Marx— es como tener un tamagotchi.

Los tamagotchi, las mascotas digitales que se llevaban en un llavero, estaban por todas partes aquel año. Hacía poco que Marx había matado uno que le había regalado una novia por Navidad. La novia se lo había tomado como una señal que apuntaba a los defectos más profundos de su carácter.

—Haz que se duche, habla un poco con ella, salid a pasear. Abre las ventanas, si puedes. Y si la cosa no mejora, a ver si consigues que pida ayuda profesional. Y si las cosas siguen sin mejorar, tendrás que llamar a sus padres.

La idea de hacer cualquiera de esas cosas le generaba muchísima incomodidad, pero al día siguiente, después de clase, volvió caminando a casa de Sadie, aunque le costaba; cuando llegó, le dolía el pie. Subió las escaleras, llamó a la puerta.

—Sadie, otra vez el chaval ese —gritó su compañera de piso.

—Dile que no estoy —gritó ella.

La chica, que también estaba preocupada por Sadie, abrió la puerta de par en par para que Sam entrara y él volvió al dormitorio de su amiga. Estaba igual que el día anterior, aunque ahora llevaba una sudadera diferente. Sadie levantó la vista un momento.

—Sam, de verdad, pírate. Estaré bien. Solo necesito dormir hasta que se me pase. —Metió la cabeza bajo el edredón.

Sam se sentó en la silla del escritorio. Sacó lo que tenía que leer para la troncal de Historia que tenía sobre la historia de las personas asiáticas en Estados Unidos.

Unas horas más tarde, había terminado la lectura, que trataba sobre la inmigración china en los siglos XIX y XX, sobre las limitaciones laborales que se aplicaban a esos inmigrantes, a quienes solo se les permitía desempeñar ciertos tipos de trabajos relacionados con la alimentación o la limpieza, por eso había tantos restaurantes chinos y tantas lavanderías chinas, es decir, racismo sistémico. Le hizo pensar en sus abuelos coreanos, allá en K-town, tan orgullosos cuando entró en Harvard. Lo llenaron todo con propaganda de la facultad: pegatinas para el parachoques para sendos decrépitos vehículos; un banderín que rezaba «FELICIDADES A NUESTRO NIETO, SAMSON, PROMOCIÓN DE HARVARD DE 1997» que Bong Cha había confeccionado a mano y había colgado en la pizzería todo el verano; Dong Hyun llevaba su camiseta de Harvard tan a menudo al trabajo que la tenía agujereada; al final fue Marx quien le envió una nueva. Sam se sentía culpable por no llamarlos y luego se sentía culpable por no destacar en el departamento de Matemáticas o en ningún otro aspecto desde que había entrado en Harvard.

—¿Sigues ahí? —preguntó Sadie.

—Aquí sigo —dijo Sam.

Sacó un bocadillo de una bolsa de papel que llevaba en la mochila y lo dejó en el escritorio, bajo su laberinto, y luego se fue. Siendo sincero consigo mismo, la presencia del laberinto era lo que hacía que siguiera volviendo. Sadie lo había conservado todos esos años, se lo había llevado de una punta a la otra del país, de la residencia del campus a su piso. La próxima vez que llamara a casa, les diría a sus abuelos: «Sí, teníais razón, a Sadie le gustó el regalo».

El tercer día, le llevó un ejemplar de la biblioteca de *Galatea 2.2*; lo había leído hacía poco y le había gustado.

El cuarto día, le llevó una versión para consola de mano del *Donkey Kong* original que Marx le había regalado una vez por Navidad.

—¿Por qué sigues viniendo? —preguntó Sadie.

—Porque... —dijo. «Haz clic en esta palabra», pensó, «encontrarás enlaces a todo lo que significa. Porque eres mi amiga más antigua. Porque, una vez, cuando estaba en mi peor momento, tú me salvaste. Porque, sin ti, igual me habría muerto o acabado en un psiquiátrico infantil. Porque te lo debo. Porque, de manera egoísta, imagino un futuro en el que hacemos videojuegos juntos si consigues salir de la cama»—. Porque... —repitió.

El quinto día, ella no estaba. Sam le preguntó a la compañera de piso dónde estaba.

—Se ha ido a Servicios Médicos —le informó la chica—. Aunque parecía que estaba un poquito mejor.

Salvo el día que trabajaba en la biblioteca Lamont, fue a visitarla todas las tardes de la siguiente semana. Le dejaba su pequeña ofrenda, siguiendo la sugerencia de Marx, y luego se quedaba un rato antes de volver a su piso.

El duodécimo día, ella le preguntó:

—¿Me has robado *EmilyBlaster*?

—Lo he cogido prestado —dijo Sam.

—Te lo puedes quedar —contestó ella—. Tengo más copias.

El decimotercer día, él se sentó a la mesa de su escritorio. Llevaba muchos años sin dibujar un laberinto, pero había decidido hacer uno nuevo para Sadie. Con los años, desde que hizo el último, había mejorado sus habilidades como dibujante y quería que ella tuviera un ejemplo de su obra más reciente. El nuevo laberinto mostraría la ruta desde el piso de Sam, pasando por el río Charles, al de Sadie, junto a la fábrica Necco.

Sadie se levantó de la cama y desde atrás miró el dibujo que hacía Sam.

—Tardas mucho en llegar, ¿no? —preguntó ella.

—Una media de tiempo normal —contestó él.

—Mañana igual no estaré. Si empiezo a ir a clase y a hacer las tareas esta semana, el decano dice que aún puedo salvar el semestre.

Sam se puso de pie y guardó con cuidado el laberinto y los lápices de dibujar en su mochila.

—¿Me estás diciendo que no quieres que vuelva a venir a verte?

Sadie se rio. Hacía mucho tiempo que Sam no la oía reír de verdad. Su amiga había cambiado mucho, pero le encantó descubrir que su risa característica seguía siendo la misma, quitando un ligero e inevitable cambio de tono. Pensó que Sadie tenía una de las risas más maravillosas del mundo. De las que uno no piensa que se le están riendo en la cara. Con las que uno se siente invitado: «Te invito con cordialidad a unirte a este tema que me parece divertido».

—Que no, idiota, quiero que fijemos una fecha para vernos. No quiero que te plantes aquí y que no me pilles en casa. Prométeme que no volveremos a hacer esto —dijo Sadie—. Prométeme que, pase lo que pase, por gigante que sea la idiotez que supuestamente le hagamos al otro, no volveremos a pasarnos seis años sin hablarnos. Prométeme que siempre me perdonarás y yo te prometo que siempre te perdonaré.

Claro está que ese tipo de promesas son de las que a la gente joven no le importa hacer cuando no tienen ni idea de lo que la vida les depara.

Sadie le ofreció a Sam la mano para que se la estrecharan. Su voz sonaba fuerte, pero él pensó que su mirada parecía vulnerable y agotada. Le tomó la mano, que estaba helada y sudorosa al mismo tiempo. Fuera cual fuera la enfermedad que había padecido, él tenía claro que no la había superado del todo.

—Has guardado mi laberinto —le dijo.

—Pues sí. Ahora vamos a ver qué piensas de *Solución* —respondió Sadie.

Se levantó y abrió la ventana de la habitación; el aire que entró era tan fresco y vigorizante que casi parecía una droga.

—No me des caña, Sammy. Por si no te has dado cuenta, he estado deprimidilla.

II. Influencias

1

Ichigo, aunque aún no se llamaba así, se suponía que iba a ser fácil. Algo que Sam y Sadie podrían terminar durante el verano entre segundo y tercero de carrera.

Aunque la idea de que hicieran un videojuego juntos había estado muy presente en los pensamientos de Sam desde que jugó a _Solución_, no le sacó el tema a su amiga hasta marzo. No era propio de él aguantarse tanto, pero intuyó que hacía falta proceder con cautela. Sadie había estado liada con trabajos de la universidad por los atrasos que le generó el mes de oscuridad cuya causa seguía siendo un misterio para él. La única y sucinta explicación que ella le había dado sobre su depresión fue que había tenido una «mala ruptura». Sam pensaba que tenía que haber algo más, pero, por respeto, no la atosigó para que se explayara. Tenían ese tipo singular de amistad que daba cabida a los secretos. En origen, una de las razones por las que se habían vuelto tan amigos fue porque ella no le había insistido para que le contara sus penas y así satisfacer su curiosidad. Lo mínimo que podía hacer Sam era devolverle el favor.

La otra razón que lo frenaba para no presionarla era lo mucho que estaba disfrutando de volver a tener su compañía. Habían vuelto sin mayor problema a los ritmos de su amistad, se veían varias veces por semana para ver películas, comer algo, jugar a videojuegos. Él se sentía fortalecido en su presencia. Sus argumentos y comentarios eran más finos. No notaba tanto el brutal frío de Nueva

Inglaterra como los dos inviernos anteriores que había pasado sin ella, y el dolorcillo constante del pie no ocupaba tanto espacio en sus pensamientos. Cuando caminaba con ella, le tenía menos miedo al empedrado de las calles. La mayor parte del tiempo, Sam no se sentía una persona discapacitada, pero el pavimento, el hielo y el ritmo glacial al que tenía que enfrentarse a esos obstáculos le hacía sentir de otro modo. Si había nevado, dependiendo de dónde fuera la clase que le tocaba, a veces tenía que salir cuarenta y cinco minutos antes de casa para atravesar el campus cojeando como un catedrático emérito. Como no se consideraba discapacitado, el chico de California no había tenido en cuenta esos factores cuando optó por una facultad en el noreste del país.

En retrospectiva, se daba cuenta de que había cometido un grave error de cálculo al poner fin a su relación con Sadie. Su fallo había sido pensar que el mundo estaría lleno de Sadies Green; de gente como ella. Pero no. En su instituto, ni mucho menos. Había tenido ciertas esperanzas de que quizá en Harvard sí, pero la universidad había resultado de lo más decepcionante en ese sentido. Había gente lista, sí. Gente con la que podías mantener una conversación decente durante veinte minutos, sí, pero encontrar a alguien con quien quisieras hablar durante 609 horas era... muy difícil. Ni siquiera Marx; Marx era fiel, creativo y brillante, pero no era Sadie.

Sam decidió que marzo sería la fecha tope para convencer a Sadie para que hicieran juntos un videojuego. A esas alturas del año —si acaso no antes—, los estudiantes con un perfil de alto rendimiento, como los que iban a Harvard y al MIT, ya hacían planes para el verano. En términos personales, Sam sentía una cierta urgencia con respecto a ese verano. Al cabo de un año, mes arriba mes abajo, empezarían a pasarle los recibos de los préstamos estudiantiles; Harvard no tenía en cuenta los ingresos del estudiantado al darles plaza (una razón de peso por la que había elegido ir allí), pero ni siquiera el generoso paquete de ayuda financiera lo cubría todo. No debía mucho dinero, pero no podía ni imaginarse pedirles a Dong Hyun y a Bong Cha que lo ayudaran con sus préstamos y no había ido a Harvard para ser pobre. Poco a poco, había empezado a aceptar la verdad que residía en lo que le había dicho Anders Larsson. No sentía *amor* por la Matemática avanzada, no se perfilaba ninguna medalla Fields en su futuro y no pensaba que tuviera ningún sentido endeudarse más para hacer un máster en ese campo. Lo más probable es que tuviera que meterse a trabajar en el sector tecnológico, financiero o en empresas consultoras relacionadas; lo que hacían la mayoría de sus compañeros y compañeras. Así se lo dijo a Marx: «Este verano es mi última oportunidad para hacer algo verdaderamente grande».

Una de las futuras fortalezas de Sam como artista y como empresario sería conocer la importancia de la teatralidad, de preparar la escena. Así, quiso pedirle a Sadie que trabajara con él en un sitio especial; el momento en el que quizá se materializaría su futura unión creativa debía ser memorable. Ya entonces sentía que, si hacían un videojuego, y si el videojuego se convertía en lo que sabía que iba a ser, le gustaría que hubiera una historia sobre el día en el que Sam Masur y Sadie Green decidieron unir fuerzas. Ya se imaginaba la leyenda que se generaría alrededor de Sam y Sadie, y eso que aún ni siquiera tenía una idea definitiva para un juego. Pero eso era muy propio de él: había aprendido a tolerar el presente, a veces doloroso, viviendo en el futuro.

Tal y como él lo veía, era como proponerle matrimonio. Se arrodillaría y le diría: «¿Quieres trabajar conmigo? ¿Quieres darme tu tiempo y confiar en mi corazonada de que esta vez estará bien invertido? ¿Creerás que podemos hacer grandes cosas juntos?». A pesar de su arrogancia natural, no daba por sentado que ella fuera a decir que sí.

Fue Marx quien le sugirió que fuera a las flores de vidrio del Museo de Historia Natural de Harvard. Sam le había preguntado a su compañero cuál era el lugar más interesante de la universidad donde podía llevarla. Marx había sido guía del campus, pero aunque no lo hubiese sido, era el clásico cicerone viajado que siempre sabe cuáles son las mejores partes de una ciudad.

La Colección Ware de Modelos Vegetales de Vidrio de los Blaschka consiste en unos cuatro mil ejemplares de vidrio soplado de un detalle abrumador, además de estar pintados a mano. Los creó un equipo alemán compuesto por un padre y un hijo, a finales del siglo XIX, por encargo de la universidad. Fueron la respuesta a un problema: ¿cómo se preserva lo que es imposible preservar? O dicho de otra manera, ¿cómo detienes el tiempo y la muerte? ¿Acaso había un lugar más propicio para dar el pistoletazo de salida a la empresa que más tarde se convertiría en Juegos Sucios? Al fin y al cabo, ¿acaso la preocupación subyacente de un videojuego no es eliminar la mortalidad?

Sadie lo describió en una entrevista de 2011 concedida al blog *Descendientes de Lovelace*:

S. G.: Dédalus sabía que yo había hecho un par de videojuegos en el MIT; a aquellas alturas, poco más que minijuegos. El de *Solución* me hizo destacar un poco.

D. L: Ese es el del Holocausto, ¿verdad? Casi te echan de la facultad.

S. G.: [Pone los ojos en blanco.] A Sam le gusta contar así la historia. Le gusta el dramatismo, pero la verdad es que solo se quejó una persona, no fue para tanto… Pero Sam, perdón, se supone que tengo que llamarlo Dédalus, pero siempre se me olvida. A Dédalus le encantó ese juego. Pensó que era todo un logro. Para serte sincera, yo no estaba segura de si volvería a desarrollar otro videojuego. Estaba bastante quemada, pero al final de mi segundo año, va el tío y me dice: «¿Quieres ir a ver las flores de vidrio?». Y la verdad es que yo… ¡no quería ir! No sonaba para nada a un plan que me apeteciera; era un poco farragoso llegar al Museo de Historia Natural de Harvard desde donde yo vivía en el MIT. Pero allá que fui porque Sam —¡Dédalus!— puede ser un poco insistente cuando quiere algo. Como probablemente ya sabes, Dédalus siempre quiere algo. [Ríe.]

Así que nos acercamos a la expo y estaba cerrada. Día de inventario, de limpieza o algo así. Hay un cartel fuera para indicar que ahí están las flores de vidrio y no soy la primera persona que hace esta observación, pero la verdad es que es bastante inútil poner una fotografía de esas flores, porque los modelos son tan buenos que parecen flores *de verdad*.

En ese momento, yo ya estoy un poco mosca por haberme dado todo el pateo hasta allí y que al final no vaya a ver las flores, que tampoco quería ver en un primer momento, y me pico con Sam por no haber llamado primero al museo para asegurarse. Sam está sentado en un banco, un poco sin aliento por la caminata, y me dice: «¿Qué vas a hacer este verano?».

Y yo: «¿A qué te refieres?». Y me suelta: «Quédate aquí, tómate tres meses y haz un videojuego conmigo. Carmack y Romero tenían nuestra edad cuando hicieron *Wolfenstein 3D* y *Commander Keen*. Podemos usar el piso de Marx [Watanabe, productor, *Ichigo*] gratis. Ya se lo he preguntado».

Desde que éramos críos, siempre hemos jugado juntos a videojuegos, pero hasta que dijo eso, yo no tenía ni idea de que él quisiera desarrollarlos. Sam era muy de guardarse las cosas, pero, bueno, yo estaba en una encrucijada con mi propia carrera como diseñadora y Sam es un tío brillante y mi amigo de toda la vida, así que pensé, ¿por qué no? Si la cosa sale, pues genial. Si no, habré pasado el verano con mi colega. Y el piso de Marx era un caramelito: ventanales con unas vistas tremendas al Charles, a Kennedy Street, un poco al oeste de Harvard Square.

Así que le dije que me lo pensaría, pero vi que él ya sabía que me iba a apuntar. Volvemos caminando hacia el centro y entonces me mira con seriedad y me dice: «Sadie, cuando cuentes esta historia, di que te lo pedí en la exposición de las flores de vidrio. No digas que estaba cerrado». El mito, relato o como quieras llamarlo, siempre ha sido algo de suma importancia para Sam. Así que creo que hasta contando esta historia lo estoy traicionando.

Cuando Sadie tenía treinta y tantos años y lo que le parecían muchas vidas, al final visitó las flores de vidrio y le sorprendió que le parecieran conmovedoras. Las flores, por supuesto, eran magníficas, pero lo que más le impactó fueron los modelos que habían hecho los Blaschka de frutas en descomposición, sus ronchas moradas y decoloraciones, *in medias res*, preservadas para la eternidad. «Qué mundo», pensó, «un tiempo en el que la gente hace esculturas de vidrio para captar la decadencia y otra gente pone esas esculturas en los museos. Qué extraños y bellos son los seres humanos. Y qué frágiles». Una señora mayor muy elegante que le recordó a Freda, que había fallecido hacía dos años, era la única visitante que había en la galería aquella mañana, aparte de ella misma. La mujer (cárdigan de cachemira; aroma de Fracas, con sus características notas de nardo) había caminado algo detrás de ella todo el rato. Cuando terminaron, la señora le preguntó: «Estas son muy bonitas, pero ¿dónde están las de *vidrio*?». La verosimilitud de aquellas esculturas era tan convincente que la mujer pensó que eran reales.

El instinto de Sadie fue contárselo a Sam, pero en aquel momento no se hablaban.

2

La primera vez que vemos a Ichigo en una secuencia cinemática al inicio de *Ichigo: Criatura del mar* —«criatura» porque Sadie y Sam concibieron que no tuviese género— es una criatura que conoce un par de palabras y no sabe leer. Ichigo se sienta en la playa que hay junto a la modesta casita que tienen sus padres en la costa, en lo que parece un remoto pueblo pesquero. Lleva el pelo cortado a tazón, de un negro lustroso, como podría llevarlo cualquier criatura asiática de cualquier género, solo lleva su sudadera favorita de deporte (número quince) que le llega hasta las rodillas como si fuera un vestido y unas chanclas de madera. Ichigo juega con un cubo y una pala y, entonces, llega un tsunami.

El mar engulle a Ichigo y ahí empieza el juego. Con un vocabulario limitado y el cubo y la pala como únicas herramientas, la criatura tiene que encontrar el camino de vuelta a casa.

Hay un tópico sobre los procesos creativos que dice algo como que la primera idea siempre es la mejor. *Ichigo* no fue la primera idea de Sam y Sadie, quizá fue la milésima.

Y ahí estaba la dificultad. Ambos sabían qué querían en un juego y eran capaces de distinguir uno bueno de uno malo. Para Sadie, tener ese conocimiento no era algo que por fuerza ayudase. El tiempo que había pasado con Dov y sus años estudiando videojuegos, por lo general, la habían convertido en una persona crítica con todo. Era capaz de decir con exactitud lo que estaba mal en cualquier juego, pero no tenía tan claro cómo hacer uno buenísimo. Hay una fase por la que pasa cualquier artista en la que el gusto propio excede las habilidades propias. La única manera de atravesar ese período es haciendo cosas, salgan como salgan. Es posible que, sin Sam (o alguien como él) empujándola durante esa etapa, Sadie no se hubiera convertido en la diseñadora de videojuegos en la que se convirtió. Quizá ni siquiera se hubiera dedicado a eso.

Ella tenía claro que no quería hacer un shooter, aunque, de nuevo, ese género tendía a ser popular. (Pero *jamás* querría hacer un shooter; como buena discípula de Dov, le parecían repugnantes, inmorales y la enfermedad de una sociedad inmadura; a Sam, en cambio, sí que le gustaban.) Y en un verano, con un equipo de solo dos personas, había limitaciones con respecto a lo que ella pensaba que podían conseguir juntos. No intentaban ir a por las consolas, tampoco tenían los recursos para hacer un juego de acción completamente en 3D como un *Zelda* o un *Mario* de la era de la N64. Desarrollarían un juego para ordenador, en 2D o 2½D, si conseguía manejarlo. Durante mucho tiempo, eso era lo máximo que sabía sobre su propio juego.

Las últimas semanas del curso académico, Sadie y Sam hicieron una tormenta de ideas en una pizarra blanca que él había robado del Centro de Ciencias. Aun con el pie malo, Sam era un gran ladrón y disfrutaba de algún hurto menor de vez en cuando. Se había acercado al Centro de Ciencias para tener una tutoría de despedida con Larsson. Al salir, vio la pizarra blanca con ruedas en el vestíbulo, sin vigilancia, y la sacó rodando; siguió rodando por Harvard Yard, donde saludó a un grupito de posibles futuros estudiantes al pasar, atravesó Harvard Square, bajó por Kennedy Street y de allí directo al ascensor de su edificio. La clave para ser un gran ladrón, pensaba él, era no tener vergüenza ni conocerla. Un poco más adelante, aquella misma semana, robó un paquete de rotuladores de colores borrables de la tienda del campus, la Harvard Coop. Se los metió en el enorme bolsillo del enorme abrigo que Marx le había regalado y salió por la puerta.

Durante mucho tiempo, nada de lo que escribieron en aquella pizarra les pareció importante. Como si nunca hubieran hecho un juego. Su despacho bien podía estar en el piso del compañero rico de Sam, pero eran lo bastante jóvenes para creer que, hicieran lo que hiciesen, era muy posible que se convirtiera en un clásico. Como Sam le decía a Sadie: «¿Para qué vas a hacer algo si no crees que puede ser algo grande?».

Vale la pena señalar que la idea de algo «grande» tenía significados diferentes para cada uno. Por simplificar mucho: para él, significaba *popularidad*. Para ella, *arte*.

Ya por mayo, los rotuladores que había robado chirriaban al escribir y estaban resecos y Sadie estaba preocupada por si nunca se quedaban con una idea y se les agotaba el tiempo para hacer el juego. Desde su punto de vista, el plazo que tenían ya era increíble e imposiblemente ajustado.

Se plantaron delante de la pizarra, cubierta de su arcoíris de ideas.

—Aquí hay algo, lo sé —dijo Sam.

—¿Y si no?

—Pues ya se nos ocurrirá otra cosa —contestó él mientras esbozaba una sonrisilla.

—No tienes derecho a estar tan feliz —replicó ella.

Mientras que a Sadie todo ese período de indecisión le pareció estresante, él no lo vivió así. «Lo mejor de este momento», pensaba, «es que todo sigue siendo posible». Pero claro, Sam podía sentirse así. Era un artista solvente que acabaría siendo un programador y diseñador de niveles solvente, pero hay que recordar que en ese momento todavía no había desarrollado ni un solo videojuego. Era ella la que sabía lo que costaba hacer un juego, por malo que fuera; era ella la que haría gran parte del trabajo pesado cuando llegara la hora de programar, desarrollar el motor y todo lo demás. Sam no era una persona a la que le gustara mucho el contacto físico; algo que tenía que ver con todo lo que lo habían tocado durante los años del hospital, pero agarró a Sadie por los hombros —que era un par de dedos más alta que él— y la miró a los ojos.

—Sadie. ¿Sabes por qué quiero hacer un videojuego?

—Claro. Porque crees, insensato de ti, que te hará rico y famoso.

—No. Es muy simple. Quiero hacer algo que haga feliz a la gente.

—Muy trillado, ¿no?

—No me lo parece. ¿Te acuerdas de cuando éramos críos lo mucho que nos divertía pasarnos toda la tarde en el universo de un videojuego?

—Pues claro.

—A veces tenía unos dolores terribles. Lo único que me quitaba las ganas de morirme era abandonar mi cuerpo y estar en otro que funcionaba a la perfección y mejor que a la perfección, la verdad, un rato aunque fuera; y con problemas que no eran los míos.

—Tú no podías aterrizar en lo alto de la bandera, pero Mario sí.

—Exacto. Yo podía salvar a la princesa, incluso cuando casi ni podía levantarme de la cama. Sí que quiero ser rico y famoso. Como bien sabes, soy un pozo sin fondo de ambición y necesidad, pero también quiero hacer algo bonito. Algo a lo que chavalines o chavalinas como nosotros entonces hubieran querido jugar para olvidarse de sus problemas durante un rato.

Las palabras de Sam la conmovieron; en los años que lo conocía, él casi nunca había hablado de sus dolores.

—Vale —respondió—. Vale.

—Guay —sentenció él, como si hubieran zanjado un tema—. Tenemos que ir tirando para llegar al teatro.

Se iban a tomar la noche libre para ver a Marx en una producción estudiantil de *Noche de reyes* en el escenario principal del American Repertory. Era bastante gordo que te cogieran para una obra de teatro que se representaba en el escenario principal. Ya que Marx les prestaba el piso durante el verano, Sam había pensado que sería buena idea que fueran los dos.

Sin saber por qué, había intentado que Sadie y Marx no se juntaran mucho. El problema no lo tenía con ninguno de ellos de forma individual, pero Sam era reservado, rayando en lo paranoico, y le gustaba controlar el flujo de información. Le daba miedo que compararan sus percepciones y que, de alguna manera, acabaran aliándose contra él. Otra parte secreta de su interior temía que prefirieran al otro antes que a él; todo el mundo, según estimaba Sam, adoraba a Sadie y a Marx; nadie, sentía Sam, lo había adorado, salvo aquellos que habían estado en la obligación de hacerlo: su madre (antes de morir), sus abuelos, Sadie (controvertido voluntariado en el hospital), Marx (compañero de piso asignado). Pero ahora que su compañero les prestaba el piso, Sadie y él se acabarían conociendo de forma inevitable. Marx interpretaba a Orsino, el protagonista, y le había sugerido que se trajera a Sadie a la función y así luego podrían cenar los tres juntos en el hotel Charles con su padre, que se había acercado a la ciudad para ver la obra. «Se va a mudar a casa la semana que viene», le había dicho Marx. «Me gustaría compartir mesa con ella antes de irme.» Él planeaba pasar gran parte del verano haciendo unas prácticas en una empresa de inversiones en Londres.

Aunque Marx estuvo en la compañía teatral universitaria durante tres de sus cuatro años de universidad, no quería ser actor. Tenía porte de actor: metro ochenta, espalda ancha, cintura y caderas estrechas, que hacían que la ropa le quedase bien, mandíbula prominente, voz vigorosa, buena postura y buena piel, un glorioso tupé de pelo negro y grueso. Si podía quejarse de algo sobre su carrera teatral en la facultad, era que siempre le daban papeles de fortachón lignario de duques mojigatos, como en *Noche de reyes*. En la vida real, no era ni lignario ni mojigato. Era de risa fácil, cálido y lleno de energía, casi un payaso, por lo que era extraño que le dieran esos papeles, que la gente tuviera esa imagen de él. Se preguntaba qué pasaba. En una fiesta con todo el elenco con el que montaron *Hamlet*, tras haberse fumado un par de porros, le preguntó a un amigo director:

—¿Qué pasa conmigo? ¿Por qué soy Laertes y no Hamlet?

El amigo pareció incómodo al oír la pregunta.

—Es por tu calidad —respondió.

—¿Por mi calidad de qué? —insistió él.

—Por tu carisma o algo.

—¿Y qué pasa con mi carisma?

—Mira, tío, no me vengas ahora con esas preguntas, que voy muy fumado.

—De verdad —siguió Marx— que lo quiero saber.

El amigo se llevó los índices a los ojos y estiró la piel. Imitó los ojos de un asiático. Aguantó la pose apenas un segundo nada más. Soltó una risilla, como pidiendo perdón.

—Perdóname, Marx, voy más colocado que yo qué sé. No sé lo que estoy haciendo.

—Eh —dijo Marx—, no mola nada.

—Eres tan guapo, joder —le dijo el director mientras lo besaba en los labios.

En cierto modo, Marx se sintió agradecido de que su amigo hubiese hecho aquel gesto racista. Clarificó las cosas. Lo inescrutable, inaccesible y misterioso que tenía era —*bah*— su aspecto asiático, algo permanente. Incluso en el teatro universitario, solo había ciertos papeles que pudiera interpretar un actor asiático.

Su madre era de origen coreano, pero nacida en Estados Unidos; su padre, japonés. Ella había insistido para que fuera a un colegio internacional en Tokio, con gente de todo el mundo. En general, aquello lo protegió del racismo de su propio país. Aun así, era consciente del cierto grado de racismo que los japoneses sentían hacia los coreanos en particular y hacia los extranjeros en general. Por ejemplo, su madre —coreana y estadounidense— había sido profesora de Diseño Textil en la Universidad de Tokio y apenas había hecho amistades en todos los años que habían vivido allí; aunque él no sabía si era resultado de la xenofobia, el carácter reservado de su madre o de que su japonés era imperfecto. Pero como él se había criado sobre todo en Asia, se había visto protegido por completo del tipo de racismo que las personas asiáticas experimentaban en Estados Unidos. Hasta Harvard, no se había dado cuenta de que en su país —y no solo en las compañías universitarias de teatro— solo había ciertos papeles que una persona asiática pudiera interpretar.

La semana después de la fiesta, Marx cambió su especialidad de Inglés (lo más cercano que había en Harvard a hacer un posgrado de Teatro) a la de Economía.

Pero así como a Sam no le apasionaban las matemáticas, a Marx sí que le apasionaba el teatro universitario. No era tanto el hecho de estar en el escenario como las producciones en sí mismas. Le apasionaba la intimidad de estar en un grupo muy unido de gente que se había juntado, de manera milagrosa, por un breve período de tiempo, con el propósito de hacer arte. Pasaba un duelo cada vez que terminaba una producción y saltaba de alegría cuando le asignaban un papel en una nueva. Los breves semestres de su vida universitaria estuvieron marcados por las obras en las que actuó. Primer año: *Macbeth*, *El matrimonio de Bette y Boo*; segundo año: *El Mikado*, *El rey Lear*; tercer año: *Hamlet*, *Noche de Reyes*.

Noche de reyes empieza con un naufragio, aunque en el texto eso sucede fuera del escenario. Sin embargo, la directora, que era profesional, no estudiante, había decidido montar un elaborado naufragio aprovechando gran parte del generoso presupuesto que le había dado la facultad para animarla a que trabajara con estudiantes. Capas ondulantes de luces láser programadas y humo; el sonido de las olas rompiendo, los truenos y la lluvia, incluso una suave nebulización de agua fría que hizo que el público se quedara boquiabierto y aplaudiera como si fueran criaturas fascinadas. El elenco había criticado que lo único que le importaba a Jules era el naufragio, que estaba claro que lo que ella quería era dirigir *La tempestad* y no *Noche de reyes*.

A Sadie, que no sabía nada de ese chisme, el naufragio del barco le pareció alucinante. Le susurró a Sam al oído:

—Nuestro juego debería empezar con un naufragio. O quizá con una tormenta. —En el momento mismo de pronunciar «naufragio» supo que todos los elementos necesarios para un escenario así podrían suponer que el juego quizá no estuviera terminado en septiembre.

—Sí —contestó Sam, también susurrando—. Una criatura se pierde en el mar.

Sadie asintió con la cabeza y siguió susurrando:

—Una niña, igual de dos o tres años, se pierde en el mar y tiene que volver con su familia, aunque ni siquiera sabe cuál es su apellido ni su número de teléfono, tampoco sabe decir muchas palabras y solo sabe contar hasta diez.

—¿Por qué una niña? —preguntó Sam—. ¿Por qué no un niño?

—No sé, ¿porque en *Noche de reyes* es una niña? —dijo ella.

Alguien que se sentaba cerca los mandó callar.

—Diseñemos el personaje de manera que no tenga género —dijo Sam, en un susurro aún más bajo—. A esa edad, el género da un poco igual. En todo caso, así, quien juegue, podrá empatizar con el personaje.

—Guay —dijo Sadie, asintiendo—. Puedo vivir con eso.

Marx salió al escenario metido en el papel de Orsino para pronunciar el parlamento inicial de la obra: «Si la música es el alimento del amor, seguid tocando». Pero, para entonces, Sadie ya no estaba prestando atención al personaje ni a su benefactor ni a la obra. Estaba soñando con la tempestad que iba a crear.

Después de la función, fueron a cenar con el padre de Marx al restaurante de su hotel.

—Ya conoces a Sam y esta es su socia, Sadie Green —los presentó Marx—. Ellos son los del videojuego que estoy produciendo.

Sam nunca le había comentado a Sadie que Marx sería el productor del videojuego, que, por supuesto, todavía no tenía ni título ni una sola línea de código. Sadie intuyó el razonamiento de su amigo: Marx les prestaba el piso y el piso era una especie de inversión patrimonial. Aun así, le sentó mal que nunca hubiesen hablado del tema y durante los siguientes minutos fue incapaz de concentrarse en la conversación.

Ryu Watanabe acabó más interesado en el protovideojuego que en la obra en la que había actuado su hijo. Más o menos cuando Marx nació, Watanabe-san, economista formado en Princeton, abandonó el mundo académico para hacerse rico. Lo consiguió. En su cartera se incluían una cadena de pequeños supermercados, una empresa mediana de teléfonos móviles y diversas inversiones internacionales. Les contó que se arrepentía de haber perdido la oportunidad de invertir en Nintendo al principio, en los años setenta.

—Por aquel entonces solo era una empresa de juegos de cartas —dijo Watanabe-san, con una risa con la que se burló de sí mismo—. Hanafuda. Para abuelas y chiquillos, ¿entendéis?

El producto más exitoso de la empresa antes de hacer *Donkey Kong* fue, en efecto, una baraja de hanafuda.

—¿Qué es eso de hanafuda? —preguntó Sam.

—Cartas de plástico. Bastante pequeñas y gruesas, con flores y paisajes —respondió el padre.

—¡Ah, vale! ¡Las conozco! —exclamó Sam—. Jugaba a esas cartas con mi abuela, pero no las llamábamos así. Creo que a lo que jugábamos se llamaba *Go-Stop*.

—Sí —dijo Watanabe-san—. En Japón, el juego al que la mayoría juega con hanafuda es el *Koi Koi*, que significa...

—«Ven, ven» —completó Marx.

—Buen chico —le dijo su padre—. No has olvidado todo el japonés.

—Qué gracia —intervino Sam—. Siempre di por sentado que el juego era coreano. —Se volvió hacia Sadie—. ¿Te acuerdas de aquellas cartitas de flores que Bong Cha traía al hospital?

—Sí —respondió ella, distraída. Seguía pensando en Marx y en el crédito como productor, por lo que ni siquiera sabía a qué estaba diciendo que sí. Decidió cambiar de tema. Se dirigió al padre—: Señor Watanabe, ¿qué le ha parecido la obra?

—La tormenta —respondió él— ha sido maravillosa.

—Mucho mejor que el duque —dijo su hijo.

—El duque también me ha encantado —añadió Sadie.

—Me ha recordado a mi infancia —siguió Watanabe-san—. No soy como Marx. No soy un chico de ciudad. Nací en un pueblecito de la costa oeste de Japón; cada año, esperábamos los monzones, que siempre llegaban en verano. De niño, mi mayor miedo era que yo o mi padre, que tenía una flotilla de barcos de pesca, acabáramos engullidos por el mar.

Sadie asintió e intercambió una mirada con Sam.

—¿Qué conspiración es esta? —preguntó Watanabe-san, sonriendo.

—Bueno —dijo Sam—. Así empieza nuestro juego.

—El mar engulle a una criatura —siguió Sadie. En cuanto lo dijo en voz alta, supo que tendría que hacerlo—. Y el resto del juego va de cómo vuelve a casa.

—Sí —asintió Watanabe-san—. Un clásico.

Cuando Sam había descrito la relación entre Marx y su padre, había dicho que era tensa, que Watanabe-san era exigente y a veces humillaba a su hijo. Sadie no atisbó nada de aquello. Le pareció que el padre de Marx era despierto, interesante y atento.

Los padres de los demás suelen ser un encanto.

Al día siguiente, Sam ayudó a Sadie a empaquetar cosas. Para ahorrar dinero, ella viviría en la habitación de Marx y subarrendaría su piso.

—¿Los cuadros los vas a guardar en un trastero? —preguntó Sam. Siempre que estaba en la habitación de su amiga, le parecía que las láminas que tenía eran reconfortantes, como una extensión de ella misma: la ola de Hokusai, los *Turistas* de Duane Hanson, el laberinto de Sam Masur.

Sadie dejó las cajas y se paró delante de la ola de Hukosai, con los brazos en jarras. En las tres horas que llevaban recogiendo, Sam se había dado cuenta de que, aunque su amiga era una persona estupenda, era un horror haciendo maletas. Cada decisión requería mucho debate: ¿Qué ropa? ¿Qué cables? ¿Qué hardware? Les llevó hora y media repasar su estantería, relativamente pequeña: ¿Pensaba Sam que Sadie por fin tendría tiempo de leer *Caos* aquel verano? ¿Se lo quería leer él? Ah, ya se lo había leído. Bien, entonces, igual tenía que cogerlo, a menos que él tuviera un ejemplar, en cuyo caso podía leerse el suyo y dejar el de ella en casa. Entonces cogió *Una breve historia del tiempo* y le dio golpecitos a la cubierta, con satisfacción. «¿Y si me lo vuelvo a leer este verano?» Y luego, *Hackers*, «¿Te lo has leído, Sam? Es buenísimo. Tiene toda una sección dedicada a los Williams, ¿sabes? ¿Sierra Games? *King's Quest. Leisure Suit Larry*. Nos encantaban esos juegos.» Sam estaba empezando a pensar que habría sido más fácil que se lo llevara todo.

—Sadie —dijo Sam con suavidad—. Te puedes llevar los cuadros, lo sabes, ¿no? A Marx no le importará que los cuelgues.

Ella seguía mirando la ola de Hokusai.

—Sadie —repitió Sam.

—Sam, mira esto. —Recolocó a su amigo para que tuviera el mismo ángulo de visión que ella—. Este tiene que ser el aspecto de nuestro juego.

La lámina de Hokusai que colgaba de la pared era el póster de una exposición del Metropolitan de Nueva York, donde se identificaba como *La gran ola de Kanagawa*. (En japonés, el título es bastante más ominoso, algo como *Bajo la ola de Kanagawa*.) Se podría decir que *La gran ola* era la obra de arte japonesa más famosa del mundo en los años noventa, un básico de decoración entre el estudiantado del MIT, quizá algo menos omnipresente que aquellos carteles de Ojo Mágico que a Sam lo dejaban tan frío. *La gran ola* representa una ola gigantesca que empequeñece el resto de los elementos de la escena: tres barcas de pesca y una montaña. El estilo es limpio y gráfico, idóneo si se tiene en cuenta que fue diseñada para tallarse en un bloque de madera de cerezo y generar infinitas reproducciones.

Sadie sabía que la clave para desarrollar un videojuego con recursos limitados era que las limitaciones formaran parte del estilo. (Por eso hizo *Solución* en blanco y negro.) Por la misma razón por la que la lámina había sido reproducible en la década de 1830 (por su paleta de colores limitada y la engañosa simplicidad de su lenguaje compositivo), Sadie sabía que era capaz de recrear ese estilo en gráficos de ordenador.

Sam se quedó pensando en la ola de Hokusai. Dio un paso atrás, se limpió las gafas y entonces reflexionó un poco más.

—Lo veo —dijo. Estaban en ese momento tan singular de una colaboración en la que se captaban a la primera, en la que enseguida alcanzaban un consenso rápido sobre casi todo—. ¿La criatura es japonesa como el padre de Marx?

—No —dijo ella—, no de forma explícita. O quizá esa no sea la palabra adecuada. No de manera obvia. No como si lo estuviéramos enfatizando. Pero, en cierto sentido, da igual de donde sea, no habla, ¿verdad? Ni habla mucho ni sabe leer. Su propio idioma le resulta extranjero. Por tanto, quien juegue tampoco lo sabrá.

Sin embargo, la decisión de diseñar el mundo siguiendo el estilo de Hokusai lo llevó todo por un camino japonés. Cuando estaban pensando en el diseño del personaje para su «criatura», se sintieron atraídos por referencias japonesas una y otra vez: los dibujos de Yoshitomo Nara, de falsa apariencia inocentona; los animes de Miyazaki, como *El servicio de correos de la bruja* o *La princesa Mononoke*; otros más de adultos como *Akira* o *Ghost in the Shell*, que a Sam le encantaban, y, sin duda, las *Treinta y seis vistas del monte Fuji*, la serie de Hokusai, cuya primera imagen era *La gran ola*.

Corría el año 1996 y las palabras «apropiación cultural» ni se les pasó por la cabeza. Aquellas referencias los atrajeron porque les encantaban, les parecían inspiradoras. No estaban intentando robar nada de otra cultura, aunque tal vez es lo que hicieron.

Tengamos en cuenta lo que dijo Dédalus en una entrevista de 2017 con *Kotaku* para celebrar la portabilidad a Nintendo Switch con que se conmemoraba el vigésimo aniversario del *Ichigo* original.

KOTAKU: Se dice que el *Ichigo* original es uno de los videojuegos de bajo presupuesto con los gráficos más bonitos que se hayan hecho jamás, pero ha habido críticas que lo acusan de apropiación cultural. ¿Cómo respondes a eso?

DÉDALUS: No respondo.

KOTAKU: Vale, pero... ¿harías el mismo juego si lo desarrollaras hoy?

DÉDALUS: No, porque ahora soy una persona diferente.

KOTAKU: Me refiero a las referencias japonesas obvias. Ichigo parece un personaje que bien podría haber dibujado Yoshitomo Nara. El diseño del universo del juego parece de Hokusai, salvo por el nivel Sinmuerte, que parece de Murakami. La banda sonora parece de Toshiro Mayuzumi...

DÉDALUS: No me voy a disculpar por el juego que hicimos Sadie y yo. [Pausa larga.] Tuvimos muchas referencias: Dickens, Shakespeare, Homero, la Biblia, Philip Glass, Chuck Close, Escher. [Otra pausa larga.] ¿Qué alternativa hay a la apropiación?

KOTAKU: No lo sé.

DÉDALUS: La alternativa es un mundo en el que los artistas solo hacen referencia a sus propias culturas.

KOTAKU: Eso es simplificarlo demasiado.

DÉDALUS: La alternativa a la apropiación cultural es un mundo en el que los blancos europeos hacen arte sobre gente blanca europea, solo con referencias blancas europeas. Y cambiemos «europeo» por africano, asiático o latino, o la cultura que sea. Un mundo en el que todos hacen oídos sordos y se tapan los ojos ante cualquier cultura o experiencia que no sea la propia. Odio ese mundo, ¿tú no? Me aterroriza ese mundo y yo, como persona birracial, no quiero vivir en ese mundo; de hecho, no existo, de manera literal, en ese espacio. Mi padre, a quien apenas conocí, era judío. Mi madre era coreana, pero nació en Estados Unidos. Me criaron mis abuelos, inmigrantes coreanos, en Koreatown, en Los Ángeles. Y como cualquier persona con dos razas podrá decirte, ser la mitad de dos cosas es ser un todo de nada. Y, por cierto, ni poseo ni tengo un conocimiento particularmente rico de las referencias de la cultura judía o coreana por el hecho de tener esos orígenes. Pero si Ichigo hubiese sido coreano, para ti no hubiese sido un puto problema, ¿a que no?

Sam y su madre, Anna Lee, llegaron a Los Ángeles en julio de 1984. Fue el verano de las Olimpiadas, los primeros Juegos Olímpicos de verano que se celebraban en Estados Unidos en cincuenta años. El ambiente era frenético, estaba lleno de esperanza. Los Ángeles, en especial cuando se miraba desde cierta distancia, no era una ciudad bonita, pero podía esforzarse para serlo, aunque solo fuera durante dos semanas. La belleza, al fin y al cabo, casi siempre es una cuestión de perspectiva y voluntad. Se llevaron a cabo proyectos de renovación urbanística con tanto frenesí que la imagen de la urbe parecía que iba a cámara rápida. Se construyeron estadios, se reformaron hoteles, se derribaron edificios decrépitos, se plantaron árboles, plantas, flores, se eliminó la flora local menos llamativa, se asfaltaron carreteras, se añadieron rutas de autobús, se crearon uniformes, se reclutaron músicos, se contrataron bailarines, los patrocinadores coparon cualquier superficie en la que cupiese un logo, se taparon los grafitis, se trasladó con discreción a los sintecho, se sacrificó a los coyotes, se pagaron sobornos; ¡los cismas más profundos sobre la raza y la clase social se pospusieron de manera momentánea porque llegaban las visitas! Los Ángeles se reinventó como una ciudad deslumbrante y moderna del futuro que sabía cómo celebrar una fiesta. Con el narcisismo de la infancia, Sam sintió como si las «mejoras» se estuvieran llevando a cabo para él y para Anna, y siempre lo invadía la ternura al pensar en aquellos primeros meses en Los Ángeles y en la manera en que la ciudad desplegó su alfombra roja solo para él.

Se instalaron con los padres de Anna, Dong Hyun y Bong Cha Lee, en su casita amarilla estilo Craftsman, situada en el aletargado Echo Park, al que aún le quedaban veinte años para gentrificarse. Dong Hyun y Bong Cha pasaban la mayor parte de las horas del día en las que estaban despiertos en su pizzería homónima, en el cercano barrio de Koreatown, y ahí es donde transcurrió gran parte del verano del 84 de Sam. Anna le había hablado de K-town, pero él no tenía ni idea de lo grande que era en realidad el barrio. Pensó que sería como Chinatown en Nueva York: un par de manzanas de farmacias, tiendas de regalos y restaurantes; o como la calle Treinta y tres, donde están todos los restaurantes coreanos de Manhattan y donde su madre y él a veces iban después de una función a comer bulgogi y banchan. Sin embargo, el barrio coreano de Los Ángeles era gigantesco. Kilómetros y kilómetros de gente coreana y productos coreanos, justo en el corazón de la ciudad. Había rostros de gente coreana famosa en las vallas publicitarias, y aunque él no sabía quiénes eran, tampoco había pensado que podía haber celebridades coreanas. En todos los escaparates se podía leer la jovial caligrafía coreana, apenas nada en inglés. Si no sabías leer hangul, en K-town, eras, en pocas palabras, un analfabeto. Había librerías coreanas y tiendas de vestidos de novia coreanos y tiendas de comestibles coreanos tan grandes como las de los blancos, aunque estos vendían gigantescas peras asiáticas, envueltas de manera individual, y tarros de kimchi de tamaño familiar y miles de cosméticos coreanos que prometían una piel perfecta y gruesos volúmenes en rústica de manhwa de viñetas fluorescentes y colores pastel. Había tantos restaurantes de barbacoa coreana que se podía comer en uno diferente cada día del año. Había hasta dos canales de televisión coreana que la antena de Bong Cha conseguía sintonizar. Y sí, la gente. Sam nunca había visto a tantas personas asiáticas en un mismo sitio. Al verlas, se preguntó si había entendido el mundo del todo al revés, así como a la gente que lo habitaba. ¿Quizá todo el mundo era asiático?

Lo que le resultó particularmente fascinante —algo que se convertiría en un tema recurrente en los juegos que seguiría haciendo con Sadie— era lo rápido que podía cambiar el mundo. Cómo tu manera de percibir tu propia identidad podía cambiar dependiendo de dónde estuvieras. Como Sadie expresó en una entrevista a *Wired*: «El personaje del juego, como el yo, es contextual». En Koreatown, nadie pensó jamás que Sam fuera coreano. En Manhattan, nadie había pensado jamás que fuera blanco. En Los Ángeles, era «el primo blanco». En Nueva York, «el niño chinito». Aun así, en K-town se sintió más coreano que nunca. O por decirlo con más precisión, más consciente de que era coreano y de que eso no era, por fuerza, ni un aspecto negativo ni neutro sobre su persona. Esa conciencia le dio sosiego para pensar en algo: quizá un chiquillo birracial de aspecto particular podía existir en el centro del mundo, no solo en los márgenes.

En Los Ángeles, de repente, tenía abuela, abuelo, tías, tíos, primos y primas, todos implicados en el drama de su vida y la de su madre. ¿Dónde iban a vivir Anna y Sam? ¿A qué iglesia irían? ¿Iría Sam a una escuela coreana? ¿Anna saldría por la tele? ¿Por qué había decidido Anna marcharse de Nueva York? Todas esas cuestiones se arremolinaban de manera agradable sobre la familia. A su madre la trataban como si fuera una estrella. Era la chica coreana que había triunfado entre los blancos. Había estado en *A Chorus Line*. ¡En Broadway! La abuela de Sam, Bong Cha, lo tenía consentido; jugaban a las cartas, al *Go-Stop*, le daba mandu para comer y le rogaba a su madre que lo llevase a la iglesia.

—Pero ¡se va a criar sin Dios! —decía la señora.

—Sam es muy espiritual —respondía la madre—. No paramos de hablar del universo.

—Ay, Anna —replicaba Bong Cha.

Aquel verano, la experiencia espiritual más importante de Sam fue con la máquina de *Donkey Kong* de la pizzería de sus abuelos. Aquello había sido una idea promocional de Dong Hyun a principios de los ochenta, durante la fiebre de las recreativas. Cuando llegó el aparato, envió la siguiente tarjeta de propaganda: «DONKEY KONG LLEGA A DONG & BONG. FAMILIAS, ¡VENID A COMER Y A JUGAR! POR UNA DE NUESTRAS FAMOSAS PIZZAS ESTILO NUEVA YORK, UNA PARTIDA GRATIS». La tarjeta lucía una ilustración pirata de Donkey Kong lanzando masa de pizza al aire; la había dibujado la abuela de Sam. Cuando Dong Hyun le puso el nombre al restaurante en 1972, sabía que si eliminaba el Hyun y el Cha de su nombre y el de su mujer, dos nombres de lo más normales y respetables en coreano, Dong y Bong sonaría gracioso para la gente blanca. Esperaba que la promoción de *Donkey Kong* capitalizara todavía más las propiedades cómicas de sendos nombres y atrajera clientela incluso de fuera de K-town, es decir, de gente blanca de bien. Durante un tiempo, funcionó.

Para cuando Sam llegó a Los Ángeles, la fiebre de las recreativas se había pasado, ya casi nadie competía con él para jugar a la máquina de su abuelo. Dong Hyun se la desbloqueaba para que Sam pudiera jugar todo lo que quisiera. Cuando el niño echaba unas partidas al *Donkey Kong* en la pizzería de sus abuelos lo invadía una sensación de paz. Cuando podía coordinar los saltos del fontanerito italojaponés y ascender los peldaños al ritmo correcto, sentía como si el universo estuviese en orden. Sentía como si fuera posible conseguir una coordinación temporal perfecta. Sentía que había sincronía. Sentía justo lo opuesto a una gélida noche de invierno cuando una mujer saltó de un bloque de edificios en Amsterdam Avenue y aterrizó a los pies de su madre y de él. Aquella mujer, su cara, el horripilante ángulo que formaba su cuello, como el mango de un paraguas; el olor terroso y de cobre de su sangre mezclado con el perfume de nardos que siempre llevaba su madre, aquella mujer se le aparecía en sueños casi cada noche. Se preguntaba qué había sido de ella después de que se la llevaran en ambulancia. Se preguntaba cuál era su nombre. Nunca lo comentó con Anna. Él sabía que aquella mujer fue la razón por la que se habían marchado de Nueva York. «En California», le prometió su madre, «nunca nos volverá a pasar nada malo».

Sam cumplió diez años el día que Mary Lou Retton ganó el oro en competición individual completa de gimnasia de las Olimpiadas de aquel verano. En la fiesta que sus abuelos celebraron para él, se dejó la tele encendida, pero en silencio, para que la gente pudiera celebrarlo con él mientras veían el ejercicio de Mary Lou. A Sam no le importó que los ojos de todo el mundo estuvieran fijos en la pantalla; él también quería saber si la gimnasta ganaba. Sopló diez velas y, en la distancia, Mary Lou Retton recibió un diez redondo en su ejercicio de suelo. Él casi sintió como si soplar las velas en el preciso instante en que lo hizo hubiera sido la causa de aquel diez perfecto. Fantaseaba con que el universo era una máquina de Rube Goldberg, de esas que hacen complejo lo sencillo. Pensaba que si solo hubiera soplado nueve velas, quizá habría ganado la chica rumana.

Al día siguiente, Sam y Anna salieron a comer juntos. A él le pareció como si hubieran pasado años desde que habían estado los dos solos; aunque tenía diez años nada más, sentía una nostalgia palpable por el piso junto a las vías del tren del derrelicto barrio de Manhattan Valley y la comida china para llevar y la vida que habían dejado atrás. En una mesa cercana, dos hombres trajeados conversaban a voces sobre la final de gimnasia.

—No habría ganado si las rusas no hubiesen hecho boicot —insistió el hombre—. No es una victoria si las mejores no compiten.

Sam le preguntó a su madre si pensaba que el hombre que hablaba a voces tenía razón.

—Mmm. —Anna le dio un sorbo al té helado y luego apoyó la barbilla en las manos, un gesto que Sam había aprendido a reconocer como su gesto de filosofar. Anna era una gran conversadora y uno de los mayores placeres de la vida del joven Sam era hablar con ella del mundo y sus misterios. Nadie se tomaba tan en serio sus preguntas como ella.

—Incluso si lo que dice es cierto, creo que aun así es una victoria —dijo ella—. Porque ha ganado este día concreto con este grupo concreto de personas. No se puede saber lo que habría pasado si hubiera habido otras competidoras. Las rusas podrían haber ganado o podrían haber arrastrado el desfase horario y haber acabado vomitando. —Anna se encogió de hombros—. Y es así con todos los juegos y competiciones: solo existen en el momento en el que se juega o se compite, lo mismo sucede con quien actúa. Al final, lo único que podemos llegar a conocer es el juego al que hemos jugado, en el único mundo que conocemos.

Sam se quedó mirando sus patatas fritas.

—¿Hay otros mundos?

—Probablemente, sí, pienso yo —dijo Anna—, pero no tengo ninguna prueba concluyente al respecto.

—Puede que, en otro mundo, Mary Lou no gana la medalla de oro. ¿Quizá ni siquiera se clasifica?

—Quizá.

—Me cae bien Mary Lou —dijo Sam—. Parece una curranta.

—Sí, pero me imagino que todas esas chicas son unas currantas. Hasta las que no han ganado.

—¿Sabes que solo mide un metro cuarenta y cuatro? Solo mide cinco centímetros más que yo.

—Sam, ¿no me digas que te gusta Mary Lou Retton?

—Qué va —respondió él—. Solo era un dato.

—Tiene seis años más que tú, nada más.

—Mamá, qué asco, no seas así.

—Ahora te parece una gran diferencia de edad, pero dentro de un par de años no lo verás así.

En aquel momento, uno de los hombres trajeados se acercó a su mesa.

—¿Anna?

Era el hombre que hablaba a voces.

Anna se dio la vuelta.

—Uy, vaya —dijo ella.

—Me había parecido que eras tú —dijo el hombre que hablaba a voces—. Tienes buen aspecto.

—¿Cómo estás tú, George?

Él se volvió hacia el niño.

—Ey, hola, Sam.

Sam sabía que el hombre le resultaba familiar, pero durante medio segundo fue incapaz de situarlo. Hacía tres años que no lo veía, toda una vida cuando uno tiene diez. Y entonces se acordó de quién era.

—Hola, George —respondió el niño. El hombre le estrechó la mano de manera informal, profesional.

—No sabía que estabais en Los Ángeles —comentó el hombre.

—Acabamos de llegar —dijo Anna—. Tenía pensado llamarte cuando nos instaláramos.

—Así que ¿os asentáis aquí? —preguntó George.

—Sí, me parece que sí —respondió Anna—. Mi agente lleva años rogándome que venga para acá para hacer una temporada de pilotos.

—La temporada de pilotos es en primavera —contestó él.

—Sí, claro, ya lo sé, pero he tenido que esperar a que acabara el curso de Sam, así que ahora ya estamos aquí y estaré preparada para el año que viene.

George asintió con la cabeza.

—Bien. Me alegro de verte, Anna.

Ya se estaba alejando cuando dio media vuelta y volvió hacia la mesa.

—Sam —dijo George—, si tienes tiempo, me encantaría que comiéramos juntos. Pon un día y mi secretaria, la señorita Elliot, lo organiza.

Sam quedó con su padre, George Masur, en La Scala, uno de esos establecimientos decadentes —pero agradables— de la ciudad que sonaba más fino de lo que era. Solo se había visto con él unas seis veces, sobre todo cuando George había pasado por Nueva York por trabajo. En esas ocasiones, hacían cosas de turista en la Gran Manzana o de padre divorciado: FAO Schwarz, té por la tarde en el Plaza, el zoo del Bronx, el Museo de los Niños de Manhattan, espectáculo de baile de las Rockettes, etc. Aquellas actividades no los habían unido, Sam no sentía ningún vínculo significativo con George. Por ejemplo, no lo llamaba papá, lo llamaba George. Cuando pensaba en él, lo veía como la persona con la que su madre había tenido relaciones una vez, aunque a sus diez años Sam no tenía del todo clara la mecánica del sexo.

Sabía que George era agente de la agencia William Morris y que William Morris no era la agencia que representaba a su madre. Sabía que George se había acercado a los camerinos después de una función de un nuevo montaje de *Prometidas sin novio* para decirle a Anna que había sido lo mejor del espectáculo. Sabía que George y su madre habían salido algo menos de dos meses y que ella le había puesto fin a la relación por razones ambiguas. Sabía que algo menos de dos meses después, ella supo que se había quedado embarazada. Sabía que había pensado en abortar, sabía lo que era un aborto. Sabía que ella nunca había querido casarse con George. Sabía que George le había extendido un cheque de diez mil dólares cuando ella le habló del embarazo, un dinero que ella nunca le había pedido. Sabía que su madre había ingresado el cheque en un fondo de inversión para que él fuera a la universidad y que George no había ingresado nada más desde entonces. Sam sabía todas esas cosas sobre todo gracias al amigo de las clases de arte dramático de su madre, Gary. A veces hacía de canguro cuando Anna tenía que trabajar; su mayor virtud no era la discreción.

George llevaba un traje bueno de lana ligera de verano; la imagen que Sam tenía de él en la cabeza era la de un hombre trajeado. George hizo ademán de estrecharle la mano.

—Hola, Sam. Muchas gracias por sacar un hueco para vernos —dijo George.

—De nada.

—Me alegro de que hayamos hecho por vernos.

Sam le pidió consejo a George sobre qué pedir, él le sugirió la «famosa ensalada picada» que a él le pareció que estaba aguada. Hablaron de las Olimpiadas, de la familia en K-town y de las diferencias entre vivir en Nueva York y Los Ángeles.

—Ya sabes que yo soy judío, cosa que implica que tú, en parte, también lo eres —dijo George.

—¿Sí? —respondió el niño.

—Sé que tal vez no te lo parezca, pero eres la mitad de lo que yo soy.

Sam asintió.

—No ha sido cosa mía que nos veamos tan poco, ya lo sabes.

Sam volvió a asentir.

—No digo que sea culpa de Anna, pero tu madre no siempre pone las cosas fáciles. ¿Sabes que le pedí que se mudara a Los Ángeles cuando estaba embarazada? Ella se negó. Me dijo que no se veía criando un chiquillo aquí. Y ahora, aquí está. —Se encogió de hombros—. ¿Hay algo más raro que la gente? —Miró a Sam con expectación.

—La gente —contestó Sam, que sonó como si tuviera sesenta años. Parecía que era justo la respuesta que George estaba buscando.

—La gente, sí. Tengo una casa en Malibú. ¿Crees que te gustaría venir a Bu en algún momento?

—Sí —respondió Sam con educación, aunque no tenía ningún deseo en particular de ir a Malibú—. Es un trayecto largo hasta... Bu.

—No tanto. ¿Quizá te gustaría conocer a mi novia? Es una mujer muy guapa. No lo digo por fanfarronear, pero para que te hagas una idea. Es importante conseguir que las cosas resulten visuales para la gente. Si eres capaz de hacerlo, llevarás ventaja. Pero sí, mi novia es una mujer muy atractiva. ¿Has visto las películas de James Bond? Fue la segunda secretaria de Bond en la última entrega. Hay gente que dice que hacer el papel de secretaria en una película de Bond no es lo mismo que ser una chica Bond, pero yo creo que sí. —Miró a Sam—. ¿Tú qué piensas?

—Mmm —dijo Sam—. La verdad es que no sé qué opinar.

George firmó en al aire para pedir la cuenta y un camarero la trajo. Pagó y volvió a estrecharle la mano a Sam. Le dio una tarjeta de visita: «GEORGE MASUR, AGENTE DE TALENTOS CINEMATOGRÁFI-COS, AGENCIA WILLIAM MORRIS».

—Si en algún momento necesitas algo, llámame aquí. Lo cogerá la señorita Elliot, pero siempre sabe dónde localizarme y, si no sabe dónde estoy, me pasará el mensaje.

Salieron a la calle. Faltaban unos pocos minutos para la hora en la que se suponía que Bong Cha iba a recogerlo.

George miró el reloj.

—No hace falta que esperes conmigo —dijo Sam.

—No, no pasa nada.

—Estoy solo todo el rato. —Sam se dio cuenta de que esa revelación podía entenderse como un insulto velado hacia su madre—. Bueno, no siempre.

A la una en punto, su abuela aparció delante: encajó su MG color verde bosque con elegancia en un espacio apenas quince centímetros más grande que la longitud del coche. Bong Cha era una conductora espectacular, agresiva. Cuando Bong Cha y Dong Hyun llegaron a Los Ángeles, había sido conductora en una empresa local de mudanzas, y en la familia la conocían por su capacidad épica para aparcar. Sam decía que conducía como si estuviera jugando al *Tetris*.

El niño se despidió de George con la mano mientras se metía en el coche.

—Adiós, George.

—Adiós, Sam.

Sam cerró la puerta. Bong Cha llevaba un pañuelo en la cabeza y guantes de conducción profesional, regalo de su marido; el interior del coche, como siempre, estaba impoluto. La conductora tenía un cubreasientos con bolitas de madera que, supuestamente, daban masaje o eran buenas para la circulación; maneki neko, ese gato tan mono que es señal de hospitalidad, saludaba desde la luna trasera; del espejo retrovisor colgaba un ambientador con la forma de la virgen María. Hacía tiempo que el aroma se había desvanecido, pero una etiqueta indicaba que en su día olía a pino. Como decía Sam: «Estar en un coche con mi abuela era saber todo lo que tenías que saber sobre ella».

—Tu madre dice que no lo diga, pero no me cae bien —dijo la mujer.

—Me ha dicho que puedo ir a visitarlo a Malibú.

—Malibú —dijo Bong Cha, como si la palabra misma le resultara repugnante—. Tu madre es guapísima y talentosísima, pero en cuanto a hombres, tiene un gusto horroroso.

—Pero —dijo Sam— George me ha dicho que la mitad de lo que soy es como él. Y si yo soy mitad él...

Bong Cha entendió que había metido la pata.

—Eres un buen chiquito cien por cien coreano y perfecto y te adoro.

En el semáforo, Bong Cha le dio cariñosos golpecitos en la cabeza y luego le estampó un beso en la frente y en sendos mofletes, redondos, deliciosos y de buda shtetl; Sam aceptó su mentira sin discutir.

La primera semana de julio, Marx le envió un correo a Sam para decirle que volvía antes de sus prácticas:

> Maestro de las mazmorras Masur:
>
> Vuelvo de Londres este sábado. Las prácticas han sido un fiasco; ya te lo explicaré. Me gustaría poder dormir en el sofá si a usted y a la señorita Green les parece ok. También puedo haceros los recados de cosas que necesitéis y, en general, facilitar las cosas en mi papel como «productor», jaja. Papá se quedó bastante impresionado con vosotros. Me muero de ganas de ver cómo va el juego. ¿Ya tiene título?
>
> Marx, paladín nivel 9.

Cuando Sam le dijo a Sadie que Marx volvía el sábado, a ella no le entusiasmó la idea.

—¿No le puedes pedir que no venga? —dijo Sadie.

—No —dijo Sam—. Es su casa.

—Ya lo sé. Por eso se lleva la mención de productor. Si se queda con nosotros, ¿significa que ya no saldrá en los créditos?

—No.

—Ahora por fin estamos empezando a coger ritmo —dijo Sadie.

—Marx es genial. Si anda por aquí, nos ayudará.

—¿Con qué? —Hasta donde Sadie sabía, Marx era un chaval rico y mono, aprendiz de todo, maestro de nada. En Crossroads, el instituto al que había ido ella, la mitad de los chicos de su clase eran tipo Marx.

—Con todo lo que no estamos haciendo. Ya verás —dijo Sam—. Marx es un recurso si elegimos aprovecharlo así.

Como el asunto ya estaba decidido, Sadie volvió al trabajo.

Habían avanzado bastante en el diseño de su criatura, aún sin nombre. A Sam se le había ocurrido el vestuario: la sudadera de deportes del padre, que le quedaba larga, como un vestido; las chanclas de madera. Habían estado de acuerdo con el corte a tazón y el pelo liso, a los dos les gustaba tanto en términos estéticos como prácticos. Ese corte de pelo sería el que quedaría más limpio cuando se superpusiera a los complejos fondos inspirados en Hokusai.

Con el diseño de la criatura ya zanjado, Sadie estaba perfeccionando los movimientos. Quería que tuviera unos andares algo flotantes y un poco descontrolados, como un patito que camina tras su madre. En la hoja de diseño que habían escrito juntos ponía: «El cuerpo de la criatura se mueve como quien no ha sentido o ni siquiera se ha cruzado con la idea de dolor». ¡Ay, las ambiciones de las hojas de diseño!

Sadie dedicó varios días al problema de los andares. Los diseñó con pasitos cortos, rápidos, que dejarían huellas como de pajarito que irían desapareciendo. No estaba nada mal, pero lo que al final acabó cuadrándole fue hacer que el personaje no solo se moviera de manera lineal, sino que siempre diera un par de pasos torpes y acelerados hacia un lado incluso cuando quien estuviera jugando quisiera que fuera hacia delante.

Le enseñó su trabajo a Sam.

—Es bueno —le dijo él. Movió a la criatura por la pantalla—. Pero ese soy yo. Yo camino así.

—Qué va.

—Yo voy mucho más lento, pero cuando quiero ir hacia delante, acabo yéndome de lado —dijo Sam—. En el instituto, había un gilipollas que decía que era mi «desvío especial».

—Odio a los niños —dijo Sadie—. No pienso ser madre. —Sadie recuperó el teclado. Movió a la criatura de ambos por la pantalla—. Bueno, vale, igual es un poco tú —concedió—, pero te prometo que no estaba pensando en ti cuando lo estaba diseñando.

De repente, Sadie oyó unas explosiones.

—¿Qué es eso?

Ella se agachó, Sam se acercó a la ventana. A lo lejos vieron fuegos artificiales. Ambos habían olvidado que era cuatro de julio.

Cuando Marx llegó a la ciudad, le enseñaron una demo del primer nivel.

—No está terminado en absoluto—dijo Sadie—. No tiene iluminación ni sonido, pero te dará una idea del estilo que estamos buscando, de cómo será la mecánica básica del juego. Todavía no he empezado a hacer la tormenta.

Sam le pasó a su compañero el teclado. La pantalla mostraba a la criatura en medio del agua, con restos del naufragio flotando a su alrededor. Marx era un jugador experimentado, pero le costó un poco pillarle el tranquillo y la criatura murió un par de veces bajo sus órdenes.

—Madre mía, es chungo —sentenció.

El desafío del primer nivel de *Ichigo* era llegar a la costa sin ahogarse y sin soltar el cubo y la pala. Parte de la mecánica del juego tenía que ver con el ritmo —ver qué controles hacían falta para que nadase—, otra que era más de acción-aventura. El universo era del todo inmersivo: había pocas pistas y nada de texto. Al final, Marx consiguió llegar a la playa. Cuando vio caminar a la criatura, exclamó, encantado:

—¡Es Mini Sam!

—Por favor, no digas eso —rogó Sadie.

—Te lo dije —le dijo Sam a Sadie.

Marx movió el personaje por la playa.

—Todavía no hay nivel dos —lo avisó Sadie.

—No, solo quería ver qué aspecto tenía Mini Sam desde atrás.

—Por favor, que no digas eso —insistió Sadie.

—¿Qué significa el número catorce que lleva la sudadera de Mini Sam en la espalda? —dijo Sam—. Es el número del deportista favorito de su padre o algo así. No lo hemos decidido todavía.

—Juu-yon —dijo Marx.

—¿Qué es «Juu-yon»? —preguntó Sam.

—Catorce en japonés —respondió su amigo—. Habéis dicho que el niño no tiene nombre, ¿verdad? ¿Puede que haya alguien que lo llame así por el número de la sudadera?

—Interesante —dijo Sam.

—Por cierto, no es un chico ni una chica y no me gusta lo de «Juu-yon» —puntualizó Sadie—. Suena a «jugón» o a «judión».

—¿Y qué os parece Ichi Yon? Significa 'uno', 'cuatro'. Igual el personaje solo sabe contar hasta diez, así que aún no sabe cómo decir «catorce» —planteó Marx.

Sadie asintió.

—Casi casi me gusta, pero igual no es lo bastante dinámico.

—¿Sabes lo que sería mejor que uno, cuatro? ¿Qué os parece uno, cinco? Ichi, Go. Se llama Ichigo —propuso Marx—. También podríamos ponerle ese nombre al juego. Además, Ichigo también significa 'fresa'.

—Ichigo —Sam ensayó la palabra—. Suena dinámico, Ichigo-go-go, sí.

—Eso del «go» me recuerda a la canción de *Speed Racer* —dijo Sadie, con desdén.

—Exacto. Y no es malo —dijo Sam.

—Pero está claro que es cosa vuestra —dijo Marx—. Yo no diseño nada.

Sadie se quedó pensándolo. No le gustaba que Marx, que ya le caía un poco mal, acabara de ponerle nombre a su juego.

—*Ichigo* —dijo despacio. «Joder», pensó, «es divertido decirlo»—. Puedo vivir con ello.

Aunque a Sadie le costó años admitírselo a Sam, Marx acabó siendo de lo más útil aquel verano. No, Marx no era diseñador de videojuegos. No era un programador experimentado como Sadie; tampoco sabía dibujar como Sam. Pero hacía casi todo lo demás y sus contribuciones iban de lo más pedestre, pero necesario, a lo esencial en términos creativos. Marx organizó el flujo de trabajo para que Sadie y Sam estuvieran al tanto de lo que estaba haciendo el otro y de lo que tenía que encargarse cada cual. Hizo una larga lista de los materiales que iban a necesitar. Fue más que generoso con su tarjeta de crédito —siempre necesitaban más memoria de almacenamiento y quemaban tarjetas gráficas cada dos por tres— e hizo por lo menos cincuenta viajes a la gran tienda de informática que había en Central Square. Abrió una cuenta bancaria y constituyó una sociedad limitada. (Go, Ichigo, Go.) Hizo que pagaran impuestos (cosa que les ahorró dinero a corto plazo haciendo que las compras que hacía la empresa fueran desgravables) y, por si en algún momento necesitaban contratar gente, cosa que sabía que acabaría sucediendo, también se ocupó de dejarlo listo. Se aseguraba de que todo el mundo comiera, bebiera agua y durmiera (al menos un poco) y mantenía los espacios de trabajo limpios y ordenados. Era un jugador experimentado y, como tal, era fantástico como tester y detector de bugs. Aparte de todo eso, Marx también tenía gusto y visión para la historia. Fue él quien sugirió la famosa «secuencia del inframundo» del juego («Ichigo tiene que estar en lo más hondo que pueda», dijo). También fue Marx quien les enseñó a Takashi Murakami y a Tsuguharu Foujita. Fue Marx, con su amor por la música instrumental vanguardista, quien les puso a Brian Eno, John Cage, Terry Riley, Miles Davis y Philip Glass en su reproductor de CD mientras ellos dos trabajaban. Fue Marx quien sugirió que volvieran a leerse *La Odisea* y *La llamada de lo salvaje* y *Esto es coraje*. También les hizo leer el libro de estructuras narratológicas *El viaje del héroe* y un libro sobre infancia y desarrollo del habla, *El instinto del lenguaje*. Quería que el Ichigo en fase preverbal pareciese auténtico, que tuviera detalles de la vida real. Para Marx, la historia de Ichigo era un relato de regreso al hogar, pero también una historia sobre el lenguaje. ¿Cómo nos comunicamos cuando no tenemos lenguaje? En parte, la historia lo atraía porque su madre nunca había llegado a hablar japonés del todo bien, razón que para él explicaba que ella hubiese pasado gran parte de su vida adulta a solas y de que a veces hubiera estado deprimida. Fue Marx quien empezó a entender el juego también en términos de ventas. Una cosa es haber hecho un gran videojuego, pero, de forma inevitable, llegará el momento en el que alguien tenga que ser capaz de articular ante otras personas *por qué* es un gran videojuego.

A mediados de agosto, Sadie y Sam tenían versiones en bruto de seis de los que llegarían a ser quince niveles de *Ichigo* y, en gran medida, gracias a la organización de Marx. En cierto sentido, para él, ser productor de Sadie y Sam no le pareció una tarea del todo diferente a ser, simple y llanamente, el compañero de piso de su amigo. Sin hacerse notar, les ponía las cosas fáciles. Apagaba fuegos. Se anticipaba a las necesidades y a los obstáculos antes de que surgieran. Eso es lo que hace un productor y él acabaría siendo uno de los buenos.

Pero lo mejor que hizo por Sam y por Sadie fue lo siguiente: creer en ellos. Adoraba *Ichigo*. Adoraba a Sam. Poco a poco, también le estaba cogiendo mucho cariño a Sadie.

—Bueno, ¿qué pasa contigo y con Sadie? —le preguntó a Sam una noche de bochorno de principios de agosto. El aire acondicionado del piso se había apagado y en la casa ya hacía calor por los ordenadores que tenían encendidos. Para no morirse de calor, Marx y Sam iban en calzoncillos y se pasaban cervezas frías por la frente. No era frecuente que no estuvieran los tres juntos, pero esa noche, Sadie había quedado con una amiga del instituto que estaba en la ciudad y, tal vez, para escapar del calor de los ordenadores un rato.

—Es mi mejor amiga —dijo Sam.

—Claro —dijo Marx—. Lo pillo, pero es… No sé, espero que no suene raro que te pregunte esto… ¿Amor? ¿O nunca han ido por ahí los tiros?

—No —dijo Sam—. Nosotros nunca… Es más que eso. Es mejor que si estuviéramos juntos. Es amistad —se rio Sam—. ¿A quién le importan los líos amorosos?

—Hay gente a la que sí —contestó Marx—. Supongo que te lo pregunto porque… Bueno… ¿te importa si le pido salir?

Sam volvió a reírse.

—¿Pedirle salir a *Sadie Green*? Inténtalo. Dudo que te diga que sí.

—¿Por qué?

—Porque… —«Te odia», quiso decir Sam. «Porque cree que eres un idiota y ni siquiera le gusta que estés aquí»—. Porque sabe que eres muy ligón.

—¿Cómo lo sabe?

—A ver, no es que sea un secreto de Estado. Siempre tienes novio nuevo o novia nueva. —Sam hizo una pausa—. Nunca he visto que hayas estado con nadie más de dos semanas. De hecho, ahora que lo pienso, no creo que sea buena idea que le pidas salir. No porque yo sienta *algo* por ella, sino porque somos colegas de trabajo, ¿no? No quiero que nada se interponga en el camino de *Ichigo*.

—Sí, tienes razón —dijo Marx—. Olvídalo, no he dicho nada.

La cifra de «dos semanas» que había formulado Sam era una exageración; la relación estándar de Marx duraba un mes y medio. Se le daba muy bien estar enamorado un ratito y lo cierto es que nadie había dejado una relación con él llevándose una sensación de agravio o de dolor. Tenía el don de hacer que su pareja pensara que lo dejaba a él, así convertía a la mayoría de sus ex en amistades. Tenían que pasar semanas, meses, incluso años hasta que un ex o una ex pensara: «Mmm, creo que fue él quien me dejó». Dicho eso, a Marx le resultaba imposible poner un pie en Harvard Square sin toparse con alguien con quien hubiera estado y, por lo general, esa persona se alegraba de verlo.

Si Marx, a sus veintidós años, tenía un problema, era que le atraían demasiadas cosas y demasiada gente. Su adjetivo favorito era «interesante». El mundo parecía estar lleno de libros interesantes que leer; obras de teatro y películas interesantes que ver; juegos interesantes a los que jugar; comida interesante que probar y personas interesantes con las que acostarse y de las que, a veces, incluso enamorarse. Para él era una insensatez no amar tantas cosas como se pudiera. En los primeros meses de conocerse, Sadie lo criticaba delante de Sam llamándolo «el diletante amoroso».

Pero, para él, el mundo era como un desayuno tipo bufé en un hotel de cinco estrellas de un país asiático; la abundancia que le ofrecía era casi abrumadora. ¿Quién no querría un batido de piña, un bollo de cerdo asado, tortilla, encurtidos, sushi y un cruasán con sabor de té verde? Todo estaba a su alcance, delicioso, cada cosa a su manera.

Entre las muchas personas que habían salido con Marx desde que estaba en Harvard, a veces se decía, con cierta amargura, que la única relación real que tenía era con Sam. Marx quería mucho a Sam, pero no quería acostarse con él. Lo consideraba su hermanito pequeño. Lo protegería hasta la muerte.

Sin embargo, Sadie... Marx sentía que eso era otra historia. Sadie era *como* Sam, pero no *era* Sam y le resultaba muy atractiva. Tenía algo más desbordante y más interesante y complejo que la gente con la que normalmente salía. Aunque Marx tampoco era idiota: sabía que a ella no parecía gustarle, cosa que le resultaba extraña; ¡él le gustaba a todo el mundo! Pero, aun así, quería saber cómo sería si le gustara a Sadie. Quería que le hablara como a Sam. Marx era un lector prodigioso y tenía la sensación de que Sadie podía ser el tipo de libro que uno podía leer muchas veces y del que siempre sacar algo nuevo. Aun así, como le atraía tanta gente, cuando Sam le dijo que no fuera a por ella, no se lo tomó del todo mal.

4

Sadie no empezó a trabajar en la tormenta hasta mediados de agosto. Era consciente de que la tempestad sería la primera impresión que tendría quien jugara a *Ichigo*, por lo que sentía la presión de conseguir que fuera espectacular. También era consciente de que, con toda probabilidad, sería lo último que le daría tiempo a cerrar antes de que Sam y ella tuvieran que volver a sus respectivas carreras en otoño.

No lo habían hablado, pero ambos sabían que no tendrían terminado el juego en septiembre. Tenían claro que lo que estaban haciendo era bueno; mejor que bueno, incluso. Quizá también sentían que, si decían en voz alta que el juego no estaría terminado en verano —que, al fin y al cabo, había sido el plazo arbitrario que había puesto Sam—, de algún modo se rompería la magia de su colaboración. Marx, siempre en su papel de buen productor, había intentado sacarles el tema con tacto. Les había sugerido que se marcaran un horario que combinara trabajo y estudios durante un curso, pero ninguno de los dos había querido entrar en el asunto. Sam y Sadie eran muy dados a ignorar la realidad de su vida y seguir a la marcha todo el tiempo que pudieran.

Como la mayoría de personas de veintialgo, Sadie nunca había construido un motor de animación física o gráficos complejos, por lo que era de esperar que se las viera y se las deseara para hacer los de *Ichigo*. Sam y Sadie querían que los gráficos tuvieran la ligereza de las acuarelas transparentes, pero ella era incapaz de lograr ese efecto por mucho que lo intentara. Cuando Ichigo corría, por ejemplo, quería que tuviera un aspecto menos sólido, casi diluido. La hoja de objetivos de diseño que habían redactado describía que la manera de correr del personaje (en contraste a sus andares) tenía «la velocidad, la belleza y el peligro del agua en movimiento. Cuando la criatura corre, se parece a una ola. Cuando salta, a un tifón». En sus primeros intentos, Ichigo tenía un aspecto borroso e invisible —nada parecido al «agua en movimiento»—. Cuando Sadie se acercaba al estilo que quería, el juego casi siempre se colgaba. Sin embargo, la verdadera debilidad del motor de Sadie no se hizo aparente hasta que se vio obligada a ponerse con la tormenta.

«¿Qué es una tormenta?», pensó. «Es agua, y es ligera, y es viento. Y es la manera en la que esos tres elementos interactúan con las superficies que tocan. ¿Tan difícil será de hacer?»

Le enseñó el primer intento de la cinemática a Sam, que la reprodujo dos veces antes de intervenir.

—Sadie —le dijo—. No quiero herir tus sentimientos, pero todavía no está del todo bien.

Ella sabía que no era buena, pero aun así, se picó.

—¿Qué es lo que te parece que no está tan bien? —le preguntó.

—Nada parece real.

—¿Cómo va a parecer real si nuestros paisajes parecen xilografías? —replicó Sadie.

—Puede que *real* no sea la palabra adecuada. No siento nada cuando lo miro. No siento miedo. No siento… —Sam jugó de nuevo la escena—. Es la iluminación —puntualizó—. Creo que la iluminación no está bien. Y la textura. El agua… El agua no parece que esté, no sé, *mojada*.

—¡Si tan fácil te parece, intenta hacer tú una puta tormenta! —Sadie se metió en su habitación y cerró de un portazo; entonces, cuando estuvo sola, sin ningún esfuerzo, levantó una tormenta con los ojos.

Estaba agotada y tenía la sensación de que le estaba fallando a *Ichigo*. Las ideas de la hoja de diseño eran preciosas y el trabajo que Sam estaba sacando adelante era precioso y era cosa suya traducir esa labor a la forma de un videojuego. Odiaba los juegos en los que las ilustraciones de la caja eran espectaculares, pero cuando jugabas, no se parecía en nada al concepto artístico que se vendía.

Y no era solo que a Sam no le hubiera gustado la tormenta o que su crítica pudiera estar sugiriendo problemas de mayor calado en los gráficos del juego en general, era que casi no había dormido ni se había duchado en tres meses ¡y aun así no iban a terminar el juego! Había trabajado tantísimo... Habían mapeado todos los niveles, habían escrito toda la historia, habían diseñado los fondos y los personajes y aun así... quedaba TANTÍSIMO por hacer. Empezó a sentir pánico. Fue a la mesita de noche de Marx, donde sabía que habría dejado un montón de porros bien liados, y se fumó uno.

Sam llamó a la puerta.

—¿Puedo entrar?

—Claro —dijo Sadie. Empezaba a notar un agradable colocón.

Él se sentó en la cama, a su lado, y ella le pasó el porro, pero él lo rechazó. Odiaba que Sadie o Marx fumaran, así que abrió la ventana. A sus veintidós años, Sam era un abstemio total. Nunca bebía, ni siquiera le gustaba tomarse una aspirina. Las únicas pastillas que había tomado eran los analgésicos que le habían administrado en el hospital y no le había gustado, enturbiaban su capacidad mental. La parte de su cuerpo que siempre funcionaba bien era su cerebro, así que no iba a ponerlo en riesgo. A raíz de esa experiencia, a veces Sam soportaba dolores que probablemente deberían y podrían haberse mitigado de algún modo.

—Es el motor —dijo Sadie de manera inexpresiva—. Es mi motor de iluminación y texturas. No es bueno.

—¿Qué le pasa? —preguntó Sam.

—Que... El problema soy yo... Todavía no soy bastante buena para crear uno.

—Eres capaz de cualquier cosa —le dijo Sam—. Creo en ti al cien por cien.

La confianza de Sam le pesaba. Se metió en la cama y se tapó hasta la cabeza.

—Necesito una siesta.

Mientras Sadie dormía, Sam se dedicó a investigar motores de juego. Sabía que era posible pedir prestados motores de juego de otras empresas. Si encontrabas uno que te encajara en lo que querías hacer, utilizar un motor ajeno podía ahorrarte muchísimo trabajo e incluso, a largo plazo, gastos. Sadie y él ya habían debatido el tema una vez y él sabía que ella estaba en contra de usar un motor que no fuera suyo. Desde el principio, había insistido en que toda la programación tenía que ser propia, porque, si no, su juego sería menos original y estarían cediendo poder (y, a menudo, beneficios) a quien hubiese creado el motor. Repetía como un loro las enseñanzas de Dov, eso estaba claro.

Aun así, Sam se pasó el resto de la tarde revisando todos los juegos que tenían Sadie, Marx y él. Como programador en gran medida autodidacta, había aprendido a hacer cosas desmontando juegos. Aunque la ingeniería inversa es una práctica común en el ámbito tecnológico, él la había aprendido de su abuelo. Cuando algo se rompía en el restaurante —ya fuera la caja registradora o los focos exteriores, el horno de la pizza, el teléfono público o el lavavajillas—, Dong Hyun desmontaba el aparato averiado con mucho cuidado y colocaba de manera meticulosa cada pieza, en orden, sobre un trapo viejo. La mayoría de las veces, era capaz de arreglar lo que tuviera entre manos. Levantaba una junta corroída con un gesto triunfal y decía: «¡Ajá! ¡Aquí tenemos a la culpable! Compro una nueva por noventa y nueve centavos en la ferretería y listo». Y entonces su abuelo reemplazaba la pieza y volvía a montarlo todo. Dong Hyun tenía dos creencias fundamentales: (1) cualquier persona puede saber de cualquier cosa y (2) todo se podía arreglar si te tomabas el tiempo de averiguar qué estaba roto. Sam también creía en ello.

Decidió que estudiaría otros juegos a ver si encontraba algo que se acercara a los efectos de iluminación y textura que estaban buscando. Desmontaría el juego, siempre que fuera posible, y vería qué podía aprender/robar y después le transmitiría sus hallazgos a Sadie.

Al final de la pila de su amiga, encontró una copia de *Mar Muerto*. Sam había oído hablar del juego, pero nunca lo había probado.

Cuando ella se despertó, Marx y Sam estaban delante del ordenador de Sam.

—Mira —le dijo Sam—. Nuestra tormenta debería tener un rollo más o menos como este, ¿no?

Sadie nunca le había hablado a Sam de Dov ni le había preguntado jamás si había jugado a *Mar Muerto*. Se acercó como si nada al ordenador para echarle un ojo al juego de su exnovio, como si no lo hubiese visto ya cien veces.

—Es algo más sombrío de lo que creía que estábamos buscando —dijo ella.

—Claro —dijo Sam—. No digo que tenga que ser así de forma literal, pero la calidad de la luz. ¿Ves la refracción en el agua? ¿Ves la ligereza? ¿La atmósfera?

—Sí —respondió Sadie. Se sentó a su lado—. Coge ese tronco —le indicó a Marx, que estaba jugando—. Te hará falta para darle en la cabeza a aquel zombi.

—Gracias —dijo Marx.

—Por cierto, ese motor se llama Ulises —dijo Sadie—. Lo diseñó él mismo.

—¿Quién es *él*? —quiso saber Sam.

—El diseñador y programador. Se llama Dov Mizrah. Lo conozco un poco, de antes.

—¿Y eso? —preguntó Sam.

—Fue mi profesor —dijo Sadie.

—Bueno, ¿y por qué no lo llamas? —dijo Sam—. Si aún tienes problemas para construir el motor, quiero decir…

—Cierto —dijo Sadie—. Probablemente debería llamarlo.

—¿Igual nos puede dar algún consejo? —añadió Sam—. O quizá hasta nos deje utilizar su motor.

—No lo sé, Sam.

—Por si te sirve para tener paz mental, ya estamos haciendo tantas cosas con este juego que no creo que hasta la última línea de código tenga que ser original. Sé que tienes esa cosa ahí clavada con la pureza, pero la verdad es que a nadie le va a importar. En el arte no hay pureza. El proceso que te lleva a algo no importa, para nada. El juego va a ser cien por cien original porque nosotros lo hemos creado. Si tienes acceso a una herramienta que nos va a ayudar, ¿por qué no usarla? Nuestro juego no se va a parecer en nada a *Mar Muerto*, así que, al final, ¿qué más da?

Por la mañana, Sadie le mandó un correo a Dov y resultó que ya había vuelto a Cambridge, impartía el seminario de videojuegos del primer semestre y estaba terminando *Mar Muerto II*. La invitó a que se pasara por su estudio, así que allí fue Sadie.

En cuanto llegó, le tendió la mano para que se la estrechara, pero él la arrastró a un abrazo.

—¡Sadie Green, qué contento estoy de que me hayas escrito! Tenía pensado mandarte un correo, pero ha sido todo una locura. Casi he terminado *Mar Muerto II*. Última vez en mi vida que hago una secuela. ¿Cómo te va? —le preguntó.

Sadie le habló de *Ichigo*.

—Buen título. Eso es lo que tienes que estar haciendo —le dijo, quizá con un deje de condescendencia en la voz—. Deberías estar haciendo tus propios juegos.

Sadie sacó parte del concepto artístico de Sam de su cartera y se lo enseñó.

—Uala, qué pasote —dijo Dov. Luego Sadie sacó su portátil para que él pudiera jugar—. Es un trabajo de tres pares de cojones

—añadió Dov. Nunca hacía cumplidos que no fueran sinceros y a Sadie casi le entraron ganas de llorar. Era francamente vergonzoso cuánto seguía importándole su aprobación—. Esto me gusta. —Dov la miró. Dejó los bocetos en la mesa. La miró a los ojos y luego asintió con la cabeza—. Has venido a por Ulises, ¿me equivoco?

En un primer momento, ella se lo iba a negar, iba a decirle que quería algún consejo para construir su propio motor.

—Sí —contestó ella—. Quiero el Ulises.

—Ya sabes lo que digo siempre sobre hacer tus propios motores.

Ella asintió con la cabeza.

—Pero entiendo en qué sentido Ulises le iría como anillo al dedo a lo que tú y tu colega... ¿Cómo se llama?

—Sam Masur.

—Para lo que tú y el señor Masur queréis hacer. ¿Y cómo le voy a negar algo a mi Sadie cuando acude a mí para que la ayude?

Así de simple fue. Dov le dio el motor y, a cambio, se convirtió en productor y socio capitalista de *Ichigo*, con lo que quedó unido a su vida profesional para siempre.

Cuando Dov se pasó por el piso para ayudar a Sadie a configurar Ulises, Marx lo odió de inmediato: los pantalones de cuero, la camiseta negra ajustada, las joyas ostentosas de plata, la perilla inmaculada, las cejas con forma de circunflejo permanente, el pelo recogido en un moñete de samurái.

—Ese pobre hombre parece Chris Cornell —susurró Marx, haciendo referencia al cantante de la banda grunge Soundgarden.

—¿Chris Cornell? —preguntó Sam—. A mí me parece un sátiro.

Pero lo que realmente detestaba Marx era su colonia. No era de las baratas, pero en cuanto Dov entraba en la habitación, el aroma lo impregnaba todo; incluso después de que se marchara y abrieran todas las ventanas, Marx seguía oliéndolo. Se quedaba un ambiente turbio y almizcleño, opresivo, que olía a pino, pachuli y cedro. Sentía que era una colonia muy masculina, una pasti de colonia.

Marx también notó que Dov tenía demasiada intimidad física con Sadie. Cuando Dov había estado en la mesa de trabajo de ella, no dejaba de tocarla e invadir su espacio. Apoyaba la mano en su hombro, la bajaba por el muslo, el teclado, el ratón. A Sadie le salía una risa quebradiza y extraña. Dov le apartaba mechones de pelo de la cara. Marx detectó que era la intimidad de dos personas que han estado juntas.

Cogió por banda a Sam en el dormitorio.

—No me habías dicho que Sadie había salido con Dov —le dijo a su compañero.

Sam se encogió de hombros.

—No lo sabía.

—¿Cómo *no* ibas a saberlo?

—Nosotros no hablamos de ese tipo de cosas.

—Pero, a ver, también fue su profesor, ¿no? Eso es abuso de poder. ¿No crees que es relevante si también va a ser productor con nosotros?

—Yo creo que no —dijo Sam—. Sadie es mayor de edad.

—Por los pelos —puntualizó Marx.

Marx sacó la cabeza de la habitación para seguir espiando a Sadie y a Dov.

Quien más hablaba era él.

—Si yo fuera tú —le decía a Sadie—, me tomaría libre el próximo semestre.

Sadie escuchaba, asentía.

—Tú y tu equipo. Esto es bueno —dijo Dov—. De verdad que lo pienso.

—Pero la facultad... —la voz de Sadie apenas era audible—. Mis padres...

—¿A quién le importa eso? Sadie, a nadie le importa que sigas siendo una buena niña. Quiero empoderarte para que te deshagas de tus ideas convencionales de una vez por todas. El objetivo de tu formación ha sido que puedas hacer justo lo que estás haciendo ahora mismo. Quítate de encima el mogollón de programación mientras estás enchufada al proyecto y luego puedes acabar la universidad en primavera y en verano, mientras termines el sonido y toda la fase de depuración de bugs.

Más escucha, más asentimiento.

—¿Te hace falta que yo, tu antiguo profesor, te lo ordene?

—Puede ser —contestó ella.

—Te ayudaré.

—Gracias, Dov.

—Siempre a tu lado, mi chica brillante.

La rodeó con sus brazos hirsutos y hundió la cara de Sadie en su pecho. Marx se preguntó cómo era capaz ella de soportar el pestazo.

Dos semanas más tarde, el día que Sadie terminó de trabajar en la tormenta, informó a Marx y a Sam de que se iba a tomar el semestre libre para terminar el juego. Implementar Ulises implicaba rehacer una parte importante de lo que ya había hecho, y no quería perder carrerilla.

—Vosotros no tenéis por qué tomaros el semestre libre —les dijo—, pero yo sí lo voy a hacer.

—Esperaba que lo dijeras —dijo Sam—. Porque yo quiero hacer exactamente lo mismo. ¿Marx?

—Sam, ¿estás seguro?

Él asintió.

—Estoy seguro, pero la gran pregunta es: ¿podemos seguir usando el piso?

—Puedes recuperar tu habitación, faltaría más —le dijo Sadie a Marx—. Me buscaré casa, pero sería genial que pudiéramos seguir trabajando aquí.

—¿Dónde te vas a quedar? —preguntó Sam.

—En casa de Dov —contestó ella. Lo dijo sin ningún tipo de dramatismo—. Ahora también es nuestro productor y me ha dicho que tiene una habitación de sobra que puedo usar.

Todos sabían que estaba mintiendo.

Aquel otoño, Marx fue el único que volvió a la facultad. A raíz de sus obligaciones como productor, también fue el único año en el que no participó en ninguna función teatral. Lo cierto era que, mucho más que las clases, lo que siempre le había quitado tiempo había sido el teatro.

5

Terminaron *Ichigo* casi un año después del día que Sam se cruzó con Sadie en la estación de metro. Tardaron en acabarlo tres meses y medio más de lo que Sam había prometido.

Con la gran ayuda del motor de Dov, Ulises, Sadie y Sam programaron *Ichigo* sin descanso hasta que les sangraron los dedos. En el caso de Sam, de forma literal. Se le secaron tanto las yemas y le salieron tantas ampollas que tuvo que ponerse tiritas para que la sangre dejara de manchar el teclado y, no menos importante, para evitar que se le reabrieran las heridas. Pero cuando las tiritas ralentizaron su velocidad de tecleo, se las quitó. Estaba acostumbrado a molestias mucho mayores.

Pero esas no fueron las únicas heridas que soportaron. Por Halloween, Sadie llevaba tanto tiempo mirando la pantalla que se le reventó una venita del ojo derecho. Ni siquiera fue al médico: se limitó a mandar a Marx a la farmacia a que le trajera colirio e ibuprofeno y siguió adelante, sin aflojar. Una semana antes de Acción de Gracias, Sam se desmayó mientras iba de camino a la Coop para comprar una nueva batería. Por lo general, era Marx quien se encargaba de las compras, pero en ese momento estaba en clase y él no podía esperar. Literalmente, se desmayó en mitad de la calle, enfrente de la tienda de delicatessen. Con el abrigo tan grande que llevaba, la gente debió de pensar que era un sintecho, así que su caída no llamó la atención. Cuando se despertó, su antiguo tutor,

Anders Larsson, lo miraba desde arriba, parecía un Jesús rubio con una North Face. Tenía sentido que lo encontrara Anders, que, nacido en Suecia, era justo el tipo de persona decente e ingenua que no apartaba la mirada cuando lo azotaba una imagen de miseria.

—Samson Masur, ¿estás bien?

—Ay, Dios, Anders, ¿qué hace aquí?

—No, ¿qué haces tú *ahí*?

A pesar de las protestas de Sam, su antiguo profesor lo acompañó a los servicios médicos de la universidad, donde diagnosticaron que Sam estaba desnutrido. Le enchufaron un gotero.

—Bueno, ¿en qué has estado metido? —le preguntó Anders. Insistió en hacerle compañía mientras se acababa el gotero.

—¡Estoy haciendo un videojuego! —le contestó Sam. Se puso a hablar sin parar de *Ichigo* y de Sadie, y Anders, que no era aficionado a los videojuegos, lo miró de manera inexpresiva, pero amable.

—Me da la sensación, amigo mío, de que has encontrado el amor, ¿no?

—Anders, hablas de amor más que cualquier matemático que conozco.

En noviembre, Marx había contratado a una compositora —Zoe Cadogan, una de las múltiples y espectaculares exnovias suyas— para que les hiciera una banda sonora inspirada en los músicos vanguardistas que llevaban todo el verano escuchando. Zoe era un prodigio, les prometió Marx. Como solía decir Sam para picarlo: «Marx nunca ha conocido a una mente brillante con quien no quiera acostarse». Una década más tarde, Zoe ganaría un Pulitzer por una adaptación operística de *Antígona* que había escrito usando solo voces femeninas. Pero *Ichigo* fue la primera vez que le pagaron por su música y ese crédito siempre apareció en su currículum.

Justo habían acabado de grabar la banda sonora y Marx había vuelto a la habitación de Zoe, en la residencia de Adams House. Compartieron mesa en el comedor comunitario y luego se acostaron. A Marx le gustaba la experiencia de hacer el amor con una ex;

lo de aquella tarde no fue una excepción. Era interesante percibir los cambios de un cuerpo y del otro desde la última vez que se había tenido intimidad con la otra persona. Lo invadió un agradable Weltschmerz. Era esa nostalgia que siente uno al visitar su antigua escuela y ver que las mesas son mucho más pequeñas que en el recuerdo.

—¿Por qué lo dejamos? —le preguntó Zoe.

—Me dejaste tú, ¿no te acuerdas? —dijo Marx.

—Ah, ¿sí? Bueno, pues seguro que mis razones tendría, pero lo cierto es que ya no me acuerdo. —Zoe le besó el pecho—. Me encanta tu juego —siguió—. Lo que he visto y lo que me has contado.

Era la primera vez que alguien decía en voz alta que *Ichigo* era su juego.

—En realidad, no es mío —objetó—. Es de Sadie y de Sam.

—La escena del final —siguió Zoe— es muy conmovedora. Ichigo ya está mayorcita y los padres no la reconocen. —Hizo una pausa—. Lo siento, ¿o Ichigo es un chico?

—Para Sadie y Sam, no tiene género.

—Guay. Bueno, pues eso, que cuando va y es irreconocible para los padres... Ese momento está directamente sacado de *La Odisea*.

Uno de los mayores desafíos del diseño del juego había sido que Sadie y Sam habían decidido que el personaje envejeciera durante la historia. Por lo general, en un videojuego, el personaje tiene la misma edad y el mismo diseño básico durante toda la historia, incluso a lo largo de una serie —pensemos en Mario o Lara Croft—. Las razones son simples: la publicidad y que da *mucha menos faena*. Pero Sadie y Sam querían que el viaje de Ichigo estuviera reflejado en su personalidad. La criatura envejece y carga con el daño que le inflige el relato y el propio tiempo, y al final de la historia, cuando por fin vuelve a casa, unos siete años después, para su familia, está irreconocible. Ichigo vuelve a casa con diez años, sin energías, con el cuerpo cansado tras haberse enfrentado al mar, la ciudad, la tundra, incluso el inframundo. Se planta delante de la puerta de su casa, extiende la mano temblorosa, con miedo a llamar. Al final, su madre abre la puerta, pero no reconoce quién es. Aun así, piensa que la criatura parece hambrienta y necesita amor y, como un día perdió a la suya, hace que pase.

—¿Cómo te llamas? —pregunta ella.

—Ichigo.

—Qué nombre más raro.

En ese momento, entra el padre en la estancia.

—Quince —dice—, ese es Max Matsumoto. Mi jugador de fútbol preferido. Tenía una sudadera suya, pero hace mucho que la perdí.

Con la banda sonora superpuesta y las aportaciones adicionales de una diseñadora de sonido amiga de Zoe para mejorar el paisaje aurático, la sensación que reinaba en Kennedy Street era que el juego había subido de nivel.

—Yo creo que… —le dijo Sadie a Marx— puede ser algo gordo.

—Sé que lo es —dijo Marx, con un fervor evangelista.

Sadie le dio sendos besos en las mejillas, a la europea, muy exagerados. Marx era tan fan. Toda colaboración necesita a alguien así.

Cuando por fin acabaron la escritura del juego, empezó el período de testeo. A medida que encontraban los bugs —y no había precisamente pocos—, los iban anotando en la pizarrita blanca robada, junto con otras mejoras que querían hacer. Cuando completaban una tarea, la borraban. Más o menos una semana antes de las vacaciones del semestre de invierno —seguían siendo bastante jóvenes y seguían midiendo el tiempo por semestres—, en la pizarra solo quedaba un palimpsesto borroso color pastel que les recordaba el trabajo que habían sacado adelante.

—¿Hemos terminado? —le preguntó Sadie a Sam. Descorrió las cortinas. Eran las cinco de la mañana y nevaba un poco.

—Creo que sí —contestó él.

—Estoy tan cansada. —Sadie bostezó—. Por esta noche, hemos terminado. Si mañana le echamos un vistazo y seguimos pensando que está listo, entonces es que está listo. Me voy a casa de Dov.

—Te acompaño —dijo Sam.

—¿Estás seguro? El suelo estará resbaladizo.

Sadie se preocupaba por el pie de Sam, sabía que últimamente le había estado dando la lata.

—No es un trayecto muy largo —replicó él—. Por mí, todo bien.

No había nadie en la calle; reinaba tal silencio que podían oír el impacto de la nieve al tocar el suelo. El camino más corto para llegar al piso de Dov era atravesando Harvard Yard, así que cruzaron por allí. El semestre estaba a punto de terminar y todos los de primer curso estaban durmiendo. La combinación de las primeras luces del día y la nieve era mágica, como estar dentro de una bola de nieve, en un mundo distinto. Sadie engarzó el brazo con el de Sam y se apoyó un poco en él. Estaban agotados, pero era un agotamiento del bueno, como el que se siente cuando se sabe que se ha dado todo en un proyecto. Sin duda, terminarían otros juegos juntos y las oficinas y plantillas de esos futuros videojuegos serían tan grandes que ni se lo imaginaban entonces, pero Sam y Sadie siempre recordarían aquella mañana.

—Sam —dijo ella—, dime una cosa y sé sincero.

A él le entró un poco de pánico por su tono de voz.

—Pues claro.

—¿En serio viste la imagen del Ojo Mágico el pasado diciembre?

—¡Sadie! ¿Cómo te atreves? —exclamó como si estuviera ofendido, pero en tono de broma.

—Bueno, pues si la viste, dime qué era.

—No. Tal petición no es digna de una respuesta.

Sadie asintió con la cabeza. Habían llegado al exterior del edificio de Dov. Ella metió la llave y la giró.

—Pase lo que pase, gracias por convencerme para hacer esto. Te quiero, Sam. No hace falta que me digas que tú también me quieres. Sé que estas cosas te incomodan muchísimo.

—Muchísimo. Muchísimo.

Sam sonrió, una sonrisa demasiado amplia que mostró la gran boca llena de dientes torcidos que tanta vergüenza le daba; hizo una reverencia torpe. Antes de que pudiera decirle que también la quería, ella entró en el edificio, pero él no se sintió mal por no habérselo dicho. Sam sabía que Sadie sabía que la quería. Sadie sabía que él la quería del mismo modo que sabía que no había visto la imagen del Ojo Mágico.

El sol estaba despuntando y casi había dejado de nevar; Sam volvió a casa caminando y, a pesar del frío, sentía calor por dentro; se sentía muy agradecido de estar vivo y de que Sadie Green hubiese entrado en aquella sala de juegos aquel día. Sintió que el universo era justo, o si acaso no justo, bastante equitativo. Quizá se lleve a tu madre, pero te da a alguien a cambio. Cuando daba la vuelta por Kennedy Street, empezó a entonar un poema que había oído una vez, no recordaba dónde. «Que el amor es lo único que conocemos; es lo único que conocemos del amor. Y basta; la carga tiene que ser proporcional a la muesca.» ¿Qué es eso de la «carga»?, se preguntó. ¿Qué será la «muesca»? Los misterios del poema lo entretuvieron; tenía una métrica tan salerosa (casi, pensó, como el traqueteo del tren sobre las vías) que se sintió ligero y feliz —poco propio en él— y se descubrió dando saltitos —¡Sam Masur! ¡Dando saltitos!—, así que dio un traspiés en el bordillo. El pie se le deslizó.

Estaba tan acostumbrado al dolor. En realidad, casi ni lo sintió. Se desmayó por segunda vez aquel invierno.

—Deberíamos dejar de cruzarnos en estas circunstancias —le dijo a nadie.

Tumbado en la calle, con la mejilla amoratada sobre un cojín de adoquines helados, tuvo una visión de su madre, en el hielo, delante de él, con una parka blanca enorme que le llegaba hasta los tobillos. Anna tiene el tamaño de Godzilla, y bajo la tienda que forma su parka, Sam sabe que está a salvo. Su madre, coreano-estadounidense, le habla en japonés.

—Daijoubu, Samu-chan —le dice.

La madre de Sam decidió irse al oeste del país el verano de 1984. Sam tenía nueve años; Anna, treinta y cinco. Ella llevaba doce años pensando en irse de Nueva York; es decir, el mismo tiempo que llevaba viviendo en la Gran Manzana. Pero ese anhelo solo se intensificó al nacer su hijo. Sentía que se había contagiado de fantasías burguesas de una vida más barata, más limpia, más sana y más feliz en una ciudad anónima y remota. Imaginaba un jardín para Sam, un perro de pelaje amarillento y de raza indeterminada, de la perrera, y vestidores, y olvidarse de las lavadoras que van con monedítas y poder hacer la colada en la intimidad de su casa, sin nadie viviendo arriba o abajo. Imaginaba palmeras y un clima más cálido y el aroma de alhelí y los acolchados abrigos que les quedaban grandes metidos de cualquier manera en bolsas de basura para donarlas al Ejército de Salvación. Con la misma intensidad, se temía que su vida en Nueva York era el mejor de los mundos posibles y que una vez se fuera de allí, las puertas se derrumbarían y se cerrarían y ella sería demasiado floja y pueblerina como para que le permitieran volver jamás. Podría haber continuado en este uróboro especulativo para siempre si no hubiese caído del cielo otra Anna Lee.

La noche que se encontraron a la otra Anna Lee, Sam y su madre volvían del teatro al piso que tenían junto a las vías en el poco elegante barrio de Manhattan Valley. Un amigo de las clases de arte dramático, con quien su madre había mantenido agradables y esporádicas relaciones sexuales años antes, formaba parte del elenco de *The Rink*, el musical de patinaje de Chita Rivera/Liza Minnelli, y les había regalado dos entradas para una función previa al estreno. El amigo dijo: «Estoy seguro de que va a ser un fiasco, pero puede ser perfecto para un niño de nueve años con cierto temperamento artístico». Anna se rio ante esa descripción de su hijo —era interesante y a veces demoledor ver cómo veían los demás al hijo de una—, pero su amigo había acertado: a Sam le había encantado el musical y ella se sintió una buena madre por ser capaz de ofrecerle las ricas experiencias culturales que solo Nueva York podía brindarles. Como por arte de magia, se había vuelto a enamorar de la ciudad y tenía claro que jamás sería capaz de marcharse. Estaba con esos agradables pensamientos en la cabeza mientras Sam y ella bajaban por un tramo de lo más crepuscular de Amsterdam Avenue. Sam le tiró de la manga del abrigo.

—Mamá, ¿qué es eso?

Con la luz de las farolas, Anna casi no alcanzaba a ver una silueta orgánica encaramada a la barandilla metálica de un balcón que estaba más o menos en el sexto piso.

—¿Igual es un pájaro? —preguntó ella—. ¿O... una gárgola? ¿Una estatua?

La estatua saltó; por improbable que fuera, aterrizó bocarriba con un ¡plaf! percusivo al que le siguió una explosión de sangre caliente que recordaba a un cuadro de Jackson Pollock en proceso más que a un suicidio. Las piernas y los brazos de la mujer estaban retorcidos formando ángulos sobrenaturales. Madre e hijo gritaron, pero era Nueva York, así que nadie se dio cuenta o a nadie le importó.

En cuanto la estatua aterrizó, vieron que, sin duda, era una mujer, que la mujer era asiática, puede que incluso coreana, como Anna. La mujer moriría aquella noche, pero aún no estaba muerta. Sam se rio no porque fuera un niño cruel, sino porque la mujer le recordó a su madre y no supo qué otra cosa hacer al enfrentarse a un espectáculo tan horripilante a tan poca distancia. Nunca había visto a nada o a nadie morir, así que no estaba seguro de que la mujer se estuviera muriendo. Aun así, en algún rincón de su interior, hubo un reconocimiento y un reajuste mental: eso era la muerte, y él moriría y su madre moriría, y todo el mundo a quien conocía y a quien amaba moriría y puede que sucediera cuando él o esas personas fueran mayores, pero tal vez no. La certeza le resultó intolerable; era un hecho demasiado grande para que un avatar de nueve años pudiera contenerlo. Anna le dio un buen puñetazo en el brazo para que dejara de reírse.

—Lo siento —gimoteó Sam—. No sé ni por qué me estaba riendo.

—No pasa nada —dijo Anna. Señaló el ultramarinos que había al otro lado de la calle—. Entra y diles que llamen al 112.

Sam dudó.

—No quiero. No me puedo mover. Tengo los pies clavados en el suelo. En el hielo.

—Que no, Sam. No hay hielo, no se te han quedado los pies clavados en el suelo. ¡Ve! ¡Venga, ve! —Anna lo empujó en dirección a la tiendecita y Sam echó a correr.

Ella se arrodilló al lado de la mujer.

—No te preocupes, hemos pedido ayuda —le dijo—. Por cierto, soy Anna. Me voy a quedar contigo hasta que llegue la ambulancia. —Le cogió la mano a la mujer.

—Yo también me llamo Anna —dijo la mujer.

—Yo soy Anna Lee.

—Yo también —respondió la otra mujer. Le costaba respirar y tosía de una manera peculiar y delicada. Anna estaba segura de que la mujer se había partido el cuello. Le salían grandes cantidades de sangre de algún orificio o varios orificios del cuerpo, pero Anna no encontraba ninguna manera evidente de detener la hemorragia. Se le estaban manchando las deportivas, y eso que siempre era muy escrupulosa para que no perdieran el blanco. La otra Anna Lee tenía sangre por todas partes, pero sobre todo en el gran lazo de encaje rosa que llevaba, al estilo Madonna, prendido de su reluciente pelo negro.

143

—Bueno, tiene sentido —dijo ella, con ligereza—. Somos muchas. ¿Acaso Lee no es el apellido asiático más común del mundo? En mi sindicato, me tuve que poner Anna Q. Lee porque no puede haber más de una persona con el mismo nombre y apellidos. Yo soy la séptima Anna Lee de Equity.

—¿Qué es Equity?

—El sindicato de actores y actrices de teatro.

—¿Eres actriz? ¿Te he visto en algún sitio?

—Bueno —dijo Anna—, he interpretado casi todos los papeles asiáticos que hay, pero el más importante fue cuando hice de Connie Wong en *A Chorus Line*.

—La vi el año del estreno —dijo la mujer—. Lo hacías muy bien.

—Yo era la tercera Connie Wong de Broadway y la segunda de la compañía itinerante nacional. Así que no me viste. Seguramente viste a Baayork Lee. Otra Lee. —Anna se rio—. Somos tantas.

—¿La «Q.» por qué es?

—Por nada —dijo ella—. Me la puse solo por lo del sindicato. Seguro que no quieres hablar de esto. —Anna miró a la otra Anna Lee a los ojos, del mismo castaño y dorado, heterocrómicos como los suyos—. Por qué... ¿te molesta que te lo pregunte? Lo siento si es de mala educación.

—No se me ha ocurrido otra manera de marcharme —respondió la otra Anna Lee. Intentó encogerse de hombros, pero entonces su cuerpo empezó a sufrir espasmos y, un minuto y medio más tarde, murió.

Anna se puso de pie. Se quedó mirando el cuerpo de la otra Anna y empezó a sentirse desconectada de su propio cuerpo de manera vertiginosa, mareante. Sintió como si se estuviera viendo muerta a sí misma en la acera. Sabía que tenía que quedarse con el cuerpo de la otra Anna hasta que llegara la ambulancia, pero ya estaba fría y le daba miedo que pasar más tiempo con la otra Anna le provocara una crisis existencial irreversible; necesitaba estar con Sam de forma desesperada.

Entró en el ultramarinos buscando a su hijo. Escaneó con rapidez los pasillos, pero no lo encontró por ninguna parte.

—¿Mi hijo ha entrado? —preguntó. Intentó ignorar la fantasía paranoica que estaba cobrando forma en su cabeza: ¿Y si la muerte de la otra Anna Lee había sido una simple distracción para que una especie de grupo maléfico secuestrara a Sam?

—Así que tú eres la madre —dijo el tendero—. Qué mundo. Qué cosas para que las vea un niño.

—No se ha ido, ¿verdad?

—No, pero estaba bastante alterado, así que le he dado moneditas para que jugara a la recreativa que tengo al fondo de la tienda. A los niños les encantan los videojuegos, aunque la máquina ya no me renta tanto como antes.

—Ha sido muy amable —dijo Anna—. ¿Qué le debo?

El hombre hizo un gesto con la mano.

—Por favor. Ya es bastante difícil ser niño en este mundo sin que haya mujeres tirándose de un edificio. ¿Cómo está la señora?

Anna negó con la cabeza.

—Qué mundo —dijo el tendero, negando también con la cabeza.

Anna fue al fondo de la tienda, donde la alegre y mastodóntica coraza de la máquina de *Ms. Pac-Man* lo ocultaba. A juzgar por lo que veía, Ms. Pac-Man no se diferenciaba del Pac-Man original salvo por que llevaba un lazo y tenía el tratamiento de «Ms.», que en 1984 usaban las mujeres feministas, ya que no indicaba el estado civil.

—Hola —dijo Anna.

—Hola —dijo Sam, sin apartar los ojos de la máquina—. Puedes mirar si quieres, voy a jugar hasta que se me acabe esta vida.

—Es una buena filosofía —dijo Anna, que se concentró en la partida e intentó no oír las sirenas, que significaban que la ambulancia había llegado para recoger el cadáver de la otra Anna Lee.

—Si te comes la fruta —le explicó Sam, puedes matar a los fantasmas, pero solo un ratito. Y si no te coordinas bien, los fantasmas se pueden dar la vuelta y matarte.

—Alucinante —dijo Anna. Decidió que no saldrían de la tiende-cita hasta que se hubieran llevado de la acera el cadáver de la otra Anna Lee.

—Y a veces consigues una vida extra, pero a veces te matas in-tentando conseguirla, así que no siempre vale la pena.

—Eres bueno —siguió Anna. En cuanto pudieran salir de la tien-decita, se permitiría el derroche de coger un taxi, aunque estaban a solo doce manzanas de casa.

—Aún no —dijo Sam—. Si tuviera más tiempo para practicar, lo sería. ¡Jopé!

El muro cromático descendiente que indicaba la muerte de Ms. Pac-Man.

—Era mi última vida. —Sam miró a su madre con cautela—. ¿Qué le ha pasado a la mujer?

—La ambulancia acaba de llegar. Se la están llevando al hos-pital.

—¿Estará bien? —preguntó Sam.

—Eso creo —dijo Anna. No era del todo mentira. La mujer iba a estar *bien*. Muerta estaba bien.

Sam asintió, pero había visto a Anna en bastantes obras de tea-tro para saber cuándo mentía y la conocía lo bastante bien para saber por qué le había mentido. Cuando él decía mentiras, era por la misma razón: para protegerla de algo que su madre no podía gestionar.

—¿Por qué habrá hecho eso? —preguntó Sam.

—Creo que... —dijo Anna—. Debe de haber estado muy triste. Habrá tenido problemas en su vida.

—¿Tú a veces te pones triste?

—Sí, como todo el mundo, pero yo creo que nunca tendría una melancolía tan grande como la de esa mujer porque yo te tengo a ti.

Sam asintió.

—Si el cuerpo hubiera aterrizado sobre nosotros, ¿crees que la habríamos podido salvar?

—No lo sé.

—¿Crees que podríamos haber muerto?

—No lo sé.

—Porque si hubiésemos caminado un poco más deprisa o no nos hubiéramos parado a comprar plátanos, habríamos estado justo en el sitio donde cayó y podríamos haber muerto.

—No creo que nos hubiésemos muerto.

—Pero si tiras un penique desde el Empire State y le da a alguien, lo matas, ¿no?

—Creo que es una leyenda urbana —dijo Anna—. Además, el edificio desde el que se tiró solo tenía seis plantas.

—Pero un cuerpo pesa mucho más que un penique.

—¿Por qué no echas otra partida? —Anna escarbó en el bolso y metió una monedita en la máquina. Para Ms. Pac-Man, la vida era barata y estaba llena de segundas oportunidades, pensó ella.

Sam jugó y Anna se quedó mirándolo pensando en cuál sería su próximo movimiento.

El destino obvio era Los Ángeles, donde ella había nacido. Se había resistido a volver porque regresar a la ciudad natal era como rendirse. Y, en términos profesionales, Los Ángeles no tenía casi nada de teatro, por lo que tendría incluso menos trabajo allí que en Nueva York (y eso que en la Gran Manzana siempre había sido intermitente, en el mejor de los casos). Con suerte, acabaría interpretando a prostitutas asiáticas en series y películas policiacas. Tendría que pulir sus diversos acentos «asiáticos» porque nunca volvería a interpretar a una «americana». Puede que hiciera algunos anuncios o algo de voces superpuestas, quizá algún trabajo de modelo puntual, aunque tal vez ya fuera demasiado mayor para eso. O igual dejaría de actuar del todo, aprendería programación, a vender casas, peluquería, se haría interiorista o daría clases de aerobic, escribiría guiones o se buscaría un marido rico; lo que hicieran las actrices retiradas en Los Ángeles. Pero sería agradable ver a sus padres, también sería bonito que Sam conociera a sus abuelos y, en realidad, el padre de la criatura vivía allí también, así que sería bueno para su hijo tener relación con él, aunque el padre no fuera alguien en quien se pudiera confiar del todo, y también estaría bien estar en una ciudad en la que las Anna Lee no cayeran del cielo. Aparte de un par de bloques dispersos, ¿qué parte de Los Ángeles tenía más de dos alturas? Y esta Anna Lee, Anna Q. Lee, la séptima de Equity, no se permitiría ser como la otra Anna Lee. Esta sí que sabría cómo marcharse.

—Se te está dando muy bien eso de matar fantasmas —dijo Anna.

—Psé —dijo Sam. Se volvió para mirarla—. Oye, mamá, ¿quieres jugar tú una partida?

6

Era asombroso lo rápido que una persona podía desaparecer de la faz de la tierra en 1996. Sadie llegó a casa de Marx poco después de las diez y se encontró el piso vacío y, aparte del ruidito ocasional de un disco duro, silencio. ¿Igual Sam y Marx estaban juntos desayunando? Como no estaba ninguno de los dos en casa, no se preocupó —Marx siempre cuidaba de Sam—. No se preocupó hasta que Marx volvió a casa a eso de la una y le informó de que no había visto a su compañero en todo el día.

—Pensaba que estaba contigo —dijo él—. Siempre está contigo.

Sam no tenía móvil, pero nadie tenía móvil en aquella época. (Las únicas personas que ella conocía con móvil eran Dov y su abuela.) Lo mejor que podían hacer era comprobar el último inicio de sesión en su correo de Harvard y desde dónde: 3:03 a. m., desde la IP del piso.

Se sentaron en el comedor y, con calma, empezaron a sugerir sitios a los que Sam podía haber ido. ¿Igual se había acercado a la biblioteca y se había quedado dormido? ¿Igual había ido a por el nuevo disco duro que habían comentado que necesitaban? ¿Quizá un peregrinaje a ver las flores de vidrio? ¿Comida con Anders? ¿Quizá lo habían arrestado de una vez por todas por robar en una tienda?

Llevaban un rato así cuando Marx se fijó en la pizarra blanca.

—No hay nada —comentó.

—Hemos terminado; al menos, eso pensábamos.

—Enhorabuena —dijo Marx. Hizo una pausa antes de decir—: ¿Juego? Ahora mismo no podemos hacer nada por Sam. Es un adulto, no ha pasado mucho tiempo.

Sadie se quedó pensando.

—Sí, adelante. ¿Por qué no? Yo me voy a buscarlo.

—¿Quieres que te acompañe?

—No. Quédate aquí por si llama.

Sadie fue a todos sus destinos habituales de Harvard Square: el cine, la biblioteca, la Coop, el mexicano, el videoclub del Garage, la librería, la otra librería, la librería de más allá, la tienda de bagels. Y cuando no lo encontró en esos lugares, se recorrió los de Central Square: la tienda de cómics, la de ordenadores, su antiguo piso, el indio. Luego volvió a Harvard Square, enfiló por Radcliffe Quad en dirección a la comisaría de policía de la universidad y finalmente, vencida, se acercó a Servicios Médicos. Ni siquiera tenía una fotografía de Sam para enseñarla, así que tuvo que describirlo varias veces. Abrigo enorme, pelo rizado mal cortado, gafas, cojo. Una colección de defectos y flaquezas. Menos mal que Sam no tuvo que oírlo, pensó. En todo caso, nadie había visto a alguien que se correspondiera con esa descripción. Atravesó Harvard Yard gritando su nombre hasta que se notó la voz rasposa. Una mujer la paró y le preguntó: «¿Cómo es el perro? Estaré atenta». Rehízo la ruta que Sam y ella habían hecho aquella misma mañana, cuando el mundo parecía estar desenfocado y lleno de posibilidades. Ahora el camino le parecía funesto y peligroso. Pensó que era raro lo rápido que podía cambiar el mundo. Se permitió pensar en lo peor. ¿Y si habían secuestrado a Sam? ¿Y si le habían dado una paliza? Era pequeño y lento, sería fácil superarlo en fuerzas. ¿Y si estaba muerto? No creía de verdad que estuviese muerto, pero ¿y si lo estaba? No podía explicar del todo quién era para ella. No era Alice ni Freda ni Dov. Esas relaciones tenían un nombre fácil: hermana, abuela, novio. Sam era su amigo, pero «amigo» era una categoría amplia, ¿verdad? *Amigo* era una palabra que se usaba más de la cuenta hasta el punto en el que ya no significaba nada.

Volvió al piso a eso de medianoche. Marx casi llevaba la mitad de su primera partida oficial de *Ichigo: Una criatura del mar.*

—¿Ha habido suerte? —preguntó Marx sin apartar los ojos de la pantalla.

—No —respondió Sadie alicaída. Se tiró en el sofá—. Me da la sensación de que le ha pasado algo terrible.

Marx se levantó y la abrazó.

—Volverá. No ha pasado tanto tiempo.

—Pero no es propio de él. ¿Dónde se habrá metido? Dicen que hasta que no pase un día más no pueden darlo por desaparecido, pero no está bien. Hemos estado juntos casi todo el tiempo los últimos seis meses. No he estado ni diez minutos sin hablar con él en todo este tiempo. ¿Por qué iba a desaparecer la mañana en la que terminamos el juego?

Marx negó con la cabeza.

—La verdad es que no lo sé, pero llevo viviendo con Sam tres años y medio y sé que es cerrado y duro de narices. Llevábamos dos años viviendo juntos cuando me enteré de que había tenido un accidente de coche. Durante mucho tiempo, no tuve ni idea de lo que le pasaba. Podría haber sido cualquier cosa. Yo le dejaba caer alguna indirecta, me daba cuenta de que había cosas que le costaban y hacía lo que podía por ayudarlo, pero él nunca me pidió ayuda. Pero tenía curiosidad, así que le daba espacio para que hablara. Una persona normal hubiera tenido algún deseo de, no sé, *explicarle* a la persona con la que vive lo que le pasaba, pero él no. A Sam le encantan sus secretos. Lo que te quiero decir con esto es que, sí, estoy preocupado, pero no *tanto*.

—¿Qué hizo que al final te contara lo del accidente?

—No me lo contó él. Fue Bong Cha.

Sadie se rio.

—Una vez estuvo seis años sin hablarme.

—¿Qué hiciste? —preguntó Marx.

—A ver, no estuvo bien, pero, en resumen, fue un malentendido. Es tan aburrido y ñoño que no puedo ni explicártelo. ¡Y tenía doce años!

—Es un maestro del resentimiento.

Sadie negó con la cabeza.

—No debería haber dejado que me acompañara andando a casa de Dov.

—Sadie, escucha, Sam estará bien. Habrá una historia que lo explique y todos nos reiremos, te lo prometo. —Marx se puso de pie—. Estoy en medio de este juego tan emocionante, así que, si te parece bien, quiero terminarlo.

Sadie asintió. Se metió en la habitación de Sam, en la cama de Sam. Llamó a Dov para que supiera que no volvería aquella noche.

—¿Por qué? —le preguntó Dov—. No tienes información. No puedes hacer nada. Preocuparse es absurdo. Ven a casa.

—Me voy a quedar aquí esperando por si llama —dijo ella.

Dov se rio.

—A veces se me olvida lo joven que eres. Sigues teniendo una edad en la que confundes a tus amigos y a tus colegas con tu familia.

—Sí, Dov —contestó ella intentando ocultar su irritación.

—Cuando tengas hijos, ya no te preocuparás por un amigo tanto como antes.

—Estoy cansada. Me voy despidiendo.

Sadie colgó. Se tapó cabeza y todo con la manta de Sam y se durmió.

Cuando se despertó, eran las ocho de la noche siguiente. Había dormido tanto que Marx había terminado la primera partida de *Ichigo*. Salió al salón a ver si Sam había llamado y se encontró a Marx contemplando el monitor oscuro, sonriendo para sí mismo, con dulzura, como si estuviera en posesión de un gran secreto.

—¿Marx?

Cuando vio a Sadie, corrió hacia ella, la levantó en volandas y le dio vueltas por la habitación.

—¡Marx! —gritó ella.

—¡Me encanta! —exclamó él—. No se puede decir nada más.

—Y luego, con potente voz de actor—: ¡AMO A ESTA MUJER Y AMO ESTE JUEGO! ¿DÓNDE COJONES ESTÁ SAM?

Como si fuera una respuesta directa al llamamiento que Marx le había hecho al universo, sonó el teléfono. Sadie y Marx saltaron a cogerlo, pero ella estaba más cerca y llegó primero.

—Es él —informó a Marx—. ¿Dónde cojones has estado?

Sam se había roto el tobillo, el del pie malo, y lo habían tenido que someter a una operación de urgencia por lo mal que lo tenía. Estaba en el General de Massachusetts, en Boston, tenía que quedarse ingresado otra noche, pero ¿podían ir a recogerlo por la mañana?

—¿Por qué no has llamado? —le preguntó Sadie.

—No quería que os preocuparais —contestó él.

—Nos hemos preocupado *porque* no has llamado. —Sadie se echó a llorar al soltar toda la tensión acumulada—. Sam, pensaba que estabas muerto. *Muerto*. Que habíamos acabado el juego y... Yo qué sé.

—Sadie, Sadie, tranquila —le dijo Sam—. Estoy bien, ya lo verás.

—Si vuelves a hacer una de estas, te mato.

—Ahora ya sé que es mejor llamar. ¿Sadie? ¿Sadie? ¿Sigues ahí?

Se estaba sonando la nariz, así que Marx cogió el teléfono.

—Que conste en acta que yo sabía que estabas bien. Ya he jugado a *Ichigo* —le dijo Marx—. Sois unos genios. Y os amo. Y ya está.

Sadie volvió a coger el auricular.

—Primera partida completa —dijo Sam—. Entonces, ¿lo tenemos?

—Creo que sí —contestó Sadie—. Casi todo. Quiero hacer un par de cosillas.

—Yo también.

—Quiero verte —le dijo Sadie.

—Creo que el horario de visita acaba a las nueve —explicó Sam. Ya eran las ocho y cuarto—. Dudo de que te dé tiempo a llegar antes de que cierren y de pedir una hoja de servicios comunitarios.

—Qué gracioso —dijo Sadie.

—Ahora en serio, creo que no os da tiempo a llegar.

—Vale, Sammy. Te quiero.

—Muchísimo.

—Iremos a verte a primerísima hora de la mañana. —Sadie colgó.

De nuevo en una cama de hospital (pero la primera con vistas al río Charles), Sam se sintió muy solo y se dio un poco de pena. Tenía náuseas por la anestesia y por no haber comido bastante en los últimos dos días. Aunque le habían dado muchos sedantes, aún notaba lo suficiente el pie para saber que, cuando recuperara la sensibilidad, el dolor iba a ser atroz. Le preocupaba lo que le iba a costar ese último tropezón (tenía la cuenta bancaria casi a cero) y le daba miedo ver cómo iba a sortear los asuntos relacionados con el seguro médico. La especialista le había dicho que tenía el pie tan mal que el tobillo corría riesgo. «Un pie puede volver a ensamblarse un número limitado de veces antes de empezar a plantearse otras opciones», le dijo la doctora. Las otras opciones eran, en resumidas cuentas, medievales. Como mínimo, sabía que llevaría muletas un par de meses y le daba pavor saber que el resto del invierno tendría que depender de Marx y de Sadie más de lo que ya dependía. La razón por la que no los había llamado cuando se despertó fue porque estaba avergonzado. Había esperado que la caída no hubiese sido para tanto. Había esperado que le hubiesen puesto los vendajes y lo hubieran mandado a casa sin mucha más historia, con un paquete de aspirinas hinchadas de precio y que el asunto no hubiera llegado a sus oídos. No quería que lo viesen débil, aunque él se sintiera así. Débil, frágil, solo, agotado. Estaba cansado de su cuerpo, de ese pie en el que no podía confiar y que no era capaz ni de soportar la más leve expresión de alegría. Estaba cansado de tener que moverse con tanto cuidado, de tener que ir con tanto cuidado. Quería ser capaz de darle al botón de «saltar», por el amor de Dios. Quería ser Ichigo. Quería hacer surf, esquiar, hacer paravelismo y volar, escalar montañas y edificios. Quería morir un millón de muertes como Ichigo y que no importara la cantidad de daño infligido a su cuerpo durante el día, ya que a la mañana siguiente se despertaría nuevo, de una pieza. Quería la vida de Ichigo, una vida de infinitos e inmaculados mañanas, sin errores y con la prueba de haber vivido. O si no podía ser Ichigo, al menos quería volver a estar en el piso, con Sadie y Marx haciendo *Ichigo*.

Cuando Sam había conseguido hacerse sentir todo lo desgraciado que pudo, vio a Sadie y a Marx a través de la ventanita de la puerta. Fue casi como si fueran un espejismo. Mira que eran guapos, los jodidos.

Aunque solo podrían estar un cuarto de hora con él, habían decidido coger un taxi al hospital. «¿Cuántas veces brindas por tu primer juego?», había dicho Marx. Habían parado en la licorería para comprar champán y copas de plástico.

Sam estaba tan avergonzado como encantado de verlos. Sabía que tenía una pinta horrible. Llevaba el pie y el tobillo envueltos en una aparatosa escayola, la centésima de su vida, más o menos. Tenía un moratón multicolor en la mejilla y en la frente. Sus amigos eran guapos y fuertes, con las mejillas sonrosadas del frío de la calle, los abrigos de cachemira, el pelo lustroso. Si alguien los viese juntos a los tres, seguro que pensaría que él era de otra especie, más débil. Pero entonces se recordó a sí mismo: «No solo son mis amigos, son mis compañeros de trabajo». Los había convertido en colegas y, de una extraña manera, le resultaba reconfortante. *Ichigo* lo unía a ellos de por vida.

Marx le sirvió una copita de champán.

—Espero que no interfiera con lo que te hayan dado.

—Bueno, ¿qué ha pasado? —preguntó Sadie.

Sam intentó plantearlo como una anécdota divertida. Habló de los saltitos y del poema y de la felicidad y el bienestar general que había sentido al terminar el juego. Omitió la alucinación que había tenido de su madre.

—¿Conocéis ese poema? Algo sobre que el amor es lo único que existe.

—Eso es de los Beatles —dijo Marx—. «All you need is love, love...».

—No, había otra parte, ¿algo de una «carga y una muesca»?

—Eso es de Emily Dickinson —dijo Sadie—. «La carga ha de ser proporcional a la muesca.» Lo usé en *EmilyBlaster*.

—¡*EmilyBlaster*! ¡Pues claro! —Sam se rio—. Pues eso, que estaba pensando en lo extraños que eran esos versos y entonces creo que me tropecé con el bordillo.

—¿Me estás diciendo que te *emilyblasteaste*? —preguntó Marx.

—Ya sabéis que toda mi clase *odió* el juego —dijo Sadie.

—Marx, ¿qué dijiste tú cuando lo jugaste? —quiso saber Sam.

—Dije que era el juego de poesía más violento al que había jugado y que la persona que lo hubiese creado debía de ser de lo más particular.

—Me lo tomo como un piropo —dijo Sadie.

—Bueno, y ahora que hemos terminado, ¿qué hacemos con *Ichigo*? —preguntó Marx.

—Se lo enseñamos a Dov y esperamos a ver qué nos dice —respondió Sam.

La enfermera que estaba de servicio, de sesenta y tantos años, ya cerca de la jubilación, los dejó quedarse hasta medianoche. Disfrutaba del sonido de sus risas, sus bromas, sus amables piques. Un juego al que solía jugar consigo misma para matar el tiempo era intentar desentrañar las relaciones entre pacientes y visitas. Le gustaba ponerles nombre mientras se imaginaba qué vida y qué conexión tendrían. Al chico que estaba herido lo llamaba Minitim. El asiático que parecía modelo o un rompecorazones de telenovela era Keanu. La morenita, bajita y mona, de cejas pobladas y nariz aguileña, era Audrey. Minitim parecía algo más joven que los otros dos. Audrey y Keanu no parecían pareja, aunque sí que daba la sensación de que a él no le hubiese importado. De un modo extraño, era como si Minitim pudiera haber sido hijo suyo, aunque fuese absurdo pensarlo por la edad que tenían. ¿Igual era el hermano pequeño de alguno de los dos? ¿Tal vez Audrey y Minitim eran pareja? ¿O eran los dos chicos los que estaban juntos? Keanu había sido muy agradable cuando el chico herido había pedido agua. Aun así, la sensación de confianza entre Audrey y Minitim era palpable. Mientras que Keanu estaba sentado en la silla, ella estaba echada en la cama, junto al convaleciente; las yemas de los dedos de ambos se tocaban de manera despreocupada, como dos personas que están del todo cómodas en presencia del otro. Casi parecía que ella era una extensión de él y él de ella. «Aquí hay amor», pensó la enfermera. Al final decidió, algo decepcionada, que no había vínculo amoroso entre ninguno de ellos.

A pesar de las lesiones de Sam, él y Sadie siguieron puliendo el juego durante el resto del mes, y a finales de enero estuvieron listos para enseñárselo a Dov, que los había asesorado y había visto una buena parte del proceso, pero no lo había vivido de principio a fin ni sabía cómo encajarían todas las piezas. Sadie le llevó el disquete con el juego terminado a su casa. Mientras Dov empezaba su primera partida, ella revoloteaba a su alrededor, dándole de manera entusiasta consejos e ideas para cada momento del juego. Estaba nerviosa por su reacción, pero también muy orgullosa de su trabajo. No quería que él se perdiera un solo detalle de sus esfuerzos.

—Sadie, quita. No me puedo concentrar si te tengo encima. Quiero jugar.

—Vale —dijo Sadie—. Me estaré calladita.

Dov había llegado al nivel siete, el mundo de hielo y nieve, donde Ichigo se encuentra por primera vez con Gomibako, el monstruo-fantasma que esclaviza a criaturas perdidas.

—Pero noto tu mirada encima. Oigo tu respiración. —La cogió de la mano y la acompañó a su dormitorio.

—Venga, sé una buena chica —le dijo.

—Pero…

—No me estarás desobedeciendo, ¿verdad?

—No, Dov.

—Ya me parecía. —La miró—. Quítate la ropa.

—No quiero —le dijo—. Dov, aquí hace un frío que pela.

—Que. Te. Quites. La. Ropa. Ya sabes lo que pasa cuando desobedeces.

Sadie se desnudó.

En el primer tramo de su relación, él nunca había expresado ningún interés por el sadomasoquismo, la cosa empezó cuando se reencontraron en otoño. A Sadie le ponía, por lo menos al principio; luego se sintió un poco perturbada, insegura del juego al que estaba jugando y de por qué jugaban a eso. Dov no se comportaba de manera abusiva. Siempre buscaba el consentimiento, pero le gustaban las esposas y otros objetos de atrezo más elaborados, además de darle órdenes. Le gustaba hacer que Sadie se desnudara, atarla y amordazarla de vez en cuando; le gustaba darle bofetadas y azotes y tirarle del pelo. Le gustaba afeitarle el vello púbico, cosa que hacía con el cuidado y consideración de un artista. Una vez le había meado encima, pero cuando ella le pidió que parara, él paró y nunca lo repitió. Cuando le había hecho daño —y nunca le hizo mucho daño—, después siempre se mostraba tierno y arrepentido. A él también le gustaba que le pegara, cosa que a ella no le gustaba demasiado hacer. La noche de su trigésimo cumpleaños, él le pidió que le cruzara la cara.

—Más fuerte —le dijo.

Ella obedeció.

—Más fuerte.

Ella obedeció.

Cuando le dio más fuerte, a él se le saltaron las lágrimas y entonces, con la cara bermeja, llamó a su hijo, que estaba en Israel. Sadie lo oyó hablar todo tierno con el chiquillo en un rítmico hebreo que le recordó el canto de un ave. Su nivel de hebreo era de preparación para bat mitzvá y Yamim Noraïm (los Grandes Días Santos), por lo que la única palabra que era capaz de entender ni siquiera estaba en hebreo. Era el nombre del niño: Telemachus, a quien Dov llamaba Telly. El crío tenía tres años.

La noche que él le pidió que se volvieran a ver, le sirvió una copa de vino y le contó que su mujer por fin había accedido a divorciarse.

—Qué bien —dijo Sadie, con cuidado—. Si habéis sido infelices…

—Yo he sido infeliz —contestó Dov—. El proceso será difícil y costoso para mí, pero al final valdrá la pena.

Hablaron al mismo tiempo.

—Creo que no deberíamos seguir viéndonos —dijo Sadie—. Me gustaría que lo nuestro fuera profesional.

—Me gustaría volver a verte —dijo Dov.

—No estabas aquí el año pasado —respondió ella—. No creo que pueda pasar por otra ruptura contigo.

—No habrá que pasar por eso —contestó él—. Te lo prometo.

Pero, de vuelta a la noche en la que Dov jugó a *Ichigo* por primera vez.

Después de lo que a Sadie le pareció un polvo rápido, disfrutable y sin atrezo, Dov abrió el cajón de la mesita de noche y le ató la muñeca al cabecero con las esposas. Pasó tan rápido que a ella no le dio tiempo ni a protestar.

—No quiero que te levantes de esta cama hasta que yo haya acabado *Ichigo* —le dijo Dov.

—Pero… —dijo Sadie— te quedan por lo menos trece horas.

Dov la ignoró y cerró la puerta del dormitorio.

Aunque estuviera esposada, Sadie llegaba al teléfono fijo que había en la mesita de noche. Llamó a Sam.

—¿Ha terminado? —le preguntó Sam con entusiasmo.

—Ha llegado a Gomibako.

Muchas cosas dependían de la reacción de Dov. Él tenía contactos e influencia en el sector: si le gustaba, podía llevárselo a alguna distribuidora, incluso a la suya. Podía atraer la atención hacia *Ichigo* de un modo y a una velocidad que Sadie, Sam y Marx no serían capaces de conseguir por su cuenta.

—¿Por qué no vuelves a casa? —le preguntó Sam—. Podemos ir al cine. Marx dice que esta noche ponen *Mars Attacks!* en el Sony Fresh Pond.

—¿Tú estás bien para salir?

—Sadie, me tiene que dar el aire. Cogeremos un taxi. Iremos despacio.

—¿Sin dar saltitos?

—Nada de dar saltitos ni de recitar poesía. Lo prometo.

Sadie echó un vistazo a su muñeca encadenada.

—Yo debería quedarme aquí —le dijo—. Por si me necesita —añadió.

No tenía nada para leer y, aunque había ido al baño hacía poco, empezaba a tener sed. Se tapó con las sábanas lo mejor que pudo e intentó dormirse, pero no estaba cansada y era raro dormir con un brazo por encima de la cabeza.

Estaba claro que Ulises había sido necesario, pero seguía molestándole haber tenido que utilizarlo. Dov era productor de *Ichigo* y era tan conocido que a Sadie le preocupaba que la gente pensara que el trabajo que *ella* había hecho fuera de *él*. Que la gente no supiera dónde empezaba lo que había hecho Sadie y dónde terminaba lo que había hecho Dov.

En ese punto, acabaría teniendo algo de razón. Consideremos lo que dijo Dov en una entrevista para el blog *Gamedepot* a raíz del lanzamiento de *Mar Muerto II*.

GAMEDEPOT: Otro juego que ha sido un bombazo este año ha sido *Ichigo*, que utiliza tu motor, Ulises, y con estupendos resultados. Cuéntanos la historia de cómo acabaste participando en el juego.

D. M.: Bueno, Sadie [Green, programadora y diseñadora de Ichigo] fue alumna mía. Es brillante, siempre lo ha sido. Yo no me dedico a vender motores. No me interesa mucho vender mis herramientas a otros supuestos diseñadores. Personalmente, creo que compartir motores ha tenido un efecto terrorífico sobre la creatividad de los juegos. Es de vagos. Al final, todos los juegos parecen iguales, tienen la misma mecánica y la misma lógica física. Pero vi lo que ella y Sammy [Masur, programador y diseñador de *Ichigo*] estaban intentando hacer y me pareció verdaderamente especial, algo en lo que quería involucrarme. Pensé que mi motor les podía echar un cable. Mira, Ulises no debería restar nada del mérito de lo que Sadie y Sammie han hecho. La cantidad de curro que le han metido al juego esos dos chavales ha sido espectacular. Los pongo de ejemplo con mis estudiantes, para que vean hasta dónde pueden llegar dos críos con un par de ordenadores, ellos solos. Las empresas de videojuegos se han vuelto demasiado grandes e impersonales. Tienes a diez tíos haciendo capas de texturas, a otros diez haciendo modelado y a otros diez haciendo fondos; otra persona escribe la historia, otra los diálogos y literal que no hay comunicación alguna entre las partes. Son como zombis con la cabeza metida en los cubículos. Es una [lenguaje malsonante] pesadilla.

GAMEDEPOT: Pero se ve tu influencia. En la secuencia de apertura, la de la tormenta, por ejemplo.

D. M.: Bah, quizá sí, quizá no. Está ahí si quieres buscarla.

Cuando Dov por fin volvió al dormitorio después de su primera partida de *Ichigo*, se le caían las lágrimas.

—Sadie, es una puta preciosidad.

—¿Es bueno? —preguntó ella. Quería oírselo decir.

—¿Bueno? Eres brillante de cojones, niña. Me asombras. Me pasmas. Pensar que alguien tan diminuto puede hacer algo así... —Dov negó con la cabeza y dejó que las lágrimas le surcaran el rostro, sin hacer ningún esfuerzo para secárselas. Al verlo llorar, Sadie también lloró. La sensación fue diferente a cuando oyó la reacción de Marx; Marx era un fan. Con Dov, la palabra *alivio* se quedaba corta. Sintió como si de repente desapareciera la tensión que había estado acumulando en el cuerpo durante diez meses, desde el pasado marzo, cuando Sam le había pedido hacer el juego juntos. No sabía lo que iba pasar con *Ichigo*, si sería un lanzamiento discreto como *shareware* gratuito o si conseguiría un gran contrato de distribución. Casi le daba igual. Había hecho algo que Dov Mizrah admiraba; de momento, le bastaba.

Quería acercarse a él, pero aún estaba esposada a la cama. Se puso de rodillas, aún desnuda, y tendió la mano que tenía libre; él se la estrujó.

—Te quiero —dijo Dov.

—Te quiero —dijo Sadie.

—Y adoro *Ichigo*. Quiero hablar con Sammy y con Marx mañana a primera hora. Vamos a ganar muchísimo dinero.

Empezó a desplegar sus planes para el juego hablando tan rápido como un subastador. Caminaba por el dormitorio dando saltos sobre un pie, haciendo gestos apasionados. Ella nunca lo había visto tan emocionado por nada.

—Dov..., ¿te importaría...? —le dijo, sacudiendo la cadena.

III. Juegos sucios

1

Nadie tenía del todo claro a quién se le había ocurrido el nombre de Juegos Sucios, aunque los tres, en diferentes momentos, se adjudicaron el mérito. Marx pensaba que había bautizado la empresa por un verso que le gustaba de *La tempestad*: «Sí, por un puñado de reinos, sí deberíais pelear, y yo diría que sería jugar limpio». Sadie pensaba que esa historia no tenía ningún sentido, «limpio» no era «sucio»; «jugar» no era «juego». Estaba segura de que Juegos Sucios derivaba de que la frase «eso es juego sucio» había sido un mantra no oficial de su infancia. Lo decía tan a menudo que su madre había amenazado con quitarle una parte de la paga cada vez que lo pronunciara. Sam, por su parte, estaba seguro de que había sido él quien había bautizado la empresa: cuando se había despertado en el hospital con el tobillo roto, recordaba pensar que lo mejor de un juego era que ofrecía más juego limpio que la vida. Un buen juego, como *Ichigo*, era duro, pero limpio. El «juego sucio» era la vida misma. Juraba que había escrito el nombre en una hoja de papel que había dejado en su mesita de noche, pero nadie encontró jamás ese papelito. En cuanto a méritos de autoría se refería, las historias de Sam a menudo eran apócrifas o, como mínimo, resultado de ingeniería inversa.

2

_____

Cuando fue a Juegos Sucios a hablar sobre su gran plan para vender *Ichigo*, Dov formuló una pregunta:

—Bueno, entonces *Ichigo* es un niño, ¿no?

—Para nosotros no tiene género.

—¿Cómo? —preguntó Dov.

—Lo que Sam pensó, y yo estoy de acuerdo, es que a esa edad el género da igual. Así que nunca identificamos el género del personaje —explicó Sadie.

—Es inteligente —dijo Dov—. Pero será una absoluta catástrofe. ¿Queréis vender el juego en todas las tiendas o no? Queréis vender este juego a la gente que vive en la América profunda. Marx, tú eres un tío práctico, ¿qué opinas?

—Yo estoy a tope con lo que Sadie y Sam están haciendo —contestó él con tiento, leal—. Y a mí no me afecta para nada a la hora de jugar. Yo soy un tío y para mí *Ichigo* era un chico.

—¿Lo veis? —dijo Dov—. Justo a eso me refiero. Eso es justo lo que intento deciros. *Ichigo* debería ser un niño. Chavales, admiro vuestra creatividad, pero ¿por qué pegaros un tiro en el pie por una soplapollez teórica de Harvard en la que nadie se fijará?

—Dov, ¿y por qué tiene que ser un chico? ¿Por qué no puede ser una chica? —preguntó Sadie.

—Sabes perfectamente que los juegos con protagonista femenina venden menos —dijo Dov.

—Pero *Mar Muerto* lo protagoniza una chica —protestó ella—. Y ha vendido… ¿cuántas? ¿Un millón de copias?

—En todo el mundo, sí, incluso más, pero en Estados Unidos, solo setecientas cincuenta mil.

—Te parecerá poco —dijo Sadie.

—Hubiera vendido el doble si Fantasma hubiese sido un chico, pero, por aquel entonces, no me tenía a mí mismo de consejero.

Sadie estaba haciendo pedacitos una hoja de libreta y dejándolos en una pila ordenada. Dov hizo que parara apoyando la mano sobre la suya.

—Mirad, chicos, el juego no es mío. Es cosa vuestra. Es mi consejo, punto. Si lo de que no tenga género es importante, dejadlo. Si queréis que *Ichigo* sea una chica, pues bien. Lo bueno que tenéis es que es un juego brillante y todas las opciones a vuestro alcance. Si os parece, podemos dejar a un lado el tema hasta que la distribuidora intervenga.

Las dos mejores ofertas que recibieron por el juego fueron de Cellar Door Games, donde Sadie había sido becaria pasando sin pena ni gloria, y de Opus Interactive, la sección de videojuegos de la empresa texana de ordenadores Opus Computers, con sede en Austin.

Para Cellar Door, el género de *Ichigo* no era un problema. Era una empresa joven que dirigían personas recién graduadas del MIT a quienes les pareció que lo de que *Ichigo* no tuviese género era «moderno y guay». Ofrecieron un adelanto algo modesto, un generoso acuerdo de reparto de beneficios y un adelanto adicional para desarrollar un juego nuevo que no tenía por qué ser una secuela de *Ichigo*. «No queremos meternos en el negocio de *Ichigo*», les dijo Jonas Lippman, el consejero delegado de veintinueve años, «queremos meternos en *vuestro* negocio. Perdón, ha sonado raro. No sé si vuestra empresa ya tiene nombre».

Opus Computers les ofreció un adelanto mucho más cuantioso —cinco veces mayor—, el Opus Wizardware y su plan para precargar el juego en todos los ordenadores de la empresa que se vendieran en la campaña navideña de 1997. Pensaron que *Ichigo* —con sus gráficos limpios, depurados, su diseño de personaje, la historia emotiva y familiar— era perfecto para vender portátiles para jugar a videojuegos para quienes pensaban que era imposible jugar en condiciones en algo que no fuera una consola. Querían una secuela que llegara a tiempo para la campaña navideña de 1998 por la que les pagarían el doble de dinero. Y sí, para todo el equipo de adquisiciones de Texas, todos hombres, *Ichigo*, sin duda, era un chico; ni se plantearon otra cosa.

Sadie quería irse con Cellar Door. Prefería los términos más flexibles de su acuerdo y la verdad es que los tipos de Opus no le habían caído bien. Opus los había metido a los cuatro en un avión a Texas para que conocieran a los directores del departamento de videojuegos. El jefe, Aaron Opus, bigote daliniano, sombrero-de-vaquero-botas-corbatilla-hebilla-de-cinturón-plateada-con-un-toro-esmóquin-canadiense, sorprendió a todo el mundo presentándose en la reunión. Más tarde, ya en el hotel, Sadie le comentó a Dov que Aaron Opus parecía que se lo compraba todo en las tiendas de ropa vaquera del tamaño de graneros que jalonaban la carretera que salía del aeropuerto de Austin. Pero a Dov el tipo le pareció encantador.

—Uy, a mí me encantan esas americanadas —le dijo a Sadie.

—Es un disfraz —protestó Sadie—. Opus es de Connecticut. Fue a Yale.

—¡Me encanta ese tío! Antes de que volvamos, pararé en una de esas tiendas —dijo Dov—. Los hombres de verdad llevan por lo menos tres tipos diferentes de animales muertos encima.

—Qué asco.

En la reunión, Aaron Opus se disculpó por si lo veían con ojeras, pero se había quedado despierto dos noches jugando a *Ichigo*.

—A usted ya lo conoce todo el mundo, señor Mizrah —le dijo a Dov. Luego se dirigió a Sam—: ¿Así que tú eres el programador?

—Yo soy *un* programador, pero la programadora es Sadie —respondió.

—Diseñamos el juego juntos —añadió ella.

Aaron Opus asintió. Estudió la cara de Sam y luego la de Sadie y a continuación volvió a dirigir su atención hacia Sam.

—El chavalín, *Ichigo*, se parece mucho a ti —dijo Aaron Opus. Asintió un poco más, como si estuviera tomando una decisión—. Eres el rostro del juego, sí, sí...

Cuando volvieron a Cambridge, repasaron de manera exhaustiva las dos ofertas. Sadie decía que le gustaba la de Cellar Door porque no les exigía hacer una secuela y porque pensaba que la filosofía de la empresa encajaba mejor con ellos. Sam dijo que ni entendía por qué estaban teniendo en cuenta esa oferta cuando Opus había ofrecido muchísimo más dinero. Dov pensaba que ambas eran buenas, pero implicaban caminos diferentes, y todo dependía de cuál querían tomar ellos. Añadió que, como el porcentaje de división de beneficios en Cellar Door era mejor, puede que llegaran a sacar más dinero a largo plazo si optaban por esa oferta. Marx dijo que a él también le gustaba la libertad creativa de Cellar Door, pero que pensaba que la oferta de Opus tenía el potencial de hacer *Ichigo* más grande. Opus les había garantizado que *Ichigo* aparecería de manera destacada en la campaña publicitaria multimillonaria de Opus Wizardware PC. Si el juego conseguía lo que pensaban que era capaz de hacer, Opus preveía animación, globos de Acción de Gracias en Macy's y toneladas de merchandising en el futuro del juego. Cellar Door no tenía ni la estructura ni el dinero para conseguir algo así, no en un futuro cercano.

Al final de la noche, Marx, Dov y Sam apostaban por Opus; Sadie era la única que seguía defendiendo la opción de Cellar Door.

—Es una cantidad de dinero que te cambia la vida —dijo Sam—. De verdad.

—Pero no me quiero pasar otro año de mi ya de por sí *cambiada* vida haciendo una secuela —replicó Sadie.

—Lo entiendo —añadió Marx—. Y apoyo a Sadie, si es lo que quiere. Vosotros sois los creativos, sois vosotros quienes tenéis que decidir.

Sam le pidió a Sadie que saliesen al balcón para poder hablar en privado. Aún llevaba la escayola y no se movía muy bien; si no, hubiera preferido salir a pasear con ella. Sentía que pensaba mejor y eran más convincente cuando estaba en movimiento.

Sadie habló primero.

—El adelanto de Cellar Door está bien y entienden de verdad cómo es el juego que intentamos hacer —razonó—. Y podremos pasarnos todo el año que viene haciendo algo completamente nuevo, algo mejor. ¿Y cómo eres capaz de venderte tan rápido con lo que queríamos hacer con el género de *Ichigo*? Pensaba que para ti era importante.

—Lo es, pero también es mucho dinero.

—¿Y de repente por qué te importa el dinero? Tienes veintidós años, ¿cuánto dinero necesitas? Si querías ganar una fortuna, hacer un juego no era la opción más adecuada. Podrías haber ido al departamento de contratación de Harvard para que en Bear Sterns te ofrecieran un trabajo de seis cifras, como hace todo el mundo en tu clase.

—Tú nunca has sido pobre —contestó él—, así que no lo entiendes. —Hizo una pausa. Odiaba admitir sus vulnerabilidades, incluso delante de ella—. Tengo préstamos estudiantiles. Debo muchísimo dinero por mi visita a urgencias y por la operación del tobillo y del pie, y si no empiezo a devolverlo, las facturas les llegarán a mis abuelos. Ahora mismo, estoy en números rojos. Marx está pagando el alquiler y yo me estoy fundiendo los restos de las tarjetas de crédito. Si cogemos la oferta de Cellar Door, no tendré de qué vivir mientras hacemos el próximo juego. Sadie, lo necesito, pero además pienso que es la mejor oferta, la única que realmente puede hacer que *Ichigo* sea un bombazo. Y sé que tú también lo ves. Creo que la verdadera razón por la que no te gustaron es porque pensaron que el programador era yo.

Sadie se sentó en el balcón. Odiaba a los tíos de Opus y la idea de hacer una secuela de *Ichigo* para ellos hacía que se sintiese como si la hubieran encadenado y le hubieran vendado los ojos y la hubieran amordazado y la hubiesen metido en una bolsa de lona y la hubieran lanzado al fondo del mar.

A Sam le costó agacharse para sentarse a su lado. Sadie le dio la mano, pero incluso con su ayuda, él se dejó caer un poco a plomo. Apoyó la cabeza sobre el hombro de Sadie; la carga era proporcional a la muesca.

—Haré lo que tú quieras —le dijo.

—Vale, Sam. Vamos con Opus.

En cuanto *Ichigo* se convirtió en un niño de verdad, su identidad y la de Sam se volvieron cada vez más inseparables. Además de Aaron Opus, más gente decía que Sam se *parecía* al personaje; en cierto modo, era cierto. Se tragaron la colorida y trágica biografía de Sam: el accidente en la infancia y lo de jugar a videojuegos como una manera de ser invencible; el abuelo coreano con la pizzería y la máquina de *Donkey Kong*. Intentaron encontrar en qué puntos su biografía y la del personaje se superponían. Ambos se habían separado de sus padres a una edad temprana. Sam era asiático e *Ichigo* también —en 1997, nadie hacía la distinción entre japonés y medio coreano—. Que Sam fuera asiático era una ventaja porque a la gente —la crítica, los jugadores y las jugadoras, el departamento de marketing de Opus— le resultaba más fácil encontrar a Sam en el juego. *Ichigo* se convirtió en la creación de Sam, no de Sadie, y como tal, él se convirtió en su creador. (En cuanto a su relación con ella, ni eran hermanos ni estaban casados/divorciados ni estaban saliendo ni habían salido jamás, por lo que a la gente su vínculo le parecía demasiado confuso; no podían identificarse con él, por lo que no valía la pena explorarlo.)

Como parte de la promoción, Opus envió a Sam a todas las convenciones de videojuegos, que en aquella época eran eventos mucho más pequeños. Sadie podría haber optado por acompañarlo, pero sentía que invertía mejor el tiempo en las nuevas oficinas de Juegos Sucios (con tubos fluorescentes y moqueta industrial, pero al menos ya no estaban en el salón de Marx). De manera simultánea, supervisaba la secuela de *Ichigo* y terminaba la carrera en el MIT. Aparte, a Sam le gustaba más la atención que a ella. Ella no se lo envidiaba nada: a él le encantaban las entrevistas; le encantaba soltar grandes discursos delante de un nutrido público; le encantaba que le hicieran fotos. Alguien tenía que hacerlo y Sadie se sentía incómoda hablando de su trabajo; el trabajo, pensaba, ingenua ella, debía hablar por sí mismo. Cuando lanzaron el juego, Sadie tenía veintidós años y aún no había desentrañado quién era en público (sí que sabía quién era en privado). Había muy pocas diseñadoras de videojuegos famosas y tampoco había exactamente una guía de juego que explicara cómo debía comportarse una profesional en ese mundillo. Pero lo cierto es que, en Opus, nadie la empujaba a salir a la palestra. Los hombres de la empresa querían que Sam fuera la cara visible de *Ichigo*, y así fue. El sector de los videojuegos, como tantos otros, adora a los niños prodigio.

Aun así, Sadie tuvo que admitir, aunque fuera solo para sí misma, que no solo es que a Sam le gustara encargarse de la promoción: se le daba mejor que a ella. Antes del lanzamiento del juego, aparecieron juntos en una conferencia de ventas en Boca Ratón. Nunca habían hablado delante de tantísima gente; había unas cinco mil personas. A Sam le entraron los nervios, a Sadie no. Él estuvo dando vueltas por el camerino improvisado hasta el momento en que los llamaron para salir al escenario.

—Creo que voy a vomitar —dijo Sam.

—Estarás bien. —Sadie le estrujó la mano y le sirvió un vaso de agua—. Es un salón de hotel con unos cientos de frikis.

—No me gusta que me mire tanta gente —le confesó. Se peinaba con los dedos el pelo, que parecía de un afrojudío por la humedad de Florida.

Pero en cuanto se subieron al estrado, sus nervios desaparecieron y se convirtió en el presentador más entretenido del mundo. Cuando a Sadie le preguntaban algo, por ejemplo, «¿Cómo os conocisteis?», ella daba una respuesta específica, no más de dos frases. «Bueno, los dos somos de Los Ángeles», decía ella. «Y a los dos nos gustaban los videojuegos.»

En cambio, cuando le formulaban una pregunta a él, la convertía en todo un relato. La historia podía extenderse hasta quince minutos y dar un rodeo por la infancia sin que nadie pareciera estar aburriéndose lo más mínimo. «El día que conocí a Sadie, llevaba seis semanas sin hablar con nadie, de verdad, seis semanas. Pero eso es otra historia. Os la contaré cuando tengamos más confianza. Lo que tenéis que saber es que Sadie era incapaz de hacer que Mario aterrizara en lo alto de la bandera. Esto fue antes de internet. No se podían hacer trucos. Había que conocer a alguien que supiera...» El público se agarraba a la silla cuando él hablaba, se reía de sus bromas, aplaudía de manera espontánea. Lo *adoraban*. Era más guapo cuando tenía mucho público delante; su cojera, menos visible; su voz, cálida y autoritaria. Era como si todos esos años Sam hubiera estado esperando tener espectadores. A Sadie le fascinó su transformación. ¿Dónde se había metido su socio el introvertido? ¿Quién era ese cuentacuentos? ¿Quién era ese artista circense?

A su lado, Sadie se sentía pequeña.

3

Ichigo II: Go, Ichigo, Go salió en noviembre de 1998, casi un año después del primer juego. En el segundo, la hermana pequeña de Ichigo, Hanami, se pierde por otra tormenta y él, que ahora tiene once años, tiene que encontrarla. El segundo funcionó algo mejor en ventas que el primero, pero se consideró que aprovechaba el tirón de la reputación del original y de lo bien que había vendido. Gran parte de la crítica, incluyendo a Sadie y a Sam, consideró que el juego era un paso atrás en términos creativos. No es que el segundo *Ichigo* fuera un mal juego, pero daba la sensación de ser un poco más de lo mismo. La secuela no llevaba al personaje en una nueva dirección; no avanzaba en términos gráficos, técnicos o de guion.

La noche que Sadie les dijo que no quería hacer un tercer *Ichigo*, Marx y Sam acababan de volver de una gira promocional de un mes dedicada a la secuela. Fue una de las separaciones más largas desde aquel verano en el que empezó todo.

—Creo que la serie ha llegado hasta donde tenía que llegar —les dijo—. Creo que no queda nada que podamos hacer en términos creativos.

Estaban cenando en el piso de Kennedy Street que Sam y Marx seguían compartiendo.

—Entonces, ¿qué quieres hacer? —preguntó Marx.

—Tengo un par de ideas —dijo Sadie—, pero creo que eso es un debate diferente.

—Podemos sacar nuestra vieja pizarra blanca en cualquier momento —propuso Marx.

—Esperad —intervino Sam. Hasta el momento, había estado escuchando en silencio—. No podemos dejar *Ichigo* así, Sadie, no hemos tenido tiempo de hacer un *Ichigo* en condiciones por los plazos arbitrarios de Opus. ¿No te apetece hacer un tercer juego que sea la leche?

—Quizá algún día —contestó ella.

—Quiero decir, es nuestra criatura —dijo él—. No la puedes abandonar con una secuela de mierda.

—Samson —intervino ella, tajante—, claro que puedo.

Sam se levantó haciendo un gesto dolorido.

—¿Estás bien? —preguntó Marx.

—Es cansancio, nada más —respondió él—. Sadie, no eres tú quien decide lo que vamos a hacer después. Si no hacemos *Ichigo III*, cosa que me parece un error, nos tienes que dar alguna idea de qué te gustaría hacer en vez de eso.

—Sam, te sangra el pie, te está manchando el calcetín —dijo Marx.

—Sí, lleva un tiempo así —respondió Sam sin preocuparse.

—Tienes que ir al médico a que te lo miren —añadió Marx.

—Marx, cállate la puta boca con lo de mi pie, ¿vale? Ya me encargo yo de él. —Sam odiaba que sus enfermedades se convirtieran en tema de conversación.

—No te pases con él. Está intentando que no acabes inconsciente en mitad de la calle otra vez —lo riñó Sadie.

—Da igual —dijo Marx—, de verdad.

—Deberías pedirle perdón —insistió ella.

—Perdona, Marx —dijo Sam sin convicción. De inmediato, volvió a dirigirse a Sadie—: ¿De verdad que no quieres comentar conmigo, tu socio, esas ideas?

Sadie empezó a apilar platos.

—Si habéis terminado, voy a quitar la mesa.

—No hace falta —dijo Marx.

—Me habéis invitado —dijo ella—. Es de buena educación.

Marx empezó a recoger la mesa con ella.

Ella fue hacia la cocina y Sam la siguió cojeando.

—¿No quieres comentar conmigo, tu socio, esas ideas? —repitió.

—Lo haría —contestó ella con voz controlada. Dejó los platos en el fregadero—. Lo haría si estuvieras aquí alguna vez.

—Podrías haberte venido —replicó el—. Te he pedido *muchas veces* que vengas.

—No podemos irnos todos de vacaciones durante dos años.

—Sadie, hemos estado currando de verdad —contestó él.

—Yo también he estado currando de verdad. He tenido que hacer esa *mierda* de secuela.

—Sí, cierto, esa mierda ha sido cosa tuya.

—Mira, Sam, con cariño, vete a tomar por culo.

—Amigos, romanos, paisanos —intervino Marx—, vamos a calmarnos.

Sadie salió por la puerta y se fue directa al piso que compartía con Dov. Él estaba en Israel, visitando a su hijo y a su mujer; habían pasado dos años, pero seguía sin divorciarse.

Cuando ella llegó al piso, sonaba el teléfono, pero no lo cogió. Fuera quien fuera, no dejó mensaje. Sabía que era Sam o Dov, pero no quería hablar con ninguno de ellos.

Era como si no tuviera más opciones. Si Sam estaba decidido a hacer *Ichigo III*, ella podía irse de Juegos Sucios. La empresa había cumplido con sus obligaciones con Opus y ella no tenía ningún contrato con JS; ninguno lo tenía. No necesitaba a Sam ni a Marx. Podía montárselo por su cuenta, hacer un juego ella sola. Volvió a sonar el teléfono y saltó el contestador: «Sadie. Soy Dov. Cógelo».

Sadie cogió el teléfono. Hablaron de cuestiones domésticas y luego ella le dijo:

—Si quisiera hacer un juego por mi cuenta, sin Sam, quiero decir, ¿sería un error gigantesco?

—¿Qué ha pasado? —preguntó Dov.

—Nada. Nos hemos peleado.

—Sadie, es supernormal. Los mejores equipos están siempre saltándose al cuello. Es parte del proceso. Si no os peleáis, es que a alguien no le importa lo bastante el asunto. Dile que lo sientes. Y a otra cosa.

A Sadie no le apetecía explicarle a Dov que *no lo sentía* y que no le había respondido a la pregunta que ella le había hecho.

—Vale —le dijo—, gracias, Dov.

A eso de las once y media, Sadie estaba con el pijama puesto, los dientes lavados y el hilo dental pasado, lista para irse a la cama. Se preguntó si esas eran las noches de viernes del resto de las personas de veintitrés años. Cuando tuviera cuarenta años, ¿lamentaría no haberse acostado con más gente y haber salido más de fiesta? Pero lo cierto es que no le caían bien muchas personas y nunca había estado en una fiesta de la que no tuviera ganas de marcharse. Odiaba emborracharse, aunque sí que le gustaba fumarse un porro de vez en cuando. Le gustaban los videojuegos, ver películas extranjeras, comer bien. Le gustaba irse pronto a la cama y despertarse también pronto. Le gustaba trabajar. Le gustaba ser buena en su trabajo y se sentía orgullosa de que le pagaran bien por ello. Sacaba placer del orden: una sección de código de una eficiencia indiscutible, un armario en el que cada objeto estuviera en su sitio. Le gustaban la soledad y los pensamientos de su propia mente, interesante y creativa. Le gustaba estar cómoda. Le gustaban las habitaciones de hotel, las toallas mullidas, los suéteres de cachemira, los vestidos de seda, los mocasines Oxford, el brunch, el material de oficina bueno, el acondicionador caro, los ramos de gerberas, los sombreros, los sellos, los monográficos de arte, las marantas, los documentales de la televisión pública, el pan jalá, las velas de soja y el yoga. Le gustaba que le dieran una bolsa de tela cuando hacía una donación a una buena causa. Era una gran lectora (de narrativa y ensayo), pero nunca leía el periódico, solo la sección de arte, y se sentía culpable por ello. A menudo, Dov le decía que era una burguesa. Se lo decía como un insulto, pero ella sabía que quizá tuviese razón. Sus padres eran burgueses y ella los adoraba, así que, por supuesto, ella también se había aburguesado. Le hubiese gustado tener un perro, pero la comunidad de vecinos de Dov no lo permitía.

Pero la razón por la que era burguesa era para dedicarse a algo que no fuera burgués. Si era cautelosa con su vida, podría evitar casarse con su trabajo.

Sonó el timbre de la puerta de la calle.

Lo ignoró.

Oyó la aflautada voz de Sam llamándola desde abajo.

—SADIE MIRANDA GREEN, ESTOY VIENDO LAS LUCES ENCENDIDAS.

Lo ignoró.

—SADIE, HACE FRÍO, ESTÁ NEVANDO OTRA VEZ. POR FAVOR, DEJA SUBIR A TU MEJOR AMIGO, TU AMIGO DE TODA LA VIDA.

Sadie siguió ignorándolo. Si se congelaba, la culpa era de él.

Apartó la cortina y echó un vistazo a la calle. Sam llevaba el bastón, cada vez lo usaba con más frecuencia. No recordaba la última vez que lo había visto sin él. Le abrió.

—¿Qué quieres? —preguntó Sadie.

—Quiero saber qué ideas tienes —dijo Sam—. De verdad. Me encanta escuchar tus ideas. Es lo que más me gusta en el mundo. Y no quiero obligarte a hacer una secuela que no quieres hacer. Eres mi compañera y no he olvidado lo que hiciste por mí cuando accediste a que nos quedáramos con el trato de Opus. Pero adoro *Ichigo*. Adoro lo que hemos hecho y mucha más gente también. Creo que en algún momento deberíamos cerrar su historia por todo lo alto, pero entiendo que ahora mismo estés un poco cansada de él.

—*Ichigo III: Sayonara, Ichigo-Sam* —formuló ella.

Sam se rio.

—Pues no está tan mal.

Se estaba apoyando en el pie bueno, su postura asimétrica habitual, y Sadie sintió una oleada de amor y preocupación por él. Al fin y al cabo, ¿cuál era la diferencia? Nunca valía la pena preocuparse por alguien a quien no querías. Y si no había preocupación, no era amor.

—Habrás cogido un taxi por lo menos, ¿no?

—Sí, señora, ahora me los puedo permitir.

—¿Marx te ha dejado salir con el tiempo así?

—No es mi guardián.

—Pero es el que tiene dos dedos de frente.

—Bah, no culpes a Marx. No sabe que he salido. Se ha ido a casa de Zoe.

—¿Aún se ve con ella? Mucho están durando para lo que es él.

—Creo que están enamorados. —Sam resopló, como si la idea misma, el amor, fuera ridícula.

—Entiendo que no te encaja mucho.

—Marx siempre está enamorado. Es una ramera sentimental. ¿Qué significa el amor cuando lo encuentras en tanta gente y en tantas cosas?

—Marx es estupendo —dijo Sadie—. Creo que es un tío con suerte.

—De suerte nada.

—Que sí, es ese dado poliédrico gigantesco que tiras cuando juegas a *Dragones y Mazmorras*.

—Ja-ja. Bueno, ¿dónde está Dov?

—Ya se ha ido, por las vacaciones entre semestres.

Sam estudió a Sadie. Era un experto en los estados de ánimo y matices de su amiga.

—¿Sigues enamorada?

—¿Acaso lo he estado?

—Qué desolación.

—Lo adoro. Quiero matarlo. Es normal. Es complicado —siguió ella—. No quiero hablar de Dov. —Bostezó y le hizo un hueco en el sofá a Sam—. Bueno, ahora ya estás aquí, así que mejor que te quedes. Marx me mata si te mando a casa con el tiempo que hace.

Sam se sentó al lado de Sadie. Ella encendió la tele y se quedaron viendo el programa de Letterman. Cuando llegó la parte de los truquitos bobos de mascotas, Sadie silenció el televisor y Sam la miró, esperando que hablara. Ella estudió la cara de luna de su amigo, que le resultaba tan familiar. Era casi como mirarse a sí misma, pero a través de un espejo mágico que le permitiese ver toda su vida. Cuando lo miraba, veía a Sam, pero también a Ichigo y a Alice y a Freda y a Marx y a Dov y todos los errores que había cometido, todas sus vergüenzas y miedos que guardaba en secreto, y también sus mejores logros. A veces, ni siquiera le caía *bien*, pero lo cierto era que no sabía si una idea valía la pena hasta que también había pasado por el cerebro de Sam. Solo cuando Sam le repetía su propia idea —algo modificada, mejorada, sintetizada, reordenada— Sadie sabía si era buena o no. Ella sabía que en el momento en el que compartiese con él lo que tenía en mente, de manera instantánea también sería suyo. Caminarían otra vez hasta el altar, volverían a pisar otra vez, y con alegría, otra copa de vidrio, pasara lo que pasase. Inspiró hondo.

—El juego que quiero hacer se llama *Ambos lados*.

4

A Sadie se le ocurrió la idea la noche en la que Sam desapareció y había estado dándole vueltas en la cabeza desde entonces. Al principio, no era mucho. Un destello de una noción de una nada de un susurro de una fantasía de idea. Cuando rehízo el trayecto que emprendió con él aquel amanecer lleno de promesas, se sorprendió al pensar cómo la misma ruta podía parecer tan diferente, sentirse de manera tan diferente. Un minuto, Sam estaba ahí, habían terminado el juego y el mundo estaba lleno de posibilidades. Doce horas más tarde, Sam había desaparecido, el juego ni ocupaba los pensamientos de Sadie y el mundo era desolador y mortífero. «Es el mismo mundo», pensó ella, «pero yo soy diferente. ¿O es un mundo diferente y yo soy la misma?». Por un momento, se sintió desconectada de su cuerpo y de la realidad de una forma peligrosa, tuvo que sentarse para sentir el suelo bajo sus pies antes de seguir buscando a su amigo.

Se había sentido así otras veces. El último año de instituto, una chica que había sido muy amiga suya había muerto a causa de un trastorno de alimentación. Mucho antes de que Sadie supiera de su enfermedad, su amiga y ella a veces jugaban a lo que denominaban «juegos de comida». La amiga declaraba que era «día de lechuga» o «día de barritas energéticas» o «día de sopa en lata» o «día de matzá» y la amiga y ella limitaban lo que comían durante veinticuatro horas solo a ese alimento. A los catorce años, Sadie pensaba que era una gracia y el juego de comer un solo alimento durante un día entero encajaba con su naturaleza organizada y obsesiva. No se había dado cuenta de que aquello tenía otro significado, algo que a fin de cuentas era mortal para la amiga. Al final, fue Alice quien se lo dijo: «Sadie, esto no es ni medio normal. No te puedes pasar todo el día comiendo solo lechuga». El juego terminó poco después —al menos, su participación— y ellas se distanciaron.

En el funeral de la amiga, el féretro estaba abierto. Cuando Sadie miró el cuerpo, casi sintió como si se estuviera viendo a sí misma. Como si fuera ella quien había muerto, como si fuera ella quien se suponía que tendría que haber muerto y, sin saber muy bien cómo, se hubieran cambiado el sitio. Aquello la perturbó tanto que se marchó del funeral y, al salir, se disculpó ante los destrozados padres de su amiga.

La noche que Sam se perdió, a Sadie se le ocurrió que en la vida todo era más frágil de lo que parecía. Un juego infantil podía ser mortal. Un amigo podía desaparecer. Y por mucho que alguien intente protegerse, la posibilidad de que las cosas salgan de manera diferente a lo esperado siempre está ahí. «Todo el mundo vive, como mucho, la mitad de una vida», pensó. Estaba la vida que vivías, que consistía en las decisiones que tomabas, y luego la otra, la que te deparaba las decisiones que tú no habías tomado. Y, a veces, esa otra vida daba la sensación de ser tan palpable como la que estabas viviendo. A veces, era como si estuvieras caminando por Brattle Street y, sin previo aviso, pudieras acabar en la otra vida, como Alicia cayendo por el agujero de la madriguera que llevaba al país de las maravillas. Acabarías siendo una versión diferente de ti misma, en otra ciudad, pero sin que fuera un lugar extraño como en el caso de Alicia. Porque siempre habrás pensado que podría haber sido así. Sentirías alivio porque siempre te habrás preguntado cómo sería esa otra vida. Y ahí estabas.

Pero Sadie no le comentó ninguna de esas cosas a Sam.

—¿Has oído hablar alguna vez de *La aventura original*? —empezó ella.

—Claro, pero nunca he jugado. Es de la vieja escuela ¿verdad?

—Más bien, de la prehistórica —contestó ella—. Todo texto, sin gráficos.

—No estarás diciendo que quieres hacer un juego así, ¿verdad?

—No —dijo Sadie—. Claro que no, pero hay una parte del juego que me da que pensar. ¿Te acuerdas de que había que atravesar un montón de cuevas?

—Sí.

—Pues es muy chungo, porque a veces tienes que volver a la cabaña del principio a por provisiones. Para resolver el problema que suponía ir de las cuevas a la cabaña, quienes programaron el juego inventaron un comando especial: XYZZY.

—¿XYZZY?

—Sí, se deletrea X-Y-Z-Z-Y. Cuando usas ese comando, puedes pasar de manera mágica de un lugar al otro.

—Parece un truco. —Sam odiaba los juegos que facilitaban tanto un proceso físico.

—No —contestó ella—. En realidad, es brillante. Es la mejor parte del juego, porque reconoce que el mundo en el que estás jugando *no* es el mundo real y, como no estás en el mundo real, no tienes por qué moverte como si lo estuvieras. Y así me gustaría que fuera nuestro juego. Me gustaría que fuera como XYZZY. Lo único, que en lugar de ir de un punto a otro como en *La aventura original*, el juego se moverá entre dos mundos. En uno de ellos eres una persona normal, con una vida normal; en el otro, te conviertes en un personaje heroico. El juego te deja jugar a *Ambos lados*. Aún no lo tengo todo pensado. Es pronto.

Sam se quitó las gafas y las dejó en la mesita de centro.

—Lo pillo —dijo—, así que los dos mundos tienen que ser diferentes en términos estilísticos y funcionar con mecánicas de juego distintas.

—Sí. Exacto, como si estuvieras en Oz y en Kansas, como si Dorothy pudiera pasar todo el rato de un mundo a otro.

—Un lado es como el nuevo *Zelda* y los gráficos son en 3D, primera persona, alta calidad, de la que se come memoria de disco duro. El otro lado es simple. Tampoco como los juegos recreativos de los ochenta, pero algo retro, estilo Sierra, tipo *Kings Quest IV*, ¿o cómo? Perspectiva en tercera persona. Lo bastante sencillo para que pueda llegar a jugarse en línea.

—Exacto —dijo Sadie.

—¿Y la historia?

—Puede que vaya sobre una chica. Las cosas no van bien en casa. La acosan en el colegio, pero en el otro mundo es...

—Espera, que tomo nota.

Por la tarde del día siguiente, Sam cogió un taxi para volver a Kennedy Street. Se habían quedado despiertos toda la noche; estaba cansado y satisfecho. Había estado tanto tiempo fuera promocionando los juegos de *Ichigo* que no había tenido tiempo para darse cuenta de lo mucho que había añorado esa colaboración. Quizá Sadie pensara que él había estado de vacaciones, pero la parte promocional había sido trabajo *de verdad*. Algunas de sus tareas habían sido divertidas —entrevistas con periodistas de videojuegos de primera fila; la mascota de Ichigo que Opus había creado para el Congreso de Desarrollo de Videojuegos; la chavalada que había empezado a vestirse como Ichigo y Gomibako; fans que siempre querían saber más de Sam Masur, ¡el creador que era igual que su creación!—. Pero gran parte de la *tournée* había sido un machaque. Era contar las mismas historias una y otra vez, pero hacer como si fuera la primera vez que las contaba. Había sido oír a gente estúpida haciendo comentarios estúpidos sobre *Ichigo*, su bebé, y tener que actuar como si los apuntes fueran encantadores, agudos, originales. Había sido tener que airear sus traumas personales para disfrute del público que compra videojuegos. Había sido asistir a convenciones de venta soporíferas. Había sido firmar copias en tiendas de videojuegos destartaladas de áreas comerciales de polígono. Había sido sonreír para la foto hasta dolerle la cabeza. Habían sido infinitos viajes en avión y multas de coche de alquiler. Había sido dolor en el pie, cada vez más fuerte, a medida que el año avanzaba, y Sam intentando no prestarle atención. A Sam se le daba bien ignorar el dolor, pero dos semanas atrás, había empezado a sangrarle. La sangre era más difícil de pasar por alto. Había asistido a un evento promocional en la juguetería FAO Schwarz de Nueva York. Un chiquillo le tiró de la manga.

—Señor Ichigo, está sangrando. —Sam miró abajo: tenía razón, su zapatilla blanca tenía una gran mancha roja justo en medio.

—Creo que es pintura —contestó él, avergonzado.

Ya en la habitación del hotel, se vendó el pie mientras se aseguraba de no manchar la moqueta de sangre; luego tiró las deportivas a la basura.

La cuestión era que alguien tenía que promocionar los juegos y Sadie había dejado claro que no iba a ser ella.

Lo que más le gustaba a Sam era estar a solas con su amiga y llenar una pizarra vacía con sus geniales ideas. Le encantaba construir un mundo con Sadie. Habían quedado en seguir por la tarde y él estaba emocionado de ponerse manos a la obra.

Se duchó, pero al salir de la ducha se dio cuenta de que el pie no dejaba de sangrarle. Una de las siete varillas metálicas que conformaban la estructura de su pie se había desalineado y, de forma inoportuna, le había perforado la carne. El dolor era intenso, pero soportable. Lo que le molestaba era el incordio. Al sentarse en el suelo del baño para intentar detener la hemorragia, encontró un segundo agujero en el pie. Cuando metió el dedo, notó la punta de otra de las varillas. Por un segundo, se permitió sentir miedo. En ese momento, Marx volvió a casa.

Su compañero se lo encontró en el suelo del baño, con el pie herido al aire. Llevaba muchos años sin verle el pie, ya que Sam hacía grandes esfuerzos por mantenerlo oculto. Pero al verlo, Marx no entendió siquiera por qué su amigo no estaba ingresado. Aquello tenía una pinta horrible: estaba amoratado y retorcido, una imagen sangrienta y cruenta. Sam se lo tapó enseguida con una toalla.

—Sam, por el amor de Dios, te vas a la doctora ahora mismo.

—No puedo. Se supone que he quedado con Sadie dentro de un par de horas —contestó él con calma—. Estamos trabajando en un juego nuevo. Tampoco es que me vaya a desangrar esta noche. Marx, confía en mí. Llevo un tiempo apañándomelas con esto. ¿Te importaría acercarme algodón y gasas?

Marx fue al botiquín y le dio a Sam lo que le había pedido.

—Sam, tiene una pinta horrible. —Se quedaba cortísimo.

—Se curará dentro de un par de días. Como siempre —le contestó, con una seguridad que no sentía del todo—. Sadie y yo estamos empezando a coger impulso con el juego nuevo.

Después de la pelea de la noche anterior, Marx se animó al oír que sus socios estaban trabajando en algo y sintió curiosidad por saber qué era.

—Vale —contestó—, pero te cojo cita para mañana.

Reservó cita con la ortopeda para la siguiente semana. La mañana de la cita, el pie no parecía estar ni mejor ni peor, aunque Sam casi ni se apoyaba en él para caminar; en los últimos días, le había subido la fiebre. Marx lo acompañó tanto para asegurarse de que iba como para ofrecerle ayuda en el camino de vuelta.

En la clínica, esperó en la zona de recepción y mató el tiempo leyendo *El álbum blanco*, de Joan Didion, que no era precisamente una lectura placentera. Zoe estaba pensando en mudarse a California. Le iba saliendo trabajo haciendo bandas sonoras para películas, televisión y anuncios y pensaba que le saldrían más encargos si se mudaba una temporada a Los Ángeles. A Marx le gustó la idea, y no solo por ella, sino porque siempre le había atraído vivir en California. Le encantaba la Costa Oeste. Le hubiera gustado ir a Stanford, pero no entró. Apreciaba Los Ángeles, sus esbeltas palmeras y sus decadentes casas de estilo español, sus ocasionales bandadas de loros y la gente sonriente que siempre quería algo de ti. Le gustaba hacer rutas por la montaña y correr, no le hubiera importado vivir en un sitio donde se podía estar al aire libre gran parte del año. En términos laborales, había un sinfín de gente del sector de los videojuegos en la Costa Oeste, sobre todo en Los Ángeles, además de diáfanas, elegantes y modernas oficinas que costarían menos de lo que pagaban en Cambridge. Después de volver de un viaje de negocios que lo había llevado allí el año anterior, Marx lanzó el globo sonda a Sadie y a Sam a ver si trasladaban la oficina. Ambos socios eran de allí y ninguno había querido volver. Regresar a la ciudad natal siempre sabía a derrota.

Más o menos media hora después de entrar en la consulta, Sam salió de ver a la doctora. Iba con muletas, tenía el pie envuelto en vendas gruesas y llevaba una receta de antibióticos.

—¿Qué te ha dicho? —le preguntó Marx.

Sam se encogió de hombros.

—Nada que no supiera.

—Entonces, ¿estás bien? —insistió su compañero. Era incapaz de sacarse la imagen del pie de Sam de la cabeza.

—Estoy igual que siempre —contestó Sam—. Quiero volver al trabajo.

Marx y Sam salieron al aparcamiento para esperar un taxi. Marx hizo como que se acababa de dar cuenta de que se había dejado *El álbum blanco* en la sala de espera.

—Vuelvo enseguida.

En la clínica, pidió su libro y se acercó al mostrador para ver si la doctora tenía un momento para hablar con él. Dijo que era el hermano de Sam y que tenía preguntas sobre su estado de salud. Como Marx era Marx —guapo, encantador, educado—, el enfermero le dijo que lo intentaría.

Marx entró en la consulta y la doctora le dijo que estaba encantada de hablar con él porque a veces no estaba segura de que el paciente la escuchara. Le había limpiado la herida, le había dado puntos, le había realineado el pie todo lo posible. La herida más grande se le había infectado, por eso le había recetado antibióticos. Pero no tenía buenas noticias. La ortopeda pensaba que la amputación era inevitable.

—Él dice que tolera el dolor, aunque no sé cómo está. Pero en este punto, ya no es una cuestión de dolor. Ese pie es insostenible. Las varillas se están comiendo lo que le queda de hueso y la piel se está volviendo propensa a contraer infecciones y resistente a curarse. La única manera de frenar el daño es que vaya en silla de ruedas y no ejerza ninguna presión sobre el pie, cosa que no recomendaría en el caso de una persona activa de veinticuatro años. Se va a pasar la vida volviendo a la consulta a menos que se ponga serio. Cuanto antes, mejor. La sepsis sería una catástrofe, podría producir una amputación de emergencia, con mayor riesgo. Es joven y tiene buena salud; si fuera mi hermano, yo le diría que ya es hora de que tome esa decisión.

El taxi los estaba esperando cuando Marx volvió a salir a la calle.

—Has tardado —comentó Sam.

—Sí.

—Bueno —dijo Sam—. Por tu cara y por tu inestable línea temporal, diría que algo ha pasado ahí dentro. Cuéntame.

—Me he cruzado con tu doctora cuando estaba en el vestíbulo. Se ha pensado que era tu hermano. Parece… —Marx buscaba la palabra adecuada— preocupada.

Sam negó con la cabeza.

—No tenía ningún derecho a hablar contigo. Mi salud es cosa mía.

Marx sabía que invocar valores como la amistad y los tiempos vividos nunca funcionaba con él.

—Sam, de hecho, es cosa mía. Somos socios y, si tienes que pasar por quirófano para algo gordo, Sadie y yo necesitamos estar preparados.

—La gente lleva años diciendo lo que tengo que hacer con ese pie. Lo pillo. Pillo que igual ya va siendo hora, pero primero tengo que hacer el juego nuevo con Sadie.

—¡Sam! ¿Cuánto vais a tardar? Ni siquiera habéis empezado. Soy vuestro productor y no sé nada del tema. Hace una semana aún os estabais peleando sobre si hacer o no una tercera parte de *Ichigo*.

Sam negó con la cabeza.

—Es una locura. Si tienes miedo, es más que comprensible. Es más que...

—No tengo miedo. Pero es que no puedo hacer el juego mientras me recupero de una amputación —replicó Sam de manera imperiosa—. No tengo tiempo para una operación y para hacer fisioterapia y buscarme una prótesis que me encaje. Marx, es invierno, estamos en Massachusetts. Ya bastante me cuesta moverme por el mundo tal como estoy.

No hablaron durante el resto del trayecto a casa.

—Y te agradecería que no le comentaras nada de esto a Sadie —dijo Sam cuando el taxi llegó a Kennedy Street.

Su amigo asintió con la cabeza. Salió él primero para ayudar a Sam a salir del taxi.

Aquella noche, Marx se fue a casa de Zoe y le pasó el parte de lo que había sucedido con Sam. Zoe estaba sentada en el salón, con las piernas cruzadas sobre un cojín con estampado ikat y tocando una flauta de pan, que estaba aprendiendo a tocar. Su cabellera ticiana le llegaba por debajo de los pechos y solo llevaba la ropa interior. Siempre tenía la calefacción puesta para ir lo más ligera de ropa que pudiera. Le gustaba sentir las vibraciones de los instrumentos, se justificaba. Le gustaba sentir las vibraciones de la tierra y el aire que la rodeaba. Había una música secreta, decía, que solo oía cuando no había nada entre el universo y ella. (Por «nada» quería decir «ropa».) Zoe decía en broma —o puede que no fuera del todo una broma— que su primera experiencia sexual había sido con su chelo. Antes de ser compositora, había sido una niña prodigio con el chelo. No había nada que le gustara más de cría que estar al aire libre, desnuda, tocando ella sola. Una vez su madre la descubrió de esa guisa detrás de casa e hizo que fuera a terapia. (El terapeuta llegó a la conclusión de que Zoe tenía la autopercepción más sana que había visto jamás en una adolescente.) En ese punto de su relación, Marx estaba tan acostumbrado a su desnudez que ya no le parecía algo sexual. Seguían disfrutando de sexo divertido y frecuente, pero su cuerpo desnudo no era una invitación para irse a la cama.

—La solución no puede ser más obvia —dijo Zoe—. Tienes que convencer a Sam y a Sadie para que se vengan a California con nosotros. Allí el invierno no será un problema. Todo el mundo va en coche, así que Sam no tendrá que caminar tanto, por lo que su recuperación será más sencilla.

—Todavía no estoy seguro de si voy a ir a California —contestó él.

—Anda que no —replicó ella—. Yo sí que lo sé. Marx, mírate, estás hecho para California. Juegos Sucios está entre dos proyectos y Sam necesita un parón, es el momento ideal para trasladar vuestra oficina, que llevas años diciéndome que es lo que quieres hacer. Sam tendrá todo el tiempo del mundo para pasar por quirófano y recuperarse mientras tú y Sadie ponéis en marcha la oficina y empezáis a contratar gente. —Zoe aplaudió—. ¡Hecho!

—Igual Sadie no quiere irse. Dov está aquí.

Zoe puso los ojos en blanco.

—Marx, Sadie se muere de ganas de tener una excusa para dejar a Dov.

—Pero si lo quiere.

—Lo *odia*. Él no se va a divorciar en la vida. Eso lo sabemos todos.

Marx se rio ante la certeza de Zoe; él conocía a Sadie desde hacía tres años; a Sam, el doble de tiempo, y ella aún seguía pareciéndole un misterio.

—Bueno, entonces, ¿cómo convenzo a Sam? —preguntó él.

—Marx, amor, mira que eres inocente. No tienes que convencer a nadie. Le dices a Sadie que Sam necesita ir a California; se le está pudriendo el pie; tiene que pasar por quirófano y no lo va a hacer en Massachusetts. Y le dices a Sam que Sadie necesita ir a California; necesita encontrar la manera de romper con Dov. Esos dos son uña y carne, harían cualquier cosa el uno por el otro.

Marx le plantó un beso en los labios. Ella sabía a té de canela y a mandarinas, a él le apetecía acostarse con ella, pero notaba que Zoe aún estaba metida en faena.

—Esta noche estás tú muy lady Macbeth. ¿Me estás diciendo todas esas cosas porque quieres que vaya contigo a California?

—Bueno, en parte, sí, pero también porque es la manera correcta de actuar, no hay otra —contestó ella.

Las cosas salieron casi como Zoe había predicho. Marx fue a hablar primero con Sadie, ignorando la prohibición de Sam de contarle nada de su situación; le transmitió la información del decrépito pie de su amigo, que ya era preocupante. Sadie dijo que hasta el momento no se había imaginado en California, pero enseguida estuvo de acuerdo en que la idea tenía sentido para Sam y para la empresa. Le resultaba evidente —como a cualquiera cercano a Sam— que algo había que hacer respecto a la salud de su amigo y que todo sería mucho más fácil para él en la Costa Oeste.

—Si te digo la verdad —añadió Sadie—, yo también estoy un poco harta del invierno.

Cuando Marx fue a hablar con Sam, no siguió a pies juntillas el consejo de Zoe. Empezó argumentando que en Los Ángeles podrían construir unas oficinas punteras, también habló de lo inspirador que era el sector de los videojuegos de la ciudad y no dijo ni media sobre Sadie. Sam le había hablado sobre *Ambos lados*; a él le había encantado, pero lo cierto es que a nadie le importaba de verdad lo que Marx opinara sobre lo que debían desarrollar a continuación. Sin embargo, *Ambos lados*, y su ambiciosa escala, encajaba a la perfección con los argumentos que presentó Marx. Iban a necesitar una oficina más grande para dar cabida al personal que haría falta para desarrollarlo. Sam aún no estaba convencido.

—Se tardará en hacer la mudanza y en contratar a gente decente y poner en marcha la oficina... —objetó Sam.

—Sadie y yo nos podemos encargar de eso —dijo Marx—. Y así tú tendrás tiempo para pasar por quirófano, ¿no?

Sam negó con la cabeza.

—¿Sadie está por la labor? ¿Está por la labor de dejar a Dov?

—Pues sí —contestó Marx—. Yo creo que hasta lo desea, pero no sabe cómo. Igual le ayuda tener una razón para ir.

—Lo haré —dijo él—. Por Sadie.

Zoe no era la única que se había dado cuenta de que algo no andaba bien entre Sadie y Dov.

Aparte del divorcio que nunca llegaba, a veces Sadie aparecía en la oficina con leves moratones en la cara y los brazos, quemaduras de cuerda, pequeños arañazos; en una ocasión, un esguince en la muñeca. Una serie de heridas menores, nada serio o que saltara mucho a la vista, pero lo bastante como para que Marx se animara a preguntarle qué estaba pasando.

Marx y Sadie habían viajado a Austin para reunirse con el equipo de Opus. Allí el calor era infernal, por lo que cuando volvieron al hotel se pusieron el bañador y se fueron a la piscina. Marx no pudo evitar reparar en todos los moratones que tenía Sadie en brazos y piernas y aquella noche, cuando estaban en el bar del hotel, él, con mucha cautela, le preguntó por ellos. Estaban tomándose copas de adulto, de alcohol fuerte: un Old Fashioned para Marx y un Whisky Sour para Sadie. Era una especie de broma, una obra de teatro sobre adultos tristes de mediana edad en un viaje de negocios. Marx le rozó la roncha que tenía en la muñeca.

—¿Estás bien? —le preguntó.

Sadie soltó una de sus risillas susurrantes y discretas que le salían cuando estaba avergonzada. Se tapó la muñeca con la otra mano. Marx pensó que no le iba a contar nada, pero sí que se sinceró.

—Es un juego que nos gusta —explicó ella.

—¿Un juego?

—Rollo bondage —prosiguió—. Nunca se pasa de la raya. Siempre tiene mi consentimiento.

—¿Te gusta?

Sadie se quedó pensando. Le dio otro trago a la copa.

—A veces.

Esbozó una mueca de sonrisa muy suya y se le dibujó un gesto arrepentido en los ojos, como si supiera que había traicionado a Dov admitiendo que solo *a veces* disfrutaba del sexo con él.

—Pero él es estupendo —añadió Sadie—. Quiero decir, ha sido estupendo para mí y para todos nosotros.

5

Es relativamente fácil meter tu vida en cajas cuando tienes veintitrés años y Sadie casi había acabado de empaquetarlo todo cuando Dov volvió de las vacaciones.

—¿Qué cojones es esto? —preguntó él.

—Bueno... Eh... Me voy a California —le dijo.

Juegos Sucios había actuado rápido, explicó. Sam ya había pedido referencias para encontrar un nuevo equipo médico. Se había ido antes de Navidad para programar la intervención. Una vez se hubo comprometido con esa hoja de ruta, dijo que quería que lo operaran lo antes posible. El día de Año Nuevo, Marx y Zoe volaron a Los Ángeles para buscar unas oficinas para la empresa y un piso para ellos dos. Encontraron ambas cosas en Venice, donde Marx determinó que estaba toda la gente molona del mundillo tecnológico. Sam y Sadie aún no necesitaban casa —él se quedaría con sus abuelos hasta recuperarse de la intervención y Sadie con sus padres; desde allí, buscaría piso—. Dov la escuchó callado mientras ella se lo explicaba todo.

—Como ladrones, en mitad de la puta noche. ¿Cuándo tenías pensado contármelo? —le soltó él.

—Todo ha sido muy rápido —contestó ella—. No ha sido nada personal.

—Habremos hablado un puñado de veces desde que habéis tomado esa decisión.

—Sí, pero es difícil hablar contigo cuando estás en Israel —le explicó ella—. Siempre estás muy distraído cuando estás con Telly.

Dov se sentó en la cama y se quedó mirando a Sadie, que seguía metiendo ropa en las maletas. Entrecerró los ojos, como si le dolieran o algo. Dejó caer la cabeza sobre las manos.

—¿Quieres que te pida que te cases conmigo? ¿Eso es lo que quieres?

—No —contestó ella—. De todas maneras, tampoco puedes.

—¿Quieres que me divorcie ahora mismo? Porque lo haré. —Fue a por el teléfono—. Llamo a Batia *ipso facto*.

—No. En todo caso, no te creo. Si fueras a hacerlo, ya lo habrías hecho.

—¿Estamos rompiendo? —preguntó Dov.

—No lo sé —dijo Sadie—. Sí, creo que sí.

La tiró a la cama y le metió la lengua en la boca; ella se quedó tumbada, inerte.

—Ahora eres una zorra que va de guay, ¿verdad? —le soltó Dov. Ella negó con la cabeza.

—No. Lo único que quiero es irme a Los Ángeles, ayudar a mi amigo y hacer mi juego.

—Sadie, Sam no es tu amigo. No te equivoques.

—Es lo que han querido mis socios y es lo que voy a hacer.

—*Socios*. Ni siquiera tendrías empresa si no fuera por mí —la cortó él—. Yo os di Ulises y os he puesto en contacto con desarrolladoras y gente del sector. Joder, os lo he dado todo.

—Gracias —le dijo ella—, gracias por tu mierda de todo.

—Desnúdate.

—No.

—Ahora vas de dura, ¿no?

Sadie sabía lo que iba a pasar. Él la empujó hacia el cabecero y sacó las esposas de la mesita de noche y se las puso alrededor de la muñeca, atada al cabecero, como había hecho tantas veces. A veces, aquello la había excitado; a veces, la había molestado y a veces, la había asustado. Esta vez, no sintió nada. No se resistió. Dejó que pasara. Él metió las manos bajo su falda, entre sus piernas, y le arrancó la ropa interior; luego, la tiró por la habitación. No se acostaría con ella sin tener su consentimiento, pero se sentía libre de hacerla sentir incómoda y avergonzada. Salió del dormitorio dando un portazo y ella lo oyó reventando algo —¿la pared? ¿El sofá?— en la habitación de al lado. Sadie cogió el teléfono con la mano que tenía libre y llamó a Sam. Lo cogió su abuela.

—¡Sadie Green! ¿Cuándo llegas? —preguntó Bong Cha.

—Pasado mañana.

—Qué bien que sigáis siendo amigos y que volváis a casa. Tus padres deben de estar muy emocionados —siguió Bong Cha. Sin duda, estaba encantada de tener a Sam por allí.

—Pues sí —contestó Sadie.

—*Ichigo* está por todas partes. ¿Sabías que lo han puesto en una valla publicitaria de Sunset Boulevard? ¿Sam te ha enseñado las fotos que hicimos?

—Claro —dijo Sadie—. Muchas gracias.

—Uy, no es nada. Dong Hyun está muy orgulloso de vosotros dos. Le cuenta a todo el mundo que su nieto y su amiga de la infancia han hecho ese videojuego tan estupendo sin ayuda de nadie. Dice que siempre supo que vosotros dos haríais grandes cosas. Tiene un póster de *Ichigo* gigante en la pizzería, pero lo verás pronto, claro.

—Por supuesto. ¿Sam anda por ahí? —preguntó Sadie. Intentó estirar el hombro, pero era difícil con el brazo por encima de la cabeza.

—Ay, claro, ¡te paso a Samson! Un momentito.

—¿Qué tal el ambiente por California? —dijo Sadie en cuanto tuvo a Sam al teléfono.

—Seco. Caluroso. Tráfico —contestó él—. Sigo viendo coyotes por todas partes. Pero las oficinas que Marx ha alquilado son chulas.

—Por lo menos… —dijo Sadie.

—¿Cómo se ha tomado Dov las novedades? —preguntó Sam.

Sadie oía el *Grand Theft Auto* a todo trapo en la otra habitación.

—Como esperaba —contestó Sadie. Sentía como si ya estuviera en California.

—¿Te apetece hablar del juego? —le preguntó ella.

—Sí.

Media hora después, más o menos, Sadie seguía al teléfono con Sam, hablando de *Ambos lados*. Dov entró en el dormitorio y le quitó las esposas.

—¿Con quién estás hablando? —susurró.

—Con Sam.

—Salúdalo de mi parte —añadió Dov con voz normal y profesional—. Y buena suerte.

Sadie pasó el resto del día siguiente empaquetando su vida y discutiendo de forma intermitente con Dov, dándole vueltas a lo mismo. Él le decía que ella no era nada; ella, a cambio, no le decía nada. Él se disculpaba; ella hacía cajas. Él la insultaba; ella hacía cajas. Él volvía a disculparse; ella hacía cajas. Lo último que guardó fueron las esposas. Las metió en el bolsillo con cremallera de la gran bolsa de viaje que quería facturar. No quería que Dov las usara con otra chica. No sabía si el impulso surgía de una sensación de sororidad o si era puro sentimentalismo.

Dov acercó a Sadie al aeropuerto, aunque ella le había dicho que podía pedir un coche. En la mejor de las situaciones, Dov era un conductor desagradable y beligerante: hacía gestos, maldecía, pitaba mucho, cortaba el paso a otros coches, adelantaba por la derecha, casi nunca ponía los intermitentes; por eso, Sadie evitaba ir en coche con él todo lo que podía. Esa mañana, su estilo de conducción fue discreto, pero aun así decidió aprovechar el rato para sermonear a Sadie sobre la locura que suponía su éxodo de Boston. Le expresó sus preocupaciones haciéndole una serie de histriónicas preguntas retóricas sobre los defectos de Los Ángeles, que ella, nacida allí, ya conocía: ¿Estaba al tanto de los terremotos? ¿Los incendios? ¿Las inundaciones? ¿La sequía? ¿La niebla tóxica? ¿Los vagabundos? ¿Los coyotes? ¿La sensación generalizada de un apocalipsis inminente? ¿Sabía que muchas tiendas cerraban a las diez? ¿Qué pasaría si necesitaban jarabe para la tos o pilas o un cuaderno después de esa hora? ¿Sabía que no había restaurantes ni supermercados ni sitios de comida para llevar que abrieran toda la noche? ¿Dónde comería? ¿Dónde conseguiría bagels o pizza de calidad decente? ¿Sabía que lo único que comía la gente en Los Ángeles eran aguacates y brotes verdes? ¿Estaba dispuesta a meterse en el mundo de los zumos? ¿Era consciente de que el agua del grifo causaba cáncer? «¡Sadie! Hagas lo que hagas, ¡NO bebas del grifo!» ¿Sabía lo seco que era el aire, estaba preparada para las constantes alergias? ¿Sabía que la cobertura del móvil era terrible? ¿Sabía que en Los Ángeles nadie leía ni iba al teatro ni seguía la actualidad? ¿Que el cerebro de esa gente era básicamente papilla porque todos trabajaban en el sector del entretenimiento y pasaban el tiempo libre haciéndose la cirugía plástica y yendo al gimnasio? ¿Sabía que nadie caminaba, ni siquiera una manzana? ¿Que la gente cogía el coche para ir de la puerta al buzón? ¿Aún sabía conducir? ¿Y el tráfico, Hashem, sabía cómo era el tráfico allí? ¿Estaba preparada para pasar la mayor parte de la jornada en carretera? ¿Echaría de menos el cambio de estaciones? ¿Sabía que allí nunca llovía y que cuando caía un chaparrón había aludes de barro? ¿No echaría de menos la lluvia?

Cuando llegaron al aparcamiento del aeropuerto, Dov le dijo:

—Creo que lo he jodido todo. Soy un puto genio, por lo que no sé por qué la cago todo el rato, pero así es. Quiero dejar de cagarla, pero no sé cómo. —Sacó las maletas del coche y las dejó en la acera. Estrechó a Sadie con fuerza, aplastándole la cabeza contra su mesomórfico pecho—. Soy un animal, pero, joder, chica, que *te quiero* —dijo Dov—. Para bien o para mal, quédate con eso.

Para el vuelo a California, Marx le había reservado un billete de primera clase y Sadie se sintió rica. Aunque sus padres tenían dinero, la familia siempre había volado en turista. Su padre, administrador de negocios de estrellas del cine, había visto a demasiados clientes suyos arruinarse por derrochar dinero en tontadas como viajes de lujo, divorcios, inversiones en restaurantes y segundas viviendas que nunca utilizaban.

Sadie se acomodó en su asiento. Aceptó la toalla caliente, el zumo de naranja en copa de cava, el vasito de frutos secos calientes. Subió la pantalla de la ventana. Eran las siete de la mañana, el sol empezaba a despuntar; una mancha blanca y delicada en el cielo grisáceo. El avión despegó y ella se aseguró de echar un último vistazo a Boston Harbor, cubierto de hielo. Sabía que no volvería en una buena temporada.

Solo eran las diez de la mañana cuando Sadie aterrizó en Los Ángeles. Marx y Zoe la recogieron en el aeropuerto. Zoe le encajó un ramo multicolor de gerberas entre los brazos.

—Bienvenida a casa —le dijo la chica.

Llevaba puesto un vestido blanco, holgado y largo; Marx iba con camiseta blanca y vaqueros. Parecían Stevie Nicks y James Dean. Ambos llevaban gafas de sol.

—Ya parecéis californianos de pura cepa —les dijo Sadie—. Mira que yo nací aquí, pero parezco mucho menos californiana que vosotros.

La llevaron directa a las oficinas; Zoe, al volante; ella, en el asiento del copiloto y Marx, detrás. Sadie estaba cansada del vuelo, así que no llevó el peso de la conversación. Zoe charló con ella sobre todos sus descubrimientos de la zona. Era lo contrario a Dov: ¿había ido Sadie al observatorio Griffith? ¿Había estado en la noche de cine del cementerio Hollywood Forever? ¿En el ArcLight? ¿En el Greek? ¿En el Hollywood Bowl? ¿En los pabellones Getty? ¿En el LACMA? ¿En el Theatricum Botanicum? ¿Había probado el zumo verde? ¿Había estado alguna vez en la cafetería de dónuts que tenía forma de dónut? ¿En Pink's? ¿Había hecho alguna vez una de esas excursiones en autobús de dos plantas para ver por fuera las casas de los famosos? ¿Había estado en el restaurante que habían construido alrededor de un árbol? ¿Cuál era su cañón favorito para hacer rutas? ¿Cuál era su lugar preferido para ir a conciertos? ¿El Whisky a Go Go? ¿El Palladium? ¿El Troubadour? ¿Cuál era su parte favorita de la ciudad?

—Dicen que aquí no hay vida cultural, pero no paro de encontrarme cosas que hacer —añadió Zoe.

—Está entusiasmada —dijo Marx, contento con la euforia de su pareja.

Era una lista de turistadas, pero a Sadie le caía bien Zoe. Era una chica inteligente, aunque su inteligencia no se interponía en su entusiasmo.

—Tú eres de Beverly Hills, ¿verdad? —le preguntó Zoe.

—De Los Llanos —contestó ella.

—¿La parte llana de una zona a la que le pusieron el nombre por sus colinas? —siguió Zoe.

—No puedes tener colinas sin llanos —replicó Sadie.

—Sí —contestó la chica—, es verdad. Por cierto, he decidido que vamos a ser muy buenas amigas. Ni te molestes en intentar resistirte, te voy a acosar hasta que te rindas.

Sadie se echó a reír.

La oficina de Venice estaba en Abbot Kinney, que en 1999 no tenía ni una sola tienda de una cadena sofisticada, por decir algo en su favor (o en su contra, dependiendo del punto de vista). El espacio era industrial y, aparte de los baños y media docena de despachos a lo largo de su perímetro, indefinido. Sus detalles arquitectónicos relevantes eran de grandes dimensiones; ventanas de marcos de acero y suelos de hormigón a los que Marx, como era costumbre, tenía intención de darles calidez con muebles de madera, alfombras y plantas. En comparación con la caja de zapatos que habían dejado atrás, la oficina de Abbot Kinney parecía colosal y su carácter expansivo le dio a Sadie una ansiedad pasajera que rayaba en la kenofobia. Al hablar, oyó el eco de su voz.

—¿Nos lo podemos permitir?

—Pues claro —aseguró Marx. En aquel momento, Venice seguía siendo relativamente barata, la prima segundona de Santa Mónica, y Juegos Sucios tenía efectivo para dar y regalar—. La inmobiliaria nos dijo que la oficina de Charles y Ray Eames está por esta calle, algo más abajo.

Sam salió de uno de los despachos.

—¡Hola, compis! —Se dirigió a Sadie—. ¿Qué te parece?

—Creo que más nos vale que *Ambos lados* sea un bombazo.

—Si subes a la azotea —dijo Marx—, verás una majestuosa, aunque bastante estrecha, franja de mar. —Le sonó el teléfono: era la empresa de mudanzas con las cajas de la oficina de Cambridge—. Tengo que ir a recibirlos. Seguid sin mí.

Pero cuando Sadie y Sam llegaron al descansillo, vieron que el único acceso a la azotea era una empinada escalera de caracol. El tipo de estructuras que le causaban problemas a Sam. Ella se sorprendió de que Marx no los hubiera puesto sobre aviso.

—No hace falta que subamos —dijo ella.

Sam se agarró a la barandilla y luego asintió.

—No, me las apaño. Quiero ver esas vistas tan poco impresionantes, no que me lo cuentes.

Mientras ascendían, poco a poco, Sam se apoyaba en Sadie, pero solo un poco. Hablaban para que ella no notara lo incómodo que se sentía.

—Estaba intentando recordar el nombre de un juego. De la época en la que empezaste a traer el portátil al hospital. Era de un chaval que intentaba salvar a su novia.

—Sí, ya me acuerdo.

—De un científico cuyo cerebro había sido poseído por, tal vez un..., ¿cómo era?..., ¿un meteoro sintiente? Y había un personaje con un tentáculo verde.

—*Maniac Mansion* —contestó ella.

—Ese es. Claro, *Maniac Mansion*. Madre mía, nos encantaba. Estaba yo pensando que algún día tendríamos que hacer algo ambientado en una mansión.

—Y que cada habitación sea un portal para viajar en el tiempo.

—Y puede que todas las personas de todos los períodos históricos que hayan vivido en la casa sigan allí.

—Y no están muy contentas —añadió Sadie.

Para entonces, habían llegado al final de las escaleras.

—Gracias —le dijo él.

—¿Por qué?

—Por el servicio que me ha prestado tu brazo.

En la azotea, si Sadie se ponía de puntillas y estiraba el cuello, era cierto que se veía el Pacífico. No eran unas vistas espectaculares, pero ahí estaban. En todo caso, sentía que estaba cerca del mar, lo olía y lo oía y el aire también era brisa marina. Inspiró hondo.

El espacio que Marx había elegido era inmaculado. A Sadie le gustaban las cosas limpias y luminosas, se sintió llena de esperanza. Era verdad que California era su sitio. California estaba hecha para los comienzos. Harían *Ambos lados* y sería mucho mejor que *Ichigo* porque ahora eran mucho más inteligentes que entonces. Sam estaría curado y ella dejaría de estar enfadada con él; no era culpa de Sam que la gente pensara que *Ichigo* era suyo. Y Sadie empezaría de cero.

Aquella noche, Sadie cogió el coche de su padre y se acercó a K-town. Aparcó en el callejón que había detrás de la pizzería de Dong & Bong.

Había pósteres de ambos juegos de *Ichigo* enmarcados en las paredes del local, bien a la vista. Solo había otro cartel decorando la pizzería: el de una cerveza coreana, JjokJjok. Era de los años ochenta, bastante descolorido. Tenía la imagen de una mujer coreana sonriente y el eslogan: «¿Qué está bebiendo la mujer más guapa de Koreatown?».

Sam esperaba a Sadie en una de las mesas del fondo.

Cuando la vio, Dong Hyun salió de detrás del mostrador para abrazarla.

—¡Sadie Green! ¡Una famosa! —la saludó—. ¿Lo mismo de siempre? ¿Media de champiñones, media de pepperoni?

—Ya no como carne —dijo Sadie—. Así que solo champiñones. Y cebolla, si tenéis.

Usando una de las muchas llaves del llavero que colgaba de su cinturón, Dong Hyun desbloqueó la máquina de *Donkey Kong*.

—Chicos, jugad lo que os apetezca.

—¿Jugamos? —preguntó Sam.

Al acercarse a la recreativa, apareció la pantalla del salón de la fama: solo aguantaba una de las puntuaciones de S. A. M.: la más alta.

—Sigues imbatible —dijo Sadie—. ¿Crees que puedes superarlo?

—No, estoy muy desentrenado.

Mientras esperaban la pizza, jugaron varias partidas. Sam y ella ya no eran buenos.

—¿Sabes qué es lo mejor de *Donkey Kong*? —preguntó Sadie.

—¿Que se llama así por el malo? ¿La novedad de usar barriles como armas?

—La corbata. Es un diseño genial. Sin ella, la cuestión de la picha estaría siempre *flotando en el aire*.

—Literal.

Ambos se rieron por su bromita adolescente y sintieron que volvían a tener doce años.

Dong Hyun sacó la pizza y Sadie y Sam se sentaron en uno de los compartimentos. Sam no comió; ya eran más de las siete y la operación estaba programada para primera hora del día siguiente.

—¿De verdad que te vas a quedar mirando sin comer? —le dijo Sadie.

—No me importa. De todas maneras, creo que te gusta la pizza más que a mí.

—Bueno, eso de niña. —Sadie le hizo una mueca—. ¿Seguro que no te importa?

—A ver, pues un poco, pero habrá más pizzas, Sadie.

—Nunca se sabe. Esta podría ser la última del mundo.

Sadie llevaba sin probar bocado desde el avión, desde por la mañana, y se acabó comiendo casi toda la pizza.

—No lo sabía, pero me estaba muriendo de hambre —dijo ella.

A eso de las ocho, llevó a Sam al hospital. Se habían acabado las horas de visita, así que solo se permitía que los familiares cercanos acompañaran a los pacientes a la habitación, pero cuando la enfermera le preguntó a Sam quién era Sadie, él respondió enseguida:

—Mi mujer.

Entraron en la habitación del hospital. Él no tenía ganas de dormir, así que se quedaron sentados en la cama y miraron por la ventana, que daba a otro edificio casi idéntico.

—Un juego que se desarrolle en un hospital —dijo Sadie.

—¿Quién lo protagoniza?

—Una doctora, supongo —propuso ella—. Intenta salvar a todo el mundo.

—No —replicó Sam—. Es un ataque zombi y hay un chaval que tiene cáncer y tiene que encontrar la manera de salir vivo del hospital y salvar a tantos niños y niñas como pueda por el camino.

—Mejor —dijo Sadie. Buscó en su bolso—. Me he encontrado esto en mi escritorio, en casa, estaba esperando el momento adecuado para dártelo. —Le dio varias hojas que en su día se habían mojado. Arriba se leía: «Registro de servicios a la comunidad. Sadie M. Green. Fecha de bat mitzvá: 15/10/88».

Sam se puso contento cuando se dio cuenta de lo que era. Le dio la vuelta para ver el total.

—609 horas.

—Nunca nadie había hecho tantas horas de servicios a la comunidad para un bat mitzvá. No sé si te lo llegué a decir, pero me dieron un premio —le explicó Sadie.

—¡Ya te lo podrías haber traído!

—¿Por quién me tomas? —Volvió a sacar algo del bolso, esta vez, un pequeño pisapapeles de cristal en forma de corazón con la siguiente frase: «Otorgado a Sadie Miranda Green por su excepcional contribución a la comunidad, junio de 1988, de la Hadassa del templo Beth El de Beverly Hills». Me lo dieron cuando llegué a las quinientas horas; Alice se puso como loca, creo que por eso te lo contó, aunque ella dice que no fue por eso.

—No es una baratija.

—Las señoras de la Hadassa no se andan con tonterías. Es de Swarovski o de Waterford o algo así. ¡Mi hermana se puso tan celosa!

—Como para no. —Sam cerró el puño alrededor del pisapapeles—. Ahora es mío.

—Por supuesto —respondió Sadie—, por eso te lo he traído.

—Esta noche estás tú muy sentimental —le dijo Sam.

—De nuevo en Los Ángeles. De nuevo en el hospital contigo. Empezando de nuevo. Sin Dov. Juego nuevo. Oficina nueva. Supongo que sí.

—Pensaba que estabas preocupada por si la palmaba.

—No. No te vas a morir nunca. Y si te mueres, reiniciaría el juego —dijo Sadie.

—Sam ha muerto. Introduzca otra moneda en la máquina.

—Volvería al punto de guardado. Seguiría jugando y al final ganaríamos. —Hizo una pausa—. ¿Tienes miedo?

—Creo que, más que nada, estoy *aliviado* —le confesó—. Me alegro de que por fin vaya a hacerse, pero es raro, porque también echaré de menos este pie inútil. Lleva conmigo toda la vida, eso es así, y tampoco puedo negar que me ha traído suerte.

—¿Y eso?

—Bueno, si no hubiera estado en el hospital, nunca te habría conocido —añadió—. Y nunca nos habríamos hecho amigos. Y luego enemigos...

—Yo nunca he sido tu enemiga. Eso es cosa tuya.

—Eras *mi* enemiga —dijo Sam. Levantó el pisapapeles—. ¡Esta preciosidad lo demuestra de una vez por todas!

—No hagas que me arrepienta de habértelo dado. —Sadie intentó cogérselo, pero él lo apartó.

—No te lo pienso devolver. La cuestión es que volvimos a ser amigos. Y si yo no hubiera tenido este desastre de pie, nunca habríamos hecho *Ichigo* y nunca habríamos acabado aquí, doce años más tarde, sentados en otro hospital, a menos de cinco minutos andando del primero.

—No lo sabes. Podríamos habernos conocido en otro momento. Vivíamos a menos de diez kilómetros cuando éramos niños; hemos ido a dos facultades que están a menos de cinco kilómetros. Podríamos haber coincidido en Cambridge. O habernos conocido antes de eso, en uno de esos saraos de niños listos de Los Ángeles donde siempre me mirabas mal. No lo niegues...

—¡Eras mi enemiga mortal!

—Me parece que eso es pasarse. Lo recuerdo como un período de fría cordialidad, pero volviendo a lo que estaba diciendo al principio, hay muchas otras maneras... De hecho, infinitas, en las que podríamos habernos conocido.

—¿Me estás diciendo que todo mi dolor y todo mi sufrimiento han sido para nada?

—Completamente en vano. Lo siento, Sam. El universo te ha torturado porque podía, porque seguirá haciéndolo. En el cielo tiraron el enorme dado poliédrico y salió «torturar a Sam Masur». Yo habría aparecido en el juego de tu vida de una manera o de otra.

Sadie bostezó. Empezaba a notar un cansancio mortal. Llevaba dieciocho horas en pie y había comido muchísima pizza. Le sonrió soñolienta a Sam.

—No soy tu mujer.

—Bueno, eres como mi esposa laboral —dijo él—. No lo niegues.

—De eso nada, esa es Marx —puntualizó ella.

—Lo he dicho para que te dejen volver. La clave para conseguir lo que quieres en un hospital es soltar las mentiras adecuadas con voz de autoridad.

Ella volvió a bostezar.

—Aún arrastro el desfase horario. Debería ir tirando a casa. Me da la sensación de que hace muchísimo tiempo que no conduzco. Ahora, en términos generales, soy una mala conductora. —Le estrechó la mano, la manera en la que acostumbraban a despedirse—. Estaré aquí cuando te despiertes de la operación, ¿de acuerdo? Te quiero, Sam.

—A morir —le dijo él.

Después de que Sadie se marchara, él no tenía sueño, así que decidió dar un último paseo con su pie podrido. A esas alturas, casi no podía ejercer nada de presión sobre el pie, iba con muletas. Pero aun así, quería recordar la sensación de tener dos pies. Se acercó caminando al hospital infantil, donde había pasado tantísimo tiempo y donde habían dedicado tanto esfuerzo en salvar esa cosa que, dentro de un par de horas, le seccionarían para siempre.

Fue a la sala de espera y una chica, no mucho mayor de lo que era Sadie cuando la conoció, estaba jugando a un juego en el portátil. En un mundo perfecto, pensó Sam, la chica estaría jugando a *Ichigo*. Echó un vistazo a la pantalla: era *Mar Muerto*.

—¿Te gusta? —le preguntó Sam.

La chica se encogió de hombros.

—Es un poco viejo, pero me gusta matar zombis —contestó ella—. Mi hermano dice que me parezco a Fantasma.

Mientras Sam volvía a su habitación, notó un pinchazo en el muslo; la punta sorprendentemente afilada del pisapapeles de cristal de Sadie. Lo sacó del bolsillo. Lo miró y se rio. ¡Cuánto se había enfadado con ella! ¡Cuánta pasión justiciera había empleado en mantener esa enemistad! Se creyó muy maduro cuando decidió sacarla de su vida, pero su reacción había sido de un infantilismo vergonzoso, además de exagerada. Una vez intentó explicarle la pelea a Marx y ni siquiera Marx lo entendió. «No», le dijo Sam, «claro que lo entiendes. Es por principios. Ella fingía ser mi amiga, pero solo por los servicios comunitarios». Marx lo miró de manera inexpresiva y luego añadió: «Sam, nadie se pasa seiscientas horas haciendo nada por caridad». Al pensar en aquello y mirar el pisapapeles, a Sam se le llenó el corazón de amor por Sadie. ¿Por qué le costaba tanto decirle que la quería incluso cuando ella se lo decía a él? Él sabía que la quería. La gente decía «te quiero» mucho más a la ligera, sin sentir tanto, y no significaba nada. Y quizá esa era la clave. Lo que sentía por Sadie era más que amor. Tenía que haber otra palabra que lo expresara.

Quería llamarla en ese mismo momento y decírselo, pero sabía que estaba cansada por el desfase horario y estaría durmiendo en su cama color verde menta de cuatro postes, bajo las sábanas de rosas estampadas, con sus padres al fondo del pasillo. Pensar en esa imagen lo hizo feliz. Su mejor amiga había vuelto a su ciudad natal por él. No era idiota; tenía clara la maniobra de Marx al insistir en que trasladaran la empresa a Los Ángeles. Marx le había hecho creer que se mudaban por *Ambos lados*, por Sadie, por él mismo, incluso por Zoe. Pero la verdad era que lo habían hecho por Sam, porque a Sam le había dado miedo enfrentarse al invierno, porque Sam tenía dolores constantes, porque Sam había tenido miedo de la operación y porque a todo el mundo le parecía evidente que la intervención ya no se podía aplazar. Habían estado preocupados por él, habían querido hacerle la vida más fácil. Así que se inventaron razones para el traslado, algunas de ellas hasta persuasivas y reales. Y no lo habían hecho por el juego o por la empresa, sino porque lo querían, porque eran sus amigos. Y se sentía agradecido.

Se desnudó, dejó con cuidado el corazón de cristal en la mesita de noche y se puso el pijama. Echó un último vistazo a su pie —*au revoir*, amigo mío— y luego se metió en la cama y se durmió. Como solía pasarle cuando estaba en el hospital, soñó con su madre.

Durante los primeros meses de estar en Los Ángeles, Anna no trabajó. Hizo pruebas día sí día también para películas, telenovelas, anuncios, voces superpuestas, pero casi no recibió ni una sola llamada para pasar a la siguiente fase. Cuando le preguntó a su agente por qué la descartaban tanto, él le dijo que no se preocupara. «Tienen que ir conociéndote, Anna.» Su agente recalcó que tenía un aspecto juvenil; le recomendó que revisara su currículum y que pusiera que podía interpretar papeles de los trece a los cuarenta años.

Unos días después del décimo cumpleaños de Sam, recibió una llamada de un programa matinal de animación que echaban los sábados, uno de unos troles azules diminutos que cantaban, pero, al final, decidieron que querían a alguien cuya voz fuera menos étnica. Durante un instante, Anna se preguntó que tendría de «étnica» su voz: había nacido en Los Ángeles. Aun así, no servía de nada ahondar en las excusas que le daban a una para rechazarla. Igual no les había gustado porque no era buena, porque no tenía talento, porque era demasiado bajita. Quizá no les gustó porque eran racistas o sexistas o escondían algún otro prejuicio secreto. A fin de cuentas, no les gustó *y punto*. No los haría cambiar de opinión. No le enseñaría nada a nadie.

Mientras esperaba a triunfar en la Costa Oeste, asistió a clases de actuación (voz, audiciones, movimiento), baile, yoga, programación, escritura autobiográfica. Meditó. Fue a terapia. Trabajó en el restaurante de sus padres cuando necesitaban ayuda. Vio menguar su cuenta bancaria; Sam y ella tenían muchos menos gastos ahora que vivían con los abuelos, por lo que el dinero no desaparecía tan rápido como podría haber sido el caso. Pero gastos había. La vida era cara en todas partes. Las clases costaban dinero, aunque le parecían necesarias. Se había comprado un coche de segunda mano. Necesitó fotografías nuevas, ropa nueva. Les pagaba a sus padres por la pensión completa, aunque ellos le habían dicho que no hacía falta. En cierto momento, necesitaría dinero para encontrar una casa para ellos dos, en un buen distrito escolar, mejor que el de Echo Park, el que les correspondía a sus padres. Necesitaba trabajar porque, si no trabajaba pronto, perdería el seguro médico del sindicato y Sam también se quedaría sin cobertura. Le dijo a su agente: «Apúntame a lo que sea. Haré lo que sea, de verdad».

En septiembre, tuvo tres pruebas. La primera fue para la compañía itinerante nacional del Pacífico Sur: un papel pequeño, el de Liat, con la posibilidad de ser sustituta en un papel más importante. Anna pensó que lo de Pacífico Sur era racista y que una compañía nacional itinerante implicaría estar separada de Sam todo el año. La segunda prueba fue para hacer de una criada «étnica» en *Hospital general* que acababa liándose con el protagonista de la serie. De manera provisional, el nombre era Ximena, pero el agente de Anna le aseguró que los productores estaban abiertos a que fuera de cualquier raza: Ximena podía ser LaToya o podía ser Meimei o podía ser Anna (pero quizá Anna, tal cual, no; sonaba demasiado blanco). Y tras la puerta número tres estaba el papel de modelo/azafata en un programa más o menos novedoso llamado *¡Dale al botón!* Estaba pensado para hacerle la competencia a *El precio justo* y lo presentaba Chip Willingham, que era famoso, aunque Anna no estaba del todo segura de por qué, igual solo por ser presentador de cosas varias. El programa iba a sustituir a una de sus modelos-presentadoras (aunque en realidad, poco presentaban como tal, casi ni hablaban). Anna era bajita para ser modelo —1,65—, pero si se ponía los tacones más altos del zapatero, tenía la figura, la delgadez y los pómulos marcados necesarios para pasar por una. Además de que fuera asiática, buscaban a alguien de veintitantos años con «un gran sentido del humor», cosa que por lo general significaba que la humillarían de alguna manera. En todo caso, no quería coger ese trabajo. Trabajar de modelo en un programa no era *actuar de verdad*. Ella había estudiado en la prestigiosa Universidad de Northwestern e incluso había trabajado durante una temporada en la Academia Real de Arte Dramático. Había estado en Broadway. Tenía formación. Tenía oficio.

En la prueba para *¡Dale al botón!* le dieron un par de *stilettos* rojos y un vestido negro de cóctel ajustadísimo y le pidieron que se cambiara. La productora le dijo:

—Somos un programa elegante. —La mujer miró a Anna con expectación.

—Guau —dijo Anna—. Es... —No se le ocurrió nada más que decir.

La mujer la evaluó en diversos ejercicios: correr y descorrer un telón al ritmo adecuado, presentar una caja vacía, llevar a un concursante al camerino, sacar un cheque gigante, reírse y aplaudir con educación.

—Anna, sonríe más —insistió la productora—. Que se te vean los dientes, ¡mirada feliz! —Anna esbozó una sonrisa más grande.

—¡Estupendo! Reírse también es muy importante, Anna. Chip necesita sentir que te parece divertido incluso cuando no lo es. ¿Entiendes lo que te digo?

Anna se rio.

—Bien —dijo la productora—. ¿Igual una risa diferente? Algo más auténtica. Tipo: «Ay, papi, mira que eres, pero te quiero». Ese tipo de risa.

Anna se rio con una perplejidad genuina.

—¡Bien, bien! Eres buena. Esa me la he creído por completo. —La productora la miró—. Eres un poco menuda, pero me gusta tu aspecto. —La mujer asintió—. Bien, ahora vas a conocer a Chip. Lo que tienes que saber sobre él es que es de la vieja escuela, muy de la vieja escuela, ¿entendido? No es mal tipo, pero, como dice él, no le van los rollos de la liberación de la mujer y esas cosas; tolera a las mujeres, pero no quiere oír hablar del tema. Estudió en Dartmouth y le gusta que la gente lo sepa. Tu trabajo es reírte de sus chistes y ser guapa, básicamente, apartarte de su camino todo lo que puedas.

La productora llevó a Anna a un despacho con una estrella en la puerta. Llamó.

—Chip, te traigo a alguien que quiero que conozcas. La chica que igual sustituye a Anna.

—Yo soy Anna —dijo Anna.

—Lo siento, la chica que estaba antes se llamaba Anne.

La primera vez que Anna vio a Chip Willingham pensó que si alguien tenía cara de presentador de concurso, era ese hombre. Tenía la piel bronceada y aceitosa, como un bolso de buena calidad; el pelo del color y la rigidez del ónice; los dientes, enormes rectángulos blancos. Daba la impresión de ser atractivo sin llegar a serlo, fue incapaz de adivinar qué edad tendría. Solo giró la cabeza, sin darse la vuelta, y le dio un repaso a Anna.

—Pasa —le ordenó la productora a Anna y cerró la puerta al salir.

—Bajita —dijo Chip.

—En efecto —dijo Anna.

—Tetas. —Hizo una pausa—. Pequeñas. —Volvió a callarse—. Manzanas, a algunos hombres les gustan las manzanas, a otros no.

Anna sacó la risa de «ay, papi, cómo eres».

—Es cierto. —Anna no veía el momento de que aquello terminara. Con suerte, entraría en la compañía nacional itinerante del Pacífico Sur. Le pagarían bastante bien y, aunque echaría de menos a Sam, al menos el niño estaría con los abuelos.

—Pero las que ven el programa son mujeres, tus tetitas de manzana son perfectas para un matinal.

—Eso decía siempre mi madre.

—Eres graciosa. —Chip no se rio—. Acércate.

Anna no sabía por qué, pero se acercó. Él le analizó la cara. Le pasó el dedo índice por el tabique nasal.

—Exótica. La última también era oriental.

—Orientales son las alfombras y los muebles —puntualizó Anna—. No la gente.

—*Chinoiserie* y muebles —siguió Chip—. Date la vuelta.

De nuevo, Anna no supo por qué lo hizo, pero lo hizo.

—Culo —dijo Chip—. Manzana grande. —Le dio una palmada y luego le agarró la nalga derecha, las uñas de manicura del presentador entraron por la raja—. Firme.

Anna se rio, «mira que eres...», y luego le cruzó la cara.

Se fue al vestuario para recuperar su ropa. No lloró.

La productora la paró cuando ya se estaba marchando.

—¿Cómo ha ido con Chip?

Anna negó con la cabeza.

—Por si sirve de algo, creo que le has gustado de verdad —añadió la mujer—. No habría durado tanto si no le hubieses gustado.

—¿Qué le pasó a Anne? A la chica que trabajaba antes aquí.

—Anne. Bueno... Es una historia trágica. Murió de repente.

—Por Dios —dijo Anna—. No se la cargó Chip, ¿verdad?

—Parecía que todo iba bien —siguió la productora—. Anne conducía con uno de sus novios por Mulholland Drive, no cogieron bien una curva y... Ya sabes cómo es esta ciudad. Era una chica muy dulce. Solo tenía veinticuatro años. Era de Oakland.

—No se apellidaría Lee, ¿verdad?

Anna no sabía si iba a poder soportar una respuesta afirmativa.

—No, Chin.

Se echó a llorar. Lloraba por la otra Anna Lee, que se tiró de un edificio, y por esta Anne, que seguro que había sufrido los dedos de chip Willingham donde no debía, y por ella misma: ¿para eso había quedado? Cuestionó sus decisiones vitales, desde presentarse al casting de la obra de teatro el primer año de instituto a decidir mudarse a Los Ángeles porque una mujer, que no tenía nada que ver con ella, salvo la coincidencia de su nombre, se había tirado de un edificio una gélida noche de febrero. La productora le dio palmaditas en la espalda.

—No es tan terrible. No sufrió.

Le dio un pañuelo.

Tres días más tarde, su agente la llamó.

—¡Buenas noticias! —dijo—. Te cogen en *¡Dale al botón!* Les ha encantado tu «arrojo». Eso han dicho.

—¿Qué ha pasado con Pacífico Sur?

—¿Qué más da? —contestó el agente—. Si lo odiabas.

—¿Y la telenovela?

—Han decidido reescribir el papel para que sea una blanca barriobajera. Olvídate. En *¡Dale al botón!* te pagarán mejor y si el programa dura para siempre, podrás permitirte mandar a ese hijo tuyo a Harvard-Westlakes o a Crossroads. Y si sale algo mejor, te sacaré de ahí, te lo prometo. Es dinero fácil, Anna.

Durante los tres años que duró, *¡Dale al botón!* fue una versión del todo indistinguible de cualquier otro programa matinal de los años ochenta, con una forma completamente anodina. Sus variaciones incluían gente de a pie emparejada con celebridades que tenían que responder a preguntas tipo Trivial; una mascota abusona de pelo flamígero llamada el Monstruo del Botón; juegos estilo parque de atracciones; el público del estudio cantando como locos «¡Dale! ¡Al! ¡Botón!» según indicaba el teleprónter. Las veces que Sam estuvo presente en una de las grabaciones, aquello le pareció maravilloso; mucho más entretenido que el teatro que hacía su madre en Nueva York.

Por su participación, a Anna le pagaban mil quinientos dólares a la semana, mucho más de lo que había llegado a ganar cuando actuaba en *A Chorus Line*. Aunque el trabajo tenía poco que ver con su formación, la única dificultad que tenía era evitar las insinuaciones de Chip. Cuanto más lo evitaba, más la buscaba él. Cuanto más tajante era ella al rechazarlo, más decidido parecía que estaba aquel hombre. Parecía que le gustaban las negativas, aunque también sacaba placer de decirle a Anna que era sustituible. «Hay un millón de Annas Lee en esta ciudad», le decía. Para sobrellevarlo, empezó a imaginarse en otro programa. Ganar suponía, entre otras cosas, conservar su trabajo.

Aunque hubiera «un millón de Annas Lee», ella seguía siendo una de las pocas asiáticas en la televisión estadounidense y aquello acabó siendo un gran valor. Se convirtió en una celebridad local en K-town, algo que ni se había esperado. Se encontró con muchísimas oportunidades pagadas: jueza en Miss Koreatown, cortar la cinta en la apertura de un supermercado del barrio, anuncios de cosmética coreana, inauguraciones de restaurantes. Se convirtió en la embajadora de una cerveza coreana llamada JjokJjok, con su cara en una valla publicitaria de quince metros en Wilshire con el eslogan: «¿Qué bebe la mujer más guapa de Koreatown?».

Anna, sus padres y Sam fueron a Wilshire para hacerse fotos con la valla. Dong Hyun sacó su aparatosa Minolta de 35 mm para hacer un vídeo. Se le empañaron los ojos y le dio golpecitos a Anna en el brazo, farfulló algo sobre el sueño americano. Él no había sabido qué era el sueño americano o cuándo sabría si lo había logrado, pero bien podría ser ver a su hija en una valla publicitaria vendiendo cerveza JjokJjok a los compatriotas. ¿Quién podía negárselo?

—Papá —dijo Anna—, no es más que una valla publicitaria. No es para tanto.

A Anna le avergonzaba tanta atención, le avergonzaba su trabajo. Al mismo tiempo, estaba orgullosa de haber firmado hacía poco un contrato de alquiler para una casa adosada en Studio City, que llevaría a Sam a un mejor distrito escolar público. Estaba orgullosa de que su padre estuviera orgulloso.

—La mujer más guapa de Koreatown —dijo Dong Hyun con tono reverente.

—Eso lo dice un publicista que quiere vender cerveza —dijo Anna—. No soy la mujer más guapa de Koreatown.

—No lo es —dijo Bong Cha—. Hay muchas mujeres guapas en Koreatown.

—Gracias, mamá.

—No quiero que se te suba a la cabeza —puntualizó su madre—. Tanta atención...

—Que lo decida Sam —dijo Dong Hyun—. ¿Crees que tu madre es la mujer más guapa de K-town?

Sam la miró.

—Creo que eres la mujer más guapa del mundo.

Sam tenía doce años. Más cerca de ser un hombre que un niño. Cada día se volvía más misterioso para su madre; incluso sus olores, antaño tan familiares, ahora a ella le resultaban misteriosos y sentía que estaba pasando una especie de duelo. Aun así, Sam sabía con certeza que su madre era la mujer más guapa del mundo. Lo decía el anuncio porque era verdad.

Anna y Sam volvieron a Studio City, ella se perdió un poco por las colinas de Hollywood. Quizá había alargado el trayecto en coche a propósito. Quizá había querido perderse. Era agradable conducir con la capota bajada, con tu hijo, una cálida noche californiana de junio. Había comprado el coche hacía poco. Un estúpido deportivo rojo que había sido su primer derroche.

—¿Sabes que fui a un instituto de arte dramático? —le preguntó su madre—. No queda lejos.

Sam asintió.

—Sí.

—¿Igual te gustaría estudiar allí?

—No creo, mamá. Yo no sé mucho de actuar.

—Es verdad, pero lo que mola de ese instituto es que van chavales de toda la ciudad, así que acabas conociendo a todo el mundo. No sé si te has dado cuenta, pero Los Ángeles puede ser, no sé, un poco tribal. La gente del Eastside se queda en el este; la gente del Westside, en el oeste. En el este, donde nos quedamos con la abuela y el abuelo, en realidad no es el este, sino el oeste, porque, técnicamente, todo lo que está más allá del río Los Ángeles es oeste.

Sam y Anna se rieron a costa de la gente a la que le importaba si vivían en un lado u otro.

—Cuando estuve en el instituto de arte dramático, tuve un novio.

—¿Solo uno? —la pinchó su hijo.

—Este en particular era el nieto de uno de los jefazos de los estudios de toda la vida. Con fortuna familiar, ya me entiendes. Y vivía en el Westside, en Pacific Palisades, lo más al oeste que se podía ir, pero siempre venía en coche a casa a verme. Se cruzaba la ciudad muy rápido. Como un rayo. O sea, que yo lo llamaba y se plantaba en mi casa en siete minutos. Y tú sabes lo que se tarda en ir a cualquier sitio por aquí. Así que le pregunté: «A ver, colega, ¿cómo llegas tan rápido a mi casa?». Y va y me pone una cara rara y me dice que no me lo puede decir: «Es un secreto». —Anna, como buena actriz que era, hizo una pausa para generar tensión y asegurarse de que Sam seguía escuchándola.

—¿Y te lo llegó a contar alguna vez? —le preguntó Sam.

—No. Era un poco capullo y siempre nos estábamos peleando, así que acabamos dejándolo poco después. La semana pasada, le conté esta historia a Alison, la otra modelo del programa, y Chip nos oyó y dijo: «Está claro, usaba las autovías secretas».

—¿Autovías secretas?

—Sí, eso me dijo. Según Chip, cuando comenzó el desarrollo urbanístico de Los Ángeles, los directores de los estudios construyeron unas autovías secretas. Unas autovías que solo *ellos* conocían, para llegar rápido a los sitios. Chip piensa que aquel novio mío, que, por si lo has olvidado, recuerda que era el queridísimo nieto de uno de los mandamases de un estudio, seguramente sabía lo de esas carreteras. Se decía que había una que iba de este a oeste, de Silver Lake a Beverly Hills, y otra de norte a sur, de Studio City a K-town. Chip me ofreció diez mil dólares si éramos capaces de encontrarlas.

Como si se lo fuera a decir si alguna vez encuentro una autovía secreta y mágica.

—Deberíamos buscarla —dijo Sam—. Así podríamos llegar a casa de la abuela y del abuelo en un pispás.

—¡Pues sí!

—Lo haremos de manera metódica —siguió Sam—. Cada vez que volvamos a Studio City, cogemos una ruta algo diferente. Y yo dibujaré un mapa y al final la encontraremos. Estoy convencido.

Estaba ascendiendo en espiral hacia Mulholland Drive cuando, de repente, un borrón de pelo se plantó a toda velocidad frente a su coche. Anna frenó y viró de forma un poco brusca. El animal se quedó congelado. Por los faros, vio que era un perro mediano o quizá un coyote con pelaje amarillento. Una especie americana.

El animal se escabulló.

—Dios mío —dijo Anna—. ¿Tú crees que le hemos dado?

—No —contestó Sam—. Parecía que estaba bien cuando se ha ido corriendo. Solo estaría asustado.

—¿Era un perro o un coyote?

—No lo sé —dijo Sam—. ¿Cómo los diferencias?

Anna se rio.

—La verdad es que no lo sé. Lo buscaremos en la enciclopedia del abuelo la próxima vez que vayamos a verlos.

—Da un poco igual, ¿no?

—Supongo. —Hizo una pausa—. Quizá me sentiría un poco peor si hubiera matado a la mascota de alguien. Un coyote no es de nadie. Un coyote es salvaje, pero igual tampoco está bien sentir eso. Un coyote tiene el mismo derecho a vivir que cualquier otro animal.

Apagó el motor para serenarse. Se quedaron a oscuras. Anna aún no se conocía el coche nuevo, por lo que le costó encontrar las luces de emergencia. Le temblaban las manos.

—Madre mía, qué oscuro se ha hecho —dijo Anna.

Sam recordaría primero las luces. Dos, como un par de ojos, creciendo a toda velocidad, más grandes, buscándolos en medio de la noche. Sam recordaría un pensamiento irracional: «Estamos bien porque el coche no nos ve. Nos protege la oscuridad».

Luego, el agudo chirrido de las ruedas, el metal arrugándose, los cristales estallando como un grito.

Resultó que el conductor superaba el límite de velocidad, pero el accidente no fue culpa suya. La carretera era estrecha, casi no pasaban dos coches por el mismo carril. Cogió la curva un poco ancha y se estampó con un robusto sedán directo contra el ligero deportivo de Anna; gran parte del impacto se lo llevó la conductora y el pie izquierdo de Sam. ¿Cómo se podía esperar que aquel hombre supiera que allí habría un coche? ¿Por qué habría un coche allí parado sin las luces encendidas? ¿Cómo iba a saber que un chico y su madre estaban allí?

En el asiento del copiloto, Sam vio la cara de su madre, iluminada por los faros del otro vehículo. Tenía fragmentos de cristal en la piel, parecía que le brillaba el rostro. Intentó alargar el brazo para quitarle las trizas de la cara, pero se dio cuenta de que tenía la pierna izquierda encajada en el salpicadero. No sentía dolor —eso llegaría más tarde—, pero no se podía liberar para tocar la cara de su madre, la constricción hizo que entrara en pánico. Olía la sangre de Anna, mezclándose con su perfume de nardos, vio que tenía el pecho y el abdomen aplastados por el salpicadero. Pero eran los cristales. Los cristales en el hermoso rostro de su madre era lo que más le perturbaba en aquel momento; volvió a intentar quitárselos de la cara. Sintió un extraño movimiento en los huesos del pie mientras se acercaba a ella. Y con la última y fracasada intentona, volvió a sentir su cuerpo. Le entraron unos temblores violentos, no podía respirar.

—Mamá —le dijo al cuerpo caliente que tenía al lado—, me duele.

Alargó el cuello para poder apoyarse en la muesca de su hombro, luego cerró los ojos.

El hombre del otro coche se acercó a Sam aturdido. Gritó con desesperación:

—Lo siento muchísimo, no os he visto. No os he visto. ¿Estáis bien? ¿Está todo el mundo bien? ¿Hay alguien con vida? ¿Alguien?

Sam abrió los ojos:

—Estoy aquí.

Fueron las últimas palabras que pronunció hasta el día en que conoció a Sadie Green en la sala de juegos.

En los juegos, lo que más importa es el orden en el que suceden las cosas. El juego tiene un algoritmo, pero quien juega también ha de crear un algoritmo para ganar. En cada victoria hay un orden concreto. Hay una manera óptima de jugar a cualquier juego. Sam, en los meses silenciosos que vinieron tras la muerte de Anna, repitió de manera obsesiva la escena en su cabeza. Si ella no acepta el trabajo en *¡Dale al botón!* y no puede permitirse comprarse el coche nuevo. Si se compra el coche nuevo, pero va directa a casa después de cenar. Si la primera Anna Lee no salta de aquel edificio y Anna nunca llega a Los Ángeles. Si Anna no deja de conducir después de darle al coyote. Si Anna encuentra las luces de emergencia. Si Anna nunca se acuesta con George. Si él no llega a nacer. Sam determina que hay maneras infinitas en que su madre no muere aquella noche y una sola en la que sí acaba sucediendo.

6

La mañana de la operación de Sam, Sadie se acercó a Venice a poner en orden su despacho. Marx había traído mesas baratas y estanterías, muebles suficientes para poder empezar a trabajar antes de que el espacio estuviera acabado en condiciones. La última caja que Sadie abrió contenía su colección de juegos de ordenador, que siempre tenía a mano para hacer consultas. Los ordenó; era una combinación de cajas en formato CD y otras de cartón en formato libro: *Commander Keen, Myst, Doom, Diablo, Final Fantasy, Metal Gear Solid, Leisure Suit Larry, The Colonel's Bequest, Ultima, Warcraft, Monkey Island, Pioneros de Oregón* y unos treinta o cuarenta más. En el fondo de la caja estaba *Mar Muerto*. Le seguía encantando, aunque sus sentimientos hacia su creador fueran más complejos. Sacó el CD de la caja. Dov se lo había firmado: «Para Sadie, por su vigésimo cumpleaños, la chica más sexi y brillante del Seminario Avanzado de Videojuegos. Con amor, D. M.».

Sadie había olvidado aquella dedicatoria y se preguntó cuándo había sido la última vez que le había echado un vistazo al disco. Años, probablemente. La última vez que recordaba haberlo visto fue el día que Marx y Sam estuvieron jugando a *Mar Muerto*. El día que Sam dijo: «Nuestro juego tiene que ser algo así».

Sadie recordaba a la perfección que Sam le había dicho que no sabía que Dov era su novio o su profesor. Pero si usó ese disco para jugar a *Mar Muerto* —ella sabía que así había sido—, habría leído la dedicatoria. Era imposible no haberla leído, a Sam nunca se le pasaba nada por alto. Y si Sam sabía que Dov era su novio, ¿había elegido *Mar Muerto* no al azar, sino con toda la intención del mundo? ¿Le había enseñado el juego porque *quería* que Sadie fuera a hablar con Dov, porque sabía que ella *iría* a hablar con él? ¿Y no se deducía que la amarga ruptura que había tenido había sido con él y que Sam no se había parado ni siquiera un instante a pensar lo que le supondría a su amiga ese encuentro? ¿Lo diferentes que hubieran sido los últimos tres años si Dov no hubiera tenido tanto poder profesional y personal sobre ella?

Si aquello era cierto, era una traición absoluta. Sam había tenido claro lo que quería y no le había importado lo que pudiera significar para ella. Quería Ulises, igual que quería el trato con Opus, igual que tampoco le importó mucho si Ichigo era un chico, igual que dejaba que todo el mundo pensara que el juego era suyo, del mismo modo que solo había retomado su amistad con el único objetivo de hacer un videojuego. Ella había creído que era su amigo, pero Sam no era amigo de nadie. No es que fuera deshonesto en ese aspecto; cuando ella le decía que lo quería, él nunca le respondía que también la quería. Ella lo excusaba —su padre ausente, la muerte de su madre, su lesión, su pobreza y las inseguridades evidentes que todas esas cosas le generaban—. Pero ¿y si su error había sido atribuirle a Sam emociones y sentimientos que era incapaz de sentir?

Sadie se sentó frente al escritorio de su despacho. Metió el CD de *Mar Muerto* en su portátil. Se saltó la perturbadora cinemática de apertura —el infierno del accidente aéreo del que Fantasma se convierte en la única superviviente, con *Claro de luna* de banda sonora—. Tenía ganas de matar a alguien, así que fue directa al primer nivel: la entrada en el mundo submarino, que parece un vestíbulo de Las Vegas. El zombi con camisa escocesa y pantalones de cuero cojeó hacia el centro del vestíbulo y Sadie, convertida en Fantasma, recogió el tronco. Le atizó al muerto viviente varias veces en la cabeza. Dov había conseguido unos efectos increíbles con las salpicaduras de sangre. Por ejemplo, Fantasma hasta se podía ver reflejada en la sangre del zombi que acababa de matar. Un pequeño detalle como ese supone una ingente cantidad de trabajo. «*Mar Muerto* es un gran juego», pensó.

Sadie seguía jugando cuando Marx asomó la cabeza por su despacho.

—Ha salido de quirófano —le dijo—. Su abuelo dice que ha ido todo bien.

—Buenas noticias —dijo ella. Tenía la cabeza llena de pensamientos oscuros. Fantasma soltó el tronco y lo cambió por el martillo.

—Voy para allá —le dijo Marx—. ¿Es *Mar Muerto*?

Fantasma le zurró a una zombi embarazada con el martillo; esa herramienta era mucho más efectiva que el tronco.

—Sí.

Fantasma probó las capacidades del martillo reventando una ventana.

De repente, el bebé de la zombi salió a rastras del vientre de su madre. Fantasma se detuvo un instante muy fugaz antes de abrirle la cabeza a la criatura. La sangre y los sesos salpicaron la pantalla.

—La primera vez que jugué a *Mar Muerto* —dijo Marx—, aquí es donde me mataron. No me cargué al bebé lo bastante rápido y se me abalanzó sobre la cara.

—La gente suele morir aquí o en la escena del perro. Dov odia el sentimentalismo.

—Es muy oscuro —replicó Marx, con sequedad—. Cuesta creer que *Ichigo* y este juego se hicieran con el mismo motor.

—Se ve en el agua. En la luz —dijo Sadie—. Se ve por todas partes si sabes dónde mirar.

Fantasma, con sus andares antinaturales, a saltitos, se agachó tras una estatua. Jadeó mientras esperaba al siguiente zombi.

—¿Te has pasado alguna vez todo el juego? —le preguntó a Marx.

—No.

—El giro de guion es que Fantasma en realidad no sobrevivió al accidente. Ella también es un zombi, pero todavía no lo sabe. Así que básicamente se ha pasado todo el juego matando a los de su especie.

—¡A joderse, chavalada! —bromeó Marx—. Matar zombis igual os parece divertido, pero luego os sentiréis mal.

—Muy propio de Dov —dijo Sadie—. Donde hay placer, hay dolor.

—Te vienes al hospital, ¿no? —preguntó Marx—. Deberíamos ir saliendo si no queremos pillar atasco.

—Creo que me voy a quedar aquí un rato —dijo Sadie, sin apartar la vista de la pantalla. Fantasma cambió el martillo por un destornillador. El destornillador no era tan satisfactorio a la hora de matar, pero, si no lo cogías, no podías abrir el panel que te llevaba al ascensor. Y si no cogías el ascensor, te quedabas atrapada en la primera parte del juego para siempre—. Aún tengo que sacar un par de cosas de las cajas.

IV. Ambos lados

1A

Sam alquiló una casita de una habitación cerca de sus abuelos, en el preciso aunque disputado linde oriental entre Silver Lake y Echo Park. En un principio, había pensado mudarse a Venice, cerca de la oficina de Juegos Sucios, pero había tardado más de lo esperado en recuperarse y, al final, le pareció más fácil quedarse en el Eastside, cerca de sus abuelos y del hospital, con toda la plantilla de doctores, doctoras y fisioterapeutas con quienes tenía la obligación de interactuar varias veces por semana.

Una de las nuevas vecinas de Sam —una señora con los brazos como Popeye y una bandera del orgullo en el porche y una cohorte rotatoria de pitbulls de la perrera, siempre hembras— se había referido al barrio como PeTePeFe —«Pie triste; Pie feliz»— por el anuncio de una clínica de podología que giraba en la esquina de Benton con Sunset, justo algo más abajo de su casa. Cada una de las caras del cartel presentaba un pie marrón antropomorfizado. «Pie triste» tenía una tirita en el pulgar, los ojos inyectados en sangre, una mueca de dolor en el rostro, muletas, manos y pies. «Pie feliz» se había curado de manera milagrosa gracias al poder de la podología: los pulgares arriba, sonrisa maniaca y deportivas blancas tobilleras, impolutas. El cartel colgaba sobre el aparcamiento de una pensión en cuyos bajos había un restaurante vegetariano tailandés y la clínica de podología en cuestión. El cartel giraba despacio, una vuelta cada doce segundos, más o menos. Decía la leyenda —aunque quizá esa fuese una palabra que le quedase grande a un cartel giratorio de la fachada de un hotelucho— que, según el lado del anuncio que vieses primero, tu día iría de una manera u otra.

Durante un año, Sam siempre se topaba con «Pie triste». Hizo por ver el otro lado: modificó la velocidad de acercamiento; pasó por delante tanto a pie como en coche, desde los cuatro puntos cardinales. Por mucho que variara su rutina, siempre le salía «Pie triste». No hacía falta haber estudiado Matemáticas en Harvard para saber que el resultado era estadísticamente improbable; no podía evitar pensar que el universo se estaba burlando de él.

1B

Sadie alquiló un piso en el edificio Clownerina, en Venice, a seis minutos y medio caminando de Juegos Sucios. El edificio tenía una escultura articulada de un payaso barbudo de diez metros vestido con un tutú de bailarina y puntas de ballet. En su día, movía las piernas, pero, o bien el agua de mar había oxidado los engranajes, o bien la gente que vivía allí se había quejado del ruido del motor. Durante los años que Sadie vivió en el edificio, Clownerina estuvo allí parado, con la puntera roja del pie derecho extendida con recato, esperando el día en el que volvería a bailar.

Aquella escultura podría parecer una horterada, pero a Sadie le encantaba. Para ella, representaba el espíritu de California y, por primera vez en su vida, aceptó por completo su ciudad natal. Donó los abrigos de invierno a la caridad y empezó a ponerse sombreros de ala ancha y vestidos holgados. Iba a los mercadillos de segunda mano con Zoe, compraban vinilos antiguos y collares largos y artesanía de arcilla. Quemaba incienso y dejó de tomar cafeína. Se dejó el pelo largo, hasta la cintura, con raya al medio. Empezó a hacer pilates, tiró las esposas de Dov al mar. Salió con un guaperas desaliñado que tocaba en un grupo de indie-rock; con un guaperas desaliñado que era actor y principalmente conocido por películas independientes; con un guaperas desaliñado del mundillo de la tecnología que había vendido su web a una web más grande. Organizaba cenas elaboradas y se enorgullecía de conocer grupos de música nuevos antes que nadie. Se compró un Volkswagen escarabajo del color del cielo de California. Todos los domingos tenía brunch familiar. Se despertaba pronto, dormía poco y por rutina trabajaba dieciocho horas al día. Si California era un disfraz que una podía ponerse, Sadie lo llevaba con tanta facilidad como Clownerina su tutú y su bombín.

Sadie no sabía por qué Sam había decidido vivir en el Eastside. ¿Qué angelino se sometería de manera voluntaria a un trayecto de cincuenta minutos para ir a trabajar? En aquellos días, casi solo hablaban del juego que estaban haciendo, así que no le pidió explicaciones por aquella decisión. Dejó de dedicar tiempo a imaginarse las motivaciones de su socio.

2A

Mientras Sam se estuvo recuperando durante el invierno, la primavera y parte del verano, Sadie y el núcleo de programadores de la empresa construyeron Onírico, el motor que impulsaría la mecánica y los gráficos de *Ambos lados*.

Onírico acabaría siendo famoso por sus innovadoras técnicas de iluminación volumétrica, que permitían crear nieblas de lo más inquietantes, nubes sutiles y rayos divinos. La innovación gráfica era fundamental porque Myralia, el mundo de fantasía de *Ambos lados*, está envuelto en niebla hasta el final del juego. Como dijo una crítica: «En Myralia, el tiempo atmosférico es un personaje». A Sadie le gustó aquella reseña: las críticas inteligentes de todos los medios tendían a referirse a cosas que no eran personajes como *personajes*, pero, en su hoja de diseño inicial, ella, con toda la ambición, había escrito justo aquello: «El tiempo que hace en Myralia debe dar la sensación de ser un personaje».

Sadie estaba orgullosa de Onírico. Estaba orgullosa de haber conseguido lo que había sido incapaz de lograr cinco años antes. Llamó a Dov por primera vez en meses.

—Lo he conseguido —le dijo.

—Es la puta hostia, ¿verdad? —le contestó él.

—Pues sí —admitió ella.

—Te lo dije —dijo Dov—. Ya no necesitas Ulises. En todo caso, se ha quedado obsoleto.

—Ay, hace unos meses estaba jugando a *Mar Muerto* y me pregunté cómo habías conseguido esos reflejos en la sangre.

—Uy, ¿eso? Una bobada.

—En 1993, hacer eso tuvo que ser de locos —replicó ella.

—Probablemente, hoy no lo haría. —Le describió la técnica, una variación improvisada de la actualización de mosaico adaptativa—. Quemé muchísimas tarjetas gráficas y procesadores para que funcionara.

—En todo caso, sigue teniendo buen aspecto —confesó ella.

—Estaba pensando en ir a Los Ángeles dentro de un par de semanas. Hay un director que quiere chupármela a ver si consigue hacer una adaptación para el cine de *Mar Muerto*. ¿Estarás por ahí?

—Estoy muy liada —le dijo ella—. Y, bueno… Tengo novio.

—¿Y quién es?

—Toca en un grupo —dijo ella, como pidiendo perdón.

—¿Debería sonarme?

—Se llama Fallo de Comunicación.

—Fallo de Comunicación —repitió Dov—. Suena de puta pena.

—Él es estupendo —añadió ella.

—Cuando te he dicho que voy, no me refería a quedarme contigo, pero sí me gustaría ver cómo va el trabajo —dijo Dov—. Eres mi alumna más brillante. No paro de presumir de ti.

—Pásate por la oficina, siempre estoy por aquí.

Sam había estado ausente la mayor parte de la fase del trabajo en el motor y cuando ella le enseñó Onírico, él se mostró aburrido y poco impresionado.

—Guay —le dijo—. Va a funcionar muy bien.

Sadie se había matado construyendo Onírico y le irritó aquella reacción tan poco entusiasta.

Sam dijo que, en principio, se incorporaría al trabajo en marzo, pero no volvió a tiempo completo hasta mayo, e incluso entonces, a Sadie le dio la sensación de que estaba por allí solo a medio gas.

Llegaba a las siete de la mañana para evitar los atascos y a eso de las cuatro de la tarde ya se había ido, también para evitar el tráfico de vuelta. Ella seguía con jornadas maratonianas —trabajaba desde las nueve de la mañana hasta la una de la noche, a veces incluso hasta más tarde—. Algunos días, Sam ni iba. Siempre llegaba tarde, siempre estaba en el coche, siempre estaba de camino.

Sadie comentó el tema de la asistencia de su socio con Marx y él especuló que quizá su compañero seguía con la recuperación a cuestas, aunque no lo tenía claro; Sam no les hablaba del asunto a ninguno de los dos.

—Pero la cuestión es que no puedo esperar a que tome decisiones —señaló ella—. Si él no está en la oficina, las cosas van tan lentas como él.

Marx fue quien sugirió que se dividieran el trabajo para que Sam liderara el equipo que construía Arce, el pueblo que correspondía al «mundo real», mientras que Sadie podía seguir con la parte «fantasiosa» de Myralia. Así, a ella no le entorpecería tener que esperar a ponerse de acuerdo con Sam. En todos los sentidos, las secuencias del mundo de fantasía eran más complejas y a Sadie le sentó mal que, otra vez, tuviera que volver a cargar con la parte más importante del trabajo, aunque se llevaría el mismo mérito que él. Pero era lo que tenía sentido para el juego y para Sam, así que accedió.

2B

En mayo, relativamente tarde en el proceso de desarrollo de un cambio tan significativo, a Sam se le ocurrió que el personaje principal debería tener una enfermedad y no ser una niña que sufriese acoso escolar, que había sido la idea original de Sadie.

—No pienso hacer otro juego con un niño como personaje principal —dijo ella.

—No, no te estoy diciendo eso, pero igual la niña podría tener cáncer —sugirió Sam—. Tiene dolores y alguna discapacidad. Así será mucho más poderosa cuando sea omnipotente en el otro mundo.

Sadie se quedó pensando.

—¿Como *mi* Alice?

—Sí —contestó él—. Como Alice.

—Es un punto de vista interesante —dijo ella—, pero ¿no te parece que lo del acoso escolar generará más empatía? ¿No crees que la enfermedad y el dolor alejarán a la comunidad de jugadores?

—El acoso es dolor psicológico —contrarrestó Sam—. Una enfermedad física supone más obstáculos en el mundo real para el personaje y un mayor contraste con su avatar en el mundo de fantasía. ¿Cuál es la gracia de tener dos mundos si no sacamos partido de esos contrastes?

Bautizaron al personaje principal Alice Ma, y su idílica ciudad estadounidense residencial, Arce. En cuanto decidieron que Alice Ma tenía cáncer, el mundo de fantasía cobró relieve. Myralia se convirtió en una ciudad del norte de Europa de aspecto medieval afectada por una plaga. El aire es irrespirable, los cielos están cubiertos de una niebla grisácea y verdosa que parece que se oscurece más cada día; las aguas del mar son turbias, con una flema viscosa y amarilla que lame la playa; todo se muere: primero los mayores y luego los más jóvenes; los animales, la naturaleza. El *alter ego* de Alice Ma, Joan la Poderosa, es la encargada de determinar qué (o quién) causa la plaga y cómo salvar Myralia. Si Joan la Poderosa salva a su pueblo, quizá Alice se salve del cáncer de pulmón. Las dos historias están conectadas, pero transcurren por caminos separados. Solo se avanza por una si se avanza también en la otra. La mecánica del juego era de una complejidad apabullante y, al final, Sadie informó a Sam de que la manera más eficiente de construir el juego era trabajando por separado en cada mundo.

Cuando se formalizó esa división del trabajo, Sam estuvo contento de perderse en las ambiciones en apariencia menores del proyecto de Arce. El hospital general de la ciudad se basó en todos los centros hospitalarios en los que había estado ingresado y la enfermedad de Alice, así como su tratamiento, que constituían la mayoría de las misiones secundarias y niveles de ese mundo, tuvo el tipo de detalle corpuscular que solo surge de alguien que ha vivido con una enfermedad crónica y entiende las indignidades de la vida de hospital. Por ejemplo, en el nivel cuatro, después de una intervención importante, Alice se ve separada de su cuerpo y tiene que correr por el hospital para encontrarlo, como Peter Pan y su sombra. Esa disociación era algo que Sam había experimentado muchas veces; sentir que el cuerpo, cuando estaba enfermo, dejaba de ser su cuerpo.

En Arce, Sam creó dos mundos: el del hospital, pero también todo lo que había fuera, la ciudad en sí misma. Sam instruyó a su equipo para que hicieran la ciudad reactiva al paso del tiempo y de las estaciones; estaba oscuro si jugabas de noche y clareaba si jugabas por la mañana. En otoño, había hojas secas y en invierno, nieve; flores de cerezo en primavera. Cuando estaba enfermo, siempre le había parecido que el mundo era dolorosamente bello. Solo cuando estaba solo y no podía participar en la aventura de la vida solía darse cuenta de lo bonito que era estar vivo. Sus amigos a través del cristalito de la puerta del hospital; la cara dulce de Sadie cuando tenía doce años, dándole un laberinto que había terminado; la nostalgia que sentía cuando veía a las personas sanas y sin discapacidad abandonar un mundo en el que solo habían estado de visita y en el que él residía de forma permanente.

Como Sadie estaba enfrascada en Myralia, Marx fue el que testeó los primeros niveles de Arce.

El primero transcurre fuera del hospital. Alice es vallista y participa en una competición de atletismo del instituto. Una caja de texto nos informa de que es la mejor vallista del estado y que se espera que gane. El público la anima; su novio y sus padres están en las gradas.

Marx corrió la carrera dándole al botón de «saltar» cada vez que Alice encontraba una valla; perdió una vez, luego otra, luego una tercera vez. Se volvió hacia Sam:

—¿Estoy haciendo algo mal?

Por muchas veces que se intente ganar la carrera, Alice siempre pierde. El tumor que le está creciendo en los pulmones hace que vaya más lenta, pero ella aún no lo sabe. Cada vez que Alice pierde, aparece la opción de reiniciar la partida, pero no se puede «ganar» el primer nivel. Ganar es aceptar que hay algunas carreras que están condenadas al fracaso.

Durante toda su vida, Sam había odiado que le dijeran que «luchara», como si una enfermedad fuera un defecto de su carácter. La enfermedad no podía vencerse, por mucho que uno luchara, y el dolor, cuando te tenía en sus garras, te transformaba. Para Sam, Arce era la historia de su dolor en el presente y en el pasado. Sería lo más personal que había hecho nunca, aunque, por supuesto, solo era la mitad del juego y para Sadie, su socia, la historia iba de su hermana.

—Sam —dijo Marx cuando le pilló el truco—. Me encanta lo que estás haciendo. Es muy inteligente. ¿Sadie lo ha visto?

—Todavía no —contestó él—. Está al tanto del diseño básico, pero está tan ocupada con Myralia que no la quiero molestar.

Marx estudió a su amigo. Sam estaba más flaco que nunca, al menos desde que lo conocía, tenía los ojos un poco inyectados en sangre. Se había dejado bigote y barba, parecía como si hiciera meses que no se cortaba el pelo. Tenía un aire cansado, apagado. ¿Alguna vez en su vida Sam había evitado «molestar» a Sadie?

—¿Va todo bien? —le preguntó Marx.

—Claro —contestó él. Le sonrió y Marx se dio cuenta de que Sam se había astillado el colmillo derecho.

3A

Sam no había querido celebrar a lo grande su vigesimoquinto cumpleaños. Desde la operación, había evitado hacer planes que no tuvieran que ver con el trabajo o con cuestiones médicas. Por insistencia de Marx, accedió a salir a cenar con Sadie, con él y con su gente más cercana. Iba a salir por la puerta de casa, estaba ya girando la llave cuando sintió un dolor cegador, despiadado. Cayó de rodillas y se arrancó la prótesis, la arrojó con tanta fuerza contra la pared que dejó marca en el yeso.

Intentó llamar al restaurante, pero los dedos no conseguían manipular el móvil.

Se quedó tumbado en el suelo y cerró los ojos. Intentó no moverse, porque moverse le dolía muchísimo, pero tampoco conseguía dormir.

Sobre las nueve y media, llamaron a la puerta.

—Sam —gritó Marx—, soy yo.

La puerta estaba abierta, así que, como no respondió nadie, Marx entró. No se mostró sorprendido ante lo que vio: el pie protésico al otro lado de la habitación, tirado de cualquier manera, Sam en el suelo.

—Por favor, vete —consiguió mascullar Sam. Marx lo ayudó a quitarse la ropa empapada en sudor y a meterse en la cama, que era un colchón en el suelo.

—¿Puedo hacer algo por ti? —dijo Marx—. Me gustaría ayudar.

Sam negó con la cabeza.

—Ahora que no vivimos juntos me cuesta más ayudarte, así que tienes que decirme lo que necesitas.

Sam volvió a negar con la cabeza.

—Pues vale, amigo mío. —Marx se sentó en el suelo, junto al colchón. Encendió la tele y como no encontró nada interesante, echó un vistazo a los DVD de Sam. Seleccionó la grabación de un concierto de Simon & Garfunkel de 1981 en Central Park.

Llevaban una media hora viéndolo cuando Sam dijo:

—No tengo ni idea de dónde ha salido ese DVD.

—Es mío —respondió Marx entre risas—. Por ser más precisos, de mi madre.

Cuando terminó, el dolor de Sam había menguado un poco y hablaba con más tranquilidad; se dirigió a Marx:

—Se llama dolor fantasma. Mi cabeza cree que el pie sigue ahí y a veces, cuando me pongo la prótesis, pienso que lo estoy aplastando, así que noto como si me estrujara los huesos y la carne se licuase. Me dicen que está todo en mi cabeza.

Marx se quedó pensando en aquello.

—Pero ¿no pasa lo mismo con todos los dolores?

Sam se incorporó.

—Por favor, no se lo digas a Sadie.

—¿Por qué?

—No quiero distraerla del final del juego y además el dolor no es real, así que no es para tanto.

En un primer momento, Sam se recuperó rápido de la operación. La herida, aunque más grande y terrible que otras que había tenido, no parecía más incontrolable que las anteriores; además, no sentía dolor residual por el miembro amputado. Le dieron el alta varios días después para que se recuperara en casa de sus abuelos; pensó que volvería al trabajo antes de lo previsto. Desde el dormitorio de su infancia, empezó a buscar por internet pisos en Venice y Santa Mónica, en el Westside, cerca de JS. Llamaba a Sadie y seguían refinando el complejo diseño de niveles de *Ambos lados*. Le dijo que volvería, como tarde, el uno de marzo.

La segunda noche que estuvo en casa de sus abuelos, empezaron los dolores. Se despertó gritando en plena madrugada, empapado en sudor y orina, dando patadas de forma frenética con un pie que ya no existía. Sam sintió miedo y vergüenza, sintió que no tenía control sobre su cuerpo ni entendía qué le causaba el dolor y, por tanto, no tenía manera de hacer que mejorara. Siguió intentando tocarse el pie con la mano. El dolor era tan intenso que no podía ni hablar ni explicar nada cuando sus aterrorizados abuelos entraron en el cuarto para preguntarle qué sucedía. Intentó salir de la cama para vomitar en el baño, pero se olvidó de que no tenía pie y cayó a plomo al suelo, se astilló uno de los colmillos, se le ensangrentó el labio. Se puso de rodillas para vomitar. Se sintió desamparado y otra vez como un niño. Al mismo tiempo, se sintió salvaje, menos humano. Su abuela lo acunó entre los brazos hasta que Sam cayó en un sueño intermitente.

Al día siguiente, fue a ver a la doctora, que le diagnosticó dolor fantasma.

—Has tenido un episodio particularmente violento —le dijo la mujer—, pero no es infrecuente en los amputados.

Por un instante, Sam no supo a quién se refería la doctora. Nadie lo había llamado «amputado» antes. En su cabeza, los amputados eran héroes de guerra o supervivientes de cáncer.

—Es probable que alguien te alertara antes de la operación —prosiguió la doctora.

Sam asintió. Si se lo habían comunicado, casi ni prestó atención. Había dado por hecho que una vez se había decidido a someterse a la amputación, los problemas de su pie quedarían zanjados.

La médica le dio una hoja fotocopiada con ejercicios para combatir el dolor. Por ejemplo, le dijo que mirara el muñón en el espejo para reprogramar su cerebro y que este aceptara que ahora no tenía pie. Sam odiaba ese ejercicio. Incluso antes de la operación, siempre evitaba mirarse el pie. Sentía que si no lo miraba, no sería tan terrible. La doctora también le dio una receta de antidepresivos, pero no fue a la farmacia a por ellos.

Durante varias semanas, el dolor no volvió y Sam sintió la esperanza de que así seguiría.

La primera vez que le pusieron la prótesis, el dolor volvió incluso con más fuerza. Tenía claro que no solo era por la presión del muñón contra la prótesis, aunque la fisioterapeuta seguía animándolo e insistiendo en que así eran las cosas. Tenía la sensación de que la prótesis aplastaba su antiguo pie. Se mareó y durante unos instantes dejó de ver y de oír. Notó bilis en la boca.

—Siento algo de molestias —dijo con un hilo de voz. Su superpoder siempre había sido ocultar e ignorar el dolor.

—Estás bien, Sam —le dijo la fisioterapeuta—. Lo estás haciendo muy bien. Te tengo agarrado, da un paso.

Sam dio un paso, esbozó una sonrisa débil, luego cayó de rodillas y vomitó.

Enviaron a Sam a terapia, a hacer hipnosis, acupuntura, masajes y, aunque todas esas cosas funcionaban hasta cierto punto, nada detenía el dolor cuando este decidía emerger. Le dijeron que buscara patrones y desencadenantes. Los únicos desencadenantes eran irse a dormir o intentar caminar; y era complicado intentar vivir una vida que evitara dormir o caminar. Hicieron ajustes en la prótesis. Le pusieron calcetines, se los quitaron. Pero lo principal es que cuando la llevaba puesta tenía una especie de agonía que le distraía tanto que era incapaz de pensar. Para él, pensar era necesario y el dolor hacía que se sintiese estúpido, un fenómeno que le resultaba del todo nuevo.

La doctora le dijo:

—La buena noticia es que el dolor solo está en tu cabeza.

«Pero yo estoy en mi cabeza», pensó él.

Sam sabía que el pie había desaparecido. Lo veía. Sabía que lo que estaba viviendo era un error básico de programación y deseaba ser capaz de abrirse el cerebro y eliminar esa línea de código corrupto. Por desgracia, el cerebro humano es un sistema tan cerrado como el de un Mac.

Aquellos primeros meses, vomitaba casi todo lo que ingería, así que comía poco. Perdió casi diez kilos, su abuela se asustó. Al final, el dolor disminuyó o bien su tolerancia aumentó. Volvió a trabajar. De forma perturbadora, por primera vez en su vida, los videojuegos no le servían ni de distracción ni de consuelo. El dolor parecía ocupar espacios de su cabeza que hasta entonces habían permanecido intactos y habían estado reservados en exclusiva para asuntos imaginarios.

3B

—¿Es raro que tu amigo no haya venido a su propia cena de cumpleaños? —preguntó Abe, el novio de Sadie. Esperaban en la puerta del restaurante de Silver Lake que había elegido Marx por la proximidad a la casa de Sam. El restaurante tenía un árbol en el centro y era famoso por ser el mejor lugar del Eastside para romper con alguien.

—No —dijo Sadie—. Antes perdía mucho tiempo preocupándome por él, pero es el tipo de persona que suele desaparecer.

—Todo el mundo tiene amigos así —siguió Abe—. ¿Quieres que volvamos a mi casa? Ahora que te tengo en mi parte de la ciudad, sería una pena que no la vieras.

Abe Rocket era el cantante y segundo guitarrista de Fallo de Comunicación, una de las mil y pico bandas afincadas en los casi cinco kilómetros cuadrados de la zona de Silver Lake allá por 1999. La noche del cumpleaños de Sam, Sadie llevaba viéndose con él más o menos un mes, pero todavía no había ido a su casa. Estaba muy lejos y pensaba que no valía la pena cruzarse la ciudad en coche por una relación que no era muy seria. No llevaba suficiente tiempo con él como para haber escuchado sus historias o para saber si Abe Rocket era su nombre artístico o el de verdad. Lo había conocido en un concierto al que Zoe la había llevado. Le gustaba porque era un amante tierno y de lo más caballeroso («Sadie, ¿podría ponerte la mano en el pecho?»), porque no le iban los juegos —ni los de la vida real ni los de la pantalla— y porque no le importaba conducir hasta Venice.

La casa de Abe estaba ordenada y olía como a sándalo, tenía unos mil vinilos, organizados con pulcritud en estanterías blancas de IKEA. Tenía bastantes LP en su colección, pero su pasión eran los EP de 45 r. p. m. Le gustaban las caras B y las historias de las caras A y las caras B, de las que Sadie no tenía ni idea. En origen, le explicó Abe, las discográficas ponían el «temazo» en la cara A y las canciones más flojas en la B. En cierto momento, los sellos empezaron a llamar doble A a los 45 r. p. m. para que no hubiese conflictos en las bandas. Según Abe, John Lennon y Paul McCartney casi se lían a hostias por ver cuál de sus canciones iría en la A, «Hello Goodbye», de McCartney (cara A), versus «I Am the Walrus», de Lennon (cara B), por ejemplo.

—Pero no hay doble cara A. La cara A sigue siendo la cara A —dijo Abe—. Da igual lo que diga cualquier diabólico sello discográfico.

Abe y Sadie fumaron un poco de marihuana y él puso uno de sus EP favoritos, «God Only Knows», de los Beach Boys, cara B del sencillo «Wouldn't It Be Nice». En particular, a Abe le gustaban los incidentes en los que la cara B había acabado siendo más relevante que la A.

—¿Te lo puedes creer? —le dijo a Sadie—. ¿Quién podría pensar que «Wouldn't It Be Nice» era mejor que «God Only Knows»?

—Bueno, a mí no me descuadra tanto. «Wouldn't It Be Nice» es más animada —contestó ella—. Cuando escuchas «God Only Knows» te dan como ganas de cortarte las venas.

—Esas son mis canciones preferidas —dijo Abe—. Las llamo «música de tarde». Si la escuchas demasiado pronto, pierdes el día.

—Abe rodeó a Sadie con los brazos—. Eres una mujer de tarde, Sexisadie. Uno no quiere conocer a alguien como tú demasiado pronto en la vida, porque entonces ya no te gusta nadie más.

—Me apuesto algo a que no es la primera vez que dices esa frase —replicó ella.

Unos meses después, Abe se fue de gira y aquello marcó el final de su particular relación. Ella no se arrepintió de haber salido con él o de que la cosa terminara. En cierto sentido, sintió que por fin entendía a Marx (aunque ahora él había sentado cabeza con Zoe). Las relaciones largas podían ser más ricas, pero las de relativa brevedad y sencillez con gente interesante también podían ser estupendas. Cada persona a la que conocías, incluso a la que amabas, no tenía por qué consumirte para que valiese la pena.

Le expresó alguna de estas ideas a Marx en la oficina y él se rio de ella.

—Creo que te he hecho creer lo contrario, Sadie —le dijo—, yo prefiero que me consuman.

Sadie se quedó mirándolo un rato. Llevaban cinco años trabajando juntos, pero a veces creía que se equivocaba en todo lo que pensaba de él.

—¿Y Zoe te consume?

A Sadie le caía bien Zoe. En Cambridge no habían llegado a hacer migas, pero en Los Ángeles se habían vuelto mejores amigas de forma instantánea como solo ocurre cuando se es un veinteañero.

—Devoro y soy devorado —contestó Marx.

—Después de Dov, creo que paso de eso —dijo Sadie.

—Lo entiendo, pero creo que aún no deberías descartar para siempre la idea de devorar a otra persona.

Marx le gruñó e hizo como si fuera a morderla, luego le dio un beso en la mejilla.

4A

———————

Lola Maldonado dejó su número de teléfono para Sam en la pizzería.

—Señor Lee, no sé si me recuerda —le dijo a Dong Hyun—, pero Sam y yo fuimos juntos al instituto. He oído que ha vuelto a la ciudad. Dígale que me llame si le apetece.

Dong Hyun le pasó el mensaje a su nieto.

—Deberías llamar a esa chica —le aconsejó—. Buen aspecto. Buenos modales.

—Estamos hasta arriba de trabajo —dijo Sam.

—Hará feliz a tu abuela. Se preocupa de que no hagas nada más que trabajar.

—Y es verdad.

—A mí también me hará feliz —le dijo su abuelo—. ¿No quieres hacer feliz a tu abuelito?

—Muy bien, *abuelito*. Intentaré llamarla.

Sam la llamó casi un mes después. Empezaban la fase de depuración de bugs de Arce, así que había un pequeño respiro en el calendario.

—¡Epa! ¡Masur! —lo saludó Lola—. Has tardado. ¿Qué vamos a hacer esta noche?

Acordaron ir al Archlight a ver *Matrix*. Lola ya la había visto tres veces, pero Sam ninguna.

Habían ido juntos a todas las clases del instituto; salieron de manera muy breve en su último curso (había que ir al baile de graduación con alguien) y se distanciaron cuando se fueron a la facultad (Lola para estudiar Ingeniería Informática en la UCLA). Era lista, divertida, dura, avasallante, un poco mala. Pero que fuera lista era el rasgo principal que atraía a Sam. No tenía una inteligencia «especial» como la de Sadie, pero era lista.

Aunque no había significado gran cosa para él, Sam había perdido la virginidad con ella. Habían estado estudiando ecuaciones diferenciales un día de bochorno de septiembre. Se fue la luz y la casa de sus abuelos se convirtió en Palm Springs. Sam y Lola acabaron desnudándose.

—¿Vamos a hacerlo, Masur? —le preguntó ella. Él pensó «¿por qué no?». El pie no le había estado dando demasiados quebraderos de cabeza. No amaba a Lola, pero le gustaba mucho y se sentía cómodo con ella.

—No es tu primera vez, ¿verdad? —le preguntó él. En aquellos tiempos, Lola llevaba una cruz colgada del cuello y él sabía que su familia era católica. Sam no quería que el momento fuera demasiado significativo para ella si no lo iba a ser para él.

—No —contestó ella—. No te preocupes por eso.

Fue un polvo funcional, nada memorable, se puso el condón que le había dado su primo en broma y, cuando acabaron, a Sam le ardía el pie.

—¿Era tu primera vez? —preguntó Lola.

—No —mintió. No quería concederle el poder de su virginidad.

Incluyendo a Lola, había tenido cuatro parejas sexuales diferentes en su vida, nunca había disfrutado del sexo. Se había acostado con un chico y con tres chicas. Aunque nadie lo había tratado mal, el sexo le había dado bastante menos placer que la masturbación. No le gustaba estar desnudo delante de otra gente. No le gustaba el desastre que implicaba el sexo, sus fluidos, sus sonidos, sus olores. Le preocupaba no poder confiar en su cuerpo. Era incapaz de imaginarse deseando acostarse con alguien como por ejemplo Sadie o Marx, personas a las que adoraba. El chico con el que se había acostado atribuía la baja autoestima de Sam a su pie, pero a él le parecía una visión reduccionista. No estaba seguro de si le hubiera gustado el sexo aunque su cuerpo hubiera funcionado a la perfección. Sin embargo, algo había de verdad en lo que le había dicho aquel chico. Sam no creía que su cuerpo pudiera sentir nada que no fuera dolor, por lo que no deseaba el placer del mismo modo que otra gente parecía hacerlo. Su mayor felicidad era cuando su cuerpo no sentía nada; cuando no tenía que pensar en su cuerpo; cuando podía olvidarse de que tenía cuerpo.

Lola estaba igual que en el instituto, salvo por el pelo, color verdoso, con un corte bob. Tenía unos ojos grandes y castaños, era menuda, con mucho pecho y mirada potente. Llevaba un vestido ajustado rojo y blanco con amapolas estampadas y unas merceditas de suela gruesa, olía al champú de naranja que había usado desde que la conocía. De maquillaje solo llevaba un llamativo carmín que casi parecía un aviso para Sam —¿acaso las cosas rojas no eran peligrosas en la naturaleza?—.

—¿Qué te ha parecido? —le preguntó Lola cuando terminó la película.

—Es como *Ghost in the Shell* —dijo Sam—. El anime, ¿lo conoces? Es un poco copia.

—No lo he visto —dijo Lola.

—Bueno, pues si te ha gustado *Matrix*, deberías verla.

Decidieron acercarse a un videoclub de Hollywood para alquilarla y luego volvieron donde vivía Sam para verla. Nunca nadie había puesto un pie en aquella casita salvo sus abuelos y Marx, aquella única vez.

—Masur, ¿y esta cueva?

—¿Qué le pasa?

—Nada, pero es como si aquí viviera un asesino en serie —dijo Lola—. O alguien que está en el programa de protección de testigos que igual tiene que irse en cualquier momento. No tienes nada en las paredes. Duermes en un colchón en el suelo. Eres un hombre exitoso y mayorcito que duerme en un futón. La mitad de tus cosas siguen en cajas.

—Sí. He estado ocupado.

—Tendrías que comprarte, no sé, un póster o una planta o algo. Compórtate como si vivieras aquí, ¿por qué no?

Sam puso el DVD. Lola se quitó los zapatos y se hizo un ovillo en Sam, él dejó que se acurrucara. Por mucho calor que hiciera durante el día, en Los Ángeles siempre refrescaba de noche.

Era agradable estar cerca de ella. Era agradable sentir su calor. Desde que había llegado a Los Ángeles, había estado muy solo, aunque no había querido admitirlo.

Tras la operación, no había querido tener compañía. Había preferido estar solo con su dolor, pero a medida que los meses pasaron y empezó a sentirse mejor, más o menos, se preguntó dónde se había metido Sadie. Al principio, dio por hecho que ella estaba respetando su necesidad de intimidad, pero con el paso del tiempo, sintió que había algo raro. No había ido a visitarlo al hospital ni a ver su casa nueva. Se preguntó si quizá era por la amputación, por si le parecía repugnante, aunque no parecía propio de ella.

Solo hablaba de trabajo con él y en la oficina, literalmente, estaban en dos mundos separados. Tenían una plantilla de veinte personas trabajando en *Ambos lados*, podían pasar días sin tener que comunicarse. La empresa había crecido, así que era inevitable, suponía él, pero a veces se echaba de menos la intimidad del piso de Kennedy Street.

La echaba de menos más que en los años en los que no había hablado con ella, porque ahora estaba ahí, a diario. Parecía Sadie, hablaba como Sadie, pero, de alguna manera, ya no era Sadie. Algo no estaba bien, pero decidió que esperaría a terminar el juego para averiguarlo.

Lola y Sam terminaron de ver *Ghost in the Shell*.

—Sí —concedió ella—, es como *Matrix*, pero me sigue encantando *Matrix*. —Lola subió las rodillas y miró a Sam—. Espero que esto no sea ir mucho de fan, pero me encantó *Ichigo*. Los juegos son geniales. Le digo a todo el mundo que fui al baile de graduación con Sam Masur.

—Vaya, qué halago —contestó él.

—No es un halago, es verdad.

—Pero el juego no es solo mío —puntualizó él—. Lo hice con mi socia.

—Sí, claro. La chavala de Los Ángeles, ¿no?

—Sí.

—La recuerdo de la época del instituto. Ganó el premio Académicos Leipzig de nuestra región, ¿no? Competía con ella, pero me ganó. Dudo que necesitara los cinco mil dólares. Era lista, pero siempre llevaba un palito metido por el culo, la verdad.

—¿Qué hacía?

—Nada. Pero era un poco fría. Fue hace mucho tiempo. Olvídalo.

—Sadie puede ser fría —concedió Sam—. Es introvertida.

—Recuerdo que tenía pelazo, eso sí —añadió Lola—. Ese pelo de peluquería reluciente estilo Beverly Hills que llevaban todas las chicas judías del Westside.

Sam no estaba seguro de si ese comentario era antisemita o no.

—Yo creo que tiene el pelo así —dijo él.

—Nadie tiene el pelo natural así —replicó ella. Se acercó para besarlo y él la besó y luego ella le puso la mano entre las piernas y envolvió con los dedos la cámara cilíndrica de esponjas de sangre que era su pene (como el de todos). Sintió los cuerpos cavernosos, dirigidos por mensajes nerviosos del inconsciente, llenarse de sangre, y la membrana de la túnica albugínea, la camisa de fuerza del miembro, atrapar el flujo sanguíneo. Él la apartó.

—¿Y eso, Masur? —se extrañó Lola—. No es la primera vez que estamos en estas. No tienes novia, ¿verdad?

—Estas cosas me cuestan. —Sam se incorporó—. ¿Te acuerdas de mi pie?

Lola puso los ojos en blanco.

—Sam, que nos hemos acostado.

—Hace unos meses me lo tuvieron que amputar y la recuperación ha sido bastante horrorosa, además, no soy el tipo de persona a la que se le dé especialmente bien la intimidad así, de buenas a primeras.

—Vale —dijo Lola—. Lo entiendo. ¿Ahora te duele? Del uno al diez.

—¿Quizá un seis o un siete si me muevo?

—Eso está fatal —dijo Lola, asintiendo con la cabeza—. Pero tranquilo. Podemos acostarnos la próxima vez. —Le cogió la mano—. ¿Quieres fumar hierba? Llevo un porro en el bolso.

—No me van las drogas. Me gusta tener la cabeza despejada.

—¿Cómo la puedes tener despejada si siempre tienes dolores? Masur, confía en mí, nadie ha necesitado la marihuana más que tú.

Lola encendió el porro y se lo fueron pasando mientras volvían a ver la película. Era la primera vez que Sam fumaba y sintió que la cabeza se le iba a otra parte, con suavidad, pero al mismo tiempo quería actuar como si no estuviera notando los efectos.

—Vas fumadísimo —dijo Lola.

—Que no —insistió Sam.

Casi al final de la película, Lola le preguntó:

—¿Quieres que lo vea?

—¿El pene? —Sam se rio de manera incontrolable.

—No, el muñón. —Lola se encogió de hombros. Sam no pudo evitar darse cuenta de que ella parecía ir mucho menos fumada que él—. Puede que te ayude; además, yo vi cómo estaba antes, así que te puedo dar mi punto de vista sobre la comparación.

Por alguna razón (puede que fuera su inexperiencia con la marihuana), a Sam le pareció un argumento sin fisuras. Se quitó los zapatos, luego los pantalones, luego la prótesis y luego los dos calcetines que llevaba sobre el muñón.

Lola lo evaluó y luego volvió a encogerse de hombros.

—No es para tanto. Yo creo que antes estaba peor. Ahora, por lo menos, tiene un aspecto acabado.

Le puso la mano cálida sobre el muñón y a Sam le dio una sensación diferente a cuando él mismo o la doctora lo tocaban. Lola le pasó el dedo índice por la cicatriz, roja y rosa, que parecía una boca cerrada con firmeza; sintió un chispazo entre placentero y doloroso recorriéndole la columna. Ella se inclinó y le dio un beso, le dejó estampados los labios rojos. Él iba a decirle que parara, pero estaba demasiado fumado, y, en todo caso, la cosa quedó ahí. Lola le estrujó el muñón al incorporarse.

—Te vas a poner bien, Masur, te lo juro.

A Sam le entraron ganas de llorar, pero, en vez de eso, se echó a reír.

4B

Ambos lados terminó de desarrollarse una semana antes del vigesimoquinto cumpleaños de Sadie. Marx organizó una fiesta en la oficina para celebrar las dos cosas. El juego había tardado veintidós meses en crearse y, como *Ichigo*, saldría a tiempo para Navidad.

Al principio de la noche, Zoe le dio a Sadie una pastilla de éxtasis.

—Es una gran noche —le dijo Zoe—. Quiero celebrarlo con mis mejores amigos.

Sadie, por lo general, solo fumaba hierba, pero estaba tan animada y tan libre de responsabilidades, aunque fuera de manera momentánea, que se tomó la pastilla.

El éxtasis la desinhibió un poco y pudo disfrutar del logro de haber terminado el juego. Sintió que nunca había hecho un juego mejor. Con *Ambos lados*, por oposición a *Ichigo*, sentía que había sido capaz de traspasar fronteras tanto en lo técnico como en lo narrativo. ¿Qué gracia tenía hacer juegos si no conseguías eso? Sintió que había llegado un punto en el que sus ambiciones y sus capacidades por fin iban a la par. Estaba agotada, igual que siempre le pasaba tras terminar un proyecto, pero nunca se había sentido más en paz con sus esfuerzos. Se sentía enamorada de todo el mundo de la fiesta. De Marx, que había sido una presencia tranquilizadora y sabia en cada paso; de Zoe, que les había compuesto una banda sonora conmovedora y llena de dramatismo. Se sentía enamorada de todo su equipo de diseño y código. Se sentía enamorada de California. Perdonó a Dov y sintió menor resentimiento por Sam.

El trabajo de Sam en el juego había superado las expectativas de Sadie. Cuando ella concibió *Ambos lados*, pensó que la historia de Arce sería un marco sencillo dentro del que presentar la atracción estrella, Myralia. Sam la había sorprendido. En su lado, había una profundidad real, acabó llorando cuando jugó por primera vez a los dos lados juntos. Mientras avanzaba, se dio cuenta de que lo que le daba un peso emocional al mundo de fantasía de Myralia era Arce. Los últimos meses del juego habían sido tal caos que Sadie no había tenido la oportunidad de decirle lo mucho que le había gustado su trabajo. Tenía pensado cogerlo por banda aquella noche.

Aunque seguía dolida con él, en *Ambos lados* se habían peleado menos que en los dos *Ichigo*. Cuando surgía algún desacuerdo, él se daba rápido por vencido y Sadie había llegado a la conclusión de que Sam no tenía interés. Algunos días no se molestaba en ir a la oficina; no se molestaba en pelear. Cuando Sadie vio el trabajo que había hecho en Arce, se dio cuenta de que había hecho más que aceptar sus ideas. De alguna manera, Sam fue capaz de encajar las críticas que ella le había hecho de un modo que nunca antes había conseguido. Había una escena en particular sobre la que se habían peleado un poco. Era la penúltima de Arce, en la que Alice Ma, más enferma que nunca, descubre que Myralia es un juego al que ha estado jugando todo el tiempo. En un principio, Sam le planteó que sería mejor que Myralia no fuera un juego, sino un libro o una historia que la protagonista había estado escribiendo. Le pareció que era demasiado meta, demasiado inteligente si Myralia era un juego, que eso causaría una disonancia lúdica innecesaria en quien jugara. Sin embargo, Sadie se mantuvo en sus trece y Sam cedió. Él reescribió la penúltima escena para que al final se viera a Alice jugando a Myralia en el portátil (por primera vez, Myralia aparece en una pantalla dentro de la pantalla), Alice pierde. Muere en la batalla como Joan la Poderosa. Entonces aparece el cuadro con el texto de reinicio: «¿Preparada para un nuevo mañana, paladina?». Alice vuelve al punto de guardado y la segunda vez que juega vuelve a morir. Vuelve a salir el texto de reinicio: «¿Preparada para un nuevo mañana, paladina?». Alice vuelve al punto de guardado y lo intenta una vez más. Esta vez, gana y entonces aparece la escena final del juego. Fue idea de Sam que Alice tuviera que morir dos veces en el juego dentro del juego antes de poder ganar el juego en sí. Era una inversión de la escena inicial de Arce, en la que seguir adelante implicaba dar la partida por perdida; a Sadie le pareció brillante.

Dentro de un par de semanas, sería ella la que se haría la carretera para promocionar *Ambos lados*. Sam se acababa de echar novia —una chica del instituto— y tenía perro; había dicho que no quería viajar por el momento. Esta vez, ella sería el rostro de las entrevistas y las convenciones. Antes de salir de viaje, quería arreglar las cosas con Sam.

Sadie lo estaba buscando cuando Zoe le pidió a ella y a Marx que subieran a la azotea para ver las estrellas de finales de septiembre, que prometió que eran «estrellas espectaculares, reveladoras».

En la azotea, las vistas eran lejanas, como siempre, pero el cielo estaba despejado. Zoe apuntó hacia arriba.

—Esa constelación se llama Capricornio —les explicó—. Esa es la del Indio. Y esa la del Cisne.

—¿Cómo lo sabes? —preguntó Sadie—. Yo nunca veo las constelaciones como se supone que son.

—Si os digo la verdad, no sé cuál es cuál. Solo sé lo que se supone que tiene que verse en el cielo en septiembre —admitió Zoe.

—¡Mirad! —les dijo Marx, apuntando con la mano derecha y pasando el brazo izquierdo por encima de los hombros de Zoe—. ¡Esa es Pitufus! Se sabe por el color azul.

—Y esa es Gandalfis —se sumó Sadie—. Las tres estrellas representan el sombrero del mago.

—Y esas de ahí son Frodus y Bilbo Bolsonis —dijo Marx.

—Y Golumea parece un anillo —formuló Sadie.

—El anillo mágico de Golumea.

—Mira que sois malos —les dijo Zoe, aunque sonreía.

—No, este juego mola. Esa es Cobainus. Las once estrellas de Cobainus forman un enorme jersey de abuela —dijo Marx.

—Y esa es Donkey Kongus —añadió Sadie.

—¡Qué suerte tenemos de ver su etérea corbata del cielo! —siguió Marx—, aunque creo que, técnicamente, se la conoce como Donkus Kongus.

—*Donkus Kongus*. Siempre me lío —puntualizó Sadie.

—No quería corregirte —dijo Marx.

—No, está bien, corrígeme cuando me equivoque.

Sin previo aviso, Zoe besó a Sadie en la boca.

—¿Seguro? —preguntó Sadie. Zoe le pasó los dedos por el pelo. Sadie miró a Marx.

—¿A ti te parece bien?

Marx asintió y Zoe dijo:

—No creemos en la propiedad. —Zoe volvió a besar a Sadie—. Tienes los labios tan suaves. Marx, tienes que probarlos.

Él negó con la cabeza.

—Yo miro —dijo con una sonrisa pícara.

—Mis dos personas favoritas del mundo —siguió Zoe—. Ahora mismo, estoy muy enamorada de vosotros dos.

Zoe tiró de Marx y abrazó la cabeza de ambos amigos, luego los juntó como si fueran muñecos e hizo que se besaran. El beso duró siete segundos, aunque a Sadie le pareció más largo. Marx sabía a menta y a afrutada cerveza de trigo, la Hefeweizen que había estado bebiendo. Esperaba que besar a Marx fuera extraño, pero lo sintió como algo del todo natural, como si fuera algo que hicieran por costumbre. Sadie fue la primera que se retiró y Marx se estaba riendo con esa risa tan suya que era toda dulzura, se tapó la boca con los largos y elegantes dedos.

—¿Ha sido raro? —preguntó Marx.

—Sí —contestó Sadie—, pero vamos drogados, así que no cuenta. —Marx no se había metido nada—. Ha sido como besar a mi hermano. —Sadie no tenía hermanos, solo hermana, y no le pareció como si besara a Alice.

—Ni nos acordaremos por la mañana —dijo Marx (aunque se acordaron). Enarcó las cejas y luego suspiró, como con resignación—. Sadie, te quiero.

—Yo también te quiero —dijo Sadie. Miró a Zoe y añadió—: Te queremos, Zoe.

—Chiquis, estoy muy enamorada de vosotros ahora mismo —dijo Zoe. Los abrazó—. Quería saber cómo sería y ahora lo sé. —Asintió para sí misma. Sus ojos parecían enormes y estaban empañados, entonces se echó a llorar.

—¡Zoe, no! —exclamó Sadie. La abrazó—. Se supone que el éxtasis no da llorera.

—Lágrimas de felicidad —dijo Zoe.

5A

Aunque las críticas profesionales no determinaban por completo la fortuna de los videojuegos en los dos mil, las reseñas fueron entre ambivalentes y malas:

Para quienes hayáis esperado con ganas el siguiente lanzamiento de Dédalus/Green, dejemos las cosas claras: *Ambos lados* no es para los fans de la maravillosa saga *Ichigo*.

Algunos de los gráficos de Myralia son de los más bonitos que me he encontrado en un juego, pero, por desgracia, Myralia comparte espacio con el sensiblero Arce.

Aunque me han gustado aspectos del desarrollo de la partida, el juego dura el doble de lo que debería.

Ambos lados sufre una gran crisis de identidad.

Los fans de *Ichigo* deberían saltárselo.

… el juego parece esquizofrénico, como si lo hubieran diseñado dos personas diferentes, no te deja una sensación satisfactoria.

El tiempo atmosférico en Myralia es el mejor personaje.

El final del juego es el doble de inteligente de lo que era necesario.

Podemos estar de acuerdo en que hacen falta más videojuegos con protagonista femenina, pero no me han gustado ni Alice Ma ni Joan la Poderosa.

Ichigo es tan diferente a *Ambos lados* que cuesta creer que lo hayan desarrollado las mismas personas. ¿Puede que *Ichigo* sea más de Dédalus y este más de Green? Es curioso que Dédalus, que suele ser la cara más visible del equipo, haya estado ausente en la promoción, mientras que Sadie Green ha acaparado los focos. ¿Puede que Dédalus supiera que la habían pifiado?

Ambos lados se piensa que te está volando la cabeza, pero principalmente lo que hace es darte un poco de dolor de cabeza.

Supongo que esperaba sentir emoción al final de *Ambos lados*, pero lo único que sentí fue un poderoso deseo de tirar el mando por la ventana.

Hay aspectos técnicos muy buenos en *Ambos lados*. Unos gráficos espectaculares en la parte de Myralia, una envolvente banda sonora de Zoe Cadogan, un estupendo diseño de sonido, un concepto bastante inteligente. Entonces, ¿por qué lo he odiado tanto? Porque es pretencioso, aburrido y no es divertido. Suerte la próxima vez, JS.

La semana del lanzamiento, *Ambos lados* vendió más o menos una quinta parte de las copias que había vendido *Ichigo* en su primera semana. Marx seguía siendo optimista.

—Es un juego estupendo, especial —dijo mientras entraba en el despacho de Sadie—. ¿Igual le cuesta un poco encontrar a su público?

—La gente lo odia —contestó Sadie.

—No lo odian. No lo entienden. Se esperaban un *Ichigo* y marketing y publicidad no han hecho bien su trabajo para que calara que no iba a ser *Ichigo* —dijo Marx—. Yo todavía no he tirado la toalla. Vamos a comprar más espacios publicitarios. Vamos a mandar más copias a jugadores y jugadoras, a reseñistas. Las tiendas siguen emocionadas con el juego y con vosotros. La partida no ha terminado.

—Lo odian. —Sadie apoyó la cabeza en el escritorio—. Me duele la cabeza.

Marx se agachó y le levantó la barbilla.

—Sadie, esto no ha terminado, créeme.

No lo hizo.

—Puede que sea una migraña. Creo que me voy a casa.

—De acuerdo. Tómate la tarde libre. Iría contigo, pero voy a comer con los chicos —contestó Marx. Los chicos eran Ant Ruiz, «Ant» y Simon Freeman. Mientras Sadie y Sam habían desarrollado *Ambos lados*, Marx había empezado a expandir las labores de producción de la empresa. Los primeros a los que sumó al equipo fueron ellos dos, estudiantes de último año del Instituto de Artes de California. Los chicos —como Marx los llamaba— estaban creando un RPG de estilo japonés inspirado en su juego favorito, *Persona*. La versión se ambientaba en un instituto y cada personaje podía convocar versiones alternativas de su persona por medio de una compleja serie de agujeros de gusano. *Amor de Doppelgängers*, el título provisional, tenía una parte romántica y otra de ciencia-ficción—. ¿Quieres venir? Sam ha dicho que va a intentar pasarse.

—No —contestó ella. Cogió el disco de *Mar Muerto* de la estantería. *Mar Muerto* le servía de burbuja. Decidió volver a su piso y estar un rato matando zombis.

Salió de la oficina y se fue andando al Clownerina, que ahora parecía estar burlándose de ella con ese pie que no se movía. Corrió las cortinas y se metió en la cama sin quitarse la ropa ni los zapatos. Se sentía avergonzada y estúpida. Se sentía el fracaso hecho persona y estaba segura de que la gente lo olía y lo veía. El fracaso era como una fina capa de cenizas después de un incendio, pero no solo la tenía sobre la piel; también se le había metido en la nariz, la boca, en los pulmones, moléculas, se estaba convirtiendo en parte de ella. Nunca se libraría de él.

Dov la llamó y ella dejó que saltara el contestador: «Las críticas son a mala leche», dijo él. «El juego es brillante. Los efectos atmosféricos con Onírico son la puta hostia. Espero que estés bien. Llámame.» Sadie escuchó el mensaje y luego lo borró.

Sam la llamó y también dejó que saltara el contestador: «Sadie, cógelo. Tenemos que hablar de esto. No solo te está pasando a ti».

Borrar.

Se quedó dormida. Unos quince minutos después, alguien llamó a la puerta de su casa. Oyó la voz de Sam amortiguada.

—Sadie, déjame pasar. Tenemos que hablar.

Sadie no contestó.

—Sadie, venga, esto es una tontería, háblame. Sobre todo han odiado *mi lado*, no *el tuyo*.

Sadie seguía sin responder.

—Sadie, por favor, esto es absurdo. ¿Cuánto tiempo vamos a estar así?

Sadie salió de la cama. Abrió la puerta y Sam entró.

5B

—Dime lo que hayas venido a decirme —dijo Sadie.

Sam se sentó en el sofá.

—Me gusta tu edificio. Me gusta el payaso ese raro que hay fuera.

—¿No me puedes dejar en paz? Le he dicho a Marx que mañana volvería a trabajar.

—Hemos intentado hacer algo grande —dijo él—. Hemos jugado a todo o nada y a la gente no le ha gustado, pero me da igual. A *mí* me gusta lo que hemos hecho.

—Para ti es fácil de decir —contestó ella—. Todo el mundo piensa que el juego es mío, que tú me has apoyado en esta locura. Piensan que *tu* juego, *Ichigo*, es el bueno, que el *mío* es la cagada.

—Eso no es verdad.

—Igual tú también pensabas que *Ambos lados* iba a ser un desastre, como escribió aquella crítica. Me has dejado salir a promocionarlo. Si hubieras pensado que era bueno, habrías querido chupar cámara, ¿o no?

Sam miró a Sadie.

—Espera. ¿Qué?

Ella lo miró a los ojos.

—Si hubieras pensado que el juego era bueno, te habrías llevado todo el mérito. —Hizo una pausa—. Como siempre.

Sam había estado orgulloso del trabajo de ambos. Se había quedado en casa porque no podía fiarse de su pie y gestionar el dolor viajando habría sido complicado. Abrió la boca para explicarse, pero cambió de idea. Fue a la cocina y se puso un vaso de agua de la nevera.

—Tú sírvete —gritó ella, sarcástica y sin aflojar—. Lo que es mío es tuyo. Menos cuando sea algo que no le gusta a nadie más.

—Venga, Sadie. Tú *querías* hacer la promo de *Ambos lados*.

—Yo no *quería*. Estaba dispuesta porque tú no. No ha sido fácil. Yo no soy Dédalus. La gente que no me conoce no me adora de buenas a primeras.

—A ver si me queda claro: cuando tú lo haces, es trabajo, pero si me encargo yo, son vacaciones.

—Sí, creo que a ti te resulta más fácil.

—Más fácil para mí o se podría decir que se me da bien. Algo que se me da bien a mí y que igual a ti no —replicó él.

—¿Me estás diciendo que el lanzamiento es un desastre porque no se me ha dado bien promocionarlo?

—Por supuesto que no, no. Intentaba que admitieras que hacer la promoción de *Ichigo* había sido trabajo. No te pongas así conmigo. Y, por cierto, he echado los restos en Arce. Nunca he puesto tanto de mí en un juego.

—Sam, ¿cómo que lo has dado todo si nunca estabas aquí?

—Me he matado a trabajar. Y, aunque no hayas preguntado, he tenido un añito duro. ¿A ti qué te *pasa*?

—¿A qué te refieres?

—Anda ya, Sadie. Solo somos dos en esta relación. Quiero saber qué te pasa. Desde que nos mudamos a California, algo te pasa conmigo.

Sadie no dijo nada. Negó con la cabeza.

—No.

—¿Así que estás puteándome todo el rato porque sí?

—Anda y que te den, Sam.

—Dilo. Para mí es peor no saber qué es.

—Me da igual lo que sea peor para ti.

—Muy típico de ti —siguió él—. Quedarse de brazos cruzados sufriendo sin decirle a nadie lo que pasa.

—Eres tú quien hace eso —replicó ella.

Sam dio un puñetazo sobre la mesita de centro.

—¿Qué pasa? Sadie, no es justo. No sé qué te he hecho. Está claro que piensas que te he hecho algo.

—¿No tienes ni idea?

—Ni idea.

Sadie sacó del bolso el CD de *Mar Muerto* y se lo tiró.

—¿Qué es esto? —le preguntó Sam.

—Tú dirás.

Él observó el CD.

—Es el juego de Dov. ¿Y?

Sadie lo miró a los ojos.

—Sabías que Dov había sido mi novio, por eso querías que fuera a hablar con él. Dijiste que no lo sabías.

—¿Qué más da si lo sabía? Ulises fue perfecto para *Ichigo*. Sadie, esto es de locos.

—Eso ya lo has dicho.

—Pero es que es de *locos*.

—Deja de decir que estoy loca. Pensaba que eras mi amigo, pero...

—Sadie, soy tu amigo. Eres mi mejor amiga. O lo era hasta que, hace dos años, decidiste que ya no lo era.

—Pensaba que eras mi amigo, pero eres un mentiroso y un manipulador.

—Eso no es verdad.

—Ah, ¿no? Has permitido que todo el mundo piense que hiciste *Ichigo* tú solito.

—Eso es mentira. No puedo controlar lo que la gente escribe. Yo le digo a todo el mundo que eres mi socia. Les digo que eres brillante.

—Tú hiciste que aceptáramos el trato de Opus porque era mejor para *ti*.

—Tú sabes por qué cogimos ese trato. Hablamos de las razones.

—Yo me quedé encerrada haciendo la secuela. Encerrada currando mientras tú ibas a hacer tu gira de coronación.

—Eso no es lo que pasó.

—Pero lo peor que me has hecho es obligarme a pedirle Ulises a Dov.

—Yo no te obligué.

—Sé que podría haber construido el motor si hubiera tenido más tiempo. Si no me hubieras empujado a hablar con él, no me habría metido en una relación que duró tres años. ¿Sabes cuánto poder tenía sobre mí y lo que me costó dejarlo?

—No es culpa mía que volvieras con él. No me puedes culpar por sus acciones o por las tuyas. No me puedes echar la culpa de todo, aunque parece que es lo que haces.

—Admítelo, Sam —dijo Sadie—. Querías Ulises y yo te importaba una mierda.

—Me importas más que nadie. Pero ¿me arrepiento de haber querido que consiguieras Ulises? ¿Me arrepiento de que nos hayamos hecho ricos, de que ahora podamos hacer básicamente lo que nos dé la gana, incluso juegos artísticos, pretenciosos y mal pensados como *Ambos lados*? No, si Ulises nos ha traído hasta aquí, volvería a decirte que hablaras con Dov para conseguirlo, infinitas veces.

—¿Crees que *Ambos lados* está mal pensado y es pretencioso?

—Creo que era bastante obvio que nunca sería *Ichigo*, pero es lo que querías hacer, así que te apoyé.

—¿Me estás diciendo que es mi culpa?

—No, te estoy dando la razón en que puede que fuera más idea tuya que mía.

—*Ichigo* también fue idea mía. Todos son ideas mías.

—Es maravilloso que lo veas así, si te ayuda convertirme en un villano, dale. Pero si yo no te hubiera empujado a desarrollar *Ichigo*, ¿dónde estarías? Serías una programadora entre cientos en EA Games, estarías haciendo el *Madden Football*, con suerte. Ya sabes que no hay muchas chicas en nuestro campo. Probablemente, estarías trabajando para Dov. Lo más probable es que te hubiera esposado a su escritorio.

A Sadie se le pusieron los ojos como platos. Nunca le había hablado de las esposas.

—¿Tú cómo sabes eso?

—Joder, Sadie, era obvio. No era un secreto de Estado. Estuviste casi dos años con las muñecas rojas. Marx y yo solíamos…

—A veces eres un gilipollas integral. A veces te odio.

Sam se dio cuenta de que quizá se había pasado de la raya.

—Sadie, no tendría que haber dicho eso. Por favor. ¿Te acuerdas de aquel día en tu antiguo piso del MIT? Dijiste que nos perdonaríamos nos dijéramos lo que nos dijéramos, nos hiciéramos lo que nos hiciéramos.

—No sabía en qué me estaba metiendo —dijo Sadie—. Era joven y estúpida.

—Nunca has sido estúpida.

Sadie se alejó de Sam.

—¿Alguna vez te preguntaste por qué estaba deprimida?

—Pensé… Pensé que lo habías dejado con tu novio. Es lo que me dijo tu compañera de piso, creo. No sabía ni que era Dov.

—Aun así —dijo ella—. No lo sabías, pero sí, era Dov. Pero esa no es la razón por la que estaba deprimida. —Metió la cabeza entre las rodillas, enterrada en la melena—. Todo el mundo piensa que *Ichigo* trata de ti, pero en realidad, trata de mí.

—¿A qué te refieres?

—*Ichigo* trata de una criatura que se ha perdido en el mar, pero también de una madre que ha perdido a su criatura. Yo no he sido madre, pero podría haberlo sido… —Se apartó de Sam. No le había contado a nadie lo de su aborto, ni a Dov, ni a Alice, ni a Freda. Incluso ahora le costaba pronunciar esa palabra delante de Sam.

A veces era como si nunca hubiera sucedido. Un día nevado de enero, había cogido el tren para ir a la clínica de Back Bay. Le habían dicho que mejor si la acompañaban, pero fue sola. En total, todo duró una hora; el procedimiento en sí, diez minutos. El enfermero la avisó de los posibles dolores, pero no sintió nada. (Ni siquiera sangró tanto como en una regla normal.) Regresó en metro a casa y aquella noche salió de copas con su compañera de piso. Se tomó un White Russian, un ron cola y un Seven and Seven, bebidas dulzonas de universitaria; cuando volvió al piso, se desmayó en la cama. A principio, su compañera pensó que estaba de resaca, pero después de que Sadie se pasara una semana en la cama, al final su compañera le preguntó:

—¿Qué te pasa?

—Lo he dejado con Dov —mintió ella.

—A enemigo que huye, puente de plata.

Sadie llevaba en la cama once días cuando Sam apareció en su habitación con ganas de hablar de *Solución*.

—Sentía tanta vergüenza —le explicó Sadie a Sam— que por eso igual le dejé hacerme las cosas que me hizo.

—Sadie —dijo Sam, se le llenó la voz de ternura y amor por ella—. Sadie, ¿por qué no me lo has contado nunca?

—Porque nunca nos contamos cosas *de verdad*. Jugamos, hablamos de juegos y hablamos de hacer juegos, pero no nos conocemos.

Sam estaba a punto de decirle que eso era una bobada, que nadie compartía más de vida que ellos dos. Que si ella no lo conocía, entonces nadie lo conocía, que igual Sam ni siquiera existía. Pero en ese momento, Sam empezó a sentir el dolor fantasma. Llevaba meses sin tener un episodio, no quería sufrir uno en ese momento, en casa de Sadie. No quería ser débil y vulnerable en un momento en el que ella lo odiaba tanto. Se había vuelto hábil a la hora de detectar las señales de un ataque: la tensión en la mandíbula y en la frente, la hipersensibilidad olfativa (el mar, la crema de manos de Sadie, fruta podrida en la basura de fuera), la bilis en la garganta, las corrientes eléctricas en la espina dorsal, las palpitaciones, el dolor, el pulso del miembro que le faltaba. Abrió la mochila y sacó un porro. Se lo enchufó y dio una larga calada.

Sadie lo observó, perpleja, como si estuviera observando a un animal hacer algo inesperado: un elefante pintar un cuadro o un cerdo usar una calculadora.

—¿Te importa si fumo aquí? —preguntó Sam.

—Haz lo que te dé la gana —contestó ella. Se levantó para descorrer las traslúcidas cortinas de algodón y abrir la ventana. El sol se estaba poniendo tras el edificio—. ¿Desde cuándo fumas hierba?

Sam dio una calada y se encogió de hombros.

Ella volvió al sofá y se sentó lo más lejos de él que pudo. Las volutas de humo llegaron hasta donde estaba ella, como dedos sepulcrales que la llamaban; una agradable neblina empezó a llenar la estancia; todo lo que antes era nítido, ahora estaba difuminado. El miasma de la marihuana era fuerte y especiado; muy a su pesar, Sadie sintió que se ablandaba.

—¿Qué es? —preguntó.

—Un tipo de sinsemilla —dijo—. No me acuerdo del nombre.

—Sí que se acordaba. Tenía uno de esos nombres pueriles que quienes cultivaban maría les ponían a sus creaciones: Bugs Bunny, Gatito mágico, Patinadora; como si la única razón por la que la gente fumara hierba fuese por hacer una payasada infantil. No quiso decir el nombre en voz alta en aquel momento.

Ella se acercó y tendió la mano para que le pasara el porro. Sam observó la mano extendida, la conocía más que a ninguna otra salvo la suya; el diseño preciso de las líneas que conformaban el dibujo de la palma, los finos dedos con venas moradas en los nudillos, el singular tono aceitunado de su piel, su muñeca delicada, rosada, con un callo envolvente que seguramente era por lo de Dov, la pulsera de oro blanco que sabía que le había regalado Freda por su vigésimo cumpleaños. ¿Cómo podía llegar a pensar que él no tenía ni idea de lo de las esposas? Había pasado horas sentado a su lado, jugando a videojuegos y luego haciéndolos, mirándole las manos y los dedos en el teclado o agarradas a un mando. «Dime que no te conozco», pensó Sam. «Dime que no te conozco; si sería capaz de dibujar ambos lados de esta mano, tu mano, de memoria.»

—¿Sam?

Él le pasó el porro.

V. Pivotes

1

——————

Todo el mundo sabía que *Amor de Doppelgängers* era un título horroroso, pero nadie tenía ni idea de qué otro nombre ponerle al juego. Llevaba tanto tiempo con ese título que casi se había vuelto bueno por pura repetición y familiaridad, pero lo cierto es que era nefasto. Como Sam le dijo a Marx: «Es un título maravilloso si queremos que jueguen doce personas». Juegos Sucios no podía permitírselo. Tras el rendimiento modesto de *Ambos lados*, este tenía que funcionar en ventas.

La única persona que no sabía que ese nombre de *Amor de Doppelgängers* era un horror era Simon Freeman, a quien se le había ocurrido. Simon había estudiado alemán en el instituto y tenía una obsesión adolescente con todo lo que tenía que ver con Kafka.

—Yo creo que no está tan mal —objetó, ofendido por la rotunda certidumbre de Sam de que era un título horrendo—. ¿Por qué no va a funcionar?

—¡Nadie sabe lo que es un *Doppelgänger*!

—¡Mucha gente sabe lo que es! —dijo Simon para defender su título.

—Quizá no haya suficiente gente que lo entienda —enmendó Marx.

Sadie pensó que igual se le iba la olla si alguien más volvía a pronunciar esa palabra.

—Si la peña conoce una sola palabra en alemán, esa es *Doppelgänger* —dijo Simon.

—¿A qué peña te refieres? —preguntó Sam—. ¿La que se dedica a los idiomas?

—La gente puede *aprender* —añadió Simon—. Podemos poner una definición en la portada o una nota al pie…

—¿Una nota al pie? ¿Estás de coña? ¿Sabes qué grita «Te lo vas a pasar en grande jugando»? Una nota al pie, por supuestísimo —añadió Sam.

—Eres gilipollas.

—Eeepa, Simon, nos vamos calmando —cortó Ant.

—Ha ido a Harvard. Debería dejar de fingir que es del pueblo llano. —Volvió a dirigirse a Sam—: Estás yendo a malas. Hay un millón de videojuegos con títulos crípticos: *Metal Gear Solid. Suikoden. Crash Bandicoot. Grim Fandango. Final Fantasy.* Funcionan porque suenan molones.

—Pero *Amor de Doppelgängers* no suena molón —insistió Sam.

—Todo el juego va, literalmente, de una historia de amor con un *Doppelgänger*, así que necesitamos un título que refleje eso —dijo Simon—. La gente sabe lo que es un *Doppelgänger*.

—La verdad, no creo que la mayoría de gente lo sepa —siguió Sam.

—Bueno, pues entonces igual no queremos que esa gente juegue a nuestro juego —dijo Ant, poniéndose de lado de su compañero justo con el argumento incorrecto.

—No, queremos que *todo* el mundo lo compre —añadió Sam—. Simon. Ant. Escuchad, nos encanta el juego. Es vuestro juego y creemos en vosotros como artistas, al cien por cien, pero queremos que venda un millón de copias. Queréis cortarle las alas al proyecto por una conjetura que no habéis corroborado de ninguna manera según la cual pensáis que la chavalada de Montana sabe qué es un *Doppelgänger*.

Sadie pensó que Sam hablaba igual que Dov el día que les dijo que Ichigo tenía que ser un chico. Simon y Ant le dieron un poco de pena.

Los chicos la miraron.

—Sadie —dijo Ant—, ¿tú qué piensas?

Sadie sabía que confiaban en ella más que en Sam y quería ponerse de su lado.

—Creo —empezó— que en Estados Unidos la gente odia las diéresis. Lo siento, chicos.

Simon y Ant se miraron.

—Tiene razón —dijo Ant.

—Vale —cedió Simon—. Entonces, ¿cómo se va a llamar?

Sam convocó una reunión de empresa para hacer una tormenta de ideas y pensar en nuevos títulos. Sacó la pizarra blanca, que nunca les fallaba; había viajado desde Cambridge hasta Los Ángeles. A esas alturas, ya no era blanca, su palimpsesto permanente era un archivo de los últimos cinco años de JS.

—Nos podemos permitir comprar una nueva —dijo Marx, pero Sam hizo caso omiso y la sacó. Sentía que tenía el poder de un talismán.

—Pero no una en la que ponga «Propiedad del Centro de Ciencias de Harvard» en uno de los lados.

—Bien está lo que está bien —dijo Marx—. Mejor aún, una nueva no sería un monumento a tu bajeza moral.

—Muy bien —dijo Sam a la plantilla reunida de JS—. Nadie se va a casa hasta que tengamos un título. No hay ideas estúpidas.

Blandió el rotulador borrable como si fuera una espada y escribió sus sugerencias en la pizarra:

Amor de dobles

Amor de desconocidos

Instituto del amor desconocido

Instituto del amor de dobles

El Doppelgänger

El Doppelgänger que me amaba

Instituto dobles

Instituto de parejas

La historia de amor del agujero de gusano

Instituto del agujero de gusano

Me he enamorado de un Doppelgänger

La historia de amor de Doppelgänger

Túneles de amor

Túneles de amor sucio

Túneles de amor sucio y oscuro

Instituto de túneles de amor oscuro y sucio

Instituto sexi

Instituto sexi sucio

Instituto sexi sucio loco

Y unos doscientos títulos más que eran variaciones o evoluciones del mismo.

—Esto es un horror —dijo Sam después de dos horas de tormenta de ideas—. Funcionarían si estuviéramos haciendo porno o una novela inédita alemana sobre pedofilia, pero es horrible para un videojuego que apele a todos los nichos demográficos.

Aquella noche, cuando se estaba acostando con Zoe, Marx seguía pensando en los títulos para *Amor de Doppelgänger* y pensó en sus años de instituto en la escuela internacional de Tokio. Había sido capitán del equipo de ajedrez y había recorrido el país para competir con otros equipos escolares. (El de Marx estaba en segunda posición, el otro equipo de Tokio era el número uno.) Cuando llegaron al otro instituto, vieron que el edificio era casi idéntico al suyo, pero todo estaba al revés. La fecha de construcción debía de haber sido más o menos la misma y también debían de compartir el plano arquitectónico. El equipo bromeó con que quizá encontrarían versiones alternativas de sí mismos y de sus profesores en el otro centro. El capitán del otro equipo de ajedrez, su contraparte, se presentó a Marx de manera bastante formal: «Capitán Watanabe, aquí su contraparte, el otro *leader*». Se le notaba el acento japonés en la pronunciación de *leader*.

Durante el resto del polvo con Zoe, Marx casi no se pudo ni concentrar. No quería olvidarse de la palabra *contraparte*, pero tampoco quería dejar lo que estaba haciendo para escribirla. Sin embargo, Zoe notó la distancia.

—¿Dónde estás? —le preguntó.

Instituto Contraparte salió la segunda semana de febrero de 2001 y fue un superventas instantáneo para Juegos Sucios. En la tercera semana de lanzamiento, *Instituto Contraparte*, o *IC*, como lo llamaban sus fans, había vendido, con diferencia, más copias que *Ambos lados* y Marx puso de inmediato a los chicos a hacer una secuela. Al contrario que a Sadie, a Simon y a Ant les gustaban las secuelas, para ellos no era venderse. Dijeron que, de todas maneras, se habían imaginado que *IC* sería una saga en cuatro partes: un juego por cada curso de secundaria.

En la décima semana tras su lanzamiento, *IC* era el juego para ordenador número uno en ventas en Estados Unidos. Las versiones de Play Station y Xbox estaban ya en marcha, también las negociaciones para hacer la de Nintendo.

A finales de año, *IC* había vendido más que el *Ichigo* original.

La plantilla que había trabajado en *Ambos lados* fue asignada al proyecto de *IC2*. Hasta que pudieran alquilar un espacio más grande, Sadie cedió su despacho a Simon y a Ant y se trasladó al fondo del pasillo para compartir oficina con Marx. Cuando él necesitaba privacidad, ella se iba al despacho de Sam o volvía andando a casa, al Clownerina. A Sadie no le importó perder su despacho. Ella y Sam aún no habían decidido qué hacer para su próximo videojuego, por lo que tampoco estaba trabajando demasiado. A veces discutían algunas ideas, pero nada parecía inspirarlos para pasar a la acción. De vez en cuando, Sam dejaba caer la idea de hacer la tercera parte de *Ichigo*, pero a Sadie le parecía que era dar un paso atrás. Por primera vez en cinco años, no estaban trabajando de forma activa en un juego.

Sadie no tenía una naturaleza mezquina y no le sentó mal que *Instituto Contraparte* tuviera tanto éxito. Se alegró mucho por

Marx, su socio, y su capacidad para detectar talento. Estaba contentísima de que su empresa no fuera a estar en números rojos en 2001, a pesar de las decepcionantes ventas de *Ambos lados*. Quizá se sentía, eso sí, vieja. Solo tenía veinticinco años, pero hasta ese momento, siempre había sido la más joven de cualquier sala en la que hubiera estado, algo que siempre le había dado fuerzas. Aunque Simon y Ant solo tenían un par de años menos que ella, parecía que fueran de una generación diferente. No tenían los mismos problemas que ella. ¡Les *gustaban* las secuelas! Les daba igual construir o no su propio motor, quién se llevara el mérito por las cosas o de dónde salía una buena idea. Llevaban jugando al ordenador y a las consolas desde que llevaban pañales. Su presencia, en combinación con el fracaso de *Ambos lados*, hizo que se sintiera prehistórica y fuera de onda.

Aunque Sadie no lo veía así, *Instituto Contraparte* también era un logro suyo. En parte, el videojuego se había construido utilizando su motor e *Instituto Contraparte: segundo curso* se construiría a partir de una versión mejorada de Onírico. La tecnología que Sadie había creado valía más que el juego para el que había estado destinado en un principio. Cuando Marx se acercó a plantearle la idea de usar Onírico para el juego de Sam y Ant, ella accedió. Le gustaba el planteamiento del juego y los chicos le caían bien, ¿cómo no? Le recordaban a Sam y a ella. Aunque la diferencia entre los chicos y su equipo era que Simon y Ant también eran pareja. Los observaba trabajar y sentía una punzada de... Era difícil formular el qué. ¿Una nostalgia por lo que nunca había sucedido? ¿La envidia de la intimidad que compartían? Se preguntaba cómo habrían sido las cosas si Sam y ella hubieran estado juntos. No es que no se lo hubiera planteado nunca, pero Sam siempre había sido tan reservado... Era un chico, sí, pero también una torre sin ventanas y sin puertas. Ella nunca había encontrado la manera de acceder a su interior. Nunca le había dado un beso, salvo en la mejilla o en la frente. En catorce años, solo lo había tocado de manera deliberada un par de veces y él siempre se había mostrado incómodo. Al final, Sadie había decidido que prefería ser su socia creativa que su pareja. Había muchas personas con las que podía estar, pero, si era sincera consigo misma, había relativamente muy pocas que activasen su creatividad. Aun así, cuando veía a Simon y a Ant, sentía que su relación personal era más arriesgada que la suya con Sam, aunque al mismo tiempo fuera más gratificante.

A veces, al final de la jornada, los veía irse a su piso de West Hollywood y reparaba en Ant llevando la bolsa de Simon o teniendo algún pequeño gesto de cariño y ella pensaba: «Tiene que ser bonito vivir eso, tener a alguien con quien compartes la vida y el trabajo». Se había sentido muy sola los meses que siguieron al lanzamiento de *Ambos lados*. Pero había decidido que para ellos era diferente, Simon y Ant eran hombres. Si Sadie y Sam hubieran estado juntos, estaba segura de que hubiera considerado a Sam una ayuda, no un artista por derecho propio. De todos modos, mucha gente pensaba eso de ella.

Como habían desarrollado el juego con su motor, Sadie estuvo muy implicada en la creación de *Instituto Contraparte* y sabía que los chicos la tenían por mentora. Le había gustado darles consejos, aunque había sido una experiencia nueva para ella eso de ser generosa en ese sentido. Era extraño involucrarse en el trabajo ajeno. Sintió un nuevo aprecio por Dov —por lo dispuesto que había estado a compartir con ella su conocimiento y su tiempo, por lo buen profesor que había sido, ya que otra cosa no—. Cuando *Ambos lados* fracasó, el mundo se volvió muy silencioso. Una de las pocas personas que había intentado contactar con ella era Dov; le debía una llamada. Marx estaba al teléfono, así que se fue al despacho de Sam.

—¡Chica brillante! He visto el prefijo de California, esperaba que fueras tú.

Dov le habló un poco de en qué estaba trabajando: un videojuego nuevo, además de su colaboración como asesor para una empresa de inteligencia artificial en Silicon Valley. Le preguntó por su trabajo y ella le habló de su labor como productora para Simon y Ant, lo popular que se había vuelto *IC*.

—El mérito es de Marx —dijo ella—. Y en menor medida, de Sam. Ambos querían que California fuese una oportunidad para producir para otra gente. ¿Igual ya sabían antes que yo que *Ambos lados* no funcionaría? Ahora mismo tenemos siete juegos en fase de producción o posproducción.

—Y muchos usando tu motor, ¿verdad?

—Algunos —contestó Sadie—. Al menos, vale para algo. —Hizo una pausa—. ¿Alguna vez te pusiste celoso cuando *Ichigo* empezó a despegar?

—No —contestó Dov.

—¿Ni un poquito?

—Te veía como una extensión de mí mismo —añadió Dov—. Tengo un ego descomunal. Tus logros eran mis logros. Probablemente pienses que pensar así me convierte en un monstruo.

—Fuiste una mierda de novio...

—Gracias. Pero es verdad.

—Aunque fuiste un gran maestro. Justo lo estaba pensando hoy. Nadie se tomó en serio mi trabajo hasta que tú lo hiciste.

—Solo quería acostarme contigo.

—¡No digas eso!

—No, es mentira. Eres excepcional, chiquilla. Lo sabes.

Sadie se quedó callada. Miró las estanterías de Sam, que eran un verdadero museo de la historia y el merchandising de *Ichigo*: gorras, libros, cómics, libros para colorear, camisetas, figuritas, muñecos recortables, platos, arroceras, botes de galletas, disfraces, consolas, juegos de mesa, muñecos cabezones, sábanas, toallas de playa, bolsas de tela, bombas de baño, teteras, puntos de libro, etc. No había un solo producto en el mundo al que no se le pudiera estampar la cara de Ichigo.

—Quiero pedirte consejo —dijo Sadie.

—Dispara.

—¿Cómo se supera un fracaso?

—Te refieres a un fracaso público, ¿no? Porque todos fracasamos en privado. Yo fracasé contigo, por ejemplo, pero nadie puso una reseña en internet, a menos que tú lo hicieras. Fracaso con mi mujer y con mi hijo. Fracaso en el trabajo todos los días, pero sigo dándoles la vuelta a los problemas hasta que ya no fracaso. Aunque es cierto que los fracasos públicos son diferentes.

—Entonces ¿qué hago? —preguntó ella.

—Vuelves al curro. Le sacas partido al parón que viene después de un fracaso. Te recuerdas que nadie te presta atención y que es un momento perfecto para sentarte delante del ordenador y hacer otro juego. Lo vuelves a intentar. Fracasas mejor.

—No sé si llevo dentro un juego mejor que *Ambos lados* —dijo Sadie—. No sé si puedo volver a ser tan vulnerable.

—Sí que puedes, claro que sí. Creo en ti. No eres tú la que está fracasando, Sadie. Tu juego sí, pero me lo acabas de decir: tu empresa va genial. Es una empresa que se levanta a partir de tu tecnología, tu buen juicio, tu esfuerzo. Quédate con eso.

Sadie cogió una bola antiestrés de Ichigo y la apretó hasta que el muñeco quedó enterrado en su mano.

—¿Estás con alguien? —preguntó Dov, con ligereza—. ¿El tío de la banda de música con aquel nombre tan pretencioso?

—Dov, eso fue hace un millón de años. Llevo años sin hablar con Abe Rocket.

—Abe *Rocket*, la leche. Bueno, ¿y qué novedades tienes? No puede ser eso de mucho lirili y poco lerele.

¿Qué había estado haciendo Sadie? Trabajar en juegos que no eran suyos. Mejorar Onírico. Interminables reuniones en la oficina sobre cosas que no le importaban. Los fines de semana (la mayoría), fumar ingentes cantidades de hierba. Jugar al *Grand Theft Auto*, al *Half Life*, al *Mario Kart*, al *Final Fantasy*. Leer *Harry Potter* o cualquier libro que Oprah le hubiese dicho a su madre que comprara. Escaparse del trabajo sin que nadie la viese en mitad de la tarde para irse al cine con su abuela; a Freda le encantaban las comedias románticas que relataran los infortunios de «desafortunadas chiquitas rubias goyish». Pensar en la raza del perro que tendría, pero sin hacer nada al respecto. Googlear a antiguos rivales y juegos que habían salido la misma temporada que el suyo. Leer críticas de los suyos por internet (a la vez que insistía en que no lo hacía). Por lo general, se lamía de manera obsesiva las heridas. Qué frase más rara, pensó. Lamerse las heridas solo las empeora, ¿no? La boca está llenísima de bacterias. Pero Sadie sabía que era fácil engancharse al sabor de la propia carnaza.

—Mi hermana se casa —dijo Sadie. Dejó que la bola antiestrés de Ichigo recuperara su tamaño normal.

La doctora Alice Green, en su último año como residente de Cardiología, se iba a casar con otro médico, oncólogo pediátrico, predecible; la había nombrado dama de honor. Por eso, Sadie y Alice pasaban más tiempo juntas del que habían compartido desde que eran crías. Sadie estaba aburrida de lo mundana que era la planificación de la boda, pero encantada por lo que la distraía el tiempo que pasaba con Alice.

La semana anterior, las hermanas se habían acercado a una papelería de Beverly Hills para echar un ojo a unos archivadores del tamaño de un diccionario Oxford llenos de invitaciones blancas.

—Hay tantos tonos de blanco —comentó Alice.

—Pero este blanco está genial —dijo Sadie.

—Es tan diferente a esos otros mil tonos. ¿Cómo voy a elegir?

Al final, consiguieron elegir una invitación blanca y luego, como recompensa, fueron a comer al restaurante italiano favorito de Freda.

—¡Ay! ¡Casi se me olvida decírtelo! —exclamó Alice—. ¡He jugado a tu juego!

—Vaya, estoy impresionada. ¿Cómo has sacado un hueco?

—Es el juego de mi hermana, claro que he sacado un hueco. —Alice hizo una pausa—. No sabía si me gustaría cuando supe de qué iba, pero es tan bueno, Sadie. Qué honor que le hayas puesto mi nombre a la protagonista. Las partes que más me han gustado son las de Arce. Hasta que he jugado a *Ambos lados* no he sabido cuánto entendías por lo que pasé en aquel momento. Yo pensaba que estabas resentida por no haber podido ir al campamento espacial y porque mamá y papá prácticamente pasaron de ti durante dos años.

—Que conste en acta, *estaba* resentida. Siempre me dará pena no haber ido a ese campamento. Pero..., Alice, Arce lo ha hecho todo Sam —admitió—. Yo casi no tengo nada que ver con esa parte del juego.

—No será verdad.

—Que sí, que ha sido cosa de Sam. Él ha hecho Arce, yo hice Myralia.

—Bueno, ¿y de quién fue la idea de ponerle Alice a la protagonista?

—Si te digo la verdad, no me acuerdo, creo que fue de Sam.

—Me ha gustado todo el juego —añadió Alice—. De verdad.

—Gracias.

—Estoy tan orgullosa de ti... —siguió Alice. Alargó la mano desde el otro extremo de la mesa y agarró la de su hermana—. Pero cuando Alice Ma sueña con su funeral, hay una lápida en el cementerio que dice «Murió de disentería». Eso lo has tenido que poner por mí. Es nuestra coña.

Sadie negó con la cabeza.

—Nop. Sam de nuevo. La verdad es que se ha apropiado de la broma, si te digo la verdad.

—Bueno, pues felicítalo de mi parte —dijo Alice. Pagó la cuenta. Siempre insistía en pagar aunque Sadie ganara más dinero—. ¿Igual tengo que invitarlo a la boda?

Alice no era la única persona que prefería Arce a Myralia. Marx, que seguía los debates que se generaban en internet de todos los títulos de Juegos Sucios, había encontrado grupos de jugadores que evitaban jugar la parte de Myralia y solo jugaban la de Arce hasta donde era posible. Se llamaban los «arcenitas». Aunque la crítica, por lo general, había preferido la parte de Myralia, la comunidad gamer había caído rendida ante el trabajo de Sam. Marx no le dijo nada de esto a Sadie; ella, por supuesto, ya lo sabía.

2

Cuando Marx reservó los vuelos para Tokio, tenía pensado ir con Zoe, pero dos semanas antes del viaje, a ella le concedieron una beca para estudiar ópera en Italia. Dijo que no había sido la primera opción para la beca, por eso la habían avisado tan tarde, casi sin tiempo para recoger toda su vida en California. Aquello también arruinó su viaje a Tokio.

Marx había salido bastante pronto para llevarla al aeropuerto, sobre todo teniendo en cuenta que desde su casa solo había veinte minutos en coche. Estaban a mitad de camino cuando el tráfico se detuvo por completo.

—¿Crees que debería intentar salir de la autovía? —preguntó Marx.

—Igual avanza la cosa —dijo Zoe—. Tenemos tiempo de sobra.

—Sí —añadió él—. Tenemos tiempo de sobra.

Durante los cinco minutos siguientes, se lanzaron esa frase una y otra vez, como una pelota de voleibol.

—Tenemos tiempo de sobra.

—Tenemos tiempo de sobra.

Después de diez minutos de estar diciendo aquello, se dieron cuenta de que habían repetido la frase muchas veces y se convirtió en una broma.

—Tenemos mucho tiempo.

—Mucho tiempo. Ni siquiera sabría qué hacer con esta infinita cantidad de tiempo.

—Tendrás tanto tiempo que serás una de esas personas a las que les dan un masaje en medio del aeropuerto.

—Echaré un ojo a los cuadros que tienen expuestos por la terminal.

—Seguro que tendrás tiempo de visitar incluso otra terminal.

—¿Otra? Cogeré uno de esos autobuses de fiesta y visitaré *todas* las terminales. —De repente, Zoe se echó a llorar.

—¿Qué te pasa?

—Tensión —respondió ella, agitando la mano—. Supongo que me estresa todo esto de irme a Italia.

Marx le estrechó la mano.

—Voy a salir de la autovía —le dijo—. Podemos volver a incorporarnos cuando estemos más cerca del aeropuerto. —Marx cambió de carril.

—Creo que deberíamos quedarnos aquí —objetó ella—. Igual se pone peor en las carreteras secundarias, ya casi estamos. No podemos tardar mucho más. Aparte, ¿no dicen siempre que cambiar de carril no sirve de nada? Se tarda lo mismo cambies o no de carril.

—No voy a cambiar de carril —dijo él—, estoy cambiando de ruta. Si me equivoco, seguiremos teniendo tiempo de sobra. —Marx volvió a cambiar de carril—. Te estarás haciendo una pedicura en la terminal 1 antes de que te des cuenta.

—Me estaré comiendo un pretzel dulce y haciendo cola en el Starbucks.

—Probablemente, te estarás comprando un cojín hinchable o una bola de nieve.

—Creo que deberíamos dejarlo —dijo ella.

En cuanto pronunció esas palabras, él se dio cuenta de que esa sensación extraña que había flotado en el ambiente durante los últimos meses era la atmósfera del final. Después del lanzamiento de

Ambos lados, habían tenido diversas trifulcas sin importancia. Ella lo había acusado de pasar demasiado tiempo en la oficina, algo que antes no le había importado. Lo había acusado de querer más a Sam que a ella. (No dijo nada de Sadie.) Le había gritado por ser un burgués, por preocuparse demasiado por tener muebles daneses y por las puntuaciones de los vinos. (Marx había invertido bastante tiempo en encontrar una mesa de comedor, pero lo del vino le pareció bastante injusto, él prefería la cerveza.) De repente, parecía que ella detestaba California, se quejaba de las alergias, la gente sosa y la mala calidad del teatro. Luego las peleas cesaron como habían empezado, de manera repentina. Un mes más tarde, ella le informó de la beca de ópera en Italia. Era una oportunidad demasiado buena para dejarla pasar.

—No me quieres —le dijo Zoe.

—Pero Zoe, claro que te quiero.

—Pero no me quieres lo suficiente.

—¿Qué es suficiente?

—Bastante es... No sé, igual es egoísta, pero no quiero querer más de lo que me quieren a mí. No quiero estar con alguien que quiere a algo o a otra persona *más que a mí*.

—¿Por qué hablas de manera tan críptica? Dime lo que me quieras decir. Si sabes algo que yo no sé, me encantaría que me lo dijeras. Y a mí me gusta nuestra vida, Zoe. ¿Por qué quieres arrasar con todo?

—Porque... —dijo ella. Se secó los ojos con la manga y sacó el mentón, como si decidiera algo—. Es culpa mía. No hace falta que hagamos de esto un drama. Nos lo hemos pasado bien, ¿verdad? Mi viaje a Italia es una separación natural y, si al final se convierte en una ruptura permanente, entonces...

El trayecto duró cuatro veces más de lo habitual, pero Zoe llegó a coger el vuelo. Era la primera vez que a Marx lo dejaban de *verdad*. Sabía que debería estar destrozado, pero lo que sintió fue alivio. La relación, sin que él se diese cuenta, había sido la más larga que había tenido. No había visto motivos para ponerle fin. Nunca se había cansado de volver a casa y encontrarla desnuda, tocando algún instrumento nuevo. ¿Por qué terminar algo que funcionaba por la vaga idea de que podría amar a alguien con más intensidad que a Zoe, que era fantástica la mirase por donde la mirase? Era un momento extraño en el desarrollo personal de Marx. Ya no era el chico que quería probarlo todo en el bufé; consideraba un signo de madurez no haber pensado en dejar a Zoe. Pero su desdén por su antigua itinerancia había hecho que no viera las razones por las que una persona debería quedarse.

Si solo hubiera sido una visita a su familia, puede que Marx hubiese cancelado el viaje a Japón, pero también tenía reuniones de negocios. Primero le preguntó a Sam si le apetecía ir a Japón con él. Él le contestó que no quería viajar, su respuesta estándar desde que se había mudado a California. Cuando Sam declinó la oferta, se lo preguntó a Sadie. Sadie también iba a decir que no, pero al final pensó: «¿Por qué no?». Sam y ella no iban a ninguna parte con el juego nuevo y además nunca había visitado Japón. Marx pensó que sería útil que parte del equipo creativo estuviera presente en las reuniones, que girarían en torno a la posibilidad de que Juegos Sucios colaborara con la editorial Morikami en la adaptación de la popular serie de anime *Escuela de Fantasmas de Osaka* en formato juego para ordenador. A Morikami le interesaba asociarse con una empresa estadounidense y les gustaba JS por el trabajo que habían hecho con *Ichigo*, que consideraban agradable para un público tanto occidental como oriental.

Cuando llegaron a Tokio, tanto Marx como Sadie sufrieron el desfase horario. Habían dormido dos o tres horas y luego, cada uno por su lado, se levantó y pasó las silenciosas horas previas al amanecer trabajando, cosa que para ellos a menudo significaba jugando.

Por Janucá, Simon y Ant le habían regalado a Sadie una Gameboy. No había tenido tiempo de darle un tiento hasta el viaje a Tokio. El primer título que probó con la consola fue *Harvest Moon*, un juego en una granja, de rol: eres un granjero cuyo trabajo es cultivar tus tierras, encontrar esposa, hacer amistades con la gente de la comunidad. Fue uno de los primeros juegos de granjas, si no el primero. A Sadie su sencillez le recordó a lo que a su hermana y a ella les había gustado de *Pioneros de Oregón*. El juego era agradable, tranquilo. El opuesto absoluto a un juego como *Mar Muerto*: era un mundo protegido en el que no le podía pasar nada malo.

Al fondo del pasillo, en la misma planta del hotel, Marx estaba jugando a *EverQuest* en su portátil. *EverQuest* era un juego de rol multijugador en línea masivo, conocido por el enorme acrónimo MMORPG. *EverQuest* improvisa a partir de la idea de *Dragones y Mazmorras*, y como *D&M*, se centra en la construcción de personajes. Marx había pasado más horas de las que le gustaría admitir personalizando su avatar, un bardo medio elfo llamado Hella Behemoth. Le recordaba a sus días jugando a *Dragones y Mazmorras* con Sam, aunque la nostalgia no era la razón principal para meterse en ese universo. Le interesaba porque *EverQuest* era el primer MMORPG en utilizar un motor de gráficos en 3D y él esperaba que la siguiente entrega de *Instituto Contraparte* también tuviera un componente en línea.

A eso de las cinco de la mañana (aún demasiado pronto para ir a desayunar), Sadie llamó a la puerta de la habitación de Marx, que había enviado un correo grupal sobre *IC2* a eso de las cinco menos cuarto, así que ella sabía que estaba despierto.

—¿Has jugado a *Harvest Moon*? No es muy de nuestro rollo, pero me está pareciendo bastante adictivo.

Marx y Sadie intercambiaron las consolas.

—Te confío a Hella Behemoth —le dijo él. Sadie se sentó a su lado en la cama. Estuvieron jugando la mar de a gusto hasta que abrieron el desayuno. Eran las seis de la mañana y la ciudad aún seguía dormida, el único sonido que se oía era algún gruñido ocasional de su estómago.

En el bufé, se llenaron el plato de comida y luego se fueron a un rincón tranquilo del comedor para desayunar.

Hablaron de si *Escuela de Fantasmas de Osaka* sería un proyecto en el que Sadie y Sam querrían trabajar si Morikami les hacía una oferta.

—¿Igual sí? —contestó ella—. Pero ¿no sería mejor para Simon y Ant? Lo de los centros educativos es lo suyo, ¿no?

—Bueno —añadió con cuidado—, Simon y Ant andan muy liados.

Sadie se rio con remordimiento.

—Sam no sabe que ahora somos el equipo suplente.

—De eso nada.

Hablaron de Zoe.

—¿Estás muy mal? —preguntó Sadie.

—No tanto como te imaginas.

—Yo sí que estoy fatal —contestó ella—. Era mi mejor amiga en Los Ángeles.

Hablaron de *Ambos lados*.

—¿*Tú* estás fatal? —le preguntó Marx.

—Me gustaría decir «no tanto como te imaginas». Me gustaría que todo me resbalase tanto como a ti. —Se encogió de hombros—. Estoy destrozada, pero sobre todo me siento avergonzada. Os he metido a Sam y a ti y a todo el mundo en esta historia. Creía a ciegas en ella. Estaba completamente convencida de que funcionaría. Me siento como el tío que construyó el *Titanic*.

—No eres el arquitecto naval Thomas Andrews Jr.

—Anda que no.

Se rieron.

—*Ambos lados* no es el *Titanic* —matizó Marx—. Nadie se ha muerto por jugar a *Ambos lados*.

—Solo mi alma. Un poquito —siguió ella—. Quizá lo peor de todo es que ya no confío en mí. No estoy segura de que mis instintos sean buenos.

Marx alargó el brazo y le cogió la mano.

—Sadie, te lo prometo: tus instintos son buenos.

La segunda noche de su viaje, fueron a un teatro de noh con el padre de Marx. Lo del noh había sido idea de Watanabe-san; el tipo de cosas a las que solían llevar los japoneses a sus apreciados visitantes gaijin. El espectáculo tenía libreto en inglés, pero Sadie extravió el suyo antes de que empezara la función, así que estuvo bastante perdida. No entendió ni las convenciones ni el lenguaje de ese tipo de teatro. A veces, Marx le susurraba al oído comentarios poéticos, crípticos: «El fantasma del pescador fue asesinado por pescar en el río que no debía». O: «El tambor no suena, el jardinero se está matando».

Cuando Sadie se resignó a no entender nada, disfrutó de los comentarios de Marx y de la obra. El teatro tenía una temperatura agradable y olía a madera lacada y a incienso, era como estar en un sueño. Como aún estaba arrastrando el desfase horario y, además, estaba cansada tras un largo día de reuniones, le costó no dormirse. Sentía que los ojos se le cerraban y, por no querer ser la blanca maleducada, se forzaba a despertarse con brusquedad.

Después de la función, cenaron con el padre de Marx en un restaurante de tempura cercano. Sadie no había visto a Watanabe-san desde aquella cena de hacía tantos años en la que celebraron la actuación de su amigo en *Noche de reyes*.

Watanabe-san y ella intercambiaron regalos. Ella le había traído un par de palillos de madera tallada de *Ichigo* que su distribuidora japonesa había fabricado para celebrar el lanzamiento de la segunda parte del juego en Japón.

En contrapartida, él le regaló un chal de seda con una reproducción de *Los cerezos de noche*, de Katsushika Ôi. La pintura representa a una mujer que compone un poema en una tablilla, en primer plano. Los cerezos están al fondo, todos en sombra, salvo unos pocos. A pesar del título, los cerezos no son el tema principal; es una obra sobre el proceso creativo: la soledad y las maneras en las que un artista, en este caso, una mujer, se espera que desaparezca.

—Sé que Hokusai te inspira —le dijo a Sadie—. Esta obra es de su hija. Solo sobreviven algunas de sus pinturas, pero yo creo que ella es mejor que su padre.

—Gracias —respondió ella.

Watanabe-san le hizo una profunda reverencia cuando se despidieron.

—Gracias, Sadie. Sin ti y sin Sam, quizá Marx hubiera acabado siendo actor.

—Marx era un actor fantástico —lo defendió ella.

—Se le da mejor lo que hace ahora —insistió el padre.

Sadie y Marx cogieron un taxi para volver al hotel.

—¿Te ha molestado lo que ha dicho tu padre? —le preguntó.

—No. Me encantaba ser actor de estudiante. Me consagraba en cuerpo y alma, pero ahora no. Creo que si hubiera acabado trabajando en el sector de manera profesional, seguramente me hubiera acabado desenamorando. No es triste, sino una alegría que no hagamos lo mismo durante toda nuestra vida.

—¿Me estás diciendo que deje de hacer juegos?

—No. Con esto estás atada. Tú y los juegos para siempre.

La tercera mañana de su viaje, pronto, antes de las reuniones, Marx se llevó a Sadie al santuario Nezu, que tiene un túnel de puertas torii rojas que hay que atravesar. Ella le preguntó qué significaba pasar bajo esas puertas y Marx le explicó que, en la tradición sintoísta, una puerta representaba pasar de lo mundano a lo sagrado. Pero él no era sintoísta, así que no lo tenía muy claro.

—Venía aquí cuando era adolescente y tenía un problema que necesitaba resolver.

—¿Tú qué problemas tenías?

—Bueno, ya sabes, la típica angustia. Sentía que nadie me entendía. No era lo bastante japonés, pero tampoco era otra cosa.

—Pobre Marx.

—No las atravieses demasiado rápido —la alertó Marx—. Funciona mejor, al menos para mí, cuando voy muy despacio.

Sadie franqueó las puertas, una por una, una tras otra. Al principio, no sintió nada, pero a medida que avanzaba, notó una apertura en el pecho, más espacio. Se dio cuenta de lo que era una puerta: una indicación de que habías abandonado un espacio y entrabas en otro.

Atravesó otra torii.

Le vino una idea a la cabeza: había pensado que después de *Ichigo* no volvería a fracasar. Había pensado que había llegado. Pero la vida consistía en estar siempre llegando. Siempre había otra puerta que franquear. (Hasta que ya no la había, claro.)

Pasó por debajo de otra torii.

Al fin y al cabo, ¿qué era una puerta?

Un umbral, pensó. Un portal. La posibilidad de entrar en un mundo diferente. La posibilidad de que cruces un umbral y te reinventes y te conviertas en algo mejor.

Cuando cruzó la última torii, se sintió segura. *Ambos lados* había fracasado, pero no tenía por qué ser el final. El juego era uno más en esa larga línea de espacios entre puertas.

Marx la estaba esperando y sonreía. Estaba en el centro del caminito, con los brazos algo abiertos. Qué bonito era que la esperase. Era el perfecto compañero de viaje.

—Gracias —le dijo ella. Le hizo una sutil reverencia con la cabeza.

La quinta noche de su viaje, cenaron con la madre de Marx en su piso. Sus padres no estaban divorciados, pero vivían separados. La mujer era diseñadora textil y profesora. Tenía mucho estilo vistiendo; prendas sin forma, con estampados atrevidos, y llevaba el pelo cortado en un riguroso bob. El vestido que llevaba aquella noche era de algodón estampado de lunares, a juego con las cortinas que tenía detrás.

La señora Watanabe no se había enterado muy bien de quién era Sadie. Pensaba que era esa novia que tenía su hijo desde hacía tanto tiempo y creía que estaban a punto de casarse.

—No, mamá, este es Sadie, no Zoe. Sadie es mi socia.

La madre de Marx se quedó un buen rato mirando a Sadie y luego dijo:

—¿Estás seguro?

—Yo soy demasiado idiota para Sadie, mamá.

—Eso es verdad —dijo Sadie—. Marx es guapo, pero superficial.

Bajo la mesa, ella le estrujó la mano a su amigo.

Pero la señora Watanabe no aflojaba.

—¿Sadie, tienes novio?

—No —admitió ella—. De momento.

—Marx, deberías pedirle salir. Puede que se te escape la oportunidad.

—Mamá, en Estados Unidos —contestó él— no está bien visto salir con una compañera de trabajo.

—Soy estadounidense, ya lo sé —contestó la señora Watanabe—, pero Sadie es tu jefa, ¿no? No pasa nada si a ella le parece bien. Haríais una pareja estupenda.

—Señora Watanabe —pivotó Sadie—, Marx me ha dicho que es usted profesora de Diseño Textil. Me interesa, cuénteme más.

A la señora Watanabe le encantaba pintar a mano, hacer almazuela y tejer, pero le preocupaba que fueran técnicas moribundas.

—Los ordenadores hacen que todo sea demasiado fácil —dijo con un suspiro—. La gente diseña muy rápido con un monitor, luego lo imprimen con una gigantesca impresora industrial de un almacén de un país remoto y la diseñadora en cuestión ni ha tocado un retal de tela en ninguna fase del proceso ni se ha ensuciado las manos de tinta. Los ordenadores son fabulosos para experimentar, pero no son buenos para reflexionar.

—Mamá, tú sabes que Sadie y yo trabajamos con ordenadores, ¿verdad?

—Un gran tejido, como *El ladrón de fresas*, de William Morris, es una obra de arte, pero se tarda muchísimo en hacer algo así. Tampoco es un simple diseño. Hay que entender el tejido y sus posibilidades. Hay que entender el proceso de teñido y cómo conseguir ciertos colores y qué hará que el color dure años y años. Si cometes un error, puede que tengas que volver a empezar.

—Creo que no conozco *El ladrón de fresas* —dijo Sadie.

—Un momento —añadió la señora Watanabe. Fue a su dormitorio y volvió con un escabel tapizado con una reproducción de esa obra. El patrón representaba unos pájaros y unas fresas en un jardín, y aunque a Sadie el nombre no le había dicho nada, sí que reconoció el estampado cuando lo vio.

—Este era el jardín de William Morris. Eran sus fresas. Eran los pájaros que conocía. Ningún diseñador había utilizado el rojo y el amarillo con una técnica de teñido de descarga de índigo. Tuvo que rehacerlo muchas veces para conseguir los colores adecuados. Esta tela no es solo una tela. Es la historia de un fracaso, de la perseverancia, de la disciplina de un artesano, de la vida de un artista.

Sadie pasó la mano por el grueso tapizado de algodón.

Ya en el hotel, a primera hora de la mañana siguiente, Marx llamó a su puerta.

—Tengo una idea —le dijo.

Ella se sorprendió deseando que la idea fuera que se acostaran. Resultó que era algo de trabajo.

—He soñado con *El ladrón de fresas* que nos enseñó mi madre. Ha sido una especie de pesadilla —empezó a contarle. En el sueño, Marx está en el piso de su madre. Ella le dice que vaya a por el escabel, pero cuando él lo coge, el diseño del *Ladrón de fresas* tiene el estilo visual de Arce. Cuando sale del salón, su madre lleva un vestido con el patrón del *Ladrón de fresas*, pero también con el estilo visual de Arce. Y luego Marx le cuenta que todo el piso ha sido digitalizado para que parezca Arce. Su madre es una adorable duendecilla de su mundo virtual. Aparecía una burbuja sobre su cabeza: «Pregúntame por mis tejidos». Él cierra la burbuja, pero aparece otra: «¿Sabías que William Morris hizo cien pruebas hasta que consiguió el proceso adecuado para su textil estampado más famoso, el del *Ladrón de fresas*?».

—¿Eso es verdad? —preguntó Sadie—. No recuerdo que tu madre nos dijera eso.

—Ni idea —contestó Marx—. Eso ponía en la burbuja.

Marx siguió describiendo el sueño:

—Entro en la cocina para tomar aire y miro por la ventana. Desde la ventana veo un tordo del tamaño de una persona robando una fresa. La escena es bastante hermosa y me hace feliz observar al pájaro. Hacemos contacto visual un momento y aparece una burbuja de texto sobre su cabeza: «Pregúntale a Sadie lo que costaría convertir Arce en un RPG en línea». Y aquí estoy, obedeciendo al ave gigante de mis sueños.

Sadie consideró la pregunta. Sabía hacia dónde iba Marx sin que tuviera que decírselo. Cortar el cáncer de Myralia. Liberar Arce y monetizar su mantenimiento (servidores, nuevas misiones y niveles) mediante compras adicionales: mejoras para los personajes, mobiliario, residencias y expansiones. Si a la gente le gustaba, el juego podía ser una gallina de los huevos de oro. Podía ser como *EverQuest*, pero sin la trama de fantasía. Podía ser como *Harvest Moon*, pero menos campestre y no tan centrado en la mecánica del farmeo: solo una pequeña ciudad americana. Que la gente construya sus propios personajes en ese escenario tan bonito y evocador que Sam había creado. Sadie le veía el filón a la estrategia. Sabía que la gente prefería el mundo de Sam al suyo. Observando a Marx en el umbral, estaba claro que él también lo sabía.

—No costaría nada. Solo un mogollón de trabajo.

Pasaron las siguientes horas lanzando ideas para esa nueva versión de Arce. A eso de las cuatro de la mañana, llamaron a Sam a California. Marx le explicó lo que habían estado debatiendo.

Hubo una pausa larga antes de que Sam respondiera:

—Me gusta muchísimo esa idea, pero ¿Sadie, te parece guay?

—Sí —contestó ella—. Myralia seguirá existiendo para quienes compraron el juego original, pero creo que es una oportunidad para que Arce llegue a un público más amplio. Si no funciona, lo único que habremos perdido es mucho tiempo y dinero.

Sam se rio.

—A por ello —sentenció.

Hablaron con Sam un rato más y luego colgaron. De nuevo, volvía a ser demasiado pronto para desayunar.

—Me muero de hambre —confesó Sadie.

Marx la llevó a un conbini que estaba abierto toda la noche y quedaba a un tiro de piedra del hotel. Compraron bocadillos de ensalada de huevo, croquetas de pollo y sándwiches con nata y fresas; inarizushi y dos litros de Royal Milk Tea.

—Mis favoritos —explicó Marx. Se llevaron la comida a la habitación de él y desplegaron el festín de supermercado en la cama, sobre una toalla.

El sol despuntaba en Tokio.

—Es el mejor bocadillo de ensalada de huevo que me he comido jamás —dijo Sadie.

—Eres fácil de contentar —respondió él. Le limpió una manchita de salsa de la comisura.

La séptima noche de su viaje a Tokio, Marx fue a tomarse algo a un izakaya con dos de sus mejores amigos del instituto: Midori, que era medio japonesa, y Swan, cien por cien japonés, pero nacido en Inglaterra. Como era tradición en el grupo, dieron buena cuenta de un montón de entrantes aceitosos, yakitori y sake tibio. El izakaya era todo un viaje en el tiempo; el mismo lugar que frecuentaban en el instituto, solo que el tipo que lo regentaba ahora era el hijo en lugar del padre.

Marx le preguntó a Sadie si le apetecía unirse. Por lo general, se hubiera ausentado de una reunión de viejas amistades, pero como se les había ocurrido la idea de la nueva versión de Arce, estaba más relajada y tenía ganas de celebrar.

Cuando llegaron al local, a Sadie le quedó claro que los amigos, igual que la madre de Marx, pensaban que Sadie era la novia de Marx, Zoe.

—No —aclaró ella—. Lo siento. Trabajamos juntos, pero nada más.

—Cachis —dijo Midori—. Pensábamos que por fin íbamos a conocer a la chica que había conseguido que Marx sentara cabeza.

—¿Cómo era Marx en el instituto? —preguntó Sadie.

—Bueno, como parece que no eres su novia, te lo podemos contar —dijo Swan—. Todo el mundo salía con Marx.

—Y Marx salía con todo el mundo —añadió Midori, riéndose. Sadie veía que la conversación tenía el ritmo de vodevil de una broma que venía de lejos.

—Si hubiera sido una chica —siguió Midori—, todo el mundo hubiese dicho que era una guarra, pero, en su caso, era un machote.

—En la facultad era igual —añadió Sadie—. No me viene de nuevas. ¿Vosotros habéis salido con él?

—Una vez me llevó a un baile del instituto —contestó Midori—. Como acompañante, un diez, pero vamos, fue cosa de amigos.

—Es el rasgo que lo redime —siguió Swan—. Es un gran amigo, por eso nadie puede odiarlo.

—¿Y tú? ¿Has salido con él? —le preguntó Midori a Sadie.

—Ay, Dios, no. Era amigo de mi amigo —contestó ella.

—No le caigo muy bien —añadió Marx—. Puede que siga sin caerle bien.

—¿Cómo puede ser eso? —preguntó Swan.

—¿Qué hizo? —preguntó Midori.

—Es una larga historia —dijo Sadie—. Nos dijo que podíamos mudarnos a su piso durante el verano y al final no se fue y se quedó con nosotros.

—¿Por eso no te caigo bien? Creo que al final os he recompensado —replicó Marx.

—Bueno, y yo no sabía que serías el productor de *Ichigo* hasta que cenamos contigo y con tu padre. Sam no me avisó.

—Sam —dijo Marx negando con la cabeza. Alzó el vasito de sake—. ¡Por Sam! ¡Kanpai!

—¡Por Sam! ¡Kanpai! —repitieron Sadie, Midori y Swan.

—¿Quién es Sam? —preguntó Midori entre risas.

Bebieron varias rondas de sake, no lo bastante para que Sadie se emborrachara, pero sí para que sintiera un agradable calorcillo por dentro.

Midori salió a fumar y ella la acompañó.

—¿Sabes qué? Estaba enamoradísima de él —le confesó Midori.

Sadie asintió porque no sabía qué decir.

—Nunca, jamás de los jamases te acuestes con Marx. Hagas lo que hagas, no te vayas a la cama con él —la avisó Midori—. Habrá un momento en el que te mire con esos ojitos y ese pelo y pensarás que es inofensivo. Está bueno. Me lo tiro.

—Lo conozco desde hace seis años —dijo Sadie—. No creo que vaya a pasar algo así.

Ay, pero ¡Sadie Green era una gran jugadora! En un juego, si un cartel te avisa de que no abras cierta puerta, acabarás abriendo esa puerta, eso es así. Si no funciona, siempre podrás regresar al punto de guardado y volver a empezar.

Sadie y Marx cogieron un taxi para volver al hotel. Subieron en ascensor hasta la planta de sus habitaciones, la número veinte. Mientras él la acompañaba a la suya, le dijo algo sobre que el veinte era un número importante y que, en Japón, cuando una persona cumplía esos años (ni dieciocho ni veintiuno), se consideraba que ya había pasado a la edad adulta.

—Se llama «hatachi».

—A los veinte fue cuando te conocí —dijo ella.

—Cierto.

Estaban delante de la puerta de Sadie y él dio media vuelta para ir hacia la suya.

—¿Marx? Ahora mismo no quiero nada serio.

—No, si yo tampoco —contestó él.

—Pero creo que sería una buena idea que nos acostáramos —siguió ella—. Estamos en un país diferente y, en mi opinión, cuando te tiras a alguien en el extranjero, no cuenta.

—No conozco esa costumbre. —Volvió hacia ella.

Sadie había pensado a menudo que el sexo y los videojuegos tenían muchísimas cosas en común. Había ciertos objetivos que había que cumplir. Había ciertas reglas que no se debían romper. Había una combinación correcta de movimientos —apretar ciertos botones, pivotar los joysticks, las teclas, los comandos— que hacían que la cosa funcionara o no. Era placentero saber que habías jugado bien y llegar al siguiente nivel era como aliviarse. Ser buena en la cama era ser buena en el juego del sexo.

Sadie no recordaría mucho de la primera vez que se acostó con Marx, pero sí que después se sintió muy cómoda, muy a gusto. El cuerpo de él se acopló al suyo de manera natural; su olor, casi imperceptible, solo a jabón y piel limpia; la sensación de que entre ellos había la separación idónea. «Estoy aquí contigo», parecía que le dijera el cuerpo de Marx, «pero reconozco que somos seres independientes». Al final, no supo si lo que sentía era algo que podía atribuir a Marx o a todo el sake y los yakitoris que se había comido o a la almidonada colcha blanca del hotel o al hecho de que estaba a más de ocho mil kilómetros de casa.

Por un segundo, cerró los ojos y se imaginó otra vez bajo las puertas rojas del santuario de Nezu.

Una puerta y una puerta y una puerta.

Y al final de todas, Marx. Marx con una camisa de lino blanco y unos caquis con los bajos vueltos y un estúpido fedora rosa de paja que le había comprado Zoe en el mercadillo de segunda mano de Rose Bowl. Marx se quita el sombrero y lo lanza hacia ella.

Aún en la cama, ella se dio la vuelta para sonreírle.

—Amo esta ciudad —le dijo.

—¿Igual podríamos vivir aquí algún día? —dijo él.

Al día siguiente, cogieron un vuelo de vuelta a casa y se despidieron, como buenos angelinos trabajadores, en la cinta de recogida de equipajes. Siempre hay un momento en el que uno se desespera por si la maleta no llega, pero poco después de que sonara la sirena, apareció la de Marx. Le preguntó a Sadie si quería que la esperase, aunque esa frase solía ser mera formalidad. Él tenía una reunión con una empresa de videojuegos en San Fernando Valley y ella tenía que volver a Venice, iban en direcciones opuestas. Después de pasar por aduanas y coger la lanzadera hasta el aparcamiento de larga estancia, a Marx le quedaría el tiempo justo para llegar a la reunión. Sadie le dijo que fuera haciendo camino. Él le dio un beso en la mejilla.

—Amigos —dijo Marx.

—Siempre —contestó ella.

Una media hora más tarde, salió la maleta de Sadie por la cinta transportadora, era la penúltima. Todo el mundo se había marchado, salvo una pareja de ancianos japoneses cuya maleta vinílica azul celeste cerró la entrega de equipajes.

Sadie arrastró el maletón por aduanas. Cuando le preguntaron si tenía algo que declarar, repitió los objetos que había anotado en el formulario de entrada: un chal de seda para Freda, un collar para Alice, dulces envasados para sus padres. Siempre sentía que el personal de aduanas intentaba cazarla en una mentira.

—¿En qué trabajas? —le preguntó el agente.

—Hago videojuegos.

—Me encantan —dijo el agente—. ¿Habré jugado a alguno de los tuyos?

—*Ichigo*.

—Nop. No me suena. Sobre todo me gustan los de carreras. Como los de *Need for Speed*. Y el *Grand Theft Auto*. Hasta el *Mario Kart*. ¿Cómo acabaste haciendo videojuegos?

Sadie odiaba responder a esa pregunta, sobre todo después de que una persona le hubiera dicho que no le sonaba *Ichigo*.

—Bueno, aprendí programación en el instituto. Saqué un diez en mi examen de selectividad de Matemáticas, gané un premio Westinghouse y un Leipzig. Luego entré en el MIT, que, la verdad, es bastante competitivo, incluso para una humilde chica como yo, y estudié Ciencias de la Computación. En el MIT aprendí cuatro o cinco lenguajes de programación y estudié Psicología, con especial hincapié en técnicas lúdicas y diseños persuasivos; también cursé Lengua y Literatura y estudié estructuras narrativas, los clásicos y la historia de la narratología interactiva. Me busqué un buen mentor. Por desgracia, lo convertí en mi novio. Basta con decir que era jovencita. Luego dejé la facultad un tiempo para hacer un juego porque mi mejor amigo, que en realidad era mi enemigo, quería que lo hiciéramos. El juego acabó siendo ese título del que no has oído hablar, pero, sí, vendió unos dos millones y medio de copias solo en Estados Unidos, así queee...

En vez de eso, en realidad dijo:

—Me gustaba mucho jugar a videojuegos, así que pensé que igual podría crearlos.

—Vaya, pues qué buena suerte has tenido —le dijo el agente de aduanas.

—Gracias —contestó ella—. Buena suerte a ti también.

Sadie arrastró la maleta hasta la fila de taxis y estaba a punto de meterse en uno cuando vio a Marx.

—¿Qué haces aquí todavía? —le preguntó.

—Pues mira, ha sido gracioso —contestó él—. He hecho todo el camino hasta el aparcamiento de larga estancia y estaba a punto de irme, pero he decidido dar media vuelta y volver. Ahora estoy en el de corta estancia.

—¿Y por qué estás aquí otra vez?

Él cogió el asa de la maleta grande de Sadie y empezó a arrastrarla hacia el aparcamiento.

—He pensado que igual necesitabas que te acercara a casa.

3

—¡Sadie! ¡Marx! ¡Venga, que faltan diez minutos! —exclamó Sam.

Marx entró en la recién bautizada como sala de servidores Mundoarce con una bandeja de copas de champán.

—¿Dónde se ha metido Sadie? —preguntó Sam.

—Está por ahí —contestó Marx—. La llamo al móvil.

No había tenido claro si el champán era adecuado, pero al final pensó que a la mierda. Todo el mundo se había dejado la piel para que *Mundoarce* diera el salto a la red. Tenían derecho a celebrar, daba igual que el estado de ánimo general del mundo fuera otro.

JS llamó a la nueva versión del videojuego *La experiencia Mundoarce* o *Mundoarce*, por abreviar. Aunque habían podido aprovechar muchos gráficos, escenarios, sonidos y diseños de personajes de Arce, el trabajo para transformarlo en un MMORPG había sido mayor de lo que Sadie había imaginado. La metáfora de Sadie era que aquello había sido como comprar una casa en una subasta y luego trasladar la casa a un país diferente en barco, y cuando ya la tenías en ese otro país, decidir que te gustaban los materiales con los que estaba construida, pero la casa en sí no, y entonces acabar construyendo una nueva después de desmontar con meticulosidad la vieja, pieza a pieza.

El equipo había trabajado durante la primavera y el verano para preparar el salto a la red; habían hecho de todo, desde crear sistemas de divisas a ver cómo podría monetizarse en el mundo real, y también a montar los servidores exclusivos y alquilar más espacio de oficinas para dar cabida a la plantilla adicional. Las nuevas contrataciones (diez personas para empezar, más si el juego triunfaba) se encargarían de programar nuevas misiones secundarias, niveles y desafíos; de moderar el mundo del juego y hacer que funcionara las veinticuatro horas del día. Publicaron anuncios en internet que parecían las invitaciones de boda de caligrafía manuscrita de Alice: «Atención: ¡poetas, gente que sueña y construye mundos! A medianoche del 11 de octubre de 2001, Juegos Sucios tiene el placer de invitaros a la *Experiencia Mundoarce*». Una gerente de difusión a la que acababan de contratar se había puesto en contacto con la ciudadanía de Arce de manera individual para asegurarse de que fueran las primeras personas en formar parte de la comunidad del juego. Hasta se había creado una versión en papel con impresión tipográfica de la invitación para enviar a casa de todo arcenita. Solo quedaba darle al botón.

Justo un mes antes del lanzamiento, unos terroristas habían estrellado diversos aviones en unos rascacielos y otros edificios; tras la estela de lo sucedido, JS había debatido si era el mejor momento para lanzar *Mundoarce*. Si sería de mal gusto y si la gente querría jugar a un juego como ese en semejante momento de la historia. El mundo parecía tan caótico, la gente tan tribal y su juego era tan blandito. Al final, decidieron que nunca sería buen momento para nada. *Mundoarce* saldría en la fecha prevista.

Sadie entró en la sala de servidores con una caja de botellas de champán. Después de dejar las botellas en la mesa, se unió a Marx y a Sam y al resto del equipo, arremolinados alrededor de los prístinos servidores.

El informático le susurró a Sam al oído:

—Dédalus, necesitamos encender la red antes de medianoche si queremos que esté funcionando *a medianoche* y no *cinco minutos* después de medianoche.

—Bien visto. ¡Gente, faltan cinco minutos! —anunció Sam.

—Leches —dijo Sadie—, se me ha olvidado el sacacorchos.

Volvió a subir corriendo por las escaleras.

—¡Sadie! —exclamó Marx, con un pelín de retraso—. ¡No hace falta sacacorchos para el champán!

Pero Sadie no lo había oído. Marx fue a por Sadie mientras Simon y Ant bajaban. Sam les estrechó la mano.

—Qué guay que hayáis venido, chicos.

—No nos lo íbamos a perder por nada del mundo —contestó Simon.

—*Mundoarce* es una pasada —añadió Ant—. Sadie nos lo enseñó un poco ayer. Nosotros también nos vamos a unir y les diremos a la gente de la comunidad de *IC* que se registren.

—Tenemos que enchufarlo ya —le dijo el informático a Sam—. Si para ti es importante que seamos puntuales, no podemos esperar más.

Sam conocía demasiadas historias de terror sobre juegos que habían muerto nada más nacer por no estar en línea cuando dijeron que iban a estarlo. *Mundoarce* era su mundo y sería puntual.

—¿Quieres hacer los honores? —le preguntó el informático.

Sam alargó la mano y le dio al interruptor.

—Me siento Dios —bromeó—. ¡Que se haga la luz!

El grupo de programadores y programadoras vitoreó. Sam le dio las gracias a todo el mundo por su esfuerzo y Ant descorchó el champán. Fue ahí cuando Sam se dio cuenta de que Sadie y Marx no habían vuelto.

Sam pensaba que las cosas habían estado bien entre Sadie y él durante los meses en los que habían trabajado en *Mundoarce*. No como en los viejos tiempos, no del todo, pero sin guerra abierta. Aun así, le molestó que sus socios se hubieran perdido el encendido del servidor, aunque todo había sido una cuestión más bien ceremonial.

Mientras la plantilla de apoyo de *Mundoarce* se retiró con discreción, cada cual a su escritorio, para ocuparse de la moderación del juego recién nacido, Sam fue hacia la escalera. Vio a Sadie y a Marx en lo alto. Sadie parecía estar quitándole una pestaña de la mejilla; él la miraba y se reía. El gesto de Sadie no revelaba una intimidad particular. Sam no los había cazado haciendo el amor o besándose o con la ropa desastrada. Sin embargo, había una ternura en el gesto de Sadie que hizo que Sam casi tuviera que sentarse, justo donde estaba, a los pies de la escalera. Sintió el latido distante de su pie, que llevaba más de un año sin notar.

Sadie y Marx estaban enamorados.

Ella le había dicho que no la *conocía*, pero Sam la conocía lo bastante para saber la cara que ponía cuando estaba enamorada. Se le ablandaban los ojos, la expresión se le volvía menos traviesa y autoconsciente; su mano señoreaba, como si fuera la dueña de la mejilla de Marx; su postura, un poco inclinada hacia él, relajada y flexible, las mejillas sonrojadas. Era guapa, pero cuando estaba enamorada, era preciosa. La conocía lo suficiente para saberlo: debían de llevar juntos cierto tiempo.

—Samson —lo llamó Marx desde arriba—, ¿nos lo hemos perdido?

Estaba de buen humor. Ambos lo estaban.

—No hace falta sacacorchos para el champán —dijo Sadie, riéndose.

Sam podía enfrentarse a ellos ahora o esperar a que se lo contaran más tarde. Pero ¿por qué necesitaba que se lo contaran? ¿Para que le confirmaran lo que era evidente? Si no hubiera sido algo serio, ya se lo habrían dicho. «Estoy pensando en pedirle salir a Sadie», habría comentado Marx. «¿Qué te parece?» O puede que Sadie hubiese soltado: «Fíjate cómo son las cosas, me estoy viendo con Marx. A ver cómo va la cosa». La omisión le dejaba claro que aquello era fatídicamente serio.

Se le reveló todo el futuro de Sadie y Marx. Lo más probable es que se casaran, la boda sería en el norte de California, en Carmel o en Monterrey. En la boda, la abuela de Sadie miraría con empatía a Sam porque siempre había sido amable con él y sabría que tenía el corazón roto. Freda le cogería la mano y él notaría la suya, suave y vieja; la señora le daría palmaditas con cariño y diría: «La vida da muchas vueltas» o cualquier otra frase inútil de refranero de abuela. Sadie y Marx se comprarían una casa en Laurel Canyon o quizá por Palisades. Y tendrían un perro, grande, sin pedigrí, delgaducho, o si no, un borzoi llamado Zelda o Rosella. Organizarían grandes cenas. La casa sería un lugar al que a todo mundo le gustaría ir porque Sadie y Marx tenían un gusto estupendo. Ambos eran estupendos. En cierto momento, habría niños y Sam se convertiría en el triste tío Sam, el solterón, de quien se esperaría que trajera regalos para los cumpleaños y demás celebraciones. A diario tendría que ver a Marx y a Sadie en el trabajo. Los vería llegar juntos e irse juntos, se imaginaba cómo compartían el trayecto en coche a casa, las bromas y las referencias internas que uno solo tiene con la persona con la que comparte su vida. En cierto momento, Sadie y él se distanciarían. Y eso sería un desastre para Sam. Una tragedia. Sabía que si no fuera como era, un chico aterrorizado y roto y cobarde y lleno de bajezas e inseguridades y con pánico sexual, puede que Sadie hubiera sido suya. Habría estado claro. Se habría inclinado sobre una mesa y la habría besado, ella lo hubiera llevado sobre una superficie suave y habrían hecho el amor. Quizá el sexo no hubiese sido espectacular, pero habría dado igual. Porque había cosas que eran mejores que el sexo. Porque él la quería. Era una de las pocas cosas que sabía que eran una constante en su existencia. Los mayores placeres de su vida los había sentido cuando estaba con ella, jugando o inventando. ¿Cómo era posible que ella no se sintiera también así? Nunca habría otra Sadie y ahora él había perdido a esta Sadie. No era culpa de ella. Sam había tenido años para encontrar la solución, pero, en vez de eso, había perdido el tiempo haciendo juegos con ella. Había tenido años para analizar su propio rompecabezas. Y ahora ese viejo enigma se reemplazaría con uno nuevo: «¿Cómo sigo adelante cuando la persona a la que más quiero en este mundo está enamorada de otra persona? Que alguien me diga cómo lo soluciono», pensó, «así no tendré que jugar hasta el final esta partida que tiene todas las de perder».

—No os habéis perdido nada —dijo Sam. Sonrió, pero fue incapaz de mirarlos.

Subió por las escaleras y siguió caminando.

—¿Dónde vas? —preguntó Marx.

—Bajo enseguida —contestó él.

En un primer momento, pensó en ir a su despacho para despejarse, pero luego decidió que necesitaba alejarse más de Sadie. Decidió coger el coche. Una vez al volante, vio que estaba yendo hacia el Eastside, a casa de sus abuelos, donde estaba Tuesday, una perra callejera que había adoptado el verano pasado.

El trayecto desde JS a Echo Park era de unos cuarenta minutos si no había mucho tráfico, cosa poco habitual. La primera vez que intentó hacer el trayecto en dirección opuesta tuvo un ataque de pánico al no sentir el freno con la prótesis. Tuvo que salirse de la autovía y parar en el arcén. Frenó con demasiada fuerza, se aplastó el muñón contra la prótesis y se hizo un moratón importante en la pierna. El resto del trayecto lo hizo por carreteras secundarias y llegó media hora tarde en su primer día de regreso al trabajo; después de aquel primer día, no volvió durante un mes entero.

Fue a ver a otra terapeuta para que lo ayudara con la ansiedad que le generaba conducir. Sam odiaba ir a terapia, pero necesitaba llegar a sitios en coche, así que a terapia que se fue. La mejor manera de superar una fobia a la conducción, le dijo la profesional, era conducir. Sam empezó a coger el coche para ir por Los Ángeles de noche, después del trabajo; al volante, pensaba en su madre.

Recordaba lo que le había dicho sobre las autovías secretas que iban de este a oeste, de norte a sur; empezó a buscarlas. No tenía nada más que hacer y, si encontraba una, pasaría menos tiempo yendo al trabajo o volviendo del trabajo en coche. Ponía a toda pastilla clásicos de rock que le recordaban a Anna —los Rolling

Stones, los Beatles, Bowie, Dylan— y daba vueltas por la ciudad y sus colinas buscando vías muertas que acabaran convirtiéndose en carreteras secretas.

En uno de sus viajes, se le cruzó un coyote a toda velocidad. Era su segundo primer verano en Los Ángeles y había coyotes por todas partes. Los veía en el jardín de enfrente de su casa, tomando el sol, comiéndose —todos lánguidos ellos— la fruta que había caído de los chirimoyos y los nísperos. Los veía bajar a zancadas por las calles de Silver Lake y Echo Park, a veces en parejas o en familia, rebuscando entre la basura del restaurante vegano de Sunset, caminando con estoicismo en Griffith Park, cuidando a los cachorros. Los coyotes emanaban seguridad, astucia, estaban extrañamente antropomorfizados, como si un equipo de animación los hubiera dotado de rasgos humanos. El pelo, una maraña, pero con estilo; como el corte de un actor joven y buenorro que interpretara a un drogadicto en una película independiente. Los coyotes le parecían más humanos que la mayoría de la gente con la que se encontraba, más humanos que el propio Sam en ese momento. Su presencia constante convertía la ciudad en un lugar salvaje y peligroso, como si no estuvieran viviendo en una zona urbana.

Sam pegó un frenazo y el coyote se quedó inmóvil. Sam abrió la ventana.

—¡Venga! —gritó.

Como el animal seguía sin moverse, Sam salió del coche. El coyote no era un coyote. O quizá sí. No sabía en qué se diferenciaban. En todo caso, era joven, había dejado de ser un cachorro hacía poco. Tenía el aspecto desaliñado de un coyote, pero la complexión de un pitbull. La pata trasera le sangraba; a Sam le preocupó que se la hubiera rasguñado con el coche. El coyote/perro parecía asustado.

—Si te recojo, ¿me vas a morder? —le preguntó con dulzura.

El coyote/perro lo miró de manera inexpresiva, aterrorizado. Estaba temblando. Sam se quitó la camisa de cuadros que llevaba, recogió al perrito entre sus brazos y lo dejó en el asiento trasero del coche. Fueron a las urgencias de una clínica veterinaria.

El perro, que era una perra, se había roto la pata. Necesitó que le dieran puntos y tendría que llevar escayola un par de semanas, pero era fuerte y se recuperaría.

Cuando Sam le preguntó a la veterinaria si la perra podía ser un coyote, la mujer puso los ojos en blanco. No era más que una perrita, de la calle, sí, pero lo más seguro es que fuera alguna mezcla de pastor alemán, shiba inu y galgo inglés. Se sabía por los codos, le dijo. Los coyotes siempre los tenían más altos que los perros. Le enseñó una imagen en el ordenador: un coyote al lado de un lobo al lado de un perro doméstico.

—¿Lo ves? ¿No es obvio?

A Sam no le pareció obvio. Nada le parecía obvio.

—Sí, es obvio —respondió él.

Pagó a la veterinaria y luego se llevó a la perrita herida a casa.

Puso carteles con la fotografía del animal por toda la zona este de Hollywood, donde le había dado con el coche, pero estuvo feliz de que nadie respondiera. Decidió que le gustaba tener un animal de compañía. Lo distraía de su malestar. Como nunca había vivido solo, ahora se sentía solo, pero, de manera contradictoria, su dolor hacía que no quisiera estar con nadie. La llamó Ruby Tuesday por la canción de los Rolling que sonaba en el coche cuando le dio. Acabó llamándola Tuesday a secas.

Después de que Tuesday se hubo recuperado de la pata rota, era incapaz de dormir. Sam también tenía insomnio, así que pensaba que quizá la perrita se limitaba a hacerle compañía. El animal daba vueltas por la casita de una sola habitación con gesto embrujado, a veces aullaba. Sam la volvió a llevar a la veterinaria, que le dio una receta de Prozac y le sugirió que dieran paseos más largos. Y eso hicieron. Salieron de los dominios conocidos de su manzana y fueron colina arriba, por las serpenteantes carreteras sin acera de la zona más oriental de Silver Lake. A veces se cruzaban con un coyote. Siempre parecía que había camaradería entre ambos animales, aunque Sam no sabía si quizá se lo estaba imaginando.

A veces confundían a Tuesday con un coyote. Cuando salían a pasear, a menudo la gente paraba a preguntarle por qué paseaba un coyote. Él explicaba que Tuesday no era un coyote, solo una perra. A veces se le reían, a veces discutían. A veces la gente insistía en saber lo que era, como si pudieran engañar a Sam hasta que admitiese que había mentido, que Tuesday era un coyote. A veces la gente parecía enfadada, como si Tuesday y él estuvieran intentando burlarse de ellos a propósito. Por su parte, la perrita parecía ajena a ser la causa de tanta controversia. «Qué gente», le decía Sam, negando con la cabeza. En el silencio de la perrita, su dueño sentía que estaba de acuerdo con él.

Subían y bajaban la colina hasta que el camino los escupía al bulevar de Silver Lake, con su hilera de tiendas y cafeterías de lujo. Luego se dirigían hacia el norte rodeando el embalse y paraban cuando llegaban al parque canino.

Una vez, Tuesday estaba socializando con Akita y un caniche estándar. Los tres animales se perseguían por turnos, una interacción tan compleja como fascinante.

Akita le estaba olisqueando el trasero a Tuesday cuando una mujer gritó:

—¡Hay un coyote atacando a otros perros del parque! ¡Que todo el mundo coja a su mascota! ¡YA!

Aquel día habría veinticinco o treinta perros en el parque canino. Sam no vio de inmediato al coyote, pero eso no significaba que no estuviera. Llamó a Tuesday y le puso la correa. Le tocaba a ella olerle el culo a Akita, así que no le hizo mucha gracia que la reclamasen. Cuando llegaron a la entrada del parque, la mujer que había dado la voz de alarma sobre la incursión del coyote miró primero a Tuesday y luego a Sam. Se rio escandalosamente y luego, cohibida, dijo:

—Dios mío, ¿no me digas que eres tú el dueño?

A Sam su risa le resultó irritante, igual que el «no me digas».

—Sí —respondió.

—La verdad es que pensaba que era un coyote. —La señora llevaba en la correa una cosa pequeña, grisácea y aulladora, probablemente un bichón—. Pensaba que esa cosa estaba *atacando* a esos perros.

Él la corrigió, dijo que esa cosa era su perra y que los animales estaban jugando.

—Bueno, desde donde yo estaba, parecía otra cosa. Parecía que los estaba atacando de mala manera. —Le acarició la cabeza a Tuesday—. Buena chica —dijo, como si estuviera bendiciéndola—. Además ¿cuál es la diferencia entre un coyote y un perro?

Sam farfulló algo sobre los codos.

—Bueno, en estos tiempos que corren, todo cuidado es poco.

Le explicó que a su perro lo había atacado un coyote la semana anterior. Describió los aullidos, la saliva del coyote, un bloque de yoga lanzado a la desesperada. Sam hizo sonidos de asentimiento.

—Me tengo que ir —le dijo a la mujer.

—Ay, claro. Perdona por la confusión.

A Sam le molestó que atribuyera su error a una confusión colectiva, pero tampoco iba a pelearse en el parque canino. La señora se quedó mirándolo, esperando a que le dijera que él también lo sentía, pero Sam fue incapaz. Ella siguió:

—Pero si no sabes de qué es mezcla, mejor ir con cuidado. Mejor estar informado, ¿verdad? Podría ser, no sé, medio coyote, ¿no?

A Sam le latía el corazón con un instinto asesino. Esa semana no había dormido mucho por el insomnio de Tuesday y sus propios dolores; sintió que lo invadía una rabia desproporcionada, se le empezaba a venir abajo la fachada de civismo.

—Igual tendrías que fijarte un poquito más en las cosas antes de decidir qué son y soltar lo primero que te viene a la puta cabeza.

—¡Anda y vete a la mierda! ¡Estaba intentando evitar que la gente, los perros y los niños salieran heridos! No deberías traer a una perra que parece un coyote al parque, ¡gilipollas!

—Tú sí que eres gilipollas. Gilipollas y tonta —le contestó, al tiempo que le hacía una peineta.

Tuesday y Sam volvieron a casa. Se sintió derrotado y no dejó de pensar en la respuesta que le tendría que haber dado: «¿Quieres que le cuelgue un cartelito que diga "no soy un coyote"? ¿Te habría puesto las cosas más fáciles?». Pero para eso habría hecho falta que la mujer leyera el cartel y no parecía muy de leer. Decidió que Los Ángeles era una ciudad profundamente estúpida y sintió una nostalgia palpable, aunque irracional, por Massachusetts.

Volvió caminando a casa y se dio cuenta de dos cosas: durante el encontronazo, no había sentido dolor. Y la mujer que le había gritado no debió de darse cuenta de que era discapacitado, cosa que no le había pasado en años. Decidió que estaba listo para volver a trabajar.

Cuando Sam le contó la historia a Sadie, ella se rio, aunque a él le dio la sensación de que casi ni lo estaba escuchando. Le presentó la historia de manera humorística, suavizó algunas aristas de su hostilidad hacia la mujer del parque, pero mientras la contaba, se sintió transportado a aquel sitio. Sintió el calor seco de California, el latido del instinto asesino de su corazón. De buenas a primeras, una anécdota que había querido que fuera divertida ya no le pareció divertida. Cualquiera que hubiese mirado de verdad a Tuesday no la habría confundido con un coyote, era imposible. Pero aquella mujer no había mirado de verdad; a Sam, la injusticia de aquella reacción le dio un latigazo. ¿Por qué era aceptable que gente con aparentes buenas intenciones mirase el mundo con tanta superficialidad? Le preguntó a Sadie qué le hacía tanta gracia. Ella se quedó un momento confundida, ¿no había querido que se riera?, luego le contestó, molesta:

—Te das cuenta de que esta historia va sobre ti, ¿verdad? Que por eso se te fue la olla en el parque canino. Tú eres Tuesday. Eres esa criatura tan increíblemente especial que nadie es capaz de clasificar.

Aquello fue poco después de su gran bronca y las cosas estaban bastante tirantes entre ellos.

Sam le dijo que estaba siendo simplista, que su interpretación era un insulto tanto para él como para su perra.

—Es una historia sobre Tuesday —insistió el—. Igual que también es una historia sobre Los Ángeles. Una historia sobre el tipo de gente que va al parque canino de Silver Lake, pero sobre todo, sobre Tuesday.

—El texto, quizá.

Cuando Sam sabía que iba a volver tarde, dejaba a la perra con sus abuelos. Era pasada la una de la mañana cuando llegó a su casa, pero sabía que Dong Hyun acabaría de volver de la pizzería. Entró y Tuesday fue a recibirlo, suave y cálida; luego su abuelo salió detrás de ella, aún olía a ajo, a salsa picante, a aceite de oliva y a masa.

—Pensaba que estarías fuera toda la noche —le dijo su abuelo.

—No, ya está —dijo Sam—. Ya no tengo nada que hacer por allí. Me llamarán si hago falta.

—¿Estás bien?

—He estado mejor.

—¿Tienes ganas de hablar? —La cara amable y avejentada de su abuelo mirándolo casi le resultaba insoportable.

—No —contestó él. Recogió a Tuesday y la subió a su regazo. Se dio cuenta de que estaba llorando cuando la perrita le lamió la sal de la cara.

—¿Qué pasa? —le preguntó Dong Hyun.

—Que estoy enamorado de Sadie Green —confesó Sam con desesperación. Se sentía un niño diciendo eso, pero así eran las cosas.

—Ya lo sé. Y ella de ti.

—No, ella está enamorada de otra persona.

—Pero igual la cosa no dura.

—Es Marx. Y creo que van bastante en serio. No sé qué hacer. Sadie y yo nos peleamos más o menos hace un año, pero siempre he pensado que las cosas volverían a ser como antes en algún momento.

Dong Hyun lo rodeó con sus brazos fuertes de lanzar la masa al aire.

—Encontrarás a otra persona.

—Por favor, no me digas que hay muchos peces en el mar.

—No lo tenía pensado, pero ahora que lo dices, es verdad. ¿Qué pasa con Lola?

—Es maja, pero no es Sadie. Creo que nadie me conoce en este mundo como Sadie.

—Igual tienes que dejar que más personas te conozcan.

—Pues igual.

—Sam, cuando tu abuela y yo abrimos el restaurante, ¿sabías que era de comida coreana?

Sam negó con la cabeza.

—Pero había muchos restaurantes de comida coreana en el barrio, así que tuvimos que darle una vuelta al asunto. Por eso decidimos hacer pizzas. No había más pizzerías en esta parte del barrio. En un primer momento, nos dio miedo porque no teníamos ni idea de pizzas, pero nos pusimos manos a la obra. No teníamos elección. Teníamos dos bebés y facturas que pagar.

»Tu primo Albert me dijo que, en el mundo de los negocios, a esto lo llaman un pivote. La vida está llena de pivotes. La gente que tiene más éxito también es la que es más capaz de cambiar su manera de pensar. Puede que nunca tengas una relación amorosa con Sadie, pero seréis amigos el resto de vuestra vida y eso es algo tan valioso o incluso más si eliges verlo así.

—Estoy familiarizado con el concepto de pivote —dijo Sam—, aunque no creo que, técnicamente, se aplique aquí. —Su abuelo tenía por costumbre entretenerlo con temas de la escuela de negocios de Albert.

Sin embargo, aquella metáfora poco acertada hizo que se sintiera un poco mejor. Vio que Marx le había dejado un mensaje; lo necesitaban, el equipo de *Mundoarce* tenía preguntas. Sam le dio un beso en la mejilla a Dong Hyun y él y Tuesday volvieron a subirse al coche rumbo a Abbot Kinney. Estaban a unos ciento cincuenta metros de la entrada de la autovía de Rampart cuando Sam se fijó en un desvío particular, cerca de Filipinotown. La luz singular de las dos y media de la mañana fue lo que le permitió reparar en él; una carretera ancha, plana, de tierra, parcialmente tapada por una jacaranda sin flores. Al acercarse, se dio cuenta de que la carretera no tenía ningún cartel que indicara su nombre, solo un hexágono verde oscuro con tres puntitos formando un triángulo:

∴

En una prueba matemática, ese símbolo indicaba «por tanto», pero Sam no sabía qué significaba en el código de circulación. Era la primera vez que veía una señal así. Paró el coche para echar un vistazo a la carretera. No se veía dónde terminaba. Parecía que conducía a ninguna parte. O lo cierto es que podría llevar a alguna parte. Podía acabar en punto muerto o llegar a Beverly Hills. (Aunque las cosas no solían ser tan binarias, ¿verdad? La mayoría del tiempo, cuando Sam se metía por una carretera sin nombre, acababa siendo un cambio de sentido y luego regresaba al punto de partida.)

—¿Probamos? —le preguntó a Tuesday. La perrita roncaba en el asiento trasero y no opinó. Sam encendió los intermitentes.

VI. Matrimonios

1

El avatar de Sam, Alcalde Dédalus, era la primera persona que daba la bienvenida a las nuevas visitas a Arce. Tenía el estilo de un rockero de la época grunge —vaqueros rotos, camisa de cuadros roja, Doc Martens— y pretendía evocar iconos campechanos como Pepito Grillo, Andy Griffith, Woody Guthrie. Sam ya no llevaba bastón, pero hizo que Alcalde Dédalus lo llevara —uno de madera nudosa— y lo había programado para que tuviera su leve cojera de antes. El Samatar llevaba sus mismas gafas (con montura gruesa y negra) y bigote (como el de Freddie Mercury). Nadie recordaba quién se había dejado bigote antes, si Alcalde Dédalus o Sam.

«Te doy la bienvenida, soy Alcalde Dédalus», se presentaba el Samatar. «Esta debe de ser tu primera visita. En todas partes cuecen habas, pero Arce es una ciudad estupenda en cuanto la conoces. Llevo viviendo aquí toda la vida, hablo por experiencia. Mudarse siempre es duro. Aquí tienes quinientas arcemonedas para empezar. Mi consejo es que te des un paseo. En esta época del año, el follaje del Valle Mágico es precioso. Además, en nuestro distrito comercial, aunque por ahora es pequeño, encontrarás casi todo lo que necesitas. Estoy orgulloso de nuestros quesos artesanales. Saluda a la gente del vecindario mientras das una vuelta. Es temporada de trufas, así que ojos bien abiertos. La singularísima trufa arcoíris se vende por muchísimo dinero si consigues echarle mano a una. Aquí todo el mundo es muy amable. Si te encuentras con algún problema, ven a verme. Siempre estoy en el ayuntamiento de Arce.»

En 2009, Alcalde Dédalus estaba el número siete en la lista de personajes más reconocibles de una marca del nuevo milenio de *Ad-Week* (entre el clip de ayuda de Microsoft y los osos polares de Coca-Cola). La descripción de Alcalde Dédalus en la revista rezaba: «No sabíamos si incluir a Alcalde Dédalus en esta lista. Es un cruce entre el personaje de un videojuego y el de una marca; el alcalde modernillo de la pequeña localidad modernilla (de ¿Portland? ¿Silver Lake? ¿Park Slope? ¿Dónde narices está Arce?) entra en la lista porque está en casi un millón de productos de Etsy, además, ¿no sería el alcalde que todo el mundo querría tener en su municipio? Las armas están prohibidas; impera el socialismo; la dinámica del juego recompensa la conservación medioambiental (prueba a cortar muchos arces sin replantarlos y verás); el matrimonio igualitario fue legal en Arce mucho antes que en Estados Unidos. Arce es probablemente el primer MMORPG al que haya jugado tu madre y gracias en parte a la marca de Alcalde Dédalus. Es amable, es moderno, sabe cuáles son los mejores sitios para comprar cerámica en su pequeña ciudad y cómo conseguir que tu ficus lyrata no se muera en el salón. Seguro que se aprovecha de tus datos, como todo el mundo, pero es de los buenos, ¿verdad? Lo ames o lo odies, lo cierto es que hay pocos personajes o marcas que se hayan relacionado más con una visión utópica de los y las estadounidenses en internet que Alcalde Dédalus».

Pero eso llegaría después.

Dos meses después del lanzamiento, más de doscientas cincuenta mil personas se habían creado una cuenta en *Mundoarce* y a menudo los servidores colapsaban. Cuando el sitio se caía, aparecía una pantalla con el Samatar que decía: «Parece que hace mal tiempo en Arce. Id a por el paraguas, volveremos muy pronto». Poco después, como un meme para expresar tedio y frustración, aparecieron por todo internet imágenes que decían: «Si Alcalde Dédalus te dice que hace mal tiempo en Arce...».

Sam, Sadie y Marx debatieron si era el momento idóneo para un juego tan «blandito». Resultó que en los últimos coletazos del otoño del 2001, ese juego era justo lo que la gente deseaba. Un mundo virtual que estuviera mejor gobernado, fuera más amable y comprensible que el suyo.

Más o menos por el décimo aniversario del lanzamiento de *Mundoarce*, Sam dio una charla TED titulada «La posibilidad de la utopía en los mundos virtuales».

«A pesar de todo lo que sucedió en Juegos Sucios el 4 de diciembre de 2005 y a pesar de las pruebas que demuestran lo contrario, no debería considerarse inamovible que nosotros mismos seamos nuestro peor yo tras la máscara de un avatar. Lo que de verdad pienso», concluyó, «es que los mundos virtuales pueden ser mejores que el mundo real. Pueden ser más morales, más justos, más progresistas, más empáticos y más abiertos a la diferencia. Si esos mundos pueden ser así, ¿acaso no es su deber serlo?»

2

Poco después de Año Nuevo de 2002, Dov llamo a Sadie con dos noticias: (1) por fin, a esas alturas, se divorciaba y (2) se casaba en Tiburón con una antigua alumna, una chica que estudió en el MIT un par de cursos después que ella.

—No sé si queréis venir, pero os invito a ti, a Sammy y a Marx —le dijo Dov—. No quería que te llegara la invitación sin habértelo contado primero. Para mí sería muy importante que estuvierais.

En las casi nueve horas de coche hasta Tiburón, Sam, Sadie y Marx se turnaron al volante. Estaban alegres, relajados: *Mundoarce* estaba triunfando y Sadie y Marx estaban enamorados, aunque aún lo guardaban en secreto delante de Sam.

—¿No te pusiste furiosa cuando te dijo que se divorciaba? —le preguntó Sam.

—¿Furiosa? Me aterrorizaba que me pidiera volver con él.

—Es un gilipollas de manual —añadió Marx. Desde el asiento trasero, alargó el brazo para estrujarle la mano a Sadie.

—Ey —dijo Sam—, vosotros estáis juntos, ¿verdad?

Lo dijo como si nada, como si casi ni le interesara la respuesta. Como si dijera: «Ey, ¿paramos a picar algo?» o «Ey, ¿os importa si enchufo la radio?». Iba conduciendo él, ya estaban a mitad de camino, en la zona a más altura de la autovía de la costa del Pacífico, a ocho kilómetros al sur de San Simeón.

Marx y Sadie habían sido discretos en la oficina y no habían tenido razones para pensar que Sam estaba al corriente. Durante unos cuantos meses, Sadie quiso contárselo, pero Marx había puesto reparos.

—Se lo tomará peor de lo que te imaginas —le decía.

—No creo que se lo vaya a tomar tan mal. Sam y yo nunca hemos salido juntos ni hemos estado liados ni nada por el estilo. Y ahora mismo, yo diría que somos más compañeros de trabajo que amigos. Tú te llevas mejor con él que yo —dijo Sadie—. Confía en mí, mentir es peor.

—No le estamos mintiendo. Simplemente, aún no se lo hemos dicho —objetó Marx.

—Bueno, pues vamos a decírselo.

—Igual tendríamos que hacer un Dov. Le enviamos la invitación a la boda.

—En realidad, Dov me lo contó antes —dijo Sadie, sonriendo—. Y tú y yo no nos vamos a casar.

—¿Por qué no?

—Pues porque igual no creo en el matrimonio —contestó ella.

—No es una cuestión de *creer*, Sadie. Esto no es creer en Dios, Santa Claus o en si Lee Harvey Oswald actuó solo al asesinar a Kennedy. Es una ceremonia civil con un trozo de papel. Es una fiesta con tus amigos...

—Nuestros amigos, a quienes te niegas a contárselo.

—Solo a Sam.

—Y a todo el mundo que conoce a Sam. Por lo que, en resumidas cuentas, a casi todo nuestro círculo. ¿Preferirías casarte conmigo que contárselo a Sam? ¿Lo estoy entendiendo bien?

—Yo no acabo de ver del todo la relación entre los dos temas —dijo Marx.

La conversación era un uróboros de inacción que repetían sin falta cada dos meses. A Sadie le parecía que todo ese asunto no pegaba nada con el carácter de Marx, famoso por su transparencia.

Era honesto. Amaba las cosas que amaba y no las guardaba en secreto. Al final, atribuyó la inacción de su novio a una conmovedora aunque ingenua devoción hacia Sam. Ella también había sentido ese tipo de devoción por él antes de haber descubierto quién era Sam en realidad.

Cuando llegó la boda de Dov, llevaban juntos casi un año. Marx aún vivía en la casita que había compartido con Zoe, pero, a efectos prácticos, se había mudado al Clownerina. Incluso estaban pensando en comprarse una casa.

—Si estáis juntos, todo bien —dijo Sam—. No se me va a ir la olla, si es lo que os preocupa. No voy a lanzarme con el coche al Pacífico. —Dio un ligero volantazo en broma—. Pero me gustaría saberlo. Quiero decir, es obvio. Os conozco, así que es obvio. Y la verdad, me parece bastante insultante que no me lo hayáis contado.

—Estamos juntos —dijo Sadie.

—La quiero —añadió Marx—. Te quiero —le dijo a Sadie.

—Y yo a ti —contestó ella.

Sam asintió con la cabeza.

—Bien. Eso me olía. Mazel. ¿Queréis visitar el castillo de Hearst? Estamos a punto de pasar por delante y no lo he visto nunca.

Sam estuvo callado en la visita a La Cuesta Encantada, la más quijotesca y regia mansión de California, tierra de quijotescas y regias mansiones. Sadie se había entrenado para no hacer caso a los cambios de humor de Sam, a no preocuparse demasiado por él; no obstante, notaba que estaba alterado.

Cuando terminó la visita, Sadie le dijo a Marx que quería hablar con Sam a solas, así que salieron al patio en forma de medialuna con vistas al Pacífico. Eran las dos del mediodía y el reflejo del sol sobre el mar era cegador. Incluso con las gafas de sol puestas, a Sadie le costaba ver a Sam.

—Cuando vine aquí hace nueve años, este sitio me pareció precioso, pero hoy me parece ridículo —dijo Sadie, más que nada por llenar el silencio.

—¿Por qué? Hearst tenía pasta, así que se construyó el mundo que quería. Había cebras y piscinas y buganvillas y pícnics, nunca moría nadie. ¿Se diferencia mucho de lo que hacemos?

—¿Estás bien? —le preguntó ella.

—¿Por qué no iba a estarlo?

—No sé.

—Quizá te haya querido en algún momento —dijo Sam— y siempre te tendré un cariño especial, a mi manera, pero tú y yo no *encajaríamos*. Lo sé desde hace años.

—Sí.

—Si tú y yo hubiésemos tenido que acabar juntos, alguno habría hecho algo al respecto a estas alturas, ¿no crees?

—Sí.

—Aunque es raro que dos personas con las que trabajas codo con codo te oculten un secreto como este —siguió Sam—. Me parece arrogante por vuestra parte dar por sentado que me importaría tanto.

—Creo —dijo Sadie— que a Marx le daba miedo que te lo tomaras a mal. No sabíamos si la cosa iba en serio al principio, así que no te queríamos disgustar si la cosa no duraba.

—¿Y ahora sabéis que va en *serio*?

—Con esa manera de decir «serio» parece que estemos hablando de una enfermedad.

—Lo de «serio» lo has dicho tú.

—Bueno, pues por tu tono.

—¿Y ahora sabéis que va en serio?

—Sí, ahora sí.

Sadie estudió a Sam. Durante el rato que llevaban fuera, el sol se había movido y ahora ella le veía la cara. Tenía veintisiete años y bigote, pero cada vez que se permitía pensar en él, en aquel chiquillo del hospital, no podía evitar que se le ablandara el corazón. Era fácil tener aversión hacia el hombre; más difícil hacia aquel chiquillo que existía justo debajo de la superficie de aquel hombre que tenía delante. Aunque la voz parecía serena y desinteresada, tenía la ceja un poco enarcada. La boca con una mueca concreta, como si le hubieran pedido tomarse un jarabe amargo y estuviera decidido a no quejarse. Su expresión le recordaba a un día en que lo habían operado y no se había dado cuenta de que Sadie acababa de entrar en la habitación del hospital. Estaba claro que Sam estaba muy dolorido; no parpadeaba, tenía la mandíbula floja, jadeaba un poco y tenía un aspecto asilvestrado. Durante un segundo, ella no reconoció a su amigo. El rostro que conocía, la cara que sabía que era la cara de Sam, no estaba allí. Y entonces él la miró, sonrió y ahí estaba de nuevo Sam, como si se hubiera puesto una máscara. «¡Has venido!», le dijo.

—Debo decir —dijo Sam— que no me sorprende que se pillara por ti. Siempre le has hecho gracia. Me preguntó por el tema el primer verano, cuando estábamos haciendo *Ichigo*. Le dije que tú nunca te pillarías por alguien como él. Así que, en todo caso, lo que me ha sorprendido es haberme equivocado.

—¿Por qué no me iba a pillar? —sabía que no debía hacer esa pregunta.

—Porque es aburrido —contestó Sam. Se encogió de hombros como si lo aburrido que era su amigo fuera un hecho indiscutible—. Por eso siempre está saliendo con gente diferente. Se aburre, pero no es culpa de los demás, sino de *él*, que es un muermo.

—Eres gilipollas —replicó Sadie—. Marx te adora. ¿No puedes ser majo ni un momento?

—Constatar un hecho no es cruel.

—No es un hecho. Y a veces sí que es cruel.

—Cuando cogimos la asignatura de Imágenes del Héroe en la Civilización Griega, en Harvard, aquella a la que la gente llamaba «Héroes para idiotas», ¿sabes cuál fue su parte favorita de la *Ilíada*?

—No es un tema que hayamos comentado —contestó ella, intentando contener su creciente irritación.

—El final, que es aburridísimo. «Así *bla bla bla* celebraron los funerales de Héctor *bla bla bla* domador de caballos.» Héctor es un muermo. No es Aquiles. Y Marx es como Héctor, así que toda esa mierda le encantó.

Marx salió al patio.

—¿De que estáis hablando?

—Del final de la *Ilíada*.

—La mejor parte —dijo Marx.

—¿Por qué es la mejor parte? —preguntó Sadie.

—Porque es perfecta —contestó él—. «Domador de caballos» es una profesión honrada, ese verso significa que no hay que ser ni un dios ni un rey para que tu muerte importe.

—Héctor es nosotros —dijo Sadie.

—Héctor es nosotros —repitió Marx.

—Héctor es *Marx* —dijo Sam—. Aburrido —dijo entre toses—. Deberíamos poner «domador de caballos» en sus tarjetas de visita.

Decidieron pasar la noche cerca de San Simeón y hacer el resto del trayecto a la mañana siguiente. Entraron en el primer hotel que encontraron, era viejo y no tenía aire acondicionado. Fue una noche tibia, poco común en la costa central de California; no corría un pelo de aire en las habitaciones, ni siquiera con las ventanas abiertas; olían a cerrado.

Por la mañana, cuando Sam bajó al coche, se había rapado. Adiós a los rizos negros.

—¿Qué ha pasado? —preguntó Marx mientras le acariciaba la cabeza.

—Me entró calor.

—Le queda bien —dijo Marx—. ¿Verdad?

Sadie sabía que lo más probable era que aquel acto escondiese un mensaje para ella, pero ni se molestó en descifrarlo. Le pareció de egomaníaca y egoísta pensarlo, pero ¿acaso Sam no estaba siempre jugando a algo? ¿No había siempre un laberinto que ella tenía que resolver? Sam era agotador.

—Claro —dijo ella—. Tenemos que ponernos en marcha.

—No ha sido una decisión estética —dijo Sam. Casi parecía avergonzado—. De verdad que tenía calor.

—Sí —contestó ella—. En nuestro cuarto también hacía calor, aunque ambos nos hemos levantado con el pelo con el que nos acostamos.

Sadie pensaba que todo lo que Sam hacía era una elección estética. Poco después de mudarse a California, se cambió el nombre de manera legal de Samson Masur a Sam Dédalus. Esta es la explicación que le dio: el apellido Masur nunca había significado mucho para él, Dédalus sonaba más a maestro constructor de mundos. En el último año, había empezado a pedirles que se refirieran a él como Dédalus a secas, como si fuera Madonna o Prince. «En privado me puedes seguir llamando Sam», le dijo a Sadie, «pero en público, prefiero que me llames Dédalus, así me llamo ahora».

Dédalus hizo una gran promoción de lanzamiento de *Mundoarce*. Le encantaba ser un *showman*, le encantaba dar peroratas sobre el estado de los videojuegos ante un público de fans entregados. Y como ya no tenía dolores crónicos, se le daban mejor esos actos que cuando hizo la gira de *Ichigo*. Pero a medida que el calendario promocional se fue alargando, Sam empezó a mimetizar su apariencia con la del Alcalde Dédalus. Se ponía monos vaqueros con un parche bordado en el bolsillo en el que ponía «DÉDALUS» y una camiseta blanca por debajo. Solía llevar una gorra militar bretona color verde. Durante años, había intentado ocultar su discapacidad; ahora, nunca lo fotografiaban sin bastón. Lo usaba para señalar cosas, despejar multitudes, hacer gestos grandilocuentes a voluntad. Hacía poco que se había puesto brackets y había empezado a usar lentillas. Por primera vez en su vida, hacía ejercicio, levantaba pesas, le salió músculo, como de luchador. Se hizo un tatuaje en el antebrazo derecho: umma (en hangul, la palabra coreana para «mamá»), acompañada de la cabeza redonda y amarilla con el lazo rosa de Ms. Pac-Man. Su personaje de Dédalus se acabó convirtiendo en algo tan icónico para el mundo gamer como el de Alcalde Dédalus, su avatar. Pero el Dédalus de 2002 no se parecía en nada al Sam de 1997.

Y ahora tampoco tenía pelo. Sadie conducía, Marx dormía en el asiento del copiloto y Sam iba atrás. Por un instante, ella lo observó por el retrovisor. Cuando lo conoció, se imaginó los círculos que necesitaría para dibujar sus gafas, su cara, su pelo. Tenía que admitirlo: echaría de menos sus tirabuzones. Hicieron contacto visual de manera fugaz y luego apartaron la vista. Un segundo después, él se puso la gorra bretona.

Cuando la relación personal de Sadie y Marx se hizo pública, la relación laboral de Sadie y Sam se deterioró todavía más. Quizá era lo esperable. Los conflictos eran los mismos de siempre, pero se trataban de manera menos civilizada.

Sadie no había tenido mucho interés en trabajar en *Mundoarce* ni en promocionarlo. No tenía ningún interés en ser «la cara» de Juegos Sucios, así que le cedió esas tareas a Sam de buena gana. Lo que quería era ponerse a trabajar en un juego nuevo, algo que dejara *Ambos lados*, *Mundoarce* e *Ichigo* muy atrás.

Por su parte, Sam disfrutaba del proceso de construir *Mundoarce* y quería trabajar en otro *Ichigo*.

—Sadie, ahora mismo, hay muchos ojos puestos en nosotros. Imagínate lo que podemos hacer por los recursos que tenemos. Es el momento perfecto para meternos en un nuevo *Ichigo*.

—No quiero hacer otro *Ichigo* hasta que tenga cuarenta años. Yo no soy como tú. No disfruto haciendo lo mismo una y otra vez.

—¿Por qué siempre quieres dar carpetazo a nuestros éxitos? ¿Porque las cosas siempre tienen que ser nuevas para que te interesen? Es casi patológico.

—¿Y tú por qué tienes tanto miedo a hacer algo diferente a lo que ya hemos hecho?

Y así todo.

El juego que Sadie quería desarrollar se llamaba *Maestro de entretenimientos*. Era una simulación ambientada en el mundo teatral del Londres isabelino que se centraba en la resolución del asesinato de Christopher Marlowe. A Sadie le inspiró un comentario que había hecho Marx sobre que nunca había juegos buenos relacionados con el teatro.

Desde el momento en que Sadie le describió la idea, Sam la detestó. Pensó que era pretenciosa y que no era probable que agradara a un público de masas.

Aun así, Sadie seguía insistiendo en que *Maestro de entretenimientos* fuera su próximo juego.

—Sadie, no me lo puedes estar diciendo en serio. La gente odia a Shakespeare. La gente odia la historia. Y el mundo que propones es oscurísimo. ¿Qué intentas demostrar?

—No quiero pasarme la vida haciendo juegos pastelosos como *Mundoarce*.

—*Mundoarce* no es un juego pasteloso, pero es como si cogieras la experiencia que sacamos de *Ambos lados* y quisieras repetir la peor parte —contestó él—. Es perverso.

—Vaya comentario de mierda —dijo Sadie—. Entonces, ¿el objetivo de todo lo que hacemos es llegar a un público lo más amplio posible? ¿Es la única razón para hacer algo? Me gustaría saberlo.

—Lo es si vamos a invertir millones de dólares. Por no hablar del tiempo limitado de nuestras muy finitas vidas.

—Mira, Sam, no todos los juegos tienen que ser *Mundoarce*. No todos los juegos tienen que gustarle a todo el mundo.

—Estoy muy cansado de tener esta conversación contigo.

—Yo sí que estoy cansada.

—Sadie, eres pretenciosa.

—Y tú un gilipollas complaciente.

A esas alturas de la conversación, todas las personas que trabajaban en la segunda planta se habían enterado de todo.

—Si vas a trabajar en ese juego —dijo Sam—, hazlo sola.

—Fantástico. Eso haré. Estaba *rezando* para que dijeras eso.

—¡No *puedes* trabajar sola en el proyecto! Yo tengo que salir igualmente como productor —contestó Sam. Cuando fundaron la empresa, Sam, Sadie y Marx decidieron que todos los juegos que hicieran necesitarían la aprobación de al menos dos de ellos—. No puedes decidir de manera unilateral meterte ahí.

—Marx me apoyará.

—Para sorpresa de nadie.

—Me apoyará porque podría ser un gran juego, Sam.

—Te apoyará porque se pone de tu lado en todo. Porque *folla contigo*.

—Fuera de mi despacho.

—No.

Sadie lo empujó para echarlo por la puerta.

—¡FUERA!

—No, vayamos a ver al domador de caballos —dijo Sam— y zanjemos el asunto de una vez por todas.

Sadie pasó por su lado dándole un empujón y ambos se dirigieron al despacho de Marx.

—Doy por hecho que ya te ha contado su idea —dijo Sam—, *Masturbador de entretenimientos*.

—Que te den —dijo Sadie.

—Sí —respondió Marx.

—Bueno, sigo pensando que es una mierda, una versión millonaria de *EmilyBlaster*.

—Si la idea fuera de otra persona —añadió Sadie—, hablarías con más respeto.

—Me niego a entrar en este proyecto con ella. No creo que debamos desarrollar este juego —le dijo Sam a Marx—, perderemos cada centavo que invirtamos en él, pero tú desempatas, así que... Aunque no es que vayas a ser exactamente objetivo.

—Yo creo que es buena idea —contestó Marx.

—Vaya, qué sorpresa —dijo Sam.

Sam salió del despacho de Marx, se metió en el suyo y cerró de un portazo.

—Decidido —sentenció Sadie. Estaba roja—, si tú estás de acuerdo, mi próximo juego será *Maestro de entretenimientos* y lo haré sin Sam. —Negó con la cabeza—. Estoy harta de él.

Ella también salió del despacho de Marx y se metió en el suyo.

Por un segundo, Marx tuvo el debate interno de a quién seguir. Fue hacia la derecha, hacia el despacho de Sam. Llamó a la puerta.

—¿Quieres hablar? —preguntó Marx.

—Estás ciego, blandengue —dijo Sam—. Justo por eso te dije en 1996 que no salieses con ella. Desequilibra la balanza de poder o de lo que sea.

—No te voy a hacer ni caso —dijo Marx—, estás siendo infantil, es un insulto. Juegos Sucios también es mi empresa. No diría que nos metiéramos en esto si no pensara que vale la pena. *Maestro de entretenimientos* me ha intrigado desde la primera vez que Sadie me habló del tema. El mundo del teatro isabelino. El asesinato de Christopher Marlowe. Creo que son detalles interesantes, podría salir un mundo interesante. Incluso si dos chavales de instituto en una convención de videojuegos se me hubieran presentado con una demo de ese juego, me habría picado la curiosidad. Y, para serte sincero, siempre he querido hacer algo sobre teatro.

Sam negó con la cabeza y suspiró.

—Marx, ¿no crees que conozco un poquito a Sadie? Este juego es su peor corazonada. Le dije que era como *EmilyBlaster*, pero, en realidad, es *Solución*.

—A los dos nos encantó *Solución* —replicó Marx.

—*Solución* es estupendo si eres universitaria, es una idea estupenda si quieres cabrear a tu clase y no te cuesta pasta.

Marx se quedó pensando.

—No creo que sea como *Solución*.

—Sadie quiere hacer algo oscuro e intelectual para que la gente se la tome en serio. Intenta impresionar a gente como Dov. Intenta volver a ganarse a la comunidad que escribió malas reseñas de *Ambos mundos*. Su mejor registro no es cuando se pone oscura.

—Mira, Sam, no lo sé. Yo creo que vale la pena explorar todos los registros. Y ya hablando en términos profesionales, este juego puede ser genial. Si hubieras visto su expresión la primera vez que me lo describió. Estaba tan emocionada.

Sam Miró a Marx y, por un segundo, sintió desprecio: «Tú, que podrías haber estado con cualquiera, ¿por qué tuviste que elegir a Sadie Green?».

Se los imaginaba en la cama, en el Clownerina. Sadie se levanta y se da la vuelta para mirarlo y le dice: «He tenido una idea». Le describe el juego a Marx, con las manos mariposeando por el aire como hace cuando está emocionada, las palabras le salen disparadas de la boca. Se levanta de la cama y tiene que caminar por la habitación porque cuando tiene una gran idea, no se puede estar quieta. Sam no recordaba un momento en el que no hubiera sido él el primero en enterarse de una de las ideas de Sadie.

—¿Sabes que te digo? Que vale, Marx —dijo Sam—. Me da igual lo que haga.

Aquella noche, en la cama, en casa de Sadie, Marx le preguntó si estaba segura, si quería hacer *Maestro de entretenimientos* sin Sam.

—¿Me estás diciendo que no me crees capaz? —le preguntó ella, dispuesta a pelearse.

—No, claro que no —contestó él.

—Yo ya desarrollaba videojuegos mucho antes de que formáramos equipo, ¿sabes?

—Lo sé. Pero yo creo que los juegos —eligió las palabras con cuidado— tienen una energía diferente cuando trabajáis juntos.

—Casi ni nos hablamos —dijo Sadie—. Y cuando nos dirigimos la palabra, no es que sea un intercambio muy creativo, como tú y cualquier otra persona de la empresa podéis oír perfectamente. Llevamos tiempo sin estar bien. No veo cómo vamos a trabajar juntos. Odia mi idea y a mí me encanta, de verdad que creo que nos mataremos si nos metemos juntos en el proyecto. No digo que esto sea una separación definitiva, pero pienso que necesitamos un tiempo cada uno a su aire para volver a caernos bien. Además, igual es algo más mío que suyo, pero *quiero* hacer algo propio. Algo que sea solo mío. Algo que nadie pueda atribuirle a él, ni para bien ni para mal.

—Lo entiendo y te apoyo. *Maestro de entretenimientos*, un juego de Sadie Green. ¡Que se sepa! Pero tengo curiosidad por una cosa. He estado con vosotros todo este tiempo y nunca he entendido del todo qué os pasó. Estabais tan unidos que una vez Zoe me dijo que si yo necesitaba que tú hicieras algo, lo único que tenía que hacer era decirte que era por Sam y viceversa.

—No es por una cosa solo —explicó ella—. Durante mucho tiempo, pensé que era por una cosa solo... Pero es por todo en general.

—Pero ¿pasó algo? —preguntó Marx.

—Esto suena un poco loco. A Sam le pareció que era de locos cuando se lo dije. ¿Te acuerdas cuando fuimos a pedirle Ulises a Dov? Sam afirmaba que no sabía que él había sido mi profesor y que habíamos estado juntos y yo descubrí que él estaba al tanto de ambas cosas.

—¿Cómo?

—Dov me había firmado el CD al que estabais jugando.

Sadie fue a su escritorio y sacó el CD, se lo enseñó a Marx, que leyó la dedicatoria.

—Hostia, es que Dov era lo peorcito.

—Ya lo sé.

—A ver que lo entienda. ¿Qué más da que Sam lo supiera?

—Bueno, significa que le importó más hacer *Ichigo* que mi bienestar. Durante muchos años, yo era lo contrario, me encantaban nuestros juegos, pero él me importaba más. Para mí, esa traición se convirtió en un gesto emblemático de todas las demás veces en las que sentí que Sam había priorizado los juegos y a sí mismo.

—Pero Sam es así —dijo Marx—. No sois tan diferentes. Ambos estáis obsesionados con el trabajo.

—Yo soy diferente. Me mudé a California por él. Sé que había otras razones, pero tú y yo, en el fondo, nos mudamos por él.

—No quiero ponerme a desenterrar cadáveres, pero Sam estaba convencido de que, en parte, se mudaba aquí por ti. Estaba preocupado por ti. Por tu relación con Dov...

—Nunca me ha dicho nada —dijo Sadie—. Yo qué sé si eso es verdad.

—Pero él y yo sí que lo hablamos —contestó Marx—. A menudo.

Sadie negó con la cabeza.

—¿Y sabes qué? No es que sea muy importante, pero no estoy seguro de que Sam viese el CD de *Mar Muerto*. Recuerdo aquella tarde con mucha claridad. Tú estabas acostada en el dormitorio, Sam estaba revisando todos los juegos que teníamos para buscar referencias gráficas para *Ichigo*, él estaba echando un ojo a sus juegos, así que yo me fui a tu estantería para coger los tuyos. Estoy seguro de que fui yo el que se levantó para poner *Mar Muerto* en la disquetera, siempre me preocupaba el pie de Sam, así que lo fácil era que yo me levantara y volviera a sentarme. Sé que no me fijé en el CD, y si hubiese sido Sam quien lo hubiera metido en la disquetera, tampoco habría tenido tiempo de leer la dedicatoria.

A Marx le hubiese gustado que esas palabras fueran verdad, pero Sadie sabía que estaba equivocado.

—Sé que no solo es eso... —continuó Marx.

—Pues eso. Es *Ichigo II*, es Sam llevándose siempre el mérito y quizá, como he dicho antes, no solo es por él. Es que quiero hacer algo mío, no quiero tener que negociar con él. Marx, solo tengo veintiséis años, no tengo que trabajar con él en cada cosita que haga el resto de mi vida.

Sonó el teléfono y Marx lo cogió. Era de la inmobiliaria. El contrato de alquiler de Sadie en el Clownerina estaba a punto de caducar y habían hecho una oferta para una casa en Venice, una vivienda de dos plantas, de color morado agrisado, machacada por las inclemencias del tiempo, con fachada de tablones de madera, al este de Abbot Kinney. La habían construido en los años veinte, como casi todo en Los Ángeles; tenía una peligrosa escalera sin barandilla, puertas acristaladas por todas partes, suelos de parqué de tabla ancha y un salón con tejado a dos aguas que hacía que pareciese una iglesia. (De hecho, la casa había sido ocupada una breve temporada por una de las diversas sectas que pasaban por el sur de California de camino a la iluminación y el nirvana.) La casa estaba en un llamativo pero vivible estado de decadencia. Una buganvilla de diez metros estaba en proceso de estrangular una palmera que había enfrente; la valla que rodeaba la propiedad estaba torcida en diversos puntos; al techo le harían falta arreglos más pronto que tarde. El anuncio la definía como «un sueño bohemio». Con bohemio querían decir: «Inflada de precio para el trabajo que va a exigir». Marx le dijo algo al de la inmobiliaria, tapó el micrófono del teléfono y se dirigió a Sadie:

—Quiere saber si estamos dispuestos a subir la oferta.

Desde que Marx y ella habían iniciado la búsqueda, habían perdido varias casas. El sector inmobiliario en California se movía a toda velocidad. Sadie se había acostumbrado a llevarse chascos y ya no se encariñaba con ninguna vivienda.

—Es estupenda —dijo ella—, pero supongo que ya saldrán otras. Depende de ti.

—Esta me gusta —contestó él—, creo que esta puede ser nuestra casa.

—Pues adelante, entonces. Subimos un poco y vemos qué pasa.

Al cabo de un par de días, les aceptaron la oferta.

Dos meses después, tras una fase de acampada, cambiar la cerradura y la infinita firma de papeles, se mudaron.

—¿Debería cruzar el umbral contigo en brazos? —le preguntó Marx.

—No estamos casados, así que creo que me va bien entrar por mis propios medios.

Ella abrió la puerta y atravesaron la casa hasta salir al jardincito trasero. Era otoño y dos de los árboles frutales estaban en temporada: un caqui y un guayabo.

—Mira, Sadie, ¡un fuyus con caquis! Es mi fruta favorita —dijo Marx. Cogió un lozano caqui naranja del árbol y se sentó a comérselo en el suelo del porche, que ya no tenía termitas; le cayó el jugo por la barbilla—. ¿Cómo hemos podido tener tanta suerte? Nos hemos comprado una casa con mi frutal favorito, ¡un fuyus!

Sam decía que Marx era la persona con más suerte que había conocido; tenía suerte en el amor, en el trabajo, en su aspecto y en la vida. Pero cuando Sadie fue conociendo a Marx, más pensaba que Sam no había entendido la naturaleza de la buena suerte de su amigo. Tenía suerte porque consideraba que todo era una recompensa de la fortuna. Era imposible saber si el caqui era su fruta preferida o si se acababa de convertir en su fruta preferida porque ahí estaban, creciendo en el jardín de atrás. Lo cierto es que nunca había hablado de caquis con ella. «Por Dios», pensó, «es tan fácil quererlo».

—¿No hace falta lavarlo?

—Es nuestro árbol. Lo único que ha tocado la fruta es esta mano sucia —contestó él.

—¿Y los pájaros?

—No me dan miedo, deberías probar uno. —Marx se puso de pie y cogió otro para él y otro para ella. Se acercó a la manguera que había en uno de los laterales de la casa y lavó la fruta. Se la ofreció—. Come, mi amor. Los fuyus solo dan fruto una vez al año.

Sadie dio un bocado. Tenía un dulzor moderado, la textura estaba entre la de un melocotón y la de un melón. ¿Igual también era su fruta preferida?

3

Érase una vez, en la gran simulación que había al otro lado de *Mundoarce*, en la que el alcalde de San Francisco dio instrucciones al consistorio para conceder licencias matrimoniales a parejas homosexuales. Aquello sucedió un par de días antes de San Valentín y Simon y Ant estaban metidos de lleno en la posproducción de *Instituto Contraparte: tercer curso*. Aunque ambos estuvieron de acuerdo en que aquello era un avance político interesante, nunca habían hablado del matrimonio como algo que les concerniese. Si hubieran tenido intención de casarse, no habría habido un momento más poco idóneo para coger un permiso. Habían testeado *IC3* durante tanto tiempo y habían añadido tantos nuevos elementos que el juego tenía muchísimos bugs. Para asegurarse de que el título saliera a tiempo, estaban haciendo jornadas de dieciocho horas al día.

—¿Tú crees que deberíamos ir? —preguntó Simon. Eran las cuatro de la mañana y conducía Ant; iban a casa a ducharse, cambiarse de ropa y quizá dormir un par de horas.

—¿Ir adónde? —contestó Ant, bostezando.

—A San Francisco —dijo Simon.

—¿Para qué?

—Para casarnos.

—No sabía que *querías* casarte.

—Bueno, antes no existía la posibilidad —contestó Simon—. Cómo vas a saber que quieres algo hasta que puedes hacerlo.

—Creo que tenemos que terminar el juego antes de pensar siquiera en hacer cualquier otra cosa —contestó Ant.

—Tienes razón. Claro, tienes razón.

A las ocho estaban otra vez camino a JS por una carretera congestionada.

—Me está dando *Torschlusspanik* —dijo Simon. Conducía él mientras Ant intentaba echar una cabezadita.

—Eso sí que no —dijo Ant, sin abrir los ojos—. No me vengas soltándome cosas en alemán cuando solo he dormido dos horas.

—¿Quién sabe cuánto tardarán en dejar de dar licencias matrimoniales? —preguntó Simon—. Mientras estamos ocupados haciendo un baile de graduación de fantasía tipo agujero de gusano, igual estamos echando a perder la oportunidad de casarnos en el mundo real.

—Simon, que estoy durmiendo.

—Pues bien. Duerme.

Dos minutos más tarde, Ant abrió un ojo.

—La verdad es que no sabía que eras tan convencional. Lo próximo, ¿qué será? ¿Una valla de maderitas blancas?

—Si con eso te refieres a una casa en Santa Mónica o en Culver, a mí me suena muy bien. Estoy hasta las narices de ir en coche a West Hollywood y venir.

A las tres de la mañana, Ant condujo de nuevo a casa.

—Creo que quiero ir a San Francisco —admitió Simon, parecía molesto con toda la situación—. ¿Quieres venir conmigo, Anthony Ruiz?

Se habían conocido hacía seis años, en el primer curso de la carrera, en una clase de animación de personajes. En un principio, Ant no se sintió atraído por él, pensó que parecía un genio musculoso, no era su tipo. Pero peor que su aspecto físico era su carácter, lo cierto es que Simon era un británico insufrible. Corregía a su catedrático, odiaba la animación estadounidense, tenía la costumbre de meter largas palabras alemanas en sus frases y de hacer referencias a películas desconocidas, se reía como un soplador de hojas.

Cuando llevaban dos semanas en clase, Simon presentó su primer proyecto animado de veinte segundos. *La hormiga* empezaba con un niño repulsivo que miraba una hormiga a través de una lupa. La cámara se acerca a la hormiga, que lleva una chupa de cuero, mirada chulesca y aire protohípster. El insecto pronuncia un mordaz monólogo en el que explica sus últimos pensamientos sobre la existencia y luego entra en combustión espontánea de forma espectacular. Nadie en clase tenía nada bueno que decir sobre la presentación, y aunque Ant pensó que era el mejor trabajo de un compañero que había visto, no le gustaba hablar en el turno de crítica abierta. Al final de la sesión, se acercó a Simon.

—Es brillante —le dijo Ant.

—Gracias, tío —contestó Simon—, te habrás fijado en que he basado el personaje en tu rollo.

Ant puso la misma mirada chulesca y se abrochó la chupa.

—No sé cómo tomármelo.

—La parte de la combustión, no —dijo Simon—, el resto. Lo de que eres sexi.

Esbozó una sonrisa pícara que le marcó un hoyuelo hasta entonces invisible; Ant pensó: «Diosito, ayuda, es mono cuando sonríe».

Le pidieron a Marx que fuera con ellos a San Francisco por si necesitaban un testigo y para que no pudiera enfadarse por que se cogieran un permiso en mitad de la fase final del juego. Como Marx iba, Sadie decidió ir también; alguien tenía que hacer fotos. Ya que todo el mundo iba a ir y dado que el acontecimiento era de interés cívico e histórico, el alcalde de Arce decidió que también los acompañaría.

Volaron a San Francisco el martes por la mañana. Cuando llegaron al ayuntamiento, la cola le daba la vuelta al edificio y fue haciéndose más larga a medida que avanzaba el día. A pesar del frío y la humedad, había un ambiente de festival de música de los relajados, no tipo Coachella, más como el Newport Jazz, pero mezclado con la confusa tensión burocrática de un día en Tráfico. Simon temía que las licencias de matrimonio se suspendieran sin previo aviso, que la policía, los abogados o los manifestantes homófobos se presentaran allí para estropearlo todo.

—*Torschlusspanik* —dijo Simon.

—Vale —dijo Sam—. Yo pico.

—No le des alas —dijo Ant.

—¿Qué significa *Torschlusspanik*? —preguntó Sam.

—Literalmente, 'pánico a que se cierre una puerta' —contestó Simon—. Ese miedo a quedarse sin tiempo y perderse una oportunidad. Vamos, a que se cierre la puerta y nunca consigas cruzarla.

—Ese soy yo —dijo Sam—. Tengo esa sensación de manera constante.

Cuando la lluvia arreció, enviaron a Sam y a Sadie a comprar paraguas; el grupo del eternamente soleado Los Ángeles no había pensado en llevarse un par para el viaje. Al vendedor que había enfrente del ayuntamiento no le quedaban, así que tuvieron que caminar más, por Grove Street. El segundo que se encontraron vendía paraguas muy cutres, usados/robados. «Es la boda de nuestros amigos. Les podemos llevar algo mejor», se dijeron. Caminaron casi un kilómetro y llegaron a una tienda de deportes que vendía gigantescos paraguas diseñados para espectadores de golf. A esas alturas, Sam y Sadie iban calados hasta los huesos, así que estuvieron de acuerdo en que quizá lo mejor hubiera sido conformarse con los paraguas cutres que habían encontrado al principio. «¿Por qué nuestros estándares son siempre tan altos?», bromearon. A falta de opciones, compraron tres de aquellos paraguas monstruosos. Abrieron dos y volvieron caminando al ayuntamiento.

Treinta segundos más tarde, se dieron cuenta de que era imposible caminar juntos por la acera con sendos paraguas abiertos, que ocupaban metro y medio cada uno. Sadie le dijo a Sam que cerrara el suyo y que se metiera bajo el de ella y entonces le ofreció el brazo. Sam interpretó el gesto como una señal de que la relación entre ellos había mejorado y decidió comentar que había visto algo del trabajo de *Maestro de entretenimientos*.

—Me gusta la paleta de colores desaturada. No llega a ser blanco y negro, pero tiene mucho estilo. Es inteligente.

—Gracias —dijo Sadie—. Te lo agradezco, sobre todo teniendo en cuenta lo mucho que lo desapruebas.

—No lo desapruebo —dijo Sam—, y al fin y al cabo, no importaba lo que yo pensara, ¿verdad? Ibas a hacer ese juego independientemente de lo que yo dijera. Y ahora estás en ello. Y está bien.

—Así que ¿no crees que *Maestro de entretenimientos* sea la peor idea del mundo y que ella solita vaya a destruir nuestra empresa?

Sam negó con la cabeza.

Cuatro horas más tarde, Simon y Ant eran la pareja número 211 que se casaba aquel día. Después de la ceremonia, estaban todos famélicos, así que fueron a un sitio de dim-sum que había cerca, donde se pusieron hasta arriba de comida. Marx pidió una botella cara de champán barato y Simon, a quien le gustaban los discursos grandilocuentes tanto como a Sam, decidió proponer un brindis.

—Gracias a nuestros amigos, amigas y colegas por tomarse el día libre para ser testigos de nuestro enlace. Y por producir tres *IC* con nosotros. Creo que ahora estaremos todos de acuerdo, de una vez por todas, en que debería haberse llamado *Instituto Doppelgänger*.

—¡De acuerdo en no estar de acuerdo! —exclamó Marx.

—Al contrario de lo que se suele creer —continuó Simon—, mi palabra favorita en alemán no es *Doppelgänger*, sino *Zweisamkeit*.

—El título alternativo era *Instituto Zweisamkeit* —explicó Ant—, yo lo convencí para que lo descartara.

—Gracias —susurró Sam.

—La *Zweisamkeit* es la sensación de estar solo incluso cuando estás con otra gente. —Simon se volvió para mirar a su marido a los ojos—: antes de conocerte, era una sensación constante. La sentía con mi familia, mis amistades y con todos los novios que había tenido. La tenía tan a menudo que pensaba que así era la vida. Que estar vivo era aceptar que la soledad era algo constitutivo. —A Simon se le empañaron los ojos—. Sé que soy imposible y que te dan igual las palabras alemanas o el matrimonio. Lo único que te puedo decir es que te quiero y que, sea como sea, gracias por casarte conmigo.

Ant levantó el vaso.

—*Zweisamkeit* —dijo.

Simon no era hablante nativo de alemán y su definición de *Zweisamkeit* no tenía mucho que ver con la que aparecía en un diccionario.

Cuando salió la tercera entrega de *Instituto Contraparte*, en agosto, Simon y Ant ya no estaban casados. El Tribunal Supremo de California había declarado que la ciudad de San Francisco se había excedido en sus competencias; los matrimonios que se habían formalizado a partir de aquellas licencias ahora se consideraban nulos. Fue extraño, pero Ant se lo tomó peor que Simon. Simon había sentido el *Torschlusspanik* por una buena razón y no se sorprendió de que su matrimonio, antes legal, ahora no fuese válido, considerando cómo era su país y los tiempos en los que vivían. Se esnifó unas rayas de coca vieja que se había guardado para una ocasión especial y volvió a trabajar.

—Lo siento si todo esto ha sido un tremendo follón para nada, una *Verschlimmbesserung* —le dijo a Ant, que había decidido tomarse el día libre.

Ant se tapó la cabeza con la sábana. En un primer momento, quiso llamar a su congresista, ir a Sacramento a manifestarse, escribir cartas furibundas a los políticos y a los medios, pero al final se tuvo que resignar ante la realidad de que no era un manifestante, un organizador, ni siquiera una persona con convicción política.

Tras haber faltado una semana al trabajo, Sadie se acercó a casa de Ant.

—Yo pensaba que estar casados no me haría sentir diferente —le explicó Ant—, pero, de alguna manera, sí. Y ahora me siento engañado.

En la oficina, Sadie convocó a Marx y a Sam a su despacho.

—Debería haber matrimonios en *Mundoarce*.

—Pensaba que no creías en el matrimonio —replicó Marx—. ¿Por qué meterle con calzador una institución anticuada a inocentes personas digitales?

—Habrá personas para las que *Mundoarce* sea el único lugar en el que *puedan* casarse —replicó Sadie—. Y ¿cuál es la gracia de tener tu propio mundo si no puedes enmendar un par de injusticias del mundo real?

Tres años después del lanzamiento de *Mundoarce*, se introdujeron los matrimonios de manera discreta, como una de las diversas nuevas funciones del juego. Los matrimonios, igual que en el mundo real, permitían a las personas residentes combinar sus propiedades y sus arcemonedas. En *Mundoarce*, el matrimonio se definía como la unión entre dos personas adultas con capacidad de consentimiento, sin mención explícita al sexo o al género. De hecho, hubiera sido absurdo definir el sexo o el género como requisito para casarse en *Mundoarce* cuando gran parte de su ciudadanía era no binaria o tenía rasgos no humanos. Había un buen número de hípsteres como Alcalde Dédalus, pero también personajes de estirpe élfica, orca, feérica, vampírica, alienígena, monstruosa y todo un abanico de personajes sobrenaturales no binarios.

Una lluviosa mañana de octubre en *Mundoarce*, Anthony Ruiz y Simon Freeman se casaron por segunda vez en un Evento Especial del juego. Sam y Sadie no tuvieron que ir a comprar paraguas, el equipo de programación los había añadido la noche anterior.

Como querían que la boda fuera verosímil, Sam se había ordenado pastor en el mundo real y después de celebrar la ceremonia de Simon y Ant, Alcalde Dédalus invitó al resto de las personas que quisieran casarse a dar un paso adelante. Antes de acabar la jornada, había casado a 211.

En las semanas siguientes, cincuenta mil personas se borraron la cuenta de *Mundoarce*. Otras doscientas mil se crearon una.

Los correos de odio no tardaron en llegar. Amenazas de muerte —por correo electrónico y postal—, sobre todo dirigidas a Sam. Una convincente amenaza de bomba que obligó a todo el mundo a evacuar JS una tarde entera. Boicots de diversas organizaciones contrarias al matrimonio igualitario que pensaban que *Mundoarce* se estaba politizando sin razón alguna. También boicots de grupos a favor del matrimonio igualitario que consideraban que Sam se había burlado de un asunto serio y que había utilizado el problema para promocionar el juego. Un puñado de cartas al director en los sitios de siempre, tanto apoyando a Alcalde Dédalus como en su contra. (*Newsweek*: «¿Los videojuegos deberían ser políticos? Alcalde Dédalus cree que sí».) Sam participó en programas de televisión y citó a Marshall McLuhan: «Los juegos de un pueblo dicen mucho de él».

Marx decidió contratar seguridad y, durante unas semanas, Olga, antigua campeona rusa de halterofilia, fue la sombra de Sam.

Sam se propuso responder a todas las personas que le habían escrito, incluso al mensaje de odio más mezquino. Una vez Sadie se lo encontró delante de su escritorio contestando una carta que empezaba con el siguiente saludo: «Querido chino de mierda, judío mariliendres».

—Me gusta que la persona te llame «querido» —dijo Sadie. Tiró la carta a la otra punta del despacho. Se sentía culpable. Lo de los matrimonios había sido idea suya, pero como Sam era la cara de *Mundoarce*, se llevaba todas las críticas.

Pero a él todos aquellos correos de odio le sirvieron de acicate y, tras la experiencia con los matrimonios, usó *Mundoarce* como plataforma para hacer declaraciones políticas. Él en realidad no las consideraba políticas, sino cuestiones de gobernanza sensata y, cosa que tampoco dejaba de ser importante, una excelente fuente de promoción. Prohibió las armerías creadas por arcenitas, así como la venta de armas. Apoyó medidas ecologistas y que un grupo de arcenitas musulmanes construyera un centro cultural islámico. Organizó protestas multitudinarias de avatares contra la guerra de Irak y las perforaciones de pozos petrolíferos en alta mar. Abría al público los plenos municipales en los que hablaba a la ciudadanía de los problemas a los que se enfrentaba *Mundoarce* y el país. Cada vez que adoptaba una postura controvertida, llegaba el mismo aluvión de mensajes de odio y cancelaciones de cuentas, pero luego la vida seguía, tanto en *Mundoarce* como en el mundo real.

4

Cuando Sam jugó a *Maestro de entretenimientos* por primera vez, llamó a Sadie y le preguntó si podía ir a verla para que lo comentaran. Era el fin de semana del Día del Trabajo y, cuando la llamó, ella estaba en casa de su abuela, en Hancock Park. Como estaba casi en la otra punta de la ciudad, Sadie se ofreció a acercarse a su casa.

Bajó por Sunset y pasó por delante del cartel «Pie triste; Pie feliz» (vio Pie feliz, pero a punto de convertirse en Pie triste) y luego giró para entrar en la calle de Sam. Seguía viviendo en la casita que había alquilado cuando se mudó a Los Ángeles.

—¿Y bien? —le preguntó Sadie—. Suéltalo.

—Pues que es una mierda... —hizo una pausa— que lo hayas hecho sin mí. —Sam negó con la cabeza—. Sadie, es genial. Es arte. Es lo mejor que has hecho en la vida.

—No pensaba que me fueras a decir eso —dijo ella. Notó que se ponía roja de placer. No sabía que aún le importaba lo que Sam pensara.

—¿Por qué?

—Porque pensaba que las cosas tenían que salir de ti para que fueras capaz de verlas —contestó ella.

En JS, todo el mundo —Sadie inclusive— se preocupaba por cómo iban a vender *Maestro de entretenimientos*, un juego espectacular, pero muy erudito. Se jugaba desde el punto de vista de diversos personajes, todos vinculados de algún modo con el asesinato de Christopher Marlowe: la pareja de Marlowe; un dramaturgo rival; una académica shakespeariana del siglo XXI que investiga el asesinato; el propio Christopher Marlowe y, finalmente, el maestro de entretenimientos, que en la época era la persona encargada de los espectáculos (y su censura) de la reina de Inglaterra. *Maestro de entretenimientos* era, en parte, un drama de misterio interactivo y en parte, un juego de acción-aventura. Sadie había recreado al máximo detalle la Inglaterra isabelina y, además de la parte del asesinato y el misterio, el juego tenía bastantes escenas de sexo.

Al final, decidieron que la única manera de venderlo era hablar con sinceridad de lo que pensaban que tenían entre manos. El comunicado de prensa decía: «Del estudio de *Instituto Contraparte* y la visionaria diseñadora de videojuegos Sadie Green, creadora de *Ichigo* y *Mundoarce*, llega otra aventura revolucionaria. *Maestro de entretenimientos* no se parece en nada a cualquier otro juego que hayas conocido. En parte misterio, en parte historia de amor, en parte tragedia, un juego para quienes creen que los juegos pueden ser arte».

Por desgracia, al hacer referencia a Juegos Sucios, *Ichigo* y *Mundoarce*, el lanzamiento de prensa hizo que los y las periodistas de videojuegos creyeran que *Maestro de entretenimientos* también era un juego de Sam. Cuando empezaron a reservar espacios publicitarios para el juego, quedó claro que habría más oportunidades de promocionarlo si Sam se implicaba. Gracias al personaje de Alcalde Dédalus y a todo el revuelo que se había armado con lo de los matrimonios, él era mucho más famoso que Sadie. En cierto sentido, *Maestro de entretenimientos* también era un juego suyo, lo había producido su empresa; llevaba su nombre; Sadie era su socia. El Departamento de Marketing le planteó primero a Marx la idea de que Sadie y Sam salieran juntos a hacer la promoción. Marx dijo que no estaba seguro de si ellos querrían, pero Sam lo sorprendió diciéndole que le encantaría si con eso remaba a favor del juego.

Cuando Marx se lo comentó a Sadie, ella se mostró más reticente.

—Esto va a sonar horroroso y de una bajeza tremenda, pero no quiero que la gente piense que el juego es suyo —contestó ella.

—No lo van a pensar —contestó Marx—, te prometo que no. Sam dejará claro que él no es más que uno de los productores, que el juego es tu criatura.

En noviembre, Sam y Sadie volaron por todo el país para promocionar el juego en diversas convenciones y tiendas. Sam cumplió con su palabra. No se atribuyó ningún mérito, aunque la prensa seguía más interesada en hablar con él que con ella. «Esta pregunta es para Dédalus», formuló una periodista, «¿los juegos deberían ser políticos?». Era un verdadero incordio que por lo menos en un cuarto de las entrevistas diesen por hecho que Sam y Sadie eran pareja. Los medios parecían decepcionarse cuando ellos aclaraban que no. ¿Por qué trabajaría un hombre del *sector de los videojuegos* con una mujer con la que no estaba casado o con la que no se acostaba? Pero Sadie se lo tomó con filosofía. Lo importante era la obra, se recordaba una y otra vez. La obra era lo que permanecía, pero solo perduraría si la gente sabía de su existencia.

Llevaban cuatro días de gira de promoción cuando Sadie pilló un virus estomacal. Vomitó por la mañana, justo después de comer, y luego otra vez después de cenar, aunque dijo que se encontraba más o menos bien el resto del tiempo, que no interfería en su capacidad para seguir adelante con la promoción. Sospechó que las culpables eran las ostras del bufé de Las Vegas. «Igual no ha sido la mejor idea del mundo comer ostras de un bufé de una ciudad sin mar», admitió ante Sam.

Dos días después, en el trayecto desde el aeropuerto de Dallas-Fort Worth hasta Grapevine (Texas), Sadie le pidió a Sam que parara en el arcén: necesitaba volver a vomitar.

Devolvió bajo un árbol de Júpiter recién plantado y luego le explicó a Sam que prefería conducir ella porque pensaba que le aliviaría el mareo.

—Conduces demasiado despacio —le dijo.

—Sadie —dijo Sam—, ¿crees que hay alguna posibilidad de que estés embarazada? Si no llevo mal las cuentas, es la séptima vez que vomitas en los últimos tres días. No puede seguir siendo lo de las ostras, ¿verdad?

—No, antes era lo de las ostras, pero ahora me he mareado del coche —insistió ella—. No pueden ser náuseas matutinas, llevo así todo el día.

De camino al hotel, vio una farmacia.

—Voy a entrar a comprar Gatorade y Biodramina —le dijo a Sam. También se cogió una prueba de embarazo.

El alojamiento de Grapevine resultó ser un hotelito tan encantador que resultaba fastidioso, con siete habitaciones, todas con nombre de personajes históricos de Texas. Su agencia de viajes, sin querer, les había reservado la suite Parker & Barrow en lugar de dos habitaciones separadas.

—¿Quieres que mire a ver si hay otro hotel? —susurró Sam.

—No pasa nada. Es una suite y estamos en Texas —contestó ella—. ¿No se supone que aquí todo es gigante?

La Parker & Barrow tenía un tamaño decepcionante, nada propio de Texas: un dormitorio diminuto y un saloncito diminuto con un sofá cama y un baño también diminuto que parecía estar en medio de todo.

—La primera habitación que tuvimos en la residencia de Harvard era así —comentó Sam.

Una media hora después de su llegada, Sadie se encerró en el baño y salió con la caja y el palito de la prueba de embarazo en un vaso.

—Lo siento —dijo—, es una asquerosidad, pero el baño no tiene una sola superficie donde dejarlo. El lavamanos es de los exentos. El hotel es monísimo. Quiero matar a todo el mundo. También lo siento por ser la compañera de viaje más desagradable del mundo.

Sam se rio y Sadie se sentó a su lado en el sofá, se quedaron viendo lo que echaban por la tele, una antigua película de Disney sobre una familia de náufragos que vive en una casa en un árbol, *Los robinsones de los mares del sur*, y esperando a que la prueba de embarazo obrara su magia.

Sam fue el primero en detectar un cambio.

—¿Qué significan dos rayitas azules?

Cogió la caja para descodificarlo y Sadie, que ya había entendido lo que significaba, se metió en el baño a vomitar de nuevo; esta vez era una cuestión más mental que física, pero la emesis cogía carrerilla. Se lavó los dientes, volvió al sofá y recuperó su sitio al lado de Sam. Su teléfono, sobre la mesita de centro, estaba sonando. Sam vio que era Marx: ella dejó que saltara el buzón.

—Quiero vivir en un árbol —le dijo ella—. ¿Podemos quedarnos un ratito en el árbol?

Apoyó la cabeza en el hombro de Sam, que no se movió ni dijo nada, aunque ella seguía oliendo un poco a ácido y bilis.

—Nos quedan dos horas hasta que tengamos que estar en la sede principal de GameStop —dijo Sadie—, despiértame si me duermo.

Un mes más tarde, en diciembre, fueron a Nueva York para hacer más actos con prensa, cosa que incluía una sesión de fotos para *Game Story*. La revista iba a sacar un reportaje en profundidad sobre Sam y Sadie, portada incluida, cuyo titular sería: «Maestros de entretenimientos: entre bambalinas con Dédalus y Green». Para el reportaje, accedieron a vestirse con rocambolescos trajes de la época isabelina. Sadie iba caracterizada como la reina Isabel I; Sam, como William Shakespeare. La situación era de lo más absurda, no pararon de reírse en toda la sesión. El fotógrafo, un italiano sesentón, no tenía ni idea de videojuegos ni de quiénes eran aquellos dos.

—Estáis casados, ¿verdad? —preguntó el fotógrafo.

—Ella no cree en el matrimonio —contestó Sam.

—Es cierto —añadió ella.

—Será diferente cuando tengáis hijos —siguió el fotógrafo.

—Eso dice la gente —dijo Sadie.

Cuando terminaron con las fotos, Sadie se quitó el disfraz y se fue corriendo al baño.

Sam se estaba quitando la almilla cuando le llegó un mensaje a la relaciones públicas.

—JS está en Venice, ¿no? —preguntó la mujer—. Una amiga me dice que hay un tirador disparando a la gente en una empresa tecnológica de Venice. Deberíais decirle a vuestra gente que no salga a la calle.

—Qué horror. ¿En qué empresa? —preguntó Sam. Aunque se preocupaba por la empresa vecina de Silicon Beach que hubiera tenido la desgracia de verse en esa situación, no pensó que la información tuviera mucho que ver con él. JS era una empresa de videojuegos, no una tecnológica.

—Más no sé —dijo la relaciones públicas.

—Voy a llamar a Marx. Igual él sabe lo que está pasando.

Sam cogió el teléfono: tenía varias llamadas perdidas suyas en el último cuarto de hora. Intentó llamarlo, pero le saltó el contestador. Llamó al teléfono fijo del despacho, pero, aunque era por la mañana en la Costa Oeste, nadie se lo cogió.

Fue al baño de mujeres a pedirle a Sadie que llamara a Marx. La oyó vomitar. Llamó a la puerta del compartimento.

—¿Sadie?

—Samson, ¿qué haces en el baño de señoras?

Salió del compartimento. Estaba ya tan acostumbrada a vomitar que se recuperaba enseguida. Estaba a punto de gastarle una broma por seguirla hasta el baño, pero entonces le vio la cara.

5

En el año 2005, en Estados Unidos, la gente enviaba de media cuatrocientos sesenta mensajes al año.

Los mensajes se trataban y se escribían más como telegramas que como conversaciones. Esa economía les dio a esos textos poco naturales una especie de aire poético.

Sadie y Marx se habrían mandado menos de treinta mensajes a lo largo de su relación. No les hacía falta. Por lo general, estaban juntos, en el trabajo o en casa.

Después de que la primera llamada de Sadie a Marx acabara en el contestador, intentó enviarle un mensaje:

Todo ok?

Un minuto más tarde, él le contestó:

Tqm. Todo ok.

Solo críos. Hablando. DDC.

A Sadie le temblaban las manos. Le enseñó a Sam el teléfono.

—¿Qué significa DDC? No me sé los acrónimos.

—Domador de caballos —contestó él.

VII. El NPC

Estás volando.

Abajo, un tablero de vida campestre. Un par de vacas de Jersey pastan en un campo de lavanda, azotan moscas imaginarias con la cola. Una mujer con un vestido de cambray cruza en bicicleta un puente de piedra. Tararea el segundo movimiento del concierto del Emperador de Beethoven. Al pasar, un hombre con una gorra bretona empieza a silbar la melodía. De un panal que no se ve, sale el susurro de las abejas. En el valle que se extiende bajo el puente, un chico con el pelo color azabache le da un terrón de azúcar a una yegua de mirada salvaje. Un bosquecillo de manzanos espera con paciencia el otoño. Sin que nadie repare en él, un hombre canoso observa a un par de adolescentes nadar en un estanque. Casi se puede oler el anhelo del señor, más fuerte que el aroma de lavanda, y piensas: «Los seres humanos desean tantas cosas. Me alegro de ser un pájaro». En un campo de fresas, las frutitas de aspecto ceroso se mezclan con las flores blancas, como buenas compañeras.

Nunca has sido de los que se resisten a una fresa, así que desciendes.

Como criatura alada, quienes no pueden volar a veces te piden que expliques cómo es eso de surcar los cielos. La respuesta que sueles dar es que es una combinación de física newtoniana, un aleteo coordinado, tiempo atmosférico y anatomía, pero la verdad es que es mejor no pensar en la mecánica del vuelo mientras estás en el aire. Tu filosofía: ríndete al viento, disfruta de las vistas.

Has llegado a tu destino. Tu piquito engarza la fresa, estás a punto de cazarla cuando de repente oyes el clic de un gatillo:

«ALTO AHÍ, LADRÓN».

Sientes la bala atravesar tus huecos huesos de ave.

Una explosión de plumas pardas y beis que se dispersan como semillas de diente de león. Sangre sobre los frutos, rojo sobre rojo, pero para ti, que eres tetracrómata, ambos rojos son distinguibles.

Aterrizas: un ruido casi imperceptible, una nube de polvo que casi no llama la atención, solo la ves tú.

Otro disparo.

Otro disparo.

Una de tus alas aletea. Eliges interpretarlo como un intento de vuelo, no como un estertor involuntario.

Unas horas más tarde, te das cuenta de que alguien te coge de la mano, cosa que significa que tienes una mano, cosa que significa que no eres un pájaro, cosa que significa que debes de haberte metido alguna droga muy fuerte, algo tipo LSD, cosa que nunca has hecho aunque Zoe siempre quería que tomarais LSD juntos, decía que conocía a la guía perfecta. Por un segundo, experimentas melancolías que compiten: la tristeza por no poder volar, la tristeza por no haber tomado LSD con Zoe, la tristeza porque

Te estás muriendo.

No, formulación incorrecta. Lo que querías expresar era el dolor existencial que surge de la certeza de que todo muere. No te estás muriendo como tal, solo en el sentido de que siempre te estás muriendo.

Repetir: no te estás muriendo.

Tienes treintaiún años. Eres el único hijo de Ryu y AeRan Lee Watanabe, empresario y profesora de diseño, respectivamente. Naciste en Nueva Jersey. Tienes dos pasaportes. Trabajas en Juegos Sucios en Abbot Kinney Boulevard, en Venice (California). La placa que hay sobre tu escritorio reza:

MARX WATANABE

DOMADOR DE CABALLOS

Has tenido muchas vidas. Antes de ser domador de caballos, fuiste esgrimista, campeón de ajedrez del instituto, actor. Eres estadounidense, japonés, coreano, y al ser todas esas cosas, en realidad no eres ninguna. Te consideras un ciudadano del mundo.

En estos momentos eres ciudadano de un hospital. Una máquina respira por ti. Unos pitidos espaciados de manera regular indican que sigues vivo.

No estás despierto, pero tampoco dormido.

Lo ves y lo oyes todo.

No lo recuerdas todo. No tienes amnesia *per se*, pero no te acuerdas muy bien de cómo has acabado en el hospital y por qué no te despiertas.

Siempre has estado orgulloso de tu memoria. En la oficina, siempre hay alguien que dice: «Pregúntale a Marx, seguro que lo sabe». A menudo, lo sabes. Te acuerdas de las cosas normales. Los nombres y las caras, los cumpleaños, las letras de las canciones, los números de teléfono. Recuerdas cosas menos normales: obras de teatro enteras, poemas enteros, los nombres de actores y actrices, el significado de palabras complejas, largos fragmentos de novelas. Recuerdas el nombre del padre y la madre de la gente, de sus criaturas, de sus mascotas. Recuerdas con todo detalle la geografía de las ciudades, los planos de una planta de hotel, los niveles de un videojuego, las cicatrices de la gente con la que has estado, las veces que has dicho lo que no debías y la ropa que llevaba alguien en cierto momento. Recuerdas lo que Sadie llevaba puesto la primera vez que la viste: un vestido negro de tirantes con una camiseta de manga corta blanca por debajo, una cinta de franela de cinturón, zapatos Oxford color burdeos con la suela gruesa, calcetines claros con estampado de rosas, aquellas gafas de sol en forma de óvalo y cristales amarillos que llevaba todo el mundo aquella primavera, la raya al medio, dos largas trenzas de tirolesa.

—Tú debes de ser Marx —dijo, dándote la mano—. Soy Sadie.

—Ya te conozco —contestaste—, he jugado a dos de tus juegos.

Ella te examinó mirando por encima de las gafas de sol.

—¿Crees que puedes conocer a una persona jugando a sus juegos?

—Sí. En mi opinión, no hay mejor manera de conocer a alguien.

—Entonces ¿qué sabes de mí? —preguntó ella.

—Eres lista.

—Soy amiga de Sam, así que eso es algo que se puede dar por sentado. Podría pensar lo mismo de ti. Pero ¿qué sabes de mí de manera específica por jugar a mis juegos?

—Que eres un poco retorcida y que tu cabeza es un lugar interesante y singular.

Puede que Sadie pusiera los ojos en blanco, pero no era fácil verlos tras esas gafas de sol.

—¿Tú también haces juegos?

—No, yo juego.

—Entonces, ¿cómo te voy a conocer a ti?

La memoria, te diste cuenta hace tiempo, es un juego al que una persona con un cerebro sano puede jugar en todo momento; se gana o se pierde según un criterio: ¿dejas que se formen recuerdos o decides recordar?

Entonces, ¿dónde estabas cuando empezó todo esto?

Estás en una reunión con Charlotte y Adam Worth.

Dos inocentes con los ojos azules, recién llegados a Los Ángeles, fornidos y sanotes, como pioneros o cantantes de folk. Te recuerdan a Sam y a Sadie, si Sam y Sadie fuera un matrimonio de altos exmormones de Utah.

Los Worth te presentan su juego, que, de manera provisional, se llama *Nuestros días infinitos*. (Tenías la costumbre de gastar la broma de que si algún día escribías una autobiografía, el título sería ¡*Todos los títulos son provisionales!*) *Nuestros días infinitos* es un shooter de aventura sobre el fin del mundo. Una mujer y su hija pequeña atraviesan un desierto apocalíptico ahuyentando a gente y oleadas de lo que los Worth llamaban «los vampiros del desierto», un cruce entre vampiros y zombis. La mujer tiene amnesia y la niña, que solo tiene seis años, tiene que ser su memoria. La chiquilla cree que sus hermanos y el padre están en la Costa Oeste, pero ¿se puede confiar en la memoria de una niña de seis años?

—La amnesia es un tópico en los videojuegos —se disculpa Charlotte—, pero estamos convencidos de que aquí va a funcionar.

—En realidad, nos inspiró el *Ichigo* original —añade Adam—. El desafío de tener que confiar en el recuerdo y las percepciones de una niña para ganar. Es brillante.

—Nos morimos de ganas de conocer a Green/Dédalus —dice Charlotte—. Somos muy fans.

—Hasta le encanta *Ambos mundos* —sigue Adam.

—No digas «hasta», es mi juego favorito de todos los tiempos —replica Charlotte—. Myralia es una genialidad. He hecho cosplay de Joan la Poderosa.

—Nadie sabía quién era —dijo Adam.

—En resumidas cuentas, me obsesiona Sadie Green.

—¿Y Dédalus no? —preguntas, entretenido.

—Los dos son geniales, pero Myralia y *Ambos mundos* de Sadie Green, *Solución* y esas cosas es lo que a mí me gustaría hacer —siguió Charlotte—. Me muero de ganas de jugar a *Maestro de entretenimientos*.

—*Solución* —dices—, eso ya es otra historia, eres una auténtica fan.

Puede que esto sea un vodevil *fan service*, pero aun así se agradece. Es increíble la cantidad de personas que conoces, personas que al fin y al cabo quieren cosas de ti y que no se han molestado en investigar ninguno de los juegos de JS.

Les das las gracias a los Worth por venir y les dices que hablarás de *Nuestros días infinitos* con Sadie y con Sam cuando vuelvan de Nueva York. Les prometes que tendrán noticias vuestras como máximo a finales de la semana siguiente. Miras a Charlotte y a Adam y ves lo mucho que necesitan que les produzcas este juego. Ves cuántas veces les han dicho que no, el anhelo en sus ojos. Te preguntas qué trabajillos tendrán entretanto y cuánto tiempo sobrevivirá su relación si no la apuntala algún éxito. (Dicen que el éxito acaba con las relaciones, pero la ausencia de este también las mata con la misma rapidez.) Una de las mejores partes de tu trabajo es poderle decir a un artista: «Sí, te he calado. Entiendo lo que estás haciendo. Vamos a por ello». Aunque sea una violación del protocolo profesional, contemplas decirles ahora mismo que tu empresa hará *Nuestros días infinitos*. Te cae bien esta gente; quieres jugar a su propuesta, no es un título de los de comerse la cabeza.

Estás a punto de acompañarlos a los ascensores cuando oyes algo que parece un trueno o un coche pasando sobre una chapa metálica o una bola de demolición chocando contra la fachada de un edificio a una manzana de distancia.

Suena fuerte, pero no parece que sea algo grave.

Es una explosión, pero Los Ángeles está llena de sonidos y estallidos de violencia que no significan nada. Es célebre por ello.

No te parece un disparo.

Oyes un grito ahogado, pero no identificas si viene del vestíbulo, de una planta más abajo o de fuera.

Les sonríes a los Worth y os reís y, para tranquilizar a todo el mundo, dices:

—La inagotable emoción de trabajar en el sector de los video-juegos.

Los Worth se ríen de tu bromita y, por un momento, todo es normal.

—¿Dejamos los bocetos para que tus socios les puedan echar un vistazo? —pregunta Charlotte.

Estás a punto de contestar cuando suena el fijo de la oficina. Es el recepcionista de JS, Gordon.

—Hola, Marx. Aquí abajo hay alguien que quiere ver a Dédalus.

Notas la tensión en su voz.

—¿Pasa algo?

—No... No puedo hablar —dice Gordon—, dicen que necesitan hablar con Dédalus.

—Vale, espera. —Sonríes mirando a los Worth. Bajas la voz y susurras por el teléfono—. Te voy a hacer unas preguntas. Contéstame con sí o no. ¿Llamo a la policía?

—Sí —contesta Gordon.

—¿Van armados?

—Sí.

—¿Hay más de una persona?

—Sí.

—¿Hay heridos?

—No.

Por el auricular, oyes a alguien gritar:

—¡Deja el puto teléfono! ¡Dile a esa mariliendres que baje!

—Diles que Dédalus no está, pero que el director ejecutivo de JS va a bajar a verlos, que con eso les vale también.

—De acuerdo —dice Gordon, confuso. Repite lo que le acabas de decir.

—Gordon, todo irá bien.

Cuelgas. Te das media vuelta y los Worth te miran a la espera de instrucciones.

—¿Qué hacemos? —pregunta Adam Worth. Como sus personajes de *Nuestros días infinitos*, están preparados para un apocalipsis inminente.

Les explicas la situación y les pides que llamen a la policía. Adam Worth saca el teléfono.

Cuando ya estás a punto de bajar, se te acerca Ant.

—¿Qué está pasando?

Le repites lo que sabes y Ant se ofrece a acompañarte.

—Sadie me mata si te dejo bajar solo.

—Aquí arriba tienes faena —le dices. Le pides a Ant que contacte con mantenimiento para que corte la luz de los edificios, así el ascensor no funcionará. Le pides que bloquee los accesos a la escalera. Le pides que haga que todo el mundo mantenga la calma y que nadie baje. Le pides que se lleve a todo el personal a la azotea y que bloquee la puerta.

—Pero Marx, por el amor de Dios, ¿estás seguro de que tienes que bajar?

—Solo quieren hablar con alguien. Seguro que están ofendidos por algo que ha hecho la empresa. No es la primera vez que consigo aplacar a alguien.

—No sé, igual deberías esperar a que llegue la policía. Sadie y Sam me matarán si te pasa algo.

—Ant, que no me va a pasar nada, no está bien dejar a Gordon abajo solo. Sea cual sea la queja de esta gente, es hacia JS, no hacia nuestro recepcionista.

Ant te da un abrazo y tú te diriges a las escaleras.

—Ve con cuidado, amigo mío —te dice.

Charlotte Worth te grita:

—Marx, ¿deberías coger un arma?

Es la pregunta de una jugadora de verdad. En un videojuego, jamás se debe entrar en combate sin comprobar el inventario y confirmar la disponibilidad de un arma.

—¿Qué arma? —respondes. No tienes armas. Has vivido una vida fácil en la que no ha hecho falta defenderte de ninguna manera. Es probable que tu privilegio te haya convertido en una persona descuidada—. Solo voy a hablar con ellos. Seguro que esto acabará siendo una persona que necesita que alguien la escuche.

Antes de bajar, echas un último vistazo a la oficina. Te da la sensación de que has olvidado hacer algo. En un juego, el objeto que está fuera de sitio suele ser la solución. Reparas en la carpeta de los Worth, que Charlotte ha dejado en tu escritorio y le pegas un post-it en el que garabateas: «S., DIME QUÉ TE PARECE, M.».

Le das la carpeta a tu secretario y bajas las escaleras corriendo y eso es lo único que quieres recordar por ahora porque Sadie está en la habitación del hospital.

—¿Eres su mujer? —pregunta la doctora.

—Sí —miente Sadie.

Te parece gracioso porque Sadie tiene reparos con eso de casarse, es decir, no cree en el matrimonio. No sabes de dónde le viene exactamente; sus padres llevan treinta y siete años felizmente casados; sus abuelos, más tiempo incluso. Si alguien puede tener problemas con la idea del matrimonio, eres tú. Tus padres llevan infelizmente casados casi tanto tiempo como felizmente casados los de Sadie. No recuerdas la última vez que viste a tus padres juntos. Al acabar tu primer año en la universidad y volver a Tokio, viste que vivían en pisos diferentes.

—¿Dónde está papá? —le preguntaste a tu madre.

A tu madre pareció traerle sin cuidado.

—Me dijo que quería poder ir andando al trabajo.

Ha pasado más de una década y siguen sin divorciarse, tampoco te lo explicas.

El año pasado le pediste matrimonio a Sadie. Le pediste permiso a su padre y te lo concedió. Compraste un anillo. Hincaste rodilla.

—No me veo siendo la esposa de nadie —contestó ella.

—No serías una esposa, yo sería tu marido —le dijiste.

El argumento no la convenció. Sus reparos te resultaron sorprendentes, así que le preguntaste cuáles eran sus motivos. Ella te dijo que ya teníais una casa en propiedad, no hacía falta casarse. Dijo que tampoco quería casarse con su socio. El matrimonio era una institución anticuada que oprimía a las mujeres. Dijo que le gustaba su apellido.

—A mí me gusta tu apellido —contestaste—. Me encanta tu apellido.

Pero ahora, ahí está Sadie, diciéndole a una médica que es tu mujer. Si pudieras hablar, le dirías: «Solo hacía falta que entrara en coma para que te casaras conmigo. Ojalá hubiera sabido que era tan fácil».

Técnicamente, no has entrado en coma.

Te han inducido el coma.

Por lo que has oído comentar al personal médico, deduces que has recibido tres disparos: en el muslo, en el pecho, en el hombro.

La herida más problemática es la de la bala que te atravesó el pecho: perforó el pulmón, el riñón y el páncreas. Ahora está alojada en algún punto del intestino, esperando a que tu cuerpo se haya recuperado lo bastante para poderla eliminar. Dicen que podría haber sido peor; tú, como la mayoría de los humanos, vienes con piezas de sobra. Sin embargo, solo tienes un páncreas, es desolador. El trauma de las heridas ha provocado que tu cuerpo entre en estado de shock, por eso estás en coma. Eres joven, estás sano, o lo estabas, y dependiendo del día, dicen que tus posibilidades de supervivencia son *buenas, mejores que la media, no del todo malas*. Esas palabras te consuelan.

Sadie se marcha y entra un enfermero a encargarse de esos recipientes contradictorios de desechos y alimentos que cuelgan junto a tu cama. Con cuidado, te limpia el cuerpo con una esponja y, a pesar de todo, te da cierto placer que te cuiden.

Estás en el vestíbulo de Juegos Sucios.

Un chico blanco, vestido de negro, con una bandana roja que le tapa la mitad inferior de la cara, apunta con un arma pequeña a la cabeza a Gordon, el recepcionista. Otro chico blanco, también vestido de negro, con un arma más grande y una bandana negra, te apunta a ti.

—¿TÚ QUIÉN COJONES ERES? —quiere saber el chico de la bandana roja.

No tienes ni idea de por qué no se han metido en el ascensor para subir al piso principal. ¿No quieren causar cuantos más estragos mejor? No tienes ni idea de cómo es que Gordon —dulce, con carita de bebé, una bolita de arcilla— ha conseguido retenerlos en el vestíbulo. Te acuerdas de Gordon en Halloween. Había personalizado su disfraz de Pikachu para poder soltar chispazos.

No sabes mucho sobre armas de fuego, salvo de aquellas que has usado en videojuegos como *Doom*. Incluso cuando juegas a *Doom*, las pistolas no son tu primera opción. Prefieres una motosierra o un lanzacohetes, grandilocuentes armas más propias de un espectáculo de Grand Guignol. Determinas que el arma más pequeña que llevan es una pistola y la más grande un fusil de asalto.

—Hola, soy Marx Watanabe. Esta es mi empresa. —Tiendes la mano por si alguien quiere estrechártela. Los chicos se quedan perplejos ante el gesto. Haces una pequeña reverencia—. ¿Qué puedo hacer por vosotros? Gordon dice que queréis hablar con Dédalus, pero no está.

Bandana Roja te grita:

—¡Y una mierda! ¡Mentiroso!

—Te prometo que no está aquí —le dices—. Está en Nueva York promocionando nuestro último juego, pero ¿por qué no me decís qué puedo hacer por vosotros?

—Enséñame las oficinas —dice Bandana Roja—. Quiero ver con mis propios ojos que ese puto marica no anda por aquí.

—De acuerdo —le respondes con intención de alargar la situación de manera desesperada y darle tiempo a Ant para que evacúe a todo el mundo a la azotea—. Sin problema, pero si me puedes hacer un favor...

—Colega, qué mierda de favor te voy a hacer.

—Dime qué quieres de Dédalus, a ver si te puedo ayudar.

El de la bandana negra es un poco tartamudo.

—No queremos hacerle daño a nadie —dice—. Solo necesitamos hablar con Dédalus. Si hubiéramos querido subir y liarnos a tiros con todo el mundo en tu oficina, ya habríamos subido. Queremos que Dédalus baje.

—Vamos a llamarlo —sugieres. Marcas el número de Sam, pero no te lo coge. Debe de estar en la sesión de fotos con Sadie. Le dejas un mensaje con voz neutra—: Soy Marx. Dame un toque cuando puedas.

Miras a los dos chavales. No sabes qué edad tienen por las bandanas. Lo más probable es que tengan la tuya, quizá un par de años menos; ellos no te dan miedo, pero las armas sí.

—Me llamará —dices con despreocupación—. ¿Qué os parece si dejamos que Gordon se vaya mientras esperamos a que Dédalus nos llame?

—Capullo —dice Bandana Roja—, ¿a santo de qué?

—Él no es importante —dices—. Es un NPC.

Son jugadores, está claro; seguro que entenderán el término.

—*Tú* sí que eres un NPC —replica Bandana Roja.

—No eres la primera persona que me lo dice.

Estás en un hotel a las afueras de San Simeón.

Sadie se ha quedado dormida, así que bajas al bar. Ahí está Sam. Tu amigo, que nunca bebe, está bebiendo.

Le preguntas si quiere compañía, él se encoge de hombros y dice:

—Haz lo que quieras.

Te sientas en el taburete que tiene al lado.

—No sé cómo pasó —le dices con torpeza—. No creo que ninguno de los dos quisiera que pasara.

—No tengo el más mínimo deseo de oír vuestra historia —te dice. Está borracho, pero aún no habla como un borracho, solo tenso y desagradable—. Lo que tienes con Sadie no se parece en nada a lo que yo tengo con ella, así que da igual. Tú te puedes *follar* a quien te dé la gana, aunque no puedes hacer juegos con todo el mundo.

—Hago juegos con vosotros dos —le señalas—. Por el amor de Dios, si yo le puse el nombre a *Ichigo*. He estado con vosotros en cada paso del camino. No puedes decir que no he estado ahí.

—Claro, claro que has estado ahí, pero, por lo general, no eres importante. Si no estuvieras tú, habría otra persona. Eres el domador de caballos. Marx, eres un NPC.

Un NPC es un personaje con el que no se puede jugar. Es un extra que crea el motor de inteligencia artificial del juego que le da verosimilitud a un mundo. El NPC puede ser un mejor amigo, un ordenador que habla, una niña, un padre o una madre, un amante, un robot, el bronco líder de un pelotón o el villano. Sin embargo, Sam se lo dice como un insulto: además de decirte que no eres importante, te dice que eres aburrido y predecible, pero lo cierto es que no habría juego sin los NPC.

—No hay juego sin NPC —le respondes—, si no, solo habría un héroe haciendo el imbécil por ahí sin nadie con quien hablar y nada que hacer.

Sam pide otro chupito de vodka Grey Goose y tú le dices que ya ha bebido bastante.

—No eres mi padre —contesta Sam.

El camarero te mira y tú pides una cerveza.

—Ojalá no te hubiera conocido —dice Sam—. Ojalá no hubiéramos sido compañeros de habitación. Ojalá no te hubiera presentado a Sadie. —Sam empieza a arrastrar las palabras.

—Sadie no te pertenece.

—Sí —contesta Sam—. Es mía. Tú lo sabías y has ido a por ella de todas maneras.

—No. Nadie es de nadie.

—¿Por qué no? ¿Por qué no?

—Sam.

—¿Te vas a casar con ella? —pregunta Sam. Pronuncia «casar» como si fuera un crimen.

—Por el momento, no.

—¿Qué tiene de maravilloso el matrimonio? ¿Qué tiene de maravilloso el sexo? ¿Qué tiene de maravilloso procrear o jugar a las casitas? ¿Por qué no puedes estar con la persona con la que compartes tu trabajo?

—Porque está la vida y está el trabajo. Y no son lo mismo.

—Para mí sí que lo son.

—Igual para Sadie no.

—Puede —dice Sam en voz baja—. Marx, estoy muy jodido. Si no hubiera estado tan jodido y no fuera un cobarde, igual sería yo el que ahora subiría a la habitación de Sadie. Sé que es culpa mía. Sé que he tenido tiempo. —Sam apoya la cabeza en la barra de caoba y se echa a llorar—. Nadie me quiere.

—Yo te quiero, hermano. Eres mi mejor amigo.

Pagas la cuenta y ayudas a Sam a subir a su habitación. Se mete en el baño y cierra la puerta, luego lo oyes vomitar.

Te sientas en su cama. Enciendes la tele, echan una reposición de una serie de médicos. Un hombre tiene un tumor cerebral y se va a morir, a menos que se someta a una operación experimental. Al final, la operación experimental lo acaba matando igual. Es raro, piensas, la cantidad de gente que odia ir al médico, pero lo mucho que les gusta ver series de médicos.

Sam está tardando más de lo esperado, así que lo llamas:

—¿Sam?

Como no responde, entras en el baño y lo ves delante del espejo con unas tijeritas del set de aseo personal. Se ha cortado la mitad del pelo.

—Me lo he manchado de vómito —explica—, no se iba a ir, así que me lo he cortado. Ahora me lo quiero rapar entero, pero voy demasiado pedo.

Sin hacer ningún comentario, coges las tijeras y le cortas el resto del pelo, luego sacas la maquinilla eléctrica y le rapas la cabeza todo lo que puedes.

—¿Ahora quién es el NPC? —le dices—. Estoy yo al mando. Y me encargo de la tarea.

—«Te encuentras al loco de tu compañero de habitación en el baño. Se ha cortado la mitad del pelo en un arranque de desesperación irracional. ¿Qué haces?» —dice Sam, imitando un mensaje de ficción interactiva. Se pasa los dedos por el pelo—. No se lo cuentes a Sadie.

—Hermano, yo creo que se va a dar cuenta.

Le coges la cabeza y le das un beso en la coronilla.

Estás en el vestíbulo de Juegos Sucios.

—¿Vosotros jugáis mucho? —lo haces por ganar tiempo, pero también por sincera curiosidad.

—Algo —contesta Bandana Roja.

—¿A qué juegos? No os preocupéis. Es una pregunta profesional, me interesa saber a qué juega la gente.

Te cuentan que juegan al *Half-Life 2*, al *Halo 2*, al *Unreal Tournament* y al *Call of Duty*. Gordon, sentado bajo el escritorio, comenta:

—Seguro que os gustan los shooters.

—¿Quién te ha preguntado, culo gordo? —contesta Bandana Roja.

Hace años, participaste en una mesa redonda sobre violencia y videojuegos; el que más sabía era un tipo con chaqueta de pana y coderas que había escrito un libro al respecto. Explicó que la mayoría de las personas que jugaban, si acaso no todas, eran capaces de hacer la distinción entre jugar a un juego violento y cometer un acto violento, que para la juventud podía ser psicológicamente más sano permitirse esas fantasías violentas a través del juego. No eres un experto, pero sí que sabes una cosa: ningún ser humano ha sido asesinado con el arma de un videojuego.

Miras el teléfono. Han pasado cinco minutos desde que has llamado a Sam.

Te acercas a la neverita que hay bajo el escritorio de Gordon.

—¿Queréis un agua Fiji? También tenemos barritas energéticas.

Bandana Roja niega con la cabeza, pero Bandana Negra acepta el agua. Se levanta el pañuelo para beber y le ves la cara. Una cara de chaval, una panoplia de marquitas tiernas, rojas, barba incipiente.

—¿Por qué tenéis mal rollo con Dédalus? —les dices—. Por lo que me habéis contado, no parece que estéis jugando a ninguno de nuestros títulos.

—Es por *Mundoarce* —dice Bandana Negra.

—¿Te quieres callar la puta boca? —suelta Bandana Roja.

—¿Por qué? Se va a enterar enseguida —contesta Bandana Negra—. Su mujer se casó con otra mujer en *Mundoarce* y ahora lo ha dejado por aquella mujer con la que se casó y...

—Vete a la mierda —le dice Bandana Roja a su socio—, que eso no es asunto suyo, coño.

—Así que le echas la culpa a Sam.

—¿Quién es Sam? —pregunta Bandana Roja.

—Alcalde Dédalus.

—Le echo la culpa a Dédalus. Y pienso tener mi venganza —dice, como un personaje de un juego mal traducido.

Te diriges a Bandana Negra.

—¿Y tú? ¿Por qué estás aquí?

—Porque yo creo que no está bien —contesta—. Hay niños pequeños jugando a *Mundoarce*. No es que yo tenga prejuicios, pero ¿por qué hay que meterles con calzador todo ese rollo gay a los chavales? —Te mira para ver si estás de acuerdo con él. Aguantas un gesto imparcial—. Además, es mi mejor amigo desde la guardería, así que tenía que acompañarlo.

Asientes. Estos tíos te están diciendo que es algo completamente razonable plantarse en una oficina con dos armas y exigir ver a un diseñador de videojuegos para pegarle un tiro. Actúan como si hubieran salido a pescar, como si fuera un fin de semana de despedida de soltero en Las Vegas. Te los imaginas eligiendo las bandanas que se iban a poner antes de salir de casa, debatiendo si la prenda encajaba con el plan de liarse a tiros en una oficina.

—Entonces, ¿cuál es la idea? —les preguntas.

—Quiero matar a Dédalus —contesta Bandana Roja.

—Pero no está aquí, así que ¿igual lo mejor es que os vayáis a casa?

—Vete a la mierda —dice Bandana Roja. Te encaja el cañón en la mejilla—. Esto se está alargando mucho. Quiero ver las oficinas ya. —Desplaza el arma hacia tu columna vertebral y los guías por las escaleras. En la segunda planta, el silencio es prometedor, pero contienes la respiración cuando abres la puerta de incendios.

Toda la planta está vacía, intentas no parecer aliviado.

—¿Me has mentido? —dice Bandana Roja—. ¿Dónde está todo el mundo?

Te inventas una historia sobre un retiro de empresa.

—Mira, el despacho de Sam está justo aquí.

—Si tan importante eres, ¿por qué no te has ido al retiro de empresa? —pregunta Bandana Roja.

—Porque alguien tiene que ocuparse de la granja. Soy un NPC, ¿no?

La banda Bandana empieza a tirar cosas de las estanterías de Sam. Objetos de *Ichigo* por todas partes.

—Odio ese juego —dice Bandana Roja—. El puto niñito de los cojones que va con un vestido.

Suena el teléfono. Bandana Roja te dice que lo cojas: es la policía. Están fuera y tienen a un negociador de rehenes. Quieren hablar con Bandana Roja, pero antes de pasarles el teléfono, tapas el micrófono.

—Tenéis que decidir qué queréis sacar de esto —le dices a Bandana Roja. Tiene los ojos castaño claro, le ves el miedo—. Todavía no hay nadie herido, eso juega a vuestro favor. Así que pedid lo que queráis y seguid con vuestra vida. Hoy no vais a poder pegarle un tiro a Dédalus.

Bandana Roja coge el teléfono y cuelga. Se echa a llorar y se quita el pañuelo para secarse los ojos; por primera vez le ves la cara, parece un niño. Es como Sam la noche que se rapó la cabeza. Parece vulnerable y, a pesar de todo, quieres ayudarlo.

—No pasa nada —le dices. Intentas abrazarlo. Error. Te da un empujón con ambas manos, te lanza contra la pared.

—Ni me toques, marica de los cojones.

—Joder, Josh —dice Bandana Negra.

—¡Coño! ¡No digas mi nombre! —exclama Bandana Roja.

En ese momento —¿en qué estará pensando?—, Ant baja por las escaleras y entra en la oficina. Lleva las manos en alto.

—Marx —grita—, soy Ant. ¿Estás bien?

Bandana Roja apunta a Ant.

—Hostia, ¿ese es Dédalus? —pregunta Bandana Roja—. ¿Me has mentido? —Se vuelve hacia ti—. ¿Ha estado aquí todo el rato?

—Ese no es Dédalus —contestas—, es otro de nuestros empleados. Se llama Anthony Ruiz.

—A mí me parece Dédalus —insiste Bandana Roja. Quizá cree de verdad que Ant es Sam. Ese día, con toda la mala suerte, Ant lleva una camisa de cuadros roja como el Samatar de *Mundoarce*. Sam y Ant no se parecen mucho, solo en la complexión, algo robustos, pelo oscuro y tez aceitunada. No son de la misma raza. Te das cuenta de que al chico que lleva el arma probablemente le dé igual a qué «otro» en particular está mirando.

O quizá no confunde a Sam con Ant. Quizá simplemente no le gusta el aspecto de Ant. Con su pelo mohawk y los vaqueros ajustados, de forma instantánea se convierte en un símbolo del ideario liberal de las empresas de videojuegos.

Igual solo quiere pegarle un tiro a alguien.

Oyes el dedo de Bandana Roja accionar el gatillo y saltas para interponerte entre Ant y el arma.

—Josh, no dispares —dices.

Demasiado tarde. Bandana Roja dispara las cinco balas del cargador. Una le da a Ant —no sabes dónde—.

Otras tres a ti.

Sentí

DISPARO

un funeral

DISPARO

en mi

DISPARO

cerebro.

La última, el tirador la utiliza para pegarse un tiro en la cabeza.

—Dios mío, Josh —dice Bandana Negra—, ¿qué has hecho? ¿Por qué has hecho eso? Habíamos dicho que solo los íbamos a asustar un poco.

Bandana Negra cae de rodillas, junta las manos y empieza a rezar un padrenuestro.

Unos segundos antes de que te desmayes,

Te suena el teléfono. Es Sadie.

Sadie, por cierto, está embarazada. Tú pensabas que queríais el bebé, pero es su cuerpo y has seguido el camino que ella ha marcado. Debatisteis los impedimentos: lo que significaría para el trabajo, para la vida. Eres productor de videojuegos, así que hiciste un excel, igual que para un juego que quisieras producir. Hiciste una lista de pros y contras, de la división del trabajo, posibles riesgos, costes, beneficios, fechas y plazos de entrega.

Le enseñaste el documento en el que habías estado trabajando en el portátil.

—Nuestra teórica criatura no se puede llamar Hojadecálculo.xls —comentó. Le cambió el nombre a «Green Watanabe Juego Verano 2006».

Ella te pidió que se lo imprimieras y, un par de días después, te dijo que quería tenerlo.

—Nunca es buen momento, pero también es buen momento —dijo Sadie—. *Maestro de entretenimientos* está terminado. Puedo trabajar en la expansión durante la primavera y el bebé saldrá para verano. Con suerte, le irá mejor que a tu tamagotchi.

Tú y Sadie empezasteis a referiros al bebé como Tamagotchi Watanabe Green.

Estás en el hospital.

Al fondo del pasillo, hay gente cantando villancicos, pero no oyes bien qué canción es. A medida que se acercan a tu habitación, determinas que es una de Joni Mitchell que hace que todo el mundo quiera cortarse las venas, además, es todavía más deprimente si se oye en boca de gente que canta villancicos en un hospital. No te acuerdas del título, cosa que te perturba. Siempre recuerdas los títulos de las canciones.

Alguien ha decorado la habitación del hospital con una ristra de lucecitas navideñas con forma de estrella. No tienes ni idea de quién habrá sido. Las personas de tu entorno son judías, budistas, ateas o agnósticas.

Si es Navidad, eso significa que llevas tres semanas en coma.

Si es Navidad, eso significa que no has llamado a los Worth.

Si es Navidad, eso significa que *Maestro de entretenimientos* ha salido a la venta en tiendas y en plataformas de descarga.

Si es Navidad, eso significa que Sadie está casi en el segundo trimestre.

Tu madre y tu padre están aquí. Es tan raro verlos juntos que sabes que debes de estar grave.

Recuerdas que la canción se llama «River».

Tu madre está en la butaca que hay junto a la cama. Lleva un vestido con un estampado de fresas y pájaros. Con una aguja larga, une diversas grullas de origami para hacer una guirnalda. Sabes lo que está haciendo: es una costumbre japonesa llamada senbazuru. Si haces mil grullas de papel, puedes hacer que alguien se recupere.

Aunque no lo ves, notas que tu padre está sentado en el suelo. Está doblando papelitos para hacer las grullas con las que tu madre va alimentando la guirnalda.

Eso es el matrimonio.

Al cabo de un rato, tu padre se va. Tu madre sigue con la guirnalda, pero sin él, enseguida disminuyen sus provisiones de grullas de origami. Es más rápido ensartarlas que fabricarlas. Cuando Sam llega, se presenta:

—Usted debe de ser la madre de Marx.

—Anna —contesta ella.

—Como mi madre —contesta Sam—. Marx nunca me dijo que nuestras madres se llamaban igual. Pensaba que usted se llamaba de otra manera.

Tu madre se lo explica:

—AeRan es mi nombre coreano. Cuando estoy en Estados Unidos, todo el mundo me llama Anna.

—Anna Watanabe.

—Watanabe es el apellido de mi marido, yo soy Anna Lee.

—También comparte apellido con mi madre —dice Sam.

—¿Me parezco a ella?

—Para nada. Qué raro que Marx no me lo haya dicho nunca.

—Igual no le pareció destacable —sugiere tu madre—, Lee es un apellido bastante común, igual que el nombre de Anna. —Tu madre no se pone sentimental con nada que no sean las telas—. ¿O quizá no lo sabía?

Sam se acerca a la cama y te estudia la cara.

—No, Marx siempre lo sabía todo, sobre cualquier cosa.

Cuando te enteraste del nombre de la difunta madre de Sam, decidiste que era cosa del destino y que, a partir de aquel día, Sam sería tu hermano. Un nombre es destino si piensas que lo es.

Sam vuelve a dirigirse a tu madre:

—Casi se ha quedado sin grullas. Si me dice cómo hacerlas, puedo ayudarla.

Tu madre se lo enseña y entonces Sam se sienta en el suelo de la habitación del hospital y se pone a hacer grullas.

Sigues vivo.

Sadie te cepilla el pelo y te dice que *Maestro de entretenimientos* es el juego más vendido en Estados Unidos.

—Yo creo que a la gente ni le gusta —te dice—. Supongo que les damos pena.

Quieres decirle que se deje de falsa modestia, si acaso es eso. Nadie afloja sesenta dólares en un juego por pena. Sin previo aviso, la cabeza se te va a otra parte.

Sigues vivo.

—Le han dado el alta a Ant —dice Sam—. Se va a poner bien.

«Bien», piensas.

—Ha venido Gordon. Te ha traído lavanda.

No ves las flores, pero crees que las hueles. Hay una parte mezquina de ti que desearía haber dejado a Gordon en la recepción y haber subido a la azotea con el resto.

Los videojuegos no te vuelven violento, pero sí que te dan la idea falsa de que puedes ser un héroe. Sin previo aviso, tu cabeza vuelve a irse a otra parte.

Aún vivo.

Te despiertas en mitad de la noche. Hay alguien en la habitación contigo. Ves su pelo ticiano. Oyes el rasgar de un lápiz sobre el papel.

Es Zoe. Te preguntas en qué estará trabajando.

—Es la banda sonora para una película —te responde, como si hubiera oído tu pregunta—. Una peli chorra de terror, pero me está costando sacarla. Tenía una idea intelectualoide, pero no sé si funcionará. Quiero limitar la instrumentación a percusión y viento metal, pero me da miedo que suene un poco a banda de instituto, de las que salen en los desfiles. Igual tengo que desechar todo lo que llevo y empezar de nuevo. Y me pagan unos treinta céntimos. Y si cubren gastos, derechos, que nunca veré, faltaría. La peli se llama *Globos sangrientos.* —Pone cara de circunstancias—. Esta peli no va a cubrir gastos para pagar derechos en la vida. —Te sonríe—. Marx, ya puedes ir poniéndote bien. Me resulta imposible soportar la idea de un mundo sin ti. —Te estruja la mano y te da un beso en la mejilla—. No, no pienso soportarlo, me niego. Te quiero con locura, amigo del alma.

Te quiero con locura.

La manera de convertir a una expareja en una amistad es no dejar de querer a esa persona, saber que cuando una fase de la relación termina puede transformarse en algo diferente. Es reconocer que el amor es tanto constante como variable.

Te estás muriendo.

Unas horas, días o semanas más tarde, oyes que la médica le dice a tu madre y a tu padre, con una serenidad insultante en la voz, que tú, Marx Watanabe, ciudadano del mundo, te estás muriendo.

Te encantan los videojuegos, es decir, eres el tipo de persona que cree que el «game over» es un constructo. El juego solo termina si dejas de jugar. Siempre hay una vida más. Ni siquiera la muerte más brutal es definitiva. Puedes haberte envenenado, haberte caído en una cubeta de ácido, que te hayan decapitado, que te hayan pegado cien tiros y, aun así, si haces clic en «reiniciar», podrás volver a empezar. La próxima vez lo harás bien. La próxima vez puede incluso que ganes.

Pero no puede negarse.

Sientes el cuerpo. La sangre, fangosa, se mueve por el sistema circulatorio a la velocidad de la interestatal 10 en hora punta. El corazón no late por sí mismo. El cerebro.

Se.

Ralentiza.

Cada vez más, el cerebro

Despega.

Dejarás de ser tú. Como todo el mundo, eres un caso deíctico.

Eres un domador de caballos.

Por tu trigésimo primer cumpleaños, Sam te regala una plaquita que reza:

MAX WATANABE

DOMADOR DE CABALLOS

Te ríes al verla.

—Técnicamente —le dices—, algunas fuentes lo traducen por «amaestrador de caballos».

—Pero eso no es lo que tú eres —contesta Sam.

La primera vez que te dijo aquello, quiso que fuera un insulto, pero con los años, el apodo se había transformado en una especie de broma amable entre amigos.

Así que lo aceptas. Es quien eres.

Cuando eras un chaval, nunca pensaste que serías productor de videojuegos. Te toca admitir que ha habido veces en las que te has preguntado si lo que te ha llevado a trabajar en esto es una insufrible pasividad. ¿Te convertiste en productor de videojuegos porque Sam y Sadie querían desarrollar videojuegos y tú no tenías nada que hacer en ese momento? ¿Te habías convertido en productor de videojuegos porque querías mucho a la gente que quería desarrollar videojuegos? ¿Qué parte de tu vida había sido casualidad? ¿Qué parte de tu vida había sido una tirada del gran dado poliédrico del cielo? Pero ¿acaso no eran así todas las vidas? ¿Quién puede decir, cuando llega el final, que ha elegido una como tal? Incluso aunque no hubieras elegido exactamente ser productor de videojuegos, lo cierto es que se te daba bien.

Piensas en *Nuestros días infinitos*. En lo mucho que te gustaría jugarlo. Anticipas problemas con el juego, quieres ayudar a los Worth a resolverlos. Por ejemplo, tendrán que elegir entre vampiros o zombis. Tendrán que elegir una única mitología o crear una nueva. O...

Pero ya no es cosa tuya.

Sam te coge una mano y Sadie la otra. Tus padres están en la habitación, pero se quedan en segunda fila. Tiene sentido porque Sadie y Sam han sido tu familia, igual que tu familia ha sido tu familia. Detrás de ellos, mil grullas de papel engalanan la habitación.

—Marx, no pasa nada —dice Sadie—, puedes soltar.

Mientras el cerebro se separa del cuerpo, piensas: «Cuánto echaré de menos a los caballos».

Estás en un huertecito de melocotoneros.

Hace un día perfecto. Tu compañero de instituto, Swan, ha venido de visita a la ciudad y conoce a un tío que ha adoptado un melocotonero en la Granja Familiar Matsumoto, cerca de Fresno. El colega de Swan dice que os podéis llevar toda la fruta que queráis, pero el único día que se os permite ir es el sábado por la mañana.

—¿La gente adopta melocotoneros? —preguntas.

—Estos no son melocotones normales —te cuenta Swan—. La fruta es demasiado delicada para enviarla a los supermercados. La granja lleva en manos de la familia desde 1948, ya después de los campos de concentración para japoneses en territorio estadounidense. Mi amigo tuvo que escribir un ensayo y rellenar un formulario para que le permitieran adoptar el árbol.

Se lo cuentas a Zoe y te dice que le apetece ir. Invita a Sadie, que invita a Alice. Y tú invitas a Sam, que invita a Lola, la chica con la que se está viendo. Entonces invitas a Simon y a Ant porque deberían tomarse un día libre de vez en cuando, trabajan mucho en *Amor de Doppelgängers*. Salís de Los Ángeles a las seis de la mañana y a las nueve y media estáis en Fresno, pero parece un mundo diferente.

Los melocotones son tan grandes que parecen irreales, muy blanditos. No están diseñados para sobrevivir a las indignidades del transporte y los expositores de supermercado. Zoe prueba uno y dice que es como comerse una flor. Luego te lo da y tú dices que es como beberte un melocotón. Luego se lo pasas a Sam, que le da un bocado y dice que es una canción sobre un melocotón más que un melocotón.

Tus amigos y amigas empiezan a hacer metáforas y símiles sobre melocotones cada vez más absurdos.

—Es como encontrar a Jesús.

—Es como descubrir que las cosas en las que creías de niño son de verdad.

—Es como comerse las setas de Super Mario.

—Es como recuperarse de una disentería.

—Como la mañana de Navidad.

—Como las ocho noches de Janucá.

—Como tener un orgasmo.

—Como tener *múltiples* orgasmos.

—Como ver una gran película.

—O leer un gran libro.

—O jugar a un gran juego.

—Como terminar el testeo de tu juego.

—Es el sabor de la juventud.

—Es la sensación de recuperarse después de una larga enfermedad.

—Es correr un maratón.

—Puede que nunca tenga que volver a hacer nada más en la vida tras haber probado este melocotón.

La última en probarlo es Sadie. De alguna manera, el melocotón —lo que queda de él— vuelve a ti y lo levantas hacia el árbol del que Sadie había estado recogiendo frutas toda aplicada.

Sadie lleva un gran sombrero de paja, se había subido a la escalera y había dejado un cesto de mimbre en el último escalón. Parece estar estupendamente, en paz, como una chica de un póster de deportes de gente blanca. Te sonríe y deja ver el estrecho diastema que tiene entre los dientes.

—¿Me atrevo a comerme un melocotón? —pregunta.

—Te atreves.

Estás en el campo de fresas.

Estás muerto.

Aparece un texto en pantalla: «¿Reiniciar partida?».

«Sí», piensas, «¿por qué no?». Si vuelves a jugar, puede que ganes.

De repente, ahí estás otra vez, con unas plumas resplandecientes, restauradas, los huesos intactos, entusiasmado con tu sangre nueva.

Vuelas más despacio que la última vez, no quieres perderte nada. Las vacas. La lavanda. La mujer que tararea Beethoven. Las abejas en la distancia. El hombre de semblante triste y la pareja en el estanque. El latido del corazón antes de entrar en escena. La sensación de una manga de encaje que te roza la piel. Tu madre cantándote canciones de los Beatles, intentando fingir acento de Liverpool. La primera partida a *Ichigo*. La azotea de Abbot Kinney. El sabor de Sadie mezclado con cerveza Hefeweizen. La cabeza redonda de Sam entre tus manos. Mil grullas de papel. Gafas de sol de cristales amarillos. Un melocotón perfecto.

«Qué mundo», piensas.

Sobrevuelas el campo de fresas, pero sabes que es una trampa.

Esta vez, sigues volando.

VIII. Nuestros días infinitos

1

La primera vez que Sam vio morir a Marx fue en octubre de 1993. Le habían dado el papel de Banquo en una producción desnuda de *Macbeth*.

—Bueno, pues la escena es esta —le explicó Marx—, Fleance y yo vamos de camino a una cena en casa de Macbeth. Desmontamos, aunque dudo que en el montaje haya caballos, es teatro universitario. Enciendo una antorcha, si no, ¿cómo me van a ver los asesinos? ¡Y entonces se acercan los tres matarifes! Atacan. Muero de una manera espectacular, maldiciendo a los responsables: «¡Ah, traición!», etcétera, etcétera. —Bajó la voz—: Ya me veo venir que el director es idiota. Voy a tener que trabajar el marcaje yo solito o todo esto acabará quedando chapucero. Sam, tú haces de los asesinos, ¿vale? Yo entro desde el baño y tú me sorprendes. —Marx le dio a Sam su ejemplar en rústica de *Macbeth* abierto por el acto 3, escena 3.

Solo llevaba viviendo con Marx veintitrés días y no le parecía que lo conociera lo suficiente como para fingir que lo asesinaba, ni siquiera para repasar diálogos con él. No quería meterse en los líos de otra persona, en la vida de otra persona. Cuanto menos supiera de su compañero de habitación y menos supiera su compañero de habitación de él, mejor que mejor.

El dato principal que Sam no quería que Marx supiese era que tenía una discapacidad, aunque él no la consideraba como tal; otras personas tenían discapacidades, él tenía «lo de su pie». Experimentaba su cuerpo como un joystick anticuado que se movía recto solo hacia los puntos cardinales. La manera de no parecer discapacitado era evitar situaciones en las que se evidenciaba: un terreno irregular, escaleras desconocidas y la mayoría de las formas análogas de jolgorio. Sam puso reparos:

—No soy muy de actuar.

—No es actuar —contestó Marx—. Es fingir un asesinato.

—Y tengo muchas lecturas para clase. Y una práctica para el miércoles.

Marx puso los ojos en blanco. Cogió un cojín del sofá.

—Este almohadón será Fleance.

—¿Quién es Fleance?

—Mi hijo pequeño. Él escapa. —Marx lanzó el almohadón hacia la puerta—. «¡Huye, Fleance! ¡Huye, huye!»

—Nunca es buena idea dejar escapar al hijo de un hombre al que has asesinado —dijo Sam—. ¿Se llama así porque sale flechado?

—¿Y yo soy Banquo porque muero de camino a un banquete? Vaya preguntas, Sam.

—¿Con qué te asesino?

—¿Con un cuchillo? ¿Una espada? Creo que no lo dice. Lo cierto es que el amigo Shakespeare, si acaso era un hombre, escribe de manera vaga, no ayuda mucho—. «Atacan a Banquo», ese es el aparte.

—Bueno, pero yo creo que lo del arma es importante.

—Dejo la elección en tus manos.

—¿Por qué no contraatacas? ¿No eres un guerrero o algo así?

—Porque no me espero el ataque. Ahí es cuando entras tú. Sorpréndeme. —Marx le sonrió con gesto cómplice—. *Ayúdame*. Es mi gran escena, por eso, no sé, te puedes imaginar que quiero que quede guay.

—También es tu última escena, ¿verdad? Te mueres.

—No, retorno como fantasma, pero ahí no tengo texto. Simplemente, me presento en el banquete —contestó Marx—, ni siquiera sé si me querrán tener en escena o si seré una silla vacía. Depende de si la focalización se hace mucho desde Macbeth.

—¿Banquo es un buen papel? —preguntó Sam—. No conozco mucho la obra.

Marx se encogió de hombros.

—Es el mejor amigo. No es Macbeth. No es «una historia contada por un necio, llena de ruido y furia, que nada significa», pero tiene su aquel. ¡Tengo nombre! ¡Muero! ¡Tengo un fantasma! Y estoy en primer curso, así que tengo todo el tiempo del mundo para que me den un papel protagonista. La pena es que siempre he querido interpretar a lord Macbeth y dudo que vuelvan a montar esa obra antes de que me gradúe.

Durante la siguiente hora, Marx murió de diversas maneras. Se dejó caer sobre el sofá; cayó de rodillas, trastabilló por la salita común, agarrándose diversas partes del cuerpo —la garganta, el antebrazo, la muñeca, su magnífica cabellera—. Susurró sus líneas y, en una ocasión, gritó con tanta fuerza que se acercó un prefecto para asegurarse de que a Marx no lo estaban matando de verdad. Sam se dio cuenta de que en ese rato casi ni había pensado en el pie. Disfrutó diciendo el texto de los asesinos; escondiéndose tras la puerta y luego atacando a Marx por la espalda con un cojín; fingiendo que lo agarraba del cuello. Si su compañero se dio cuenta de que, en los ataques, Sam siempre apoyaba todo el peso en la derecha, no dijo nada.

—No se te da tan mal. ¿Has actuado antes? —le preguntó Marx.

—No —contestó él. Pensó que podía dejar pasar el tema, pero luego, falto de aliento, halagado e indiscreto, acabó por continuar—: Mi madre era actriz profesional, así que a veces la ayudaba dándole el pie para que repasara sus líneas.

—¿Y ahora qué hace?

—Pues… está muerta.

—Lo siento.

—Fue hace mucho —contestó Sam. Una cosa era decir que había tenido madre y otra contar la historia de su muerte a alguien prácticamente desconocido de apariencia fantástica—. Por cierto, en general, meter animales vivos en el teatro es mala idea.

—Toda la razón.

—Y no solo para el teatro universitario. Antes comentabas...

—Estoy contigo —dijo Marx—, ¿igual tendrías que presentarte a las audiciones del próximo semestre?

Sam negó con la cabeza.

—¿Por qué no?

—Tengo una cosa... Igual lo has... —empezó Sam—. Aquí. Esto está bien, pero no me gusta estar en el escenario. ¿Repasamos otra vez?

Sam nunca tuvo del todo claro cuándo se hizo amigo de Marx, pero suponía que era razonable fechar el inicio aquella noche.

Necesitó una fecha de inicio para calcular el número total de días de su amistad. Cuando decidió que empezaría a contar a partir del ensayo de la muerte de Marx, determinó que habían sido 4873, día arriba, día abajo. Por lo general, los números le daban paz, pero esa cifra le resultó bastante irrisoria teniendo en cuenta la presencia que su amigo había tenido en su vida. Hizo el cálculo de nuevo para confirmarlo. Sí, habían sido 4873. Eran el tipo de cálculos básicos que hacía cuando era incapaz de dormir.

«4873», pensó Sam, «la cantidad de dinero en la cuenta bancaria de un chaval de diecisiete años cuando está forrado; el doble de pasajeros de los que tuvo el *Titanic*; los habitantes de un pueblo en el que todo el mundo se conoce; el coste de un portátil ajustado a la inflación en 1990; el peso de un elefante adolescente, más o menos seis meses más del número de días que conocí a mi madre».

Una vez, cuando tenía quince años —lo bastante mayor para reconocer la vida interior de los demás, no lo suficiente para tener carné de conducir—, Sam le preguntó a su abuela cómo había superado la muerte de su madre. Tenía un negocio, un nieto enfermo del que cuidar; casi seguro, también su propio duelo, aunque era una mujer nada sentimental y nunca habló del tema. Iban en coche, volvían de una competición de matemáticas en San Diego, Sam estaba entusiasmado por sentir que era mejor que todos los demás en algo que a él le daba igual.

Aunque casi había muerto en un accidente de tráfico, le encantaban los viajes en coche. En carretera, cuando caía el sol, era el momento en el que tenía las mejores conversaciones con su abuela y, aunque Bong Cha y Dong Hyun se turnaban para hacerle de chófer, prefería que condujera ella. Pisaba a fondo y los trayectos duraban dos tercios del tiempo que le hubiesen llevado a Dong Hyun.

—¿Que cómo lo superamos? —Bong Cha se quedó pasmada con la pregunta de Sam—. Nos levantábamos por la mañana —dijo al final—. Íbamos a trabajar. Íbamos al hospital. Volvíamos a casa. Nos íbamos a dormir. Y otra vez.

—Pero tuvo que ser difícil —insistió Sam.

—El principio fue lo más duro, pero luego pasaron los días, y los meses, y los años, y tú te recuperaste y no fue tan duro —dijo Bong Cha.

Sam pensó que su abuela había dado por zanjado el tema, pero añadió:

—A veces hablaba con Anna, eso me ayudó un poco.

—¿Como si fuera un fantasma? —Su abuela era la persona a la que menos le pegaba ver fantasmas.

—Sam, no me vengas con pamplinas. Los fantasmas no existen.

—Vale, así que hablabas con ella. No era un fantasma. ¿Te respondía?

Bong Cha amusgó los ojos, estaba pensando si su nieto intentaba engañarla para que quedara de idiota.

—Sí, en mi cabeza, me contestaba. Conocía tanto a tu madre que era capaz de interpretar su papel. Lo mismo con mi propia madre y con mi abuela y con mi mejor amiga de la infancia, Euna, que se ahogó en el lago que había junto a la casa de sus primas. Los fantasmas no existen, pero esto de aquí —se señaló la cabeza— es una casa encantada. —Le estrujó la mano a su nieto y, con poca elegancia, cambió de tema—. Ya va siendo hora de que aprendas a conducir.

Al abrigo de la oscuridad, Sam se sintió cómodo para admitir ante Bong Cha que le daba bastante miedo empezar a conducir solo.

2

Setenta y dos días después del tiroteo, dos días después del funeral de Marx, Simon llamó a Sam.

—Sé que estos meses han sido un infierno —empezó. Aquel año, todo el mundo empezaba así las conversaciones con él—. Pero ¿qué vamos a hacer con la oficina? Ant se encuentra algo mejor, cuando todo estalló acabábamos de empezar a testear y depurar bugs de *IC4*. Si no volvemos a ponernos manos a la obra, no conseguiremos cumplir con la fecha de lanzamiento de agosto, ¿seguimos sacando el juego en agosto? La gente se pregunta si sigue teniendo trabajo y, la verdad, yo no sé qué decirles... No quiero saltarme las jerarquías, pero necesitamos instrucciones.

Por supuesto, siempre había sido cosa de Marx encargarse de la parte práctica de dirigir el negocio. ¡Sam y Sadie eran creativos! ¡A ellos les iban los grandes planes y la foto general! Marx se encargaba de que las facturas estuvieran pagadas, las luces encendidas y los platos limpios. Marx era el que hablaba con la gente. Aunque, en la cabeza de Sam, esas no eran las únicas funciones de su amigo. Fue un acuerdo tácito: Marx era Marx para que Sam y Sadie pudieran ser Sam y Sadie. Pero, claro, Marx ya no era nada.

Sam intentó imaginarse qué contestaría su amigo.

—Me alegro de que me hayas llamado, tienes toda la razón. Deja que lo comente con Sadie —dijo él—. Te contesto antes de que acabe el día.

Sam llamó a Sadie. Como no se lo cogió, le envió un mensaje.

¿Qué hacemos con la oficina?

Pasaron cinco minutos antes de que ella contestara.

Haz lo que quieras.

Consideró contestar con un mensaje cáustico. Lo que él quería era quedarse en la cama, como probablemente estaba haciendo ella. Lo que quería era colocarse por todo lo alto; encontrar una droga fantástica que le apagara el cerebro durante un año, pero no llegara a matarlo.

Su dolor, una atroz veleta psicosomática, había vuelto; ninguna de sus estrategias habituales para aplacarlo le funcionaban. Parecía llegar cuando estaba a punto de entrar en la fase más profunda del sueño, cuando su estúpido cerebro humano era más vulnerable a los sueños. En esa época, sus sueños giraban en torno a una tarea mundana que se le había pasado hacer: estaba todavía en el piso de Kennedy Street y se daba cuenta de que había olvidado depurar los bugs de una parte de *Ichigo*. O que iba conduciendo por la 405 y, cuando quería frenar, se daba cuenta de que le faltaba el pie. Se despertaba empapado en sudor, con el latido del pie fantasma, lleno de pánico y culpa. Sentía tal malestar que era incapaz de volverse a dormir. Desde diciembre, no había dormido más de dos horas seguidas.

Aun así, al contrario que Sadie, él sí que cogía el teléfono. Contestaba correos. Hablaba con la gente.

Estaba a punto de darle a enviar a un texto con formulaciones bastante fuertes cuando se encontró preguntándose por segunda vez aquel día: «¿Qué diría Marx?». Marx, decidió Sam, se pararía un momento a empatizar con la situación de Sadie. Estaba embarazada. No solo había perdido a su compañero de trabajo, sino a su compañero de vida. Al contrario que él, Sadie no había tenido experiencias relevantes con el duelo o la pérdida. Para ella era más duro. Marx, concluyó Sam, se limitaría a hacer lo que había que hacer.

En los tres meses desde que habían disparado a Marx, Sam no había vuelto a la oficina de Abbot Kinney y, cuando al final lo hizo, decidió ir solo. No quería someter a un secretario, a su abuelo, a Lola, a Simon o ni siquiera a Tuesday a los horrores que podía haber allí dentro. La única persona que hubiese querido a su lado era Sadie. Aunque le dijo que iba a ir, le pareció cruel pedirle de forma explícita que lo acompañara. Ella tampoco se ofreció.

Frente al umbral de las oficinas se había creado un altar improvisado: efigies de peluche de Alcalde Dédalus e Ichigo; claveles y rosas ya marchitas en envoltorios de plástico; cintas de satén en señal de apoyo atadas donde cabían; tarjetas que habían sufrido las inclemencias del tiempo y que parecía que llevaban décadas en la calle, no semanas; cajas de juegos, cirios. El tipo de acumulación inútil que se veía cuando había un tiroteo. Todas aquellas cosas querían decir: «Estamos con vosotros, os queremos, condenamos lo que ha sucedido aquí». Ante semejante despliegue, Sam no sintió nada, salvo un deseo fugaz de darle una patada al peluche de Alcal de Dédalus en toda la cara. Al pasar por encima del altar, tomó nota mental: «(1) Eliminar altar»; luego metió la llave en la puerta. Casi esperaba que no funcionase, pero no se le resistió. Dos notas más: «(2) Cerraduras. (3) Renovar seguridad».

Dentro hacía un puntito más de frío de lo normal y olía como a cerrado, aunque, para su olfato, no olía a asesinato ni, en realidad, a nada. En el vestíbulo, sintió como si se hubiera metido en una sala poco usada de un museo. Le parecía factible imaginarse una plaquita que rezase: «EMPRESA DE VIDEOJUEGOS, VENICE (CALIFORNIA) CA. 2005». El árbol del vestíbulo se estaba muriendo: «(4) Plantas».

Recorrió el espacio con desánimo y desconfianza, como el personaje de un juego en el que hay que moverse con sigilo. En una de las columnas de madera, un agujero de bala: «(5) Rellenar hueco».

Lo peor eran una serie de espeluznantes manchas de sangre del suelo, donde habían disparado a Marx. Su sangre se había filtrado por el hormigón pulido. Quedaba pendiente que remataran los suelos y habían tardado demasiado en limpiar la sangre. Sam intentó que desapareciera con diversos limpiadores, cada vez más potentes: agua, limpiacristales, yodo, friegasuelos, lejía. La mancha era demasiado profunda; tendrían que venir profesionales a rehacer el suelo: «(6) Suelos».

Un trozo de cinta policial ya suelta le daba a la estancia un ambiente festivo. Sam la tiró a la papelera.

Entró en el despacho de Marx. Aunque él no había dirigido Juegos Sucios, tenía algunas naciones prácticas de cómo llevar un negocio gracias a sus abuelos. Entre los documentos de su amigo, encontró la información de contacto de su aseguradora. El agente con el que habló le dijo que su póliza no cubría de manera explícita el daño derivado de tiroteos masivos. «¿Dos muertes cuenta como masivo?», se preguntó Sam. Por lo tanto, no era muy probable que el seguro cubriera las reparaciones. «Haga fotos, señor Dédalus, estaremos encantados de recibir su reclamación.»

Sam encontró el nombre del servicio de limpieza que tenían contratado, también de los que hicieron los suelos cuando se trasladaron; luego, para pagar todo eso, localizó el número del contable. Parecía que les llevaba las cuentas desde 1997, desde Cambridge, aunque él no había tenido motivos para hablar nunca con él.

—Me alegro de conocerlo, aunque sea por teléfono. Qué desgracia lo que ha sucedido, pero me alegro de que vuelvan al trabajo —le dijo el señor—. JS anda algo escasa de fondos en estos momentos.

—Ah, ¿sí?

—Comprometieron una gran cantidad de capital al comprar el edificio de Abbot Kinney el pasado octubre, fue un gasto más que considerable. Aunque, a la larga, se alegrarán de haberlo hecho, eso sí.

Por primera vez en su vida, Sam no quiso pensar a la larga.

Salió del despacho de Marx y entró en el suyo, donde se encontró una masacre al más puro estilo Gernika de merchandising de

Ichigo: cabezas con corte de pelo a tazón decapitadas, extremidades, ojos redondos e infantiles y olas y barcos y torsos con sudadera deportiva. Sam recogió la cabeza de cerámica de un Ichigo del suelo. Antes estaba pegada a un cuerpo y juntas formaban una hucha que había servido de promoción para el lanzamiento danés del juego. Sam se quedó mirando la desportillada cabeza de cerámica: aquellos hombres habían querido matarlo a él. Habían querido matarlo a él y, en vez de eso, se contentaron destruyendo objetos de Ichigo y matando a Marx.

Un recuerdo de la habitación del hospital. Sin preámbulos, Sadie le grita: «Querían matarte a ti. Querían matarte a ti. Querían matarte a ti». Le da puñetazos en el pecho, él no intenta detenerla. «Más fuerte», piensa Sam. «Por favor.» Al día siguiente o la semana siguiente o al mes siguiente, ella le pide perdón, pero la disculpa no tiene la misma convicción que el ataque.

Sam tiró la cabeza de Ichigo a la papelera. Salió de su despacho y cerró con llave. No estaba de ánimo para enfrentarse a aquel museo de Ichigos muertos, quizá ya no le hacía falta un despacho lleno de ese tipo de recuerdos. ¿Qué demostraban los recuerdos, al fin y al cabo? Habían hecho juegos. Ciertas personas habían hecho promoción de esos juegos y habían intentado monetizarlos con trastos que nadie necesitaba.

Otra nota: «(7) Basura despacho Dédalus». Volvió al de Marx. En su bolsillo, el zumbido del móvil. Era Sadie, con la voz tensa y pequeña.

—¿Estás allí? ¿Es horrible?

—No es tan terrible.

—Descríbelo.

—Pues… No hay mucho que decir.

—Tienes que ser sincero. No quiero llevarme una sorpresa.

—Pues siguen siendo nuestras oficinas. Se ensañaron sobre todo con mi despacho. Será imposible pegar los añicos de la hucha de Ichigo. Hay ciertos daños en el suelo. Un agujero en un pilar.

Sadie se quedó callada un segundo.

—«Daños», eso es no hablar claro. ¿Qué significa «daños»?

—Sangre. Se ha filtrado en el hormigón.

—¿De qué tamaño es la mancha?

—No lo sé. La parte más grande debe de tener algo más de medio metro de circun...

—Hay una mancha enorme donde Marx murió desangrado, quieres decir.

—Sí, supongo. —Sam se sentía existencialmente cansado. Una parte de él quería insistir en que Marx no había muerto desangrado en aquel suelo. Había muerto en el hospital diez semanas después, pero ahora estaba demasiado agotado para la semántica—. He hablado con una empresa que hace suelos. Lo pueden arreglar.

—Igual no quiero que lo limpien —contestó Sadie.

—¿Quieres decir que prefieres que lo deje así?

—No, pero no debería borrarse. No deberíamos borrar a Marx.

—Sadie, va, esa mancha no es Marx. Es...

—El lugar en el que murió —lo interrumpió ella.

—Es...

—El lugar donde lo asesinaron.

—Creo que a la gente le costará trabajar alrededor de una enorme mancha de sangre.

—Sí, será difícil.

—¿Qué te parece poner una alfombra grande, una de las antiguas? A Marx le encantaban los kilim.

—Eso no tiene ni puñetera gracia.

—Lo siento. No ha tenido gracia. Estoy cansado. Sadie, ¿de verdad no quieres que la gente vuelva a trabajar?

—No lo sé.

—¿Quieres venir y lo ves? —añadió con tono esperanzado—. Podemos decidir juntos qué hacer. Yo te recojo.

—No, Sam, no quiero verlo. ¡No quiero verlo, joder! ¿Qué leches te pasa?

—Vale, vale.

—Tú encárgate del tema y punto —contestó ella.

—Sadie, es lo que intentaba hacer. —Una pausa larga. La oyó respirar, así que supo que seguía al teléfono.

—Teniendo en cuenta eso, teniendo en cuenta lo mal que están allí las cosas, ¿igual lo mejor sería cambiarnos de oficinas? —preguntó ella—. Incluso si limpiamos el suelo, ¿crees que alguien querrá volver a trabajar allí?

—No sé si podemos permitirnos un traslado. Vamos retrasados con todos los proyectos, llevamos pagando nóminas tres meses mientras la gente trabaja entre el cero y la nada. Simon y Ant necesitan acabar *IC4* ya. El paquete de expansión de *Maestro* también tiene que estar listo para diciembre.

—¿Ant vuelve?

—Sí. Eso cree Simon.

—Qué valiente —dijo Sadie, pero había cierto tono malicioso en sus palabras. Sam se dio cuenta de que estaba a punto de empezar otra discusión—. ¿No estarás diciendo que no nos podemos trasladar porque no quieres comerte el marrón de una mudanza? ¿O es verdad que no nos podemos mudar?

—Sadie, te estoy diciendo la verdad. He hablado con nuestro contable esta mañana. Llámalo tú si quieres.

—Siempre sabes cómo torcer la realidad para que encaje con tus planes.

—¿Qué planes tengo? Lo único que quiero es que la gente vuelva a trabajar.

—Pues no lo sé, Sam. ¿Qué planes puedes tener?

—No quiero que cierre la empresa. Ese es mi plan. Marx querría lo mismo.

—Marx ya no quiere nada —contestó ella—. ¿Sabes qué? Haz lo que quieras. Como siempre.

—¿Estás bien?

—¿A ti qué te parece? —Le colgó.

«(8) Sadie...»

Lo único que podía hacer por ella era mantener viva la empresa hasta que estuviera preparada para volver.

El día se le estaba haciendo larguísimo, aunque solo eran las once; faltaban aún dos horas para que llegara el tipo de los suelos. Sam se tumbó en el duro sofá naranja del despacho de Marx y cerró los ojos, pero fue incapaz de dormirse.

Sonó el teléfono y, sin pensar quién podía estar llamando o si se encontraba en condiciones para responder a las llamadas de Marx, cogió el teléfono.

—¡Bien! ¡Hay alguien! —dijo una voz femenina—. El contestador está lleno. He intentado enviar un correo, pero la única dirección que tengo es la de Marx y...

—Soy Dédalus. ¿Quién es? —preguntó con impaciencia.

—¿Dédalus? Guau, vaya, qué honor conocerte, aunque sea por teléfono.

—¿Quién es? —repitió Sam.

—¡Ay! Lo siento. Soy Charlotte Worth. Mi marido y yo estábamos reunidos con Marx para hablar de nuestro juego cuando... Cuando... Bueno, él estaba pensando en producirlo. ¿Quizá llegó a comentar algo? Va de una madre y su hija después del apocalipsis. La madre tiene amnesia y la hija tiene más o menos la edad de Ichigo, hay vampiros, pero no son vampiros de verdad, es difícil de explicar y...

—No tengo ni idea del tema —la interrumpió.

—Sé que es un mal momento, pero Marx tenía algunos bocetos originales de *Nuestros días infinitos*, así se llama el juego, nos los dejamos en la oficina y necesitamos recuperarlos si es posible.

—No tengo ni idea del tema —repitió Sam.

—Bueno, si los ves... —dijo Charlotte—. Si le puedes pedir a alguien que los busque... Estaban en una carpeta negra con el monograma «AW». La A es por mi marido, Adam.

—Mira, de verdad, ¿estás mal de la puta cabeza o qué? Marx está muerto. Yo no tengo ni el tiempo ni las ganas de mirar la carpeta de tu marido ni de escuchar la insípida presentación de tu juego.

—Lo siento —contestó Charlotte. Parecía llorosa y eso enfadó a Sam todavía más. Sadie había sido desagradable por teléfono, pero no había llorado. ¿Qué derecho tenía esa desconocida a llorar?—. Sé que es muy mal momento. Lo sé. Solo necesitamos recuperar nuestros materiales. Si pudieras...

Sam colgó.

En la producción teatral de otoño de 1993 del club de teatro de Harvard-Radcliffe, *Macbeth*, el director, al final, decidió que Marx no interpretaría al fantasma de Banquo. Hizo que el actor que interpretaba a Macbeth mirase una silla vacía en una larga mesa de banquete —un Marx invisible que solo Macbeth veía— y luego le dio instrucciones a Macbeth para que le lanzara panecillos a la silla vacía, robados con nocturnidad del comedor de la Adams House. «¡Sam, reducido a panecillos!», se quejó Marx, «¡qué humillante!». Sin embargo, la noche del estreno, Marx ya estaba en paz con la idea. Como le dijo: «Si he trabajado bien en las escenas antes de morir, si he dejado huella, me percibirán en las escenas en las que no estoy».

A Sam le sonó el móvil. El tío de los suelos llegaba pronto. Bajó a abrirle.

Le enseñó la mancha y el hombre se puso a trabajar con alegría.

—Me acuerdo de cuando hice estos suelos, fue hace cinco o seis años, ¿verdad? Un sitio muy bonito. Buena luz. Me dejó entrar una pelirroja pálida. ¿Qué tipo de empresa tenéis? Algo de tecnología, ¿verdad?

—Videojuegos —dijo Sam.

—Tiene que ser divertido.

Sam no contestó.

—¿Qué ha pasado aquí? —preguntó el tipo de los suelos.

—Lo siento —dijo Sam. Se alejó y fingió atender una llamada—. Sí, soy Dédalus. Estoy aquí con el de los suelos —improvisó como pudo—. Sí, sí.

Se vio frente al pilar que tenía el agujero de bala. Al día siguiente se acercaría un manitas a arreglarlo, pero al mirar el agujero Sam pensó que quizá debería dejar la cicatriz. No era algo tan macabro como la mancha de sangre del suelo. El agujero tenía una simetría perfecta, era redondo, limpio. La madera, como por arte de magia, no se había astillado; se había oscurecido en los bordes, como un nudo que quizá siempre había estado ahí. Para alguien que no supiera lo que había pasado, aquello no significaba de manera obvia la muerte de su socio.

No era más que un agujero.

3

El paquete de expansión de *Maestro de entretenimientos* estaba previsto para diciembre, un año después del lanzamiento del juego original, pero hacia finales de abril no se había avanzado gran cosa. Mori, a quien Sadie había puesto a cargo del proyecto, no quería quejarse de ella delante de Sam, pero al final reconoció que la cosa iba lenta porque Sadie estaba ilocalizable.

—Yo empatizo —dijo Mori—. Está pasando por momentos terribles.

—¿Puedes sacar el trabajo adelante sin ella?

Mori pensó la respuesta antes de dársela:

—Se podría —respondió—, pero preferiría no hacerlo.

Sam entendía cómo se sentía.

—Déjame que hable con ella —le dijo.

En teoría, Sadie trabajaba desde casa. Era inútil intentar llamarla, así que le envió un mensaje. Empezaba a llevar mal la naturaleza elíptica de la comunicación escrita, la manera en la que ella podía ignorar la mitad de lo que él le decía y, a menudo, la parte importante.

Al equipo de Exp. Maestro le vendrían bien tus aportaciones.

Una hora después, ella le escribió:

Lo hablo con ellos esta tarde.

¿Significa que vas a venir?

No, los llamo.

Parecen un poco perdidos.

Sadie no contestó.

Para el día de la reapertura oficial de las oficinas de JS, Sam quería que los dos dieran un discurso emotivo, como el del Día de San Crispín de *Enrique V*, ante la plantilla que volvía al trabajo. Cuando Sadie accedió, Sam sintió una cauta esperanza. «Ojalá vuelvan a trabajar.» «Ojalá *Sadie* vuelva a trabajar.»

Habían quedado en verse fuera de las oficinas una hora antes de que llegara la plantilla. Habían cambiado las cerraduras y habían mejorado la seguridad, así que tuvo que bajar él a abrirle.

Se sintió aliviado cuando la vio llegar un minuto antes de la hora indicada. Llevaba un vestido negro de algodón y, por primera vez, pudo notarle que estaba embarazada. Se sorprendió sintiendo el impulso de hacer ese gesto tan feo e invasivo que tenía la gente con las embarazadas: violar su espacio personal y tocarles la tripa. Pero él no iba a hacerle eso a Sadie. Saludó con la mano. Ella también y cruzó la calle; Sam pensó: «Entraremos. Cruzaremos este umbral una vez más. Estaremos bien».

—Cuánto tiempo —le dijo él, tendiéndole la mano.

Ella lo miró como si fuera a cogerle la mano, pero luego hizo una mueca. Se le encorvaron un poco los hombros, se le dilataron las aletas de la nariz y se volvió hacia la pared. Sam no le veía el rostro.

—Necesito un minuto —le dijo Sadie.

Su respiración sonaba rápida y errática. Volvió a mirar a Sam, aunque no a los ojos. Tenía la frente cubierta de una fina capa de sudor.

—No puedo —dijo Sadie.

—Vamos dentro. —Sam abrió la puerta—. Ya verás. Te encontrarás mejor cuando estés dentro.

—Vas a tener que hacer esto solo.

—Sadie, yo… —Por las razones habituales, fue incapaz de decir «necesito»—. La gente querrá verte. —Hizo una pausa—. Sé que es mucho pedir, pero es nuestra empresa. Es nuestra y de Marx, la gente cuenta con nosotros. No tienes que hablar si no quieres. Tú ven y ves a la gente, nada más. Ant ya ha llegado.

Estaba pálida, temblaba.

—Sam, lo siento. Pero es que no puedo. Yo...

Sin previo aviso, vomitó en la acera. Se agarró a la fachada para no perder el equilibrio. Él oyó las uñas arañar el ladrillo.

—Hiperémesis gravídica —dijo—. Cuanto más embarazada estoy, parece que peor se pone la cosa, aunque mi ginecóloga dice que se me debería pasar en cualquier momento. —Tenía vómito en el vestido y en la cara. Sam no sabía cómo ayudarla—. No puedo entrar.

Estaba de seis meses. Sam no iba a obligarla a cruzar esa puerta.

—No pasa nada —contestó él—. Otro día. —Quiso acompañarla a casa, pero tenía que reunirse con los empleados y pronunciar un discurso—. ¿Estás bien para conducir?

—He venido andando —contestó ella.

La observó cruzar la calle y luego volvió a Juegos Sucios, solo. Ni se le pasó por la cabeza pedirle a su secretario que limpiara el vómito de Sadie, pero tampoco quería que su plantilla, ya inquieta, tuviera aquello como bienvenida. Fue al armario de mantenimiento, sacó un cubo y una fregona. Se arremangó.

Mientras limpiaba la acera, se imaginó qué le diría a la maltrecha plantilla de Juegos Sucios. ¿Debía explicar la ausencia de Sadie? ¿Debería empezar diciendo que Sadie también quería estar allí? ¿O era mejor que cada uno sacara sus propias conclusiones? ¿Qué diría Marx?

Sam, no es tan difícil como te parece. La gente quiere consuelo y luego lo cierto es que quieren seguir adelante. Diles que es seguro volver a la oficina y que su trabajo, aunque parezca frívolo, sigue valiendo la pena en un universo aleatorio y violento.

Sam aclaró la acera con agua y el vómito desapareció por el alcantarillado.

Empieza con una anécdota. Una historia divertida sobre mí. Dales las gracias por haber vuelto, dilo con convicción. Es lo único que tienes que hacer. Lo complicas todo más de la cuenta. Siempre igual.

La mañana siguiente, Sadie le envió un mensaje:

Me gustaría cogerme antes la baja por maternidad. Seguiré en contacto con el equipo de *Maestro* por teléfono, lo supervisaré desde casa.

De acuerdo.

Sam sabía que aquello no iba a funcionar, pero accedió de todas maneras.

Eso había sido hacía un mes. Le volvió a mandar más mensajes a Sadie:

Creo que tenemos que sentarnos a hablar. ¿Me puedo pasar a verte?

Mejor por teléfono.

Prométeme que lo cogerás si te llamo.

No contestó.

La llamó.

Ella no lo cogió.

Sam ni entendía ni tenía el tiempo de pararse a pensar detenidamente lo que ella tenía en la cabeza. Lo que quería era sacar adelante el trabajo de *Maestro de entretenimientos* o, por lo menos, que ella dirigiera el equipo. Habían pasado tres meses desde la muerte de Marx y era lo único en lo que él le había insistido.

El paquete de expansión había estado cocinándose desde que Sadie concibió el juego. *Maestro de entretenimientos* había resultado casi tan caro como *Ambos lados*. El contenido adicional —y aprovechar los mismos motores de juego— había sido una manera significativa de que, en teoría, el juego pudiera dar beneficios. El desarrollo del *Maestro de entretenimientos* original se centraba en una producción de *Hamlet*. El plan para el paquete de expansión giraba en torno a *Macbeth*. Por diversas razones, esa expansión tenía que salir como máximo un año después del lanzamiento del primer juego.

Sam fue en coche a casa de Sadie, se acercó a la puerta y llamó. Como ella no contestó, él llamo más fuerte y luego gritó: «¡SADIE!».

Desde el momento en que Marx y Sadie se habían comprado la casa, a Sam no le había entrado por el ojo bueno. Su primera impresión cuando Marx le enseñó el anuncio por internet fue que tenía aspecto embrujado, ruinoso. Cuando se enteró de que la compraban (no mucho después de que confirmara que estaban juntos), en cierto sentido, se obsesionó con la casa. Sería incapaz de decir cuántas veces había revisado el anuncio. Había estudiado el plano y las fotos como si esperase que le fueran a hacer un examen. Se iría a la tumba siendo capaz de dibujar el plano del número 1312 de Crescent Place. Se había convencido de que la habían comprado cara, según las comparativas con el resto del barrio; y aunque eran sus mejores amigos, había deseado la inevitable depreciación de su inversión. Varios meses después de la venta, el anuncio y las fotos desaparecieron de la web y Sam sintió pánico, luego un dolor palpable. La primera vez que Sadie y Marx lo invitaron a cenar fue como si estuviera conociendo a una persona famosa cuya fama no es que sea merecida. En persona, la casa era encantadora. Era la casa de Marx y Sadie, claro que era encantadora.

Todas las cortinas estaban corridas, pero Sam vio luz en la habitación que sabía que era el dormitorio de Sadie. Estaba en casa.

—¡SADIE! —volvió a llamarla.

Unos minutos más tarde, abrió la puerta; seguía pareciendo ella, pero estaba muy embarazada y muy pálida.

—¿Qué?

—¿Puedo entrar?

Abrió la puerta lo justo para que Sam pasara, la casa no parecía muy ventilada; a Sam le llegó el lejano olor de pintura reciente.

—¿Estás pintando? —preguntó Sam.

—Alice —dijo Sadie—. La habitación del parásito.

Lo condujo al salón. La estancia no estaba sucia, pero las plantas de interior estaban descuidadas.

—Bueno, pues aquí estás —le dijo ella.

—El equipo de Exp. Maestro necesita saber qué hacer con el paquete de expansión.

—Te he dicho que ya los llamaré.

—Si no lo sacamos al mercado este año, tendremos que mejorar el motor, porque la tecnología se habrá quedado o...

—Sam, sé cómo funcionan los juegos —lo interrumpió.

—Estaría bien que estuviera terminado a tiempo.

—Sí.

—¿Quieres que se encargue otra persona? Nos puedes dar las líneas generales y yo lo puedo supervisar.

—Sam, el juego es mío. Yo terminaré el paquete de expansión.

—Sí, pero todo el mundo lo entendería, dadas las circunstancias.

—Te encantaría, ¿verdad? Dejar tu huella en todo mi trabajo. Encontrar más maneras de decir que el juego es tuyo.

—Sadie, sabes que no van por ahí los tiros. Quiero ayudarte.

—Si quisieras ayudarme, me dejarías en paz.

—Me encantaría dejarte en paz, pero alguien tiene que llevar las riendas de la empresa.

Sadie metió las manos en las mangas del suéter.

—¿Por qué? —preguntó ella—. ¿Por qué tenemos que hacer todo esto?

—Por el amor de Dios, porque es nuestra empresa. —Sam se levantó, casi pensó que se iba a venir abajo, el pie fantasma palpitaba como un corazón, pero en lugar de sentarse o de hablar del malestar que sentía, dejó que el dolor y la falta de sueño manejaran su rabia—. Estoy tan harto de tus mierdas. ¿De verdad te crees que sufres más que nadie? ¿Te crees que sufres más que yo? ¿Te crees que eres la primera persona que va a tener un bebé?

¿Que pierde a alguien? ¿Te crees que eres la puta pionera del duelo?

Sadie echó el cuerpo hacia delante, él sintió cómo cogía impulso la discusión. Sintió que ella estaba a punto de soltarle algo cruel para responder a su crueldad, pero no fue así. De manera perturbadora, se dejó caer hacia delante y se echó a llorar.

La observó, pero no se acercó a ella.

—Anímate, Sadie. Ven a la oficina. Vamos a trabajar con el dolor. Es lo que hacemos. Ponemos el dolor en el trabajo y el trabajo se vuelve mejor. Pero tienes que participar. Me tienes que hablar. No nos puedes ignorar a mí y a la empresa y todo lo que había antes. Que Marx haya muerto no significa el fin de todo.

—Sam, no puedo volver a ese sitio.

—Entonces eres más débil de lo que yo pensaba —contestó Sam.

Se estaba poniendo el sol y de repente hacía frío, algo habitual en las zonas costeras de Los Ángeles.

—En realidad —dijo ella en voz baja—, siempre me has sobreestimado.

Sam fue hacia la puerta.

—Ven. O no vengas. Me da igual cómo te lo montes. Pero que el trabajo de *Maestro* salga. El juego es tuyo. Tenías tantas ganas de llevarlo adelante que estabas dispuesta a ponerle fin a nuestra relación, si eres capaz de recordar algo de lo que pasó antes del último diciembre. Me lo debes a mí, a Marx y a ti misma. Se lo debes al juego.

—Sam —le dijo mientras él alcanzaba la puerta—. Por favor, no vuelvas por aquí.

Ella nunca admitió que él tenía razón ni habló con él, salvo mediante ocasionales y secos mensajes. No pisó ni una sola vez las oficinas, aunque hizo que le llevaran un ordenador adicional a su casa. Hablaba con Mori de manera habitual y Mori informó a Sam de que Sadie había hecho gran parte del trabajo ella sola. No se sabe muy bien cómo, *Maestro de entretenimientos: la expansión escocesa* estuvo terminado una semana antes de que ella diera a luz. El paquete de expansión salió a tiempo.

Sam oyó que el juego era bueno, pero no lo sabía de primera mano. Pasaron muchos meses hasta que fue capaz de jugarlo.

4

Naomi Watanabe Green nació en julio. Como el juego en el que había estado trabajando su madre, llegó justo a tiempo.

Sam no sabía si Sadie quería que la visitara. Y, además, siempre se le había dado mal ir a sitios en los que no estaba seguro de que su presencia fuese bienvenida. Aparte de eso, tampoco tenía muchas ganas de conocer a la niña. En general, los bebés le daban miedo —le parecía amenazante lo inmaculados que eran—. Con este en particular, le aterrorizaba encontrarse con la cara de Marx.

Deberías ir a conocer a la bebé, confía en mí, le regañaba un Marx imaginario.

Pero Sam no siguió su consejo. Aun así, hizo lo que pudo por Sadie. Fue a trabajar incluso cuando no tenía ganas, incluso cuando le dolía el pie. Llamaba a Alice, que no le caía bien, para ver cómo iba Sadie. Pasaba en coche por delante de su casa para comprobar si las luces estaban encendidas, pero mantenía la distancia porque era lo que ella le había pedido. Quizá no era suficiente, pero era lo que estaba en sus manos.

5

El día que terminaron de depurar los bugs de *Instituto Contraparte: último curso*, Simon le anunció a Sam:

—Dédalus, la ocasión merece una fiesta.

Sam admitió que nunca se le había ocurrido celebrar una fiesta.

—Estás de guasa, ¿verdad? Joder, echo de menos a Marx. Mmm, ¿por qué montar una fiesta? Pues no lo sé, hemos terminado el juego. Hemos sobrevivido al año pasado. Intentaron matarnos, casi acaban con nosotros, pero ¡aquí estamos, joder! ¿Por qué se montan fiestas?

Las fiestas, como muchas otras cosas, casi siempre habían sido cosa de Marx; Sam nunca había organizado una. El consejo de Marx fue contratar a alguien para que organizara el evento: *Por el amor de Dios, Sam, no hace falta que lo hagas tú todo.*

Como *Instituto Contraparte* terminaba con una ceremonia de graduación, el organizador tuvo la idea de celebrar una graduación. Los invitados e invitadas podían llevar birrete y toga o bien ropa de su época del instituto. Habría una habitación secreta para el alcohol y el ponche adulterado. Un fotomatón. Una mesa para firmar el anuario. A Sam le pareció pueril. «A la gente le encanta hacer cosas pueriles», le aseguró el organizador.

Había invitado a Sadie, aunque tenía claro que no vendría. Según Alice, estaba sobrepasada por la situación. «Yo diría que tiene un cuadro de depresión posparto de manual. Y eso sumado a la depresión que ya tenía antes», dijo la hermana. Sam seguía teniendo el impulso de pasar por su casa todos los días, como había hecho cuando estaban en la facultad. Pero Sadie era una mujer adulta, con una hija. Y Sam era un adulto, con una empresa que dirigir, él solo, en líneas generales.

Cuatrocientos treinta días después de la muerte de Marx, Juegos Sucios montó una fiesta para celebrar el lanzamiento de *Instituto Contraparte: último curso*.

Simon, ataviado con un birrete y una toga azul real, se emborrachó un poco y, como suele pasar en esos casos, se puso un poco sensiblón, así que se metió una celebratoria raya de coca para espabilarse. Le dio por rememorar el momento en el que Marx los había descubierto.

—No teníamos casi nada. Aún estábamos en la facultad. Una demo de mierda. Un planteamiento torpón de doscientas páginas y un par de bocetos del concepto.

—Y el título —añadió Ant. Llevaba un esmoquin azul celeste y una banda en la que ponía REY DEL BAILE.

—Sí, y Sam lo descartó enseguida —añadió Simon.

—Enseguida tampoco. —Sam también iba con birrete y toga, aunque los suyos eran color escarlata y dorado. El organizador de la fiesta había dejado unos burros con atuendos del estilo en la puerta por si alguien no llevaba disfraz—. Entonces, ¿por qué creéis que Marx decidió desarrollar el juego antes conocido como *Amor de Doppelgängers*?

—Ni idea —contestó Simon—. Lo que yo tengo claro es que yo no habría aflojado ni un dólar para que nosotros hiciéramos un juego.

—Pero acertó, ¿verdad? Si pensamos en cómo ha ido todo, es nuestra serie más exitosa, con diferencia —siguió Sam—. ¿Qué os dijo? ¿Qué vio? Me encantaría saberlo.

Simon se quedó pensando en la pregunta.

—Nos dijo que había hojeado nuestros materiales y que le intrigaba la idea. Entonces añadió, y de esto me acuerdo con total claridad, añadió: «Contadme cómo lo veis vosotros».

Durante las siguientes horas, Sam socializó con la gente de la fiesta como si fuera su trabajo, cosa que, en realidad, lo era. Más o menos a medianoche, estaba agotado de hablar y se buscó un sitio para recargar pilas. Volver a su despacho o al de Marx habría requerido atravesar de nuevo toda la fiesta —volver a estar al alcance de periodistas, jugadores, jugadoras, plantilla y gente con buenas intenciones de otras empresas de videojuegos—, así que se fue al de Sadie, que era el que estaba más lejos de todo. No estaba vacío: Ant estaba sentado delante del escritorio.

—¿Qué hace aquí el rey del baile? —le preguntó Sam.

—El rey está cansado —contestó Ant—, además, odio a Simon cuando se mete coca. —Avergonzado, confesó que usaba a menudo el despacho de Sadie cuando necesitaba poner un poco de distancia con Simon, con quien compartía un gran espacio en el segundo piso. Por su parte, Sam no había pisado el despacho de Sadie desde antes del tiroteo.

Ant estaba revisando una carpeta con bocetos que había encima del escritorio.

—¿Esto era un proyecto vuestro? —preguntó.

—No —contestó Sam—. Es la primera vez que lo veo.

—Bueno, pues no está nada mal —añadió Ant.

Sam arrimó una silla y los dos revisaron las páginas juntos. Eran una serie de dibujos y guiones ilustrados en una tierra posapocalíptica, parecía el suroeste estadounidense. Los dibujos eran a lápiz y con acuarelas.

En la primera página, un título: *Nuestros días infinitos,* en ruinosas letras de piedra a las que les crecían flores silvestres.

El título le resultó familiar, pero Sam no supo por qué.

Ant leyó el texto en voz alta:

—«Días 1-109: una estación seca. Lleva un año sin llover, los lagos se han secado, el nivel del agua ha bajado y el acceso al agua potable no está garantizado. La sequía también ha provocado una plaga que se ha extendido por todo Estados Unidos; ha matado a cuatro de cada cinco personas y a gran parte de la flora y fauna del planeta. Entre quienes sobreviven, muchos se transforman en "vampiros del desierto", seres cuya química cerebral ha sido alterada por la enfermedad y la deshidratación. Algunos de los vampiros son violentos: los Secos. Algunos de los zombis son dóciles, pero no tienen recuerdos: los Amables. Sin previo aviso, un Amable puede convertirse en un Seco y viceversa.»

Sam se rio.

—Pues claro.

Ant pasó la página para ver el siguiente dibujo, una acuarela detallada de una vampira del desierto que se estaba alimentando. La criatura se abalanza sobre un hombre y la lengua se le ha transformado en una larga probóscide que se introduce por la nariz del humano. La leyenda reza: «El sesenta por ciento del cuerpo humano es agua. El corazón y el cerebro, un 73 %; los pulmones, un 83 %; la piel, un 74 %; los huesos, un 31 %. Los vampiros del desierto no buscan sangre humana, sino su agua».

—El concepto es más o menos interesante —dijo Ant. Pasó de página. Una niña pequeña y su madre, que atraviesan un desierto daliniano de una belleza surrealista; las huellas dejan un rastro en la arena color caramelo. La madre lleva una pistola; la hija, un cuchillo. La leyenda reza: «Aunque no siempre tiene palabras para expresar su situación, la niña de seis años es la custodia de los recuerdos. Por eso se la conoce como Custodia. Se pasará de jugar desde la perspectiva de Mamá a la de Custodia, pero habrá que dominar ambos personajes para llegar a la Costa, donde Custodia cree que la esperan sus hermanos y su padre».

—La parte artística es buena —dijo Sam—, pero hay mucho topicazo en las ideas.

—Aun así, creo que tiene algo —insistió Ant—. Estas imágenes me hacen sentir… No sé qué palabra escoger. Supongo que me hacen sentir y punto.

Ant pasó de página: Custodia y Mamá se defienden del ataque de una vampira. La leyenda reza: «Día 289: el peso de la memoria. Cuando soñamos, soñamos con el viejo mundo. La lluvia, los baños, la espuma, la piel limpia, las piscinas, correr entre los aspersores en verano, las lavadoras, el lejano mar, que quizá no sea más que un sueño».

Otra acuarela. Custodia se dibuja una raya en la pantorrilla con un rotulador indeleble. La marca se une a otras líneas. «Si no señalamos los días de alguna manera, no sabremos cuánto hemos sobrevivido.»

—Quizá ahí haya algo —dijo Sam—. Me lo llevo a casa. —Cerró la carpeta y la levantó del escritorio. Un post-it verde que había estado pegado a la carpeta mariposeó hasta el suelo. La letra de Marx, pequeña, con letras de espaciado homogéneo, todo en mayúsculas: «S., DIME QUÉ TE PARECE, M.».

De repente, Sam se acordó de la mujer que había llamado el día que él había vuelto a las oficinas.

—Creo que sé de quién es esto —dijo Sam—. Son un equipo. Una mujer y su marido.

—Si te acabas reuniendo con ellos, avísame —dijo Ant—. Igual me paso. De un modo extraño, me recuerda a *Ichigo*.

Sam se guardó la carpeta bajo el brazo.

—¿Hablas mucho con Sadie? —le preguntó a Ant.

—A veces. No tanto como me gustaría. La niña es una monada, tiene un montón de pelo, se parece a ella y a Marx.

«Todos los bebés son monos», pensó Sam.

—¿Crees que volverá a trabajar?

—Ni idea.

—Alguien que ha amado los videojuegos tanto como ella no puede separarse de ellos para siempre —se dijo a sí mismo tanto como a Ant.

—Yo a veces pienso en hacer otras cosas. Me gustan los video-juegos, pero ¿valen la pena como para que te peguen un tiro?

—Pero tú has vuelto a la oficina —dijo Sam.

Ant se encogió de hombros.

—¿Qué hay mejor que el trabajo? —Hizo una pausa—. ¿Qué hay peor que el trabajo?

Sam asintió con la cabeza. Se detuvo un momento a observar a su compañero. En su cabeza, Simon y él siempre habían sido dos chavalines; eran tan jóvenes cuando Marx los había contratado para hacer *Amor de Doppelgängers*, pero lo cierto es que Ant ya no era un crío, su mirada le recordó a la suya propia. Tenía la pátina de una persona que había experimentado el dolor y contaba con volverlo a sentir. Sam le apoyó la mano en el brazo, imitando un gesto que le había visto a Marx.

—Por si no te lo he dicho antes, quiero que sepas que *valoro* de verdad que hayas vuelto para terminar el juego. Sé que habrá sido dificilísimo.

—La verdad, Sam, es que *Instituto Contraparte* ha sido una bendición. Ha sido una bendición no tener que estar en este mundo. —Hizo una pausa—. A veces, cuando trabajo en el jue-go, ese otro mundo me parece más real que el *mundo* mundo. Amo más ese otro mundo porque se puede perfeccionar, creo. Porque yo lo he perfeccionado. El mundo real es la misma basu-ra aleatoria de siempre. No hay nada que pueda hacer con su código. —Se rio de sus propias palabras y luego miró a Sam—. ¿Y tú cómo vas?

—Cansado —admitió—. Visto en perspectiva, diría que solo ha sido el segundo, quizá el tercer peor año de mi vida.

—Para mí, sin duda ha sido el peor. Debes de haber tenido años muy de mierda para decir eso.

—Muy de mierda, sí.

Estaban a punto de volver a integrarse en la fiesta cuando Ant añadió:

—Por si sirve de algo, Sadie me dijo que sigue jugando por las noches. ¿Igual en el ordenador? ¿Puede que algo en el móvil? Me dijo algo de un juego de un restaurante. Algo tipo historia de vaqueros. Nada demasiado complicado. Los llamó «juegos basura, chorras», pero dijo que le aliviaban la ansiedad. En resumen, creo que no se ha hartado del todo de los juegos.

Sam se quedó pensando en esa información un instante y entonces asintió con la cabeza.

—A ver, Ant, ¿qué te parece el título de *Nuestros días infinitos*?

—Está bien, pero en Montana eso no vende.

La DJ pegó un grito:

—¡TODO EL MUNDO A LA AZOTEA!

Hacía dos diciembres, esa misma instrucción significó algo muy diferente y Sam había debatido con el organizador si era de buen gusto mandar a la gente otra vez a la azotea. Al final se decidió que era la mejor manera de reconquistar el espacio. La azotea siempre había sido una de las mejores partes del edificio de Abbot Kinney. A Marx le encantaba.

—¿Vamos?

Ant le cogió la mano y dejaron que el impulso de la muchedumbre los llevara escaleras arriba.

—ES MOMENTO DE LANZAR EL BIRRETE. EMPIEZA LA CUENTA ATRÁS: 3... 2... 1...

Sam lanzó el birrete; Ant, la corona.

—¡FELICIDADES A LA PROMOCIÓN DE 2007 DE INSTITUTO CONTRAPARTE!

—Lo hemos conseguido —dijo Sam.

—¡Lo hemos conseguido! —gritó Ant.

La DJ puso «Everybody's Free (to Wear Sunscreen)», aquella extraña canción de 1999, un tema de *spoken-word* que hizo Baz Luhrmann a partir del supuesto discurso de graduación —que nunca existió— de Kurt Vonnegut y que resultó ser de la columnista del *Chicago Tribune* Mary Schmich. Ajenos a esas cuestiones de autoría, Sam y Ant disfrutaron de la canción apoyados en uno de los muretes del edificio y estirando el cuello para ver esa tajada de mar que ofrecían las vistas desde Abbot Kinney.

—¿Te cuento una cosa graciosa? —dijo Ant—. Lo cierto es que yo me perdí mi último curso para hacer *Instituto Contraparte*.

—Otro por aquí —añadió Sam—. Pero en mi caso fue con *Ichigo*.

La celebración terminó a eso de las dos y media de la mañana, tarde para una fiesta en Los Ángeles, la ciudad que duerme. Sam echó a los rezagados, lo cerró todo con llave y luego se metió en el coche para volver a casa. Pasó por delante de la de Sadie, como hacía casi a diario después de trabajar. Solo se desviaba un poquito de su ruta. Vio luz en la segunda planta, en el dormitorio de invitados; imaginaba que se había convertido en la habitación de la niña. Se imaginó saliendo del coche, acercándose a la puerta, pero no lo hizo. Esa noche, decidió aparcar fuera y mandarle un mensaje.

Te hemos echado de menos en la fiesta. ¿Te imaginas aquí al menda, Sam Masur, el misántropo, organizando una fiesta? Parece que la gente se lo ha pasado bien.

No le contestó. Él envío otro mensaje.

Pensando en hacer un juego nuevo. ¿Igual algo que te apetezca? Un cruce entre Ichigo y Mar Muerto. ¿Puedo dejar lo que vaya haciendo en tu casa? Creo que es algo que a Marx también le gustaría haber hecho.

Sam, no puedo, contestó enseguida.

.   .
.

El día que Sam se reunió con los Worth, llovía.

Su secretario le avisó de que el matrimonio lo esperaba en el vestíbulo. Sam le dijo que bajaba a por ellos.

—Gracias por volver —les dio la bienvenida—. Siento mucho que hayamos tardado tanto en ponernos en contacto con vosotros. Creo que ha pasado un año y medio desde que os reunisteis con Marx, ¿no?

—Parece más tiempo —contestó Adam Worth.

—Y a la vez, como si fuera ayer —adornó Charlotte.

Sam se dio cuenta de la comodidad con la que se terminaban las frases, echó de menos formar parte de un equipo.

En su despacho, le devolvió la carpeta a Adam.

—Esto es vuestro. Siento que lo hayamos retenido tanto tiempo. Es un buen trabajo. Lo he repasado varias veces y...

—Tenemos otras ideas si esta no os encaja —intervino Charlotte enseguida.

—No, esta me gusta, pero no sé si la acabo de entender —contestó Sam—. ¿Por qué no me contáis cómo la veis vosotros?

6

Quinientos tres días después de que dispararan a Marx, Charlotte y Adam Worth empezaron a trabajar en *Nuestros días infinitos*.

La noche anterior, para preparar su llegada, Sam había metido en cajas los objetos del despacho de Sadie y los había trasladado al suyo. Un ayudante dejaría las cajas en casa de Sadie aquella misma tarde. Una vez eso sucediera, Juegos Sucios sería un espacio de trabajo sin dos de sus socios.

Sam se acercó a ver cómo se estaban instalando los Worth. No vio a Adam, pero Charlotte estaba sentada delante del escritorio. Tenía un juego abierto en el portátil.

—Estoy buscando una referencia concreta de la *Expansión escocesa* —le explicó—, Sadie Green recrea muy bien la sangre. Igual son imaginaciones mías, pero me da la sensación de que hace que la sangre de diferentes personas adopte diferentes colores e incluso diferentes viscosidades. Es un detalle mínimo, pero me obsesiona la idea de que la sangre pueda tener personalidad.

—Todavía no lo he jugado —admitió Sam.

—¿En serio? —preguntó Charlotte—. Bueno, pues es excelente. Es mucho más gore que el primero. El nivel de la masacre del teatro es uno de los más sangrientos y emocionantes a los que he jugado en mi vida.

—Sí, algo he leído. —Sam hizo ademán de marcharse—. Te dejo a tus cosas.

—Espera —dijo Charlotte—. Si aún no lo has jugado, eso significa que no has visto esto. Espera. Es un huevo de Pascua. Bueno, eso creo.

—Sadie odia los huevos de Pascua —comentó Sam; Sadie pensaba que rompían la realidad del mundo del juego.

—¿Te importa que te cuente algo de la trama?

—No —contestó él. Pensaba que era imposible fastidiarse un juego por saber lo que iba a pasar. La gracia no era lo que sucedía, sino el proceso. Ya conocía el argumento de la *Expansión escocesa*: actores y actrices por todo Londres que van desapareciendo, uno por uno. El objetivo es gestionar la compañía teatral y resolver el misterio de quién está asesinando al elenco.

—Mira, aquí lo tienes —dijo Charlotte. Giró la pantalla hacia él—. Después de la escena de la masacre en el teatro, asesinan al actor que interpreta a Macbeth. Eres el director o directora de la compañía y tienes que decidir si sigues adelante con la función, como estaba previsto, o si la cancelas. El juego te avisa de que habrá poco público, pero, sin duda, la mejor decisión es seguir adelante como estaba previsto, ¿verdad? El espectáculo debe continuar. En ese punto, tienes tres opciones de sustituto: (1) el actor que interpreta a Banquo, de aspecto obrero, que conoce el papel de lord Macbeth; (2) Richard Burbage, «que pide más y más dinero, y puede que tenga la peste»; (3) un actor «de talento desconocido de una compañía teatral itinerante de origen incierto».

—Tiene más sentido elegir la opción uno —dijo Sam—. Es el que mejor conoce la obra y, en todo caso, no irá casi nadie al teatro la noche después de la masacre. Aunque la dos y tres pueden ser opciones más divertidas.

—Bueno, yo, que soy obsesiva, he jugado las tres opciones. El huevo de Pascua está tras la puerta número tres. —Hizo clic en la tercera opción—. En el curso de una partida normal, puedes ver la función o saltarla, dando por hecho que será una variación muy parecida de la misma cinemática que has visto antes. Pero, oye, la diseñadora del juego, Sadie Green, ha puesto algo aquí, así que ¿por qué no ver un cachito de esta función?

Charlotte giró el ordenador hacia Sam.

En el escenario, en medio de la blanca Inglaterra isabelina, aparece un improbable y apuesto hombre asiático en el papel de Macbeth. Macbeth acaba de recibir la nueva de que su mujer ha muerto y está declamando el monólogo más famoso de la obra, el de «Mañana, y mañana, y mañana».

Cuando estaban decidiendo el nombre de la empresa, hacía ya tantos años, Marx defendió llamarla Juegos Mañana, un nombre que Sam y Sadie rechazaron enseguida por considerarlo «muy blandito». Marx les explicó que hacía referencia a su monólogo favorito de Shakespeare y que de blandito no tenía nada.

—¿Tienes alguna idea que *no* venga de Shakespeare? —le espetó Sadie.

Para defenderse, Marx subió de un salto a una de las sillas de la cocina y le declamó el monólogo de «Mañana», que se sabía de memoria:

Mañana, y mañana, y mañana,
un tiempo que avanza a su nimio ritmo, día a día,
hasta la última sílaba del tiempo que se escribe;
y todos nuestros ayeres han alumbrado para los necios
la senda acendrada de la muerte. ¡Extínguete, cirio fugaz!
La vida no es más que una sombra que camina; un pobre actor
que se jacta y agota su momento sobre las tablas
y de quien nada más se vuelve a saber. Es una historia
que cuenta un idiota, llena de ruido y furia,
que nada significa.

—Qué bajón —dijo Sadie.

—¿Para qué montar una empresa de videojuegos? ¡Vamos a cortarnos las venas! —bromeó Sam.

—Además —añadió Sadie—, ¿qué tiene que ver todo eso con los juegos?

—¿No es evidente? —dijo Marx.

A Sadie y a Sam no se lo parecía.

—¿Qué es un juego? —preguntó Marx—. Es mañana, y mañana, y mañana. Es la posibilidad de renacimiento infinito, de la redención infinita. La idea de que si sigues jugando, igual ganas. Ninguna pérdida es permanente porque nada es permanente, jamás.

—Buen intento, guapetón —dijo Sadie—. Siguiente idea.

Sam esperó a que terminara la cinemática. Le dio las gracias a Charlotte por enseñársela, volvió a su despacho y cerró la puerta al salir.

En cuanto se fue, Charlotte empezó a agonizar: ¿Había sido un error enseñarle a su nuevo jefe el huevo de Pascua? Había intentado compartir una experiencia que ambos habían tenido. Aunque no se tuvo que parecer en nada a lo que tuvo que significar para Dédalus, la muerte de Marx había sido un trauma tanto para ella como para Adam, por lo que la consoló un poco ver su aparición en la *Expansión escocesa*. Aunque, siendo sincera, también había querido darse aires delante del jefe. Había querido que Dédalus supiera cuánto sabía de videojuegos, que tuviera claro que no se había equivocado al apostar por *Nuestros días infinitos*.

¿En qué estaba pensando? Claro que había sido inapropiado. Casi ni lo conocía. Era su primer día. Adam se quejaba siempre de que Charlotte se tomaba muchas confianzas con personas desconocidas.

Cuando su marido volvió, Charlotte tenía la cabeza apoyada en la mesa.

—¿Qué ha pasado? —preguntó Adam.

—Soy imbécil —le contestó. Le explicó la situación.

—Igual ha sido inapropiado —contestó Adam—, pero al final te ha dado las gracias, ¿no?

—Sí, casi no ha dicho nada más. Igual solo estaba siendo educado.

Adam se quedó pensando en eso.

—No, no me da la sensación de que Dédalus sea educado.

Sentado delante de su escritorio, Sam no supo identificar del todo lo que le había hecho sentir ver a Marx en el juego de Sadie. No era solo dolor, tristeza, felicidad, nostalgia o anhelo o amor. Lo que más lo había conmovido había sido el sonido de la voz de Sadie, inmaculada, fuerte y clara, hablándole a través de un juego, a través del tiempo y el espacio. Puede que otras personas, como Charlotte Worth, reconocieran a Marx en la secuencia, pero Sadie se estaba dirigiendo a Sam. Tras un largo silencio, volvió a oír su voz y se dio cuenta de que lo que sentía era esperanza.

Una caja abierta contenía los juegos favoritos de Sadie, los que siempre había tenido en su estantería. El que estaba más arriba era una remasterización de *Pioneros de Oregón* de los noventa; Sam decidió ponerse a jugar.

Se perdió en las minucias del mundo del salvaje Oeste. ¿Cuántas piezas para la tartana? ¿Cuántas mudas de ropa? ¿Cruzas el río en balsa o esperas a que no esté tan bravo? ¿Disparar al bisonte para comer, aun sabiendo que la mayoría de la carne se pudrirá? ¿Cuánto tardas en recuperarte si te muerde la serpiente de cascabel? ¿Qué pasa cuando llegas a Oregón?

Era sencillo recordar por qué ese juego tan simple los había atrapado tanto de chavales. Muchas tardes, juntos en la cama del hospital, compartían una misma identidad, tomaban decisiones juntos, se pasaban el portátil de siete kilos de un regazo a otro.

«Pero habría sido incluso mejor si el juego no hubiera estado diseñado para que jugara una sola persona», pensó Sam.

—Oye, Sadie —le dijo a la estancia vacía—, ¿qué te parecería hacer un *Pioneros de Oregón* en modo MMORPG de mundo abierto?

Yo jugaría, contestó la Sadie imaginaria, *pero ¿quieres un* Pioneros de Oregón *o* una versión steam-punk *de* Los Sims *o de* Animal Crossing *o de* Even Quest *ambientada en el salvaje Oeste?*

Sam asintió.

No lo compliques, siguió Sadie, *eres bueno simplificando, soy yo la que siempre lo embarulla todo demasiado. Puede que incluso te sirvan los motores de* Mundoarce. *¿Por qué no usarlos? Seguro que dan para un par de juegos más antes de quedarse del todo obsoletos.*

—Voy a tomar notas —contestó Sam.

Durante los últimos dos años, aunque Sam se había contentado con las razones de Sadie para trabajar sola, nunca había querido trabajar sin su compañera.

Se encerró con llave en el despacho. Sacó un cuaderno de dibujo. Le sacó punta a un lápiz.

—¿Cómo empieza? —preguntó Sam. Notaba la mano temblorosa. Había pasado mucho tiempo desde que había puesto un lápiz sobre el papel.

Llega un tren, dijo ella.

—Cuánto lo echaba de menos.

Alguien se apea del tren. La tierra está cubierta de una fina capa de escarcha, el suelo cruje bajo las botas. Mira más de cerca: ¿Es hierba eso que intenta atravesar el hielo? ¿Podría ser la corola de una flor de azafrán blanco? Sí, casi es primavera. Aparece una caja de texto en la pantalla: «Bienvenida, Forastera».

IX. Salvaje oeste

TERRATENIENTE AVISTADA EN ALTA NIEBLA

La Forastera llegó a principios de primavera, cuando el suelo, en pleno deshielo, tenía la textura de la silicona cristalina. Llevaba el pelo negro azabache recogido en sendas trenzas y unas gafas redondas con montura de plata que parecían pertenecer a otra persona. La Forastera iba vestida de negro y, a cierta distancia, el astuto corte del sobretodo de terciopelo que llevaba casi ocultaba que estaba encinta.

Cuando el Redactor de *Espejo de Amistad* le preguntó, la Forastera reveló que su nombre era Emily B. Marks. Amistad era un pueblo de seudónimos, así que nadie cometía el error de asumir que ese era su nombre real.

El Redactor le tendió la mano para que Emily se la estrechase.

—¿Cuándo se le unirá su cónyuge, señora Marks? —preguntó el Redactor, mirando con toda la intención el vientre de Emily.

—Señorita. Señorita Marks. Estoy sola y así pretendo seguir —contestó Emily.

—La aviso: una joven atractiva como usted nunca andará escasa de compañía por estos lares —dijo el Redactor—. Aquí la vida es bastante dura, incluso aquellas personas más independientes hallan beneficios en emparejarse. Si me permite la pregunta, ¿dónde se hospedará?

Le informó de que había elegido un terrenito en los confines del noroeste de Amistad.

—Me han dicho que está en lo alto del peñasco, junto al agua —dijo ella.

—¿Alta Niebla? ¡Espero que le gusten las piedras! Hasta donde me alcanza la memoria, nadie ha conseguido tener una granja por allí —dijo el Redactor—. La única persona que anda por allí... —el Redactor buscó en su memoria—. Azabache Verde, le viticultore, que se ha casado una decena de...

—No me interesan los chismes de la vecindad —dijo Emily.

Saltar.

—Si cambia de parecer, eche un vistazo al tablón de anuncios antes de partir. Ahí se publican las nuevas del pueblo. —El Redactor señaló un cobertizo donde se colgaban las noticias y ofertas comunitarias de Amistad—. En cuanto terminemos de hablar, publicaré un reportaje sobre su llegada.

—¿Es posible —preguntó Emily— pedirle que no lo publique?

La pregunta resultó demasiado complicada para el Redactor, así que la ignoró.

—Incluso el viñedo de Azabache Verde está más cerca del pueblo que su terrenito de Alta Niebla. Señorita, si yo estuviera en su lugar, me buscaría una parcela más cerca del pueblo si se presentara la oportunidad. Valle Verde sería, sin duda alguna, un lugar estupendo para criar...

Saltar.

Emily pidió que le indicara la dirección de los establos para poderse procurar una montura. El Redactor se sintió obligado a darle las señas y Emily ya estaba a mitad de la calle cuando él volvió a detenerla.

—Tome —le dijo. Como por arte de magia, materializó una barra de pan untada con una salsa roja y trozos de queso grasiento—. Un regalo. Para ayudarla a instalarse.

—Qué generoso —dijo Emily—. ¿Qué es?

—Lo llamo *paneum et caseum morsu*, se basa en un plato que hacían mis abuelos en el viejo condado de...

Saltar.

En lo que Emily tardó en guardar el regalo en el inventario, el Redactor había desaparecido.

LUGAREÑA COMPARTE EL REGALO DE LAS PIEDRAS

Había elegido la parcela de Alta Niebla por lo solitaria que era, pero no se había preparado para lo remotas e incómodas que serían esas tierras. El aire era frío y húmedo, la tierra alcalina y la niebla constante casi impedía toda la luz directa. Emily empleaba toda su jornada en sobrevivir: comprar semillas del mercado; sembrar la tierra, de un escarpado tenaz; regar los cultivos; trayectos infinitos de ida y vuelta al pueblo a lomos de su yegua celeste, Píxel.

De vez en cuando, se cruzaba con alguien de la vecindad; incluso cuando estas gentes no la conocían, le hacían modestos regalos: un rábano o una cuña de queso. Los regalos eran una parte importante de la cultura de Amistad y ella se veía en la obligación de corresponder por no pasar vergüenza. Regalaba piedras a sus vecinos, el único producto que su granja producía en abundancia.

Casi lloró la primera vez que consiguió que creciera una zanahoria. La lavó y la frotó, luego la dejó sobre un plato blanco. Se sentó en los peldaños del porche delantero a contemplar la zanahoria y las primeras luciérnagas del verano. No se la comió —era demasiado valiosa—, pero le inspiró un poema.

> *En ciertas estaciones,*
> *quizá nos nutre más*
> *la idea de una zanahoria*
> *que la propia zanahoria.*

Pero, ¡ay, qué desventura! ¿Cuál es la gracia de escribir un poema si no hay nadie con quien compartirlo? Decidió hacer un peregrinaje a la casa más cercana. Azabache Verde no estaba en casa, así que le dejó el poema y le puso una piedra encima; añadió una de las notas que eran costumbre en Amistad: *Un regalo de su vecina, srta. Emily B. Marks, Granja Myra.*

Unos días más tarde, una persona de ojos lilas, pelo lila, que llevaba puesto un mono le dijo:

—Mmm, una piedra —apuntó Azabache Verde—. Había oído rumores de una mujer con gafas que regalaba piedras. No hay muchas personas por estos lares con el arrojo de regalar algo tan sencillo como una piedra. La añado de buena gana a mi colección, pero debo alertarle, señorita Marks, si espera embrujarme con sus piedras, que sepa que ya me he casado doce veces y no me volveré a casar.

—No voy en busca de ningún arreglo de esa clase —contestó Emily—. Su granja es la más próxima a la mía, por eso espero que podamos entablar una amistad.

—Bien por usted. Este pueblo no ceja en su empeño de emparejar a la gente. Estoy cansade de unir propiedades y bienes y de la inevitable separación material que viene después. En esas transacciones, cada parte acaba siempre con menos de con lo que empezó. —Azabache se metió las manos en los bolsillos y escupió al suelo—. Ahora, si me pone un vino, nos fumamos un cigarro y me cuenta la historia de su vida.

—Estoy embarazada —empezó Emily.

—Espere a que hayamos decantado el caldo para empezar con la historia, si no le importa.

—Me refiero a que las mujeres embarazadas no suelen beber y fumar.

—Puede que así sea de donde usted viene. Pronto descubrirá que aquí las cosas no tienen tanto efecto. Lo único que necesita para sobrevivir es asegurarse de tener bastantes corazones para pasar el día.

—Si nada tiene efecto, ¿para qué molestarse en fumar y beber?

—¿No será usted de las pejigueras? Mi séptima esposa era así. Una innoble y mísera esclava de la realidad. Supongo que bebemos y fumamos por las mismas razones que en otras partes. Con algo habrá que llenar la infinitud de nuestros días.

Antes de despedirse, Emily le admitió a Azabache que la piedra no había sido el regalo:

—Era el poema que había bajo la piedra.

—Un poema —se rio Azabache Verde—. Me preguntaba qué era. Di por hecho que era un anuncio de zanahorias. Varias de mis esposas afirmaban que soy emocionalmente obtuse, pero espero que eso no se interponga en nuestra amistad.

LIBRERÍA VENDE TARJETAS Y JUEGOS

Azabache Verde, a pesar de todas sus rarezas, era una de las pocas personas con las que Emily sentía que podía conversar; se visitaban con frecuencia.

—Siento que no sirvo para esta vida —confesó Emily—. He dedicado meses a cultivar una única zanahoria y no tengo tiempo para leer. Tiene que haber algo más que no sea el campo.

—No tienes por qué dedicarte a la tierra —comentó Azabache.

—Ah, ¿no?

—Aquí todo el mundo tiene una granja y todo el mundo empieza cultivando. Tenemos más productos de los que podemos consumir en Amistad. ¿Por qué en vez de faenar en el campo no abres una tienda en el pueblo? Crea un nicho y haz trueques con lo que necesites. Así conseguí yo hacer vino. Aquí a nadie le importa lo que hayas hecho antes. Puedes ser lo que se te antoje.

—Mientras sea campesina o vendedora —contestó ella.

Emily estaba de cinco meses cuando decidió abrir una librería. No había ninguna en Amistad, sería la manera de leer más y cultivar menos. Vendió los aperos de labranza perdiendo la mitad de su valor y le arrendó la tierra que no usaba a Azabache. Invirtió la mayor parte del oro que le quedaba en la construcción de un pequeño edificio en el pueblo. Bautizó la tienda Libros Amistad.

El Redactor entrevistó a Emily por la inauguración de la librería para el *Espejo de Amistad*.

—La gente que nos lee querrá saber por qué ha decidido abrir una... —El Redactor rebuscó en su memoria—: Una librería, ¿verdad?

—Soy poeta ocasional y gran lectora —respondió Emily.

—Sí, por supuesto, nadie lo duda —prosiguió el Redactor—, pero ¿qué tiene esto que ver con la vida y las fatigas cotidianas de las gentes de Amistad?

—Creo que los mundos virtuales pueden ayudar a la gente a resolver problemas en el mundo real.

—¿Qué significa «virtual»?

—Algo con una existencia aparente. Como usted.

—Habla usted de forma enigmática.

Cuando estaba de seis meses, Emily se dio cuenta de la razón por la que no había una librería en Amistad: no era un pueblo muy amante de los libros. Con las exigencias de la tierra y la rueda de regalos, las gentes de Amistad apenas disponían de tiempo libre y el poco que tenían no deseaban dedicarlo a leer *Walden* a la luz de una vela.

Cuando estaba de siete meses, ya estaba a punto de cerrar la tienda —no contaba con el celo de misionera para convertir a gente que no leía en gente que leyese— y quizá de abandonar Amistad para siempre. Fue Azabache quien le dio la idea de expandir el negocio vendiendo tarjetas de felicitación y agradecimiento.

—Además de los libros, huelga decir —sugirió elle.

—¿En qué cambiará la cosa? —preguntó Emily—. ¿A la gente le gustan ese tipo de tarjetas?

—Eso creo. Hay muchos repollos que agradecer y cumpleaños que felicitar. —Enseguida añadió, como si se le acabase de ocurrir—: También podrías vender juegos. Leer es una tarea, pero he oído que se gana mucho más dinero con el entretenimiento.

Emily cambió el nombre de la tienda a Libros, papelería y juegos Amistad y empezó a aprovisionar el negocio en correspondencia. Los juegos de mesa y la papelería resultaron ser algo más populares que los libros. Emily siempre pasaba los días con dos corazones o menos, pero se ganaba la vida.

Una noche, Azabache se encontró a Emily desmayada en los peldaños de su casa en Alta Niebla. La levantó del suelo.

—¿Es la criatura? —le preguntó Azabache.

Ella negó con la cabeza, no podía ni hablar.

—Creo que no estás comiendo lo suficiente —le dijo le vecine—. Ya veo que dejas que los corazones bajen demasiado. —Le dio una lata de VaquerAde del inventario—. Bebe.

—Tengo un dolor que existe solo en mi cabeza —dijo ella en cuanto recuperó algo de vitalidad—. Lo he tenido toda mi vida, pero cuando siento ese dolor, me incapacita y tengo claro que no puedo seguir adelante.

Azabache estudió a Emily.

—Creo que son tus gafas. Son demasiado pequeñas para tu cara. Deberías ir a la óptica.

—¿Hay óptica en Amistad?

—Sí, la de la Doctora Minos, su tienda queda un poco más abajo de tu librería. Me sorprende que no la hayas visto antes.

NUEVA OPTOMETRISTA ACEPTA TRUEQUES INTERESANTES

Por la mañana, Emily llamó a la puerta de la Doctora Ariadna Minos, cuya clínica estaba, en efecto, tres puertas más abajo de su librería. La optometrista estaba ocupada con otra paciente, así que Emily mató el tiempo echando un vistazo por el negocio. Además de gafas, se vendían diversos objetos de cristal de colores vivos: rarezas escultóricas y otros objetos más prácticos. Cogió un caballito de cristal en miniatura para examinarlo más de cerca.

—Hiii. —Emily se sobresaltó por el relincho. Descubrió que el sonido salía de la Doctora—. Le caes bien —dijo la mujer.

—Señora, esta figurilla tiene un parecido siniestro con mi yegua, Píxel —contestó Emily—. Tiene el mismo tono de celeste.

—Es *su* yegua, aunque el animal nunca me había dicho su nombre. Siempre está esperándola fuera de su tienda. Nos hemos hecho buenas amigas —añadió la Doctora Minos—. Pixel me ha dicho, ¿no? ¿P-I-X-E-L?

—No, pí-xel. Es usted una artista, Doctora —contestó Emily. Devolvió con cuidado el caballo a la colección de figuritas.

—Me entretengo —le respondió—. Aunque mi principal ocupación es la fabricación de lentes, por supuesto. Entiendo que por eso ha venido.

Emily miró a la Doctora Minos. Iban vestidas igual, con las prendas típicas de las vendedoras de Amistad: falda negra, blusa blanca y corbata negra. La Doctora era más bajita que ella, tenía la piel clara, con subtonos cardenillo. Su pelo rizado era del negro índigo de los personajes de cómic, los ojos redondos, tras las gafas también redondas, grandes y esmeralda. «Para dibujarla» pensó Emily, «necesitaría muchos círculos».

—Sus ojos me recuerdan a alguien —contestó Emily—. ¿De dónde es?

—¿No se supone que esa es la única pregunta que no debemos hacernos por aquí?

—¡Lo había olvidado! Por supuesto, ambas nacimos el día que llegamos a Amistad.

La Doctora Minos llevó a Emily a la trastienda, donde hizo que la paciente leyera el optotipo, luego le revisó los ojos con el fino haz de luz de una linterna.

—¿Puedo preguntarle el origen del nombre de su yegua? —le preguntó la Doctora Minos—. Nunca había oído el nombre de Píxel.

—Es una palabra que yo misma me he inventado. «Pi», por «pisada», la «x», por la marca de la encrucijada y «el» por «fiel». Píxel es la pisada fiel que me hace atravesar encrucijadas.

—Píxel —repitió la Doctora—. Brillante. Pensaba que tenía algo que ver con una imagen diminuta.

—Yo me he inventado la palabra —dijo Emily—, pero usted puede inventarse el segundo significado, si así lo desea.

—Gracias. Por recapitular: *Píxel*. Definición 1: sustantivo. Animal cuya fiel pisada atraviesa encrucijadas. Definición 2: también sustantivo. La parte más pequeña de una imagen en pantalla.

—¿Qué es una pantalla? —preguntó Emily.

—Es mi propio término para designar el tamaño de un terreno. Es muy útil, así que espero que acabe siendo un término de uso común por estos lares. Por ejemplo, su casa en Alta Niebla está a tres pantallas de la casa de Azabache Verde.

Emily y la Doctora se sonrieron, como si compartieran un secreto.

Lo cierto es que lo compartían, aunque no fuese otro que encontrar a otra persona que hablase su idioma.

—¿Tiene amistad con Azabache?

—Diría que somos conocides —dijo la Doctora Minos—. Me pregunto si estas gafas se las han ajustado. Es como si fueran de un menú de opciones preconfiguradas, nunca se deben obtener unas gafas de esa manera. Aunque tengamos en cuenta que las mujeres experimentan cambios en su graduación durante el embarazo, necesitará unas nuevas. —Hizo una pausa—. Está embarazada, ¿verdad?

—No —contestó Emily—. ¿Por qué dice eso?

—Mis disculpas. No tendría que haberme aventurado.

Emily se rio.

—No, es cierto que estoy de ocho meses. Signifique eso lo que signifique en Amistad.

—¿Aquí el tiempo funciona de manera diferente?

—Creo que sabe que sí.

—Deme un par de días.

—Sean lo que sean los días.

—Deme un par de días para hacerle unas gafas nuevas. Enseguida volverá a ver todos los píxeles.

—¿Ese es un uso correcto de la palabra *píxel*?

—Eso creo. En este contexto, «ver todos los píxeles» significa «tener buena vista».

—Entonces eso constituye una tercera definición. ¿Cuánto le debo?

—¿Quizá podamos hacer un trueque? Según el letrero de su tienda, también vende juegos. Llevo tiempo queriendo hacerme con el go. A veces se refieren a él como la versión china del ajedrez. Jugaba con mi niñera cuando era pequeña y me gustaría volver a jugar. ¿Lo conoce?

Emily había oído hablar del go, pero ni lo había jugado ni había visto una edición a la venta.

—Voy a ver si se lo puedo conseguir. Será una misión secundaria entretenida. Puede llevarme semanas, espero que no le importe esperar.

—Sean lo que sean las semanas —contestó la Doctora.

Emily fue incapaz de encontrar el go para la Doctora Minos a través de sus canales habituales, aunque sí que localizó un libro llamado *Juegos antiguos para divertimento y entretenimiento* en el que se describía el montaje básico del juego: un tablero con una cuadrícula de 19×19 y 361 piedras (181 negras y 180 blancas). Emily decidió fabricarlo ella misma. Taló una secuoya para hacer el tablero con su madera; añadió un cajón secreto para guardar las piezas y luego talló un florido patrón de gafas con el nombre de la Dra. Minos a los lados.

Cuando volvió a la óptica, la doctora no estaba atendiendo a ningún paciente, sino trabajando en una figurita de cristal de forma aún indeterminada. De manera inesperada, Emily se sintió vulnerable cuando le presentó su creación:

—Si le va bien, he pensado que las piezas de vidrio las puede hacer usted.

La Doctora Minos se detuvo a examinar el tablero.

—Es un tablero fantástico. Nadie tendrá nada que se le parezca, me intriga esta propuesta, pero ¿qué le parece si hago las piezas oscuras de vidrio y que las claras sean de piedra? Me han dicho que en sus tierras abundan. —Emily accedió a reunir las piedras y la Doctora Minos le ofreció la mano para que se la estrecharan—. Entonces, tenemos un trato.

—Es un trueque imperfecto, Doctora Minos —se disculpó Emily—. Me temo que la he cargado con más trabajo del que le correspondería.

—No hay trueques perfectos. Disfrutaré de la distracción.

—¿Puedo preguntarle qué está fabricando? No parecen gafas.

—Acabará siendo un premio para la persona más caritativa de Amistad.

—¿Cómo se determina quién se lo lleva?

—Creo que tiene que ver con la cantidad de regalos que da cada cual.

—Vaya pueblo… —dijo Emily, negando con la cabeza—. Ya sabía yo que lo de los regalos era sospechoso, me daba la sensación de que había algún motivo ulterior.

—Señorita Marks, es una manera bastante cínica de verlo. ¿Cree que la promesa de un objeto de cristal basta como motivación para que una persona sea caritativa todo el año? —La Doctora Minos terminó la figurita—. No es por despreciar mis talentos, pero sospecho que esta cosa será una motivación menor. —Le tendió el corazón—. Aún está caliente.

Por razones que no podía explicarle a la Doctora Minos, aquel corazón de cristal conmovió muchísimo a Emily; si hubiese sido posible llorar en ese mundo, habría derramado unas cuantas lágrimas.

Aquella noche, escribió un poema:

Oh, corazón de cristal,
encanto sin latido:
tal belleza
debe tener
peso.

Por la mañana, dejó el poema bajo una bolsa de piedras en el porche de la tienda de la Doctora Minos.

DOCTORA BUSCA PAREJA DE JUEGO

En su noveno mes de embarazo, Emily vio un anuncio en el tablón de Amistad:

> Doctora busca pareja de juego, alguien de intelecto vivo para partidas competitivas del juego de estrategia go. Ella se encargará de enseñar las reglas si es necesario. Por favor, preséntese en mi casa en Valle Verde un martes por la noche a las ocho de la tarde, zona horaria del Pacífico.

Un martes por la noche, Emily cabalgó a Valle Verde con Píxel. En teoría, cada vez le resultaba más difícil cabalgar. Una vez había leído que las embarazadas no debían montar a caballo, pero estaba segura de que esas reglas no se aplicaban a ella.

Cuando llegó, la Doctora Minos la esperaba en el umbral.

—Bienvenida, Forastera —gritó la Doctora Minos. No parecía sorprendida de verla, tampoco de que nadie más hubiera respondido a su anuncio.

La casa de la Doctora era de estilo hispano, techada con teja roja. La buganvilla trepaba por el estuco y había dos finísimas palmeras frente a la vivienda.

—Su casa y su flora no son típicas de nuestra región —apuntó Emily.

La Doctora Ariadna Minos la invitó a pasar a su biblioteca, con paredes de papel pintado con olas orientales. Le sirvió una taza de té y luego le explicó el go.

—Las reglas son simples —dijo la Doctora—. Hay que rodear las piedras de la otra parte. Dentro de su simplicidad, tiene una complejidad casi infinita, por eso es uno de los juegos favoritos de matemáticas y programadoras. —La Doctora Minos le dio las piedras blancas a Emily y se quedó con las negras.

—¿Qué hace una programadora? —preguntó Emily.

—Una programadora es una adivina de posibles resultados, una visionaria de mundos que aún no se han visto.

—*Vaya*. ¿Es algo que se hace allá de donde viene? —preguntó Emily.

—Sí. Vengo de un pueblo supersticioso. —la Doctora Minos hizo una pausa—. Pero no fue así como llegué al go. Hice mis pinitos con las matemáticas, pero no se me daban bien.

Emily perdió las tres primeras partidas, aunque casi estuvo a punto de ganar en cada una de ellas.

—Debería ir volviendo a Niebla —dijo Emily—. Creo que ya he perdido bastante por una noche.

—La acompaño —contestó la Doctora Minos.

—Está bastante lejos. Puede que a unas once pantallas y el camino es laberíntico. Además, voy a caballo.

—¿No le preocupa montar durante el embarazo?

—Lo cierto es que no mucho.

—Entonces, ¿volverá el próximo martes?

—Si el mal tiempo no lo impide… —dijo Emily—. ¿Puedo tutearte y llamarte Ariadna? ¿Ari incluso? Si vamos a ser amigas, es un engorro decir «Doctora Minos» cada vez.

—Preferiría quedarme con Minos, aunque podemos tutearnos —dijo la Doctora.

—Me ahorro tres sílabas, me lo tomaré como una victoria.

Estuvieron jugando todo el otoño y el invierno. Cada vez, Emily jugaba mejor y en diciembre, venció a Minos por primera vez.

En ese punto, su vientre tenía un tamaño que parecía irreal y la Doctora insistía en acompañarla a casa caminando.

—¿Por qué alguien elige vivir en Alta Niebla? —le preguntó Minos.

—A mí me encaja —contestó Emily.

—Vaya respuesta más enjuta. ¿Quieres que admita que despiertas mi curiosidad? A una le gusta entender de dónde viene una mujer que te ha aplastado en el go.

—Minos, yo he descubierto que en el seno de relaciones más íntimas hay espacio para una gran privacidad.

Minos no la presionó y caminaron un rato en silencio.

—Mi vida fue bastante fácil durante bastante tiempo —añadió Emily—. Mentiría si dijese que he sufrido más que cualquier otra persona. Tenía un trabajo que me gustaba y me consideraban más o menos buena en lo que hacía. Pero mi pareja falleció y ahora odio mi trabajo, he estado decaída. Más que decaída en realidad. He estado en los pozos de la desesperación. Mi abuelo, Fred, a quien adoraba, murió hace poco. Me empieza a parecer que la vida es poco más que una serie de pérdidas y, como bien sabrás a estas alturas, odio perder. Supongo que me vine a Amistad porque ya no quería estar en el lugar en el que vivía y a veces ya ni siquiera quería estar en mi cuerpo.

—¿A qué te refieres con «pareja»? ¿Un marido o una esposa?

—Sí, más o menos.

—¿Alguien que te acompañaba?

—Sí.

Pasaron por delante de un campo en el que había más de una decena de bisontes americanos pastando tras una valla. Había un cartel que decía: «NO DISPARE AL BISONTE».

—No recuerdo haberme encontrado antes con este campo —dijo Emily. Se acercó a la valla y dejó que el bisonte le oliera la mano—. Cuando era niña, vi muchos bisontes muertos en las sendas de pioneros de Oregón, recuerdo que me enfadaba mucho. La gente los mata porque son lentos y fáciles de cazar, pero luego la carne se pudre y se desaprovecha.

—Sí —dijo Minos.

—El ancho mundo a veces me parece demasiado cruel, así que me alegro de que vivamos en uno en el que los bisontes están protegidos. —Emily se volvió para mirar a la Doctora, pero como casi habían llegado a Niebla, la espesa bruma casi impedía que se vieran.

—Señorita Marks, me gustaría hacerle una propuesta.

—A ver.

—Si te ayuda, me gustaría ser tu pareja. Sé que soy una sustituta imperfecta de la persona a la que has perdido, sea quien sea, pero ambas estamos solas y creo que podríamos ayudarnos. Las penas pueden compartirse casi con tanta facilidad como las partidas al go. —Buscó la mano de Emily e hincó rodilla—. Me gustaría pedirte la mano. Deja Alta Niebla y ven a Valle Verde.

—¿Te refieres a que nos casemos?

—No tiene por qué tener un nombre. Pero puede tenerlo si quieres.

—Entonces, ¿qué significaría?

—Significa una partida muy larga al go, sin pausas.

En el pasado, Emily había tenido muchas razones para no querer casarse; entre ellas, su convicción de que el matrimonio era algo convencional y una trampa para las mujeres. Había rechazado dos propuestas de matrimonio en su vida anterior, pero en la disyuntiva del momento, le veía la gracia a tomar otro rumbo. Lo habló con Azabache.

—Valle Verde es más fértil, pero está lleno de gente, es un asco —dijo Azabache—. ¿De verdad quieres vivir allí? Te pasarás el día rechazando rábanos de regalo.

—Azabache —dijo Emily—. No he venido a debatir sobre las ventajas de vivir en Valle Verde.

—Entonces, ¿cuál es tu objeción?

—Apenas la conozco. Hemos jugado varias partidas al go, nada más. Ni siquiera me deja que la llame por su nombre de pila.

—Bueno, si eso es lo que te preocupa, quédate tranquila. Lo más importante es encontrar a alguien junto a quien jugar. En todo caso, aquí el matrimonio es una cuestión más bien práctica. Unes propiedades y bienes y, si no te funciona, se vuelve a dividir todo. Lo he hecho…

—Doce veces, ya lo sé…

—Y tampoco me fue tan mal.

—Me da la sensación de que me estás diciendo lo contrario a lo que me planteabas hace unos meses. No parabas de hablar de lo cansino que era unir y dividir bienes.

Azabache se encogió de hombros.

—También es placentero, si no, ¿por qué seguiríamos haciéndolo? *Placentero* puede que sea una palabra demasiado fuerte. Pero si acaso no es placentero, digamos que es interesante. Hace avanzar la trama. —Azabache se fijó en la tripa de Emily, que seguía creciendo—. ¿De cuántos meses estás?

—Puede que de once. No estoy segura. Pronto podré bajar rodando desde Alta Niebla hasta el pueblo.

—Me da la sensación de que llevas aquí más de once meses y eso que ya estabas encinta cuando llegaste. ¿Puede que la criatura que llevas en el vientre esté *esperando* a que te cases?

—No, jamás podría tener a una criatura tan convencional.

—Entonces, ¿puede que sea una fuerza más grande que la voluntad de la criatura? ¿Más que la biología incluso?

—¿De qué fuerza estamos hablando?

—Del algoritmo. —Los ojos de Azabache se pasearon por la estancia a toda velocidad, como si alguien estuviera espiando; luego bajó la voz y añadió—: Ya sabes, la fuerza invisible, al-Waritmi, que guía nuestra vida.

—Qué supersticiose.

—Quizá, pero ¿y si el algoritmo no permite que nazca antes del matrimonio?

—Ay, por el amor de Dios. No me puedo creer que Amistad esté programada con una moral tan tradicional. Al fin y al cabo, ¿quién hizo las leyes de este mundo?

Aun así, aquella noche, Emily tuvo un sueño lúcido de su criatura pixelada, atrapada en su útero pixelado. Maldijo a Azabache por haberle metido en la cabeza ideas tan provincianas.

Las siguientes semanas, no queriendo ni aceptar ni rechazar la propuesta de Minos, Emily la evitó por completo. El trayecto hasta su casa le pareció más largo que nunca y con la cantidad de peso que cargaba, agotaba los corazones muy rápido.

Cuando, al final, la Doctora Minos se acercó a su tienda, no hizo mención alguna de la propuesta.

—Em, te he hecho algo —dijo Minos—. Lo he llamado el portal XYZZY. Te ayudará a viajar por Amistad.

La doctora había instalado un portal que conectaba la tienda de Emily con Alta Niebla, así podía saltarse el viaje de su casa a la ciudad. El portal era color verde salvia y tenía tres puntitos grabados en un lado:

∴

Emily estudió los puntos.

—¿Es un símbolo de «por tanto» al revés?

—Cuando los puntos están así, significan «porque». Sé que mi casa está más cerca del pueblo que la tuya. Por si alguna vez decides casarte conmigo —dijo la Doctora Minos—. No quiero que la conveniencia sea un factor que afecte en tu decisión.

Aquella noche, Emily le enseñó a Azabache el portal. Su vecine lo cruzó y volvió enseguida.

—Funciona —declaró—. Voy a necesitar vino. No escatimes y échale bien.

Emily sirvió sendos vasos bien cumplidos y luego salieron al porche.

—Bueno, bueno, Emily, esa doctora tan particular es una romántica.

—Sí, eso parece.

—Al final, ¿qué es el amor —dijo Azabache—, sino el deseo de dejar a un lado la competitividad evolutiva para facilitarle a otra persona su paso por la vida?

ANUNCIO DE NUPCIAS

La señorita Emily Marks y la Doctora Ariadna Minos se casaron por mediación de un servidor en una ceremonia a la que acudió su círculo más íntimo; entre los presentes, Píxel, la yegua celeste, y le viticultore Azabache Verde. La señorita Marks llevó un ramo con una decena de flores de cristal sopladas a mano por la Doctora Minos. A mitad de la celebración, empezó a nevar, aunque la señorita Marks, que está embarazada de dos años, dijo que no notó el frío. En los meses anteriores al enlace, la pareja ha estado jugando al go y la señorita Marks declaró que el ímpetu inicial para contraer matrimonio fue el deseo de no tener que interrumpir sus partidas con un trayecto de once pantallas en pleno invierno.

Como regalo de nupcias a la señorita Marks, la Doctora Minos creó un laberinto de arbustos en el jardín que hay junto a su casa. Cuando le preguntamos por qué había decidido hacerle ese presente, la doctora contestó de manera críptica: «Diseñar un videojuego es imaginarse a la persona que acabará jugándolo».

ANUNCIO DE NACIMIENTO

Emily B. Marks y la Doctora Ariadna Minos están felices de anunciar la llegada de su hijo, Ludo Quintus Marks Minos. La Doctora Minos dice que el niño está sano y que mide un área de 17 píxeles cuadrados.

DOCTORA Y ESPOSA, FELICES, ABURRIDOS

Incluso después de casarse y de que naciera su hijo, Emily y Minos decidieron seguir viviendo separadas. La Doctora construyó un portal adicional entre las casas para que no hubiera una urgencia real de combinar las propiedades. El bebé, Ludo Quintus, se acostumbró a vivir en ambos lados.

LQ era un espíritu tan feliz que casi parecía siniestro. Nunca lloraba ni se quejaba. Podían dejarlo solo largos períodos de tiempo. No buscaba la compañía de otras criaturas, parecía estar contento él solo. En contraste con su largo período de gestación, su infancia fue breve. Tenía el comportamiento y el tamaño de un niño de ocho años a la edad de dos. LQ era un chiquillo tan fácil de llevar que a Emily a veces le parecía más un muñeco que un ser humano. «Es más fácil criar a este niño que hacer que salga una zanahoria», comentaba. La casa en Alta Niebla estaba junto al agua y, en cuanto LQ tuvo edad suficiente, Emily le enseñó a nadar. El niño le cogió pronto el tranquillo y, cada vez que salían, quería nadar más lejos.

—Siempre tienes que comprobar cuántos corazones tienes, asegúrate de no gastar más de la mitad antes de volver —dijo Emily.

—Sí, mamá.

LQ y Emily nadaban dos pantallas exactas y luego volvían.

—¿Cuántas pantallas tiene el mar? —preguntó el niño.

—Nueve o diez —contestó Emily.

—¿Cómo lo sabes?

—He nadado hasta el final.

—¿Y qué hay al final?

—Una especie de niebla, luego una nada que es como un muro. Cuando llegas, lo sabes.

LQ asintió.

—¿Da miedo?

—No, no hay nada que temer. Solo es el final.

—Quiero verlo —dijo LQ.

—¿Por qué?

—No sé, porque no lo he visto nunca.

—Un día, cuando seas un nadador más fuertote y tengas más corazones.

Aquella noche, cuando LQ ya dormía, Emily comentó la conversación con Minos.

—¿Cómo la interpretas tú?

—Creo que es natural querer conocer los límites del mundo —contestó su mujer—. Deberíamos fomentarle la vena exploradora. Es un niño fuerte, daño no se hará. ¿Saco el tablero de go?

—Sí.

En muchos sentidos, era un matrimonio normal, jalonado por partidas competitivas al go. De hecho, Emily sentía que compartía más intimidad con Minos cuando jugaban juntas.

Le confesó a Azabache:

—Tiene que haber más cosas en la vida aparte de trabajar, nadar y jugar al go.

—El aburrimiento del que hablas —contestó Azabache— es lo que la mayoría llamamos «felicidad».

—Supongo.

Azabache suspiró.

—Emily, así es el juego.

—¿Qué juego?

Su amigue puso en blanco sus ojos lila.

—Eres feliz y estás aburrida. Tendrás que buscarte otro pasatiempo.

—¿Te he contado alguna vez que antes construía motores? —dijo Emily.

—No, creo que no.

—Una vez, construí uno que generaba luz solar. Y otro que hacía niebla.

—Impresionante. No sabía que los motores tuvieran esas capacidades prometeicas. Entonces ¿quizá deberías volver a fabricarlos?

EVENTO ESPECIAL: GRAN TORMENTA DE NIEVE ATERRORIZA AMISTAD

A finales de marzo, Minos se acercó a Riscos Eidéticos para pasar consulta en la escuela del asentamiento.

—Se tarda un día entero en llegar a Riscos —gruñó Emily—. Si tantas ganas tienen de tener gafas, ¿por qué no van a verte?

—Em, son treinta niños. ¿Qué dirías si fuera LQ el que no viese nada?

—Eres una blandita.

La tormenta de nieve estalló poco después de que Minos se pusiera en camino. Emily no se preocupó demasiado, porque lo peor que pasaba en Amistad era quedarse sin corazones. Incluso si Minos quedaba atrapada por la tormenta, podría recargar y acabar volviendo.

Ya habían pasado tres días después de la tormenta de nieve, pero Minos seguía sin volver. La nieve había empezado a fundirse, así que Emily dejó a Ludo Quintus con Azabache y puso rumbo a Riscos Eidéticos, donde le informaron de que su mujer nunca había llegado.

El cuarto día, el caballo de Minos volvió al establo de Valle Verde sin su dueña.

Emily habló con el Redactor y, a pesar de su aversión a publicar mensajes en el tablón, le pidió que colgara un aviso en el cobertizo de Amistad sobre la desaparición de su esposa.

—Señora Marks —le dijo el Redactor—, hay veces en que la gente se marcha de nuestro mundo sin dar explicaciones. Debemos...

Saltar.

Pasados cinco días, Emily volvió a salir en busca de su mujer. Esta vez, hizo por tomar carreteras en las que no había estado antes. Así llegó a la parte suroeste de Amistad Inexplorada, donde la tierra era barata y seca. Pasó por delante de varios ranchos, una pajarera, un invernadero de plantas exóticas, una tienda de pianos, un spa, un pequeño parque de atracciones, un museo dedicado a la tecnología antigua, un domador de caballos, un salón recreativo, un casino, un almacén de explosivos y otros negocios que eran demasiado grandes, anacrónicos o de estética inapropiada para tener cabida en el centro del pueblo. Ninguna de las personas con las que se cruzó había visto a Minos. En el salón recreativo, un hombre con traje blanco le sugirió que probase suerte en las cuevas, ya que a veces la gente se refugiaba allí.

—Es difícil hallar la entrada —la alertó—. Hay gente que dice que se mueve.

Rodeó el perímetro de la montaña. El sol casi se había puesto, pero aún había luz. Estaba a punto de darse por vencida cuando oyó una voz aflautada:

—Estoy aquí.

—Voy —contestó ella. Hizo que Píxel diera media vuelta y volvieron sobre sus pasos muy despacio. Reparó en un punto que brillaba de manera extraña entre las rocas. Desmontó y atravesó la niebla para entrar en la cueva. Dentro estaba Minos, casi sin vida, con la mano derecha de un perturbador color negro. Le dijo que su caballo estaba embrujado y la había tirado de la montura en cuanto empezó la tormenta de nieve. Había buscado refugio en la cueva.

—Creo que tengo la mano herida —dijo Minos antes de desmayarse.

Emily cuidó de su mujer hasta que se recuperó. Tuvo claro enseguida que si Minos sobrevivía, le tendrían que amputar la mano. Minos le dijo que prefería morirse antes que vivir sin mano, a lo que ella contestó que moriría si se quedaba con ambas manos. La amputación era inevitable.

La recuperación física fue breve, pero la emocional, larga. Minos estaba bastante abatida y se negaba a salir de casa o incluso del dormitorio. Durante un tiempo, ni habló ni siquiera vio a Ludo Quintus.

—La verdad es que no sabía que estas cosas pasaban aquí —dijo Emily.

—Deberías dejarme —contestó Minos—. Ahora soy inútil. Nunca podré volver a fabricar lentes.

—Creo que es imposible que te deje.

—Entonces, me iré yo. Nadaré hasta el final del mar y no volveré.

—¿Con quién jugaré al go? —preguntó Emily. Colocó las piezas sobre una mesa junto a la cama de Minos.

—No quiero jugar —contestó su mujer. Aun así, cuando Emily colocó la primera piedra blanca sobre el tablero, Minos no pudo evitar colocar la siguiente, una negra. Cada tarde, Emily alejaba un poco el tablero de la cama. Así, su mujer volvió a entrar en el mundo, aunque seguía sin querer salir de casa o volver a su óptica.

Varias semanas después, Emily fue a hacerle una propuesta a Minos.

—Casi es Navidad y estaba pensando en lo mucho que disfruté haciéndote el tablero de go. He pensado que podríamos hacer juegos para otra gente de Amistad. Aunque hayas perdido la mano, estoy segura de que podrás fabricar piezas; las piezas requieren menos precisión que las lentes. LQ ya es mayor y puede servirte de aprendiz. Yo me encargaría de los tableros, podríamos vender los juegos en estas fechas tan señaladas. ¿Qué te parece?

—Creo que estás siendo paternalista conmigo. Pero supongo que lo puedo intentar.

Hicieron dameros, tableros de ajedrez, de damas chinas y de go. Los juegos, con los tableros tallados y las piezas sopladas a mano y hechas a medida, eran obras de arte. Llamaron a la empresa Juegos Minos y Marks. Los juegos tuvieron mucho éxito y vendieron todos los tableros que crearon.

—He echado de menos hacer juegos —dijo Emily.

—¿Habías hecho juegos antes? —preguntó la Doctora Minos.

—Sí, con mi hermano cuando era pequeña. Pero los juegos que hacíamos no son el tipo de juego que entenderías.

—Háblame de uno.

—Uno era sobre una criatura que se perdía en el mar.

—Es difícil imaginarse eso en un tablero —concedió la Doctora Minos.

Emily señaló la cuadrícula del tablero de go de su mujer.

—Imagínate que ese tablero es un mundo y que cada uno de los puntos en los que se encuentran las líneas de la cuadrícula es una subdivisión de ese mundo. Imagínate ahora que cada una de esas piezas representa a una persona.

—¿Y qué son tus manos en esta metáfora?

—Mi mano derecha es la criatura perdida. Mi mano izquierda es Dios.

Minos alargó el brazo, pero fue incapaz de tocar a Emily de la manera en que quería tocarla.

—Te quiero —dijo Minos—. Me cuesta decirlo porque a veces me parece que esas palabras no son suficiente.

El día de Navidad, Minos y LQ le regalaron a Emily un juego de mesa especial que habían hecho ellos dos. El tablero parecía una carretera y las piezas de vidrio eran pequeñas tartanas. También había un dado poliédrico y un mazo de cartas. En uno de los lados, Minos había tallado el nombre de su hijo, Ludo Quintus.

—También es el nombre del juego —dijo Minos.

—¿Cómo se juega? —preguntó Emily.

—Es fácil, mami —respondió LQ—. Puedes ser granjera, mercader o banquera. Tienes que intentar ir de Massachusetts a California, pero en las cartas aparecen muchos obstáculos.

—¿Por qué se llama *Ludo Quintus*? —preguntó Emily.

—¡Porque es mi nombre! Y porque mamá dice que Ludo significa «juego» en latín.

Minos había sido quien había elegido el nombre de su hijo y, por extraño que parezca, Emily nunca había pensado demasiado en el significado de Ludo Quintus.

—¿Qué significa *Quintus*? —preguntó Emily, aunque estaba bastante segura de que ya lo sabía.

—«Quinto» —respondió Minos al cabo de un instante—. Quinto juego.

CHAT DEL OESTE

Ahora estás en un chat privado con minos84.

EMILYBMARXX: ¿Eres tú?

MINOS84: Sí, tu querida esposa, la Doctora Ariadna Minos.

EMILYBMARXX: Samson, déjate de tonterías. ¿Eres tú? Por una vez en tu vida, sé sincero.

MINOS84: Sí.

EMILYBMARXX: ¿Cómo me has encontrado?

MINOS84: ¿Encontrarte? Construí este sitio para ti. Salvaje Oeste es una extensión de época de Mundoarce. Hice que tuviera el aspecto de Pioneros de Oregón porque sabía que te gustaría.

EMILYBMARXX: ¿Intentabas atraparme?

MINOS84: No, no es así. Después de la muerte de Marx, quise hacer cosas que me recordaran a los viejos tiempos, a ti. Esperaba que te hicieras una cuenta en Salvaje Oeste, pero no sabía si lo harías. Y cuando descubrí que eras Emily B. Marx, tuve que hacerme tu amigo. Parecías tan sola. Viviendo sin compañía en los confines más remotos de Amistad.

EMILYBMARXX: Sea como sea, se supone que estas identidades son privadas. No me registré con una cuenta de correo que me identificara, pero eso seguro que ya lo sabes. ¿Has utilizado mi dirección IP?

MINOS84: Sí.

EMILYBMARXX: Te dije que me dejaras en paz. ¿No puedes respetar ninguno de mis deseos?

MINOS84: Estaba preocupado por ti.

EMILYBMARXX: Me has engañado.

MINOS84: ¿Cómo?

EMILYBMARXX: Has invadido mi privacidad. Has fingido ser una persona desconocida.

MINOS84: No, excepto por el nombre y un par de detalles, he sido yo mismo. Y tú has sido tú misma. Y creo que sabes quién soy desde hace mucho tiempo. Igual no querías admitirlo.

EMILYBMARXX: Sabes que me voy a tener que ir de Amistad ya mismo, lo sabes, ¿verdad?

MINOS84: La muerte de Marx no solo te pasó a ti. Era mi amigo. Era mi compañero. Era nuestra empresa. Esas cosas nos han pasado a los dos.

EMILYBMARXX: ....

MINOS84: Sadie, te echo de menos. Quiero formar parte de tu vida... Es un error que he cometido en el pasado, pero no hay pureza en soportar el dolor en soledad.

EMILYBMARXX HA ABANDONADO EL CHAT.

***

Emily caminó por el familiar paisaje de Amistad. Lo que antaño le pareció hermoso, un consuelo, ahora le parecía un obvio sustituto.

A lomos de Píxel, cabalgó colina abajo hasta casa de Azabache.

Su vecine le abrió la puerta y la invitó a pasar. Ella le confesó que pensaba que tendría que marcharse pronto de Amistad.

—Ariadna no es quien dice ser —le explicó.

—¿Acaso alguien lo es? —preguntó Azabache.

—Pero resulta que es alguien de mi pasado, eso me fastidia el juego.

Azabache asintió.

—Lo que creo que deberías tener en cuenta —dijo Azabache— es que es muy inusual encontrar a alguien que te acompañe en el juego, tanto en este mundo como en el otro.

Emily miró a Azabache, sus ojos lilas, su pelo lila.

—¿Sam?

—¿Quién es Sam? —preguntó Azabache.

—¿Tú también eres Sam?

Azabache se puso de rodillas.

—Sadie.

La figura de Emily desapareció de la casa de su vecine.

Apareció una caja de texto en la pantalla:

Emily ha abandonado Amistad.

NIÑO LLEGA AL FINAL

Unos días o meses o años después, Emily volvió a conectarse para ver cómo estaba LQ. El niño había envejecido tres años durante su ausencia, ahora era un muchachote de once años.

—Mamá, ¿dónde has estado? —preguntó el crío—. Madre y yo hemos estado preocupados por ti.

—¿Te gustaría ir a nadar? —preguntó Emily.

Emily y Ludo nadaron sus dos pantallas habituales. LQ preguntó si podía seguir nadando y Emily consideró que era un buen momento.

—¿Por qué no? Ahora eres mucho más grande.

Nadaron hasta llegar a los confines del mar.

—Cuánta paz hay aquí al final —dijo LQ.

—Sí, qué paz.

—Mamá —dijo LQ—. Estoy preocupado. Creo que no tengo bastantes corazones para volver.

—No te preocupes, cariño. No eres real, así que no te puedes morir.

LECTURA DEL TESTAMENTO DE UNA COMERCIANTE LOCAL

Durante la gran tormenta de nieve de 2008, mientras buscaba a Minos, Emily se cruzó con un rancho en Amistad Inexplorada. El letrero de la finca, cubierto de hielo, rezaba: «DOMADOR DE CABALLOS». Debajo, un cartel más pequeño decía: «ACICALAMIENTO, HERRADO, DOMA DE CABALLOS Y OTROS SERVICIOS DE NATURALEZA ECUESTRE. NO HAY CABALLO DEMASIADO DIFÍCIL». En aquel momento, estaba demasiado ocupada con un misterio más urgente, así que no se detuvo.

Meses más tarde, incluso después de cortar la comunicación con Minos, aquel cartel siguió rondándole en la cabeza. El nombre sugería un lugar que había conocido cuando era joven o, quizá, el de un sueño que había tenido. Alrededor de su último día en Amistad, decidió que era el momento de ver qué había tras aquellas puertas. Incluso si el cartel no significaba nada, al menos podría herrar a Píxel antes de marcharse del pueblo para siempre.

Cuando se alejó de la pantalla para ver el mapa general, vio que la localización del Domador de Caballos no estaba marcada, tuvo que hacer y deshacer caminos, dar vueltas por sendas sinuosas para encontrarlo con ese método tan poco científico. Al final, cuando franqueó las puertas del rancho, ya se estaba poniendo el sol.

Emily atravesó a caballo una arboleda de frutales y luego descendió por un largo sendero de piedra, pasó por delante de establos y campos y, al fondo de la finca, llegó a una casita blanca con tejado a dos aguas, casi como una iglesia. Desmontó e hizo sonar la campana. Respondió a su llamada un hombre con sombrero blanco de vaquero. Tendría unos sesenta años, era bastante mayor que casi todo el mundo en Amistad; con las piernas un poco arqueadas, le pegaba a una persona que se había pasado gran parte de su vida montado a caballo; nada de chepa. Bajo el sombrero, una buena mata de pelo gris oscuro. Se parece, pensó ella, a Ryu, a su padre. El NPC la saludó con el sombrero.

—Hola, vaquera, ¿problemas equinos?

Emily le explicó que necesitaba herrar a su yegua, debatieron sobre qué materiales utilizar y sobre el precio de las herraduras antes de llegar a un acuerdo. El NPC le ofreció la mano y ella le dio un beso en la mejilla.

—No conseguirá que le baje el precio aunque haga eso —le dijo él.

—Te echo de menos —dijo ella.

—¡Diantres, señora! Hará que me sonroje.

—¿Cuál es tu parte favorita de *La Ilíada*?

—¿Qué es *La Ilíada*? —El NPC hizo una pausa, se descubrió y, como si estuviera poseído, se transformó en una versión diferente de sí mismo—: «Andrómaca, de blancos brazos, dio inicio a sus lamentos mientras sostenía la cabeza de Héctor, exterminador de guerreros, en sus manos: "¡Esposo mío, joven abandonas la vida, y a mí me dejas viuda en palacio! ¡Atrás dejas al niño, aún sin habla, que engendramos tú y yo! [...] ¡Y tú, Héctor, has traído a tus padres una pena y un indecible lamento, pero es a mí sobre todo a quien dejas los dolores más luctuosos, pues en la hora de tu muerte no me tendiste tus brazos desde el lecho, ni me dijiste una sabia palabra que pudiera guardar siempre en el recuerdo, cada vez que vierta lágrimas por ti noche y día!"».

Cuando terminó, hizo una reverencia y volvió a cubrirse con el sombrero.

—Me alegro de verte —dijo Emily.

—Vuelva cuando quiera, joven señora.

A Emily, la conversación con el NPC le pareció insatisfactoria, pero así son la mayoría de encuentros con NPC.

Aun así, si no fuera por el Domador de Caballos, puede que Sadie nunca hubiera decidido poner orden en los asuntos de Emily.

Una de las innovaciones de Sam en *Salvaje Oeste* fue la manera en la que te podías marchar de ese mundo. A Sam no le había gustado la idea de que alguien pudiera desaparecer de un juego, ni siquiera alguien que llevara años en *Mundoarce*. Puede que un día un residente decidiera no volver a conectarse al juego. Sam sentía que era más sano ofrecer la posibilidad de que una persona pudiera abandonar el juego. Por muy bueno que fuera un MMORPG, todo el mundo acababa marchándose. Pasaban a otros juegos, a otros mundos, a veces incluso al mundo real. Cuando Sam construyó *Salvaje Oeste*, expandió la categoría de Ceremonias para incluir Divorcios, Testamentos y Funerales.

El Redactor leyó el testamento de Emily: «Mi querido hijo, Ludo Quintus, ha nadado para buscar el final del mar y supongo que estará explorándolo en los años venideros. Yo no soy más que el avatar de una mujer mortal y, desde la ausencia de LQ, me veo aquejada por un malestar intestinal grave. Lo único que se me ocurre es que mi cuerpo me está diciendo que no desea seguir viviendo sin LQ, por eso, he decidido dejar Amistad. Lego mi granja, mi tienda y los bienes que ambas contienen a mi amigue Azabache Verde. A mi esposa, la Doctora Minos, le lego mi yegua Píxel y su simulacro de cristal. Deseo añadir que no me arrepiento del todo del tiempo que he pasado en Amistad, ni tampoco del tiempo que he compartido con la Doctora Minos. Me duele su engaño constante —ella sabe muy bien lo que ha hecho—, pero siempre recordaré con mucho cariño las noches jugando al go. Cuando llegué a la vecindad, estaba más falta de corazones que nunca, y el tedio de Amistad y la amabilidad de sus gentes no tan forasteras me dio vida. Agradezco haber estado en un lugar tan amable como este, donde se les asegura paso seguro a los bisontes».

El Redactor dobló el testamento.

—Habla de forma enigmática —comentó.

Se colocó una lápida en el cementerio de Amistad en su honor. La inscripción rezaba:

EMILY MARKS MINOS
1875-1909
FALLECIÓ DE DISENTERÍA

X. Cargas y muescas

1

―Pero, Sadie, sé sincera contigo misma. En cierta manera, tenías que saber que era él ―le dijo Dov.

A una cierta edad ―en el caso de Sadie, a los treinta y cuatro―, llega un momento en el que la vida consiste, en general, en compartir mesa con viejas amistades que pasan por la ciudad. Dov y Sadie estaban tomándose un *brunch* en Cliff's Edge, en Silver Lake. El restaurante parecía una casa del árbol, un ficus enorme, como un Ent, brotaba en medio del local, las mesas estaban distribuidas en plataformas de madera colocadas a diferentes niveles alrededor del tronco. El personal que trabajaba en el restaurante tenía fama de tener una fuerza épica en las pantorrillas y ser hachas del equilibrio. Sadie había pensado a menudo que trabajar de camarera en Cliff's Edge quizá era como ser un personaje de videojuego en un nivel soso de una plataforma. Mientras Dov hablaba, el árbol llamó su atención y cogió una de sus gruesas y suaves ramas.

―Este es el sitio más californiano en el que he estado en la vida. Deben de pensar que nunca lloverá ―dijo Dov.

―Nunca llueve ―respondió ella.

―¿Crees que el restaurante se construyó alrededor del árbol?

―Yo creo que no hay otra ―dijo Sadie.

―Podrían haber puesto el árbol después.

―Es demasiado grande. No me imagino a nadie moviendo un árbol de ese tamaño.

—Sadie, estás en California. Esto es un desierto. Aquí no tendría que haber nada, literal. Si alguien sueña con un restaurante que parece una casa del árbol, los californianos obran su magia. Joder, si es que amo California.

—Pensaba que la odiabas.

—¿Cuándo te he dicho yo eso? —preguntó Dov.

—Cuando lo estábamos dejando. Recuerdo perfectamente que me soltaste un sermón sobre todas las maneras apocalípticas en las que me iba a morir si venía.

—Bueno, ni puto caso. No quería que te fueras. Vamos a preguntarle al camarero por el árbol cuando venga —dijo Dov—. Marx fue inteligente al trasladar JS aquí en el momento en que lo hizo. Si yo hubiera tenido dos dedos de frente, te hubiera seguido cuando te marchaste, me habría puesto de rodillas y te habría rogado que volviéramos juntos.

—No eres de los que se ponen de rodillas —sentenció Sadie.

Cuando el camarero se acercó a la mesa a tomarles nota, Dov le preguntó por la historia del árbol. El chico les contestó que no llevaba mucho tiempo trabajando en el restaurante, pero que le preguntaba a la jefa.

—De verdad —siguió Dov—, tenías que saber que era él.

Sadie negó con la cabeza.

—Lo sabía y no lo sabía. Creo que es como cuando estás viendo una docuserie de asesinatos. La gente piensa que los polis son inútiles. ¿Cómo no se dan cuenta de quién es el asesino si hay tantas pistas apuntando en la misma dirección? Pero tú, la espectadora, lo ves desde el punto de vista de saber de antemano la solución. No es tan obvio cuando la estás transitando; hay oscuridad y sangre por todas partes.

—De todos los juegos del mundo, ¿cómo acabaste jugando a algo tan insípido y bobo como *Salvaje Oeste*?

—Bueno, al contrario que tú, pruebo juegos de todo tipo y este tenía elementos que me atrajeron.

—¿Por ejemplo?

—Había oído que era un juego de mundo abierto cuyo objetivo era conseguir recursos y que tenía un componente social. Había oído que estaba vagamente inspirado en *Pioneros de Oregón*, *Los Sims* y *Harvest Moon*, así que me apeteció jugar. Seguro que Sam sabía que era un blanco fácil.

—Siempre has tenido una fijación inmadura por *Pioneros de Oregón*.

—Sí, Dov. Cabe la posibilidad de que adore un juego al que tú no le ves la gracia.

—¿Así que Sam construye un MMORPG para atraer a una jugadora? Brillante. De locos, pero brillante.

—No, dijo que desarrolló el juego porque le recordaba a los que jugábamos juntos cuando éramos chavales.

—Los juegos de farmeo y búsqueda de recursos son perennes.

—Pues sí. Estoy segura de que *Salvaje Oeste* tuvo buenos resultados financieros. —Hizo una pausa—. Y, la verdad, no te voy a mentir, después de la muerte de Marx y de todo lo que pasó, lo cierto es que me apetecía algo justo como lo que había desarrollado Sam; supongo que él estuvo atento a ver si me unía. En cuanto me registré, creó una serie de identidades para que no dejara de jugar.

—¿Cuál fue la trama?

—Madre mía, pues un amorío de lo más ridículo. Yo era Emily Marks, una mujer embarazada con un pasado oscuro y él era… Espera, que viene: la doctora Ariadna Minos, la optometrista del pueblo.

—Mmm, tórrido.

—Más bien, tierno y triste.

—¡Doctora Minos! Anda ya, Sadie. ¿Cómo no ibas a saber que era él?

—Bueno, para empezar, era una mujer.

—¿Por qué crees que se hizo un personaje femenino?

—Quizá para despistarme, no lo sé. Igual se marcó un Walt Whitman, «todos contenemos multitudes», algo así. ¿Siempre juegas con el mismo género? —Por experiencia, sabía que, si se le daba la opción, Dov siempre elegía al personaje femenino—. Pero llegó un momento en el que supe que era él. Quizá lo sabía desde el principio, pero no me había permitido ser del todo consciente. Visto en retrospectiva, él me dejaba caer pistas obvias. Hay un momento en el que Minos pierde una mano.

—La vida en el salvaje Oeste es dura.

—Brutal —añadió Sadie—. No sabía si podría volver a fabricar lentes.

Dov negó con la cabeza.

—La hostia, tú, es que adoro los juegos. Bueno, ¿y ahora qué?

—Seguimos sin hablarnos.

—Querrás decir que no le hablas.

—Sí, supongo.

—Sadie, por el amor de Dios, ¿por qué?

—Porque me engañó. —Pero, por supuesto, no era solo por eso.

—Ay, me encantaría tener la vara de medir de Sadie Green.

—Dijo el hombre que me esposó a su cama.

—En mi favor diré que, aunque te hiciera eso, sigues almorzando conmigo cada vez que paso por Los Ángeles. Y no eras alumna mía cuando pasó aquello. De eso estoy bastante seguro.

—¿Cuál es mi vara de medir y qué tiene que ver con que Sam y yo no nos hablemos?

—Sadie, ¿qué edad tienes?

—Treinta y cuatro.

—Ya eres mayorcita para dejar de ser tan joven. Solo la gente joven pone el listón tan alto. Cuando entras en la mediana edad…

—Como tú.

—Como yo —admitió Dov—. Yo tengo cuarenta y tres. No voy a negarlo. —Se dio un golpe en el pecho—. Pero sigo estando cañón.

—Estás pasable.

Sacó músculo con el brazo.

—Toca bíceps, Sadie, ¿te parece pasable?

Sadie se rio.

—Preferiría no hacerlo. —Pero acabó tocándole el brazo.

—Impresionante, ¿o no? Levanto más peso ahora que hace veinte años.

—Felicidades, Dov.

—Me puedo poner los vaqueros que llevaba en el instituto.

—Muy útil para ligar con colegialas.

—Nunca he salido con una chica de esa edad —se defendió Dov—, salvo cuando estudiaba en el instituto. Con universitarias, sí. Me encantan. No me canso de ellas.

—No me explico cómo es que nunca te han echado.

—Porque soy un gran profesor. Todo el mundo me adora. *Tú* me adorabas. Pero volviendo a lo que estaba diciendo, la gente de mediana edad...

—¿Te refieres a esas almas malditas hastiadas por los inevitables compromisos de la vida?

—Hay una cosa que tienes que admitir, si eres capaz: no habrá nunca una persona que signifique tanto para ti como Sam. Ya podrías soltar lastre...

—No solo es una cuestión de lastre.

—Bueno, podrías soltar tus agravios perfectamente legítimos. Encuentra al misterioso Doctor Minos, estréchale la mano.

—Doctora.

—Pues eso, estréchale la mano a la doctora y volved al negocio mortalmente serio de hacer juegos y jugar a juegos juntos.

Volvió el camarero y les sirvió la comida.

—La jefa dice que el árbol lleva ahí diecisiete años —dijo antes de irse.

—Bueno, pues ya tenemos respuesta —dijo Dov—. El restaurante se construyó por el árbol. Gracias. —Le añadió salsa picante a su shakshuka.

—¿Cómo sabes que le falta picante? Ni lo has probado.

—Me conozco. Me gustan las cosas picantes. Bueno, ¿en qué andas metida?

—Poca cosa —respondió ella—. Llevo a la niña a la guardería e intento no volverme loca.

—No me gusta cómo suena eso. Deberías estar trabajando.

—Sí, en algún momento volveré a trabajar. —Cambió de tema—. ¿Qué te trae por Los Ángeles?

—Un par de reuniones, como siempre. La directora de una película basada en una atracción de Disney está interesada en hacer una adaptación cinematográfica de *Mar Muerto*. —Dov dejó el tenedor para hacer un gesto masturbatorio—. Se quedará en nada. Además, me divorcio.

—Lo siento —dijo Sadie.

—Inevitable —contestó él—. Soy un puto desastre. Nunca estaría en una relación conmigo mismo. Lo único bueno es que esta vez no hay niños de por medio en este marrón.

—¿Y ahora qué harás?

—Volver a Israel. Ver a mi hijo. Telly tiene dieciséis años, de locos, ¿eh? Trabajar en un juego nuevo. —Se tomó un momento para dar cuenta de la shakshuka y se manchó la barba de yema y salsa roja—. Ah, por cierto, eso quería preguntarte. Ya que ahora mismo estás entre juegos, ¿te interesaría encargarte de mi clase en el MIT durante un semestre? Me encantaría presentarte como candidata, si la idea te apetece.

—Deja que me lo piense —contestó ella.

—Cosa tuya.

—Cuando me matriculé en tu clase, me pregunté qué te había llevado a la docencia.

—Que dar clases es la puta hostia.

—¿Sí?

—Pues claro. A quién no le encantan los cachorritos. Y de vez en cuando, aparece una Sadie Green que te vuela la puta cabeza. —Echó la cabeza hacia atrás y la silla se tambaleó un instante—. ¡Bum!

Sadie se sonrojó. Aún sentía un placer vergonzoso cuando Dov le hacía un cumplido.

—Vaya boquita que tienes —le dijo a Dov.

Al final del almuerzo, Sadie lo acompañó en coche a su hotel, en la cuenca de las colinas de Hollywood. Le dio un beso en la mejilla antes de que él saliera del coche.

—Sé que soy un hombre de mediana edad —dijo Dov—. Y que estoy desentrenado. Y que parece que no tengo ni idea de qué quieren las mujeres. Dos divorcios, etc. Pero una cosa te digo. Construir un mundo para alguien parece un gesto romántico, al menos desde mi punto de vista. —Dov negó con la cabeza—. Sam Masur, vaya pieza, qué jodido, qué romanticón.

2

El Seminario Avanzado de Videojuegos se reunía una vez por semana, los jueves, de una a cuatro. Sadie no varió el formato de cuando había sido estudiante, dieciséis años atrás. Cada semana, dos de los ocho participantes presentaban un juego, un minijuego o una parte de un proyecto más grande, lo que fuera factible programar dadas las limitaciones temporales. El estudiantado jugaba y luego formulaba sus críticas. Cada cual tenía la responsabilidad de desarrollar dos juegos a lo largo del semestre.

A diferencia de cuando Sadie participó en el seminario, ahora la mitad eran mujeres, o al menos se presentaban como tales.

Sadie planteó sus expectativas del curso:

—Me da igual qué lenguaje de programación utilicéis, aunque aquí estoy para aconsejaros al respecto. Me da igual si usáis un motor ajeno, aunque creo que es bueno que entendáis lo que implica construir uno. También me da igual el tipo de juegos que hagáis. Que sea bueno o malo no tiene nada que ver con el género. No paran de desarrollarse juegos informales brillantes, aunque haya gente que piense que son un género menor. Yo misma juego a títulos de todo tipo. Hay algunos maravillosos para móviles, igual que hay grandes propuestas para ordenador y consola. No espero que vuestro trabajo esté en versión ultradefinitiva. Espero que impere la sinceridad y que nos tratemos con respeto. Hace falta mucha valentía para presentar un proyecto en un seminario como este. Es probable que, como diseñadora, haya fracasado más veces de las que he tenido éxito. Y lo único que no sabía cuando tenía vuestra edad era lo mucho que iba a fracasar. Y ya lo siento si es un comentario algo bajonero para ponerle fin a mi perorata introductoria. —Sadie se rio—. Pero sí, tened claro que vais a fracasar, está bien. Os absuelvo de antemano. En esta clase, la nota simplemente es aprobado/suspenso, así que, con que las cosas salgan más bien que mal, no suspenderéis.

La clase se rio por la broma. En ese momento crucial que tiene lugar al inicio de cualquier clase, había conseguido hacerles saber que estaba de su lado.

Una chica de pelo oscuro y ojos oscuros llamada Destiny le dijo:

—Diseñaste *Ichigo: Ume no Kodomo* en esta clase, ¿verdad?

—Título japonés, impresionante. Con mi compañero Sam...

—Dédalus, ¿no? —Destiny se sabía al dedillo la carrera de Sadie—. ¿Dédalus también iba a esta clase? Sé que fue a Harvard, pero hay gente que pide un traslado de expediente, ¿verdad?

—Dédalus no estaba en esta clase. Como desarrollador de videojuegos, es cien por cien autodidacta. Yo hice *Ichigo* después de pasar por estas clases. Los juegos que hice para este seminario fueron un poco más sencillos. Es mucho trabajo programar dos títulos en un semestre sin ayuda.

Destiny asintió.

—Me encanta *Ichigo*. De verdad, era mi juego favorito de niña. ¿Algún día haréis la tercera parte?

—A veces hablábamos del tema, pero dudo que se acabe materializando —respondió Sadie—. Bueno, volvamos a la primera pregunta de Destiny. Os he traído un juego que *sí* que hice para esta clase, se llama *Solución*. Ya que os pido que seáis vulnerables, he pensado que lo menos que puedo hacer es enseñaros el tipo de cosas que desarrollaba cuando tenía vuestra edad. Los gráficos son viejos, pero jugad un poco y decidme qué os parece. Tened en cuenta que tenía diecinueve años y que eso era más o menos lo mejor que se podía hacer en 1994 en unas cuatro semanas sin invertir dinero. Además, supongo que os debería decir que para el juego me inspiré en mi abuela.

Sadie les envió un enlace para que se descargasen *Solución*.

Cada cual abrió su portátil; se pusieron a jugar a la obra de juventud de la profesora. Ella misma jugó un par de niveles. En términos técnicos, el juego estaba obsoleto, pero pensó que el concepto seguía siendo potente.

A medida que la clase empezó a descubrir el secreto de *Solución*, empezaron a oírse ruidos de enfado acordes a la propuesta. Cuando pasó una hora, Sadie dijo que se había acabado el tiempo.

—A ver qué os ha parecido —les preguntó—. Quiero sinceridad. Lo soportaré. Empecemos con la estética del juego.

Criticaron todos los aspectos de *Solución*: la parte visual, el sonido, los controles, el flujo de juego. Sadie les dijo que no tuvieran piedad y vio que disfrutaba defendiéndose y explicando las limitaciones de 1994. En general, a la clase le gustaron los gráficos en blanco y negro, aunque un chico que llevaba boina le preguntó a Sadie si en 1994 todos los juegos eran en blanco y negro. Se llamaba Harry. Sadie se había memorizado el nombre con una técnica nemotécnica: «Si Harry pregunta, ¡hurra!». No sería como Dov. Se aprendería el nombre de todo el mundo la primera semana.

—No, Harry —contestó ella—, ya había color en 1994. Fue una decisión estética. Algo que he aprendido es que cuando no tienes muchos recursos tienes que ser muy rigurosa con tu estilo. Las limitaciones pueden convertirse en una marca estilística si te lo propones.

—Eso me imaginaba —contestó Harry—. No es que pensara que todos los juegos de 1994 eran en blanco y negro. Me refería a si era una práctica común.

Sadie hizo una nota en su lista de clase: «Harry blanco y negro».

—Me ha gustado mucho —dijo Destiny («Ume no Destiny»)—. Me gusta la idea y que sea político, pero si tuviera que criticarle algo, es que es demasiado nihilista. Después de descubrir qué se fabrica, el juego es un poco… —la alumna buscó la palabra adecuada— repetitivo, supongo. Se debería poder acceder a una parte diferente del juego.

—¿Sabes qué? No eres la primera persona que me lo dice. Es muy inteligente y creo que, si hubiese tenido más tiempo, habría hecho justo lo que me comentas. Pero a veces tienes que sacar adelante el juego con el tiempo que tienes. Si buscas siempre la perfección, no acabas nada. Dédalus y yo éramos mejores amigos cuando éramos críos, nos encantaba jugar a juegos juntos. Nos obsesionaba la idea de una partida perfecta. La idea de que había una manera de jugar a cualquier juego con el mínimo de errores, las mínimas cesiones morales, el ritmo más rápido y el mayor número de puntos. La idea de que se puede jugar una partida sin morir o reiniciar. Jugábamos a *Super Mario* y si dejábamos de coger aunque fuera una sola moneda de oro o nos golpeaba un Koopa, empezábamos otra vez. Sí, lo más probable es que tuviéramos una obsesión algo perturbadora y, sí, teníamos muchísimo tiempo. En fin, que durante mucho tiempo, seguí esa mecánica como diseñadora y era algo que me paralizaba por completo. Es inevitable que traigáis a clase juegos con los que no estéis cien por cien contentas y no pasa nada. Quiero que me dejéis boquiabierta. Quiero que me traigáis un trabajo de diez, sí, pero también quiero que podáis trabajar y punto.

Un estudiante llamado Jojo que llevaba una sudadera de Arce toda agujereada, levantó la mano. («Jojo Arce», anotó Sadie.)

—Bonita sudadera —le dijo ella.

Jojo asintió como si haberse vestido así hubiese sido pura coincidencia o algo que se había sentido obligado a hacer por fuerzas que trascendían a su persona.

—Tengo una pregunta: ¿qué pensaron tus compañeros de clase de *Solución*?

—Uy, me alegro de que me lo preguntes. Lo odiaron. Una hasta intentó que me echaran de la facultad.

—¿Por esto?

—Sí, a la gente no le gusta que la llamen nazi. Es lo que me dijo mi profesor, probablemente sea un buen consejo. Nunca he vuelto a hacer otro juego en el que se llamara nazi a quien juega.

La clase se rio por la broma.

—Por cierto, son las cuatro. Os veo la semana que viene. Jojo, Rob, vais primeros. Mandadnos el juego por correo como máximo el domingo por la noche para que podamos jugar antes de la próxima clase.

Destiny se quedó rondando por el fondo hasta que el resto se hubo marchado.

—Quería preguntarte una cosa más, pero no delante de todo el mundo, ¿te importa?

—Claro, adelante —contestó Sadie—. Acompáñame al despacho, tengo que recoger a mi hija de la canguro a las cinco.

—¿Tienes una niña? Qué guay. Yo pensaba que la gente que trabajaba en videojuegos no tenía hijos por la cantidad de horas que hay que trabajar.

—Las cosas van cambiando —dijo Sadie—, además, siempre he sido la dueña de la empresa, así que...

—Entonces, ¿lo que hay que hacer es abrir tu propia empresa?

—Exacto. Así todos los hombres tienen que hacer lo que tú digas.

—¿Te puedo decir una cosa? Estoy flipando con que nos des esta clase. Aún no hay muchas mujeres o gente racializada en el departamento. Me encantan todos tus juegos, no solo *Ichigo*. Los he jugado todos. ¿*Maestro de entretenimientos*? Canela fina. Creo que eres superbrillante.

Habían llegado al despacho de Sadie, aunque la placa de fuera aún decía «DOV MIZRAH».

—Pues ya hemos llegado —dijo Sadie—. ¿Qué era lo que no me querías preguntar delante de toda la clase?

—Ah, bueno. No quería avergonzarte —contestó la alumna—. Cuando estaba jugando a *Solución*, pensé que era bueno, eso está claro.

—Vale... ¿y?

—Pero no es tan bueno, ni de lejos, como *Ichigo*. No pretendo ofender. De verdad que te respeto muchísimo.

—No pasa nada, ya lo sé. Por eso os he traído ese juego, quería que vierais cuál fue mi punto de partida.

—Supongo que la pregunta es cómo pasaste de hacer algo como *Solución* a algo como *Ichigo* poco después. ¿Cómo pasaste de una cosa a la otra? Eso es lo que no sé cómo hacer.

—Es una larga historia —contestó Sadie. Miró a la alumna a los ojos. Sabía lo que era no saber cómo llegar adonde querías llegar. Sabía lo que era estar llena de ambición, pero ser incapaz de materializar lo que tienes en la cabeza—. No estoy segura de tener una respuesta sencilla a la pregunta —admitió—. ¿Me la puedo pensar y decirte algo en otro momento?

Aquella noche, Sadie intentó recordar cómo era en 1996. Había habido tres cosas que le habían servido de impulso y ninguna de ellas reflejaba un carácter particularmente generoso: (1) querer destacar lo suficiente en lo profesional para que todo el mundo del MIT supiera que no la habían admitido en la facultad por cuota; (2) querer que Dov supiera que no tendría que haberla dejado y (3) querer que Sam supiera que tenía *suerte* de estar trabajando con ella, que *ella* era la gran programadora del equipo, que *ella* era la que tenía las mejores ideas. Pero ¿cómo explicarle todo eso a Destiny? ¿Cómo explicarle que lo que había logrado, ese salto cualitativo tan grande de 1996, había sido resultado de un batiburrillo de egoísmo, resentimiento e inseguridad? Sadie se había empecinado en ser grande: el arte no suele hacerlo la gente feliz.

Quiso plantearle la pregunta de Destiny a Sam. Él siempre tenía respuesta para todo; Sadie había llegado a darse cuenta de que uno de los dones de Sam era la capacidad de ver el mundo —o al menos a ella— a través de un prisma más generoso y favorecedor. No era la primera vez que pensaba en contactar con él. Desde que había vuelto a Cambridge, cada piedra del pavimento de las calles le recordaba a Sam y a Marx. Sin embargo, le parecía imposible que una relación con la mochila tan cargada como la suya pudiera retomarse con un gesto tan sencillo como levantar el teléfono. Sabía que estaba vivo. A menudo veía su nombre en los correos grupales de Asuntos de Negocios de JS, pero no se había comunicado directamente con él desde lo de *Salvaje Oeste*.

Cuando se descargó el juego, no notó nada sobre quién lo había creado ni tenía expectativas específicas sobre cómo sería. Estaba en el puerperio, con el cerebro frito, deprimida y sola, usaba los juegos para consolarse, igual que hay gente a la que le da por comer. En ese momento, prefería jugar a títulos informales, el tipo de cosas que podían jugarse mientras estaba distraída con la tarea de mantener con vida tanto a la novísima e insaciable criatura que ahora tenía como a sí misma. Jugó a un juego de recursos sobre la fiebre del oro; a un juego que trataba de hacer que prosperara una tribu en una isla; a varios en los que había que atender mesas en restaurantes; uno en el que había que gestionar un hotel; otro sobre flores mágicas; otro de parques de atracciones; al final, recaló en *Salvaje Oeste*.

Se metió mucho más de lleno en ese juego que en los demás, de inmediato. Desde el inicio, el mundo le pareció cómodo y familiar, cómo no: se había construido utilizando su propio motor. Si las personas que se encontraba jugando en ese mundo abierto parecían tener una inteligencia poco habitual, se lo atribuyó a que el juego atraía a gente como ella, de treinta y tantos, con nostalgia por los títulos de los ochenta.

El día que se encontró a Minos soplando el corazón de vidrio, sospechó que era Sam, pero también se permitió *no* saberlo. Tenía más ganas de jugar que de saber. Sadie le dijo a Sam que la había engañado, pero lo cierto era que había sido ella quien se había engañado a sí misma. Le daba vergüenza reconocer lo mucho que le había importado aquel mundo tan tonto y exquisito.

Un año y medio más tarde, fue capaz de contarle a Dov la historia como anécdota graciosa durante un almuerzo; entonces se dio cuenta de que ya no estaba enfadada con Sam. Empezó a sentir ternura por él, incluso empatía. Había desarrollado el juego por ella, aunque también tuvo que hacerlo por él. Qué solo debió de sentirse tras la muerte de Marx. ¿Cuánto trabajo de JS había dejado ella que cayese sobre sus espaldas? Sadie nunca había vuelto a esa oficina, tampoco le había dado nunca las gracias a Sam.

Cuando ya llevaba unas semanas del segundo semestre, se acercó al sótano de la librería de Harvard, donde tenían los libros de segunda mano. Quería comprar álbumes ilustrados para su hija cuando se fijó en un ejemplar que se había colado de estantería, era el libro del Ojo Mágico. Eso hizo que pensara en Sam en la estación de metro, hacía tantos años. Aunque no era un libro ilustrado como tal, decidió comprárselo a Naomi, que tenía cuatro años.

A la hora de dormir, Sadie y Naomi leyeron el libro del Ojo Mágico.

—¡Lo veo! —exclamó la niña.

—¿Qué ves?

—Un pájaro. Justo aquí. Por todas partes. ¡Es alucinante! ¿Podemos hacer otro? Mamá, creo que este es mi libro favorito.

Dos semanas más tarde, Naomi había completado veintinueve actividades del libro del Ojo Mágico, y varias veces; ya estaba lista para el siguiente desafío.

Sadie decidió enviarle el libro a Sam. Iba a escribirle una nota, pero cambió de idea. Él sabría de quién era.

•••

Aprovechando que Ant pasaba por Boston, Sadie lo invitó a hablar en su clase. *Instituto Contraparte* iba por la séptima entrega, la mayoría de sus estudiantes estaban obsesionados con el juego; para su generación, era el Harry Potter de los juegos. Era mucho más popular que *Ichigo* y tenía una popularidad diferente a la de *Mundoarce*. El tipo de entretenimiento que evocaba la juventud misma para quien recordara haberlo jugado.

Después de clase, se lo llevó a cenar y cotillearon sobre la gente que conocían del sector: ¿quién se había visto envuelto en un escándalo por acoso sexual? ¿Quién *volvía* a estar en rehabilitación? ¿Qué empresa estaba a punto de quebrar? ¿Qué secuela era un bodrio infumable y estaba claro que la habían subcontratado a un equipo de programadores del extranjero a quienes ni les iba ni les venía?

Con cautela, habían evitado temas demasiado personales o delicados, pero cuando llegó el postre, Sadie le preguntó:

—¿Cómo está Sam?

Hacía dos o tres semanas que le había enviado el libro del Ojo Mágico y no había tenido noticias suyas.

—Igual que siempre, supongo. Cierra *Salvaje Oeste* a final de año.

—Pobre juego.

—No tengo ni idea de por qué quiso desarrollarlo. En su momento, fue secreto absoluto en la empresa. ¿Has llegado a jugar? Es una cosa retro un poco rara.

—No, nunca —mintió Sadie.

—Alcalde Dédalus también ha dejado el cargo en *Mundoarce*. Sam va a celebrar unas elecciones para que lo sustituyan.

—Inteligente.

—Me da la sensación de que, gane quien gane, el puesto será más bien honorífico. Él está trabajando en una idea de realidad aumentada, no tengo muy claro de qué va. Su padre murió la semana pasada.

—¿George, el agente? —preguntó Sadie. Hasta donde sabía, Sam nunca lo veía.

—No. El pizzero de K-town.

—¡No! Ese es Dong Hyun. Su abuelo.

—Ese, sí, creo que el abuelo tenía cáncer. Sé que llevaba enfermo un tiempo. Sam ha faltado mucho al trabajo. Qué raro, siempre he pensado que era su padre.

Sadie y Ant se despidieron en la puerta del restaurante. Él le dio un abrazo y, antes de irse cada cual por su camino, le dijo:

—Pienso en Marx todos los días.

—Yo también.

—Nadie creía en nosotros tanto como él. Éramos unos críos que aún estábamos en la facultad hasta que él pensó que teníamos un juego.

—Nosotros igual —contestó Sadie.

—Ojalá hubiera podido salvarlo. Repito ese día una y otra vez. Si no hubiera bajado las escaleras. Si no hubiera dejado que bajara al vestíbulo. Si…

—Es el jugador que llevas dentro —lo cortó Sadie—. Siempre intentando ver cómo podrías haberte pasado el nivel. Mi cabeza es igual de puñetera, pero, Ant, no estaba en tus manos. Esa partida no se podía ganar.

Después de cinco años, por fin podía oír el nombre de Marx sin que le entrasen ganas de llorar.

Una vez leyó un libro sobre la conciencia que decía que, con los años, el cerebro humano crea una versión de inteligencia artificial de tus seres queridos. El cerebro recolecta datos y, dentro de tu cabeza, aloja una versión virtual de esa persona. Cuando esa persona muere, tu cerebro sigue pensando que la persona virtual existe, porque, en cierto sentido, es verdad que sigue existiendo. Al cabo de un tiempo, eso sí, el recuerdo se desvanece; con cada año que pasa, te quedas con una versión de inteligencia artificial más menguada de la que se forma cuando esa persona vivía.

Sentía que olvidaba todos los detalles de Marx: el sonido de su voz, el tacto de sus dedos y la manera en que gesticulaba; su temperatura exacta; el olor de su ropa; su aspecto al marcharse o al subir un tramo de escaleras. Sadie se imaginaba que, llegado el momento,

Marx quedaría reducido a una sola imagen: un hombre esperándola bajo una lejana puerta torii con el sombrero entre las manos.

Sadie volvió a casa sobre las once y media. Pagó a la canguro y la acompañó al taxi. Naomi ya estaba en la cama, pero ella fue a verla dormir. Adoraba observar a su hija dormida.

A Sadie, lo de ser madre no le salía natural, aunque no era una confesión que a una se le permitiera hacer. Ansiaba la soledad del espacio personal, demasiado; sin embargo, también adoraba a la chiquilla. Intentaba con todas sus fuerzas no romantizar la personalidad de Naomi. No quería adscribirle características que no eran verdaderamente suyas. Una buena diseñadora de videojuegos sabe que aferrarse a unas pocas ideas preconcebidas sobre un proyecto puede frustrar el potencial de la obra. Sadie sentía que su hija todavía no era una persona, otra cosa que tampoco se podía decir en voz alta. Conocía a tantas madres que decían que sus criaturas eran exactamente ellas mismas desde el momento en el que llegaron al mundo... Pero ella no estaba de acuerdo. ¿Qué persona era una persona sin tener lenguaje? ¿Sin gustos? ¿Sin preferencias? ¿Sin experiencias? Y, pasada la infancia, ¿qué persona adulta quería creer que había salido de sus padres siendo una persona hecha y derecha? Sadie sabía que no se había convertido en una persona hasta hacía poco. No era razonable esperar que una criatura saliera ya en su versión definitiva. Naomi era un esbozo a lápiz de una persona que, en cierto momento, sería un personaje completo en 3D.

Sadie se había entrenado para no buscar a Marx en la cara de su hija. A veces, de manera inesperada, veía a Sam. Naomi era medio asiática y medio judía europea del Este, por lo que tenía una raíces más cercanas a las de Sam que a las de Sadie y Marx.

Cerró la puerta del dormitorio de la niña y se fue al suyo.

Decidió llamar a Sam. Solo eran las ocho y media de la noche en California. Él no había cambiado de número. No se lo cogió —ya nadie cogía el teléfono—, así que le dejó un mensaje. «Soy yo», le dijo. «Sadie», añadió, por si no sabía a quién se refería con ese «yo». «El otro día estaba cenando aquí en Boston con Ant. No sé si lo sabes, pero ahora vivo aquí. Bueno, en todo caso, siento mucho lo de Dong Hyun. Sé lo mucho que te quería. Era el hombre más amable y adorable del mundo.»

No tuvo noticias de Sam.

Al cabo de un par de días, llamó a la pizzería para informarse de los planes del funeral de Dong Hyun. El joven que respondió le dijo que se celebraría una ceremonia ese fin de semana. No se molestó en preguntarle a Sadie quién era; Dong Hyun era amigo de todo el mundo en K-town.

3

_____

Lo mejor que le puedes desear a alguien, decidió Sam, es una muerte de videojuego. Es decir, espectacular y breve.

Cuando metió la última monedita en la máquina, Dong Hyun llevaba enfermo casi un año. El cáncer —primero de pulmón y luego, ya mortal, en otra parte, por todas partes—, redujo al fuerte y maravilloso abuelo de Sam a un despojo indefenso de células que no funcionaban bien. Sam decidió retirarse de JS durante ese tiempo para cuidar de él. ¿Cómo no? Su abuelo había pasado años cuidándolo.

Sam lo veía sufrir a medida que le extirpaban pedazos. Al final, cuando ya no hubo nada más que quitarle, Dong Hyun se apagó.

Sam no se decidía. Que Dong Hyun hubiese tenido una muerte de videojuego significaba que su nieto había podido pasar tiempo con él antes del final. La cantidad de tiempo que le había costado morirse también significaba que había podido decirle todo lo que había querido a Sam, a sus primos, primas y a su mujer. ¿Valía la pena todo eso a cambio de su sufrimiento? No lo tenía claro.

En las últimas semanas de su vida, Dong Hyun casi no podía ni hablar. Se fue sumiendo en un silencio cada vez más profundo, así que Sam se sorprendió cuando Dong Hyun se incorporó en la cama y le agarró la mano.

—Samson, eres un chico con suerte —le dijo su abuelo con una voz del todo clara—. Has vivido tragedias, sí, pero también has tenido grandes amistades.

A su abuelo le habían dado el alta para que pudiera morir en casa, en la soleada casa estilo Craftsman en la que había vivido sus últimos cuarenta años. A Sam le resultaba perturbador que el olor de su abuelo, que siempre había sido a pizza, ahora se hubiese sustituido por el de olores desagradables de carácter médico.

—¿Tú crees?

—Sí, Marx y Sadie. Te querían.

—¿Crees que dos son muchas personas?

—Depende de lo buenas que sean esas amistades. ¿Y Lola? ¿Qué pasó con ella?

—Se casó. Vive en Toronto. —Hizo una pausa—. Me hubiera gustado tener lo que tenéis la abuela y tú.

—Tú tienes otras cosas. Naciste en un mundo diferente. Igual no necesitas lo que tenemos la abuela y yo. —Le dio unas palmaditas a su nieto en la mejilla. Le entró uno de sus infinitos ataques de tos.

—Marx ha muerto.

—Ya lo sé —contestó Dong Hyun—. La cabeza aún no se me ha ido.

—Marx ha muerto y ahora Sadie tiene una niña y yo ni la conozco.

—Podrías ir a visitarla.

—Lo que quiero decir es que es difícil cuando la gente tiene críos. De verdad que yo no entiendo a las criaturas.

—Te ganas la vida desarrollando juegos —señaló Dong Hyun—. Algo sabrás de la infancia.

—Sí, pero eso es diferente. Creo que no me gustan los niños porque odié ser joven.

—Sigues siendo joven.

—Bueno, además, ahora Sadie vive en Boston. Así que…

—Podrías ir a visitarla.

—No creo que quiera que vaya.

—Ahora ya no cuesta tanto ir a Boston.

—Son unas seis horas de avión. Lo mismo que siempre.

—Menos tiempo del que se tarda en llegar de Venice a Echo Park.

—No es verdad.

—Es un chiste típico del tráfico de Los Ángeles.

—Ah, perdón.

—Era bueno.

—Últimamente, nada me hace gracia.

—¿Estás de broma? —Su abuelo se rio y la risa se acabó convirtiendo en otro ataque de tos—. Ahora, todo es gracioso. —Cerró los ojos—. Cuando hables con Sadie, dile que hay pizza para ella. Los amigos de Sam comen gratis.

—Se lo diré —contestó Sam. La pizzería había cambiado de nombre hacía dos años y tenía dueños nuevos.

—Te quiero, Sammy.

—Y yo, abuelo.

Durante gran parte de su vida, a Sam le había costado decir «te quiero». Creía que era superior demostrar el amor a las personas a las que amaba. Pero ahora, le pareció una de las cosas más fáciles que podía hacer. ¿Por qué no decirle a la otra persona que la querías? Cuando te das cuenta de que quieres a alguien, se lo repites hasta que se cansa de oírlo. Se dice hasta que deja de tener sentido. ¿Por qué no? Pues claro que le dijiste te quiero, joder.

El funeral fue en el Centro Cultural Coreano, asistieron amistades y familiares, además de bastantes colegas con negocios y restaurantes en el barrio. Sam y su abuela pasaron lo que les parecieron horas recibiendo agradecimientos y pésames.

A medida que fue avanzando la tarde, Sam aflojó la visión, se permitió estar allí y a la vez no estar allí. Era un truco que había aprendido de sus largas convalecencias de juventud. Podía estar en su cuerpo y fuera de su cuerpo. Observaba a la gente y farfullaba «gracias por venir» *ad nauseam* y, sin que lo pareciera, miraba a la distancia, como si la pared del Centro Cultural Coreano fuera un póster de Ojo Mágico en una estación de metro.

En cierto momento, sus ojos se fijaron en algo. En un mundo de superficies planas, una figura cobró tres dimensiones. Era Sadie.

Llevaba casi cinco años sin verla y su imagen en carne y hueso le pareció una ilusión.

Lo había llamado hacía dos o tres días, pero él había pensado que no iría al funeral.

Lo saludó con la mano.

Él hizo lo mismo.

Ella le dijo algo, pero estaba demasiado lejos para que Sam la oyera.

Él asintió como si lo hubiese entendido.

Ella se fue.

Dos semanas más tarde, se leyó el testamento de Dong Hyun. Como era de esperar, casi todo se lo legó a Bong Cha, pero hubo una notable excepción: «Mi recreativa de *Donkey Kong*, que estuvo durante muchos años en mi pizzería, se la lego a Sadie Green. Con mucho afecto y gratitud por los años de amistad entre mi nieto y ella».

Sam llevaba muchísimos años sin marcar su número. No consiguió hablar con ella de inmediato, pero por la noche, ella le devolvió la llamada. Sam le dio las gracias por ir al funeral.

—Pero en realidad no te llamo por eso. Dong Hyun te ha dejado algo en herencia.

—¿De verdad? ¿El qué?

—La recreativa de *Donkey Kong*.

—¿Qué? —Sadie no pudo evitar que su voz desprendiera un entusiasmo infantil—. Me encanta el juego. Me dio tanta envidia cuando me contaste que podías jugar todo lo que te diera la gana. ¿Por qué crees que me la ha dejado?

—Bueno… Ya sabes que estaba orgulloso de nosotros. De nuestros juegos. Siempre guardó los pósteres en Dong & Bong. Y… Bueno… Durante una buena parte de mi infancia casi que fuiste mi única amiga, como seguro que ya sabías… Así que… Supongo que pensó que igual yo… No sé, que habría tirado la toalla si no hubieras estado tú o algo así. Igual es cierto, no lo sé. Te estaba agradecido.

Sadie se quedó pensando en esas palabras.

—No, no la puedo aceptar. Eres tú quien la debe tener.

—¿Y para que la quiero? Eres tú la que adora *Donkey Kong*. Dime qué quieres hacer con ella y ya está. Si no la quieres, la podemos dejar en casa de mi abuela. Creo que pesará más o menos una tonelada, sin exagerar.

—No, que me la manden. La quiero, sí. Es un clásico. Dame un par de días a ver qué hago con ella. Seguramente la dejaré en mi despacho del MIT.

—A Dong Hyun le hubiera encantado que su recreativa acabara en una de las mejores universidades del país.

—¿Cómo estás?

—He tenido épocas mejores. He decidido… que prefiero la muerte de videojuego, teniendo en cuenta todos los factores.

—Corta, dulce, con la posibilidad de una resurrección inminente —dijo Sadie.

—Los personajes de un videojuego nunca mueren.

—Lo cierto es que mueren todo el rato. No es lo mismo.

—¿En qué estás trabajando?

—En criar a una niña, en dar mis clases. Más o menos, eso es todo.

—¿Acosas a tus estudiantes como Dov?

—No. La verdad es que no me imagino queriéndome acostar con nadie de veintitantos, ya ni hablar de quienes tienen menos. Siempre me da la sensación de que tengo que puntualizar que Dov fue un gran profesor. No sé por qué me da por defenderlo.

—¿Te gusta dar clases?

—Sí. Un chaval vino con una sudadera de Arce el primer día.

—¿Cómo te sentiste?

—¿Lo dices porque *Mundoarce* fue, en resumidas cuentas, el fénix que se levantó de las cenizas de mi fracaso?

—Más o menos.

—El chaval no lo sabía. Fue un cumplido. Piensan que *Mundoarce* es un juego mío.

—Lo fue, ¿no?

—Más bien tuyo. Creo que eso ha quedado claro. Teniendo en cuenta todas mis preocupaciones sobre quién se llevaba el mérito, resulta que al final nadie recuerda quién fue responsable de qué.

—Probablemente, en internet haya alguien que lo sepa.

—Guau, eso sí que es ingenuo —contestó Sadie—. Creer que alguien en internet sabe la verdad sobre todo.

—La verdad es que he estado triste —admitió Sam—. Y me he preguntado cómo se supera esa sensación.

—Trabajar ayuda. Los juegos ayudan, pero a veces, cuando estoy en el pozo, fijo una imagen concreta en mi cabeza.

—¿Cuál?

—Me imagino a gente jugando. A veces es uno de nuestros juegos, pero a veces es un juego cualquiera. Cuando estoy en lo más hondo, me da mucha esperanza imaginarme a gente jugar, creer que por muy feo que se ponga el mundo, siempre habrá gente que juegue.

Mientras Sadie hablaba, Sam recordó una tarde de invierno, muchos años atrás; recordó a los viajeros que atestaban la estación de metro y le impedían el paso. En aquel momento, le parecieron obstáculos, pero quizá no lo había pensado bien. ¿Qué hace que una persona quiera morirse de frío en una estación de metro solo por la promesa de una imagen secreta? Pero entonces, ¿qué hace a una persona conducir por una carretera sin señalización en mitad de la noche? Quizá era la voluntad de jugar lo que apuntaba a una parte tierna y siempre neonata de todos los seres humanos. Quizá la voluntad de jugar era lo que le alejaba a uno de la desesperación.

—Por cierto, recibí el libro del Ojo Mágico —dijo Sam.

—Y... ¿lo has intentado?

—No.

—Va, Sam, qué leches. Tienes que intentarlo. Coge el libro.

Sam fue a su estantería y sacó el ejemplar.

—Me voy a quedar contigo por teléfono hasta que lo veas. La chiquilla, que tiene cinco años, sabe hacerlo, así que yo te guío.

—No va a funcionar.

—Sostén el libro delante de la cara —le instruyó Sadie—, que te toque la nariz.

—Vale, vale.

—Ahora desenfoca poco a poco los ojos y, despacio, aleja el libro.

—No ha funcionado.

—Otra vez —ordenó Sadie.

—Sadie, a mí estas cosas no me funcionan.

—Piensas demasiado sobre lo que te funciona o no. Inténtalo otra vez.

Sam volvió a intentarlo.

—¿Sam? —Casi había pasado un minuto.

—Lo veo —contestó el—. Es un pájaro.

La voz le sonaba temblorosa, pero Sadie no sabía si estaba llorando.

—Bien —contestó ella—. Es un pájaro.

—¿Ahora qué?

—El siguiente —Sadie oyó el crujido de la página al pasar.

—Deberíamos hacer algo juntos —le dijo Sam.

—Ay, Sam, por Dios, ¿por qué? Si solo sabemos hacernos mal.

—No es verdad. No siempre.

—No solo eres tú. Soy yo. Y Marx. Han pasado demasiadas cosas, creo. Ni siquiera estoy segura de si sigo siendo diseñadora de videojuegos.

—Sadie, eso es lo más estúpido que he oído en mi vida.

—Gracias.

—Y nada más lejos de la realidad, pero bueno, tenía que intentarlo. Siempre igual. Avísame si cambias de idea.

Naomi entró en el dormitorio de Sadie.

—Hora de dormir —anunció la niña. Sadie había inventado un juego en el que, si Naomi anunciaba la hora de dormir antes que ella, la niña recibía un premio. Sí, era manipulador y, en resumidas cuentas, soborno, pero también era muy efectivo para acostar a la niña de cinco años—. ¿Con quién hablas?

—Con mi amigo Sam. ¿Quieres decirle hola?

—No —contestó Naomi—. No lo conozco.

—Vale, vete a tu cuarto y yo voy enseguida. —Sadie volvió a dirigirse a Sam—. Tengo que meter a la niña en la cama. Buenas noches, Doctora Minos.

—Buenas noches, señorita Marks.

•• •

Una recreativa de *Donkey Kong* pesa algo menos de ciento cincuenta kilos. La caja, que habrá que fabricar a medida, otros veinticinco. Los costes de envío desde una residencia en el código postal 90026 a un despacho universitario del 02139 serán unos cuatrocientos dólares o algo así si quieres que alguien la deje en el sitio.

Es posible encontrar una máquina clásica de *Donkey Kong* en los alrededores por menos dinero. Eso te ahorraría un buen pellizco de envío, pero la recreativa no tendrá la misma memoria. Por ejemplo, no sabrá que el mejor jugador de *Donkey Kong* en Pizza Dong & Bong Estilo Nueva York del Wilshire Boulevard, K-town (Los Ángeles), tenía las iniciales S. A. M.

Cuando llegó la recreativa a Cambridge, la máquina seguía funcionando, pero se habían borrado los registros de puntuación más alta. La memoria de esas primeras recreativas podía ser volátil, incluso aunque se suponía que no lo era. La batería de apoyo, si acaso llegó a tener una, lo más probable es que muriera hace mucho tiempo.

Cuando la máquina de Dong Hyun cargó la pantalla de puntuaciones, ahora vacía, Sadie aún leyó la sombra de S. A. M. La puntuación había estado allí tanto tiempo que se había quemado en el monitor.

4

No había pasado todavía un año desde la muerte de Dong Hyun cuando ReveJeux, una empresa de videojuegos con sede en Nueva York y en París, planteó a Sam y a Sadie la posibilidad de hacer un tercer *Ichigo*. ReveJeux había tenido varios bombazos, el más famoso, *El código Samurái*, un juego de sigilo y parkour sobre un equipo de samuráis sin género marcado. Sadie y Sam habían admirado el juego, así que decidieron volar a Nueva York para reunirse con la empresa.

El grupo de ReveJeux era joven, como solía ser la gente del sector, y a juicio de Sadie, Sam y ella eran los más viejos de la sala, les sacaban cinco años por lo menos. «Qué rápido pasas de ser la más joven a la más vieja del lugar», pensó.

En ReveJeux se describían como «ultrafans» de *Ichigo* y querían conservar el estilo y la emoción del juego original a la vez que aprovechar el gran potencial técnico que les ofrecía el presente. Marie, una chica francesa que parecía que había acabado la carrera hacía dos segundos, era la jefa del equipo. Habló de *Ichigo* con una emoción creciente en la voz:

—Quiero que sepáis que *Ichigo* es el juego de mi alma, pero desde que jugué a principios de la adolescencia, siempre me ha dado la sensación de que la historia está incompleta —apuntó—. Quiero ver cómo crece el personaje más que nada en el mundo.

En la propuesta de Marie, en la tercera parte, Ichigo es un sararīman, la versión japonesa del asalariado trajeado que coge el metro por la mañana y trabaja de nueve a cinco. Ichigo tiene mujer y una hija pequeña. Cuando la hija desaparece, él tiene que dejar su papel de asalariado para ir a buscarla. De nuevo, tiene que ponerse su sudadera con el número 15 para emprender una nueva aventura. El relato del juego se dividiría entre el padre y la hija. Marie consideraba que Ichigo era un personaje tipo Peter Pan, quería que la historia fuera tan emocionante e inmersiva como *Uncharted* o *Journey*.

—Necesito saberlo. ¿Por qué no hicisteis la tercera parte? El juego es tan brillante. Vosotros sois tan brillantes —dijo Marie.

Su colega, un hombre con gafas aguamarina, respondió por ellos.

—Me imagino que habrán estado liados haciendo otras cosas —le contestó a Marie. Con un segundo vistazo, Sadie decidió que el hombre de gafas podría tener la edad de Sam y de ella.

Si accedían a que ReveJeux procediera con una secuela de *Ichigo*, Sadie y Sam serían productores ejecutivos y el juego sería una coproducción de ambas empresas. Ellos dos asesorarían, pero el grueso del trabajo quedaría a cargo del equipo de ReveJeux.

Al final de la reunión, Marie les entregó un archivo comprimido con un nivel de muestra que habían desarrollado para el tercer *Ichigo*.

—No está terminado, ya me entendéis —los avisó Marie—. Necesito saber si me concedéis el honor de permitirme hacer *Ichigo 3*, lo trataría como si fuera mi propia criatura.

En el taxi de vuelta al hotel, Sam le preguntó a Sadie:

—Bueno, ¿qué piensas? ¿Quieres que lo hagan?

—No lo sé —dijo Sadie—. Es una empresa estupenda. Marie me ha caído bien, me ha gustado lo que nos ha dicho; además, *Ichigo* cumplirá dieciséis años el año que viene. Sé que es habitual que la gente venda derechos de obras antiguas. Aun así, es raro pensar que otras personas harán nuestro juego.

—Es raro, sí —coincidió Sam.

—Pero soy prudente. Podría estar muy bien. Si ellos se encargan de la tercera parte, nosotros podríamos aprovechar la oportunidad para actualizar y relanzar los dos antiguos, llevárselos a un nuevo público.

Sam asintió.

—Me muero de hambre. Vamos a por comida y lo pensamos —dijo ella.

Llevaban años sin pasar tiempo juntos y, al principio, la conversación estuvo tan encorsetada como cualquier cena de negocios. Hubo largas pausas mientras Sam y Sadie intentaban sacar temas de conversación.

—He oído que estás haciendo algo de ficción interactiva o algo así, ¿no? —preguntó Sam.

—Ah, sí —contestó Sadie—. Estoy trasteando. Me crucé con una de mis antiguas compañeras del seminario de Dov, que está metida en conseguir que los juegos de novelas visuales funcionen en el mercado estadounidense, y me preguntó si quería asesorarla. Así que pensé ¿por qué no? Se hace todo muy rápido, no tienes tiempo para pensar, ahora mismo me encaja mucho. ¿Y tú?

—He intentado hacer algo con realidad aumentada. Es difícil hacer que funcione, pero alguien lo acabará consiguiendo y entonces la gente no querrá jugar a nada más.

—No estoy de acuerdo. La gente juega por los personajes, no por la tecnología de los videojuegos. ¿Has estado jugando a algo chulo?

—*Bioshock 2* —contestó Sam—. Un mundo bien construido. La parte visual, correcta, motor Unreal, ese estilo. *Heavy Rain* hace cosas alucinantes con el punto de vista. *Braid* es brillante. Me dio envidia todo el rato mientras jugaba. No dejaba de desear que ojalá lo hubiéramos hecho nosotros. ¿Lo has jugado?

—Está en mis planes. —Sadie asintió con la cabeza—. Desde que tengo a la niña, no tengo tanto tiempo para jugar. Naomi adora la

Wii, sobre todo los juegos de deportes. Así que jugamos un poco a eso.

—¿Tienes una foto suya? —preguntó Sam.

Sadie sacó el móvil y Sam asintió con la cabeza al ver la pantalla.

—Se parece a Marx —dijo él—. Y a ti.

—Me la llevé al seminario y la chavalada de la clase decía que se parecía a Ichigo.

—Eso decían de mí en su día.

—Lo recuerdo. Y anda si me jodía.

—Pero ahora soy viejo.

—No eres tan viejo —puntualizó Sadie.

—Treinta y siete. Más viejo que cualquiera en ReveJeux.

—Yo he pensado lo mismo. Sobre mí misma, quiero decir.

Iban ya hacia el ascensor cuando Sam dijo:

—No es muy tarde. Podríamos probar juntos la demo de *Ichigo III*.

—¿Tú crees que es buena idea?

—Creo que toca. Se lo debemos a Ichigo.

Sadie y Sam subieron a la habitación de él. Él instaló el juego en su ordenador y jugaron pasándose el portátil amistosamente por turnos, como hacían cuando él tenía doce años y ella once.

Terminaron el primer nivel, que acababa con una escena de multitudes que incluía avatares digitales del equipo de ReveJeux y de Sam y Sadie.

Sam cerró el ordenador.

—La parte gráfica es fina, teniendo en cuenta que no está terminada. El sonido es fino. —Sam volvió a encogerse de hombros—. Esta gente va en serio. Creo que puede que sea bueno. No me quejo. ¿Tú qué opinas?

—Lo mismo. —Hizo una pausa—. Aunque me he aburrido un poco, pero sé que no es justo decir eso. Aún no han terminado e igual tampoco somos el público objetivo del juego, ¿no?

—Puede que tengas razón. —Sam la miró—. ¿Sabes lo que no paro de pensar? Que fue tan fácil hacer el primer *Ichigo*. Éramos como máquinas, pim, pam, pum. Es tan fácil crear un bombazo cuando eres joven y no sabes nada.

—Pienso lo mismo —dijo ella—. El conocimiento y la experiencia que tenemos... en cierto sentido, no siempre nos ayudan.

—Qué deprimente —dijo Sam riéndose—. ¿Tanto esfuerzo para qué?

—Seguro que hay otra versión de nosotros mismos que no desarrollan videojuegos.

—¿Y qué hacen?

—Son amigos. ¡Tienen vida!

Sam asintió con la cabeza.

—Ah, sí, me suena. Es esa cosa en la que duermes las horas que tocan y no te pasas toda la jornada atormentado por algún mundo imaginario.

Sadie se acercó al minibar y se sirvió un vaso de agua. Sam, al observar su espalda, pensó que en esa imagen no había una Sadie genuina, del modo en que un jugador siempre reconoce a Lara Croft por su trenza.

—¿Igual debería probarlo? —preguntó Sam—. Lo de tener vida.

—Yo ahora tengo vida —contestó ella—. No está tan bien. ¿Quieres agua?

Él asintió.

—¿Puedo hacerte una pregunta que me he planteado a menudo?

—Madre mía, esto se pone serio.

—¿Por qué crees que nunca acabamos juntos?

Sadie se sentó al lado de Sam en la cama y lo miró.

—Sammy —contestó ella—. Estábamos juntos. Seguro que lo sabes. Si soy sincera conmigo misma, sé que las partes más importantes de mí eran tuyas.

—Pero ¿juntos *juntos*? Como estuviste con Marx o Dov.

—¿Cómo me dices esas cosas? Las parejas son... comunes. —Estudió los ojos de Sam—. Me gustaba trabajar contigo más que la idea de hacerte el amor porque los verdaderos colaboradores en esta vida son inusuales.

Sam se miró las manos y el callo que le habían dejado los años de videojuegos en el índice derecho.

—Yo pensaba que era porque era pobre. Luego, como ya no era pobre, pensaba que era porque no te sentías atraída por mí, porque era medio asiático y por mi discapacidad.

—¿Tan terrible crees que soy? Esas son tus paranoias, no las mías.

—Sí, probablemente.

—Sigo sin estar cansada —añadió ella—. Seguro que es la emoción de tener la noche libre, sin la chiquilla. ¿Te apetece pasear?

—Sí.

El hotel estaba en Columbus Circle, caminaron hacia el norte, hacia el Upper West Side. Era finales de marzo, aún hacía frío, aunque ya se notaba la posibilidad de la primavera.

—Yo vivía aquí con mi madre —dijo Sam.

—Eso fue antes de conocerte.

Sam asintió.

—Sí, parece increíble que hubiera un tiempo en el que no nos conocíamos. Me parece imposible. ¿Alguna vez te he contado por qué mi madre se fue de Nueva York?

Sadie negó con la cabeza.

—Creo que no.

—Una mujer saltó desde un edificio y, ¡plaf!, aterrizó a nuestros pies.

—¿De verdad?

—Sí. Mi madre hizo como que no, pero era demasiado tarde. Tuve pesadillas con esa señora casi una década.

—Nunca me habías contado esta historia. Pensaba que conocía todas tus historias.

—Todas no. Te he escondido muchas cosas.

—¿Por qué?

—Supongo que porque quería darte una cierta imagen.

—Es tan gracioso que digas eso, si fueras uno de mis estudiantes, llevarías tus males por bandera. Esta generación ya no le oculta nada a nadie. En mi clase hablan mucho de sus *traumas* y de cómo estos les dan forma a sus juegos. Creen, y esto te lo juro por Dios, que sus traumas son lo más interesante que tienen. Parece que me estoy burlando, y un poco sí, pero tampoco es la intención. Pero la verdad es que son muy diferentes a nosotros. Tienen una vara de medir mucho más estricta; denuncian muchas cosas sexistas o racistas con las que por lo menos yo vivía y punto. Pero lo cierto es que eso también hace que no tengan, no sé, humor. Odio la gente que habla de las diferencias generacionales como si fueran algo tangible, pero vamos, aquí me tienes. No tiene sentido. ¿Acaso te parecías a alguien de tu generación?

—Si sus traumas son lo más interesante que tienen, ¿cómo los superan? —preguntó Sam.

—Creo que no los superan. O puede que no tengan por qué superarlos, no lo sé. —Hizo una pausa—. Desde que he empezado a dar clases, he pensado en la suerte que tuvimos. Tuvimos suerte de nacer cuando nacimos.

—¿Y eso?

—Bueno, si hubiéramos nacido un poco antes, no habríamos podido desarrollar nuestros juegos con tanta facilidad. El acceso a los ordenadores hubiera sido más complejo. Hubiéramos sido parte de esa generación que metía disquetes en bolsitas de plástico y llevaba los juegos a las tiendas. Y si hubiéramos nacido un poco después, habríamos tenido mucho más acceso a internet y a ciertas herramientas, pero, la verdad, los juegos se complicaron mucho; el sector se volvió muy profesional. No podríamos haber llegado tan lejos por nuestra cuenta. Nunca habríamos podido desarrollar un juego y luego venderlo a una empresa como Opus con los recursos de los que disponíamos. No habríamos hecho *Ichigo* de estilo japonés porque nos hubiésemos preocupado por no ser japoneses. Y, por culpa de internet, nos hubiera abrumado la cantidad de gente que intentaba hacer justo lo mismo que nosotros. Tuvimos mucha libertad, tanto creativa como técnica. Nadie nos vigilaba, ni siquiera nosotros mismos. Lo que teníamos eran nuestras varas de medir, rigurosísimas, y tu convicción del todo teórica de que éramos capaces de hacer un gran juego.

—Sadie, habríamos hecho juegos independientemente de la época en la que hubiésemos nacido. ¿Sabes por qué lo sé?

Sadie negó con la cabeza.

—Porque la Doctora Minos y la señorita Marks también se convirtieron en diseñadoras de juegos.

—Hacían dameros. No es lo mismo. Y tú sabías quién era yo en *Salvaje Oeste*, así que no cuenta. Estabas haciendo trampa.

—Tú también sabías quién era yo.

—Lo sabía y no lo sabía a la vez, pero hubo un cierto trauma, otra vez con la palabrita de marras, que pude trabajar a través de la experiencia. No sé ni explicarlo. Era como si nada me calase, estaba tan deprimida, además, tenía un bebé. Hasta Freda, Dios, cuánto la echo de menos, estaba hasta el moño de mí. Me decía: «Mine Sadie, todo el mundo sufre desgracias. Ya está bien». Pero después de *Salvaje Oeste*, ya no me sentía tan mal. Lo principal es que ya no me sentía tan sola. Creo que nunca te he dado las gracias en condiciones. —Sadie miró la cara de Sam. Seguía resultándole tan familiar como la suya—. Gracias, amigo mío.

Él le pasó un brazo por encima del hombro.

—Tengo una teoría sobre por qué te enfrentaste a mí después de la revelación del «quinto juego». ¿Te la digo?

—Supongo que no queda otra.

—Creo que fue por la emoción de la diseñadora que llevas dentro al sentir la posibilidad de un elegante juego final. Yo escribí el principio y el nudo, tú el desenlace.

—Eso es una teoría —dijo Sadie—. ¿Quieres dar media vuelta?

—No, estoy bien —contestó Sam—. Vamos a pasear un poco más.

Llegaron a la calle Noventa y nueve con Amsterdam Avenue. Sam señaló un edificio con escaleras exteriores de emergencia.

—Aquí vivíamos mi madre y yo. Séptimo piso. En 1984, era una parte de la ciudad algo conflictiva, pero ahora no tiene tan mala pinta.

—En Nueva York ya no hay zonas conflictivas.

Sadie echó un vistazo al edificio. Se imaginó a Sam de niño mirándola desde la ventana. Es perfecto e inmaculado, como su propia hija, pero si Sam no hubiera estado tan traumatizado como ahora Sadie sabía que lo había estado, ¿hubiera tirado tanto de ellos? ¿Hubiera Sadie llegado a ser la diseñadora que había sido sin las ambiciones que Sam había tenido para ambos? ¿Hubiera Sam tenido esas ambiciones sin el trauma de su infancia? No lo sabía. El trabajo había sido cosa de Sadie, sí, pero también de Sam. Había sido de ambos, no habría existido sin uno de los dos. Era una tautología que solo le había llevado buena parte de dos décadas entender.

Desde que había empezado a dar clases y había sido madre, se había sentido vieja, pero aquella noche, se dio cuenta de que no era para nada vieja. No se puede ser vieja y seguir estando equivocada con tantas cosas, como le pasaba a ella; también era algo inmaduro considerarse vieja antes de serlo.

Levantó la vista al cielo. Era una noche de terciopelo azul marino, la luna colgaba como una esfera pesada y sobrenatural.

—Me pregunto quién construyó este motor —preguntó Sadie.

—Hizo un buen trabajo —contestó Sam—. Los rayos divinos están bien, pero la luna es casi demasiado bonita. La escala parece estar desajustada.

—¿Cómo es tan grande y está tan baja? Le hace falta más textura. Un poco de ruido Perlin. Debería parecer más basta, si no, parece de mentira.

—Pero ¿igual es lo que andaban buscando?

—Puede.

El vuelo de Sadie a Boston despegó una hora antes que el de Sam a Los Ángeles, pero habían decidido compartir taxi hasta el aeropuerto. Como Sam tenía tiempo, la acompañó a su puerta. Ella parecía preocupada por él, esa preocupación que tiene la gente antes de un viaje, y pensó que él tenía cosas que decirle, aunque la energía maníaca de un aeropuerto no se prestaba a la conversación. Cuando llegaron a su puerta, ya estaban anunciando su embarque.

—Bueno, ya me toca —dijo ella.

—Sí, ya te toca.

Sam la observó ponerse a la cola y se le ocurrió que igual pasaban años antes de volverla a ver.

—Sadie —le gritó—. Me gustaría que supieras que creo que deberías hacer más juegos. Conmigo o sin mí. Eres demasiado buena para dejarlo.

Sadie se salió de la fila y volvió donde estaba Sam.

—No lo he dejado del todo. Bueno, durante bastante tiempo, es verdad que sí. Pero estoy trabajando un poco —dijo ella—. Para qué vas a hacer algo si no crees que puede ser algo grande.

—Estoy de acuerdo. Aun así, me gustaría volver a hacer un juego contigo en algún momento, si consigues sacar tiempo.

—¿Crees que es una buena idea?

—Probablemente, no —dijo él, riéndose—, pero aun así, me apetece. No sé cómo evitar desearlo. Cada vez que me cruce contigo, durante el resto de nuestra vida, te pediré que hagas un juego conmigo. Hay una muesca en mi cerebro que insiste en que *es* una buena idea.

—¿No es esa la definición de la locura? Hacer lo mismo una y otra vez, pero esperando un resultado diferente.

—También es la vida de un personaje de un videojuego —contestó él—. El mundo de reinicios infinitos. Empezar otra vez en el punto de partida; igual esta vez ganas. Tampoco es que nos haya salido todo mal. Me encantan las cosas que hemos hecho. Éramos un gran equipo.

Sam le tendió la mano y ella se la estrechó. Luego lo atrajo hacia ella y le dio un beso en la mejilla.

—Sadie, te quiero —dijo él.

—Lo sé, Sam. Yo también te quiero.

Sadie volvió a la fila. Ya estaba casi en el mostrador por segunda vez cuando echó un vistazo por encima de su hombro.

—Sam —dijo—, sigues dándole a los videojuegos, ¿verdad?

Tenía un tono de voz ligero, los ojos juguetones y Sam entendió que le estaba extendiendo una invitación, casi con tanta claridad como si fuera la pantalla de títulos de un videojuego.

—Sí —respondió él con un entusiasmo exagerado—. Pues claro. Sabes que sí.

Sadie abrió el bolsillo exterior de la bolsa del portátil y sacó un pequeño USB. Alargó la mano sobre la cinta que los separaba y lo dejó entre sus manos.

—Si tienes tiempo, échale un vistazo a esto. Acabo de empezar, no es bueno. Por lo menos, aún no. ¿Igual se te ocurre qué hacer con él?

Sadie cerró la bolsa y le dio la tarjeta de embarque a la azafata.

—¿Cuál es la mejor manera de contactar contigo? —preguntó Sam.

—Mándame un mensaje. O un correo. O, si algún día pasas por Cambridge, ven a mi despacho. Tengo tutorías los martes y los viernes, de dos a cuatro.

—Sin problema —contestó él—. Total, es un vuelo de seis horas desde Los Ángeles. Menos tiempo del que se tarda en llegar de Venice a Echo Park.

—Si te pasas por mi despacho, tengo una recreativa de *Donkey Kong*. Los viejos amigos juegan gratis.

Sam vio a Sadie desaparecer por el túnel del aeropuerto y luego miró el USB: el juego se llamaba *Ludo Sextus*. Sadie lo había escrito a mano. Reconocería su letra en cualquier lugar del mundo.

Notas y agradecimientos

No hay autovías secretas. Por lo menos, yo no las conozco, pero si encuentras al conductor adecuado en un trayecto compartido o vas a una fiesta con alguien que ha vivido en Los Ángeles durante mucho tiempo, puede que oigas una historia sobre ellas.

Como Sam, viví en una casa que estaba más arriba del cartel de «Pie feliz, Pie triste». Quitaron aquel cartel en 2019, pero me han dicho que aún se pueden encontrar sus restos en una tienda de regalos en la zona de Silver Lake. En la otra punta de la ciudad, el edificio Clownerina, de Jonathan Borofsky, fue restaurado hace unos años y ahora el payaso mueve los pies varias horas al día, aunque nunca lo he visto en acción.

La fábrica de obleas Necco lleva muchos años sin estar en Cambridge, pero la torre de agua aún sigue pintada en tonos pastel.

Hasta donde sé, nunca hubo un anuncio navideño de la serie de libros del Ojo Mágico de Chéri Smith y Tom Baccei en la estación de metro de Harvard Square o en ninguna otra parte. En esa misma línea, durante muchos años, pensé que las ilusiones de Ojo Mágico no me funcionaban, pero ahora sí.

El libro sobre la conciencia que menciona Sadie cuando habla sobre cómo el cerebro fabrica una versión de inteligencia artificial de las personas a las que queremos cuando mueren es *Soy un extraño bucle*, de Doug Hofstadter, una fuente que me sugirió Hans Canosa.

El detalle de Macbeth lanzando panecillos a la silla vacía de Banquo proviene de la producción que hizo en 2018 la Royal Shakespeare Company, que dirigió Polly Findlay, con Cristopher Eccleston de protagonista.

El Domador de Caballos de Amistad, en la versión inglesa, recita la versión de la *Ilíada* de 1895 de Alfred John Church.[1] Aunque mis padres trabajaron en el sector de los ordenadores y yo llevo jugando a videojuegos toda mi vida, estas fuentes me ayudaron bastante para pensar y entender cómo fueron las personas que desarrollaron videojuegos en los noventa y los dos mil, así como la cultura de los videojuegos de la época: *Sangre, sudor y píxeles: las exitosas y turbulentas historias detrás del desarrollo de videojuegos*, de Jason Schreier; *Maestros del Doom. Cómo dos colegas crearon un imperio y transformaron la cultura popular*, de David Kushner; *Hackers: Heroes of the Computer Revolution* (sobre todo la parte de Sierra On-Line), de Steven Levy; *A MindForever Voyaging: A History of Storytelling in Video Games,* de Dylan Holmes; *Extra Lifes*, de Tom Bissell; *All Your Base Are Belong to Us: How Fifty Years of Video Games Conquered Pop Culture,* de Harold Goldberg; y los documentales *Indie Game: The Movie,* dirigido por James Swirsky y Lisanne Pajot y *GTFO*, dirigido por Shannon Sun-Higginson. También leí *Indie Games*, de Bounthavy Suvilay, después de terminar de escribir, y es un libro precioso para quienes quieran saber cómo pueden ser los juegos artísticos.

A pesar de que sea una frase icónica, «Has muerto de disentería» nunca aparece en la versión de 1985 de *Pioneros de Oregón*, que es a la que Sam y Sadie habrían jugado y a la que yo jugué de niña. Lo que habrían visto (igual que yo) en los ochenta es «Tienes disentería» y, si el personaje no se recuperaba, «Has muerto». Estos datos del juego, entre otros, pueden encontrarse en *You Have Died*

---

[1] En la española, la de 2010 de Óscar Martínez García, publicada en Alianza Editorial *(N. de la T.)*

of Dysentery: The Creation of the Oregon Trail Game, The Iconic Educational Game of the 1980s, de R. Philip Bouchard, uno de los principales diseñadores de la versión de 1985. También me gustaría reconocer los juegos que inspiraron *Salvaje Oeste*, aparte de *Pioneros de Oregón: Stardew Valley*, diseñado por Eric Barone; *Animal Crossing*, diseñado por Katsuya Eguchi, Hisashi Nogami, Shigeru Miyamoto y Takashi Tesuka; *Harvest Moon*, diseñado por Yasuhiro Wada y *EverQuest*, diseñado por Brad McQuaid, John Smedley, BillTrost y Steve Clover. Acredito aquí a los diseñadores y las diseñadoras correspondientes, pero como bien saben quienes hayan leído este libro, es difícil saber quién fue responsable de un juego o de un elemento del juego a menos que una estuviera presente. Lo que sí que es cierto es que, en mi vida, he matado varios bisontes virtuales y he cabalgado mucho por las rocas pixeladas.

No es factible que Dov recibiera una copia de *Metal Gear Solid* en enero de 1996 o que Sadie hubiese jugado a *King's Quest IV: The Perils of Rosella* en agosto de 1988. A lo largo del libro, escojo los juegos que mejor encajan con la historia, aunque se vayan un poco de fechas. En el caso de *King's Quest IV*, por ejemplo, es uno de los pocos juegos de primera línea de la época con una protagonista femenina, además, y no es casualidad, de uno de los primeros que me atraparon.

Mañana, y mañana, y mañana es una novela sobre el trabajo y sería una total negligencia no darles las gracias a mis colegas, cuyas ideas, habilidades, preguntas, observaciones, provocaciones, ánimos, ocurrencias, cartas, llamadas, Zooms, mensajes y ocasionales correcciones han mejorado este libro de manera más que significativa. Gracias en especial a mi editora estadounidense, Jenny Jackson, y a mi agente y amigo, Douglas Stewart. Gracias también a Stuart Gelwarg, a Dana Spector, a Becky Hardie, a Lara Hinchberger, a Bradley Garrett, a Danielle Bukowski, a Szilvia Molnar, a Maria Bell, a Caspian Dennis, a Maris Dyer, a Louise Collazo, a Nora Reichard, a Wyck Godfrey, a Isaac Klausner, a Avital Siegel, a Bryan Oh, a Daria Cercek, a Kathy Pories, a Tayari Jones, a Rebecca Serle y a Jennifer Wolfe.

Mañana, y mañana, y mañana también es una historia de amor. Gracias también a Hans Canosa, mi persona favorita del mundo con la que jugar a videojuegos, aunque sea un mal perdedor. Les doy las gracias a mis padres cada vez, ¿por qué no?, si son estupendos. Se llaman Richard y AeRan Zevin.

Mis libros pueden dividirse en eras perrunas, *Mañana, y mañana, y mañana* empezó en la de Edie y Frank y terminó en la de Leia y Frank, todos ellos, perros maravillosos.

Gabrielle Zevin es una autora superventas internacional cuyos libros se han traducido a más de treinta idiomas. Con su libro *Mañana, y mañana, y mañana* ganó el Premio Goodreads 2022. También ha escrito libros para un público infantil y juvenil.

Se graduó en Harvard y vive en Los Ángeles.

La vida de A. J. Fikry no es en absoluto lo que él esperaba. Pero todo cambia cuando una noche se encuentra en la sección infantil de su librería a una niña de dos años sola. No hay rastro de su madre, solo una nota en la que le pide que se haga cargo de la pequeña. *Las mil y una historias de A. J. Fikry* (AdN, 2025), un éxito de ventas internacional con numerosos premios, estuvo varios meses en la lista de más vendidos de *The New York Times*.

«Esta novela tiene humor, romance, un toque de suspense, pero sobre todo amor: amor a los libros y a los bibliófilos y, en realidad, a toda la humanidad en su imperfecta gloria.» Eowyn Ivey, autora de *El niño de las nieves*.

«Una maravillosa, conmovedora y entrañable historia de redención y transformación que cantará en tu corazón durante mucho, mucho tiempo.» Garth Stein, autor de *El arte de correr bajo la lluvia*

«Divertida, tierna y conmovedora, *Las mil y una historias de A. J. Fikry* nos recuerda por qué leemos y por qué amamos.» *Library Journal*